Katja von Glan
Die Pilgermuschel

Roman

Piper München Zürich

Für Eckhart

FSC

Dieses Taschenbuch wurde auf FSC-zertifiziertem Papier gedruckt. FSC (Forest Stewardship Council) ist eine nichtstaatliche, gemeinnützige Organisation, die sich für eine ökologische und sozialverantwortliche Nutzung der Wälder unserer Erde einsetzt (vgl. Logo auf der Umschlagrückseite).

Ungekürzte Taschenbuchausgabe
Piper Verlag GmbH, München
Juli 2006

Umschlag / Bildredaktion: Büro Hamburg
Heike Dehning, Charlotte Wippermann,
Alke Bücking, Daniel Barthmann
Umschlagabbildung: F. Ubertini Verdi
(»Portrait of a lady«, Uffizien Florenz / Bridgeman Giraudon)
Papier: Munken Print von Arctic Paper Munkedals AB, Schweden
Satz: Datentechnik, Wels
Druck und Bindung: Clausen & Bosse, Leck
Printed in Germany
ISBN-13: 978-3-492-24513-5
ISBN-10: 3-492-24513-7

www.piper.de

Inhalt

Prolog

Juli 1206, auf einem Berghang bei Assisi

Franziskus lachte. Er breitete die Arme aus, warf den Kopf in den Nacken und lachte.

Sein Lachen wurde den Berghang hinuntergetragen und schwang sich in den wolkenlosen Himmel empor. Der junge Mann in dem schlichten Gewand pries Gott für etwas ganz Besonderes. Es würde die Welt verändern.

Franziskus von Assisi konnte kaum glauben, was ihm soeben widerfahren war. Er, das unwürdigste unter Gottes Geschöpfen, hatte in der Kirche von San Damiano eine Vision gehabt. Eine echte Vision! Nicht irgendeinen trunkenen Sinnestaumel. Nicht von Hunger und Entbehrung ausgelöste nebelhafte Erscheinungen. Er kannte sich mit solchen Dingen aus. Dies war anders gewesen. Das Bild des Gekreuzigten hatte zu ihm gesprochen. Es hatte wirklich gesprochen!

Zuerst hatte Franziskus nur fassungslos dagestanden. Der Gekreuzigte auf dem hölzernen Altarbild hatte ihn mit wohlklingender Stimme aufgefordert, sein in Verfall geratenes Haus wieder aufzubauen. Auf ein Zeichen wie dieses hatte Franziskus sein ganzes Leben gewartet. Das Warten hatte ein Ende. Als er das begriffen hatte, war er, von Freude und Erleichterung überwältigt, hinausgelaufen, hatte sich ins Licht der strahlenden Morgensonne gestellt, die Arme zum Lobpreis erhoben und befreit gelacht.

Endlich kannte er seine Bestimmung. Die Ausschweifungen und betrunkenen Nächte in den Straßen von Assisi lagen hinter ihm, die falschen Freunde und die wenig ruhmreichen Kriegszüge gegen Perugia und nach Apulien waren nichts weiter als sinnlose, ermüdende Nichtigkeiten. Er lachte über sie, lachte über sein altes Leben und begrüßte freudig sein neues. Mit seinen eigenen Händen wollte er die baufälligen Kirchen rings um Assisi wieder aufbauen. Dabei würde er seine

braune Kutte mit dem Ledergürtel und die staubigen alten Schuhen tragen, wie ein Eremit leben und ganz sicher den Zorn seines Vaters und der vornehmen Bürger von Assisi heraufbeschwören. Doch das kümmerte ihn nicht, denn Gottes Schöpfung war nun seine Familie.
Erst vor ein paar Tagen hatte er ein Lied gedichtet. Es pries Bruder Sonne und Bruder Wind und er freute sich schon darauf, noch weitere Strophen zu ersinnen, die er eines Tages vielleicht niederschreiben würde. Bei diesem Gedanken verebbte das Lachen und Töne bildeten sich. Eine eingängige, ehrfürchtige und andächtige Melodie entstand, Worte folgten: »Gelobt seist Du, mein Herr, mit all Deinen Geschöpfen, besonders Herrn Bruder Sonne; der ist der Tag, und spendet uns Licht, und schön ist er mit großem Glanze; von Dir, Höchster, gibt er Eindruck.«
Im Gebüsch zu seinen Füßen kicherte es.
Franziskus nahm rasch die Arme herunter, sank auf die Knie und bog vorsichtig einen Ast zurück.
Zwei Mädchen sahen ihn aus einem Gewirr grüner Zweige erschrocken an.
Eines der Mädchen kannte er gut. Sie hieß Clara, war zwölf Jahre alt und kam aus einer einflussreichen Adelsfamilie. Seit Franziskus vom Kriegszug zurückgekehrt war und immer mehr die Einsamkeit suchte, schien sie von ihm fasziniert zu sein. Besonders seine häufigen Besuche bei den Aussätzigen vor der Stadt hatten es ihr angetan. Wenn er die Kranken zum Abschied küsste, stand sie oft hinter dem Torbogen des Leprosenheims und beobachtete ihn. Anscheinend nutzte das Mädchen jede Gelegenheit, um der strengen Aufsicht ihrer Eltern zu entkommen. Diesmal wurde sie von ihrer gleichaltrigen Cousine begleitet. Sie kam jeden Sommer aus Sizilien und verbrachte die heißen Monate in Assisi bei ihrer Tante. Jeder in der Stadt wusste das. Diesen Sommer schienen die Cousinen sich die Zeit damit zu vertreiben, Franziskus nachzustellen. Schon seit Tagen hatte er sich vorgenommen, die kleine Clara deshalb zur Rede zu stellen, doch als er nun versuchte, ein strenges Gesicht zu machen, geriet es etwas schief, denn die Freude über die Vision steckte noch in ihm. So lächelte er stattdessen freundlich und bog den Ast noch ein Stückchen weiter zurück, damit die beiden hindurchschlüpfen konnten. Claras Cousine kroch zuerst ins Freie. Verle-

gen hockte sie vor ihm im Staub und wischte sich eine tiefschwarze Strähne aus ihrem zarten Gesicht. Clara setzte sich aufrecht neben das ängstliche Mädchen und legte ihr aufmunternd einen Arm um die Schulter. Franziskus räusperte sich bedeutungsvoll und wollte mit seiner Ermahnung beginnen. Er nannte Clara bei ihrem vollständigen Namen: »Signorina Chiara degli Offreducci …«

Als Claras Cousine plötzlich begann, etwas in einem kleinen Leinenbeutel, den sie am Gürtel trug, zu suchen, unterbrach Franziskus seine seit Tagen vorbereitete Rede über das Benehmen von jungen Adelstöchtern und wartete gespannt. Es schien sich um etwas Wichtiges zu handeln, denn das sizilianische Mädchen hatte rote Flecken im Gesicht und ihr Atem ging ganz flach. Hastig streckte sie ihm ihre geöffnete Hand entgegen und er sah genauer hin. Auf ihrer zitternden Handfläche lagen die Strahlen der aufgehenden Sonne, eingefangen in einer leuchtend weißen Muschelschale. Die feine Maserung strebte in orangeroten Furchen auseinander und verlor sich in pastellgelben Lichtstrahlen in der Unendlichkeit. Franziskus konnte seine Augen nicht von dem im Morgenlicht schimmernden Kleinod lösen. Sie trug Bruder Sonne auf ihrer Hand, Gottes einzigartige Schöpfung, eingefangen in einer Muschel.

Das Mädchen erklärte leise: »Wir wollten Euch nicht stören. Das Lied von Bruder Sonne war schön. Weil wir es unterbrochen haben, sollt Ihr meine Muschel haben. Mein Vater brachte sie mir letztes Jahr aus Santiago de Compostela mit. Singt bitte das Lied zu Ende und nehmt meine Pilgermuschel dafür.«

Clara nickte und fügte wichtigtuerisch hinzu: »Das ist eine Jacobsmuschel. Wenn ein frommer Pilger am Grab des heiligen Jacobus in Santiago de Compostela gebetet hat, erwirbt er sie zum Angedenken und als Beleg seiner Pilgerfahrt.«

»Das weiß er doch! Du störst ihn. Siehst du nicht, dass er nachdenkt! Vielleicht fallen ihm gerade neue Strophen für sein Lied ein«, wisperte ihre Cousine.

Franziskus hatte die Augen geschlossen und überlegte, was er mit den beiden anfangen sollte. Vielleicht sollte er ihnen erklären, dass es von nun an langweilig sein würde, ihm nachzustellen, weil er ein zurückgezogenes Leben voller Armut, Demut und Lobpreis führen würde.

Da die Mädchen noch irgendetwas von ihm zu erwarten schienen, öffnete er die Augen, hielt die Hände über die Muschel und sagte andächtig: »Gelobt sei der Herr für Bruder Sonne.«
Als das sizilianische Mädchen ihn fragend ansah, fügte er etwas gönnerhaft hinzu: »Du kannst deine Muschel behalten. Vielleicht solltest du sie der Kirche San Damiano stiften. Sie würde die bescheidene kleine Kirche schmücken. Ich brauche sie nicht. Ich brauche gar nichts, außer meinen Atem, um Gott zu preisen.«
»Preist ihn mit Eurem Sonnengesang«, erwiderte das schwarzhaarige Mädchen schüchtern und steckte die Muschel zögernd wieder in den Leinenbeutel. Sie ließ ihre Hand darauf liegen, als könnte sie die wärmenden Strahlen der Muschel fühlen.
Clara rückte ein Stück näher und flüsterte verschwörerisch: »Singt zu Gottes Lobpreis, Franziskus Bernardone. Wir werden Euch ganz bestimmt nicht wieder stören und wir erzählen niemandem von Eurem Versteck. Es ist die Felsenhöhle ganz hier in der Nähe, nicht wahr? Wir verraten es ganz sicher nicht Eurem Vater, der Euch seit Tagen sucht. Er ist voller Zorn und verflucht Euch so laut, dass ganz Assisi es hören kann. Doch Gott hat Euch nicht zum Kaufmann bestimmt. Er hat etwas Größeres mit Euch vor. Das weiß ich.«
Clara lächelte ihn an und strahlte dabei über das ganze Gesicht. Es war ein schönes Gesicht, das von hellbraunen Locken eingerahmt wurde. Sie hatte große Augen, viel zu große Augen. In ihrem Blick lag aufrichtige Verehrung, Bewunderung und noch etwas, das Franziskus unruhig werden ließ. Doch er musste den Auftrag des Gekreuzigten von San Damiano erfüllen und durfte sich nicht ablenken lassen, nicht von großen Mädchenaugen und auch nicht von seinem fluchenden Vater. Hastig sprang er auf die Füße und lief den schmalen Pfad hinauf. Bei jedem Schritt flüsterte er: »Der Gekreuzigte hat zu mir gesprochen. Er hat wirklich zu mir gesprochen.«
Die Mädchen folgten ihm. Er konnte ihre trappelnden Füße hören. Keuchend lief er voraus, stolperte und bückte sich nach einer Raupe, die er fast zertreten hatte. Vorsichtig nahm er die Raupe hoch und setzte sie sacht auf ein herabhängendes Blatt. Dabei beruhigte sich sein heftig klopfendes Herz und sein Atem wurde beim Anblick der zierlichen Kreatur ruhiger.

Die Mädchen beobachteten ihn neugierig aus einigem Abstand. Er wandte sich ihnen zu und erklärte: »Ich sammle Raupen und Würmer vom Weg ein, damit sie nicht zertreten werden können. Bienen gebe ich im Winter Honig und Süßwein, damit sie nicht verhungern. Bäume schlag ich niemals an der Wurzel ab, damit sie am Stamm wieder ausschlagen können.«

»Ist er nicht wundervoll!«, flüsterte Clara ihrer Cousine zu. Franziskus achtete nicht auf sie und begann leise zu singen: »Gelobet seist Du, mein Herr, für unsere Schwester Mutter Erde, die uns erhält und leitet und mannigfache Früchte hervorbringt und bunte Blumen und Gräser.«

Er hatte wieder begonnen, den Pfad hinaufzuklettern, doch diesmal tat er es ganz leichtfüßig. Nach ein paar Schritten wandte er sich noch einmal um und rief den Mädchen zu: »Ach und vergesst nicht, wenn eine Wasserlache am Boden ist, tretet nicht hinein, sondern springt hinüber. Gelobet seist Du, mein Herr, für Schwester Wasser, die gar nützlich ist und bescheiden und kostbar und rein.«

Als er den Hügel fast erklommen hatte, rief er: »Hört meinen Sonnengesang: Canticum Fratris Solis!« Er legte den Kopf in den Nacken und sang laut in den blauen Himmel hinein: »Höchster, allmächtiger, guter Herr, Dein ist das Lob, die Herrlichkeit und die Ehre und jegliche Preisung.«

Dann setzte er singend und nach jedem Schritt hüpfend seinen Weg fort.

Clara und ihre Cousine blickten der Gestalt nach, die immer kleiner wurde und schließlich ganz zwischen den Büschen verschwand.

Drei Jahre später sollte sich Claras Cousine wieder an ihre Begegnung mit Franziskus erinnern.

1. KAPITEL

Auf Sizilien wird König Friedrich vermählt und in Santiago de Compostela wird ein Schwur geleistet

Juni 1209, das Kloster San Juan de la Peña in den Pyrenäen

Nichts war zu hören. Agnes lauschte mit angehaltenem Atem. Sie sollte zu dieser Stunde in den Kreuzgang kommen. Wenn die Nebel aufstiegen und das letzte Gebet in der Klosterkirche verklungen war, dann sollte sie hier warten. Anscheinend war sie noch zu früh. Niemand war da. Ihre Füße bewegten sich lautlos weiter.

Ein mächtiger Felsvorsprung wölbte sich wie ein steinernes Dach über der Klosteranlage. Bei ihrer Ankunft am Morgen hatte sie den grauen Fels freudig begrüßt. Das Kloster bot erschöpften Pilgern auf dem Weg nach Santiago de Compostela Zuflucht und versprach ihnen Geborgenheit. Und erschöpfte Pilger waren sie, besonders ihr Bruder Stephan, der seit Tagen über seine wunden Füße klagte und seiner Schwester die Schuld an allen Unannehmlichkeiten gab.

Allerdings hatte sich seine Laune unversehens gebessert, als er beim Abendessen mit einer Gruppe Templer ins Gespräch gekommen war, die ganz offensichtlich seine Nähe gesucht hatten. Agnes wusste nicht, was die Männer gesprochen hatten, weil sie selbst etwas abseits bei den Frauen gegessen hatte. Doch nach dem Mahl hatte ein neuer Ausdruck auf Stephans Gesicht gelegen und erst nachdem er ihr aufgetragen hatte, zur nächtlichen Stunde zum Kreuzgang zu kommen, war ihr aufgefallen, was es war: In seinem Gesicht war Hoffnung. Sie

verstand nicht, woher sie so plötzlich gekommen war. Es war beunruhigend. Stephan hatte sich nach allen Seiten umgeblickt und leise hinzugefügt: »Sie wollen dich kennen lernen. Sie müssen prüfen, ob du dich eignest.«
Agnes fragte sich beunruhigt, was das zu bedeuten hatte. Wer waren diese Männer und was wollten sie von ihr?
Der einsame Ort, an dem die Templer sie zu sehen wünschten, trug nicht gerade dazu bei, ihr die Furcht zu nehmen. Am Tag war der mächtige Felsen Vertrauen erweckend gewesen, in der Nacht wirkte die ganze Anlage beängstigend und sehr bedrohlich. Vor allem, wenn man fünfzehn Jahre alt war und ganz genau wusste, dass die Heiligen wirklich mit einem sprachen und überall grässliche Teufel wisperten. Während die Heiligen einer Jungfrau beistanden, taten die dämonischen Stimmen nichts lieber, als sie zu verführen. Der Kreuzgang war von ihren nächtlichen Schatten bevölkert. Nebelschwaden umtanzten die hohen Säulen. Kapitelle und Rundbögen schienen zu schweben.
Fröstelnd beschleunigte Agnes ihre Schritte und ihre Hand fuhr unwillkürlich zu der Stelle, wo bis heute Nachmittag eine hübsche Eidechsenspange gesteckt hatte. Sie musste sie verloren haben, als sie den Nachmittag im Panteón de los Nobles verbracht und die Grabsteine der Könige von Navarra betrachtet hatte. Morgen früh würde sie in die Grabkammer zurückkehren, um sie zu suchen. Jetzt galt es den ganzen Mut zusammenzunehmen.
Der Nebel schien dichter zu werden. Knarrte nicht gerade die Tür der Klosterkirche, durch die sie eben gekommen war? Oder kamen die Dämonen aus der Dunkelheit, um ihre unberührte Jungfräulichkeit zu fordern? Beim Gedanken daran bekam sie einen trockenen Mund und ihr wurde schwindelig. Sie rang nach Luft und stützte sich an der Doppelsäule ab, die am nächsten war.
Ein verhaltenes Hüsteln in ihrem Rücken ließ sie zusammenfahren. Unschlüssig blieb sie stehen und widerstand dem Drang, laut zu schreien. Sie begann alle Heiligen anzuflehen, die sie auf ihren Gürtel gestickt hatte. Heiliger Hieronymus und gnädige Verena, öffnet den Himmel, heiliger Ignatius und standhafte Juliana, kommt herab, heiliger Benignus und gütige Afra, schreitet ein! Ein kräftiger Windstoß

kam vom Gebirge herunter und zerrte an den Falten ihres langen Kleides. Dunkle Haarsträhnen wirbelten vor ihrem Gesicht. Für einen Moment war ihr, als würde die Luft von Flötenspiel und Engelsgesang vibrieren. Doch dann war der hoffnungsvolle Moment vorbei und sie hörte nur noch ihren eigenen schnellen Atem. Jemand rief leise ihren Namen.

»Agnes? Bist du hier?«

Das war Stephan und er war nicht allein. Sie hatten ihn wie einen Gefangenen in ihre Mitte genommen. Sie waren zu dritt und trugen helle Gewänder. Auf den ersten Blick wirkten sie wie gewöhnliche Tempelritter. Doch die Templer beschützten Pilgerreisende und bestellten sie nicht in der Nacht in dunkle Kreuzgänge.

»Stephan?«, flüsterte sie unsicher und trat zögernd einen Schritt vor. Niemand achtete auf sie. Niemand hatte sie bemerkt.

Einer der Ritter stellte sich breitbeinig vor Stephan auf und schnauzte ihn an: »Wo ist sie nun, Eure Schwester? Wir haben nicht ewig Zeit. Es gibt noch einiges zu klären.«

Agnes wich hastig hinter die breite Doppelsäule zurück. Es gefiel ihr gar nicht, wie der Templer seine Hand auf die schmale Schulter ihres Bruders sinken ließ. Mit einer heftigen Bewegung zog er Stephan zu sich heran und zischte ihm etwas ins Gesicht. Stephan geriet ins Taumeln. Der Templer stieß ihn von sich und sagte abfällig: »König Friedrich hat uns alle enttäuscht, besonders den edel gesinnten Grafen. Das müsst Ihr doch wissen, wie konntet Ihr dann nachgeben? Wie konntet Ihr Euch dem Willen dieses Kinderkönigs beugen? Ihr lasst Euch von einem vierzehnjährigen Kind einschüchtern.«

König Friedrich, dachte Agnes erschrocken, sie konnten nur den jungen König von Sizilien meinen und ihr heimliches Vorgehen konnte nur Verrat bedeuten. Eine Verschwörung war im Gange und es war nicht die erste. Seit König Friedrich nach sizilianischem Recht volljährig geworden war, kam es immer wieder zu Unruhen. Nun schien Stephan in die Hände von Männern geraten zu sein, die gegen den König vorgehen wollten. Deshalb hatte er doch nicht so hoffnungsvoll ausgesehen? Im Augenblick schien er nur Angst zu haben.

Er duckte sich und erklärte kleinlaut: »Sie haben alle nachgegeben!«

»Besteht der sizilianische Adel nur aus Feiglingen? Wie ist es diesem Kind gelungen, einen gut geplanten und mit Geldern vom Festland unterstützten Aufstand niederzuschlagen?«
Agnes lehnte sich vor, um Stephans Antwort zu verstehen. Genau diese Frage hatte sie ihm auch immer wieder gestellt. Wie hatte der junge Friedrich es geschafft, die aufständischen Grafen und Barone auf seine Seite zu ziehen? Wieso hatte sich ihr Vater, der seit den Zeiten Kaiser Heinrichs den Titel eines Grafen führte, unterworfen? Sie hatte nie eine Antwort auf ihre Fragen bekommen. Nun brüllte ihr Bruder die Antwort heraus, als ob er es nicht mehr ertragen konnte, länger zu schweigen: »Weil dieser Knabe sie alle mit etwas anderem gedemütigt hat. Für jeden hat er eine andere Buße ersonnen. Manche kamen mit dem Bau einer Kapelle oder dem Verzicht auf einen Ehrentitel davon. Für meinen Vater war Friedrichs Vergebung nicht so billig zu haben.«
Stephan stockte. Agnes konnte ihn in den Nebelschwaden kaum noch erkennen. Am liebsten wäre sie in den Kreuzgang gerannt und hätte ihren Bruder geschüttelt. Sie hatte nichts davon gewusst, dass der junge König Friedrich Bedingungen gestellt hatte. Was war in diesem Frühjahr wirklich geschehen? Friedrichs Bote hatte mit ihrem Vater verhandelt und kurz darauf war ihr Vater mit ihm davon geritten. Ein paar Wochen später kam die Nachricht, dass ihr Vater in einem von Friedrichs Verliesen ums Leben gekommen war. Ein furchtbarer Kerkerbrand hatte tagelang gewütet und alles vernichtet. Nichts war zurückgeblieben, nichts, was in geweihter Erde bestattet und beweint werden konnte. Seitdem saß ihre Mutter im Garten und zählte Nüsse. Die Erinnerung an die vergangenen Monate trieb Agnes die Tränen in die Augen. Sie blinzelte und schluckte. Sie durfte nicht weinen. Die Nase würde laufen, begleitet von Schniefen und kleinen Schluchzern, das Weinen würde sie sofort verraten.
Plötzlich fragte einer der Templer leise: »Was hat dieser lächerliche Friedrich verlangt?«
Ja, was hat er verlangt, dachte Agnes und wischte sich über die feuchten Augen. Sie konnte ihren Bruder nur verschwommen erkennen, dichter Nebel und Tränenschleier nahmen ihr die Sicht. Sie starrte in den Dunst und wagte nicht zu atmen. Stephan seufzte und erklärte unwillig: »Mein Vater musste schwören, nach seiner Kerkerhaft zur

Buße eine Wallfahrt nach Santiago de Compostela zu machen. Doch er starb kurz darauf und an seiner Stelle …«

Er sprach nicht weiter, doch in Gedanken beendete Agnes seinen Satz: und an seiner Stelle … bin ich mit meiner Schwester aufgebrochen. Das konnte er doch nicht wirklich meinen? Sie waren auf Wallfahrt, weil König Friedrich es verlangt hatte? Stephan hatte kein Wort davon gesagt. Sie hatte geglaubt, sie wären aufgebrochen, weil ihr der heilige Jacob im Traum erschienen war. Doch Stephan hatte ihren Traum gar nicht ernst genommen. Er nahm sie nie ernst. Er war drei Jahre älter und der Erstgeborene und sie nur die kleine Schwester, die ständig von Heiligen sprach und Engel hinter dem Altar schweben sah. Sie waren gar nicht dem Ruf des Heiligen gefolgt. Es waren alles elende Lügen gewesen.

»Misere bugie!«

Ohne es zu wollen, hatte sie die Worte laut ausgesprochen. Dabei hatte sie genau die sizilianische Betonung ihrer Mutter getroffen. Weder der Nebel noch die Doppelsäule konnten sie jetzt noch verbergen.

»Agnes?«

»Eccomi qui … hier bin ich.«

Sie trat hinter der Säule hervor, stieg vorsichtig über die Abgrenzung des Kreuzganges und tauchte in die Nebelwand ein. Sie sah zuerst die Gesichter, die sie misstrauisch musterten. Nur ihr Bruder wirkte erleichtert, sie zu sehen, und streckte ihr die Hände entgegen. Als sie vor ihm stand, flüsterte sie: »Wir sind hier, weil König Friedrich es verlangt hat? Ist das wirklich wahr?«

Stephan sah verlegen zur Seite. Warum antwortete er nicht? Er sollte sie ansehen. Natürlich war es wahr. Die Art, wie er schuldbewusst an ihr vorbeisah, sagte alles. Sie war so enttäuscht, dass sie kein Wort mehr herausbrachte. Die Templer hatte sie ganz vergessen. Erst als einer von ihnen lachte, kam sie zu sich. Der Bärtige, der anscheinend ihr Wortführer war, musterte sie interessiert. Er streckte die Hand aus und strich ihr das Haar aus dem Gesicht. Dabei betrachte er sie, als würde er eine Ware auf dem Marktplatz prüfen. Gleich wird er mir den Mund öffnen und meine Zähne ansehen, als wäre ich eine Leibeigene, die er erwerben wollte, dachte Agnes angewidert. Doch der Templer ließ die Hand wieder sinken: »Das ist Eure Schwester? Sie ist perfekt,

denn sie ist klein und zierlich. Ihr Gesicht hat etwas Unbestimmtes. Ihre Schönheit wird alle anrühren, auch den jungen König. Sie ist so dunkel wie ihre sizilianische Mutter und hat dabei den unerschrockenen Blick ihrer deutschen Vorfahren. Genau die richtige Mischung für unseren Plan, so wie der edel gesinnte Graf es gesagt hat. Überlasst sie unserem Herrn und Meister. Ihr werdet es nicht bereuen!«
Was redet er da, dachte Agnes verwirrt. Die richtige Mischung wofür? Was hatte sie mit den Plänen dieser dunklen Gesellen zu schaffen und wer war der edel gesinnte Graf? Unbehaglich sah sie von einem zum anderen. Alle schienen zu wissen, wovon die Rede war. Stephan hatte den Kopf gesenkt und schien mit sich zu ringen. Der bärtige Anführer musterte Agnes noch einmal und fragte skeptisch: »Und sie spricht wirklich mit Vögeln?«
Stephan blickte auf. Als er antwortete, huschte so etwas wie ein Lächeln über sein Gesicht: »O ja, meine Schwester kann sie alle mit ihrem Lockruf betören.«
Agnes fand sein angedeutetes Lächeln abscheulich. Was hatte er diesen Templern über sie erzählt? Alle Männeraugen starrten sie nun an, als wäre sie ein Preis, den es beim Lanzenstechen zu erringen galt. Besonders der Bärtige. Er schnalzte zufrieden mit der Zunge und erklärte den Umstehenden: »Und der kleine König ist vernarrt in seine jungen Falken. Das passt ganz wunderbar.«
»Stephan, was …«
Agnes kam nicht dazu, ihren Bruder zu fragen, was das alles zu bedeuten hatte, denn der trat einen Schritt vor und wisperte mit seltsam rauer Stimme: »Und es bleibt dabei? Die Güter südlich von Catania und ein königliches Amt in Palermo … Und wenn der Plan misslingt, stehen wir unter Eurem Schutz?«
»Wir?«, fragte der Bärtige leise. »Könnt Ihr für Eure Schwester sprechen?«
Stephan achtete nicht auf seinen Einwand. Er ließ sich auf die Knie fallen, hob die Hände wie zum Lehnsschwur und stieß hervor: »Mein Leben gehört Euch.«
Agnes wollte protestieren und nach seinen Händen greifen, doch seine fast tonlose Stimme hielt sie zurück: »Und nehmt auch meine Schwester, wenn es der Sache dient.«

Sie fühlte sich, als hätte ihr jemand einen Eimer Wasser ins Gesicht geschüttet. Seine geflüsterten Worte liefen ihr eiskalt den Rücken hinunter. Zwar war sie es gewohnt, dass er für sie das Wort ergriff, so machten es Brüder mit ihren kleinen Schwestern, doch das ging zu weit. Er konnte sie doch nicht diesen Fremden ausliefern! Das sahen die jedoch anders, denn der bärtige Anführer nickte zufrieden. Er zog etwas unter seinem Mantel hervor und sagte feierlich: »Erhebt Euch wieder. Nicht hier, nicht so. Schwört unserem Grafen in Santiago de Compostela. Schwört ihm am Grab des heiligen Jacobus Eure Treue. Schwört auf diese Jacobsmuschel mit ihren feuergleichen Strahlen und sprecht die Worte des Jacobusbriefes: Siehe ein kleines Feuer, welch einen Wald zündet es an!«

Er hatte plötzlich eine große Muschel in der Hand und hielt sie in die Höhe.

Die Nebelschwaden wurden zu dünnen Fetzen und der Mond kam zwischen den Wolken hervor. Die Jacobsmuschel schien zu strahlen und ein Windstoß vertrieb die letzten Nebelfäden. Als der Bärtige fortfuhr, klang seine Stimme so drohend, dass Agnes erschrocken die Luft anhielt. »Während der Nachtwache in der Basilika müsst Ihr Eure Hand auf diese Jacobsmuschel legen und den Schwur besiegeln. Die Worte aus dem Jacobusbrief sollen unsere Losung sein.«

Alle blickten gebannt auf die weiße, schimmernde Muschelschale. Gelborange Strahlen gingen von ihren gefächerten Furchen aus. Feine Sonnenstrahlen schienen die Dunkelheit zu durchdringen. Agnes konnte ihre Augen nicht von der Muschel lösen. Irgendwie kam ihr die Muschel bekannt vor. Sie konnte nicht sagen, woher die Erinnerung kam, es war mehr ein unbestimmtes Gefühl. Konnte es möglich sein, dass dieser Mann die Muschel besaß, über die einst der kleine Mann in Assisi die seltsamen Worte gesprochen hatte? Gelobt sei der Herr für Herrn Bruder Sonne. Nein, unmöglich. Ihre Muschel lag zu Hause im Falknerhäuschen. Wie um zu erwachen, wischte sie sich über die Augen. Es musste eine Täuschung sein. Sicher gab es unzählige ähnliche gemaserte Muscheln. Das Meer brachte Hunderte von Formen und Sorten hervor, um Gott zu preisen. Gelobt sei der Herr für unsere Schwester Mutter Erde, die mannigfaltige Früchte hervorbringt. Waren das nicht die Worte des Franziskus gewesen?

Stephan flüsterte mit belegter Stimme: »So soll es geschehen: Siehe ein kleines Feuer, welch einen Wald zündet es an.«
Seine Worte brachten sie wieder zu sich. Kurz entschlossen ließ sie sich neben ihm nieder und umklammerte seinen Arm: »Stephan, das darfst du nicht! Jacobus hat seine Brüder in Christi ermahnt, nicht zu schwören. So steht es geschrieben!«
Sie wusste ganz genau, dass es diese Stelle im Jacobusbrief gab. Ihr Beichtvater hatte ihr auch erklärt, dass der Brief von einem jüngeren Jünger Jesu und nicht von dem Jacobus, der in Compostela sein Grab hatte, stammte. Der jüngere Jacobus hatte das Feuer als Gleichnis für die Zunge gewählt, die den ganzen Leib verunreinigen konnte. Diese Männer brachten ja alles durcheinander! Leise wiederholte sie: »So steht es geschrieben.«
Niemand beachtete ihren Einwand. Der bärtige Anführer ließ die Jacobsmuschel wieder unter seinem Mantel verschwinden und forderte Stephan mit einem kurzen Nicken auf, sich zu erheben. Ihr Bruder wankte, als stünde er unter einem Zauberbann. Mit einer fahrigen Bewegung entzog er ihr seinen Arm und flüsterte kaum hörbar: »Geh zu Bett, Agnes.«
Stephan kam auf die Füße und einer der Templer sprang herbei, um ihn zu stützen. Während Agnes sich ebenfalls aufrappelte, knurrte der Bärtige sie an: »Geht beten und überlasst das Denken Eurem Bruder.«
Agnes sah hilflos mit an, wie die Männer ihren Bruder die Säulenreihe entlangführten. Die Bögen warfen dunkle Schatten über ihre weißen Gewänder und sie wurden zu unwirklichen Gestalten. Agnes konnte sich zuerst nicht rühren, dann endlich löste sich ihre Erstarrung. Sie rannte ihnen nach und erreichte die Gruppe, als sie gerade in die Klosterkirche eintrat. Stephan stolperte über die Schwelle, ohne sich umzusehen. Agnes versuchte, ihm zu folgen, und erhielt von einem der Männer einen unsanften Stoß. Ihre Füße kamen auf den feuchten Steinen ins Rutschen und sie stürzte zu Boden.
Mit einem lauten, dumpfen Dröhnen fiel die Kirchentür zu. Agnes richtete sich stöhnend auf. Sie rieb sich den schmerzenden Ellenbogen und flüsterte: »O Santa Agatha di Catania.«
Die Heilige antwortete nicht. Agnes hielt sich den Arm. Feuchtigkeit drang durch ihre Kleider und kroch kalt ihren Rücken hinauf. Ver-

zweifelt starrte sie auf die dunkle Holzmaserung der Tür. Wie konnte Stephan so etwas tun? Er bot ihnen seine Schwester an, als wäre sie eine kostbare Rarität. Sie spricht mit Vögeln, das passt ganz wunderbar. Was hatten sie vor? Waren sie alle von Sinnen? Ihr Bruder gab sie weg, als wäre sie ein dressierter Tanzbär. Nehmt meine Schwester, das hatte er wirklich gesagt! Ein Ausruf ihres Vaters kam ihr in den Sinn und sie zischte die gleichgültig schweigende Kirchentür an: »Beim Näglein des Heiligen Kreuzes zu Ulm!«

Hinter ihr lachte jemand leise. Dort hinten lag die Kapelle des heiligen Voto im Schatten des Felsens verborgen. Jemand musste dort gebetet haben und war auf dem Weg zurück zu den Schlafräumen. Warum hatte sie keine Schritte gehört? Sie vergaß ihre Verzweiflung und den schmerzenden Ellenbogen. Hastig wandte sie sich um.

Im Mondlicht stand ein Engel und blinzelte ihr freundlich zu.

L' Angelo salvatore, dachte Agnes verblüfft. Die Heilige schickte einen rettenden Engel. Die heilige Agatha von Catania hatte sie erhört. Sie sandte einen Helfer, der größer und kräftiger war als jeder Sterbliche. Obwohl es so dunkel war, glaubte sie sein ebenmäßiges Gesicht und sein einnehmendes Lächeln gut erkennen zu können. Engel leuchteten von innen heraus, denn sie waren vollkommene Geschöpfe. Agnes hatte schon welche gesehen, einmal nach einem tiefen Gebet, als sie sich ganz der Nähe eines Heiligen hingegeben hatte, und ein anderes Mal war es, als schwebten sie über der Empore der Kirche in Catania. Allerdings schien dieser Engel plötzlich nicht mehr lichtdurchschienen zu sein noch schwebte er. Als er langsam näher kam, verflog alles Engelhafte. Aus dem Nebel tauchte eine unerhört schmutzige Gestalt in einem verfilzten Umhang über fleckigen Beinlingen auf. Der Mond brach erneut aus den Wolken hervor und brachte die feinen Nebeltropfen in dem ungewaschenen und zerzausten blonden Haar zum Glänzen.

Immer noch lächelnd, ließ er sich neben Agnes nieder. Aus der Nähe hatte er nichts Überirdisches mehr an sich, ganz im Gegenteil, er roch nach Schweiß. Sie rückte ein Stück zur Seite und musterte ihn neugierig: Er war noch jung, vielleicht zwei oder drei Jahre älter als ihr Bruder, und trotz seines Geruchs fühlte sie sich auf sonderbare Weise zu ihm hingezogen. Selbst die Narbe, die sich als feine Linie von der

Augenbraue bis zur Spitze seiner großen Nase zog, gefiel ihr. Sie durchschnitt hell und weiß sein schattiges Gesicht, in dem alles überraschend groß wirkte. Agnes starrte gebannt darauf. Eine scharfe Klinge musste sein linkes Auge knapp verfehlt haben. Der heilige Augustinus, der die Augen beschützte, hatte ihm beigestanden. Dieser Mann war vielleicht kein Engel, doch er musste etwas ganz Besonderes sein, wenn er den Schutz des Heiligen verdient hatte, denn Augustinus war ein eigenwilliger Heiliger und kümmerte sich nicht um jeden.

Der Fremde sah sie schweigend an. Seine blaugrauen Augen hatten zwar etwas Sehnsuchtsvolles, dennoch gehörte es sich nicht, dass er sie so unverhohlen anstarrte. Agnes wollte ihn zurechtweisen, doch er kam ihr zuvor und erklärte hastig: »Entschuldigt, ich bin nur so überrascht. Es geschieht nicht oft, dass ich aus einer Kapelle komme und eine bekannte Ulmer Beschwörung durch die Nacht klingt. Kennt Ihr die alte Pfalzkapelle zum Heiligen Kreuz? Habt Ihr Euren Finger andächtig über das goldene Näglein gerieben, wie es der Brauch verlangt? Seid Ihr aus Ulm?«

»Was? Ob ich aus Ulm bin? Nein, mein Vater stammte aus Ulm. Er kam vor vielen Jahren mit Kaiser Heinrich nach Sizilien. Ich bin nie in Ulm gewesen.«

»Wie schade. Ich gehöre zum Gefolge des Ritters von Justingen. Wir sind auf dem Rückweg von Santiago de Compostela und ich hatte gehofft, endlich jemanden aus Schwaben zu treffen.«

»Oh, Ihr wart am Grab des heiligen Jacob? Wir sind Pilger auf dem Weg dorthin. Das heißt, wir sind aufgebrochen, weil mir der heilige Jacob im Traum erschienen ist, aber nun ... Habt Ihr sie gesehen, die Templer? Sie haben meinen Bruder mitgenommen und ich, ähm ...«

Sie brach ab und schwieg verwirrt. Wieso erzählte sie ihm das? Es war sehr unvernünftig, im Dunkeln auf den feuchten Steinfliesen zu sitzen und sich einem völlig Fremden anzuvertrauen. Er schien nichts Sonderbares dabei zu finden. Nachdenklich fuhr er an seiner Narbe entlang. Als er mit der Fingerkuppe an der Nasenspitze angekommen war, tippte er dagegen und sagte: »Die Templer? Die halte ich nicht für echt. Sie sind viel zu ordentlich gekämmt, besonders ihr Anführer, der ist ein eitler Kerl. Schon Bernhard von Clairvaux hat gesagt, dass echte Tempelritter niemals gekämmt und selten gebadet sind. Geht ihnen besser aus dem Weg, Fremden kann man nicht trauen.«

Er war ebenfalls ein Fremder, ein ungekämmter und ungebadeter Fremder. Eigentlich sollte sie aufstehen und zum Gästetrakt des Klosters laufen und nie wieder ein Wort mit ihm wechseln. Doch in dieser Nacht war sowieso nichts, wie es sein sollte, und so sagte sie leise: »Erzählt mir vom Grab des heiligen Jacob. Ist es, wie alle erzählen? Kehrt man verwandelt von dort zurück?«

Der Gefolgsmann des Ritters von Justingen lächelte geheimnisvoll: »Findet es selbst heraus.«

Er stand auf und bot ihr seine Hand an, die ungewöhnlich breit und groß war. Zögernd griff Agnes danach und ließ sich hochziehen. Ihre Glieder waren ganz steif und sie fühlte sich müde und durchgefroren. Er hielt ihre Hand viel länger als nötig und fuhr mit seinen rauen Fingerkuppen über die feinen Narben, die ihren Handrücken bedeckten und von unzähligen Schnabelhieben und scharfen Vogelkrallen stammten. Seine Berührung war fragend und verständnisvoll zugleich. Ihr war, als würde sie ihn schon lange kennen. Auch als er sie endlich losließ, blieb ein Gefühl von Nähe und Vertrautheit zurück. Agnes seufzte leise und wünschte, dass er wirklich ein Engel wäre, der gekommen war, um sie zu retten. Wäre sie doch weit weg von den falschen Templern. Sie wollte nichts mit Männern zu tun haben, die ihren Bruder in ihrer Gewalt hatten und den jungen König stürzen wollten. Auf einmal fiel ihr ein, dass sie von nun an mit ihnen nach Santiago de Compostela pilgern mussten. Dort am Grab des heiligen Jacob würde Stephan auf eine Muschel schwören und sich versündigen. War es womöglich gar nicht der heilige Jacob gewesen, der ihr im Traum erschienen war, sondern der leibhaftige Teufel in Verkleidung? Hatte der Teufel selbst sie nach Santiago gelockt? War er womöglich irgendwo in der Dunkelheit und beobachtete sie? Unsicher blickte sie sich um. Ihr Blick fiel auf die Kapelle des heiligen Voto.

Die kleine Kapelle befand sich nur wenige Schritte von ihr entfernt unter dem Schatten des Felsens verborgen. Vielleicht wusste der Heilige eine Antwort. Sie würde die Kapelle aufsuchen und den Rest der Nacht um eine Antwort flehen. Wortlos wandte sie sich um, doch die

bittende Stimme des Schwaben hielt sie zurück: »Wartet! Wir reisen bei Sonnenaufgang weiter. Werdet Ihr am Tor stehen und mir nachblicken?«
Sie überlegte einen Moment. Sie hatte wirklich andere Sorgen. Seine sehnsuchtsvollen grauen Augen blickten sie flehend an. Schließlich sagte sie seufzend: »Ich denke nicht.«
»Beim Näglein des Heiligen Kreuzes zu Ulm: Ich denke doch!«
Sie war zu müde und erschöpft, um mit ihm herumzustreiten, und zuckte nur mit der Schulter. Der große Schwabe machte eine unbeholfene Bewegung und hatte unvermutet eine kleine gewundene Silberspange in Form einer Eidechse zwischen seinen großen Fingern. Sie kannte die grünen Steine, die Augen der Echse, nur zu gut. Aus dem Nebel blitzte sie die Spange an, die sie in der Grabkammer der Könige verloren hatte. Er ließ die Echsenspange in ihre offene Hand fallen.
»Das habe ich am Grab von Sancho Ramírez von Aragón gefunden. Am späten Nachmittag kamt Ihr von dort, ich habe es beobachtet. Gehört sie Euch?«
»Das ist wirklich meine Spange. Mille grazie!«
Er lächelte und verschwand im grauen Dunst. Kurz darauf hörte sie erneut die Kirchentür zuschlagen. Verwundert strich sie über die zierliche Spange. Mitten in den unwegsamen Pyrenäen hatte sie jemanden getroffen, der die Pfalzkapelle zum Heiligen Kreuz in Ulm kannte. So oft hatte ihr Vater von Ulm gesprochen. Es schien ihr, als hätte er ihr auf seine Weise Trost geschickt. Ihr Vater war ein ehrlicher Mann gewesen, der zu seinem Wort gestanden hatte. Niemals hatte er im Verborgenen gearbeitet und beim Aufstand gegen Friedrich war er dem König offen entgegengetreten, doch er hätte sich niemals an einer Verschwörung beteiligt. Eine Verschwörung hatte nicht zu ihrem Vater mit seinem starken Empfinden von Recht und Unrecht gepasst. Es hätte allerdings zu ihm gepasst, ihr den großen, ungewaschenen Ulmer zum Trost zu schicken. Wenn sie doch nur wüsste, wer sie auf den Weg nach Santiago de Compostela geschickt hatte. Wer war ihr im Traum erschienen? Seufzend wandte sie sich zur Kapelle, um den heiligen Voto zu befragen.

Der Fremde sollte Recht behalten, denn Agnes blickte ihm tatsächlich nach, als sie bei Sonnenaufgang aus der Kapelle hinaus in die kühle Morgenluft trat. Sie war sich immer noch nicht sicher, ob ihr der heilige Jacob oder der Teufel im Traum erschienen war, doch war das nicht die Schuld des heiligen Voto. Vielmehr war es ihr nicht gelungen, sich ganz im Gebet zu verlieren, weil ihre Gedanken immer wieder abschweiften. Es war unmöglich gewesen, sich ganz tief in die Andacht zu versenken. Der heilige Voto möge ihr vergeben.

Als die Sonne die letzten Nebel vertrieb, die sich in den Felsspalten bis zum Morgengrauen gehalten hatten, stand sie am steinernen Torbogen. Nach der durchwachten Nacht waren alle Geräusche unangenehm laut und alle Farben bunt und aufdringlich. In ihrem Kopf brummte es unaufhörlich und sie war sich nicht sicher, ob die Templer im Nebel nur Schatten gewesen waren.

Nachdenklich blickte sie dem langen Zug von Reittieren und Menschen nach, der sich auf dem gewundenen Weg zum Tal hinabschlängelte. War der große Schwabe unter ihnen oder war er auch nur eine nächtliche Erscheinung gewesen? Plötzlich fiel ihr die Spange ein. Er hatte ihr die kleine Eidechsenspange zurückgegeben. Sie war der Beweis dafür, dass der Ulmer kein Lichtwesen gewesen war. Erleichtert tastete sie nach dem kühlen Silber und dachte an den ungekämmten Mann mit den großen, unbeholfenen Händen. Ein winziges Lächeln huschte über ihre Lippen. Beim Näglein des Heiligen Kreuzes zu Ulm, sie würde ihn wieder sehen, ganz bestimmt würde sie ihn wieder sehen. Manchmal wusste sie diese Dinge, auch ohne Zwiesprache mit einem Heiligen zu halten.

Sie ließ den Torbogen hinter sich und stieg den schmalen Weg zum Kloster hinauf.

Wenn der Ulmer echt war, dann waren es die Templer auch und würden sie von nun an nach Santiago de Compostela begleiten. Der bärtige Anführer würde sie den ganzen Weg über abschätzig von der Seite ansehen und mit seinen Versprechungen ihren Bruder immer tiefer in seine finsteren Pläne hineinziehen. Zum Schutz gegen Räuber schlossen sich Pilger in Gruppen zusammen, doch diese Männer waren nicht die Reisebegleiter, die sie sich ausgesucht hätte. Und dann gab es da noch einen unbekannten Grafen, den sie den Edelgesinnten nannten, der sie in Compostela erwarten und von Stephan den Schwur verlangen würde. Bei der Erinnerung daran fröstelte sie. So hatte sie sich die Wallfahrt nicht vorgestellt. Unglücklich trat sie mit der Fußspitze gegen einen spitzen Stein und beobachtete, wie er den Abhang hinuntersprang. Sie musste tief Luft holen, bevor sie ihren Weg zurück zum Kloster fortsetzen konnte.

Sie fand Stephan in der Eingangshalle. Er hockte müde auf den Stufen zum Untergeschoss und sie setzte sich wortlos neben ihn. Beide blickten sie starr in die dunklen Gemäuer, die zu den Schlafsälen der Mönche und der alten mozarabischen Unterkirche führten. Es schien Agnes, als würde ihr Bruder auf etwas warten, was von dort unten heraufgekrochen kam. Unruhig rutschte sie auf den kalten Steinen herum, bis sie sich schließlich überwand und leise fragte: »Wartest du auf sie?«

»Verschone mich mit deinen Vorhaltungen und beruhige dich. Sie sind noch vor Sonnenaufgang nach Eunate aufgebrochen.«

»Eunate? Wo liegt das?«

Stephan gähnte herzhaft und schloss für einen Moment die Augen. Als er sie wieder öffnete, erklärte er leise: »Es ist ein etwas abseits vom Pilgerweg gelegener Ort, nicht weit von hier. Dort gibt es eine achteckige Templerkirche. Ein einsamer Ort, gewöhnliche Pilger begeben sich selten dorthin. Die Kirche ist dem Heiligen Grab in Jerusalem nachempfunden, wo die Templer ihren Hauptsitz errichtet haben. Das war lange bevor sie für die Befreiung Spaniens von den Mauren kämpften und sich um die Pilger nach Santiago kümmerten. Es sind verdienstvolle Männer, also erspar mir deine Vorwürfe.«

»Verdienstvolle Männer? Es sind Männer, die dem jungen König schaden wollen. Sie ziehen dich in eine Verschwörung hinein, darauf steht der Tod. Ist dein Hass auf König Friedrich wirklich so groß, dass dir das gleichgültig ist? Es war doch nicht Friedrichs Schuld! Vater hatte sich am Aufstand gegen ihn beteiligt und sein Zeichen unter das Schreiben gesetzt, das voller Bedingungen und angedeuteter Drohungen war. Du weißt das ebenso gut wie ich.«

Stephan schnaufte unwillig, doch sie fuhr fort, ohne darauf zu achten: »Die Kerkerhaft war noch gnädig, denn einen Verräter erwartet das Henkerbeil. Vaters Tod war nicht die Schuld unseres Königs, eine

Feuersbrunst hat ihn getötet, die vielleicht von einer heruntergebrannten Kerze oder einem unbeaufsichtigten Kohlebecken ausgelöst wurde. Warum sinnst du also auf Rache? Es gibt nichts zu rächen. Finde endlich deinen Frieden. Bete am Grab des heiligen Jacobus, anstatt unheilige Schwüre zu leisten.«

Stephan erhob sich schwerfällig. Er machte eine wegwerfende Handbewegung, als hätten ihre Worte keine Bedeutung. Agnes blickte ungläubig zu ihm auf. Er benahm sich, als wäre er sehr zufrieden mit den Ereignissen der Nacht. Hatte er wirklich vor, den Tod ihres Vaters zu rächen und Pläne gegen den jungen König von Sizilien zu schmieden? Ihr Bruder sah eigentlich nicht aus wie ein Verschwörer. Nur die dunklen Ringe unter den Augen verrieten ihn. Er gähnte noch einmal und murmelte: »Hör auf damit. Du bist nur eine Frau, ach was, du bist noch ein kleines Mädchen. Was verstehst du von solchen Dingen? Es ist ganz allein meine Entscheidung. Wir treffen die Templer und ihren Herrn in Puente la Reina und reisen mit ihnen weiter nach Santiago de Compostela. Bis dahin sollen wir uns Reittiere und ein paar Knechte besorgen, damit wir schneller vorankommen.«

»Der Heilige hat mir im Traum ganz deutlich gesagt, dass wir zu Fuß …«

»Sieh dir meine Füße an!«

Stephan streckte einen Fuß vor und drehte ihn anklagend. Das graue von Staub durchtanzte Licht ließ die blutverkrusteten Fersen seines Lederschuhs groß und schwarz hervortreten. Agnes sah schuldbewusst weg. Ihre Füße waren zwar übersät mit wunden Stellen und aufgeplatzten Blasen, doch hatten sie vom vielen Barfußlaufen im Sommer eine schützende Hornhaut. Stephan hatte jeden Sommer über ihre Lederfüße gespottet. Nun ließ er seinen Fuß wieder in den Schatten zurückgleiten und schnaufte: »Ein Mann von adliger Herkunft reitet zum Grab des Jacobus. So ist es immer schon gewesen, also bring nicht Gottes Ordnung durcheinander. Wir besorgen uns endlich Reittiere. Schluss mit den wunden Füßen, die dir so gottgefällig erscheinen. Schluss mit deinen langen Nachtwachen in abseits gelegenen Kapellen und den Gebeten vor wundertätigen Marienfiguren in versteckten Felsnischen. Dafür haben wir keine Zeit mehr. Wir haben es eilig.«

Seine Worte legten sich wie eine schwere Decke auf sie. Ihr Entschluss, den Weg zum Grab zu Fuß zurückzulegen, galt nun nicht mehr und die Eile gefiel dem heiligen Jacob sicher auch nicht.
Stephan hielt einen vorbeihastenden Mönch an und fragte ihn nach einem Stall, in dem es günstige Reittiere zu erwerben gab. Der Mönch schüttelte bedauernd den Kopf und ihr Bruder fluchte leise. Stephan würde sich in den Pyrenäen weiterhin blutige Füße holen müssen und schnell würden sie auch nicht sein. Sie folgte ihm in die klare Morgenluft und beobachtete, wie er mit müden Schritten zum Gasttrakt hinüberging.
Der Anblick der imposanten, gezackten Gebirgskette, die sich rosa leuchtend vor dem blassen Himmel abhob, ließ sie innehalten. Eine Windböe fuhr in die bewaldeten Hänge vor den kargen Schotterfeldern und brachte die Baumwipfel zum Schwanken. Hier oben war es immer windig und das Wetter schlug schnell um. Es würde ein beschwerlicher Abstieg werden und am Ende wartete der edel gesinnte Graf. Agnes starrte nach oben, als könnte sie auf diese Weise die Felswand zum Einsturz bringen, doch nichts geschah.

Juni 1209, auf dem Pilgerweg nach
Santiago de Compostela

Noch am selben Morgen verließ Agnes mit Stephan das Kloster San Juan de la Peña. Schweigend begannen sie den Abstieg. Sie folgten dem uralten Weg, auf dem seit Jahrhunderten die Menschen nach Santiago de Compostela gezogen waren. Während Stephan unermüdlich ausschritt, warf Agnes noch einen Blick auf die Klosteranlage zurück: Die graue Felswand wölbte sich schützend über dem Kreuzgang. Es sah so friedlich aus.
Agnes konnte kaum glauben, dass die Verschwörer in der Nacht dort gewesen waren und von Landgütern bei Catania und einem Amt in Palermo gesprochen hatten. Doch Stephans beharrliches Schweigen und seine schnellen Schritte erinnerten sie an seinen Kniefall und seine geflüsterten Worte: Siehe ein kleines Feuer, welch einen Wald zündet es an.

Nehmt meine Schwester.
Nichts war mehr so wie zuvor. Statt dem Ruf des heiligen Jacobus zu folgen, folgten sie nun dem Befehl eines unbekannten Grafen, der ganz bestimmt nicht edel gesinnt war. Sie wagte nicht, Stephan noch einmal nach dem geheimnisvollen Mann zu fragen; er würde sowieso nicht antworten. Traurig ließ sie ihren Blick über die hohen Gipfel wandern, die nun hinter ihnen aufragten. Die mächtigen Felswände wirkten wie in den tiefblauen Himmel gemeißelt. Leise begann sie, ein Te Deum zu singen. Stephan schwieg beharrlich und rannte fast über den grasbewachsenen, steinigen Weg. Er schien kaum auf die aufgehäuften Steine zu achten, die andere Pilger zur Orientierung zurückgelassen hatten. Agnes zwang sich, den Blick nach vorn zu richten und nicht nachzudenken. Es war schwer genug mitzuhalten.
Nach ein paar Stunden verlor sie jedes Gefühl für die dahinfließende Zeit. Nur das Licht veränderte sich ständig. Es kam von allen Seiten, mal blendete es sie, mal wärmte es ihren Nacken. Die Schatten der knorrigen Büsche am Wegrand wanderten und die lateinischen Worte des Te Deum wurden zu einem immer gleichen Singsang, der sie unaufhaltsam vorantrieb. Gegen Abend stießen sie auf eine Höhle, in der ein wortkarger Einsiedler hauste. Er wusch Stephans Füße und rieb sie mit einer stinkenden Paste ein. Die eiskalte Nacht verbrachten sie zusammengekauert an seinem offenen Feuer. Als Agnes in den Schlaf hinüberglitt, lief sie im Traum immer weiter und spürte noch den steinigen Boden unter ihren Füßen. Das Feuer knackte und knisterte. Der Gestank der Heilpaste kroch ihr in die Nase und das gleichmäßige Te Deum zog durch ihre Träume.
Am nächsten Morgen setzten sie nach einem kargen Frühstück, das der Einsiedler durch eine Schale Ziegenmilch ergänzte, ihren Weg fort. Der Gebirgswind zerrte an ihren Mänteln und trieb ihnen den Sand in die Augen. Nach vorn gebeugt und mit ihrem ganzen Gewicht stemmten sie sich dem Wind entgegen. Nun änderte sich die Landschaft. Sie kamen an wilden Schluchten und zerklüfteten Felsen vorbei. Sie mussten durch einen kalten Fluss waten und rutschten auf dem weichen Waldboden einen Hang hinunter. Gegen Mittag trafen sie zwei Pilger, die höflich grüßten und dann ihren Weg fortsetzten. Kurz darauf machten sie Rast, um ein paar trockene Brotkanten zu verzehren und

einen Schluck Wasser aus der Lederflasche zu trinken, die sie beide um ihre Hüften gebunden hatten. Dann ging es weiter. Bald spürte Agnes ihre Füße nicht mehr und ihr Kopf wurde seltsam klar. Ihr Atem ging gleichmäßig und wurde immer flacher. Atmen und laufen, luftholen, die Füße vorwärtsbewegen und nicht denken. Doch umso erschöpfter sie sich fühlte, umso zuversichtlicher wurde sie. Ihr war, als würde sie vor den Verschwörern im Kreuzgang davonlaufen. Mit jedem Schritt entfernte sie sich von den Eindrücken der Nacht im Kloster und kam dem heiligen Jacob ein Stückchen näher. An seinem Grab würde sie endlich Ruhe finden, um zu beten. Die Gebete würden keine Ähnlichkeit haben mit denen, die sie vor jedem Aufbruch hastig stammelte. Sie würde sich tief versenken, so wie sie es gewohnt war, mit geschlossenen Augen, ohne jeden anderen Gedanken, ganz hingegeben an den Moment, erfüllt von der Heiligkeit des Ortes. In Santiago wird alles gut, dachte sie und ließ diesen Gedanken zu einer gesummten Melodie werden: In Santiago wird alles gut.

In Santiago wird alles gut. Es wird alles gut. Ein weiterer Tag verging, ohne dass ihre neu gewonnene Zuversicht von Stephans unheimlichem Schweigen beeinträchtigt wurde. Die gesummte Melodie begleitete sie. Es schien so einfach. Sie musste sich vor dem Altar in Santiago nur ganz tief ins Gebet versenken und alles würde gut. Als sie bei Anbruch der Dunkelheit eine verlassene Kapelle fanden, nächtigten sie in deren verfallenem Vorraum. Das Schnarchen zweier ungewaschener alter Pilger, die zur Buße mit Ketten aneinander gebunden waren, drang die ganze Nacht zu ihnen herüber. Trotz der nächtlichen Störung erwachte Agnes am nächsten Morgen wieder mit dem Gefühl, dass in Santiago alles gut werden würde.

Sie kämmte im Morgennebel vor der Kapelle ihr Haar mit dem Holzkamm, an dem schon zwei Zinken abgebrochen waren, und summte vor sich hin: In Santiago wird alles gut. Dort empfängt uns der heilige Jacob und bringt alle Verschwörer zum Schweigen. Der Kamm verfing sich in einer Klette und ein weiteres Stück brach heraus. Agnes warf den kaputten Kamm ins Moos. In Santiago würde sie sich einen neuen Kamm kaufen, einen, auf dem Muscheln und heilige Worte gemalt waren. Nun entschied sie sich, ihr langes Haar in viele kleine Zöpfe zu flechten, die sie mit Grashalmen umwand.

Die kleinen Zöpfe tanzten den ganzen Weg über um ihr Gesicht herum und am Abend entlockten sie der Bauersfrau, die ihnen auf ihr Klopfen hin geöffnet hatte, ein verschmitztes Lächeln. Sie verbrachten eine ruhige Nacht in einer Scheune, doch stellten sie am nächsten Morgen fest, dass das Wasser im Bach hinter dem Haus eine bräunliche Färbung hatte und seltsam säuerlich roch. Sie dachten an die vielen Warnungen, die ihnen ihr Beichtvater vor ihrem Aufbruch über vergiftetes oder faulendes Wasser auf dem Pilgerweg mitgegeben hatte. Die Lederflaschen um die Hüften blieben leer und sie setzten ihren Weg, ohne etwas zu trinken, fort.

Beim Höchststand der Sonne kamen sie in eine Schlucht, die vom Rauschen eines kleinen Wasserfalls erfüllt war. Stephan hockte sich vor die spiegelnde Fläche, in die sich das Wasser ergoss, tauchte vorsichtig eine Hand hinein und fuhr prüfend mit der Nase darüber. Andächtig senkte er den Kopf, schlug ein Kreuz und verharrte einen Moment. Erst dann schöpfte er erneut Wasser, trank, wusch sich das Gesicht und füllte seine Trinkflasche. Agnes lief zum Wasserfall und hob die Hände. Sie ließ das Wasser durch ihre Finger rinnen und erinnerte sich an die Worte des Mannes aus Assisi: »Gelobt seist Du, mein Herr, für Schwester Wasser, die gar nützlich ist und bescheiden und kostbar und rein.« Dankbar und gierig trank sie Schwester Wasser und achtete darauf, nicht in die Pfützen zu treten, genau wie der Fremde es sie gelehrt hatte.

Als sie weitergingen, schienen Stephans Gesichtszüge weicher geworden zu sein. Ermutigt von seiner Andacht, begann Agnes zu sprechen. Sie wanderten an dem Wasserfall vorbei und während die kalten Tropfen auf sie niedergingen, sprach Agnes von ihrem Lieblingsthema, den Heiligen und ihren Martyrien. Fast sang sie mit ihrer hohen Stimme über das Rauschen des Wassers hinweg und pries die Standhaftigkeit der Märtyrerinnen. Als der Wasserfall nur noch in der Ferne rauschte und es wieder ein kleines Stück bergauf ging, erzählte sie dem Rücken, der vor ihr herlief, immer noch von den Versuchungen des Teufels und dass dieser es auch verstand, mit Gütern um Catania und einem Amt in Palermo zu locken. Doch weder dieser Hinweis noch die Beharrlichkeit der heiligen Ursula, noch die Entschlossenheit der heiligen Margareta entlockten ihrem Bruder mehr als nur ein

Schnaufen. Agnes war so in die Leiden der Märtyrerinnen vertieft, dass sie den ganzen Tag über kaum die spitzen Steine und die stechende Sonne, die ihr den Schweiß den Rücken herunterlaufen ließ, spürte.

Die Nacht verbrachten sie in einem Hospiz, das von freundlichen Benediktinern geführt wurde. Agnes achtete nicht auf die zerrissenen Decken, in die sie sich nach einer warmen Suppe müde wickelte, sondern fiel erschöpft in einen unruhigen Schlaf.

Am nächsten Tag näherten sie sich Sangüesa. Es war die erste größere Stadt und mit jedem weiteren Schritt änderte sich die Landschaft. Sobald der Weg breiter, das Vogelgezwitscher lauter und die Kreuze zwischen den Steinen häufiger wurden, begann Stephan zu sprechen. Er stellte Mutmaßungen darüber an, wann sie wohl die Templer und ihren Herrn treffen würden, und führte längere Gespräche mit den Pilgern, die nun in großen Gruppen an ihnen vorüberzogen. Unter ihnen gab es oft Männer aus geistlichem Stand, die er in seinem holprigen Latein befragte, ob sie eine Deutsch sprechende Templergruppe getroffen hätten. Eine Erregung ergriff ihn, die Agnes mit Sorge erfüllte, denn mit jedem weiteren Haus am Weg kamen sie dem unbekannten Grafen näher.

Als sie die ersten größeren Häuser von Sangüesa erreichten, verschwand Stephan in einer der Gassen der Stadt und ließ sie allein auf dem Marktplatz zurück. Staunend betrachtete sie das Portal der großen Kirche. Ein vorüberziehender Pilger lüftete seinen Hut und begrüßte die Kirche mit einem andächtigen »Ave Santa María de Real«. Neidvoll blickte Agnes den Pilgergruppen nach, die durch das reich mit Figuren geschmückte Portal hineinströmten. Das Portal war von hohen Frauengestalten umgeben, die Kapitelle über ihren Häuptern trugen, von denen sich Bögen mit andächtig blickenden Aposteln emporschwangen. Darüber wimmelte es nur so von Dämonen und grinsenden Ungeheuern. Agnes blickte hoch und es schien ihr, als flüsterten die Fratzen mit ihr und streckten ihr ihre schlangenartigen Zungen entgegen. Sie glaubte ihr Gewisper ganz deutlich zu vernehmen, es handelte von Sünde und Verrat, Hochmut und Gier.

Agnes wünschte sich nichts mehr, als in dieser neuen Kirche mit dem zweistöckigen, festungsartigen Turm zu beten. Als Stephan mit einem

neuen Paar Schuhe an den Füßen und einer besorgten Miene zurückkam, bat sie ihn, hineingehen zu dürfen. Wortreich verwehrte er ihr den Besuch. Sie hätten es eilig, müssten nun endlich Reittiere besorgen und wären sowieso spät dran. Im Laufschritt hastete er an der Kirche vorbei. Sie wagte nicht, ihm zu widersprechen, denn auf seinem Gesicht lag ein entschlossener Ausdruck, der keinen Widerspruch duldete. Beim Vorübereilen wandte Agnes noch einmal den Kopf, um einen Blick auf das Portal zu werfen. Die Dämonen grinsten noch selbstgefälliger. Höllenfeuer und unendliche Qualen erwarten die Hochmütigen, zischten sie. Agnes versuchte, sich im Laufen die Ohren zuzuhalten, und kämpfte mit den Tränen. Sie war sich nicht mehr so sicher, dass in Santiago alles gut werden würde.
Die Verschwörer schienen jeden ihrer Schritte zu lenken. Stephan gelang es ohne Schwierigkeiten, Reittiere und zwei wortkarge Knechte zu finden. Agnes fürchtete sich vor ihren dunklen Gesichtern und den großen Pferden. Unglücklich und ratlos ritt sie am nächsten Morgen neben Stephan aus der friedlich schlafenden Stadt.

Am späten Abend erreichten sie Puente la Reina. Stephan schien sich sofort in der wohlhabenden und geschäftigen Stadt wohl zu fühlen. Agnes blickte sich ängstlich um. Alles zeugte davon, dass die Handwerker und Händler der Stadt an den Pilgern reich geworden waren. Zwei bedeutende Pilgerwege trafen hier zusammen und es wimmelte von erschöpften Menschen, die vor der Nacht eine Unterkunft suchten. Stephan wollte zuerst einen Blick auf die berühmte Brücke werfen, die sich am Ortsausgang befand, weil man nur dort den breiten Rio Arga überqueren konnte. Vorsichtig lenkten sie ihre Pferde durch die Menge. Überall leuchteten ihr nun die hellen Pilgermuscheln entgegen, sie steckten an Umhängetaschen und zierten Wanderstöcke. Es gab sie in den verschiedensten Ausführungen. Agnes sah kleine silberne Muscheln, aus Holz geschnitzte, weiße und braun gestreifte aus dem Meer. Die vielen Jacobsmuscheln erinnerten sie an die Muschel im Mondlicht, die Stephan in ihren Bann gezogen hatte. Unbehaglich blickte sie sich um. In dieser Stadt wollten die Verschwörer zu ihnen stoßen. Ihr Herr, der edel gesinnte Graf, würde bei ihnen sein. Wurden sie womöglich schon von ihm beobachtet?

Beim Anblick der eindrucksvollen Brücke vergaß Agnes ihren Kummer. Das Abendlicht warf ein verzerrtes Spiegelbild der Brückenpfeiler auf die ruhige Wasseroberfläche. In der Ferne stiegen sanfte Hügel in den milchig blauen Abendhimmel. Der Anblick der Brücke erfüllte Agnes wieder mit Zuversicht: Die mächtigen Pfeiler und die ansteigenden und wieder abfallenden Bögen bezeugten Gottes Unendlichkeit und Allmacht. Auf dem Wasser tanzten helle Lichter. Das Geräusch von sich entfernenden Stimmen und auf das Pflaster aufschlagenden Pilgerstöcken vermischte sich mit Vogelgeschrei und dem dumpfen Glockengeläut aus der Stadt.

Stephan winkte ihre kleine Gruppe zur Seite, um sie um einen knorrigen Baum am Wegesrand zu versammeln. Agnes hörte Stephan etwas von überfüllten Herbergen sagen, doch sie achtete nicht darauf. Gedankenversunken stieg sie ab. Sie überließ einem der Knechte die Zügel und zog sich die Schuhe aus. Bevor die Nacht hereinbrach und sie irgendwo zwischen verschwitzten Pilgern auf den Morgen warten musste, wollte sie nur ein einziges Mal über die Brücke laufen. Sie wollte dem heiligen Jacob entgegeneilen, barfuß und voller Andacht. Das durfte Stephan ihr nicht verwehren. Sie wollte gerade die Schuhe in die Satteltasche schieben und loslaufen, als ein wütender Schrei sie innehalten ließ.

»Ihr doppelzüngigen Pfaffengesichter, heuchlerisches Gewürm, römisches Geschmeiß. Das Stückchen Hartwurst kommt in meinen Bauch, so war es abgemacht.«

Agnes presste ihre Schuhe erschrocken an sich und drehte um. Neben der Baumgruppe auf einer vergilbten Grassode stand ein kleiner, dicklicher Mann mit kleinen schwarzen Löckchen und einem zornesroten Gesicht. Es schien ihn nicht zu kümmern, dass die beiden Männer, mit denen er sich auf einen Streit einließ, braune Mönchskutten trugen. Empört umklammerte er das Ende einer Hartwurst, schwenkte sie wie eine Wurfschleuder über seinem Kopf und brüllte: »Wagt es ja nicht, mich anzufassen. Ich bin Walther von der Vogelweide. Ich stehe im Dienst des deutschen Königs und vieler mächtiger Fürsten.«

Einer der Mönche stieß abfällig ein lateinisches Wort hervor: »Glōriōsus!«

Der kleine, wütende Mann schrie empört: »Selber Aufschneider, lateinschwatzender, papsthöriger Speichellecker.«
Die Mönche blickten sich um und riefen mit schneidenden Stimmen nach ihren Knechten.
»Juan!«
»Mateo! Donato!«
Während die beiden Mönche eilig in der Menge untertauchten, kamen die Herbeigerufenen aus den Büschen gekrochen. Sie hatten dreckverkrustete Gesichter und zotteliges, langes Haar. Brüllend und kreischend fielen sie über den verblüfften kleinen Mann her. Eine geballte Faust traf sein Gesicht und Blut schoss ihm aus der Nase. Er verlor das Gleichgewicht und die Hartwurst glitt ihm aus der Hand. Mit einem überraschten Aufschrei fiel er ins trockene Gras. Sofort begannen sie, nach ihm zu treten. Ihre schmutzigen Füße trafen seinen Hals, seinen Magen und in seinen Bauch. Sein Gesicht flog hilflos hin und her. Stöhnend und wimmernd versuchte er davonzukriechen. Einige Umstehende lachten, andere gingen hastig davon und flüsterten aufgeregt miteinander.
Plötzlich stand Stephan breitbeinig über dem sich windenden Mann und zog einen Nierendolch aus seinem Gürtel. Agnes wich erschrocken zurück. Fast hätte sie die Schuhe fallen gelassen. Was tat er da? Ihr Bruder fuchtelte mit der Klinge vor den Gesichtern der Angreifer herum, bis diese mit eingezogenen Schultern davonhuschten. Agnes starrte verblüfft auf den kleinen Dolch. Sie hatte angenommen, dass Stephan bei ihrem Aufbruch alle Waffen zurückgelassen hatte. Und warum kam er einem Unbekannten zu Hilfe? Sonst mied er doch jede Auseinandersetzung.
Nun bückte er sich, steckte den Nierendolch zurück und ließ sich neben dem kleinen Mann im Gras nieder. Die Menge zerstreute sich. Von den beiden Mönchen und ihren langhaarigen Helfern war nichts zu sehen.
Barfuß und mit den Schuhen vor ihren Körper gepresst, kam Agnes über das trockene Gras. Ihr Bruder war gerade dabei, dem blutenden Mann aufzuhelfen. Freundlich redete er auf ihn ein: »Sie sind alle fort. Seid unbesorgt, wir bringen Euch ins Hospiz des Gekreuzigten, dort werden sich die barmherzigen Brüder um Euch kümmern. Sagt,

steht Ihr wirklich im Dienst des deutschen Königs? Ihr kommt von dem Welfen Otto, der das deutsche Reich regiert?«
»Wo ist meine Wurscht?«, nuschelte der kleine Mann und tastete blind zwischen den Grasbüscheln herum. Als er einsehen musste, dass die Wurst längst verschwunden war, legte er den Kopf in den Nacken, presste zwei Finger vor die blutende Nase und schniefte: »Ob isch den deutschen Könisch kenne? Dasch will ich meinen. Isch bin Walther von der Vogelweide.« Er musste eine Pause machen und holte ein paar Mal tief Luft. Als er wieder sprechen konnte, flüsterte er: »Im Herbst werde ich ihn als frisch gekrönten Kaiser besingen. Ich habe ein Lied zu seiner Krönung in Rom gemacht.« Erneut holte er tief Luft und wischte sich das Blut mit dem Handrücken über sein Gesicht. »Wenn dieses unselige Nasenbluten vorüber ist, singe ich es für Euch. Für Euer beherztes Eingreifen. Wem habe ich meine Rettung zu verdanken?«
»Wir sind aus Sizilien, mir gehört ein Landgut bei Catania. Ich bin Stephan von Borras. Doch sagt, eine Kaiserkrönung? Im Herbst schon? Was wisst Ihr darüber?«
Stephan beugte sich gespannt vor. Er hatte rote Flecken auf den Wangen und schien den Atem anzuhalten. Walther von der Vogelweide nahm den Kopf hoch und wollte antworten, doch ein weiterer heftiger Blutschwall schoss aus seiner Nase und hinderte ihn am Sprechen. Stephan blickte hilflos auf und bemerkte seine Schwester: »Schnell, hilf mir. Wir bringen ihn zum Hospiz. Meine Füße können auch ein kühlendes Bad gebrauchen.«
Agnes bemerkte erst jetzt, dass sich die Fersen an seinen neuen Schuhen rot färbten. Hastig streifte sie sich die Schuhe über. Gemeinsam halfen sie dem deutschen Sänger auf die Beine und führten ihn durch die Menge. Ihre mürrischen Knechte folgten mit den Reittieren. Sie kamen gut voran, da die Leute erschrocken vor dem blutverschmierten Mann zurückwichen. Walther hatte wieder den Kopf in den Nacken gelegt. Er blinzelte in die Abendsonne, während er verzweifelt versuchte, mit dem Ärmel seines Gewandes das Blut aufzufangen. Schließlich blieb er schwer atmend stehen. Obwohl er kaum sprechen konnte, stieß er hervor: »Hört das Lied zu Ottos Krönung. Herr Kaiser, ich als Herrenbot' … bring eine Botschaft Euch von Gott: Er hat das Himmelreich und ihr die Erde …«

»Still, hebt Euch Eure Worte für den Kaiser auf. Wir sind gleich da.« Stephan zog ihn ungeduldig weiter. Bald ließen sie die vielen Pilgerkirchen und die kleinen Adelspaläste mit den steinernen Wappen über den Torbögen hinter sich. Am Stadtrand erhob sich ein schlichter Klosterbau, dessen Portal ein großes Templerkreuz schmückte. Agnes stolperte und rief erschrocken: »Heilige Agatha von Catania, steh mir bei. Heilige Juliana, erbarme dich. Es gehört den Templern!«

Stephan seufzte.

»Natürlich gehört es ihnen. Santa María de la Vega wurde den Templern vor vielen Jahren vom spanischen König geschenkt. Seitdem nehmen sie vorbeikommende Pilger auf und versorgen sie mit Brot und Wein.« An den deutschen Sänger gewandt, fügte er entschuldigend hinzu: »Meine Schwester fürchtet die Tempelritter.«

Walther wollte etwas sagen, stattdessen prustete er und Blutstropfen spritzten an die Tür. Stephan winkte den Knechten und gab ihnen durch Handzeichen zu verstehen, die Tiere zu den Ställen hinter dem Gebäude zu führen, dann wischte er den rot besprenkelten Türklopfer sauber und ließ ihn laut und schwer gegen das Holz schlagen. Agnes zuckte zusammen und erwartete, hinter der sich öffnenden Tür in die braunen Augen des bärtigen Templers zu blicken. Stattdessen öffnete ihnen ein freundlicher Mönch mit einer zerzausten Tonsur und bat sie lächelnd herein: »Entre, por favor.«

Sie folgten dem braun gekleideten Mann in die kühle Eingangshalle und ließen sich den Weg zum Krankenzimmer zeigen. Mit dem Kopf im Nacken und dem Ärmel vor dem Gesicht humpelte der kleine Sänger zwischen ihnen und gab nur hin und wieder ein Schnaufen von sich.

Im Krankenzimmer blickte sich Agnes interessiert um. In dem angenehm kühlen Raum hingen duftende Kräuterbündel von der Decke. Braune Gläser standen aufgereiht in Regalen und auf dem Feuer brodelte und zischte etwas in einem dreibeinigen Topf.

Ein hagerer Mönch hockte vor einer Gruppe weiß gekleideter Ritter, die mit den Hinterköpfen an der gekalkten Wand lehnten und an die Decke starrten. Die Templer boten einen seltsamen Anblick. Zuerst glaubte Agnes, dass sie irgendein sonderbares Ritual vollzögen. Als sie genauer hinsah, erkannte sie verwundert, dass die Herren ebenfalls unter Nasenbluten litten. Ihre Gesichter waren so weiß wie die Wand hinter ihnen und sie pressten sich faustgroße Stoffballen unter ihre Nasenlöcher. Der für die Kranken zuständige Mönch war dabei, ihnen die Stirn zu kühlen.

Beim Klang der sich nähernden Schritte wandte er den Kopf. Anscheinend gefiel ihm nicht, was er sah. Sein Gesicht verfinsterte sich und er rief verärgert: »Nicht noch einer mit Nasenbluten. Was ist denn heute los?«

Grummelnd fuhr er fort, einem Ritter die Stirn zu wischen: »Jeden Abend bekommen die Herren bei Tisch Nasenbluten. Die Templerregel bestimmt, dass sie sich nur bei einem Angriff oder bei Nasenbluten entfernen dürfen. Und sie erheben sich jeden Abend reihenweise vom Tisch, weil ihr heißes Blut ihnen aus der Nase schießt. Die eng sitzenden Helme sind schuld und dann das viele Fleisch und der kaum verdünnte Wein. Sie leben zu gut.«

Schließlich wandte er wieder den Kopf und musterte Walther.

»Der sieht allerdings nicht aus wie ein Templer.«

Stephan antwortete zögernd: »Nein, er … er ist ein Pilger. Er wurde in eine Schlägerei verwickelt und bittet im Namen des heiligen Jacob um Hilfe.«

»So, Deutsche seid ihr? Dann seid willkommen. Ich bin Bruder Marcellus und pilgerte einst selbst aus dem deutschen Reich zum Jacobusgrab. Auf dem Rückweg führte mich der Herr zu den Tempelbrüdern. Das ist lange her. Einen seltsamen Pilger bringt Ihr da.«

Agnes betrachtete den deutschen Sänger genauer. Seine Kleidung war wirklich ungewöhnlich. Unter einem zu kurzen Pilgermantel trug er die gestreiften Beinlinge eines Fahrenden und dazu die spitzen Schuhe eines Höflings. Während sie sich noch über die Lederstreifen an seinen Fingern wunderte und überlegte, ob er sich die Finger an den Lautensaiten blutig gespielt hatte, erhoben sich nach und nach die weiß gekleideten Ritter von der Wand. Wortlos warfen sie die befleckten Stoffballen in eine Schale. Jeder erhielt einen Schluck aus dem dreibeinigen Topf, den der Mönch zuvor vorsichtig aus einer Kelle in einen Becher gegossen hatte. Der letzte Mann verzichtete auf den dampfenden Trunk. Er folgte den anderen auch nicht hinaus.

Ohne auf die fragenden Blicke zu achten, die sie ihm beim Hinausgehen zuwarfen, kam er auf Stephan zu.
»Na endlich, mein Herr. Ihr kommt spät.«
Agnes wich erschrocken zurück. Diese Stimme kannte sie. Seit Sangüesa hatte sie sich vor ihr gefürchtet und gehofft, sie vielleicht nie wieder zu hören. Das bärtige Gesicht des Mannes war blass und eine blutige Kruste hatte sich unter seiner Nase gebildet, dennoch wirkte er so sauber und gekämmt, als wäre er soeben aus dem Bad gekommen. Roch er nicht sogar nach Seife? Im letzten Tageslicht, das durch die schmalen Fenster fiel, wirkte er noch unheimlicher als im Kreuzgang in den Pyrenäen. Agnes fühlte, wie die Furcht ihren Rücken hinaufkroch. Sie stand steif vor Schreck da und hörte wie Stephan stammelte: »Wir, wir ko… o… onnten in San Juan keine Pferde bekommen. Wir mussten die erste Etappe laufen und meine Füße bluten.«
Der Ritter flüsterte mit schmeichelnder Stimme: »Mein Herr Graf erwartet Euch. Dort kann sich auch jemand um Eure Füße kümmern. Es gibt viel zu besprechen. Ich werde mich unterdessen nach einer geeigneten Unterkunft für Eure Schwester umsehen. Solange kann sie hier bleiben und Bruder Marcellus zur Hand gehen.«
Der bärtige Templer nickte ihr bedeutungsvoll zu und schob Stephan ohne ein weiteres Wort zur Tür hinaus. Als sie fort waren, nahm der kleine Sänger seinen blutigen Ärmel vom Gesicht und sagte spöttisch: »Das ist mir ein feiner Templer, sein Herr Graf. Ich bin ihm gestern schon begegnet, diesem deutschen Raubein. Ein Ochsengesicht hat der, jawohl! Das Templergewand steht ihm so schlecht wie die Rolle des Retters von Sizilien.«
Agnes begriff nicht, wovon er sprach. Er konnte doch nicht den Herrn des bärtigen Ritters meinen? Der edel gesinnte Graf nannte sich der Retter Siziliens? Sie musste sich eingestehen, dass sich so nur einer nennen konnte, der eine Verschwörung gegen den jungen König plante. Spielten sich Verschwörer nicht immer zu angeblichen Rettern gerade des Königreiches auf, auf das sie es abgesehen hatten?
Nachdenklich beobachtete sie Bruder Marcellus, der einen Lappen über einer Schüssel auswrang. Plötzlich wandte er sich an den kleinen Sänger und schlug einen belehrenden Ton an: »Du hast dich geprü-

gelt, mein Sohn? Mäßigung, mein Freund, Mäßigung in allem. Sowohl bei der Hitzigkeit der Gefühle als auch bei Speis und Trank. Bewegung und Ruhe, Schlafen und Wachen, alles verlangt ein Gleichgewicht. Was hilft Rautensaft, Bärenfett und Meerzwiebelessig mit Baldrian, wenn das Blut in Wallung gerät und aus der Nase schäumt?«

»Es war ein Schlag und kein Geschäume. Auf Baldriansud und Mäßigung pfeif ich am Morgen mit den Vögeln und tanz am Abend mit den Mäusen im Gebälk. Doch gegen etwas Wein zur Stärkung habe ich nichts. Seht, es hat schon aufgehört zu bluten, allein von seinem Geschwätz.«

Walther breitete die Arme aus und drehte sich auf seinen Fußballen hin und her. Agnes fand sein Getue völlig überflüssig und rief ungeduldig: »Wer ist dieser angebliche Retter Siziliens? Kommt er womöglich von Eurem König Otto? Warum denkt Ihr, dass er kein richtiger Templer ist?«

Bruder Marcellus räusperte sich wichtigtuerisch und richtete seinen belehrenden Ton nun an sie: »Bei den Templern ist es nicht anders als überall auf der Welt. Auch bei uns gibt es die Kämpfenden, die Betenden und die Arbeitenden. Wer von niedriger Geburt ist, der bekommt ein braunes Gewand und wird ein dienender Bruder. Ein weißer Ritter wird nur, wer mit Waffen umgehen kann und drei Pferde mitbringt. Der deutsche Graf ist ein Edler, der seit frühester Jugend das Kämpfen erlernt hat. Nach einer Probezeit als Novize entscheidet das Kapitel über seine Aufnahme in den Orden. In einer Aufnahmezeremonie muss er dem Meister Keuschheit, Armut und unbedingten Gehorsam schwören.«

Walther lachte, hielt sich jedoch gleich wieder die Nase zu, als befürchtete er, es könnte wieder anfangen zu bluten. Er atmete vorsichtig durch den Mund und erklärte: »Unbedingten Gehorsam und Keuschheit, das ist nichts für den ochsengesichtigen Grafen. Nee, von König Otto kommt der nicht, so wahr ich nach einer durchzechten Nacht noch den rechten Ton treffen kann.«

»Woher kommt er dann?«

Agnes hatte vermutet, dass es König Otto war, der seine Hände begehrlich nach Sizilien ausstreckte. Hatten das nicht die Kaiser vor ihm genauso gemacht? Jeder Kaiser des Heiligen Römischen Reiches fühlte sich dazu berufen, über die oberitalienischen Marken und über Sizilien zu herrschen. Sehr zum Ärger des jeweiligen Papstes, der befürchten musste, dazwischen zerrieben zu werden.

Walther schnalzte mit der Zunge und rief: »Habt Ihr nicht Raubritter genug im heißen Sizilien? Wieso wollt Ihr noch welche aus dem deutschen Reich dazu? Seit dem Tod Kaiser Heinrichs machen diese deutschen Grafen nichts als Ärger. Diepold von Schweinspeunt, der Graf von Acerra, ist einer von ihnen. Er ist ein deutschstämmiger Haudegen und seine unbändigen Machtgelüste auf italienischen Boden sind weithin bekannt. Und nun schwingt er sich noch zum Retter Siziliens auf. Fragt sich nur, vor wem er es retten will?«

Bruder Marcellus zuckte mit der Schulter und machte sich geschäftig daran, die blutigen Tücher fortzuräumen. Er schien sich nicht für den Retter Siziliens zu interessieren.

Agnes dagegen war von dieser Neuigkeit ganz benommen. Natürlich hatte sie von Diepold von Acerra gehört. Er bekämpfte den Papst und dessen Mündel Friedrich seit dem Tod Kaiserin Konstanzes und es war ihm sogar einmal gelungen, den zehnjährigen Friedrich in seine Gewalt zu bringen. Zu Beginn des Jahres hatte es so ausgesehen, als ob der mittlerweile vierzehnjährige Friedrich ihm vergeben würde, doch dann verstieß er seinen alten Widersacher und seitdem zog Diepold plündernd über das Festland. So hieß es zumindest. Doch anscheinend war er nun in Spanien bei den Templern. Ob nun Templer oder nicht, es konnte nur Unheil bedeuten, dachte Agnes bedrückt und presste ihre eiskalten Finger auf ihre Wangen. Nun wusste sie, wer der edel gesinnte Graf war, und es war schlimmer als ihre schlimmsten Befürchtungen. Das Wort dieses Mannes war sicher nichts wert. Was wollte er von ihrem Bruder? Was es auch war, auf dem Weg nach Santiago de Compostela befanden sie sich in seiner Gewalt. Es würde ein schneller Ritt unter grimmigen Männern und keine Wallfahrt sein und am Ziel würde ein sündiger Schwur am Grab des heiligen Jacob stehen. Sie musste das unbedingt verhindern. Sie würde sich in der Basilika so tief ins Gebet versenken, dass ihre Füße sich vom Boden lösten. Niemand könnte bei dem Anblick einer schwebenden Frau noch Schwüre leisten und selbst ein Ordensmann musste darin ein Zeichen Gottes sehen. War der edel gesinnte Graf überhaupt ein Templer? Sie dachte daran, was Bruder Marcellus eben erklärt hatte. Der Graf war noch Novize und nur auf Probe bei den Templern aufgenommen worden. Es war eine Verkleidung, eine Tarnung für die Verschwörer, genau wie der Mann aus Ulm im Kreuzgang vermutet hatte. Sie hätte bei der Erinnerung daran, dass sie den Schwaben im Kreuzgang für einen rettenden Engel gehalten hatte, fast gelächelt. Der Fremde hatte sie so viel sagend mit seinen sehnsuchtsvollen, graublauen Augen angesehen. Und er hatte diese großen, ungelenken Hände gehabt, mit denen er ihr die verlorene Eidechsenspange zurückgegeben hatte.

Gedankenverloren tastete sie nach der kleinen Spange. Die Stelle an ihrer Halsborte war leer. Agnes schnappte erschrocken nach Luft und stieß hervor: »O nein, meine Spange! Ich habe sie schon wieder verloren. Heiliger Hieronymus und gnädige Verena, öffnet den Himmel, heiliger Ignatius und standhafte Juliana, kommt herab, heiliger Benigus und gütige Afra, schreitet ein!«

Agnes kniete sich hin und ließ ihren Blick über den Boden schweifen. Walther sagte gutmütig in ihrem Rücken: »Na na, lasst die Heiligen im Himmel. Dieser Raum ist zu klein, um sie alle zu fassen. Ihr vermisst ein Schmuckstück? Ihr müsst es im hohen Gras vor der Brücke verloren haben. An der Stelle, an der Ihr mir zu Hilfe geeilt seid.«

»Dann ist sie für immer verloren.«

»Nein, keineswegs. Kommt, wir gehen hin und suchen dort.«

Er schien nichts dabei zu finden, mit ihr allein bei Nacht durch eine fremde Stadt zu laufen und im Dunkeln nach einer Spange zu suchen. Agnes wollte einwenden, dass das unmöglich war. Es gab tausend Einwände, die gegen seinen Vorschlag sprachen. Zugleich gab es einen Grund, der die nächtliche Suche sehr verlockend machte. Sie würde das erneute Zusammentreffen mit dem bärtigen Gefolgsmann des ochsengesichtigen Grafen oder gar dem Grafen selbst hinauszögern. Vielleicht bemerkte Stephan ihr Verschwinden noch nicht einmal, weil er so beschäftigt war mit seiner Geheimnistuerei. Agnes stand auf und lächelte dem kleinen Sänger verschwörerisch zu: »Gut, gehen wir zur Brücke zurück.«

»Schön, schön. Wir müssen uns zuvor nur noch ein Licht besorgen, denn es gilt nicht nur Eure Spange wieder zu finden, sondern auch noch meine Hartwurst. Ich bin sicher, wir überraschen die beiden bei einem gemütlichen Schwätzchen im Grase.«

Walther begleitete Agnes bis zur Eingangshalle und verschwand kurz, um eine Fackel zu besorgen. Bevor sie anfangen konnte, an ihrem Vorhaben zu zweifeln, war er schon wieder zurück. Er hatte eine kleine Fackel dabei und summte vergnügt vor sich hin. Er schien sich richtig auf ihren kleinen Ausflug zu freuen. Agnes blickte sich verstohlen um. Ihr war immer noch nicht wohl bei dem Gedanken, das Kloster heimlich zu verlassen. Als sie auf die dunkle Straße traten und die Sterne über ihnen am tiefschwarzen Himmel funkelten, vergaß sie jedoch all ihre Ängste. Nach dem stickigen Gemäuer war es angenehm kühl und sie liefen einträchtig nebeneinander her. Die Fackel zischte und am Wegrand zirpten Grillen im Gras. Die Straßen von Puente la Reina waren voller Menschen. Überall strömten Pilger nach dem Complet aus den Kirchen und Kapellen. Damen in fließenden Gewändern tuschelten am Brunnen auf dem Markt. Hin und wieder lachte jemand übermütig in den schmalen Gassen zwischen den Adelspalästen. Der Mond warf die Schatten der steinernen Wappen über den Eingängen auf die Straße. Agnes wurde immer aufgeregter. Als sie am Ortsausgang die Brücke erreichten, glühten ihre Wangen. Der Fluss schimmerte geheimnisvoll und Fledermausschwärme umtanzten die dunklen Brückenpfeiler. Agnes blieb mitten auf der Straße stehen und legte den Kopf zurück, um die Sterne zu betrachten. Ein Sternenteppich überspannte den Himmel und wies als leuchtende Spur den Weg zum heiligen Jacobus. Den Weg über die Brücke waren Tausende von Pilgern vor ihr gegangen. Sie alle waren voller Hoffnung und Glauben gewesen. Agnes ging langsam weiter. Sie hatte den kleinen Dichter längst vergessen und zuckte zusammen, als Walther leise sagte: »Ich werde morgen früh umkehren.«

»Was?«

Wie konnte er beim Anblick der Brücke unter den Sternen von Umkehren sprechen? Sie starrte ihn ungläubig an, doch er zuckte nur mit den Schultern: »Ich bin schließlich nur aufgebrochen, um in Roncesvalles das Lied vom tapferen Roland zu hören. An ebender Stelle, wo der treue Freund Karls des Großen fiel, besingen sie immer noch den

Verrat und das Gemetzel. Es war ziemlich enttäuschend, alles schlecht gereimt. Süßliche Worte mit honigtropfenden Melodien, um das Herz zu erweichen und das Gehirn zu benebeln. So bin ich auf der Pilgerstraße weitergezogen, immer hoffend, einen Sänger zu finden, der eine interessante Version zum Vortrag bringt. Alles vergebens. Morgen früh kehre ich um. Mein Vorrat an Hartwürsten geht zu Ende. Bei Hunger werde ich immer griesgrämig.«

»Ihr könnt nicht umkehren! Ihr werdet Santo Domingo de la Calzada verpassen, den Ort, an dem das Hühnerwunder geschah. Ihr werdet nicht in Estella am Altar von San Miguel beten und San Martin in Frómista versäumen. All die Pilgerstationen und all die Reliquien auf dem Weg, wo die Heiligen wirken und denen beistehen, die der Mut verlässt.«

»Der Mut hat mich bereits verlassen. Der Weg ist zu beschwerlich. Karges Land, steinige Schluchten, verfaultes Wasser in den Flüssen, Räuberbanden in Navarra, Betrüger in den Weinbergen der Rioja, überteuerte Preise in Burgos und schmutzige Herbergen in León. Meine Knochen sind zu alt für diese Strapazen. Sie sehnen sich nach einem weichen Kissen. Seht nicht so entsetzt drein. Kommt, da drüben ist die Stelle, an der ich mich niederließ, um mit zwei Pfaffenseelen um eine Hartwurst zu wetten. Im Gebüsch dort habe ich meine Laute versteckt, doch zuerst will ich Eure Spange suchen.«

Walther ging zu der Stelle hinüber, an der das Gras immer noch flach getreten war. Er steckte die Fackel in den Boden und huschte suchend umher. Agnes beobachtete ihn skeptisch. Es war viel zu dunkel, um eine kleine Silberspange zu finden. Sie hätten niemals herkommen dürfen. Nun da sie allein auf der Straße stand, kam ihr die Nacht gar nicht mehr so friedlich vor. Kreiste da nicht ein Raubvogel? Das Flusswasser plätscherte gegen die Brückenpfeiler und gurgelte, als würde etwas aus der Tiefe heraufkommen. Agnes ging langsam weiter und hörte ganz deutliches Flügelschlagen. Doch Walther unterbrach das beständige Geräusch, indem er herbeigelaufen kam und aufgeregt brüllte: »Ich hab sie! Ich hab Eure Spange. Ist es ein kleines Eidechslein mit grünen Dämonenaugen?«

Dankbar griff sie nach dem glänzenden Gegenstand. Sie konnte gar nicht glauben, dass er wirklich ihre Spange gefunden hatte: »Oh, wie

wundervoll. Sie war ein Geschenk meines Vaters. Und ich wollte sie nicht missen. Habt Dank, habt tausend Dank.«
Walther grinste selbstgefällig und seufzte dann: »Meine Hartwurst muss ich verloren geben. Wartet, ich hole nur rasch meine Laute, dann kehren wir zurück.«
Er verschwand wieder und Agnes befestigte die Spange an ihrem Kleid. Prüfend fuhr sie über den Verschluss. Sie musste ihn so schnell wie möglich reparieren lassen, was wahrscheinlich schwierig werden würde, weil Diepolds Mannen oder sogar der Graf selbst sicherlich keine Verzögerungen zulassen würden. Ganz in der Nähe ertönte der Klang einer Bell. Agnes kannte das Geräusch nur zu gut. Die kleinen Glöckchen wurden mit Lederriemen an einem gezähmten Greifvogel befestigt, damit der Falkner ihn immer wieder finden konnte. Agnes lauschte und vergaß darüber für einen Moment sogar den Grafen Diepold, doch es war nichts mehr zu hören. Wahrscheinlich hatte sie sich die Bell nur eingebildet. Es wurde Zeit, dass sie sich wieder um ihren Turmfalken kümmerte. Sicher sehnte er sich genauso wie sie nach ihren gemeinsamen Jagdausflügen. Agnes schloss die Augen und stellte sich vor, wie sich ihr stolzer wilder Vogel in die Lüfte emporschwang. Genauso fühlte sie sich, wenn ihr Innerstes im Gebet zum Himmel strebte: Frei und losgelöst, wild und hingegeben und ohne Furcht. Sie öffnete die Augen, spitzte die Lippen und ließ den Lockruf ertönen, mit dem sie ihren kleinen Turmfalken immer zu sich gerufen hatte. Anfangs hatte sie den Ruf nur unvollkommen beherrscht, das war lange bevor ihr Vater gestorben war und ihre Mutter den Verstand verloren hatte. Nun ertönte die leise, durchdringende Tonfolge wie von selbst aus ihrem Kehlkopf. Ein dunkles Federbüschel schoss heran, bremste mit ausgebreiteten Flügeln und blockte auf einem Baumstumpf auf. Ein junger Habicht blinzelte ihr zu. Ehe sie feststellen konnte, ob er ein vollständiges Geschüh trug, erhob er sich wieder und verschwand. Agnes blickte ihm gedankenverloren nach und überlegte, woher der kleine Habicht gekommen sein könnte. Er war ohne Zweifel gezähmt und an Menschen gewöhnt. Vielleicht war er seinem Falkner davongeflogen und bei ihrem Lockruf hatte er sich wieder an das Erlernte erinnert?
In ihrem Rücken lachte Walther überrascht und kam mit schnellen Schritten heran. Schwungvoll warf er seine Laute über die Schulter

und sagte kopfschüttelnd: »Ihr kennt alle Heiligen und könnt mit Vögeln sprechen. Ihr seid eine seltsame junge Frau.«
Agnes folgte ihm schweigend die Straße zurück in die Stadt. Immer wieder fuhr ihre Hand zu der wieder gefundenen Spange, wie um sich selbst zu versichern, dass sie noch da war. Noch einmal wollte sie die kleine Eidechse nicht verlieren. Die Spange war nicht nur ein Andenken an ihren Vater, sondern seit kurzem auch an den blonden Pilger aus Schwaben. Wo er wohl steckte? War er auf dem Weg ins Reich, um dort vor dem Altarkreuz der Pfalzkapelle zu Ulm zu beten? Sie hätte ihren Turmfalken dafür hergegeben, um es zu erfahren. Nein, vielleicht nicht den Turmfalken.

August 1209, in Palermo

Zwei Monate später tupfte sich im fernen Sizilien eine zierliche Dame mit dem Zipfel ihres Flügelärmels über die Stirn. Natürlich hatte sie am Hafen von Palermo Gestank und Gedränge erwartet, doch es übertraf ihre Befürchtungen bei weitem. Alle schienen sich an diesem Morgen gegen sie verschworen zu haben. Die Menschen benahmen sich, als wären sie betrunken, sie schubsten und schoben und stießen sie grob zur Seite.
Keiner dachte daran, Rücksicht auf eine Dame zu nehmen.
Empört presste Johanna die Lippen zusammen. Sie hatte eine besonders empfindliche Nase und verabscheute Menschenmassen. Für gewöhnlich mied sie Orte wie diesen. Wenn es nur nicht so dringend wäre. Heute Morgen war ein Sarazenenschiff angekommen und es würde bald wieder voll beladen aufbrechen. Sie hatte einen Brief bei sich, den das Schiff unbedingt mitnehmen sollte. Der Brief war an ihren Mann Konrad gerichtet, den sie zu Beginn des Jahres ins Heilige Land begleitet hatte. Vor einigen Monaten war in Damaskus eine Seuche ausgebrochen und Konrad war zurückgeblieben, weil er ein erfahrener Medicus war und nicht fliehen konnte, wenn er gebraucht wurde. Er hatte sie und das Kind fortgeschickt und ihr versichert, dass er ihnen so schnell wie möglich nach Sizilien folgen würde. Auf der Insel lebten seit Jahrhunderten Sarazenen und niemand würde

sich über seinen Turban und seine Arabischkenntnisse wundern. Doch seit vielen Wochen hatte sie nun keine Nachricht mehr von ihm.

Johanna tastete nach ihrem Gürtel. Bevor sie die kleine Briefrolle finden konnte, wurde sie wie ein trudelndes Stück Holz mitgerissen. Sie geriet immer tiefer in die schrillen, aufdringlichen Stimmen hinein. Die erregten Rufe begrüßten den jungen König von Sizilien. Sein Name kam aus allen Richtungen. Jeder schien ungeduldig seine Ankunft zu erwarten: der dickbäuchige Händler und der Handwerker in seinem Kittel genauso wie die rotwangige Magd und die zerlumpten Kinder. Als ein Horn ertönte, verstummten plötzlich die Stimmen. Kurz darauf kam aus der schweigenden Menge ein markerschütternder Federicoruf und sofort antwortete ein Echo aus hohen und tiefen Federicorufen.

Johanna stellte sich auf die Zehenspitzen, doch sie war zu klein und zierlich, um in dem Meer von Köpfen etwas zu erkennen. Entmutigt ließ sie sich auf die Fußballen zurückfallen. Wäre sie doch im kühlen Innenhof des vornehmen Stadthauses geblieben. Ein alter Studienfreund ihres Mannes hatte sie und das Kind nach Sizilien begleitet und sie bei ihrer Ankunft herzlich in sein Haus eingeladen. Wo hätte sie auch sonst hingehen sollen? Ihre kleine Tochter war erst wenige Monate alt. Sie schlief in der Hitze des Tages und schrie ununterbrochen in der Nacht. Johanna wünschte, sie könnte in diesem Augenblick mit dem schlafenden Baby im Arm auf dem Brunnenrand im Hof sitzen und dem Geplätscher des Springbrunnens lauschen, was sie für gewöhnlich zu dieser Stunde tat. In diesem Augenblick schlief das Kind im schattigen Hof in seinem Körbchen und ihr schwirrte der Kopf. Die Luft schmeckte nach Salz und Seetang, es war stickig und die Sonne blendete. Sie sollte wirklich nicht hier sein, nicht inmitten der groben und lauten Menschen, die unablässig schrien und drängelten.

Johanna schob einen Ellenbogen zur Seite, reckte den Hals und überlegte, warum alle den König so stürmisch feierten. Natürlich hätte sie den Grund erfahren können, hätte nur auf den Markt gehen brauchen, dort machten Neuigkeiten die Runde. Doch sie hatte es vorgezogen, der sommerlichen Hitze zu entfliehen, und hatte seit Tagen die

angenehm kühlen Räume nicht mehr verlassen. Die Menschen begannen auf einmal, Blumen zu werfen. Es regnete rote Hibiskusblüten und weißen Oleander. Eine verzückte Alte schrie ihr etwas Unverständliches ins Ohr. Johanna wandte sich ab.
Wie fremd ihr diese Stadt noch immer war. Dabei hatten sie die vergangenen Wochen gelehrt, dass die Menschen in Palermo alles mit Leidenschaft taten. Handwerker zerstörten ohne zu zögern ihre Arbeit, wenn ein nur zufällig Vorübergehender sie kritisierte. Kaufleute tanzten nach einem guten Geschäft mit einem völlig Fremden auf der Straße, küssten ihn und nannten ihn ihren Bruder. Die geschäftstüchtigen Bürger von Palermo verloren ohne Bedauern ihr Seelenheil, wenn es darum ging, die Konkurrenten aus Messina zu übervorteilen. Sie taten nie etwas halbherzig, doch das hier ging entschieden zu weit. Johanna drängte sich durch die Menge. Sie fühlte sich elend, denn sie schwitzte, bekam kaum Luft und wurde immer nervöser. Was sollte sie bloß tun?
In diesem Gewühl würde es unmöglich sein, zu den Schiffen vorzudringen. Dabei hatte sie sich so gründlich auf diesen Morgen vorbereitet, hatte ihr kastanienbraunes Haar zu einem Kranz aufgesteckt und das beste Gewand angezogen, das sie besaß, ein violettes, mit silbernen Eidechsen besticktes Kleid. Genau das hätte sie auch angezogen, wenn sie Konrad vom Schiff abgeholt hätte. Oh, wie sie ihn vermisste. Er war ein wunderbarer Mann, einfühlsam, verständnisvoll und zärtlich. Sie war ihm ohne zu zögern ins Morgenland gefolgt, wäre ihm überallhin gefolgt. Gedankenverloren starrte Johanna auf den Glatzkopf, der vor ihr auf und ab hüpfte. Der Kerl roch nach Knoblauch und Zwiebeln und der Schweiß lief ihm den Nacken hinunter. Sie rümpfte die Nase und wurde unsanft in die Gegenwart zurückversetzt, als sich der Glatzkopf schwitzend an ihr vorbeidrängte. Seine fleischigen Hände strichen wie zufällig über ihre Hüften. Angewidert wich sie zurück und stolperte rückwärts. Sie wandte den Kopf und schnappte erschrocken nach Luft. Nur noch ein winziger Schritt trennte sie von der schaukelnden Wasserfläche des Hafenbeckens. Sie hatte gar nicht gemerkt, dass es so nah war.
Das grelle Licht spiegelte sich in den gekräuselten Wellen und das Wasser schwappte gegen die großen Steinquader. Johannas Füße tas-

teten nach Halt und sie presste sich mit dem Rücken gegen einen Wall wankender Körper. Das bedrohlich plätschernde Wasser ließ sie dabei nicht aus den Augen. Vor ihr lag die Bucht von Palermo und in der Ferne erhob sich der Monte Pellegrino. Kleine und große Schiffe schaukelten am Horizont. Galeeren, Segler und Beiboote trieben lautlos dahin. Ein mächtiges Schiff mit aufgeblähten Segeln näherte sich. Am Bug des Schiffes erhob sich ein heiliger Petrus aus bemaltem Holz und hielt der wartenden Stadt den Himmelsschlüssel entgegen. Zwei kleinere Schiffe folgten, doch Johanna hatte nur Augen für das prächtige Schiff des Heiligen. Mehrere Menschen hatten sich auf dem Deck versammelt. Sie standen sehr aufrecht und hatten den Blick unverwandt auf das Ufer gerichtet. Die grelle Sonne flimmerte über bunte Gewänder, ihre Strahlen fingen sich in silbernen Helmen, glänzten auf Stirnreifen und umspielten federgeschmückte Kappen. Das flirrende Sonnenlicht umgab die schweigend dastehende Gruppe und verlieh ihr etwas Überirdisches. Johanna musste an Himmelsboten denken, die zu den Sterblichen kamen, um den Anbruch der letzten Tage zu verkündigen. Da traf sie etwas im Rücken.

Der Stoß war so heftig, dass ihr der Boden unter den Füßen weggerissen wurde. Ihre Finger griffen in die Luft, die silbernen Eidechsen und der blaue Himmel tanzten vor ihren Augen. Nein, das durfte nicht geschehen, nicht so, nicht ohne letzten Segen. Bruchstückhafte Gedanken und Stoßgebete rasten ihr durch den Kopf. Ihr Kind, ihr kleines Mädchen, Konrad, o nein, das durfte nicht sein, nicht heute, nicht so. Heiliger Petrus, steig vom Schiffsbug herab, fang mich auf! Heiliger Christophorus … Es platschte. Zuerst umfing Johanna unvermutete Kälte und zog durch ihren ganzen Körper, dann war sie für einen Augenblick gelähmt, bis eine Stimme in ihrem Kopf befahl: Beweg dich! Strampeln, paddeln, bewegen wie ein Hund, beweg dich! Sie sah das Bild eines Hundes im Burggraben aufflimmern, dann verschwand es wieder. Heilige Jungfrau, rette mich. Konrad lass mich nicht im Stich. Keuchend schluckte sie, schniefte, spuckte und blinzelte. Alles spritzte, gluckerte und platschte, verdrängte jeden klaren Gedanken, bis die Angst überall war. Der schwere Stoff bauschte sich und schaukelte als violette Wolke auf dem Wasser. Das dünne Unterkleid wickelte sich um ihre Beine. Blubbernde Blasen umgaben sie und etwas zog sie unerbittlich nach unten. Schrille Rufe und rettend entgegengestreckte Hände verwischten, tauchten auf und verschwanden wieder. Das Ufer entfernte sich mit jedem prustenden Atemzug, jeder Bewegung, Herzschlag für Herzschlag. Teufel aus der Tiefe krallten sich in ihre Kleider, hingen an den langen Ärmeln, griffen nach den strampelnden Füßen und zogen sie hinunter. Ihre Kräfte verließen sie und der Himmel war plötzlich weit weg. Sie schluckte und rang noch einmal nach Luft, dann schlug das Wasser über ihr zusammen.

Ihr Haarkranz löste sich und die langen Flechten strichen ihr sanft über das Gesicht. Sie hatte den Kopf in den Nacken gelegt und starrte mit vor Entsetzen weit geöffneten Augen auf das schwindende Licht. Gleich würde es vorbei sein. Herr, erbarme dich! Die Teufel drückten ihren Körper zusammen, pressten, quetschten und würgten sie.

Gerade als sie dachte, dass sie es nicht mehr ertragen konnte und Luft holen wollte, durchstieß ein Wirbel aus weißen Luftbläschen und flirrenden Lichtern das Wasser. Rudernde Arme zerteilten die Dunkelheit und Lichtpunkte tanzten über grün schillernder Haut. Aus sprudelnden Luftblasen kam ein glasiges Gesicht. Lange Haarsträhnen schlängelten sich im Wasser und funkelnde Augen starrten unter einem Diadem aus Muscheln und Krebsen hervor. Der Meeresgott kam sie holen! Herr, erbarme dich.

Johanna presste die Augenlider zusammen und flehte um ein schnelles Ende. Dann spürte sie, wie sich kräftige Arme um ihren Körper schlangen und sie mit einer heftigen Bewegung nach oben drückten. Die würgenden Teufel ließen ab und Licht umfing sie. Keuchend japste sie nach Luft und blinzelte ungläubig. Große Hände reckten sich ihr entgegen und griffen zu. Mit einem Ruck wurde ihr Körper an einer Holzwand entlanggewuchtet. Es tat weh und sie vergaß zu atmen. Die rettenden Hände zogen sie mit einem letzten kräftigen Ruck über den Rand eines schwankenden Bootes.

Nach Atem ringend, kauerte sie auf den feuchten Planken.

Das Boot schaukelte und ein halb nackter Jüngling plumpste vor ihre Füße. Er landete auf dem Hintern, schnaubte prustend in seine Finger und lachte.

Johanna holte stoßweise Luft und musterte ihn verstört. Der Junge schien sich prächtig zu amüsieren. Er trug eng anliegende, safranfarbene Beinlinge und auf seinem feuchten Oberkörper spiegelte sich die Sonne. Sie konnte keinen Ton hervorbringen und rang verzweifelt nach Luft. Das nasse Kleid spannte bei jedem Atemzug über der Brust und ihr Herz klopfte so heftig, dass es in den Ohren hallte. Wirre Strähnen hatten sich aus ihren Zöpfen gelöst und Tropfen rannen über ihr Gesicht. Ihre Augen brannten und der Rotz lief ihr aus der Nase. Vom Ufer drangen Stimmen herüber und vermischten sich mit dem Geschrei der Möwen.

Er betrachtete sie so zufrieden wie ein Fischer, der einen guten Fang gemacht hatte.

Wie konnte er nur! Sie wäre fast ertrunken und dieser freche Kerl schien es als scherzhafte Abwechslung zu betrachten. Er sollte gefälligst von seinem Hintern hochkommen und sich um sie kümmern, schließlich war sie eine Dame. Doch er dachte gar nicht daran! Stattdessen hob er anerkennend die Augenbrauen, so als gefiele ihm, was er da sah. Sie funkelte ihn böse an. Was bildete sich dieser Knabe ein? Er war fast noch ein Kind, höchstens vierzehn oder fünfzehn Jahre alt, halb so alt wie sie. Während sie noch überlegte, in welcher Sprache sie ihn ansprechen sollte, ob er wohl Arabisch, Hebräisch oder Italienisch sprach, lächelte er plötzlich.

Sein Lächeln verwandelte alles.

Johanna vergaß die empörte Zurechtweisung, in welcher Sprache auch immer. Sie vergaß, dass sie eben fast ertrunken wäre. Das gewinnende Lächeln machte ihn auf verwirrende Weise zu einem gut aussehenden jungen Mann. Ihr fiel plötzlich auf, dass seine Haut die Farbe von Bernstein hatte. Seine Augen leuchteten türkis und auf seinen breiten Schultern ringelten sich die nassen Locken. Er hatte ziemlich große Ohren und Grübchen, die gar nicht zu seinem entschlossen vorgestreckten Kinn passten. Es machte ihn nur noch liebenswerter. Alles an ihm wirkte unbekümmert und selbstbewusst. Genau so stellte sie sich einen jungen Meeresgott vor: gut gelaunt, furchtlos und siegesgewiss.

Neben ihr räusperte sich der Mann, der ihr ins Boot geholfen hatte. Sie hatte ihn ganz vergessen. Er murmelte etwas und ein Stoffballen

flog an ihr vorbei. Der Ballen landete mitten in einer Wasserlache, ein Gewand für den halb nackten Jüngling, was für ein guter Einfall. Johanna warf dem dunkelblonden Mann neben ihr einen dankbaren Blick zu, er trug einen schlichten dunklen Mantel und alles an ihm wirkte ungewöhnlich groß, selbst seine auffällig großen Hände und eine feine Narbe, die ihm über den mächtigen Nasenrücken lief. Mit dieser Nase wies er auffordernd auf das Bündel, doch der Junge beachtete ihn nicht, sondern begann, sich wie ein nasser Hund zu schütteln. Das kleine Boot schaukelte und schwankte. Die Tropfen flogen und etwas sprang funkelnd über die Planken. Der glitzernde Bogen blieb neben Johannas angewinkelten Knien liegen. Sie beugte sich vor und betrachtete das Ding. Was sie im Wasser für ein Diadem aus Muscheln und Krebsen gehalten hatten, war ein mit weißen und blassrosa Steinen geschmückter Reif. Der Mann, an dem alles groß war, lehnte sich vor und streckte seine Finger nach dem Stirnreif aus. Das Boot geriet erneut ins Schaukeln und die Wellen schlugen heftig gegen das Boot. Alles schwankte und in Johannas Kopf begann sich alles zu drehen. Höhnisch lachend kreisten die Möwen über ihnen, die Planken tanzten vor ihren Augen und ihr wurde übel. Wie aus weiter Ferne hörte sie den Jungen sagen: »Questo resta fra noi!«
Neben ihr antwortete eine ruhige Stimme im besten Deutsch: »Das soll unter uns bleiben? Edler Herr, ganz Palermo sieht uns vom Ufer aus zu. Spätestens morgen früh weiß es ganz Sizilien, morgen gegen Mittag der Heilige Vater in Rom und morgen Abend die ganze Welt. Außerdem wolltet Ihr doch Deutsch sprechen! Es bleibt Euch vielleicht nicht mehr viel Zeit zum Lernen.«
»Zu kalt für Deutsch.«
»Natürlich ist Euch kalt, Herr. Der Dame scheint ebenfalls kalt zu sein. Vor Zittern hat sie keinen Ton des Dankes für Euch übrig.«
»Signora di Palermo nicht molto, wie sagt man, cortese?«
»Höflich, edler Herr, es heißt höflich. Die Dame aus Palermo ist nicht sehr höflich.«
Die Übelkeit war auf einmal wie weggeblasen. Die beiden sprachen über sie, als wäre sie gar nicht da! Johanna richtete sich auf und erklärte leicht pikiert: »Natürlich bin ich höflich! Habt recht herzlichen Dank für …«

»Sie spricht Deutsch! Sie klingt so deutsch, als käme sie aus meiner schwäbischen Heimat. Wen habt Ihr denn da aus dem Wasser gefischt, königlicher Herr?«

Königlich, dachte Johanna verwirrt und blickte zu dem Jungen hinüber, der sich nun das Gewand überstreifte. Es war aus hellblauer Seide und mit hässlichen Wasserflecken verunstaltet. Er strich sich das Gewand glatt, bemerkte ihren fragenden Blick und stellte sich grinsend vor: »Fridericus Rex Siciliae.«

Johanna starrte ihn verblüfft an. Er? Er war der König von Sizilien? Fridericus, Friedrich, Federico. Ihn erwartete ganz Palermo sehnsüchtig am Hafen. König Friedrich von Sizilien, den einzigen Sohn des früh verstorbenen Kaisers Heinrich. Beim Tod des Vaters war er erst drei Jahre alt gewesen. Dem Kind war nur das Königreich Sizilien geblieben. Im deutschen Reich hatten viele Jahre die Welfen und Staufer um die Krone gestritten. Nun war der Staufer Philipp tot, ermordet vom Pfalzgrafen von Wittelsbach, und der Welfe Otto war der alleinige Herrscher. Und bald würde der Papst ihn zum Kaiser des Heiligen Römischen Reiches krönen. Es gab keinen Staufer mehr, bis auf … Sie kniff die Augen zusammen und betrachtete den Jungen neugierig. Er sah seinem Onkel Philipp durchaus ähnlich. Warum hatte sie es nicht gleich bemerkt? Er besaß dessen hohe Wangenknochen und dieselben leuchtenden Augen. Und wenn sein Haar ganz trocken war, würde es so rot sein wie das seines Großvaters Friedrich Barbarossa. Herr im Himmel, vor ihr saß der Enkel Friedrich Barbarossas! Sie musste schlucken und etwas drückte plötzlich schwer auf ihren Magen. Wegen ihr, einer fremden Dame ohne Ehrentitel oder einem bedeutenden Namen, war er in die Bucht von Palermo gesprungen. Heilige Jungfrau, steh mir bei. Was hatte das zu bedeuten? Wieso war der König von Sizilien nicht auf seinem königlichen Schiff und was machte dieser große Schwabe bei ihm? Sie musste den letzten Satz laut gedacht haben, denn der Schwabe erklärte leise: »Vielleicht wird er bald viel mehr sein als nur der König von Sizilien. Die süddeutschen Reichsfürsten haben mich vorgeschickt. Ich soll vorfühlen, ob er ein geeigneter Kandidat für die Kaiserkrone wäre. Im deutschen Reich gärt es.«

Johanna verstand nicht, wovon er sprach, und rieb sich fröstelnd die nassen Arme.

Der Schwabe lehnte sich vor und fragte leise: »Seid Ihr die Frau eines deutschen Kaufmannes? Es gibt nicht mehr viele Deutsche in der Stadt. Kaiserin Konstanze ist nicht eben zimperlich mit ihnen umgesprungen. Nun bekommt Palermo wieder eine Konstanze, doch diesmal ist sie aus Aragon. Gestern ist sie eingetroffen und hat als Mitgift fünfhundert Ritter mitgebracht. Ihr werdet doch von der bevorstehenden Vermählung des Königs gehört haben?«
Johanna schüttelte den Kopf. Seit König Philipps Tod hatte sie nichts mehr von der großen Politik wissen wollen. Bevor sie ihrem Mann ins Morgenland gefolgt war, war sie Hofdame bei König Philipps Gemahlin gewesen. Kurz nach Philipps Ermordung war die Königin im Kindbett gestorben und nun saß Philipps junger Neffe vor ihr. Ungläubig betrachtete sie den Jungen, der sich selbstbewusst den Stirnreif ins feuchte Haar schob. Ihm jubeln die Menschen am Hafen zu, dachte Johanna, sie werfen Blumen zu seiner Hochzeit. Für einen Moment war ihr, als würde der Duft der vielen Blüten mit dem Stimmengewirr vom Ufer heranwehen. Die Stimme des blonden Schwaben brachte sie wieder zu sich: »Wir müssen uns beeilen. Seine Braut erwartet ihn bereits im Palast. Vermählt wurden sie zwar schon im fernen Spanien durch einen Vertreter, doch treffen sie sich heute zum ersten Mal. Ein bedeutender Tag.«
Der junge König blickte ungeduldig zu dem großen Schiff mit dem heiligen Petrus am Bug hinüber und unterbrach ihn: »Rapido …«
»Ehm, edler junger Herr, bitte auf Deutsch!«
Der König seufzte und fuhr nach kurzem Zögern fort: »Schnell, zurück zu Schiff, nichts mit geheim an Land, nichts diese Morgen, no.«
»Nein, hoher Herr. Der Streich ist nicht gelungen. Statt heimlich in die Stadt und zum Palast zu schleichen, müsst Ihr Euch nun doch bejubeln lassen. Alle haben Euren mutigen Sprung beobachtet. Also, zurück zum Schiff, mein Herr?«
Als Friedrich nichts erwiderte, packte der Schwabe mit seinen riesigen Händen die Ruder und lenkte das Boot mit kräftigen Zügen zum Schiff. Nach einer Weile lehnte er sich zu Johanna und wisperte: »Er lernt unglaublich schnell. Bevor sie ihn ins deutsche Reich holen, wird er Deutsch so fließend sprechen wie all die anderen Sprachen, die er beherrscht. Ihr müsstet ihn hören, wie er auf Arabisch, Hebrä-

isch und Griechisch mit den Schreibern seiner Kanzlei disputiert. Vor zehn Jahren hat jeder am Hof Deutsch gesprochen oder es zumindest verstanden. So wird es wieder sein.«

Johanna lächelte unsicher und er fuhr fort: »Es ist noch ein wenig Zeit. Noch zögern die deutschen Fürsten, sich offen zu Friedrich zu bekennen. Doch es gibt viele, die seinen Namen flüstern. Besonders wenn König Otto wieder einmal englischen Rittern und norddeutschen Ministerialen den Vorzug gibt.«

Johanna verstand endlich, wovon er sprach. Ihr entfuhr ein überraschtes: »Ihr meint, König Friedrich soll unser Kaiser werden?«

Das war ungeheuerlich. Im Reich gab es Kräfte, die König Otto stürzen wollten? Verstört heftete sie ihren Blick auf das schwindende Ufer. Die winkenden Menschen waren nur noch eine bunte harmlose Masse aus blassrosa und braungelben Flecken. Vor wenigen Augenblicken hatte sie selbst noch dort gestanden. Sie runzelte nachdenklich die Stirn. Wenn die süddeutschen Fürsten einen Staufer auf dem Thron wollten, dann würde der Thronstreit im deutschen Reich wieder aufflammen. Nach den Jahren des Friedens würde erneut Krieg und Zerstörung über das Land kommen, Städte würden brennen und blutige Schlachten standen bevor. Doch was konnten sie schon tun, um die Dinge aufzuhalten? Friedrich war Barbarossas Enkel und der letzte Staufer. Die Reichsfürsten wählten den König und doch hatte ein Königssohn mehr Anspruch als ein anderer Fürst im Reich. Außerdem war er ihretwegen ins Wasser gesprungen.

Sie stand tief in seiner Schuld.

Sie hatten das Schiff erreicht und eine Strickleiter wurde heruntergelassen. Flink kletterte Friedrich die Leiter hinauf und war aus ihrem Blickfeld verschwunden. Der Schwabe half ihr, als sie unsicher mit ihren dünnen Ledersohlen auf den rutschigen Planken Halt suchte und nach den Stricken tastete. Während sie noch zögerte, sagte er aufmunternd: »Es ist nicht schwierig. Keine Angst, ich halte Euch fest.«

Sie spürte, wie er von hinten seine großen Hände um ihre Taille legte, und umklammerte den zerfransten Strick. Beklommen dachte sie daran, wie die Teufel im Wasser an ihr gezogen hatten. Alle hatten zugesehen, all die Menschen am Ufer und in den Booten. Johanna wandte sich um und fragte noch etwas verwirrt: »Warum hat er das getan? Ich meine, warum ist Friedrich ins Wasser gesprungen und hat mich gerettet?«

»Vielleicht … weil niemand sonst es getan hat?«

Niemand sonst, dachte sie beklommen, niemand sonst war von den Staufern noch am Leben. Niemand sonst konnte König Otto gefährlich werden. Niemand sonst wagte es, nach der Kaiserkrone zu greifen. Johanna betrachtete misstrauisch den dünnen Strick, dem sie ihr Gewicht anvertrauen sollte. Zögernd setzte sie ihren Fuß auf die schwankende Strickleiter und richtete den Blick ganz fest auf den heiligen Petrus. Als sie oben war, ließ der Schwabe los und sie sprang von der Reling auf die Holzplanken. Ängstlich blickte sie sich um.

Der junge Friedrich war hinter einer Gruppe aufgeregt rufender Knappen und Pagen verschwunden, die ihm Kleidungsstücke reichten und sehr besorgt wirkten. Die edlen Herrschaften ignorierten den Trubel und blickten stattdessen erwartungsvoll zum Ufer hinüber. Sie sahen aus der Nähe längst nicht so überirdisch aus. Johanna betrachtete neugierig die Männer, die ganz gewöhnliche Gesichter und Schweißtropfen auf der Stirn hatten. Der blonde Schwabe zog sie hinter eine mit Tüchern und Kränzen geschmückte Truhe. Von dort wies er auf die Gruppe ernst, fast grimmig dreinschauender Männer und erklärte leise: »Seht Ihr den, in dem prächtigen gelben Gewand? Es ist Walter von Pagliara, Friedrichs umstrittener Ratgeber. Walter hat viel Einfluss, denn er leitet die Kanzlei. Ganz hinten stehen die anderen Männer der königlichen Kanzlei: der Kämmerer Richard und der für die Hofhaltung verantwortliche Gualter Gentilis, die königlichen Notare Andreas Bonushomo aus Gaeta und Philipp aus Matera. Ist Euch kalt? Ich rede und rede, verzeiht mir. Wartet, Ihr könnt meinen Mantel haben.«

Sie zitterte nicht vor Kälte. Die vielen wichtig klingenden Namen hatten sie erschauern lassen. Vielleicht duldeten sie keine Dame in ihren Reihen? Zumal, wenn es sich um eine durchnässte Unbekannte handelte. Doch anscheinend waren sie alle vom Jubel am Hafen in den Bann gezogen. Der höfliche Schwabe neben ihr machte Anstalten, ihr seinen Mantel umzulegen, doch sie wich zurück und fragte hastig: »Und Ihr? Wer seid Ihr?«

»Wolfger aus Ulm. Man nennt mich den Späher. Ich bin ein verarmter Vetter des Ritters von Justingen und ganz von seiner Gnade abhängig. Er besitzt eine große Burg westlich von Ulm. Die Reichsfürsten im Süden folgen ihm und seinem Urteil. Er ist ehrgeizig und träumt davon, unter einem Kaiser Friedrich Reichsmarschall zu werden. Der Himmel weiß, wieso er ausgerechnet mich nach Sizilien vorgeschickt hat. Die Angelegenheit ist ihm wichtig. Wir waren auf Wallfahrt in Compostela und hatten gerade die Pyrenäen hinter uns, doch statt nach Hause zu dürfen, wurde ich weiter nach Süden geschickt. Ich spür jetzt noch jeden Knochen. Unglücklicherweise hielt er mich für den geeignetsten Mann für diese Aufgabe.«

»Der König scheint Euch ebenfalls zu vertrauen.«

Wolfger der Späher, dachte sie und unterdrückte ein Lächeln. Ein passender Name für einen, der das Reich nach einem neuen Kaiser ausspähte. Wolfger beugte sich vor und flüsterte vertraulich: »Friedrich hat seinen eigenen Kopf und niemand widerspricht ihm. Er ist sehr wissbegierig und entschlossen, die Sitten seiner deutschen Vorfahren kennen zu lernen. Da kam ich gerade recht. Ehe ich mich versah, gehörte ich zum Hofstaat – sehr zum Kummer seines alten Lehrers Wilhelm Francisius, der alles, was aus dem deutschen Reich kommt, hasst. Die Deutschen genießen auf Sizilien keinen guten Ruf.«

»Welcher ist Wilhelm Francisius?«

»Seid unbesorgt, der Alte meidet die Sonne und hält sich unter Deck auf.«

Johannas Augen huschten über die Planken, bis sie die offene Luke entdeckt hatte. Der Abstieg zum Unterdeck war düster und wenig einladend. Als sie sich wieder umwandte, blickte sie in die prüfenden Augen von Friedrichs Kanzler Walter. Sein gelbes Gewand fiel ihm weich und fließend auf die reich verzierten Schuhe. Verlegen sank Johanna in die Knie und überlegte, wie sie ihn ansprechen sollte, doch er wedelte ungeduldig mit der Hand. Als sie sich verwirrt aufrichtete, fuhr er Wolfger an: »Was bedeuten das? Ich keine weitere Frau an Bord wollen. Die andere macht unter Deck schon Lärm genug. Seine amante Mätresse wimmern vor Fieber. Es nicht zu ertragen – Dio!«

»Signore, ich …«

»Re Federico nimmt morgendliches Bad! Pronto er fischt bella Signora aus die Wasser. Naturalmente, er ist ein junger siciliano. Was erwarten? Doch was will er mit diese Signora Violetta?«
Friedrichs Kanzler stellte sich ihr in den Weg und sah zweifelnd an ihrem tropfenden Kleid hinunter. Wahrscheinlich hielt er ein violettes Eidechsenkleid für nicht angebracht für einen Auftritt bei Hof. Sie erklärte schüchtern: »Eine fiebernde Frau an Bord? Ihr könnt unbesorgt sein, ehrwürdiger Herr. Euer König hat zufällig eine Dame aus dem Wasser gefischt, die etwas vom Heilen versteht.«
Der Kanzler verzog überrascht das Gesicht. Er sah aus, als hätte er es nicht für möglich gehalten, dass sie überhaupt sprechen konnte, geschweige denn, dass sie Deutsch verstand. Johanna beeilte sich hinzuzufügen: »Ich habe Hippokrates und Avicenna studiert und mit meinen Händen verstehe ich zu heilen.«
»Hippokrates und Avicenna«, schnaufte Walter von Pagliara überrascht, »Attenzione, Signora Violetta! Der König sehr wütend, wenn stirbt seine geliebte Mätresse.«
Als der Kanzler des Königs sich entfernte, knallten seine Schritte so heftig auf den Planken, als nähme er es sich selbst übel, überhaupt mit ihr gesprochen zu haben.
Das Schiff hatte das Ufer fast erreicht und Johanna konnte nun ganz deutlich die Federicorufe hören. Wolfger erklärte verlegen: »Walter von Pagliara ist verärgert, weil wir die kranke Mätresse mitnehmen mussten. Friedrich wollte sie nicht in Messina zurücklassen. Sie ist die Gefährtin seiner Kinderjahre.«
»Er bricht zu seiner Braut auf und nimmt seine …?«
Johanna brachte es nicht über sich, das Wort in den Mund zu nehmen. Er war noch so jung und trotzdem hatte er eine Mätresse an Bord. Wolfger legte seine Hand auf ihren Ärmel und schob sie zur Luke hinüber. Mätressen waren grell geschminkte, mit Schmuck behängte Weiber, die sich in einem Sumpf aus Lastern und Sünden suhlten. Sie starrte das Loch im Boden an, als wäre es der Schlund zur Hölle. Der blonde Schwabe schien ihren Widerstand zu spüren. Er deutete auf die Enden einer Leiter, die aus dem Dunkeln ragte, und erklärte leise: »Konstanze aus Aragon ist zehn Jahr älter als Friedrich. Seine junge Gefährtin unter Deck ist eine Grafentochter von vorneh-

mer normannisch-sizilianischer Abstammung. Sie ist genauso alt wie er und ein frommes Mädchen. Sie leidet entsetzlich. Könnt Ihr wirklich helfen?«

Statt einer Antwort begann Johanna, die steile Leiter hinunterzusteigen. Diese Grafentochter hatte ihr Interesse geweckt, außerdem ärgerte sie sein Zweifel. Natürlich konnte sie einer Kranken helfen. Sie hatte jahrelang am staufischen Hof nichts anderes getan. Sie hatte ihre heilenden Hände auf den schmerzgeplagten Kopf der Königin gelegt, auf die blutenden Wunden der Knappen und die geschwollenen Knöchel der Mägde. Die letzten Jahre hatte sie damit verbracht, ihr Wissen aus Büchern zu vervollständigen. Wolfger der Späher brauchte hinter ihr gar nicht so ungläubig zu schnaufen. Hatte er sie etwa für eine Hafendirne gehalten?

Unten empfing sie schattiges Zwielicht und leises Gestöhn. Nur ein paar Öllampen warfen ihr zuckendes Licht auf das runzelige Gesicht eines alten Mannes. Das musste der Mentor sein, der die Deutschen nicht mochte. Er trug eine spärliche graue Tonsur und die schlichte Kutte der Benediktiner. Zusammengesunken kauerte er vor einem Haufen Decken auf dem Boden und starrte sie aus milchig trüben Augen an. Als er hinter ihr den Schwaben bemerkte, knurrte er: »Il Cavaliere … tedesco.« Wolfger deutete eine Verbeugung an und wollte etwas sagen, doch der Alte winkte ab: »Il tempo stringe.«

Die Zeit drängt, übersetzte Johanna und ließ den alten Mann nicht aus den Augen. Aus dem Deckenhaufen drang gequältes Gestöhn und der Alte schlug ein Tuch zurück. Sofort vergaß Johanna Friedrichs alten Mentor. Sie kniete sich hin und betrachtete die Grafentochter mitleidig. Das junge Mädchen war sehr krank und sie schien große Schmerzen zu haben. Der Schweiß glänzte auf ihrer Stirn und ihre Mundwinkel zuckten. Johanna tastete mit geübten Händen über die Brust der Kranken. Alles, was sie über das Sommerfieber gelesen hatte, kam ihr in den Sinn. Die Worte der großen arabischen Gelehrten durchmischten sich mit dem Geplapper von der Straße und dem Geflüster vom Hof des Königs. Während sie über den feuchten, glatten Stoff des fleckigen Unterkleides fuhr, dachte sie an Konrad. Er verstand sich aufs Heilen und hatte sich in Damaskus einen Ruf als fränkischer Medicus erworben. War Konrad in diesem Moment ebenfalls dabei, einen Fieberkranken zu versorgen? Handelte es sich womöglich um dasselbe Sumpffieber, das im Sommer regelmäßig bei lang andauernder Hitze auftrat? Sie wünschte, Konrad wäre bei ihr und sie könnte mit ihm über die Symptome sprechen. Stattdessen hörte sie den beunruhigend rasselnden Atem einer fiebernden Grafentochter. Neben ihr kniete der Schwabe und fragte verblüfft: »Ihr habt wirklich Hippokrates gelesen? Ich nahm an, Ihr seid die Frau eines deutschen Kaufmannes, den das Geschäft nach Palermo ...«

»Schsch ...«, machte Johanna, denn sie hatte zwischen den rasselnden Atemzügen etwas gespürt. Ein Röcheln begleitete jedes Ausatmen und ein weiterer Fieberkrampf schüttelte den geschwächten Körper. Das war kein gutes Zeichen. Doch es war besser, sich nichts anmerken zu lassen und sie zu beruhigen. Sanft strich sie dem Mädchen eine feuchte Strähne aus der Stirn und flüsterte: »Sta bene, es wird alles gut, sta bene. Das Schiff ist im Hafen von Palermo. Palermo, si? Die Reise ist ... finito.«

Das junge Mädchen blinzelte und versuchte ein tapferes Lächeln. Wolfger räusperte sich verlegen, doch Johanna unterbrach ihn erneut mit einem ungeduldigen Zischen. Sie schloss die Augen und ihre Hände berührten die Brust des Mädchens. Der vertraute warme Strom, den sie immer beim Heilen durch ihre Hände fließen spürte, setzte auch diesmal ein. Das Mädchen wehrte sich nicht gegen die heilenden Kräfte. Die verwirrten Bilder der Fieberkranken erreichten Johanna. Sie sah für einen kurzen Moment in der Ferne Pinien, die sich im Wind bogen, lief durch blühenden Ginster und sah Wespen über einem aufgeschnittenen Granatapfel tanzen. Ein helles Lachen erklang aus einer Ruine, hinter der das Meer unablässig rauschte. Dann versank alles in einem Nebel. Es war etwas Vertrautes, das verborgene Bilder zu ihr sprachen. Während die heilenden Kräfte am Werk waren, erzählten sie von den innersten Qualen und den tiefsten Sehnsüchten der Leidenden. Johanna presste ihre Hände auf die feuchte, glühende Haut. So verharrte sie einen Augenblick, bis die verkrampften Muskeln sich unter ihren Händen lösten und die junge Frau erleichtert ausatmete. Der Alte murmelte anerkennend: »Bene, molto bene.«

»Ihr könnt sie erst von Bord bringen, wenn sich die Menge zerstreut hat«, entschied Johanna und wollte sich erheben. Wolfger hielt sie am

Arm zurück: »Wartet, Ihr dürft nicht gehen. Wir brauchen Euch. Ich bezweifle, dass ihr jemand in Palermo helfen kann. Nicht so wie Ihr. Seht, die Krämpfe haben nachgelassen, allein durch Eure Berührung. Eure Hände scheinen von Gott gesegnet zu sein. Ihr müsst mit uns zum Normannenpalast kommen!«

»Nein, ich …«

»Wer immer Ihr auch seid, Eure Hände vermögen zu heilen! Ihr müsst uns begleiten. Friedrich hat Euch das Leben gerettet, tut es um seinetwillen!«

Er suchte ihren Blick. Die Öllampe tauchte seine Gesichtszüge in ein unwirkliches Licht. Er hat Recht, dachte sie seufzend. Ohne Friedrichs mutigen Sprung ins Wasser wäre sie ertrunken. Ihre kleine Tochter wäre ganz allein in Palermo zurückgeblieben. In dem vornehmen Haus mit dem kühlen Innenhof hätte sie vergeblich auf die Rückkehr der Mutter gewartet, die zum Hafen gegangen war, um ein Sarazenenschiff zu suchen. Die Briefrolle war nur noch ein durchweichter, verschmierter Klumpen an ihrem Gürtel. Das Schiff würde ohne ihren Brief in See stechen. Doch sie lebte und sie würde ihr Kind und ihren Mann wieder sehen. Das allein zählte. Sie lehnte sich vor und erklärte leise: »Gut, ich komme nach. Zuvor muss ich mein Kind holen und mich von meinem freundlichen Gastgeber verabschieden. Es wird etwas dauern, denn ich muss auch noch eine Nachricht für meinen Mann zurücklassen.«

»Tut alles, was nötig ist. Dann erwarten wir Euch im Normannenpalast. Willkommen in Friedrichs Gefolge, Signora Violetta.«

Bei Anbruch der Dunkelheit befand sich Johanna auf dem Weg zum Normannenpalast. Unter dem Arm trug sie einen Korb, ein paar Schritte hinter ihr ging die junge Amme, die ihr Kind seit seiner Geburt stillte. Die Amme hieß Armgard und war in der Nacht, als Johanna in den Wehen lag, mit einem toten Säugling unter dem Arm im Krankenhaus von Damaskus aufgetaucht. Konrad wollte sie wieder fortschicken, da er sie für eine entlaufene christliche Sklavin hielt, doch Johanna war sicher gewesen, dass der Himmel ihr die junge Frau in dieser Nacht geschickt hatte. Armgard hatte kupferrotes Haar, Augen wie eine Katze und geschmeidige Bewegungen.

Sie wollte nichts über ihre Vergangenheit erzählen, doch wenn sie sich unbeobachtet fühlte, weinte sie leise vor sich hin. Nur Johannas Tochter gelang es, ihr ein Lächeln zu entlocken. Armgard widmete sich mit so viel Hingabe der Kleinen, dass Konrad seine Zweifel überwand und sich bereit erklärte, die junge Frau aufzunehmen. Als er Johanna und seine kleine Tochter fortschickten musste, war es selbstverständlich, dass die Amme mitkam. Während der Überfahrt hatte Armgard das stramm in seine Leinentücher gewickelte Kind nicht einen Moment aus den Augen gelassen. Und auch an diesem Abend trug sie das Bündel so behutsam durch die Straßen, als sei es zerbrechlich, und warf immer wieder einen besorgten Blick auf das schlafende Kind.

Johanna ging zügig voran und versuchte, so viel wie möglich von der Stadt in sich aufzunehmen. Sie hatte es in den letzten Wochen versäumt, die Stadt kennen zu lernen. Umso dringlicher erschien es ihr jetzt, da sie den Normannenpalast aufsuchen sollte. Im Abendlicht wirkte die Stadt ganz anders als am Morgen. Weder die lärmende Menge vom Hafen noch die friedliche Stille am Brunnen des kleinen Stadtpalastes umgaben sie. Stattdessen war die Luft mit wundersamen Stimmen und Geräuschen erfüllt. Johanna hatte das Gefühl, als liefe sie durch verschiedene Welten zugleich. Sie kamen durch ein buntes Gemisch aus orientalischen Basarstraßen und Moscheen, ein Gewirr von byzantinischen Mosaiken auf weiten Plätzen und einer Vielzahl normannischer Adelshäuser, die wie hingeworfene graue Klötze wirkten. Manchmal erinnerte ein Torbogen oder eine Kuppel sie an Damaskus, dann wieder gab es Turmzinnen wie auf Burg Trifels. Der Ruf eines Eseltreibers, der an ihnen vorbeieilte, wurde zu Konrads Stimme, der seinem Freund Kamāl etwas auf Arabisch zurief. Das Hundegebell aus einem Hinterhof wurde zum Gebell eines Hundes, der im Burghof auf Trifels herumtollte, das Lautenspiel von einer Veranda zu einer Melodie, die Walther von der Vogelweide an einem Wintertag gesummt hatte. Plötzlich ließ sie ein ganz anderes Geräusch hellhörig werden: Ihre Tochter war erwacht und gluckste und gähnte. Diese vertrauten Laute würde Johanna unter Hunderten von Geräuschen heraushören. Sie blickte sich um und fing Armgards besorgten Blick auf. Das Kind würde bald hungrig werden.

Johanna presste den Korb an sich und beschleunigte ihre Schritte. Im Korb lagen ihr alter Psalter, das feuchte Eidechsenkleid, Leinenwindeln und ein Topf mit Ringelblumensalbe. Die große Reisetruhe hatten sie zurückgelassen, sie könnte nachgeschickt werden, falls das nötig sein sollte. Sie beschleunigte ihre Schritte noch ein wenig und dachte daran, dass das Kind viel zu lange nicht getrunken hatte. Der Abschied hatte sich endlos hinausgezögert, denn ihr Gastgeber hatte alles über ihren Besuch im Palast wissen wollen und sie mit gut gemeinten Ratschlägen überhäuft. Währenddessen hatte Johanna versucht, ein paar Zeilen an Konrad zu schreiben: *»Der Herr lenkte meine Schritte und führte mich an einen unvorhergesehenen Ort. Folge, so schnell du kannst, zögere nicht. Gott der Herr, dessen Wege oft verschlungen sind, segne die heilende Kraft meiner Hände und er behüte dich.«* Sie stellte sich vor, wie Konrad ihre Worte lesen würde, und fragte sich, wann das sein würde. In ihrem Rücken begann das Kind zu schmatzen und zu wimmern.

Hastig erklommen sie die Anhöhe, in deren Mitte sich der mächtige Normannenpalast erhob. Er bestand aus festungsartigen Quadern zwischen vier mächtigen Türmen, aus denen schmale Fensteröffnungen wie wachsame Augen über die Stadt blickten. Es würde sicherlich sehr schwierig werden, in dem großen Gebäude Wolfger den Späher zu finden. Vor allem brauchten sie so schnell wie möglich einen geschützten Platz, an dem Armgard das hungrige Kind stillen konnte. Das imposante Tor schien nicht sehr viel versprechend zu sein. Es würde endlos lange dauern, bis sie jemanden gefunden hatten, der Verständnis für ein hungriges Kind hatte. Eine Wache war nicht zu sehen.

Kurzentschlossen wandte sich Johanna ab und wählte eine steile Treppe. Die schmalen Stufen schlängelten sich außen am Gebäude empor. Armgard keuchte hinterher und in ihren Armen quengelte der Säugling. Vor einem kleinen Verschlag, der für gewöhnlich nur bei einer Belagerung zugemauert wurde, ballte Johanna ihre Hand zur Faust und klopfte gegen die Holzbretter. Als sich die Holzklappe öffnete und eine alte Magd fragend ihren Kopf herausstreckte, seufzte Johanna erleichtert auf. Genau wie sie vermutet hatte, führte die kleine Treppe zu den Wirtschaftsräumen. Die Magd wischte sich einen

Schmutzfleck aus dem Gesicht und musterte misstrauisch Johannas eng anliegendes Kleid und das Rautenmuster auf ihren Flügelärmeln. Sicher wunderte sie sich, was eine so vornehme Dame hier zu suchen hatte. Eine Dame mit einem züchtigen Schleier auf sorgsam geflochtenen Zöpfen begehrte für gewöhnlich nicht auf diese Art Einlass. Johanna spürte, wie sie unter dem prüfenden Blick errötete. Verzweifelt versuchte sie sich zu erinnern, was Amme oder stillen auf Italienisch hieß. Ein wildes Schluchzen ließ Johanna erschrocken zusammenfahren. Das Schluchzen steigerte sich zu einem lauten Gebrüll. Die Magd lehnte sich zur Seite und betrachtete Armgard und das schreiende Bündel. Mit einem verständnisvollen Nicken öffnete sie den Verschlag und trat mit einem freundlichen »Entrate, avanti!« zur Seite.

Johanna kletterte als Erste in den düsteren, voll gestellten Raum. Die Magd war anscheinend dabei gewesen, sauber zu machen. Auf dem Boden lagen die vergessenen Reste unzähliger Belagerungen. Standarten und verblichene Fahnen lehnten an den Wänden. Ihre blassen Farben zeugten von den Herrschern, die über die Jahre hinweg versucht hatten, die Macht in Palermo an sich zu reißen. Armgard hielt sich nicht lange mit den verstaubten Symbolen vergangener Herrlichkeit auf. Sobald sie in die Kammer geklettert war, wischte sie einen Haufen zerknitterter Pergamentrollen zur Seite und setzte sich auf eine morsche Truhe. Das Kind hatte unablässig gebrüllt, doch sobald die Amme ihr Gewand öffnete, herrschte erwartungsvolle Stille. Die Magd summte zufrieden und machte sich daran, mit einem Reisigbesen Spinnweben von der Decke zu holen.

Johanna stellte leise den Korb ab und schlich, um das trinkende Kind nicht zu stören, auf Zehenspitzen durch die Kammer. Sie ließ ihren Blick über leere Köcher und mit Spinnweben bedeckte Schilde wandern. Hin und wieder bückte sie sich und betrachtete sie etwas genauer. Neben einem umgestürzten Banner lehnte ein schön bemalter Schild. Das Wappen darauf kam ihr bekannt vor. Es war halbseitig durchbrochen und während es auf einer Seite gestreift war, sprang auf der anderen Seite ein Schwein mit weit geöffneter Schnauze empor. Es war das Wappen des Diepold von Schweinspeunt, der den Titel des Grafen von Acerra führte. Sie hatte es am Hof König Philipps ge-

sehen und hatte auch von Diepolds vergeblichem Versuch gehört, die Macht in Palermo an sich zu reißen. Nachdenklich hob Johanna ein verstaubtes Federspiel vom Boden auf, mit dem für gewöhnlich Falken abgerichtet wurden, und drehte es zwischen den Fingern. Wie hatte Friedrich in all den Wirren und den vergeblichen Versuchen vieler Fürsten, ihn in ihre Gewalt zu bringen, zu einem so selbstbewussten und gelassenen Menschen heranwachsen können, wie der Junge im Boot es gewesen war?
Sie legte das Federspiel wieder zurück und sah aus den Augenwinkeln, wie Armgard das Kind von seinen Leinenwickeln befreite. Sie hatte es dafür auf die Truhe gelegt und sich davor gekniet, den Korb hatte sie zu sich herangezogen. In wenigen Schritten war Johanna bei ihr, bückte sich und nahm den Säugling hoch. Ihre Tochter hatte rote Striemen von der strammen Wicklung auf den Ärmchen und sie paddelte herum, als könne sie nicht glauben, dass man diese Dinger auch bewegen könnte. Johanna hob sie noch höher und fragte: »Bist du nun satt, meine kleine Jasminblüte?« Die Jasminblüte rülpste und blickte sie erstaunt an.
Die Magd hatte den Besen fortgelegt und beobachtete sie lächelnd. Johanna nahm das strampelnde Kind in die Arme und presste es an sich: »Il tedesco? Wolfger der Späher?«
Die Magd murmelte: »Ah, il padre!« und verschwand.
Johanna hob verblüfft die Augenbrauen. Die Magd nahm an, dass der große Ulmer der Vater des Kindes sei? Sie konnte nicht ahnen, dass der Vater einen Turban trug und in diesem Augenblick die Kranken im Maristan Nuri, dem berühmten Krankenhaus von Damaskus, versorgte. Er würde bald kommen und seine Jasminblüte in die Arme nehmen. Johanna ließ ihre Nase über den zarten hellen Haarflaum ihrer Tochter streichen und sog genüsslich den unverwechselbaren süßen Duft ein, dann überließ sie das Kind wieder der Amme, die mit frischen Leinenwickeln bereitstand. Johanna sah zu, wie die zarten Glieder ihres Kindes eingewickelt wurden, bis nur noch das kleine Gesicht hervorschaute. Sie versuchte, sich vorzustellen, wobei die Magd Wolfger den Späher stören würde. War er gerade dabei, sich für die Feierlichkeiten am Abend umzuziehen? Heute sollten sich Friedrich und seine Gemahlin aus Aragon zum ersten Mal begegnen. Jeder

würde beschäftigt sein, zu beschäftigt, um eine Heilerin zu der jungen Mätresse des Königs zu führen. Die fiebernde Grafentochter war sicherlich irgendwo unauffällig versteckt worden. Vielleicht in einer verstaubten Kammer wie dieser. Beunruhigt betrachtete Johanna den Staub und die Spinnweben. Konrad hatte immer wieder betont, dass Kranke in hellen, lichtdurchfluteten Räumen genesen sollten. Wie sollte sie die Heilkraft in ihren Händen fließen lassen und sich auf die Kranke konzentrieren, wenn diese zwischen altem Gerümpel lag, so wie eine erst erbeutete und dann vergessene Standarte?

Die Magd kam ohne Wolfger zurück. Sie winkte Johanna und der Amme ihr zu folgen. Sie hatte es offenbar sehr eilig. Rote Flecken bedeckten ihre runzeligen Wangen und ihr Atem ging schnell und stoßweise, als wäre sie gerannt. Unter vielen »rapido« scheuchte sie Johanna und Armgard vor sich her. Sie rannten einen schmalen Gang entlang, hasteten eine sich spiralenförmig windende Treppe hinauf und gelangten in ein offenes Atrium, dessen Spitzbögen und Säulen Johanna an eine Basilika denken ließen. An den vier Seiten des Atriums befanden sich große Eingänge. Die Magd zögerte einen Moment, bevor sie Johanna mit einem drängenden »rapido« durch eine der Öffnungen schob. Armgard stolperte mit dem Kind auf dem Arm hinter ihr her.

Johanna vergaß vor Schreck zu atmen. Das Zimmer war nicht leer, eine große Gruppe aufrecht stehender Menschen hatte sich in seiner Mitte versammelt. Die hohen Wände waren mit goldenen Mosaiken bedeckt, auf denen sich fremdartige Bäume im Wind bogen und sich dahinjagende Tiere verfolgten. Die verwunschenen Bilder auf den Wänden schienen die Versammelten unaufhörlich zu umkreisen. Die Löwen auf dem Kreuzgewölbe wirkten lebendiger als die schweigende Menge darunter. Über allem lag etwas Bedrohliches und die Mienen der schweigend Dastehenden hatten etwas Vorwurfsvolles und Lauerndes.

Johanna wich zurück zur Wand und zog die verwirrte Armgard mit sich. Mahnend legte sie ihre Hand auf Armgards zitternden Arm, der das fest gewickelte Bündel hielt. In diesem Augenblick entdeckte Johanna eine zierliche Dame, die in ein schillerndes Gewand gehüllt war. Das musste die neue Königin von Sizilien sein, die Schwester des

Königs von Aragon und die Witwe des ungarischen Königs. Sie war von einer anrührenden zarten Schönheit und wirkte wie ein verlorenes Kind zwischen ihren hochmütig blickenden Hofdamen und den Rittern ihres Gefolges. Die edlen Herren aus Aragon hatten ihre mit dem Wappen Aragons bemalten Schilde herausfordernd vor sich aufgestellt. Das kräftige, von vier roten Streifen durchbrochene Gelb hob sich deutlich von den goldenen Mosaiken ab. Ihnen gegenüber hatten die Sizilianer ihre Schilde aufgereiht.

Johanna konnte nur ihre Rücken sehen. Sie reckte sich, bis sie Friedrichs Hinterkopf zwischen seinen Rittern ausmachen konnte. Der junge König trug einen golddurchwirkten Mantel, auf dessen Rücken die Sonne Siziliens prangte, und ein Reif zerdrückte sein rotes Haar. Er stand sehr aufrecht und kam ihr viel größer vor als der Junge, der sie vor dem Ertrinken gerettet hatte. Warum rührte er sich nicht? Warum ging er seiner Braut nicht entgegen und begrüßte sie? Wusste er nicht, was sich gehörte? Dachte er in diesem Augenblick an seine junge Mätresse? Gleich würden die Ritter übereinander herfallen und die Schilde Aragons würden gegen die der Sizilianer krachen. Die Löwen würden aus den Mosaiken springen und sich auf die zierliche Königin stürzen.

Plötzlich störte ein kleines Niesen die Ruhe. Erst war es nur ein zartes Prusten, doch es wurde zu einem heftigen Gebell, als es durch den Raum hallte und von den Wänden zurückgeworfen wurde. Johanna zuckte zusammen. Alle Köpfe fuhren herum und sie fühlte, wie unzählige Augenpaare sie anstarrten. Still, kleine Jasminblüte, dachte sie flehend, bitte jetzt keinen Niesanfall! Nicht jetzt, nicht in diesem Augenblick. Der viele Staub in der Kammer musste schuld sein, denn noch ein weiteres Niesen folgte, dann noch eins. Neben ihr hob Armgard das Kind in die Höhe, als könnte sie so dem Niesen Einhalt gebieten. Ein lautes Niesen folgte auf das andere, fünf, sechs, sieben Mal. Dann war es vorbei.

Durch die anschließende Stille drang ein leises Glucksen. Johanna blickte unwillkürlich in die Richtung, aus der das perlende Geräusch kam. Die Königin kicherte. Konstanze aus Aragon, die vornehme Schwester eines Königs, Witwe eines Königs und Gemahlin eines Königs, wurde von einem unbändigen Kicheranfall geschüttelt. Als das

Kind noch einmal herzerweichend aufseufzte und abermals nieste, lachte die Königin endlich befreit heraus. Eine unbändige Fröhlichkeit lag in ihrem Lachen, eine von allen Mühen des Diesseits losgelöste Heiterkeit, eine fast überirdische Freude. Es war das einnehmendste und ansteckendste Lachen, das Johanna je gehört hatte, und sie stimmte, ohne nachzudenken, mit ein. Das Kind hatte längst aufgehört zu niesen, doch nun lachte alles, selbst die Tiere an den Wänden schienen einzustimmten, durch die Bäume schien ein lachender Wind zu fahren und die Ritter schlugen lachend auf ihre Wappenschilde. Friedrich ging der Königin lachend entgegen, packte besitzergreifend ihre Hand und zog sie durch die Menge seines lachenden Gefolges hinaus. Als sie fort waren, verebbte das Lachen und ein aufgeregtes Stimmengewirr setzte ein.
Neben Johanna rief plötzlich eine fröhliche Stimme: »Er zeigt ihr seine Falken. Das ist eine große Ehre. Hört, die spanischen Damen rufen es bereits: Ella la gusta a él. Ich stimme ihnen zu. Sie gefällt ihm. Doch was tut Ihr hier? Habt Ihr die Eingänge verwechselt? Ich habe im Zimmer nebenan auf Euch gewartet.«
Johanna wandte sich um. Wolfger der Späher zwinkerte ihr aus lachenden Augen zu. Sie erinnerte sich, wie er sie mit diesen Augen angefleht hatte, in den Palast zu kommen, damit er sie zu der kranken Mätresse führen konnte, und nicht, um hier zu stehen und zu lachen. Schuldbewusst fragte sie: »Wie geht es der Normannin?«
Er antwortete nicht, sondern betrachtete interessiert das Bündel in Armgards Armen.
»Ist das Euer Kind? Es ist wunderschön. Klug ist es auch, denn es hat soeben Aragon und Sizilien zusammengeführt.«
»Gott hat sie zusammengeführt.«
»Und Papst Innozenz die Heirat veranlasst. Die Mitgift besteht immerhin aus fünfhundert Rittern, mit denen König Friedrich das Festland zu befrieden hofft. Nur das hat ihn dazu bewogen, einer Vermählung mit einer zehn Jahre älteren Frau zuzustimmen. Allerdings ließ ihr Lachen die Jahre dahinschmelzen. Wie heißt das Kind?«
»Sie ist noch nicht getauft. Ich nenne sie …«
Johanna zögerte und betrachtete nachdenklich ihre kleine Tochter. Ihre zarte helle Haut hatte Konrad an eine weiße Jasminblüte er-

innert, deshalb hatte er sie in Damaskus immer nur seine kleine Jasminblüte genannt. Am Hof in Palermo brauchte das Kind einen christlichen Namen. Wolfger sah Johanna erwartungsvoll an. Ihr fiel die Tochter des genuesischen Schiffseigners ein. Er hatte sie Lucia gerufen und sie war schön, stark und unerschrocken gewesen. Während der Überfahrt hatte Johanna oft gedacht, wie wundervoll es wäre, wenn ihre Tochter so werden würde. Hastig fuhr sie fort: »Lucia. Ich nenne sie Lucia. Es kommt von lux, das Licht.«

»Dann ist ein von Licht durchfluteter Sommerpalast genau das Richtige für sie. Ich werde Euch und Lucia zu einem herrlichen, luftigen Sommerpalast begleiten. Dorthin hat der König seine Mätresse bringen lassen. Die Zisa liegt vor der Stadt zwischen blühenden Gärten und sprudelnden Wasserbecken. Dort wird seine Liebste genesen und er kann sie aufsuchen, wann immer es ihm gefällt.«

Also doch keine staubige Kammer, dachte Johanna erleichtert und beobachtete, wie die letzten Menschen lachend und scherzend den Raum verließen. Die Farben aus Aragon vermischten sich mit der Sonne Siziliens. Spanische, italienische und lateinische Worte bildeten ein heiteres Sprachengewirr. Die Mätresse war fortgebracht worden, der Lärm würde sie im Sommerpalast nicht stören. Das junge Mädchen tat ihr trotzdem Leid. Würde Friedrich sie wirklich besuchen und würde es noch so sein wie früher? Sicher würde er sie bald vergessen. Johanna musste ein sehr besorgtes Gesicht gemacht haben, denn Wolfger versicherte ihr: »Es geht ihr schon viel besser. Die luftige Zisa hat bereits Wirkung gezeigt und Eure Heilkraft wird das Übrige tun. Habt Ihr noch anderes Gepäck? Im Atrium steht eine verwirrte Magd mit einem Korb. Gehört sie zu Euch?«

»Das ist mein Korb, aber nicht meine Magd. Sie sollte uns nur zu Euch führen. Sie muss die Zimmer verwechselt haben. Ist es weit zum Sommerpalast? Wird mein Mann mich dort bei seiner Ankunft in Palermo finden? Er kann in wenigen Tagen hier sein.«

»Seid unbesorgt. Ich kümmere mich um alles. Der Sommerpalast wird Euch gefallen.«

Johanna stellte sich vor, wie Konrad durch die vielen Zimmer des Normannenpalastes eilte und nach ihr suchte. Sie würde ihm noch einmal einen Brief schreiben und das Schriftstück zum Haus seines

Freundes schicken. Während sie Wolfger ins Atrium folgten, begann Johanna die Worte zu suchen, die sie wählen würde. *»Konrad, Freude meines Herzens, sei gesegnet und beunruhige dich nicht. Ich bin auf dem Weg zu einem hellen und luftigen Ort, an dem es frische Wasserbecken und blühende Gärten gibt. Unsere kleine Jasminblüte ist bei mir und ich nenne sie jetzt Lucia, denn sie ist das Licht meines Lebens.«*
Johanna lächelte versonnen und das Licht ihres Lebens gähnte.

August 1209, in Santiago de Compostela

Am selben Abend strömten unzählige Pilger zum Grab des heiligen Jacobus. Auf den Stufen vor der Basilika befand sich eine zappelige und ungeduldige Frau. Sie musste sich offensichtlich sehr beherrschen, um sich nicht vorzudrängeln. Natürlich wusste sie, dass sich Drängeln an diesem Ort nicht gehörte, schließlich war sie eine gebildete Frau.
Sie hieß Mechthild, war in einem wohlhabenden Kaufmannshaus erzogen worden und ihre Tante Herrad hatte sie immer wieder daran erinnert, was sich für eine Dame gehörte. Tante Herrad weilte nicht mehr unter den Lebenden. Die gute Frau wäre sicher der Ansicht gewesen, dass sich ein Pilger mit Andacht dem ersehnten Ziel seiner Reise nähern sollte. Doch ohne den Tadel der Tante wusste Mechthild, wie wenig gottgefällig und ergeben sie in diesem Moment wirkte. Sie sollte besser jeden ihrer Gedanken auf die Verehrung des heiligen Jacobs richten und ihre Ungeduld bezwingen. Unauffällig blickte sie sich um. Die Pilger, die sich an diesem Abend auf der schmalen Treppe zum großen Portal befanden, hatten ausnahmslos hoffnungsfrohe Gesichter und übten sich in Geduld.
Mechthild beneidete sie, denn Geduld gehörte nicht zu ihren Tugenden. Unwillig verzog sie ihr Gesicht. Die Reise aus dem Norden des deutschen Reiches zur galizischen Küste hatte deutliche Spuren in ihrem sonst so hübschen Gesicht hinterlassen. Vom rauen Seewind waren ihre Lippen aufgesprungen, in den hellen Strähnen klebte noch das Meersalz und ihre mandelförmigen Augen waren hässlich verquollen. Allerdings kümmerte sie ihr Aussehen in diesem Augenblick

wenig. Was nützte es, hübsch zu sein, wenn man in der Menge feststeckte und sich kaum von der Stelle rühren konnte? Gar nichts, dachte Mechthild missmutig.

Nur noch wenige Stufen, vielleicht waren es zehn, höchstens zwölf. Langsam, viel zu langsam wurde sie Stufe für Stufe die schmale Treppe hinaufgeschoben. So oft hatte sie sich diesen Moment vorgestellt, nun wollte sie endlich den himmlischen Kerzenglanz sehen, die göttlichen Düfte einatmen und die Nähe des Heiligen spüren. Unruhig reckte sie das Kinn.

Jacobspilger, wohin sie auch blickte. Gleichmütig und geduldig sangen sie fromme lateinische Choräle oder murmelten Gebete. Viele trugen den typischen Hut mit der umgeschlagenen Krempe und manche hatten den Riemen einer muschelverzierten Tasche über den staubigen Umhang geschlungen. Fast jeder hatte einen Pilgerstab dabei. Es waren staubige Gesichter, die erschöpft, doch zuversichtlich und erwartungsfroh zur mächtigen Basilika aufblickten.

Ohne sichtlichen Grund kam die Menge auf einmal zum Stehen. Mechthild fiel beinahe gegen einen verfilzten grauen Umhang. Von hinten schubste und drängelte es. Sie konnte sich gerade noch abfangen. Ärgerlich unterdrückte sie einen Fluch, der an diesem Ort ziemlich unpassend gewesen wäre. Alle anderen schienen sich nicht aus der Ruhe bringen zu lassen, im Gegenteil, der Gesang schwoll noch an. Mechthild atmete tief durch und flehte: »O Herr, schenke mir ihre Geduld, segne mich mit ihrem Gleichmut und ihrer beneidenswerten Gelassenheit.«

Um sich zu beruhigen, zwang sie sich, an ihre Reise nach Santiago zu denken.

Eigentlich musste sie dankbar sein. So manches Mal hatte sie bezweifelt, ob sie es überhaupt schaffen würden. Wochenlang war sie mit ihrem Mann Anselm auf See gewesen. Das kleine, schwankende Pilgerschiff hatte geächzt und geknarrt, als ob es die Küste nie erreichen würde. Der pessimistische Anselm hatte ein dutzend Mal prophezeit, dass sie von Piraten versklavt oder elendig verhungern oder von den Fischen gefressen werden würden. Oder alles gleichzeitig. Oft hatte sie gewünscht, ihr besorgter Ehemann wäre in Braunschweig zurückgeblieben. Doch nichts von Anselms Befürchtungen war eingetroffen.

Der Herr hatte sie bewahrt und sie hatten es geschafft. Endlich waren sie an Land, endlich waren sie in Santiago. Und wenn Anselm nicht unten an der Treppe so übertrieben höflich alle vorgelassen hätte, dann wäre er jetzt auch an ihrer Seite, wie es sich gehörte. Sie konnte nur hoffen, dass er sie bald einholen würde.
Natürlich wollten sie die Nacht am Grab des heiligen Jacobus gemeinsam wachen. So hielten es alle Pilger bei ihrer Ankunft in Santiago. Es hieß, dass eine solche Nachtwache Wunder vollbringen könne. Mechthild fragte sich, ob sie morgen früh verwandelt aus der Basilika treten würde. Würde sie heute Nacht Gottes Gegenwart spüren? Erwartungsvoll blickte sie zum mächtigen Portal der Basilika auf.
Über den beiden Eingängen erhob sich der Erlöser. Sein ernstes Antlitz leuchtete und die in Stein gehauenen Figuren verharrten im Licht der untergehenden Sonne. Die Engel und Heiligen, seltsamen Vögel und Fabeltiere am Portal waren so bewegungslos wie die Marmorsäulen, die sie umgaben, dennoch sprachen sie von der Größe des Allmächtigen und den Geheimnissen der Schöpfung. Mechthild war beeindruckt. Wie würde es erst im Inneren der Basilika aussehen? Endlich straffte sich der Rücken vor ihr und es ging weiter. Viel zu langsam für die Aufregung, die sie empfand. Unauffällig versuchte sie sich durch die Menge zu drängen. Im selben Augenblick übertönte eine vertraute Stimme den gleichmäßigen Gesang und das Gemurmel der Pilger: »Mechthild, so warte doch. Der Gläubige sollte sich mit Andacht nähern.«
Sie zögerte. Ihr Mann klang vorwurfsvoll und besorgt. Während der ganzen Reise hatte Anselm so geklungen. Seine Stimme tönte noch in ihren Ohren: Wir hätten den Pilgerweg nehmen sollen, ein Schiff ist nicht dasselbe, wir hätten im nächsten Jahr aufbrechen sollen, nach meiner Aussöhnung mit König Otto, wir hätten …
König Otto, dachte Mechthild verärgert, Anselm sprach ständig von König Otto. Nachdem der Staufer Philipp ermordet worden war, hatte der Welfe Otto den Streit um die Krone gewonnen. König Otto hatte die Ratgeber seines Gegners übernommen und seine eigenen entlassen – darunter war auch ihr armer Mann Anselm gewesen. Der König hatte ihm seine jahrelange Treue schlecht gedankt. Mechthild blickte über ihre Schulter und versuchte, in der Menge Anselms blon-

den Kopf zu erspähen. Da, dort war er. Seine Wangen waren vor Aufregung gerötet. Er presste den Pilgerhut vor seine Brust, umklammerte seinen Stab wie ein Ertrinkender und rief ihr zu: »So warte doch! Wir werden uns im Gewühl verlieren!«

Natürlich war sein Einwand vernünftig. Er war immer vernünftig, ihr belesener und umsichtiger Ehemann. Doch sie hatte diesmal keine Lust, seinen klugen Ratschlägen zu folgen. Wie gewöhnlich hatte er sich alles, was es über eine Pilgerreise nach Santiago zu wissen gab, in einem Buch angelesen. Er war zu diesem Zweck sogar in einem Kloster in Frankreich gewesen, um dort die Abschrift eines berühmten Pilgerführers zu studieren. Anselm war immer gut vorbereitet und ging nie ein Risiko ein. Nach der langen Schiffsreise und den vielen eintönigen Stunden unter Deck kannte auch sie das Liber Sancti Jacobi fast auswendig. Es warnte besonders vor giftigen Flüssen und den betrügerischen Einheimischen auf dem Weg. Nach der gründlichen Lektüre hatte Anselm beschlossen, das Schiff zu nehmen. Bei heftigem Seegang hatte er es dann bitter bereut. Der kluge und belesene Anselm könnte ihr in der Basilika bei jeder Säule den Steinmetz nennen und würde sämtliche Baumeister kennen. Doch was interessierte sie schon, ob Meister Bernardus oder Meister Mateo etwas erschaffen hatten? Sie wollte endlich hinein und es sehen. Ohne weiter auf Anselm zu achten, wählte sie einen der beiden Eingänge und betrat die Basilika.

Schon im Licht der untergehenden Sonne war die Basilika mit den zwei mächtigen Türmen und der großen Rosette beeindruckend und imposant gewesen. Als Mechthild in den Vorraum gelangte, vergaß sie beim Anblick des viel gerühmten Pórtico de la Gloria fast zu atmen, es war wirklich ein Tor der Herrlichkeit. Das von den Seiten hereinfallende Licht ließ die bunt bemalten Skulpturen geheimnisvoll aus den Schatten treten. Auf dem Mittelpfeiler blickte ihr der heilige Jacobus mit seinem Pilgerstab entgegen und über seinem Kopf erhob sich ein mächtiges Himmelsgewölbe. Mechthild legte den Kopf in den Nacken und blickte hinauf. Doppelt so groß wie alle anderen Figuren, thronte Christus inmitten der bemalten Evangelisten und himmlischen Heerscharen. Mahnend hob er seine Handflächen und zeigte die Wundmale, als würde er die Pilger freundlich auffordern innezuhalten. Mechthild runzelte die Stirn. Halte ein und sieh meine Herrlichkeit, schien Christus zu sagen. Sie glaubte sich zu erinnern, dass Anselm erwähnt hatte, dass Meister Mateo das Portal geschaffen hatte. Was immer der Meister hatte bewirken wollen, der Anblick seines Kunstwerkes ließ Mechthild ruhiger werden. Das Tor der Herrlichkeit verwies auf Gottes Unendlichkeit. Zeit spielte keine Rolle, alles verlor sich in der Ewigkeit von Gottes Allmacht.

Sie hatte wohl eine ganze Weile dort gestanden und hinaufgeblickt, denn plötzlich war Anselm neben ihr und flüsterte: »Sieh nur, was sie tun.«

Mechthild brauchte einen Augenblick, bis sie zu sich kam. Sie war irritiert, wie er an diesem Ort so distanziert klingen konnte, und wandte sich um. Anselm deutete zum Fuß der Mittelsäule. Zwei Ungeheuer rissen ihr Maul auf und die Vorübergehenden nahmen ihre verdreckten Umhänge ab und stopften sie hinein. Mechthild wollte ihrem Beispiel folgen und ihre Mantelspange lösen, doch Anselm hinderte sie daran: »Du wirst deinen wertvollen Mantel nie wieder sehen, sie verbrennen die verlausten Pilgerumhänge. Komm und sieh dir Meister Mateo an, er hat sein Abbild an die Säule gemeißelt und es soll einem Weisheit verleihen, die Stirn an seinen Kopf zu schlagen.«

Mechthild ließ ihre Mantelspange los und folgte ihm um die Säule herum. Sie hätte die kleine kniende Steinfigur fast nicht bemerkt, doch dann hörte sie einen dumpfen Knall und jemand kam vor ihr auf die Beine und bekreuzigte sich. Erschrocken wich sie zurück und Anselm lachte leise: »Lass es lieber bleiben. Ich weiß nicht, ob ich eine noch klügere Frau ertragen kann.«

Sie kam nicht dazu, etwas zu erwidern. Der Duft von Weihrauch und brennenden Kerzen drang auf einmal in ihre Nase. Durch das dumpfe Stimmengewirr waren melodische Klänge und Paukenschläge zu hören. Erwartungsvoll drehte sie sich um und ihre Augen weiteten sich vor Erstaunen. Niemals zuvor hatte sie so ein erhabenes Bauwerk gesehen. Die in die Höhe strebenden Säulen und Bögen schienen nicht von Menschen geschaffen worden zu sein. Engel mussten die harmonisch angeordneten Glasfenster, die Emporen und Portale vollendet haben. Konnte sie nicht sogar die himmlischen Heerscharen singen und musizieren hören? Sie ließ den Blick über die Köpfe der

Menschen wandern, die in der Basilika klein wie Spielfiguren aussahen. Am Ende des gewaltigen Mittelschiffes ließ ein Lichtermeer aus Kerzen den Hauptaltar erstrahlen. Von dort schienen die Flötentöne und Paukenschläge, die Harfenklänge und das Leierspiel zu kommen. Alles vermischte sich mit dem Gesumm der flüsternden Stimmen. Mechthild lauschte eine Weile, dann wisperte sie: »O hör nur, als würden die Engel des Herrn musizieren.«
Anselm lächelte amüsiert. Sachlich stellte er fest: »Es sind nur die Pilger, die auf ihren Instrumenten spielen. Das tun sie während der ganzen Nachtwache. Wir müssen uns beeilen, sonst bekommen wir keinen Platz mehr bei den Deutschen.«
»Bei den Deutschen?«, fragte sie verständnislos und folgte ihm durch die Menge.
»Jeder vollzieht mit seinen Landsleuten die Nachtwache. Die Franzosen stehen auf einer Seite des Altars, die Italiener auf der anderen und die Deutschen bleiben ebenfalls unter sich.«
Mechthild verzog empört ihre Mundwinkel. Die Tatsache, dass hier nach Herkunft unterschieden wurde, gefiel ihr gar nicht. Es hatte etwas unangenehm Nüchternes. Sie musste an die Kaufleute und Händler denken, die auf den Messen ihre Stände streng nach Regionen aufbauten.
Langsam näherte sie sich an Anselms Seite dem Altarraum. Es war mühsam, sich einen Weg durch das mit Pilgern verstopfte Mittelschiff zu bahnen. So ließen sie sich einfach von der Menge treiben und gelangten in den Chorumgang, den mehrere kleine Kapellen säumten. In ihnen standen die Pilger dicht gedrängt. Leise wurden Messen und Fürbitten gehalten. Das Stimmengemurmel der Betenden begleitete sie auf ihrem Weg um den Hochaltar herum. Die Menschenmenge schob sie immer weiter vorwärts. Sie waren umgeben von gebeugten Rücken, Nacken, von denen der Schweiß tropfte, und gekrümmten Schultern. Es war unmöglich, einen Blick auf die silberne Vorsatztafel des Altars zu werfen. Niemand dachte daran, einen Schritt zur Seite zu treten. Köpfe, wohin man auch blickte, und über allem erhob sich das Dach des Ziboriums. Irgendwo dort befand sich das ersehnte Ziel jedes Pilgers: der Jacobusaltar. Das glänzende Dach war ganz aus Gold und Silber gefertigt. Ein Kreuz auf einer silbrigen

Kugel krönte es. Unzählige Kerzen und Fackeln tauchten alles in ein unwirkliches Licht. Vor dem Ziborium hingen drei mächtige silberne Lampen, denen unablässig qualmende Dampfwolken entströmten. Die Luft war erfüllt von Weihrauch, Myrtenölen und Balsamdüften. Mechthild rieb sich die kribbelnde Nase und reckte den Kopf. Wenn sie doch nur einen Blick auf den Jacobusaltar werfen könnte! Die Menge stand einfach zu dicht. Anselm flüsterte ungeduldig: »Komm hier herüber. Hier stehen die deutschen Pilger.«

Mechthild folgte ihm zu der Gruppe, die genauso erschöpft und andächtig wirkte wie alle anderen auch. Gerade als sie sich zwischen einen Greis mit einer fast heruntergebrannten Kerze und einen Flötenspieler gequetscht hatten, geschah es.

Ein junges Mädchen schwebte mit erhobenen Händen über den Köpfen der Pilger. Ihr helles Kleid hob sich von dem silbernen Dach des Ziboriums ab. Sie war unnatürlich blass und hatte die Augen fest geschlossen. Ihr offenes schwarzes Haar bedeckte sie wie ein weiter Umhang. Alle starrten schweigend zu der Erscheinung hinauf. Der Flötenspieler brach sein Spiel ab und der Alte ließ vor Schreck seine Kerze fallen, die sofort erlosch. Es war so still geworden, dass man die Fackeln im Luftzug zischen hörte. Ein Wunder, dachte Mechthild verblüfft und wagte nicht, sich zu rühren.

»Agnes, komm sofort runter und hör auf mit dem Unsinn!«

Der verärgerte Ruf verhallte zwischen den Säulen. Hände kamen aus der Menge und versuchten, nach dem Saum des weißen Kleides zu greifen. Finger krallten sich in den Stoff und mit einem heftigen Ruck wurde das Mädchen heruntergezogen. Es riss entsetzt die Augen auf, schlug mit den Armen um sich und rief: »Lass mich los!«, dann verschwand es in der Menge. Mechthild konnte nicht erkennen, was nun vor dem Altar geschah. Es schien ein Gerangel zu geben. Das wilde Geschrei und Gefluche klang nach einer heftigen Auseinandersetzung. Auf einmal begannen die anderen Pilger, sich lautstark zu beschimpfen.

»¡Estafadora!«

»Blasfemo!«

»Canaille!«

»Franzosenketzer, verzieht euch!«

Franzosen stürzten sich auf Deutsche und Spanier auf Italiener. Wildfremde wälzten sich ineinander verkrallt am Boden, traten fluchend um sich und versuchten sich gegenseitig die Augen auszukratzen. Alles schrie durcheinander und flüchtete. Pilgerstäbe krachten und zersplitterten. Menschen duckten sich und krabbelten auf allen vieren davon. Hüte, Kerzenstümpfe und Trinkflaschen flogen. Von überall kamen erregte Rufe und wütende Schreie. Mechthild umklammerte ängstlich Anselms Hand. Mit klopfendem Herzen und hastigen Schritten ließ sie sich von ihm durch die rückwärts drängende Menge ziehen. Sie schoben sich an rangelnden Menschen vorbei und traten auf zerbrochene Kerzen und Lederflaschen. Säule für Säule arbeiteten sie sich durch das Seitenschiff zum Nordportal.
Anselm drückte mit seiner Schulter die Tür auf und sie stolperten ins Freie. Aus den Schatten links und rechts erhoben sich steinerne Löwenköpfe. Kühle Abendluft umfing sie. Der weihrauchgetränkte Chorraum, die flackernden Kerzen und das beängstigende Geschrei waren mit einem Mal weit weg. Die friedliche Stille auf dem Platz wirkte wie eine Erlösung. Erleichtert betrachtete Mechthild die breite Treppe, die zu einem prächtigen Brunnen hinunterführte. In der Mitte des Brunnens erhob sich eine bronzene Säule. Oben hockten vier Löwen. Aus ihren aufgerissenen Mäulern plätscherte Wasser in eine flache Steinschale. Hinter dem Brunnen erstreckte sich ein gepflasterter Platz. Händler waren dabei, Verkaufstische zusammenzuklappen und Waren auf wartende Maultiere und Karren zu laden. Den Anblick von etwas Alltäglichem fand Mechthild ungemein tröstlich. Sie stellte sich vor, wie am Morgen auf den Tischen die Münzen klingen würden. Dann würden die berühmten Jacobsmuscheln, aber auch Weinschläuche, hirschlederne Pilgertaschen, Schuhe, Beutel, Riemen, Gürtel und Heilkräuter den Besitzer wechseln.
Sie stieg neben Anselm die breiten Stufen zum Brunnen hinab und dachte daran, was soeben in der Basilika geschehen war. Es widersprach ihren Erfahrungen mit den verschiedenen Volksgruppen. Bei ihrem erfolgreichen Tuchhandel in Braunschweig hatte sie es mit Dänen, Russen und Holländern zu tun. Und immer wurden sie sich einig! Die Sprache des Handels wurde überall verstanden. Vielleicht sollte sie hinübergehen und sich ein wenig mit den Händlern unter-

halten? Das würde ihr immer noch heftig klopfendes Herz beruhigen. Unschlüssig sah sie zu dem gepflasterten Platz hinüber und verwarf den Gedanken wieder, als sich Anselm auf den obersten Steinsockel des Brunnens setzte.
Seufzend fuhr er sich mit den Fingern durchs Haar. Mechthild beobachtete ihn. Er hatte seinen Pilgerhut im Tumult verloren und ein Kratzer auf seinem Handrücken blutete. Vielleicht hatte er doch ein paar von den Tritten und Knüffen abbekommen? Sie wollte ihn gerade fragen, ob ihm etwas wehtat, da stieß er verärgert hervor: »Wenn Blut vergossen wird, muss der Altar neu geweiht werden und ich sah mindestens einen mit blutender Kopfwunde zusammensinken. Es hat ganz sicher Tote gegeben. Nach den letzten Zwischenfällen musste Papst Innozenz erst die briefliche Erlaubnis erteilen, bevor sie die Basilika mit Asche, Wein und Weihwasser reinigen konnten. Das kann Monate dauern.«
Mechthild hockte sich neben ihn. Es konnte Monate dauern, bis sie gereinigt wurde? So lange konnten sie nicht warten. Sie war schrecklich enttäuscht. Hier am Brunnen endete ihre Wallfahrt, die sie unternommen hatten, um ihren unerfüllten Kinderwunsch vor den heiligen Jacob zu bringen. Verzagt biss sie auf ihrer Unterlippe herum. Vielleicht war es ein Zeichen? Sie hatten vor ihrem Aufbruch den kleinen Brian adoptiert. Vielleicht sollte sie damit zufrieden sein? Anselm liebte Brian wie einen eigenen Sohn. Der Junge hatte die Seereise nicht gut vertragen und seine Übelkeit und sein ständiges Erbrechen wollten auch an Land nicht vergehen. Deshalb schlief er, so hoffte sie jedenfalls, in diesem Augenblick im Schlafsaal des Pilgerhospizes am Nordportal. Während der Überfahrt hatte sie oft bereut, den Jungen nicht in ihrem Elternhaus in Köln zurückgelassen zu haben. Dort hatte er zuvor als ungeliebter Bastard der Schwester ihrer Schwägerin Elisabeth gelebt. Mechthild hatte sich bei einem Besuch in Köln mit dem rothaarigen sommersprossigen Jungen angefreundet. Sie war sofort einverstanden gewesen, als Anselm vorgeschlagen hatte, Brian zu adoptieren. Anselm hatte damit begonnen, ihn in die Arbeit eines Ministerialen einzuführen, denn Brian war bereits in einem Alter, in dem andere Jungen Pagen wurden oder in der Werkstatt halfen. Doch Brian zeigte wenig Interesse, zumal Anselm selbst nicht

ganz bei der Sache war. Beide blickten immer wieder von den Urkundentexten auf. Statt über Rechtsfragen zu diskutieren, sprachen sie über Turniere und ihre favorisierten Lanzenstecher. Anselm half Brian, große Listen von berühmten Kämpfern aufzustellen, und verzeichnete sorgsam ihre Siege. Brians Augen leuchteten und Anselms Augen leuchteten nicht weniger. Manchmal war Mechthild ein wenig eifersüchtig und sie träumte von einer kleinen Tochter, die sie in die Geheimnisse des Tuchhandels einweihen konnte. Natürlich liebte sie den Jungen. Brians Vorliebe für zahme Ratten und Eidechsen war genauso liebenswert wie seine vorbehaltlose Verehrung für Anselm. Sie sollte nicht hier am Brunnen sitzen, sondern sich um ihn kümmern. Er war jetzt ihr Kind und sie sollte dankbar sein. Wahrscheinlich würden sie nie ein eigenes Kind haben. Womöglich war es das Beste, die Pilgerreise abzubrechen und sich damit abzufinden. Traurig sagte sie in die Dämmerung hinein: »Wir können dem heiligen Jacob nicht an einem entweihten Altar unsere Bitte vortragen. Lass uns nach Braunschweig zurückkehren. Unsere Pilgerreise ist zu Ende und vielleicht hat Gott es so gefügt.«
»Sei nicht traurig. Wir können wiederkommen. Vielleicht im nächsten Sommer.«
Wehmütig erinnerte sich Mechthild an ihre Empfindungen beim Eintritt in die Basilika. Die Skulpturen am Tor der Herrlichkeit hatten sie tief berührt. Als das Mädchen geschwebt war, hatte sie an ein Wunder geglaubt, doch dann waren die Pilger übereinander hergefallen. Was war eigentlich geschehen? Warum waren alle so erregt gewesen? Hatte sie das schwebende Mädchen in diesen Zustand versetzt? Anselm ließ sich nicht so leicht durch ein Wunder beeindrucken. Welche Erklärung hatte er? Sie musterte ihn von der Seite und fragte neugierig: »Denkst du, dass sie wirklich geschwebt ist?«
»Mhm. Wahrscheinlich wurde sie an einer Schnur hochgezogen oder jemand hat sie hochgestemmt. Vielleicht wurde die Täuschung bemerkt und es kam deshalb zu der blutigen Auseinandersetzung.«
Mechthild nickte zögernd. Es könnte so gewesen sein. Immerhin hatte es nach einem Streit geklungen.
Mittlerweile war es so dunkel geworden, dass sie Anselms Gesicht nur erahnen konnte. Ein Geräusch ließ sie beide herumfahren: Das Nord-

portal hatte sich geöffnet, schwarze Silhouetten tauchten in den Schatten vor der Basilika ein, kamen die Treppe hinuntergerannt, stürzten schwer atmend zum Brunnen und hievten einen leblosen Körper auf den Brunnenrand. Weiße Stoffbahnen schleiften auf dem Boden und schwarze Haarsträhnen schaukelten über dem Wasser der Steinschale. Das Mädchen aus der Basilika, dachte Mechthild und ihr Herz begann wild zu klopfen. Es war offensichtlich bewusstlos. Sie versuchte zu erkennen, wer es zum Brunnen gebracht hatte, und glaubte, ein rotes Templerkreuz auf einem weißen Mantel auszumachen.

Auf einmal kam von der Seite ein Mann herangestürzt und spritzte der Bewusstlosen hektisch Wasser ins Gesicht. Er schien sehr jung zu sein und sein blutverklebtes Haar hing ihm schwarz und strähnig vor den bleichen Wangen. Mit zitterigen Fingern ließ er immer wieder Wasser über die Stirn des Mädchens rinnen. Seine Bemühungen, sie wieder zum Leben zu erwecken, blieben erfolglos. Die Männer, die scheinbar Templergewänder trugen, begannen leise zu murmeln. Was immer hier vor sich ging, es war besser, sich unsichtbar zu machen.

Mechthild stand vorsichtig auf und tastete sich rückwärts in die schützende Dunkelheit, um auf keinen Fall gesehen zu werden. Dies hatte nichts mit ihnen zu tun. Sie blickte sich suchend um, ob Anselm genauso dachte. Anscheinend wollte auch er keinen Ärger, denn er hatte sich hinter den Brunnen geduckt. Doch irgendetwas an der Haltung seines Kopfes sagte ihr, dass er angestrengt nachdachte. Genauso beugte er den Nacken, wenn es galt, sich an etwas Wichtiges zu erinnern. Mehr noch als die Fremden am Brunnen verwirrte sie dieser Anblick. Sie presste die Zähne zusammen und wartete gespannt darauf, was Anselm tun würde. Seine Lippen öffneten sich und verblüfft stieß er hervor: »Er trägt das Wappen des Grafen von Schweinspeunt und Acerra auf seiner Brust!«

Mechthild sog erschrocken die Luft ein. Anselm hatte viel zu laut gesprochen, nun würden sie sich nicht länger verbergen können. Aus den Augenwinkeln sah sie, dass der junge Mann aufgehört hatte, Wasser aus dem Brunnen zu schöpfen. Er beugte sich vor und zog mit einer raschen Bewegung etwas aus seinem Gürtel. Alles ging so schnell, dass Mechthild nicht sagen konnte, wer das schlangenartige, wütende Gezischel ausstieß und in wessen Hand plötzlich eine Klinge aufblitzte. Ein Mantelsaum wirbelte herum und eine Ledersohle knirschte. Mit wenigen Sätzen war er bei Anselm und wollte sich auf ihn werfen. Doch die anderen Männer waren schneller. Einer von ihnen packte sein Handgelenk und bog es zurück, bis sich die geballte Faust öffnete und etwas durch die Luft segelte. Mit einem dumpfen Geräusch schlug es vor Mechthilds Füßen auf den Steinfliesen auf. Es war ein kleiner, unscheinbarer Nierendolch mit einem gekrümmten Griff. Der junge Mann torkelte benommen die Stufen herunter und fiel auf die Knie. Hektisch suchend fuhren seine Hände über den Boden. Dabei zitterte er so sehr, dass es ihm nicht gelang, den gekrümmten Griff zu fassen.

Mechthild beobachtete ihn besorgt. Was würde geschehen, wenn er das Ding wieder an sich brachte? Kurzentschlossen hockte sie sich hin. Doch als sie versuchte, nach dem Dolch zu greifen, schnellte ein Fuß vor und trat danach. Der kleine Dolch schlitterte klappernd über den Boden und über ihr sagte eine verärgerte Stimme: »Was soll das? Ihr müsst lernen, Euch zu beherrschen, Stephano. Allerdings würde mich auch interessieren, woher der mein Wappen kennt!«

Der Mann mit der verärgerten Stimme trat zu Anselm und herrschte ihn an: »Los, Mann, erklär dich. Wer bist du und woher kennst du mein Wappen?«

Mechthild blickte auf in ein breites, von einem grau gelockten Bart eingerahmtes Gesicht, in dem große hervorspringende Augen unruhig umherschweiften. Sein weißer Mantel war ihm beim Versuch, den Angreifer aufzuhalten, von der Schulter geglitten. Auf seiner Brust leuchtete ein halbseitig durchbrochenes Wappen, auf dessen einer Seite ein Streifenmuster und auf der anderen ein springendes Schwein dargestellt waren.

Anselm wischte sich gelassen eine Strähne aus der Stirn und richtete sich auf: »Das ist schnell zu erklären und bestimmt nichts Unrechtes. Ich stand viele Jahre als Ministeriale in König Ottos Dienst. Für ihn habe ich mit den italienischen Marken korrespondiert. So manches Schriftstück mit diesem Wappen erreichte Ottos Hof während des Thronstreites.«

»So? Und was treibt Ottos Schreiberling hier? Statt mit mir zu korrespondieren, spioniert er mir nun nach, nicht wahr?«

»Ich bin kein Spion, sondern ein gewöhnlicher Pilger! Im vergangenen Herbst wurde ich in Ehren aus Ottos Dienst entlassen. Vom König erhielt ich eine großzügige Abfindung in Silber, die habe ich für eine Pilgerfahrt verwandt. In Ottos Dienst stehen nun Philipps ehemalige Ratgeber.«

»Mhm«, der Mann mit dem Schweinewappen auf der Brust kratzte sich am Kopf und schien zu überlegen, was er von Ottos pilgerndem Ratgeber zu halten hatte. Schließlich beugte er sich zu Anselm und sagte zögernd: »Einen Mann, der König Otto kennt, den kann ich brauchen. Ich erinnere mich an Eure eleganten Sätze, denn ich bin Graf Diepold von Schweinspeunt, Graf von Acerra. Ich war zwar mit Ottos Gegner Philipp verbündet, doch erhielt ich so manches wohlklingende Pergament aus Eurer Feder. Wie lautet Eurer Name?«

»Anselm der Schreiber.«

»Nun Anselm, hier ist Eure Pilgerfahrt zu Ende. Die große Politik ruft Euch. An meiner Seite könnt Ihr viel gewinnen. Landgüter in Oberitalien, sizilianische Lehen und ganz gewiss wieder König Ottos Gunst. Denn die will ich auch gewinnen, und zwar bald. Und dann retten wir Sizilien aus den Händen des Knaben, der dort für Unruhe sorgt.«

Nicht schon wieder die große Politik, dachte Mechthild aufgebracht. Konnten sie nicht wie gewöhnliche Leute eine Pilgerreise unternehmen, ohne wieder in die große Politik zu geraten? Sie waren aufgebrochen, um den heiligen Jacobus anzuflehen, ihren Kinderwunsch zu erfüllen. Alles hatten sie so gemacht, wie es von Pilgern erwartet wurde. Sie hatten vor dem Aufbruch ein Testament aufgesetzt, falls sie nicht zurückkehren würden. Sie hatten den Tuchhandel in Braunschweig in die Hände eines Geschäftspartners gelegt und ihren Lehnshof einem Verwalter anvertraut. Plötzlich schien ihr alles vergebens gewesen zu sein. Wieder griff die große Politik nach ihrem Mann und sie konnte nichts daran ändern. Ach, könnte sie doch schrumpfen und als Maus weghuschen. Nein, dachte sie wütend, lieber wollte sie riesengroß werden und sich als Feuer speiender Drache auf den Schweinegrafen stürzen. Er verführte Anselm. Er lockte ihn damit, sich als sein Diplomat hervorzutun. Sie konnte nur hoffen, dass Anselm nicht auf sein Angebot einging. Als Anselm aufsprang, flehte sie inständig, er würde dem Grafen eine Abfuhr erteilen.

Ihr Mann erklärte ernst: »Das kommt mir gelegen. Nachdem der Altar nun neu geweiht werden muss, wollte ich zurück ins Reich. Ich hatte vor, mich um eine neue Stellung beim König zu bemühen. Ich weiß, dass er viele von Philipps alten Ratgebern entlassen hat. Zufällig ist mir auch bekannt, dass Ottos Gedanken schon lange um die oberitalienischen Marken und das Königreich Sizilien kreisen. Ich bin Euer Mann.«

»Dann folgt mir zum Pilgerhospiz am Nordportal der Stadt, der Porta Francigena, dort haben wir Quartier genommen.« Der Schweinegraf lächelte zufrieden und wandte sich um.

Verflucht, dachte Mechthild aufgebracht und biss sich auf die Unterlippe, dass es schmerzte. Wie konnte Anselm so plötzlich seine Meinung ändern? Nach Philipps Ermordung hatte er noch heftig Ottos Sizilienpläne kritisiert. Er hatte es für gefährlich gehalten, den Papst mit einem Marsch nach Sizilien zu provozieren. Papst Innozenz war ein mächtiger Mann, der es verstand Kräfte zu bündeln. Niemand sollte ihn zum Feind haben. Hatte Anselm das vergessen? Anscheinend hatte er, denn er beugte sich zu ihr hinunter und flüsterte erregt: »Endlich, endlich darf ich wieder das tun, was ich am besten kann. Ich werde wieder ein Ratgeber sein, ja mehr noch, ein Diplomat!«

Ehe Mechthild darauf etwas erwidern konnte, hatte er sie schon am Arm gepackt und von der steinernen Stufe hochgezogen, dabei frohlockte er leise: »Du wirst sehen, bald bin ich wieder der einflussreichste Ratgeber an Ottos Seite. Und wenn es einem gelingt, ihn vor einer Dummheit zu bewahren – dann mir.«

Sein Optimismus verschlug ihr die Sprache. Anscheinend hatte er wirklich vorgehabt, bei ihrer Rückkehr wieder in Ottos Dienst zu treten. Er hatte sich die ganze Zeit nach seiner Arbeit gesehnt. Und sie hatte angenommen, dass die Pilgerreise und das gemeinsame Kind ihn die Jahre bei Otto vergessen lassen würden. Wie dumm sie gewesen war! Mit hängenden Schultern folgte sie ihm zum Brunnen.

Die beiden jungen Templer, die den Grafen begleitet hatten, waren gerade keuchend dabei, den leblosen Mädchenkörper vom Brunnenrand zu heben. Offensichtlich wollten sie die Bewusstlose zum Hospiz tragen. Ohne sich noch ein weiteres Mal umzublicken, marschierte der Graf über den Platz. Seinen Mantel ließ er einfach auf den

Stufen liegen. Der junge Mann hob ihn auf, um den Männern zu folgen, die das Mädchen trugen. Der Graf blieb stehen und brüllte zu ihm hinüber: »Die Mönche werden schon ein Kraut haben, das wieder Farbe in ihre Wangen bringt. Macht mir keine Vorwürfe, Stephano di Catania. Eure Schwester ist selbst schuld. Erst kommen wir auf dem Jacobsweg nicht voran, weil sie ständig Visionen hat, mit Vögeln redet und Heilige am Wegrand stehen sieht. Dann fällt sie in eine tiefe Ohnmacht und wir können nicht weiterreisen. Und zu guter Letzt schwebt sie auch noch über dem Altar und richtet einen Aufruhr in der Basilika an. Das gefällt mir nicht, man könnte sie für eine Hexe halten. Das hätte er erwähnen sollen, seine Agnes bringt ja alles durcheinander!«

Der junge Mann murmelte: »Mi dispiace, Signore!«

Es tat ihm anscheinend Leid, dass seine Schwester den Grafen verärgert hatte. Er sagte kein weiteres Wort mehr, sondern beeilte sich, an die Seite seiner Schwester zu kommen, dann griff er nach ihrer am Boden schleifenden Hand und drückte sie im Gehen an sich.

Mechthild versuchte, einen Blick auf das blasse Gesicht zu erhaschen. Es war zu dunkel, um die Gesichtszüge des Mädchens zu erkennen, doch sie erinnerte sich daran, dass sie zart und zerbrechlich ausgesehen hatte. War sie wirklich über dem Altar geschwebt? Anselm hatte es für einen Trick gehalten und der Graf hatte sie eine Hexe genannt. Die Schwester des Stephano aus Catania schien ein besonderer Mensch zu sein. Sie hatte Visionen und sprach mit Vögeln. Das erinnerte Mechthild an ihre Freundin Johanna, die auch eine besondere Gabe besaß: Sie konnte in das Herz desjenigen schauen, dem sie ihre heilenden Hände auflegte. Zuerst hatte Mechthild die zierliche Hofdame aus Philipps Tross nicht sehr sympathisch gefunden, das war in einem Wald vor Köln gewesen. Dort hatten Johannas Hände allerdings Anselms Leben gerettet und Johanna und Mechthild waren Freundinnen geworden. Auch wenn sie im Thronstreit verschiedenen Lagern angehörten, hatten sie sich niemals völlig aus den Augen verloren. Sie waren zusammen am Hof des Stauferkönigs Philipp gewesen, als dieser vom Pfalzgrafen von Wittelsbach ermordet worden war. Sie hatten einander beigestanden, auch als die Königin starb und Johanna wegen ihrer Liebe zu Konrad von den anderen Hofdamen ge-

schnitten wurde. Die schwangere Johanna war schließlich ihrem Konrad nach Damaskus gefolgt, seither hatte Mechthild nichts mehr von ihr gehört.
Mechthild lief hinter den Männern des Grafen durch die schmalen Gassen von Santiago und fragte sich, wo Johanna wohl steckte. Nachdenklich blickte sie zu den vielen dunklen Fenstern empor. Manchmal schmückte eine steinerne Jacobsmuschel einen Hauseingang, einmal war die ganze Wand einer Kapelle mit Muscheln bedeckt und schimmerte geheimnisvoll. Hier und da hingen aufgespannte Wäschestücke zwischen den hohen Hauswänden und schaukelten sacht über ihren Köpfen. Vereinzelt glitzerte ein ferner Stern. Wo war Johanna in diesem Augenblick? Ganz sicher ruhte sie in einem morgenländischen Palast zwischen bunten Seidenkissen. Sie duftete nach Rosenöl und Jasminblüten, ihr Haar war noch feucht von dem allabendlichen Besuch im Badehaus und ihr Kind lag friedlich schlafend neben ihr. Mechthild seufzte sehnsüchtig. Könnte sie doch mit Johanna tauschen! Stattdessen würde sie die Nacht in einem mit stinkenden Pilgern gefüllten Schlafsaal verbringen und an ein Bad war auch nicht zu denken. Schlimmer noch, sie musste sich bald wieder mit König Otto und der großen Politik herumärgern.

Kurz bevor sie das Portal zum Pilgerhospiz erreichten, erwachte Agnes. Sie hörte zunächst nur Schritte und fühlte ihre schmerzenden Glieder. Dann spürte sie, dass jemand ihre Hand umklammert hielt. Es war ein warmes, beruhigendes Gefühl und sie öffnete vorsichtig die Augen. Über ihr schien der dunkle Nachthimmel zu schwanken. Hin und wieder blitzte ein Stern auf und schwarze Schatten flogen vorbei. Hastig schloss sie die Augen wieder. Wo befand sie sich? Agnes versuchte, sich daran zu erinnern, was geschehen war. Hatte sie erneut den Zorn des Grafen auf sich gezogen? Den ganzen Weg über hatten sie Teufel genarrt und sie glauben lassen, dass Heilige am Wegesrand stünden und nach ihr riefen. Es war eine Reise durch ein dunkles Land gewesen, ein Land voller Schlamm und Teufelsboten, durchdrungen von den finsteren Blicken des Grafen. Agnes war sich mit jedem Schritt sicherer geworden, dass ihr im Traum der Teufel erschienen war, denn es konnte unmöglich der heilige Jacobus gewesen sein, der sie auf die Pilgerreise geschickt hatte. Jemand über ihr stöhnte und sie spürte, wie sich ihr Gewicht verlagerte. Nun schnitt etwas in ihre Schultern und drückte ihre Oberarme zusammen. Es war ein sehr unangenehmes Gefühl und mit ihm kam die Erinnerung daran, was passiert war. Hände hatten während der Nachtwache nach ihr gegriffen und sie von dem Lampenständer heruntergezogen, auf den sie geklettert war, um dem Heiligen noch ein Stückchen näher zu sein. Sie wollte ihn von dort oben bitten einzuschreiten. Jacobus durfte nicht zulassen, dass Stephan einen unheiligen Schwur schwören musste, einen Schwur, der ihn für immer an die Feinde des sizilianischen Königs binden würde. Als sie auf dem Bronzegerüst stand und die Arme emporreckte, war es für einen Moment so gewesen, als würden Engel kommen und sie emporziehen. Alles hatte sich ganz leicht angefühlt und auf einmal hatte sie das Metall unter ihren Fußsohlen nicht mehr gespürt. Sie war wirklich geschwebt, doch dann waren die vielen Hände gekommen und hatten sie heruntergezogen. Lärm war ringsherum losgebrochen und gerade als sich Stephan schützend über sie werfen wollte, hatte sie ein Schlag an der Stirn getroffen und es war dunkel geworden. Ihre Oberarme begannen nun unerträglich zu schmerzen und sie versuchte, sich aufzurichten. Ihre Hand wurde losgelassen und irgendwo über ihr sagte ein besorgt klingender Stephan: »Seid vorsichtig, sie erwacht. Hier herein. Der Türrahmen! Dio mio, lasst sie nicht fallen!«

Helle Lichtpunkte schaukelten über ihren Augenlidern und die Luft wurde kühl.

»Stephan?«, flüsterte sie. Es klang ganz fremd. Irgendetwas musste mit ihrer Stimme passiert sein. Sie wurde etwas ungeschickt auf ihre Füße gestellt, schlug die Augen auf und stand schwankend in einer düsteren Vorhalle. Die Wände bestanden aus grauen Steinquadern, die alle Geräusche dämpften. Kleine Fackeln zuckten an den Wänden. Agnes konnte ihre Füße nicht spüren und bewegte vorsichtig ihre Zehen. In ihren Ohren rauschte es und kurz sah sie, wie Stephan seine Hände zum Schwur auf eine Muschel legte. Sie blinzelte und das Bild verschwand. Doch ununterbrochen säuselte es weiter durch ihren Kopf: Siehe ein kleines Feuer, welch einen Wald zündet es an. Nehmt meine Schwester. Nehmt meine Schwester. Sie presste ihre

Hände über die Ohren und starrte auf den breiten Rücken, der sich vor ihr im Dämmerlicht abzeichnete. Der edel gesinnte Graf, dachte sie unbehaglich. Stand er deshalb so aufrecht da, weil er gewonnen hatte? War der Schwur womöglich schon geleistet worden? Hatte ihr inniges Gebet zum heiligen Jacob keine Wirkung gehabt? Das konnte nicht sein. Der Tumult am Altar und das Geschrei hatten jeden Schwur unmöglich gemacht. Als der Graf zu sprechen begann, versteifte sich sein Nacken und seine Stimme klang nervös.

»Der Haupteingang liegt vorn, doch auch so gelangen wir zu den Schlafsälen, in denen Männer und Frauen getrennt untergebracht sind. Nicht weit von hier befindet sich die Hospizkapelle. Dorthin werden wir uns zurückziehen und alles Weitere besprechen. Und, Stephano …«, der Graf wandte sich um und seine kleinen unruhigen Augen suchten Stephan. Als er ihn gefunden hatte, sogen sie sich an ihm fest: »Du, Stephano, denkst an das vereinbarte Treffen. Ruh dich vorerst aus, doch schlafe nicht ein! Um deine Schwester kann sich die Frau des Ministerialen kümmern.« Nun ließen die bohrenden Augen von Stephan ab und schweiften zu einem ernst aussehenden blonden Mann hinüber, den Agnes noch nie zuvor gesehen hatte. Der Graf fuhr etwas freundlicher fort: »Die oberen Räume für die hohen Herrschaften sind alle belegt. Die beiden Frauen müssen im gewöhnlichen Schlafsaal nächtigen. Sag deiner Frau, dass sie gut auf unsere kleine Hexe aufpassen soll. Wir brauchen sie noch. Nicht, dass sie wieder etwas anstellt.«

Er räusperte sich und marschierte den Gang hinunter. Wortlos folgten ihm die beiden Templer. Sie hatten Stephan und den blonden Mann in ihre Mitte genommen. Nach einer Weile waren ihre Schritte verklungen und nur noch das leise Zischen der Fackeln war zu hören. Eine empörte Frauenstimme sagte in die Stille: »Ist das zu fassen? Der Schweinegraf grunzt und alle seine Ferkelchen folgen. Quieck, quieck und kleine Ferkelhuflein trappeln hinterdrein.«

Agnes blickte sich um. Dort stand eine große Frau in einem etwas mitgenommen aussehenden Kleid. Sie trug kein Gebände, wie es sich für eine verheiratete Frau gehörte, sondern hatte nur ein lockeres Tuch um den hellblonden, zerzausten Kopf geschlungen. Ihre geröteten Augen funkelten wütend und sie biss sich auf die aufgesprunge-

nen Lippen. Als sie den fragenden Blick bemerkte, erklärte sie trotzig: »Ich habe doch Recht oder seid Ihr etwa anderer Ansicht?«
Agnes schüttelte verlegen den Kopf. Die fremde Frau trat einen Schritt vor, griff resolut nach ihrer Hand und zog sie den Gang hinunter, dabei redete sie ununterbrochen: »Fragt mich nicht, was das alles zu bedeuten hat. Eines weiß ich jedoch, es ist nichts, was ich meinem kleinen Sohn vor dem Einschlafen erzählen würde. Er heißt übrigens Brian und ist ein aufgeweckter kleiner Kerl. Bevor wir den Frauenschlafsaal aufsuchen, müssen wir ihn im Krankenzimmer abholen. Es ging ihm nicht gut und wir mussten ihn dort zurücklassen. Eigentlich hatten wir vor, die ganze Nacht in der Basilika zu wachen. Bei den Deutschen, denn wir sind aus Braunschweig. Dort leite ich einen erfolgreichen Tuchhandel. Einen Lehnshof besitzen wir auch. Er wurde meinem Mann von König Otto für seine treuen Dienste geschenkt. Mit dem Dienst beim König war es eigentlich vorbei, doch nun geht es wieder los und der Kindskopf auf Sizilien ist schuld daran. Hätte er seine Barone auf dem Festland besser im Griff, dann käme keiner auf die Idee, Sizilien für sich zu beanspruchen. Ach, Ihr wisst das ja, Ihr seid ja selbst aus dem Königreich Sizilien. Der Schweinegraf erwähnte Catania, er sagte: Stephano aus Catania, nicht wahr? Und Ihr müsst mir gar nicht erzählen, wieso ihr beide euch im Gefolge des Diepold von Schweinspeunt befindet. Er will König Otto dazu überreden, nach Sizilien aufzubrechen, und ihr sollt ihm dabei helfen, genau wie mein Mann Anselm. So ist es doch, oder? Was ich nur nicht verstehe, wie habt Ihr es angestellt? Ich meine, seid Ihr wirklich über dem Hochaltar geschwebt?«
Endlich brach ihr Redestrom ab und sie holte Luft. Agnes verlangsamte ihre Schritte und erklärte zögernd: »Zuerst nicht, zuerst bin ich nur auf den Bronzeständer einer Lampe geklettert. Doch dann habe ich mich ganz ins Gebet zum heiligen Jacob versenkt und da hat es sich auf einmal angefühlt, als würden mich Engel emporheben.«
»Anselm hatte wie immer Recht. Es war nur ein Bronzeständer«, murmelte die blonde Frau etwas enttäuscht und zog Agnes mit sich. Anscheinend wusste sie sehr genau, wo sich die Krankenzimmer befanden. Sie stürmte, ohne innezuhalten, voran, bog einige Male ab und sagte kein einziges Wort mehr, bis sie sich beide schwer atmend

vor einem weit geöffneten Torbogen befanden. Sie blickten in einen hellen Raum, in dem Kohlepfannen qualmten und sauberes Stroh den Boden bedeckte. Die Betten waren an der Wand aufgereiht und fast in jedem befanden sich mehrere Kranke, deren säuerlicher Geruch überall zu sein schien. Ehe sie sich den Betten nähern konnten, kam ein rothaariger Junge aus einer Ecke geschossen, umschlang die Hüften der blonden Frau mit beiden Armen und rief: »Mechthild, da bist du ja endlich! Die Mönche sagen, dass es vorüber ist. Ich bin gesund und wollte euch suchen. Doch sie haben es nicht erlaubt. Wer ist denn die?«
Der Junge zog seine mit Sommersprossen bedeckte Nase kraus und musterte Agnes misstrauisch. Die Frau, die er Mechthild genannt hatte, löste sich aus seiner Umklammerung und sagte tadelnd: »Brian, nicht so stürmisch. Du wirfst mich ja um. Sei höflich und starr nicht so. Die Dame heißt Agnes und gehört zu der Gruppe, der wir uns von nun an anschließen werden.«
»Wir kehren zurück? Na endlich.«
»Wieso, na endlich? Wir sind doch gerade erst angekommen. Unglücklicherweise gab es einen Aufruhr in der Basilika und der Altar wurde entweiht. Deshalb werden wir im Gefolge des Grafen von Schweinspeunt zu König Otto aufbrechen. Bis dahin sollen wir auf Dame Agnes Acht geben.« Und sie fügte verwundert, als könne sie es selbst nicht glauben, hinzu: »Sie schwebt mit Engeln und spricht mit Vögeln.«
Sie hatte den letzten Satz sehr leise gesprochen. Der Junge hatte sie trotzdem verstanden, ungläubig wiederholte er: »Das Mädchen soll eine Dame sein und es spricht mit Vögeln?«
Agnes ärgerte sich, dass er offensichtlich nicht glauben wollte, dass sie schon eine Dame war. Sie sah zwar jünger aus, als sie war, doch ein Kind war sie deshalb schon lange nicht mehr. Dieser Brian sollte sie nicht unterschätzen. Immerhin war sie schon fünfzehn und verstand mehr von Vögeln als jeder erfahrene Falkner. Hochmütig warf sie den Kopf zurück und funkelte ihn böse an. Unbeeindruckt davon beugte sich Brian vor. Er wisperte vertraulich: »Kannst du auch noch mit anderen Tieren sprechen?«
Abweisend erklärte sie: »Ich kann einen Lockruf, wie Falkner ihn bei der Aufzucht und Jagd von Raubvögeln benutzen.«

»Ich will ihn hören! Bitte! Ich …«
Die blonde Frau unterbrach ihn, indem sie ihn anfuhr: »Brian, hör auf, sie zu bedrängen. Dies ist wirklich nicht der Ort, um den Lockruf eines Falkners erklingen zu lassen. Wirklich nicht.«
Sie schubste den enttäuschten Jungen vor sich her und wiederholte: »Wirklich nicht!«
Er stolperte aus dem Krankenzimmer und protestierte: »Ich will ihn doch nur ein einziges Mal hören. Nur ganz kurz. Sei doch nicht so!«
Agnes folgte den beiden und hörte sie den ganzen Gang hinunter streiten. Die blonde Frau erklärte dem Jungen ungeduldig, dass ein Pilgerhospiz kein passender Ort für einen Vogellockruf sei. Sie klang genauso wie ihre Mutter, als sie sich noch wie eine normale Mutter benommen hatte. Agnes seufzte unwillkürlich. Sie sollte einen Altar aufsuchen und ein Gebet für ihre verstörte Mutter sprechen. Hatte nicht der edel gesinnte Graf eine Hospizkapelle erwähnt? Graf Diepold wollte dort mit dem blonden Ministerialen sprechen, wahrscheinlich um die Verschwörung gegen König Friedrich voranzutreiben. Agnes war sich sicher, dass der Graf die Hospizkapelle verunreinigen würde. Kein noch so tiefes Gebet könnte durch den schlammigen Dunst aus Bosheit und Verrat dringen, den er dort zurücklassen würde. Wo könnte sie ungestört beten? Plötzlich fiel ihr das Pinienwäldchen ein, an dem sie auf dem Weg zur Basilika vorbeigekommen waren. Stephan hatte erklärt, dass das Gebäude dahinter die Benediktinerabtei San Martín Pinario wäre. Sie wünschte, sie könnte dort im Schatten der Pinien Gottes Schöpfung preisen. Mit erhobenen Armen unter freiem Himmel, genau wie der Mann in Assisi es getan hatte. Hatte er nicht auch mit den Tieren gesprochen? Wie gern würde sie mit ihrem Lockruf Gottes Schöpfung begrüßen. Kurzentschlossen blieb sie stehen und rief: »Dame Mechthild, habt Ihr von dem hübschen Pinienwäldchen der Abtei San Martín Pinario gehört? Dort sind wir ganz ungestört. Wir könnten vor der Morgendämmerung hingehen und unser Gebet zur Stunde des Matutins verrichten.«
Die große blonde Dame schien nicht sehr angetan von der Vorstellung, das Hospiz noch vor Anbruch der Dämmerung zu verlassen. Sie wandte sich um und rief unwillig: »Setzt ihm bitte keinen Floh ins

Ohr. Er hat verrückte Einfälle genug. Kommt, hier geht es zum Frauenschlafsaal. Es wird schwierig sein, zu dieser Stunde noch ein freies Bett zu finden. Das wird gerecht geteilt. Nur Brian hält sich nicht daran. Er hält sich nie an irgendetwas.«
Brian zog eine Grimasse. Gegen ihren Willen musste Agnes lachen und Brian stimmte schüchtern ein. Ihr Lachen wurde von den Wänden zurückgeworfen und Dame Mechthild warf ihnen einen verärgerten Blick zu.

In der Nacht erwachte Agnes scheinbar ohne Grund. Sie war aus einem Traum hochgeschreckt, an den sie sich nicht mehr richtig erinnern konnte. Es hatte irgendetwas mit der Pfalzkapelle in Ulm zu tun gehabt und es war sehr wirklich gewesen. Sie schwitzte bei dem Gedanken daran und schlug vorsichtig die Decke zurück. Neben ihr schlief Dame Mechthild. Deren gleichmäßige Atemzüge brachen kurz ab, dann setzten sie wieder ein. Agnes starrte auf den hellen, zerschlissenen Vorhang, der ihr Bett vom nächsten trennte, und versuchte sich an den Traum zu erinnern. Der Vorhang bewegte sich leicht im Luftzug und das Mondlicht fiel schräg durch die schmalen Fenster gegenüber. Ein strenger Geruch nach Urin kam vom steinernen Nachttopf neben dem Bett. Sie erinnerte sich, dass sie im Traum durchs nächtliche Ulm gelaufen war. Obwohl sie noch nie dort gewesen war, hatte sie gewusst, dass sie sich in den Gassen von Ulm befunden hatte. Verzweifelt hatte sie das Näglein des Heiligen Kreuzes gesucht. Kurz bevor sie erwacht war, hatte sie die Pfalzkapelle endlich gefunden. Vor dem Kreuz hatte ein Mann gestanden. Der freundliche Ulmer aus dem Kloster San Juan, hatte sie erfreut gedacht. Doch als er sich umwandte, war es ihr Vater gewesen. Er hatte ein eingefallenes, bleiches Gesicht und dunkle Ringe unter den Augen. Ihr Herz hatte bei seinem Anblick vor Schreck aufgehört zu schlagen. Aber er war doch tot! Verbrannt in den Flammen eines Kerkerbrandes auf Sizilien.
»Agnes«, hatte er geflüstert und sie war erwacht.
»Agnes«, flüsterte es erneut, doch diesmal war es ganz nah. Der helle Vorhang wurde zurückgeschlagen und Brians Kopf schaute hervor. Der Mond warf flackernde Lichter auf sein wirr vom Kopf abstehen-

des Haar. Wie ein unverschämter Waldgeist, dachte Agnes verärgert und wollte wieder unter die Decke kriechen. Sie streckte ihre Hand nach hinten und tastete herum. Da war nichts! Als sie sich umdrehte, musste sie feststellen, dass ihre Bettnachbarin sich inzwischen ganz in die Decke eingewickelt hatte; Agnes würde den Rest der Nacht im Luftzug liegen müssen. Das alles hatte sie nur diesem kleinen Ungeheuer zu verdanken. Jungen waren etwas Lästiges. Nicht genug, dass ihr älterer Bruder sie ständig ärgerte, nun ließ dieser Brian sie nicht schlafen. Aufgebracht zischte sie ihn an: »Was willst du? Lass mich in Ruhe.«

Brian kam unter dem Vorhang vorgekrochen und hockte sich neben das Bett. Nachdem er einen prüfenden Blick auf seine schlafende Mutter geworfen hatte, wisperte er kaum hörbar: »Sie sind in der Kapelle und streiten sich. Es geht um dich.«

»Wer? Was soll der Unsinn?«

»Ich habe mich fortgeschlichen und meinen Vater gesucht. Er war nicht in der Kapelle, wie Mechthild gesagt hat. Dort streiten sich zwei Männer um eine Agnes. Wer sonst sollte das sein?«

»Sie streiten sich über mich?«, fragte Agnes ungläubig. Es musste etwas mit ihrem Traum zu tun haben. Die Kapelle in Ulm und die beiden Männer, die sie im ersten Moment verwechselt hatte. Es war eine Warnung. Brian nickte ernst, das Mondlicht strich über seine roten Strähnen und er flüsterte bedeutungsvoll: »Der Jüngere will nicht, dass du den Falken auf Sizilien mit deinem Lockruf betörst. Er sagt, dass du dich nicht als Federspiel eignest. Du bist zu jung und zu unerfahren. Der andere Mann will es nicht gelten lassen.«

Stephan, dachte Agnes erschrocken. Der Jüngere, der sie zu jung fand, konnte nur Stephan sein. Er hielt sie immer für zu jung und zu unerfahren. Der andere Mann musste Graf Diepold sein. Wahrscheinlich würde er noch heute Nacht den Schwur von Stephan verlangen. Doch warum sprachen sie über junge Falken und Federspiele? Was hatte das zu bedeuten? Was es auch war, sie würde nicht zulassen, dass ihr Bruder einen Fehler beging. Er würde nicht auf eine Muschel schwören und um seine Schwester feilschen. Sie sprang so hastig aus dem Bett, dass Mechthild empört aufstöhnte. Hektisch suchte sie nach ihrem Überkleid, streifte es über und band umständlich den kostbaren Gürtel mit den eingestickten Heiligenbildern um. In der Eile verlor Agnes mehrmals das Gleichgewicht und stolperte über Brians Beine. Er rieb sich das Knie und flüsterte: »Kennst du den Weg? Die Kapelle grenzt an die große Halle, nach Westen. Du könntest dich ruhig bedanken.«

Brian hatte es offenbar aufgegeben, nach seinem Vater zu suchen. Er nahm ohne zu zögern den Platz im Bett ein, den Agnes eben verlassen hatte, und seufzte müde. Agnes warf ihm noch einen letzten Blick zu und wandte sich ab. Sie würde die Kapelle allein finden. Ohne den Jungen wäre es einfacher, sich hineinzuschleichen. Es war ihr nicht klar, was sie tun würde, wenn sie Stephan mit Graf Diepold überraschte, doch das konnte sie entscheiden, wenn sie dort war.

Als sie auf den Gang hinaustrat, drang bereits milchiges Zwielicht durch die hohen Fenster. Der Morgen begann zu dämmern. Ihr wurde nun doch ein wenig flau im Magen und sie begann aus alter Gewohnheit, all ihre Gürtelheiligen anzurufen. Im Gehen strich sich über die Stickerei und murmelte ihre Namen: Hieronymus, Verena, Ignatius, Juliana, Benignus, Afra. Am Ende der Reihe begann sie wieder von vorn. Hieronymus, Ignatius, Juliana … die Namen wurden zu einem Singsang, der ihr die Angst nahm. Als sie die Halle erreicht hatte, war aus dem Zwielicht ein helles Morgenlicht geworden. Schräg fielen die Strahlen der aufgehenden Sonne durch die Bögen der Fenster über dem Portal. Der Lichteinfall wies genau auf die schmale Tür der Kapelle. Ins Holz gearbeitete Apostel blickten ernst in die Halle. Die Tür war nur angelehnt. Vorsichtig näherte sich Agnes. Ihr eigener gemurmelter Singsang war längst verstummt. Sie presste die Lippen aufeinander, hielt die Luft an und lauschte. Erleichtert atmete sie wieder aus: Kein erregtes Gebrüll, keine lauten Stimmen, keine streitenden Männer waren zu hören. Stattdessen drang ein leises Geräusch aus der Kapelle. Ganz langsam öffnete Agnes die Tür. Die hellen Sonnenstreifen wanderten über den Mosaikboden. An eine Säule gelehnt, kauerte mit angezogenen Knien ein Mann. Er hatte die Stirn in die Armbeuge vergraben. Unterdrücktes Schluchzen kam aus seiner Brust. Als ihn das Licht unvermutet traf, verstummte es. Unsicher blinzelnd blickte er auf. Da erkannte sie ihn.

»Stephan!«

Agnes vergaß alle Vorsicht. Sie rannte über den Mosaikboden und sank vor der Säule auf die Knie. Verstört starrte ihr Bruder sie an. Er schien nicht zu begreifen, wer sie war und was sie von ihm wollte. Er hatte Tränenspuren auf den Wangen, seine Augen waren gerötet und hatten einen glasigen Glanz. An seiner Unterlippe hingen feine Speichelfäden. Die Kapellentür fiel mit einem lauten Knall zu und nahm alle Lichtstrahlen mit. Sie wurden in ein unwirkliches Dämmerlicht getaucht. Nur ein Kranz aus Kerzen am Altar warf ein unruhiges Glimmen auf die düsteren Säulen, die sie umgaben.
Agnes fühlte einen kalten Windhauch und sie fröstelte unwillkürlich. Er steht unter einem Bann, dachte sie erschrocken. Etwas Schreckliches musste passiert sein. Der Teufel selbst musste ihm erschienen sein. Heiliger Hieronymus, schreite ein! Gütige Afra, schicke ein Zeichen. Ungeschickt faltete Agnes ein Stück vom Saum ihres Kleides und wischte ihrem Bruder damit über das feuchte Gesicht. Er starrte sie weiter aus aufgerissenen Augen an. Als sie sanft mit dem Stoff über seine Lippen fahren wollte, drehte er den Kopf zur Seite. Agnes knetete hilflos den feuchten Stoffzipfel zwischen ihren Fingern und suchte nach Worten. Was war in dieser Nacht in der Kapelle geschehen, was hatte Stephan in diesen Zustand versetzt? Brian hatte den Grafen Diepold mit Stephan streiten hören. Was war zwischen den beiden Männern vorgefallen? Der Schwur, dachte Agnes, es konnte nur der Schwur auf die Pilgermuschel gewesen sein. Vor Aufregung drehte sie den Stoffzipfel zu einem festen Strang. Mit zittriger Stimme fragte sie:
»Du hast geschworen, nicht wahr?«
Stephan warf den Kopf herum und funkelte sie aus wilden Augen an: »Das hättest du auch getan! Wenn du heute Nacht hier gewesen wärst, hättest du es auch getan!«
»Du hast wirklich deine Hände auf die Muschel gelegt und die Worte gesprochen, die er verlangt hat?«
»Ja, das habe ich. Gott helfe mir.«
Stephan vergrub sein Gesicht in den Händen. Die schwarzen Haarsträhnen fielen ihm in die Stirn, seine Knie schwankten und ein leises Wimmern drang aus seiner Brust. Agnes betrachtete ihn mitleidig. Sie wagte nicht, weiter nach den Ereignissen der Nacht zu fragen. Warum war er so verstört? In den Pyrenäen war er doch noch mit den

Plänen des Grafen einverstanden gewesen. Er hatte ihre Einwände einfach mit einem Handstreich fortgewischt. Nun schien alles anders zu sein und sie verstand nicht wieso. Während Stephan sich beruhigte und sich mit dem Mantel über das feuchte Gesicht fuhr, wanderten Agnes' Augen zu dem Kranz aus Lichtern neben dem Altar. Sie versuchte, sich vorzustellen, was geschehen war. Fast meinte sie Graf Diepolds kalte Stimme zu hören, mit der er Stephan zur Treue ermahnte. Sie glaubte, Stephans blasses Gesicht im Kerzenlicht schimmern zu sehen, und hörte ihn die verlangten Worte sprechen: »Siehe ein kleines Feuer, welch einen Wald zündet es an.«

Agnes schloss die Augen. Von den vielen Kerzen hatte sie Lichtflecken auf den Lidern. Sizilien würde brennen. Graf Diepold würde es anzünden und der Qualm würde sich über das gesamte italienische Festland ausbreiten. Die Kirchen in Catania würden in Flammen stehen.

Agnes öffnete ihre Augen wieder und holte tief Luft. Sie musste Stephan unbedingt fragen, was Graf Diepold vorhatte. Brian hatte erwähnt, dass die Männer heute Nacht ihren Namen genannt hatten. Sie hatten über Falken und Federspiele gesprochen. Anscheinend ging es nicht nur um Stephans Treue, sondern auch um ihre. Was hatten die Männer des Grafen im Kreuzgang von San Juan noch gesagt? Sie spricht mit Vögeln und der König ist ganz vernarrt in seine Falken. Das passt ganz wunderbar. Heilige Juliana, antworte doch, gnädige Verena, hülle dich nicht in Schweigen. Irgendetwas hatte der edel gesinnte Graf vor. Wenn sie doch nur wüsste, was er plante.

Sie nahm ihren ganzen Mut zusammen, um den immer noch schweigenden Stephan danach zu fragen, da wurde die Kapellentür aufgerissen. Ein gleißend heller Lichtstrahl blendete sie und Agnes bedeckte ihre Augen mit der flachen Hand. Vorsichtig versuchte sie, durch die Ritzen zwischen den Fingern zu spähen.

Dame Mechthilds Silhouette tauchte im Türrahmen auf: »Da steckt Ihr also! Ich dachte, wir wollten bei Morgengrauen zur Benediktinerabtei. Verlangte Euch nicht danach, zwischen den Pinien Euer Morgengebet zu verrichten?«

»Du wolltest deinen Lockruf machen. Du hast es versprochen!«

Brian drängte sich an seiner Mutter vorbei und blickte vorwurfsvoll auf Agnes herab. Sie strich sich verlegen eine Strähne hinter das Ohr und stotterte: »Ich, ähm …«

»Sie wird nirgendwo hingehen. Dafür ist keine Zeit.«

Stephan schien sich gefangen zu haben. Er klang genauso wie immer. Und als er aufstand, wirkte er keineswegs mehr so verstört, wie noch kurz zuvor. Breitbeinig baute er sich auf und musterte die verblüffte Mechthild. Agnes blickte verwirrt zu ihnen hoch. Brian hatte sich hingehockt und seine Hand besitzergreifend auf ihren Arm gelegt. Agnes fragte sich, was Stephans Veränderung bewirkt haben mochte. Offensichtlich hatte der Anblick der Frau des Ministerialen ihn wieder an seine Pflichten erinnert, an seine vorgeblichen Pflichten und voreiligen Treueschwüre, dachte Agnes erbost. Stephan war wieder der selbstgefällige Wichtigtuer, den sie kannte. Was immer ihn verstört haben mochte, der Moment der Verunsicherung war vorüber. Dame Mechthild schien auch nicht besonders angetan von ihm zu sein. Sie hielt die Tür ein Stückchen weiter auf, sodass noch mehr Licht hereinfiel, und sagte schnippisch: »Zum Gebet sollte immer Zeit sein.«

»Er hat es Euch noch nicht gesagt, nicht wahr?«

In Stephans Stimme schwang etwas Lauerndes, das Agnes ängstigte. Sprach er von dem edel gesinnten Grafen? Wartete er bereits? Abwesend schüttelte sie Brians Hand ab und zog sich an der Säule hoch, bis sie sich mit Stephan auf gleicher Höhe befand. Sie holte tief Luft, um das Wort an ihren Bruder zu richten, doch abermals brachte er sie mit einer Handbewegung zum Schweigen. Er trat aus den Lichtstrahlen in den dunklen Altarraum zurück und flüsterte: »Graf Diepold hat heute Nacht entschieden, dass der Ministeriale aus Braunschweig nach Rom aufbrechen soll. König Otto soll sich bereits auf dem Weg dorthin befinden.«

Die Kapellentür schwankte, als wäre Dame Mechthild ins Taumeln geraten, doch sie fing sich schnell wieder und rief: »Na, umso besser. Statt in Santiago werde ich meine Gebete nun am Altar des heiligen Petrus in Rom sprechen.«

Sie streckte die Hand aus, winkte Brian zu sich und sagte etwas weniger begeistert: »Allerdings müssen wir dort Ottos Kaiserkrönung über uns ergehen lassen, wie lästig!«

Brian hüpfte zu ihr und griff nach ihrer ausgestreckten Hand. Während die Tür hinter den beiden zufiel, schüttelte Agnes verwundert den Kopf. Diese Frau brachte so schnell nichts aus der Fassung. Statt über die überraschende Romreise zu jammern, behandelte sie die Angelegenheit, als hätte sie ein neues Kleid erstanden, dessen Preis bedauerlicherweise zu hoch war. Wahrscheinlich war sie als Frau eines königlichen Ratgebers so allerhand gewöhnt. Deutsche Könige reisten ständig durch das Reich, um für Recht und Ordnung zu sorgen. Agnes dagegen sehnte sich nur danach, nach Hause zu kommen. Sie hatte genug vom Pilgern. Neben ihr räusperte sich Stephan und erwartungsvoll wandte sie sich um. Nun würde er verkünden, was Graf Diepold heute Nacht noch entschieden hatte. Wohin mussten sie in seinem Auftrag gehen? Agnes versuchte, im Flackerlicht der nun fast heruntergebrannten Kerzen Stephans Gesichtszüge auszumachen. Hatten sie nicht wieder diesen verstörten Ausdruck? Unsicher fragte sie: »Was hat der edel gesinnte Graf über uns entschieden?«
»Wir gehen nach Hause.«
Agnes konnte ihr Glück kaum fassen. Sie durften nach Hause! Am liebsten wäre sie sofort zum Pinienwäldchen gelaufen und hätte allen Heiligen auf ihrem Gürtel dafür gedankt. Ihre treuesten Gürtelheiligen hatten ihr Gebet erhört! Graf Diepold hatte es aufgegeben, die Schwester des Stephano aus Catania in seine finsteren Pläne einzuspinnen. Sie würde den dunklen Ätnastaub wieder sehen. Das vertraute Gebäude aus Lavagestein, welches am Fuße des Ätna inmitten von Obstbäumen stand. Der Berg, la montagna, war immer von Wolken verhangen. Er hatte ihrem Landgut seinen Namen gegeben: Villa Montagna. Stephan unterbrach ihre Erinnerungen, indem er mit schweren Schritten zum Altar hinüberging. Mit einem einzigen Atemzug pustete er die letzten flackernden Kerzen aus. Undurchdringliche Finsternis hüllte sie ein. Es war so still, dass Agnes nur noch die abgehackten Atemzüge ihres Bruders hören konnte. Umso mehr erschreckte sie, als er plötzlich in die Dunkelheit hinein sagte: »Es wird nicht lange dauern. Schon bald wird er uns sein Zeichen schicken.«
Hatte er völlig den Verstand verloren? Agnes dachte daran, wie verstört er gewesen war, wie er die Hände vor das Gesicht geschlagen

und gewimmert hatte. Aus den Augenwinkeln bemerkte sie, einen Lichtschimmer unter der Tür. Ungeschickt tastete sie sich rückwärts. Bevor sie dort angekommen war, hörte sie Stephan flüstern: »Es gibt kein Entkommen, nicht vor ihm. Wenn die Zeit gekommen ist, wirst du es verstehen.«
»Bitte nicht Stephan, du machst mir Angst!«
Agnes legte ihre flache Hand auf das Holz und wollte die Tür aufdrücken, um ins helle Licht der Eingangshalle zu flüchten. Stephans eindringliche Stimme hielt sie zurück: »Er wird die Muschel schicken. Die Jacobsmuschel ist das verabredete Zeichen. Sie wird Friedrichs Untergang ankündigen. Du musst dich bereit halten, Agnes.«
Agnes stieß mit aller Kraft die Tür auf, durchquerte die Halle und rannte durch das Portal ins Freie. Auf dem Vorplatz vor dem Hospiz stieß sie fast mit jemandem zusammen und konnte gerade noch stehen bleiben.
»Entschuldigt!«, keuchte sie blinzelnd und versuchte, etwas im hellen Morgenlicht zu erkennen.
Pferdegeruch vermischte sich mit dem Geruch von gegerbten Leder. Vogelgezwitscher wurde von Stimmen und Glockengeläut aus der Stadt begleitet. Dame Mechthild begrüßte Agnes mit einem freundlichen Nicken. Sie stand neben einem struppigen Pferdchen und zurrte einen Gurt am Sattel fest. Auf der anderen Seite des Pferderückens stand der blonde Ministeriale und zog kräftig an einem Lederriemen. Anscheinend waren sie dabei, Gepäckstücke für den Aufbruch aufzuladen. Als der Mann Agnes bemerkte, verknotete er rasch das Ende des Riemens unter dem Bauch des Tieres und erklärte: »Ich werde mit Brian die Krankenzimmer aufsuchen und mich mit einer großzügigen Spende bei den Mönchen bedanken. Immerhin sparen wir uns jetzt die Rückreisekosten. Für alles Weitere wird der Graf aufkommen.«
Dame Mechthild runzelte die Stirn, als gefiele ihr der Gedanke nicht, und murmelte: »Brian ist auf der Latrine. Das kann dauern.«
Der blonde Mann nickte besorgt. Rasch ging er zum Portal hinüber, durch das Agnes eben noch hinausgestürmt war. Dame Mechthild ließ den Gurt los, beugte sich verschwörerisch zu Agnes hinüber und flüsterte: »Wir werden noch vor der großen Hitze aufbrechen. Der

Schweinegraf hat es so angeordnet. Er lenkt jetzt alle unsere Schritte, obwohl er vorerst Ottos Nähe scheut. Wahrscheinlich will er Papst Innozenz nicht aufschrecken, nicht bevor Otto zum Kaiser gekrönt ist! Mir soll es recht sein. Hauptsache der Graf entlohnt uns großzügig. Aber sagt, warum seht Ihr so blass aus?«
»Mein Bruder sagt, dass wir nach Hause dürfen.«
»Das ist doch wundervoll, oder nicht?«
Mechthild strich über die zerzauste Pferdemähne und versuchte, ein paar Knoten zu entwirren. Agnes überlegte, ob sie sich ihr anvertrauen konnte. Sie war nett, diese Mechthild aus Braunschweig. Vor allem schien sie keine Furcht zu kennen. Agnes zog einen Halm aus der Pferdemähne und erklärte leise: »Es wäre wundervoll, wenn der Graf nicht angekündigt hätte, nach mir zu schicken. Er schickt sein Zeichen, sobald er mich benötigt.«
»Euch benötigt? Wozu?«
»Ich weiß es nicht, aber er macht mir Angst!«
Mechthild ließ von der Mähne ab und widmete Agnes nun ihre ganze Aufmerksamkeit. Ihre mandelförmigen Augen waren zusammengekniffen und sie biss auf ihre Unterlippe, als würde sie etwas beschäftigen. Behutsam hob sie die Hand, strich sacht über Agnes' Wange und sagte: »Ihr müsst Euch nicht ängstigen. Ihr schwebt mit den Engeln, was gibt es da noch zu fürchten?«
Mechthild lächelte aufmunternd und während sie um das Pferd herumging, um zu prüfen, ob alles fest saß, fuhr sie fort: »Ich kenne eine Dame, die war genau wie Ihr. Sie hat die Gabe, mit ihren Händen zu heilen, doch misstraute sie der Gabe anfangs, denn viele hielten es für Teufelswerk. Schließlich erkannte sie, dass ihr die Heilkraft von Gott geschenkt wurde. Habt mehr Vertrauen und weniger Angst!«
»Wird die Dame für ihre Gabe geachtet?«
»Gott ist mit ihr und sie achtet sich selbst. Das genügt. Es ist nicht wichtig, was die Welt denkt. Wenn Ihr mit den Engeln schweben wollt – dann tut das!«
Agnes fühlte sich durch Mechthilds Worte beunruhigt. Wie konnte jemand das nicht für wichtig halten? Agnes hatte es immer viel bedeutet, was andere von ihr hielten. Bevor sich in diesem Frühjahr alles verändert hatte, war sie der Liebling ihres Vaters gewesen und der

Sonnenschein ihrer Mutter. Allerdings hatten ihr Bruder und seine Freunde sie immer abschätzig behandelt. Genau wie der Graf von Schweinspeunt. Agnes spürte die warmen Nüstern des Pferdes neben sich und wünschte, sie wäre dem Grafen niemals begegnet.
Mechthild deutete einem Jungen, auf das Pferd aufzupassen, und rief: »Genug geschwatzt. Ich muss nun das restliche Gebäck prüfen. Es wird eine lange Reise. Da wir Otto nicht verpassen dürfen, suchen wir uns in Barcelona ein Schiff, das uns bis nach Genua mitnimmt. Das wird Brian gar nicht gefallen. Ihm wird schon bei leichtem Seegang übel.«
Agnes nickte verständnisvoll. Sie würden die Reise von Valencia bis Palermo ebenfalls auf einem Schiff verbringen. Plötzlich kam Mechthild zu ihr und betrachtete kritisch die Eidechsenspange, die wie immer schief hing.
»Gott schütze Euch, Agnes aus Catania. Wir werden …«, sie unterbrach ihre Abschiedsrede, um den Sitz der lockeren Spange zu prüfen, etwas verärgert fuhr sie fort: »Der Verschluss ist verbogen. Ihr müsst das richten lassen, sonst werdet Ihr die hübsche Spange verlieren. Lasst mal sehen.«
Sie streckte fordernd die Hand aus. Agnes löste zögernd die Spange.
Mechthild drückte und bog an dem silbernen kleinen Bogen herum, der das Schmuckstück zusammenhalten sollte. Hinter ihr trommelte der kleine Junge ungeduldig auf die Satteldecke und im Portal zum Hospiz erschien Anselms Kopf: »Mechthild? Kommst du?«
Mechthild überließ Agnes die Spange und murmelte zerstreut: »Das muss sich jemand ansehen, der damit umzugehen versteht.«
Sie wandte sich um und ging, ohne sich noch einmal umzublicken, zum Portal hinüber.
Agnes schloss traurig ihre Finger um die kleine Spange.

2. KAPITEL

Bei Palermo verliert König Friedrich eine Mitgift und bei Catania wird eine Muschel vermisst

September 1209, in Palermo

Endlich wird es Abend, dachte Johanna erleichtert. Sie stand am Fenster des Sommerpalastes und wartete vergeblich auf eine frische Brise. In ihrem Nacken klebten nasse Strähnen und das enge Kleid spannte unangenehm feucht am Körper. Die Tage wurden schon kürzer, doch ein ungewöhnlich heißer Sommer wollte und wollte nicht zu Ende gehen. Wie eine unheilvolle Wolke hing der graue Dunst über der Stadt. Er drückte alles nieder und lastete schwer auf jedem Gedanken. Selbst das Atmen war mühevoll und jede kleinste Bewegung kostete Überwindung.

Johanna versuchte sich vorzustellen, wie die Königin im stickigen Normannenpalast unter der schwülen Hitze litt. Unter keinen Umständen wollte sie mit Konstanze tauschen.

Bei ihrer Ankunft hatte ihr der von plätschernden Brunnen umspülte Sommerpalast sofort gefallen. Die Zisa war eine wundervolle kleine Insel inmitten des lärmenden Getöses der Stadt. Es schien, als hätte der arabische Baumeister ein Stück Morgenland hier eingefangen. Die Wochen waren vergangen und Johanna hatte es gar nicht richtig gemerkt. Das fiebernde Mädchen war gesund geworden, ohne dass Johanna viel dazu beigetragen hätte. Dennoch waren ihr alle dankbar und betrachteten sie ganz selbstverständlich als persönliche Heilerin der Mätresse. Dabei war die Heilung vom Zauber der Zisa bewirkt worden, denn Licht und Luft gab es hier zur Genüge. Für gewöhnlich

erfrischte ein Luftzug die Gemächer und von dem großen Park, der das kubusartige Gebäude umschloss, strömte der Duft von Oleander und Rosen herein. Johanna hatte sich oft gewünscht, Konrad wäre hier. Besonders zu Anfang, als Friedrichs Besuche noch häufig gewesen waren. Wann immer der König es hatte einrichten können, war er gekommen und hatte seine junge Mätresse zum Lachen gebracht. Johanna hatte es im Nebenzimmer gehört, das leise zurückhaltende Lachen der Grafentochter, das mehr dem Flügelschlagen eines Schmetterlings glich und nicht viel gemein hatte mit dem Lachen der sizilianischen Königin. Johanna fächelte sich mit der Hand Luft zu und erinnerte sich amüsiert an das ungezwungene Gelächter der Königin. Es war das Lachen einer Frau gewesen, die sich nicht unterkriegen ließ. Sulaimān hatte ihr erzählt, dass die Königin nur noch selten lachte.
Sulaimān war immer dabei, wenn Friedrich zu Besuch kam. Er war Friedrichs Oberfalkner und sein engster Vertrauter. Seine Familie lebte seit Jahrhunderten auf der Insel und einer seiner Vorfahren hatte zur Zeit der Herrschaft der Fatimiden den Sommerpalast erbaut. Zuerst hatte der stolze Mann mit den buschigen schwarzen Augenbrauen Johanna vollkommen ignoriert. Erst als sie an einem besonders heißen Tag, an dem die Fliegen verrückt zu spielen schienen, einen Schleier vor dem Gesicht getragen hatte, richtete er das Wort an sie. Seitdem trug sie immer einen Schleier, wenn er kam. Sie hockten auf dem Rand des Paradiesbrunnens im großen Empfangszimmer und sprachen Arabisch. Eigentlich versuchte sie sich nur an den Wortbrocken, die ihr Konrad in Damaskus beigebracht hatte, doch ihr Wortschatz hatte sich bereits vergrößert. So hatte sie von Sulaimān gelernt, dass aziz glanzvoll hieß und der Zisa ihren Namen geben hatte. Sulaimān verstand von vielen Dingen etwas. Ständig war er dabei, Verbesserungen einzuführen, und erfand Sachen, die eigentlich keiner benötigte. Zumindest fand Johanna das. Friedrich dagegen war begeistert, besonders wenn die neuen Federspiele und Hauben der von ihm geliebten Falkenjagd dienten. Nach einer Liebesnacht war der König oft zur Jagd aufgebrochen.
Das war gewesen, bevor der Gestank gekommen war.
Johanna hielt sich die Nase zu und atmete durch den Mund. Sie versuchte, nicht an den Gestank zu denken. Doch es gelang ihr nicht.

Die andauernde Hitze hatte die Gewässer in graue Brühen verwandelt und auch die Zisa hatte etwas von ihrem abgeschiedenen Zauber verloren. Es stank so durchdringend, dass man im großen Empfangszimmer den Zufluss zum Paradiesbrunnen verschlossen hatte. Das war noch niemals zuvor nötig gewesen, hatte Sulaimān ihr versichert. Trotzdem schien der faulige Geruch überall zu sein. Johanna atmete stoßweise durch den Mund und ließ ihren Blick über das große Wasserbecken schweifen, das sich vor der Zisa erstreckte. Mücken umtanzten die spiegelglatte Wasseroberfläche, die sich nur hin und wieder kräuselte. Vertrocknete Blätter und kleine Stöckchen schaukelten träge am Beckenrand. Das Wasser hatte eine bräunliche Färbung und es verströmte einen modrigen Geruch. Sulaimān hatte ihr erzählt, dass es in der ganzen Stadt so roch. In allen Brunnen, Kanälen und sogar im Hafenbecken schwammen tote Ratten mit aufgedunsenen Bäuchen. Die Krankheitsfälle häuften sich. Mehr und mehr Kinder starben qualvoll. Bei dem Gedanken wandte Johanna sich so rasch um, als könnte das schlafende Kind hinter ihr im Körbchen plötzlich von der Seuche befallen werden. Aber nein, ihre kleine Tochter schlief friedlich.

Johanna atmete erleichtert durch die Nase aus und trat vorsichtig an das Körbchen heran. Es hing mit einem starken Seil an der Decke und schaukelte sacht. Sulaimān hatte es dort befestigt. Lucia war sein Liebling und er tat alles, damit sie es gut hatte. Sulaimān hatte auch angeordnet, dass die strammen Leinenwickel nur noch nachts gebunden wurden. Zufrieden summend erfreute er sich an Lucias fröhlichem Gestrampel, wann immer er sie wieder mit einem neuen ausgefallenen Spielzeug überraschte. Lucias Amme begegnete dem Araber mit der Falknerkappe mit großem Misstrauen. Sie hielt seine Holzpferdchen mit den Glasaugen und das Glöckchenspiel, das leise klingelnd über dem Körbchen hing, für Teufelswerk. Nun lag Armgard schlummernd neben dem Körbchen und lächelte im Schlaf über den Klang der kleinen Glocken. Es sah sehr friedlich aus, wie die beiden da einträchtig nebeneinander lagen. Der drückend heiße Tag hatte sie erschöpft. Lucias Gesicht glänzte rosig, ihre hellen Wimpern zitterten leicht und ihre geballte kleine Faust zuckte im Schlaf. Johanna wollte gerade ihre Hand ausstrecken und die zarte Haut ihres Kindes berühren, da ra-

schelte es hinter ihr. Erschrocken hielt sie in der Bewegung inne und drehte den Kopf zur Tür, von wo das Geräusch gekommen war.
Dort stand Sulaimān. Seine dunklen Augenbrauen wölbten sich sorgenvoll unter der weißen Falknerkappe und sein sonst so ordentlich in Falten gelegtes Gewand bauschte sich über dem Gürtel, an dem die Geschühriemen hingen. Irgendetwas musste geschehen sein, denn Johanna hatte ihn noch nie so aufgewühlt gesehen. Unentschlossen schweiften seine dunklen Augen im Raum umher. Anscheinend überlegte er, ob er sie auch ohne Schleier ansprechen konnte. Johanna wollte zur Truhe hinter dem Körbchen und den zarten Schleier zwischen den Leinentüchern suchen, doch Sulaimān schüttelte ungeduldig den Kopf und wies schweigend auf die Türöffnung. Es schien sehr dringend zu sein, denn der sonst so ruhige und gelassene Mann hastete, ohne sich umzublicken, durch die Gemächer. Johanna hatte Mühe, ihm zu folgen. Mit großen Schritten und immer noch schweigend rannte er die Treppe hinunter und durchquerte fast im Laufschritt den großen Brunnensaal, in dem sie so oft zusammengesessen hatten. Nun, da kein Wasser mehr in den in den Boden eingelassenen Kanälen plätscherte, kam ihr der Empfangssaal unheimlich still vor. Kein Geräusch war zu hören, wo sich sonst sprudelnd das Wasser ergoss. Wie trostlose Wunden wirkten die leeren Kanäle aus schneeweißem Marmor, die den rauschenden Strom in die mit Mosaiken geschmückten Becken lenken sollten. Johanna warf im Vorübereilen einen Blick in eines der Becken. Die Mosaikfische, die unter dem bewegten klaren Wasser so lebendig gewirkt hatten, waren erstarrt. Tot und matt lagen sie am Grund. Johanna hastet weiter. Als sie die Nische erreicht hatten, unter deren Wölbung sich der Eingang befand, wandte sie noch einmal den Kopf. Die Wasserspeier des Paradiesbrunnens ragten trostlos unter den goldenen Pfauenmosaiken ins Leere. Das Wasser hatte den Saal in etwas Lebendiges verwandelt, das der Gluthitze dieses Sommers zum Opfer gefallen war. Immer noch schweigend folgte Sulaimān den unterirdischen Kanälen, die unter den Marmorfliesen verborgen waren. Johanna war nun wieder dicht hinter ihm.
Draußen trieben bäuchlings verwesende Fische im Wasserbecken. Der moderige Gestank war durchdringend. Unter den welken Blät-

tern der vertrockneten Oleanderbüsche stand eine Gruppe leise murmelnder Männer. Einer von ihnen löste sich plötzlich aus der Menge und kam auf sie zu. Erstaunt bemerkte Johanna, dass es der König selbst war, der ihr entgegeneilte. Noch im Laufen begann er zu sprechen und seine Stimme überschlug sich fast vor Erregung: »Una malatia, terribile … la epidemia!«

Johanna spürte Sulaimāns warmen Atem in ihrem Nacken. Er flüsterte arabische Worte, deren Sinn sie nicht verstand. Untergang und Vernichtung, Seuche und Tod kamen darin vor. Es musste etwas Furchtbares geschehen sein, wenn der König gekommen war, um die Heilerin seiner Mätresse zu holen. Eine Krankheit war ausgebrochen, eine Epidemie, so viel hatte sie begriffen, doch hatte der König von Sizilien nicht Hofärzte genug, gab es keinen Heeresmedicus? Warum kam er zu ihr? Unter den Oleanderbüschen sahen die wichtigsten Männer des Hofes gespannt zu ihnen herüber. Johanna meinte, das gelbe Gewand seines Kanzlers Walter und die Tonsur des alten Mentors Francisius in der Menge zu entdecken. Friedrich stand schwer atmend vor ihr, anscheinend fehlten ihm die Worte, verzweifelt rang er die Hände und keuchte: »Signora Violetta, senza indugio, al più presto …«

Er hielt inne und holte Luft. Sprich weiter, dachte Johanna ungeduldig. Was war so eilig? Heilige Jungfrau, steh mir bei, sie scheinen alle den Verstand verloren zu haben. Dann entdeckte sie ein vertrautes Gesicht in der Menge. Wolfger der Späher schien genauso ruhig zu sein wie immer. Er hatte die Stirn in Falten gelegt und beobachtete ernst die Menschen am Wasserbecken. Der große Ulmer schien der Einzige zu sein, der ihr erklären konnte, was hier geschah. Mit Blicken versuchte Johanna, ihn herbeizurufen, und zu ihrer Verwunderung gelang es ihr. Langsam kam er auf sie zu, nickte dem König höflich zu und raunte: »Was der König sagen will, ist, dass Ihr so schnell wie möglich kommen sollt.«

»Come si dice in tedesco?«, rief Friedrich wütend, legte seine Hand auf ihren Arm und fügte etwas ruhiger hinzu: »Sie stirbt. Sie, sie stirbt mir weg.«

Johanna fühlte, wie die Hand des Königs warm und schwer auf die violette Seide ihres Kleides drückte. Seine Nähe brachte sie durch-

einander. Er stand so nah, dass sie die feinen Schweißperlen auf seiner Oberlippe glitzern sah. Sie konnte kaum einen klaren Gedanken fassen. Verwirrt fragte sie: »Wer stirbt? Doch nicht die Königin?«
Friedrich schüttelte unwillig den Kopf und knurrte: »Non ancora.«
Noch nicht? Was sollte das wieder bedeuten? Wolfger fing ihren fragenden Blick auf und erklärte leise: »Seine Mitgift stirbt. Die fünfhundert Ritter, die Konstanze aus Aragon mitgebracht hat. Er braucht dieses Heer dringend, um die rebellischen Grafen auf dem Festland zu befrieden. Die Spanier lagern in ihren Zelten vor der Stadt. Das hat sie nicht vor der Seuche bewahrt, die seit kurzem die Stadt heimsucht. Die Ärzte sind machtlos, die stolzen spanischen Ritter sterben einer nach dem anderen dahin. Ohne die Mitgift wird der König Sizilien an die machthungrigen deutschen Barone verlieren. Männer wie Diepold von Acerra oder Paul von Celano werden nicht zögern. Sizilien wird untergehen.«
Bei seinen bedrohlich klingenden Worten bekreuzigte sie sich und flüsterte ein rasches Ave Maria, um das Böse abzuwehren. Anscheinend deutete der König das als Zustimmung.
Friedrich ließ ihren Arm los, lächelte dankbar, als wäre nun alles geklärt, und ging zu seinen wartenden Männern hinüber. Alle nickten und ein paar klatschten sogar in die Hände. Johanna konnte nicht glauben, was sie von ihr, einer Fremden, die hin und wieder mit ihren gesegneten Händen etwas bewirken konnte, erwarteten. Sie konnte unmöglich ein ganzes Heer von einer Seuche befreien oder gar Sizilien vor dem Untergang bewahren. Kleinlaut sagte sie: »Was kann ich denn schon ausrichten!«
Wolfger beugte sich zu ihr und flüsterte: »Gebt dem König wenigstens ein wenig Hoffnung. Er hat davon gehört, dass Ihr mit Euren Händen seine Mätresse geheilt habt. Er wird wieder Mut fassen, wenn es Euch wenigstens gelingt, den Bruder der Königin zu retten. Kommt, hinter den Büschen wartet ein Wagen. Er bringt uns zu den Gärten vor der Stadt, wo das Heer lagert.«
Ohne eine Antwort abzuwarten, führte Wolfger sie vom Wasserbecken weg. Sie wandte sich noch einmal um und wollte den noch immer wartenden Sulaimān bitten, sich um Lucia zu kümmern. Doch der Oberfalkner hatte seine Augen nachdenklich auf Friedrichs Rü-

cken geheftet. Plötzlich rannte er über die Marmorfliesen, wedelte mit den Armen und ließ einen Schwall arabischer Worte herabregnen. Offensichtlich wollte er den König daran hindern, die spanischen Ritter aufzusuchen. Johanna konnte den vollständigen Sinn seiner hastigen Worte nicht verstehen. Immerhin verstand sie, dass Sulaimān den König unter Wehklagen anflehte, die Stadt zu verlassen und vor der Seuche nach Catania zu fliehen. Der Oberfalkner fiel vor Friedrich auf die Knie, hob die Hände und pries das Jagdschlösschen des Königs in dem grünen bewaldeten Landstrich bei Catania. Dort sei der König sicher, dort würde die Epidemie ihn verschonen. Die Männer des Königs begannen wieder zu murmeln und viele nickten zustimmend. Der König hob abwehrend die Hand und erwiderte im flüssigen Arabisch, dass zwar die Jagd dort möglich sei, doch nicht die Falkenjagd. Wolfger strich sich beunruhigt das Haar aus der Stirn: »Beim Näglein des Heiligen Kreuzes zu Ulm, was reden sie?«
Johanna erklärte leise, worum es ging, und Wolfger überlegte einen Moment. Dann fasste er offensichtlich einen Entschluss. Er trat einen Schritt vor und rief: »Hoher Herr, zögert nicht! Bringt Euch in Sicherheit. Sizilien verlangt es. Verehrter Kanzler, überzeugt ihn, ich bitte Euch.«
Der Kanzler stand so plötzlich neben Friedrich, als wäre er vom Himmel gefallen, und flüsterte auf den jungen Mann ein. Friedrich hörte mit nachdenklich gesenktem Kopf zu. Sulaimān kniete immer noch neben ihm und wagte nicht, sich zu rühren. Schließlich hob Friedrich den Blick, sah Wolfger an und sagte seufzend: »Lupo, mein Freund, jetzt keine Wort mehr. Wir gehen nach Catania. Jagen auf einzige Grund bei Catania, wo ist gut für Falken. Ist Land, das Mann gehörte, der in meine Kerker verbrannt. Das nicht gut. Du Lupo, du reden mit seine Sohn Stephano. Reden mit Sohn von arme Guido di Borras und König kann jagen, si?«
Wolfger nickte und rief erleichtert: »Ja, mein Herr, ich werde reden, mit wem Ihr es wünscht. Niemand wird Euch etwas abschlagen. Ihr seid der König.«
Der Kanzler grunzte zustimmend und sagte verärgert: »Guido von Borras, dieser deutsche Verräter. Seine Nachkommen sollen lernen, dass der sizilianische König jagen kann, wo will.«

Friedrich lächelte amüsiert, machte dem verwirrten Sulaimān ein Zeichen, sich zu erheben, und begann, mit ihm zu flüstern. Anscheinend hatte die Aussicht auf die Falkenjagd alle Sorgen um die Ritter aus Aragon in den Hintergrund gerückt. Der König würde in Catania sicher sein. Die Herren plapperten erleichtert und bewegten sich wiegenden Schritts fort von den Wasserbecken zu ihren wartenden Pferden.

Nur Wolfger schien sich noch an den Grund ihres Besuchs zu erinnern. Er umfasste behutsam Johannas Ellenbogen und begleitete sie mit dem gebotenen Ernst zum Wagen hinüber. Dabei fragte er leise: »Seid Ihr bereit, dem Tod zu begegnen? Ich flehe zu Gott, dass Eure Hände das Unheil von Sizilien abwenden.«

Während er ihr auf den Wagen half, blickte sie noch einmal zurück. Sie meinte, Armgard mit Lucia auf dem Arm am Fenster stehen zu sehen. Johanna wollte aufspringen, doch da setzte sich der Wagen in Bewegung.

Die Sonne stand schon tief und ihre Strahlen fuhren wie lange Finger durch die Bäume. Die Zeit schien stillzustehen. Sie rollten unter herabhängenden Blütenzweigen hindurch, von denen Blätter fielen und sich in ihren Haaren verfingen. Je weiter sie die Häuser der Stadt hinter sich ließen, desto lieblicher wurde die Landschaft. Wind war aufgekommen und fuhr durch die Zweige der Obstbäume. Sie kamen durch leuchtend grüne Orangenhaine, deren Äste leise knarrten, und durchquerten einen verwunschenen Rosengarten, dessen Knospen im Wind nickten. Johanna konnte gar nicht glauben, dass sie Krankheit und Tod entgegenrollten. Erst als die Gärten hinter ihnen lagen und am Wegrand hohe Gräser und wilde Kräuter wucherten, erhob sich vor ihnen ein sanfter Hügel, auf dessen Kuppe sich ein Kranz rotgelb gestreifter Zelte befand. Die bunten Zelte der spanischen Ritter wurden von einem Wald aus weißen Soldatenzelten umlagert, die sich den Hang hinunter ergossen. Eine unheimliche Stille hatte sich über das Lager gesenkt. Kein Laut war zu hören, nur der Wind rauschte in den Zeltbahnen und brachte die Fahnen zum Flattern. Erst als der Wagen vor den Zelten zum Stehen kam, umhüllte sie mit der nächsten Windböe eine Wolke aus Gestank. Es war viel schlimmer als der Geruch nach moderigem Wasser in der Stadt. Fast unmenschlich klingende Laute drangen unter den Zeltbahnen hervor. Der Gestank schien immer unerträglicher. Es war so entsetzlich, dass Johanna verzweifelt nach Luft rang, ihre Hände vor das Gesicht schlug und gegen die aufkommende Übelkeit ankämpften musste. Beißender Verwesungsgeruch, der Gestank nach Erbrochenem und säuerlichen Ausscheidungen vermischte sich mit nicht enden wollendem Gestöhn. Wolfger hatte sie in die Hölle geführt. Hinter den Zeltbahnen litten die Menschen schreckliche Qualen. Johanna konnte sich vorstellen, wie sich die Männer in den Zelten unter Krämpfen wanden und alles an Flüssigkeit von sich gaben, das noch in ihnen steckte. Sie waren zu schwach, um sich fortzubewegen, und sie hatten das Zeltlager in eine Latrine verwandelt. Johanna presste ihre Arme vor ihren Körper, krümmte sich auf ihrem Sitz zusammen und wünschte, sie könnte sich auflösen und müsste nie mehr etwas fühlen, schmecken oder riechen. Warum hatte Wolfger sie hierher gebracht? Sie konnte den Männern aus Aragon nicht helfen, niemand konnte ihnen helfen. Sie wollte ihn bitten, den Wagen zu wenden und sie zum Palast zurückzubringen. Er war bereits dabei, abzuspringen und ihr hilfreich seine Hände entgegenzustrecken: »Kommt, Ihr seid nicht die einzige Frau hier. In dem prächtigsten Zelt befindet sich Königin Konstanze bei ihrem Bruder, dem Grafen Alfons. Sie ist heimlich gekommen, um ihrem sterbenden Bruder beizustehen. Geht zu ihr, sie braucht Euch in dieser Stunde.«

Wolfger zog sie vom Wagen herunter und sie folgte ihm durch die Zeltreihen den Hügel hinauf. Sie versuchte, so wenig wie möglich zu atmen, und nicht auf die Geräusche zu achten. Immer wieder glitten sie in schleimigen Pfützen aus, die sich vor den Zelten ergossen, und einmal mussten sie über eine zusammengekrümmte Gestalt klettern. Johanna wollte sich schon bücken und nachsehen, ob der Mann noch lebte, doch dann lief sie ohne sich umzublicken weiter. Der Wind war nun kräftiger geworden und einzelne Regentropfen fielen. Die Dämmerung kam mit dem einsetzenden Regen ins Lager und alle Farben wirkten plötzlich verwaschen und matt. Eine Windböe zerrte an den Zeltbahnen und riss an dem Wappen des Grafen Alfons. Johanna nahm es kaum wahr. Sie hatte ein seltsam leeres Gefühl im Kopf, als wäre nur ihr Körper an diesem schrecklichen Ort und sie selbst wäre

weit weg. So wunderte sie sich, ihre eigene Stimme zu hören, die fragte: »Ist es hier? Ist der Heeresmedicus bei ihm?«
»Geht nur hinein. Der alte Heeresmedicus liegt auf dem Leichenberg, den sie auf der Rückseite des Hügels errichtet haben. Gott sei seiner Seele gnädig.«
Johanna bekreuzigte sich, nahm zögernd die Zeltbahn zurück und betrat das Zelt.
Ein glühendes Kohlebecken beleuchtete das bleiche Gesicht eines Mannes. Er lag regungslos und mit geschlossenen Augen auf einem zerwühlten Lager. Vor ihm kauerte eine Frau im Qualm von unzähligen Kräuterschalen, die ringsherum aufgestellt worden waren. Die kleinen Schalen verströmten einen strengen würzigen Geruch. Als der Lichtstrahl ins Zelt fiel, wandte die Frau sich um. Johanna erkannte die zierliche Königin sofort, obwohl Konstanze ihr Haar unter einem Gebände verborgen hatte und ein schlichtes Tuch ihre Schultern bedeckte. Im Schatten hinter dem Kohlebecken richtete sich stöhnend ein Junge auf. Er hatte dort zwischen den Decken gelegen und nun starrte er Johanna an, als sei sie nicht wirklich vorhanden, sondern nur ein Traumbild, das gleich vorüberziehen würde. Keiner sagte ein Wort. Johanna betrachtete die Menschen, als wären sie Gestalten auf einem Wandteppich. Nichts berührte sie wirklich.
Der Junge war offensichtlich ein Knappe. Er hatte strohblondes Haar, das nach allen Seiten abstand. Schleimfäden hingen ihm aus den Mundwinkeln und seine Lippen hatten eine bläuliche Färbung. Die Haut des Ritters auf dem Lager hatte dieselbe bläuliche Färbung, seine Wangen waren eingefallen und seine Lippen bestanden aus gekräuselten Falten. Keine Regung, kein Atemholen, kein noch so leichtes Zittern erschütterte ihn. Eine endgültige Stille hatte sich auf ihn gesenkt, wie nur der Tod sie zu bringen vermochte. Konstanze blickte zu Johanna auf, als wäre sie ein Engel, der gekommen war, um ihren Bruder zu retten. Sie schien nicht begriffen zu haben, dass ihr Bruder tot war. Johanna hatte immer noch das Gefühl, als wäre sie nicht hier, sondern in Wirklichkeit ganz woanders. Fast gleichgültig blickte sie auf die Menschen im Zelt und fragte sich verwundert, warum sie nichts fühlte. Ihre Beine gehorchten ihr kaum und sie musste sich zwingen, um sich neben die verstörte Königin zu knien.

Es kam ihr vor, als wäre es eine andere und nicht sie selbst, die nun behutsam ihre Hände auf die Brust des Ritters legte. Er war noch warm, doch war der Lebenssaft in ihm vertrocknet, nichts Flüssiges war mehr in ihm. Sie war zu spät gekommen, ihre Hände konnten nichts mehr bewirken. Es ließ sie seltsam kalt, als hätte sich ein Kettenhemd aus Eisenringen um ihre Empfindungen gelegt. Johanna schüttelte den Kopf und Konstanze begann zu weinen. Sie weinte genauso hemmungslos, wie sie gelacht hatte. Sie stieß einen Schwall lateinischer und spanischer Worte aus, rang die Hände und schluchzte laut. Die Tränen strömten aus ihren Augen und benetzten die ausgedörrte Haut ihres Bruders, als ob sie ihm das ausgeschiedene Wasser wiedergeben wollte. Plötzlich stieß sie einen Schrei aus und warf sich über ihn. Johanna wollte sich abwenden, doch dann sah sie aus den Augenwinkeln, wie der Junge in sich zusammensackte. Der Anblick brachte sie zu sich. Das Leid des strohblonden Jungen machte ihr keine Angst. Ein Heerlager voller Sterbender war unerträglich, doch mit einem einzelnen kranken Jungen konnte sie fertig werden. Die Empfindungslosigkeit fiel von ihr ab und sie war wieder ganz da. Sofort war sie auf den Beinen und lief zu ihm hinüber. Worte bildeten sich, Gebete, Psalmen und die Zwiesprache mit Gott, die sie für gewöhnlich hielt, wenn sie ihre Heilkraft einsetzte. Sie würde nicht zulassen, dass er genauso ausgedörrt und vertrocknet daliegen würde wie sein Herr, um den die Königin so bitterlich weinte. Und wenn sie auch machtlos gegen das Sterben der Männer aus Aragon war, dieses eine spanische Leben würde sie retten. Es würde König Friedrich nicht seine Mitgift ersetzen und auch die Barone auf dem Festland wenig beeindrucken, doch für sie bedeutete es viel. Es würde die Teilnahmslosigkeit, die beängstigende Mitleidlosigkeit und das leere Gefühl in ihrem Kopf vertreiben. Der junge Knappe würde leben und das allein würde Gottes Barmherzigkeit offenbaren. Was du dem Geringsten getan hast … O Herr, segne meine Hände. Du hast uns nicht verlassen, dein Geist ist mit uns. Geheiligt sei dein Name. Johanna betete unablässig und ließ es zu einem hoffnungsvollen Gesang werden, der sie ganz ausfüllte. Denn du bist mein Fels und meine Burg und um deinen Namen willen wolltest du mich führen. Sie hockte sich neben den Jungen und strich ihm die strohblonden

Strähnen aus dem Gesicht. Er öffnete halb die Augenlider und flüsterte: »Agua.«
Das Wort kannte sie. Es klang auf Italienisch und Latein so ähnlich, doch es half ihr nichts. Sie hatte kein Wasser. Es gab nirgends sauberes, trinkbares Wasser. Sie befeuchtete ihren Finger mit Spucke und fuhr damit über die trockenen Lippen des Jungen. Gierig leckte er mit der Zunge darüber und wimmerte. »Ist ja gut«, flüsterte Johanna. Sie sprach ein Paternoster, um ihn zu beruhigen, denn das wurde überall verstanden. Während sie die Augen schloss, die Hände auf seinen von Krämpfen geschüttelten Körper legte und sich ins Heilen versenkte, weinte die Königin leise in ihrem Rücken. Der Wind fuhr unter den Zeltbahnen hindurch und der Gestank des Todes wehte herein. Draußen hatte die Dämmerung sich auf die Zelte der sterbenden Ritter gesenkt, doch Johanna merkte es nicht. Sie war wieder im Einklang mit dem Leben. Der Kampf um den einen unbekannten Jungen ließ sie jedes Gefühl für Raum und Zeit vergessen.

Zur selben Stunde rannte Konrad durch den Wind und suchte nach ihr. Er befand sich ein Stück abseits des Lagers und kämpfte sich durch die schwankenden Zweige der Orangenbäume. Besorgt tastete er im Laufen nach der großen Ledertasche, die seine medizinischen Instrumente enthielt. Er hatte erfahren, dass eine Heilerin im Heerlager der Ritter aus Aragon war und versuchte, den Bruder der Königin zu retten. So hatte es zumindest der große Deutsche gesagt, den er vor dem Normannenpalast getroffen hatte. Der Mann mit der schwäbischen Mundart hatte es eilig gehabt. Er hatte nur etwas von einem Hang vor der Stadt gemurmelt und flüchtig in die Richtung gewunken. Dann war er unverzüglich in den weitläufigen Gängen des Palastes verschwunden. Konrad war sich sofort sicher gewesen, dass die Heilerin nur seine Johanna sein konnte, denn der Schwabe hatte die Heilkraft ihrer Hände erwähnt. Zuerst hatte Konrad es nicht glauben wollen. Es erschien ihm unvorstellbar. Es verhöhnte seine weise Voraussicht, sein von Vernunft geleitetes Handeln, auf das er immer so stolz war. Vor Monaten hatte er Johanna und das Kind aus Damaskus fortgeschickt, um sie vor einer Epidemie zu bewahren. Die Epidemie war ihnen gefolgt und herrschte nun da, wo sie Zuflucht finden sollten. Schlimmer noch, seine Johanna war angeblich zu einem Heerlager voller Sterbender aufgebrochen und befand sich in großer Gefahr. Er wusste, wie es in so einem Fall in einem Lager zuging: Der Tod lauerte überall, die Luft war erfüllt mit todbringenden Substanzen, sie krochen aus dem Erdreich und schwammen im Wasser. In den letzten Monaten hatte er in Damaskus gegen eine Seuche gekämpft und es hatte ihn völlig erschöpft. Wie klein er sich gefühlt hatte angesichts des Schreckens und wie hilflos die von ihm bewunderten arabischen Gelehrten gewesen waren. Selbst so gute und umsichtige Männer wie sein Freund Kamāl waren erkrankt. Niemand war sicher angesichts der alles vernebelnden Todeswolken. Er musste Johanna unbedingt finden.

Konrad bückte sich unter einem Gebüsch hindurch. Er hatte eine Abkürzung durch die Gärten gewählt, die sich nun als verhängnisvolles Labyrinth erwies. Es kam ihm so vor, als würden die dicht stehenden Bäume rings um Palermo ihm den Weg versperren, dabei müsste er schon längst am Fuß des Hanges sein, den ihm der Schwabe beschrieben hatte. Manchmal glaubte er, Geräusche zu hören, die auf ein großes Lager hindeuteten, dann war es wieder ganz still.

Vielleicht gab es gar kein Heerlager vor der Stadt? Vielleicht lag es ganz woanders? Der Schwabe war ihm wenig vertrauenswürdig erschienen und er hatte sich unhöflich benommen. Im Palast war man nicht weniger unhöflich gewesen. Niemand hatte dort einen arabisch gekleideten Mann für etwas Ungewöhnliches gehalten. Man hatte ihm kaum Beachtung geschenkt, denn es herrschte große Aufregung. Die Königin war verschwunden und wegen der ausgebrochenen Seuche wollte niemand aufbrechen, um sie zu suchen. Ein hochmütiger Kerl in einem gelben Gewand war an Konrad vorbeigerauscht und ein Mann in einer Mönchskutte war aufgeregt schimpfend hinterhergestolpert. Ein dicklicher Truchsess in einem Streifengewand hatte etwas gemurmelt und seine Augenbrauen zusammengezogen, als müsste er ein Rätsel lösen. Konrad hatte ihnen stirnrunzelnd nachgeblickt und beschlossen, selbst zum Lager der Aragoner zu gehen. Er musste Johanna finden.

Seufzend wischte er sich den Schweiß von der Stirn und bereute nicht zum ersten Mal, dass er allein aufgebrochen war. Nachdem die Seuche das Leben seines Sklaven Harun gefordert hatte, hatte Konrad es vorgezogen, ohne Gefolge von Damaskus nach Sizilien zu reisen. Bei seiner Ankunft hatte er als Erstes das Haus seines Freundes aufgesucht, doch seine Frau war nicht mehr dort gewesen. Konrad war sofort zum Normannenpalast gelaufen. Im letzten Moment hatte er noch nach seiner Tasche gegriffen, denn er ging niemals ohne seine Instrumente aus dem Haus. Nun schlug das lederne Ding bei jedem Schritt gegen seine Beine. Er fühlte auf einmal die Anstrengungen der letzten Monate in den Knochen und lähmende Müdigkeit erfasste ihn. Mühsam schleppte er sich noch bis zum nächsten Fels, der sich vor einer niedrigen Mauer erhob, ließ sich davor nieder und schloss die Augen. Nur einen kurzen Moment würde er hier sitzen. Sobald er wieder bei Kräften war, wollte er weiterlaufen. Ein Geräusch in seinem Rücken machte ihn hellwach.

Konrad riss die Augen auf, wandte sich um und presste die Hände gegen den Stein. Lauschend beugte er sich vor und versuchte, auf die andere Seite zu spähen. Dort saß jemand. Ein staubiger Schuh sah unter einem fleckigen braunen Umhang hervor. Es war ein seidenbestickter roter Schuh, wie ihn nur Höflinge trugen. Behutsam öffnete Konrad seine Ledertasche und zog ein gebogenes Instrument hervor. Er benötigte es für gewöhnlich zum Ausschaben von Wunden, es eignete sich jedoch auch sehr gut zur Verteidigung, vor allem gegen einen Raubritter, der mit erbeuteten Schuhen an den Füßen im Gras lagerte und auf das nächste Opfer wartete. Konrad würde ganz bestimmt nicht das nächste Opfer sein. Er umklammerte das Instrument in der Faust, hielt den Atem an und lauschte. Hinter dem Felsen zischte der andere: »Al-Qumāma!«

Konrad fuhr erschrocken zurück. Der Mann mit den erbeuteten Schuhen sprach Arabisch. Er hatte ohne Zweifel den arabischen Ausdruck für Misthaufen gezischelt. Konrad hatte schon viel von den gefürchteten Bergsarazenen gehört, die Sizilien unsicher machten. Räuberische Banden durchzogen das Land und töteten erbarmungslos jeden, der ihnen in die Quere kam. Es raschelte und der Seidenschuh verschwand, gleich würde der wilde Bergbewohner über ihn herfallen. Doch Konrad würde ihm zuvorkommen. Er stürzte mit einem zornigen Aufschrei um den Felsen herum und warf sich

auf den verblüfften Fremden. Konrad presste ihm so heftig seinen Unterarm in den Leib und hielt ihm so flink die gebogene Klinge an den Hals, dass der Mann nur erschrocken keuchen konnte und ihn entsetzt anstarrte. Konrad starrte verwirrt zurück, dann nahm er den Arm nach unten und senkte seine Waffe. Irgendetwas ließ ihn innehalten. Vielleicht waren es die klugen Augen des Fremden. Der Mann hatte dunkle Haut und buschige schwarze Augenbrauen. Aus seinen Augen sprachen Hochmut und Weisheit zugleich. Die Klinge hatte ihm den Hals aufgeritzt und Blut tropfte auf eine goldbestickte Bordüre, die unter dem schäbigen Umhang hervorsah. Er ist ein weiser Mann, ein Gelehrter, dachte Konrad verwundert. Solchen Männern war er in Damaskus häufig begegnet. Der da war ganz bestimmt kein wilder Bergsarazene. Als er allerdings Konrad wütend von sich stieß und zu schimpfen begann, tat er es in dem deftigen Arabisch eines Gassenjungen: »Du stinkender Sohn einer Hure, ich werde dich in Kamelscheiße baden und in einem Trog Schweinepisse ertränken.«
Der Araber machte einen Satz nach vorn und schlug Konrad zu Boden. Es war ein gut gezielter Faustschlag und Konrads Knie knickten ein. Er verlor für einen Moment das Bewusstsein. Als er wieder zu sich kam, lag er im Gras. Seine linke Gesichtshälfte pulsierte vor Schmerz und seine Augen tränten. Der geschwollene Wangenknochen würde erst rot und in ein paar Tagen grünlich aussehen. Seine Erfahrung riet ihm, die Stelle zu kühlen, doch es gab nichts, womit er dies tun konnte. Vor ihm hockte der Fremde und betrachtete ihn neugierig. Der braune Umhang war ihm von der Schulter gerutscht. Der Wind fuhr durch sein Gewand und einzelne Regentropfen trafen die feine Seide. Das Zwielicht schimmerte zwischen den Bäumen und die hereinbrechende Nacht ließ den Felsen als drohenden Schatten zwischen ihnen aufragen. Der Mann mit den buschigen Augenbrauen drehte Konrads gebogenes Instrument interessiert zwischen seinen Fingern. Als er das Wort an Konrad richtete, klang er versöhnlich und sein Arabisch erinnerte Konrad an die wohlgewählten Worte der Dichter, die Kamāl bevorzugte: »Fremder, warum so hitzig? Kühle dein Gemüt im Regen und vergrabe deinen Zorn in den nächtlichen Schatten. Du trägst einen Turban, wie ein Rechtsgelehrter oder Theo-

loge. Ein gelehrter Mann sollte sich nicht gehen lassen. Verrate mir lieber, was das für ein Gerät ist. Ich sah ein solches Ding niemals zuvor, in keinem Königreich und in keinem Gewerbe, nicht bei den Waffenmeistern und nicht bei den Falknern.«

»Verzeih, mein Freund. Bei Allah, ich hielt dich für einen räuberischen Bergsarazenen.«

»Das bin ich ganz gewiss nicht, doch könnte ich dich für einen halten, Turbanträger!«

»Ich bin Meister Konradus und habe als fränkischer Medicus lange im fernen Damaskus gelebt. Einst studierte ich am berühmten Maristan Nuri die Wissenschaft des Rechts, der Theologie und der Medizin. Was du da in der Hand hast, Freund, ist ein Instrument zum Ausschaben von Wunden. Die Gerätschaft, die zum Heilen ersonnen wurde, hat nun selbst eine Wunde zugefügt. Blut tropft von deinem Hals. Warte, ich werde es stillen.«

Konrad blickte sich suchend um. Die Ledertasche war ihm beim Sturz ins Gras von der Schulter gerutscht. Sie lag ein Stück entfernt und er stand auf, um sie zu holen. Er fühlte sich beschämt. Natürlich hatte der Mann Recht. Ein Gelehrter warf sich nicht schreiend auf einen Unbekannten, ein Arzt schon gar nicht. Die Erschöpfung und die Sorge um Johanna hatten seinen Verstand verwirrt. Mit dem Gefühl, etwas wieder gutmachen zu müssen, trat er an den Fremden heran und öffnete seine Tasche, dabei erklärte er möglichst sachlich: »Ich führe alles zur Wundheilung mit: Fläschchen mit Wein und welche mit Rosenwasser, reine Leinenstücke und Tupfer, Nadeln zum Umstechen, Fäden zur Unterbindung und ein kleines Glüheisen zur Zerkochung der blutenden Gefäße. Gefäße mit Honig und Säckchen mit Mehl zum Verkleben der Wunde. Natürlich noch verschiedene Kräuter und Salben.«

Der Araber lachte und hob abwehrend die Hände: »Nichts dergleichen ist nötig. Es ist nur ein Kratzer. Sagt mir stattdessen, wie ich das Heerlager finden kann, das hier ganz in der Nähe lagern soll, weiser und mit allerlei Zeugs ausgestatteter Konrado di Damasco.«

Konrad nahm ihm das gebogene Instrument aus der Hand, legte es zerstreut in seine Ledertasche und fragte verwirrt: »Suchst du das Heerlager der Ritter aus Aragon? Ich befinde mich ebenfalls auf dem

Weg dorthin. Meine Frau soll sich bei ihnen befinden. Sie versteht mit ihren Händen zu heilen.«

»Signora Violetta mit den heilenden Händen ist deine Frau? Ich kenne sie. Sie dient am Hof unseres Königs. Genau wie ich. Ich bin Sulaimān, Federicos viel geplagter Oberfalkner. Er hat mir befohlen, seine Frau zurückzubringen. Mich, den Oberfalkner, den Herrn über seine viel geliebten und unvergleichlichen Greifvögel, bei Allah! Hat der König nicht Hofbeamte genügend? Gerade ich soll seine ungehorsame Frau finden. Ich machte den Fehler, laut die Vermutung zu äußern, dass die Königin aufgebrochen sei, um ihrem sterbenden Bruder im Heerlager vor der Stadt beizustehen. Kluger Sulaimān, rief der König da erfreut, auf und bring sie mir zurück. Ich bin gegangen, doch mit Groll in meinem Herzen. Kurz darauf musste ich mich an diesem Fels niederlassen. Die Empörung über mein Schicksal übermannte mich und ich verfluchte mein Los. Ich fluche sonst niemals! Allah gebe mir meinen Gleichmut wieder.«

Er war der Oberfalkner des Königs? Und ihn hatte er angegriffen? Er hatte einen Vertrauten des Königs angegriffen und verwundet. Konrad senkte den Kopf und er fühlte sich elend. Was konnte er sagen oder tun, um seine Tat ungeschehen zu machen? Dieser Mann konnte vor dem König Anklage gegen ihn erheben und auf eine harte Bestrafung bestehen. Er blickte unsicher auf und sah erleichtert, dass der Oberfalkner des Königs ihn nachdenklich, jedoch keineswegs rachsüchtig betrachtete. Sein Zorn schien verraucht zu sein. Leise erklärte er: »Du bist also weit gereist? Der König braucht immer weise Männer, die ihn beraten. Ich könnte dich am Hof einführen.«

Vorsichtig erhob Konrad sich und setzte sich mit übereinander geschlagenen Beinen ins Gras. Während er den Dreck von seinen Beinlingen klopfte, überlegte er, was er erwidern sollte. Es reizte ihn, am Hof des Königs als weit gereister Mann zu erscheinen. Dieser Sulaimān gefiel ihm. Bestimmt konnte er keinen besseren Fürsprecher finden. Sehnsüchtig seufzend erklärte er: »Wie gern stünde ich vor dem Angesicht des Königs. Er ist die Krone der Fürsten, das Schwert der Christenheit, der Anführer der Heere …«

»Halt ein! Höre, einen Mann, der mich angegriffen hat, den muss ich töten oder er wird mein Freund. Doch was wärest du für ein Freund,

Konrado di Damasco, wenn du meinen Herrn und König als Anführer der Heere verhöhnst?«
»Ich wollte Federico von Sizilien ganz bestimmt nicht verhöhnen!«
»Das einzige Heer, dessen Führer er ist, wird gerade von einer Seuche dahingerafft. Ohne die fünfhundert Ritter aus Aragon ist er ein Nichts, denn die machthungrigen Barone haben das Krongut unter sich aufgeteilt.«
»Er soll es sich zurückholen, wenn er das Recht auf seiner Seite hat.«
»Was nützt ihm das? Nach dem Tod seiner Mutter haben die Barone sich schamlos bereichert. Ihm ist fast nichts geblieben. Er war noch ein Kind!«
»Nun ist er kein Kind mehr. Auch ohne ein Heer ist er der König. Er soll Worte statt Schwerter sprechen lassen. Es wäre klug, ein Sendschreiben zu verfassen und darin sein Eigentum zurückzufordern.«
Sulaimān betastete nachdenklich die kleine Wunde am Hals, als wollte er prüfen, wie verwundbar er wäre. Der Kratzer, den das gebogene Instrument verursacht hatte, nässte nur noch. Morgen wäre die Rötung kaum noch zu sehen. Konrad beobachtete ihn und fragte sich, was wohl in dem Araber vorging. Es hatte aufgehört zu regnen, die Wolkendecke war aufgerissen und die ersten Sterne zeigten sich. Der Wind rauschte in den Zweigen und über den wogenden Baumwipfeln kreischte ein Schwarm schwarzer Vögel. Der Oberfalkner sagte zögernd: »Ohne die Ritter aus Aragon kann er gegen Männer wie Diepold nichts ausrichten. Doch vielleicht sollte der König wenigstens die mächtigsten Männer Kalabriens verhaften lassen. Amfusus de Roto und den Grafen von Tropea, die sich mit dreisten Forderungen an ihn wenden.«
»Er würde Stärke beweisen und seine Liebe zum Recht. Er sollte ein Edikt erlassen und die Barone auffordern, ihre Besitzurkunden zwecks Überprüfung der Rechtmäßigkeit der königlichen Kanzlei vorzulegen.«
Sulaimān nickte.
»Dein Vorschlag gefällt mir. Wir sollten ihn dem König vortragen, doch das muss warten. Zuerst muss ich zum Heerlager und die Königin finden. Melde dich im Morgengrauen im Palast und ich führe dich zum König.«

Er schüttelte sich, als wolle er zu sich kommen, sprang auf die Füße und rief: »Du wirst uns nach Catania begleiten müssen. Dort wird der König Zuflucht vor der Seuche suchen. Es ist bereits alles für die Reise vorbereitet. Nur die Königin fehlt noch. Hörst du die Vögel? Sie riechen das verwesende Fleisch und umkreisen es. Das Heerlager kann nicht mehr weit sein. Wir müssen nur ihrem Geschrei folgen.«
Konrad bückte sich nach seiner Tasche und band die Riemen zusammen. Dabei dachte er über die Worte des Mannes nach. Er würde bei Hof eingeführt werden und den König nach Catania begleiten. Der Gedanke gefiel ihm. Statt Tod und Verderben gab es dort gewiss saubere Luft und klares Wasser für Johanna und das Kind. Konrad wollte Sulaimān für seine Güte danken und ihm versichern, dass er dem König von Sizilien mit all seinem Rat und seinen medizinischen Instrumenten zur Verfügung stünde. Doch als er aufblickte, war der Oberfalkner des Königs verschwunden. Er musste über die Mauer gesprungen und in das Gewirr der schattigen Zweige eingetaucht sein. Sein schlichter brauner Umhang lag noch da und wo er gesessen hatte, war das Gras niedergedrückt.
Konrad kletterte über die niedrige Mauer und folgte dem Geschrei der Vögel.

Während Konrad durch die Nacht irrte, hockte Johanna immer noch neben dem spanischen Knappen. Sie spürte erleichtert, wie die Krämpfe langsam nachließen. Der Atem des Jungen ging ruhiger und seine bläulichen Lippen hatten etwas von ihrer natürlichen Farbe zurückgewonnen. Sie löste ihre Hände von seinem feuchten Gewand und knetete ihre kribbelnden Finger. Ganz vorsichtig bewegte sie ihren steifen Nacken. Sie konnte nicht sagen, wie viel Zeit vergangen war, seit sie das Zelt betreten hatte. Doch sie konnte sich erinnern, dass jemand hereingekommen war und sie an der Schulter berührt hatte und dass das nicht unangenehm gewesen war. Stimmen und aufgeregte Rufe waren wie aus weiter Ferne zu hören gewesen, denn ihre Aufmerksamkeit war auf den kranken Knappen gerichtet. Gottes Gegenwart hatte sie umhüllt, der heilende Strom war geflossen und sie hatte in die Seele des Jungen geblickt. Wellen hatten auf dem Meer geglitzert, Pfeile waren durch die Luft gesurrt, eine alte Frau hatte bitterlich geweint. Johanna wischte sich über die Stirn, als könnte sie die Eindrücke fortwischen, und wandte sich um. Hinter ihr glomm das Kohlebecken nur noch schwach. An der Stelle, wo der tote Graf gelegen hatte, lag ein zerwühlter Deckenhaufen und mehrere Kräuterschalen waren umgestoßen worden. Weihrauch hing in der Luft und eine zerdrückte Priesterkappe lag neben dem Eingang. Bei dem Anblick fiel ihr wieder ein, dass es Wolfgers Stimme gewesen war, die sie gehört hatte, und dass er in Begleitung mehrerer Männer gewesen war. Offenbar waren sie zum Normannenpalast zurückgefahren, um einen Geistlichen zu holen, und als sie nur noch den toten Grafen vorfanden, hatten sie die Königin und den Leichnam ihres Bruders mitgenommen und Johanna zurückgelassen. Der Knappe wälzte sich wimmernd hin und her und Johanna legte hastig ihre Hand auf seinen Arm. Was sollte sie bloß mit ihm anfangen? Wenn er im Zeltlager zurückbliebe, würde er ganz sicher verdursten. Keiner würde sich um den kleinen Knappen des toten Grafen kümmern. Der heilende Strom ihrer Hände wäre sinnlos gewesen, denn der Junge würde sowieso sterben. Sie hätte mit den anderen mitgehen sollen. Irgendwie hätte sie aus ihrer Versenkung erwachen müssen, den heilenden Strom unterbrechen und Wolfger bitten müssen, sie und den Jungen mitzunehmen. Johanna beobachtete beunruhigt, wie der Knappe seinen Kopf ruckartig bewegte. Vielleicht waren sie noch gar nicht fort, dachte sie hoffnungsvoll. Vielleicht waren sie noch dabei, den Leichnam des Grafen auf den Wagen zu heben. Johanna wusste nicht, wie viel Zeit vergangen war. Es konnte gut möglich sein, dass Wolfger gerade eben mit der weinenden Königin das Zelt verlassen hatte. Dann konnte Johanna sie noch einholen. Hastig sprang sie auf die Füße und rannte an dem Kohlebecken, den umgestoßenen Kräuterschalen und der Priesterkappe vorbei in die Dunkelheit.

Sie lief den Hügel hinunter und wäre fast über ihre eigenen Füße gestolpert. Die Angst, vergessen in einem Lager voller Sterbender zurückzubleiben, trieb sie an. Mit ausgestreckten Armen tastete sie sich an den Zelten entlang und atemlos schlitterte sie durch die stinkende Brühe. Bei Nacht wirkte das Lager noch furchteinflößender. Der Wind hatte nachgelassen und der Mond zeichnete ein blassgelbes Glimmen auf die sich auftürmenden Wolkengebilde. Johanna mein-

te, den hellen Schein mehrerer Lichtkegel zu sehen. Hatte dort unten nicht Wolfgers Wagen gestanden? Die Männer würden Fackeln oder kleine Öllampen mit sich führen, um den Weg zurück zur Stadt zu beleuchten. Sie fühlte eine Woge der Erleichterung, schickte ein Dankgebet an die Heilige Jungfrau und beschleunigte ihre Schritte. Doch je schneller sie lief, desto weiter entfernten sich die Lichter. Sie zogen mit der Geschwindigkeit eines wegrollenden Wagens dahin, bis sie ganz von der Dunkelheit verschluckt wurden. Als Johanna die Zeltreihen hinter sich gelassen hatte und an der Stelle stand, wo Wolfgers Wagen gestanden hatte, waren da nur noch Spuren in der aufgewühlten Erde, Grasfetzen lagen herum, ein Seidentuch war in den Dreck getreten worden. Johanna war ganz allein, bis auf den Schrei einer Eule war nichts zu hören. Die Hoffnung, die sie beim Anblick der Lichter erfüllt hatte, verwandelte sich in Verzweiflung. Als sie begriff, dass sie verlassen an diesem schrecklichen Ort war, ließ sie sich zu Boden sinken und vergrub ihren Kopf zwischen den Knien. Sie fühlte sich zittrig und kraftlos. Die Anstrengungen der letzten Stunden machten sich bemerkbar. In ihrer Schläfe klopfte es unablässig und ihr Magen schmerzte. Nun würde der Tod kommen. Während er über das Lager hinwegfegte und reiche Ernte machte, würde er sie ganz nebenbei auch noch mitnehmen.
Schritte näherten sich. Johanna vergrub den Kopf noch tiefer in ihrem Schoß und kauerte sich zusammen. Herr, erbarme dich. Herr, verlasse mich nicht in dieser Stunde. Sie erwartete jeden Moment, die eiskalte Hand des Todes zu spüren, die nach ihr griff und sie hinwegzog. Sie konnte sein gleichmäßiges Keuchen hören.
»Johanna?«
Johanna vergaß vor Schreck zu atmen. Der Teufel lockte mit Konrads Stimme! Er verstellte sich, um sie zu verführen. Sie warf sich nach vorn, grub die Fingerkuppen in den Boden und schrie: »Hinweg mit dir!«
»Johanna, es geschieht dir nichts. Ich bin es, Konrad. Ich habe dich gesucht und endlich gefunden. Sobald es Kamāl besser ging, bin ich aus Damaskus aufgebrochen. Mein Sklave Harun ist tot, aber Kamāl lebt und Haruns Schwester ebenso. Beruhige dich und sag mir endlich, wo unsere kleine Jasminblüte steckt.«

Arme legten sich um ihre Schultern und sie wurde hochgezogen. Verblüfft blickte sie in Konrads grün funkelnde Augen. Er war es wirklich, es waren seine feinen Fältchen um die Mundwinkel, die sich gerade zu einem Lächeln zusammenzogen, und es war sein elegant geschwungener Nacken, der sich zu ihr herunterbeugte. Bei seinem Anblick vergaß sie das Lager der sterbenden Ritter, sie vergaß den Gestank, der aus den Zelten herüberkam, und den kranken Knappen. Konrad war endlich gekommen. So viele Briefe hatte sie ihm geschrieben, die sich alle in der Truhe unter dem Seidenschleier befanden. Sie hatte sich nie wieder zum Hafenbecken getraut, um sich nach den Schiffen aus dem Morgenland zu erkundigen. Und nun war er selbst mit einem dieser Schiffe angekommen. Sie umfasste seinen braunen Nacken mit beiden Händen, zog ihn zu sich herunter und rief: »Du bist es wirklich! Dem Herrn sei Dank. Ich habe so auf dich gewartet. Unsere Jasminblüte ist schon ein großes Mädchen, du wirst sie nicht wiedererkennen. Ihre kleinen Laute klingen wie Arabisch und bald wird sie Galen und Hippokrates lesen. Wir haben dich so sehr vermisst, schick uns nie wieder fort!«
Er beugte sich vor, seine Lippen berührten ganz sacht ihre Stirn und er flüsterte: »Nie wieder.«
Sie hatte die Augen gesenkt und ihr Blick fiel auf die fleckige, große Ledertasche an seiner Seite. Der Anblick der vertrauten alten Arzttasche, die sie so viele Male am Lager eines Kranken gesehen hatte, erinnerte sie daran, wo sie sich befanden. Der Gestank überlagerte wieder alles und sie meinte, das Stöhnen der Ritter zu hören. Rasch nahm sie ihre Hände herunter und rückte ein Stück von ihm weg: »Woher wusstest du, dass ich hier bin? Sie sind alle fort. Ich habe den Knappen des Grafen Alfons geheilt und darüber die Zeit vergessen. Die Krankheit wird den Jungen nicht mehr töten, doch das Lager wird es tun.«
Konrad schien ihre Erleichterung nicht zu teilen. Er starrte an ihr vorbei in die Dunkelheit und klang sehr ernst: »Bis zum Morgengrauen will ich versuchen, das Leiden der Aragoner zu mindern. Sei nicht besorgt. Es ist meine ärztliche Pflicht und ein Arzt kennt keine Furcht. Sobald die Sonne aufgeht, kehre ich jedoch zurück. Der Oberfalkner des Königs will mich am Hofe des Königs als Ratgeber und Medicus

aus Damaskus einführen. Wenn er den König von meinem Wert überzeugt, werden wir mit dem Hof nach Catania gehen, wo die Seuche fern und die Luft rein ist.«
Ehe sie darüber nachdenken konnte, wann und unter welchen Umständen Konrad Sulaimān begegnet sein mochte, zog er sie den Weg entlang in die Richtung der Stallzelte. Sie konnte gerade noch protestieren: »Konrad, so hör doch! Ich bin die Heilerin der königlichen Mätresse. Ich werde in der Zisa gebraucht. Ich kann nicht mit nach Catania gehen.«
»Der König wird alles mitnehmen, was ihm lieb und teuer ist, auch seine Mätresse.«
»Aber …«
»Wenn der König dem überaus beredten Sulaimān Gehör schenkt, wirst du bald die Frau des neuen Hofarztes und königlichen Ratgebers Konrado di Damasco sein. Ich traf den weisen und gütigen Sulaimān auf dem Weg hierher und er nennt mich bereits seinen Freund. Dabei hielt ich ihn zuerst für einen wilden Bergsarazenen. Doch das ist er ganz gewiss nicht. Er ist ein großmütiger und gebildeter Mann. Dazu auch noch kräftig. Seine Rechte hat mir einen anständigen Schlag verpasst.«
Konrad lachte und rieb sich das Gesicht. Johanna verlangsamte ihre Schritte und betrachtete ihn genauer. Es war ihr zuerst gar nicht aufgefallen, doch nun bemerkte sie seine geschwollene Wange. Mit einer Mischung aus Empörung und Verblüffung stieß sie hervor: »Er hat dich geschlagen?«
»Erst nachdem ich ihm einen Kratzer am Hals verpasst hatte. Doch er war nicht nachtragend. Ohne seinen Großmut würde ich wohl nicht so munter vor dir stehen. Er hätte allen Grund gehabt, mich vor dem König anzuklagen, und der wäre vielleicht weniger großherzig gewesen.«
Johanna dachte bei seinen Worten daran, dass sie ohne die Großherzigkeit des Königs ganz sicher im Hafenbecken von Palermo ertrunken wäre. Sie wollte Konrad gerade erzählen, wie ihr der König das Leben gerettet hatte, da schien es ihr plötzlich, als könnte sie einen Bach rauschen hören. Sie standen nun vor der Baumgruppe, hinter der sich die Zelte der Pferde befanden. Vereinzeltes Gewieher und ein

strenger Geruch nach Heu und Stroh kamen aus dem dichten Gehölz, das sich um die mächtigen Baumstämme rankte. Konrad sagte leise in die Dunkelheit hinein: »Nicht nur die Seuche bedroht den jungen König von Sizilien und sein kleines Reich. Er wird sich zuerst von seinen Baronen und dann vor der Welt sein Reich erstreiten müssen.«

Johanna blickte nachdenklich zu dem einzigen Stern empor, der zwischen den Wolken zu sehen war. Sie dachte daran, was Wolfger ihr erzählt hatte. Wie groß würde Friedrichs Reich sein? Würde es das ganze Heilige Römische Reich umfassen, so wie es manche deutsche Fürsten wünschten? Würde er einst Kaiser sein, wie sein Vater und sein Großvater? Konrad nahm ihr Schweigen als Zustimmung. Er legte seinen Arm um sie und half ihr durchs Unterholz, dabei murmelte er: »Wie auch immer. Wir sind wieder zusammen. Das allein zählt!«

Johanna bog einen Zweig zur Seite und flüsterte: »Nichts wird uns je wieder trennen.«

Sie würde ihm überallhin folgen und tun, was immer nötig war. Sie würde dem sizilianischen König dienen, dem sie ihr Leben verdankte und der sich sein Reich erst erstreiten musste. Als sie auf die Lichtung trat, begannen in ihrem Kopf boshafte Stimmen zu zischeln: Vielleicht wird Friedrich von seinen Baronen verraten? Vielleicht wird er von seinen Feinden vernichtet und Sizilien wird untergehen? Was wird dann werden? Johanna zwang sich, nicht darüber nachzudenken. Sie stimmte einen uralten Lobgesang an und folgte Konrad durch die Nacht.

September 1209, auf einem Landgut bei Catania

Am nächsten Morgen lief Agnes barfuß durch das feuchte Gras. Sie musste unbedingt ihren Bruder finden, denn sie hatte eine unerhörte Entdeckung gemacht. Die Sonne stand schon ziemlich hoch und die Schatten der Obstbäume lagen wie ein Flechtwerk über den Gebäuden aus Lavagestein. Sie rannte über den Vorplatz und wirbelte bei jedem Schritt den schwarzen Ätnastaub auf, der als dunkler Kranz am

Saum ihres Kleides haften und ihre Fußsohlen schwarz färben würde. Sie kümmerte sich nicht darum, denn sie hatte ganz andere Sorgen. In den frühen Morgenstunden, als sich im Haus noch nichts gerührt hatte, war sie zum Falknerhäuschen gelaufen. Wie an jedem Morgen seit ihrer Rückkehr aus Spanien hatte sie ihren kleinen Turmfalken und Stephans launischen Habicht versorgt. Während sie mit den Vögeln über den herrlichen Morgen plauderte und sie die Sonne Siziliens pries, war ihr der Sonnengesang des Franziskus aus Assisi in den Sinn gekommen. Gelobt seist Du, mein Herr, mit allen Deinen Geschöpfen, besonders Herrn Bruder Sonne; der ist der Tag und spendet uns Licht.

Auf einmal hatte sie das dringende Verlangen gehabt, ihre Pilgermuschel mit dem Muster aus fein gebündelten Sonnenstrahlen zu betrachten, die ihr Vater ihr geschenkt hatte. Die Muschel war in einem der Holzkästen im Falknerhäuschen verborgen. Der Kasten, den Motive aus dem Leben eines Falkners schmückten, enthielt alles, was man zur Falkenaufzucht benötigte. Hastig hatte sie Lang- und Kurzriemen, Falknerhandschuhe und Federspiele herausgeholt und sorgsam neben sich aufgehäuft. Ihre Finger hatten vor Aufregung zu zittern begonnen. Sie hatte sich erinnert, wie ihr Vater aus Santiago de Compostela zurückgekehrt war und die Muschel andächtig in ihre Hände gelegt hatte. Damals war sie zehn Jahre alt gewesen und hatte fest daran geglaubt, dass die strahlenförmig gemusterte Muschel das Wertvollste war, das er ihr zu geben vermochte. Er hatte sie ermahnt, die Muschel gut zu verwahren, und wenn sie es in der Falknerei zur Vollkommenheit gebracht hatte, dann würde er die Muschel zum Schutz ihrer Vögel am Dach des Häuschens befestigen. Bis dahin sollte sie die Muschel in einem kleinen Leinenbeutel an ihrem Gürtel tragen. Dort hatte sie sich auch befunden, als Agnes zwei Jahre später den seltsamen kleinen Mann bei seinem Sonnengesang gestört hatte. Obwohl sie es selbst nicht verstanden hatte, war sie sofort bereit gewesen, ihm die Muschel zu überlassen. Doch Franziskus Bernardone aus Assisi hatte die Muschel nicht gewollt und sie hatte die Muschel auch nicht am Altar der Kirche San Damiano zurückgelassen. Viele Jahre hatte der Leinenbeutel an ihrem Gürtel gehangen. Als sie vom Tod ihres Vaters erfuhr, hatte sie die Muschel dort nicht mehr ertra-

gen können. Der Gedanke, dass ihr Vater nun nie mehr die strahlende Muschel aus Compostela am Falknerhäuschen befestigen würde, wie vollkommen Agnes auch werden würde, hatte sie unendlich traurig gemacht. Weinend hatte sie die Muschel zwischen all den Dingen versteckt, deren Gebrauch ihr Vater sie gelehrt hatte.
Doch dort befand die Muschel sich nicht mehr!
So gründlich sie den Kasten auch untersucht hatte, so oft sie die Riemen und Handschuhe in ihren Händen gedreht hatte, die Muschel blieb verschwunden. Stephan und der Falknerjunge waren die Einzigen auf dem Landgut, die einen Schlüssel zum Falknerhäuschen besaßen. Der Falknerjunge war in diesem Frühjahr fortgelaufen und so konnte nur Stephan die Muschel an sich genommen haben. Das sah ihm ähnlich, ohne ihr etwas davon zu sagen, hatte er ihr das Liebste genommen, was ihr von ihrem Vater geblieben war. War es womöglich doch ihre Muschel gewesen, auf die er dem Grafen Diepold geschworen hatte? Stephan musste die Muschel mit auf die Pilgerfahrt genommen und später dem Grafen überlassen haben. Doch warum sollte er so etwas tun? Sie musste ihn finden. Er war ihr eine Erklärung schuldig.
Agnes trat durch den Bogen, der den Eingang zur Halle der Villa Montagna bildete. Der schwarzweiße Fliesenboden fühlte sich unter ihren Füßen kalt an und durch die kleinen aneinander gereihten Fenster konnte sie den wolkenverhangenen Berg sehen. Auf dem langen Tisch vor den Fenstern lagen ein zerbröselter Brotkanten und ein angebissener Apfel. Aus einem umgestürzten Becher tropfte langsam und gleichmäßig roter Wein auf die Fliesen. Wespen umkreisten eine Schale mit reifen Pflaumen. Ihr Gesumm und der tropfende Wein waren die einzigen Geräusche, die zu hören waren.
»Stephan?«
Es blieb still. Agnes ging zum Tisch und stellte den Becher hin. Sie nahm den angebissenen Apfel und drehte ihn nachdenklich zwischen den Fingern. Stephan musste eben noch hier gewesen sein und ein hastiges Frühstück zu sich genommen haben. Wieso hatte keine der Mägde den Tisch gesäubert und die Fensterläden geschlossen, bevor die Mittagssonne ins Haus dringen konnte?
»Ist jemand da? C'è qualcuno?«

Niemand antwortete. Anscheinend war das Haus menschenleer. Agnes legte seufzend den Apfel zurück. Seit ihre Mutter sich in ihre eigene Welt zurückgezogen hatte, herrschte eine große Unordnung. Nur widerwillig verrichteten die Mägde ihre Arbeit und der Ätnastaub nahm das Haus mehr und mehr in Besitz. Agnes verscheuchte eine Wespe und versuchte es noch einmal: »Giulietta?«
Wenigstens die neue Magd musste doch im Haus sein. Sie war gestern Abend noch so dankbar gewesen, dass sie nicht zurück nach Catania geschickt wurde, obwohl sie Mägde genug hatten. Stephan hatte sich besonders dafür eingesetzt, dass sie bleiben durfte. Das sah ihm gar nicht ähnlich. Und war sie nicht besonders hübsch gewesen? Agnes' Blick folgte den großen Fußabdrücken, die nur von Stephans Schlupfstiefeln stammen konnten, die er vorzugsweise beim Reiten trug. Die Spuren waren verwischt, doch war deutlich zu erkennen, dass sie zur Küche führten. Agnes war schockiert. Bei der Keuschheit der heiligen Juliana und der unversehrten Jungfernschaft der heiligen Verena, ihr Bruder würde sich doch nicht am Morgen mit einer Magd in der Küche versündigen? Aufgebracht durchquerte sie die Halle und folgte seinen Fußspuren, bis sie sich auf dem mit Binsen gedeckten Küchenboden verloren. Die alte Köchin war summend dabei, ein Huhn zu rupfen, und blickte fragend auf. Agnes öffnete die quietschende Tür zur Speisekammer, spähte hinein und schlug mit einem wütenden Knall die Tür zu. Dabei fiel ihr Blick auf den Nagel am Türrahmen. Der leere Nagel konnte nur bedeuten, dass Stephan nach Catania geritten war. Dort hing sonst der Beutel, den die wohlmeinende Köchin für Stephans Ausflüge in die Stadt mit Leckereien füllte. Dem heiligen Hieronymus sei Dank, Stephans Seelenheil war an diesem Morgen nicht bei einer jungen Magd in Gefahr geraten. Doch vielleicht war sein Seelenheil in Catania in viel größerer Gefahr? Womöglich traf er sich dort mit Diepolds Männern? Oder mit dem edel gesinnten Grafen Diepold höchstpersönlich? Agnes durfte keine Zeit verlieren. Sie musste versuchen, ihren Bruder aufzuhalten. Sie drehte sich schwungvoll zur schlichten Türklappe, die hinaus zu den Ställen führte. Ihr weit schwingender Rock wirbelte die gerupften Federn auf. Die Köchin murmelte gutmütig: »Madonna mia«, bevor sie sich wieder über das Huhn beugte und gleichmütig zu summen begann.

Agnes öffnete die grobe Holzklappe und lief über den Hof zu den Stallgebäuden. Federn flogen von ihrem Rocksaum und Bilder schossen ihr durch den Sinn. Sie stellte sich vor, wie sie sich vor Stephans Pferd werfen und ihn anflehen würde, nicht dem Drängen des finsteren Grafen nachzugeben. Er würde sie mit Gewalt von sich stoßen müssen, um nach Catania zu gelangen. Entschlossen, so standhaft zu sein wie die Heiligen auf ihrem Gürtel und keinen Schritt zu weichen, stürmte sie in den Stall.

Das Morgenlicht kam nur zögerlich durch die Balken und ein unentschiedenes Halbdunkel beherrschte den in einzelne Abschnitte unterteilten Raum. Es roch streng nach gegerbtem Leder und faulendem Heu. Stephans Stute stand gesattelt und erwartungsvoll schnaufend vor den Holzbalken, von denen fleckige Decken und zerfledderte Lederriemen hingen. Die Stute warf den Kopf umher und tänzelte ungeduldig vor und zurück. Hinter den fleckigen Decken erklang Gelächter. Eine Frau kreischte leise und zischelte etwas. Der schwere schmutzige Stoff wurde zur Seite genommen und Stephans Gesicht erschien. Leicht belustigt um sich blickend, rief er: »Chi è? Gib dich zu erkennen, du Störenfried.«

Als er seine Schwester erkannte, ließ er die Decke wieder fallen und wisperte erschrocken: »Sorella mia!«

Agnes starrte entsetzt auf den fleckigen schweren Stoff, hinter dem nun Gekicher und Geraschel zu hören waren. Die Vorstellung, sich ihrem Bruder in den Weg zu werfen und zu verhindern, dass er Diepold in Catania traf, erschien ihr plötzlich lächerlich und sinnlos. Stephan war ja längst verloren, sündig, befleckt und liederlich. Agnes war so durcheinander, dass sie vergaß, ihre Hand auf die eingestickten Heiligen auf ihrem Gürtel zu legen und ihren Beistand zu erflehen. Die Decke wurde abermals zurückgeschlagen und eine zerzauste Giulietta kroch darunter hervor. Die Haube war ihr in den Nacken gerutscht, ihr Kleid war zerknittert, lose Bänder schaukelten unter ihrem Rock. Sie hatte rote Flecken im Gesicht und ihre Augen glänzten, als hätte sie soeben in der kleinen Kapelle hinter dem Kräutergarten eine Erscheinung gehabt. Die junge Magd presste ihren Handrücken vor den Mund, huschte an Stephans Stute vorbei und umkreiste Agnes in einem weiten Bogen, bevor sie verschwand. Nach einer scheinbaren Ewigkeit, in der Agnes nur dagestanden und versucht hatte, an die Keuschheit der heiligen Jungfrauen zu denken, die ihr Leben als Märtyrerinnen beendet hatten, kam Stephan aus seinem Versteck. Er wirkte zufrieden und so selbstgefällig wie ein Lanzenstecher, der die Lanzen seiner Gegner zersplittert hatte und nun den Beifall der begeisterten Menge empfing. Mit beschwingten Schritten ging er zu seiner Stute und prüfte seelenruhig den Sitz des Sattels. Anscheinend hatte er beschlossen, das vorwurfsvolle Schweigen seiner kleinen Schwester zu ignorieren. Freundlich tätschelte er das Pferd, blickte über seine Schulter und fragte unbekümmert: »Warum bist du nicht im Falkenhaus? Es ist doch alles in Ordnung und kein Vogel erkrankt?«

»Ich habe die Muschel gesucht. Meine Jacobsmuschel, die mir Vater von seiner Pilgerreise zum Grab des heiligen Jacobs mitgebracht hat.«

»Was ist damit?«

Er wandte sich wieder dem Tier zu und fummelte am Riemen der Satteltasche herum. Agnes beobachtete ihn misstrauisch. Wirkte er nicht schuldbewusst? Seine Heiterkeit war verschwunden und er senkte den Kopf. Sie war sich auf einmal sicher, dass er es gewesen war, der ihre Muschel aus dem Kasten geholt hatte. Aufgeregt trat sie einen Schritt vor und rief: »Die Pilgermuschel mit dem herrlichen Muster aus Sonnenstrahlen ist verschwunden! Sie lag in dem Holzkästchen mit den Falknerbildern, nun ist sie nicht mehr dort! Hast du sie genommen? Hast du sie vor unserem Aufbruch nach Spanien aus dem Kästchen geholt und sie dem Grafen überlassen? War es etwa diese Muschel, meine Pilgermuschel von Vater, auf die du schwören musstest?«

Beim letzten Satz war ihre Stimme unnatürlich hoch geworden. Mit fahrigen Bewegungen strich sie sich die Haarsträhnen unter den Silberring, der ihr die Strähnen aus der Stirn hielt. Stephan hatte aufgehört, den Riemen der Satteltasche zu untersuchen. Er stand ganz ruhig mit hängendem Kopf da und schien zu überlegen. Jetzt wird er alles abstreiten, dachte Agnes erbost. Er wird leugnen, die Muschel jemals gesehen zu haben. So wie er früher abgestritten hatte, dass er ihre Puppe in den Brunnen geworfen hatte. Gleich wird er den Kopf heben und seine engelsgleiche Unschuldsmiene aufsetzen, mit der er Mutter immer genarrt hatte. Doch als er den Kopf hob, waren seine

Augen zu dunklen Schlitzen zusammengepresst und er sagte so zögerlich, als müsste er die Worte erst prüfen, bevor er sie aussprach: »Ja – genau – so – war es.«
Agnes starrte ihn verblüfft an. Er gab es einfach so zu? Ihr Bruder hatte das Liebste genommen, was ihr vom Vater geblieben war, und er fand nichts dabei? Schlimmer noch, er hatte das von ihr geliebte Stück einem undurchsichtigen Grafen überlassen. Auf ihre wunderschöne Muschel hatte Stephan geschworen. Diese Männer hatten eine Jacobsmuschel, die vom Martyrium des heiligen Jacobs kündigte, zum Zeichen ihrer teuflischen Verschwörung gemacht. Agnes war schockiert und wusste nicht, wie sie ihren Abscheu in Worte fassen sollte. Als Stephan auf sie zukam, lächelte er entschuldigend. Mit einer fast zärtlichen Geste schob er eine Strähne zurück, die aus ihrer Schapel gerutscht war. Agnes wich zurück und fragte hilflos: »Aber warum? Vater wollte sie zum Schutz unserer Vögel am Falkenhäuschen befestigen!«
Stephan legte ihr behutsam seine Hand auf die Schulter und erklärte sanft: »Nun schützt sie den tapferen Retter Siziliens. Er wird ein kleines Feuer legen, doch siehe, welch einen Wald zündet es an. Es wird sich über Sizilien ausbreiten, hell und leuchtend wie die Sonne. Vaters Muschel aus Compostela wird zum Zeichen unserer Rache werden. Wenn seine von Sonnenstrahlen durchfärbte Muschel wieder in unsere Hände gelangt, dann ist die Zeit zum Handeln gekommen. Wir, wir beide, werden Vater rächen. Vielleicht schon bald. Ich muss mich beeilen, denn ich werde noch heute in Catania erwartet. Wenn ich zurück bin, werden wir mehr wissen.«
Was hat das zu bedeuten, wollte sie schreien, wie willst du Vaters Tod rächen, wer erwartet dich in Catania? Er schien die Fragen in ihrem Gesicht zu lesen, denn er nahm die Hand fort und schüttelte den Kopf: »Frag nicht, Agnes, gedulde dich. In spätestens einer Woche bin ich zurück.«
Mit diesen Worten wandte er sich wieder dem reisefertig gesattelten Tier zu. Er stieß die Stalltür weit auf und führte seine Stute an den Zügeln hinaus in den Hof. Agnes stand nur da und konnte sich nicht rühren, erst als er aufsprang und die Zügel straffte, rannte sie hinaus.

»Warte, geh nicht! Wir müssen Vaters Tod nicht rächen. Es war ein Unfall. König Friedrich trifft keine Schuld. Versündige dich nicht. Er ist ein vor Gott gesalbter König! Dein Seelenheil, warte Stephan!«
Während die Stute das steinerne Tor hinter sich ließ, wirbelte feiner Staub auf. Die Sonne stand hoch und hatte die Wolken, die am frühen Morgen den Berg verhüllt hatten, längst aufgelöst. Agnes lief in den schwarzen Staub hinein. Er brannte auf ihren Wangen und setzte sich in der Nase fest. Der schmale Weg vor ihr wandte sich in vielen Krümmungen bis nach Catania. Stephans Stimme kam von weit her:
»Kümmere dich um Mutter! Sie hat genug gelitten.«
Agnes blieb stehen und wischte sich den Staub vom Gesicht. Er hatte mit seinen Worten eine wunde Stelle berührt, denn sie hatte heute Morgen noch nicht nach ihrer Mutter gesehen. Eine gute Tochter würde zuerst zur Mutter laufen und dann zu den Greifvögeln ins Falkenhäuschen. Das schlechte Gewissen ließ sie zögern. Unschlüssig blinzelte sie in die Sonne. Was sollte sie bloß tun? Es hatte keinen Sinn, Stephan nachzulaufen und ihn an sein gefährdetes Seelenheil zu erinnern. Ihr Bruder war fest entschlossen, nach Catania zu reiten und seine Rache gegen den jungen König voranzutreiben. Es hatte genauso wenig Sinn, der Mutter von seinem Vorhaben zu berichten oder sie um Rat zu bitten.
Agnes schloss die vom Staub tränenden Augen und rief ihre Lieblingsheiligen an. Heilige Agatha von Catania, beschütze meinen Bruder, der von Rachegelüsten beherrscht wird. Heilige Verena, behüte die verzweifelte Familie des Guido von Borras, den Gott durch die Flammen zu sich rief. Heilige Afra, bewahre die reine Seele der Caterina von Borras, die vor Kummer dem Wahn verfallen ist. Agnes unterbrach ihr Gebet und dachte an ihre Mutter, die im Kräutergarten saß und Nüsse zählte. Sie fürchtete sich vor ihrem Schweigen. Seit dem Tod des Vaters hatte ihre Mutter aufgehört zu sprechen. Was hatte es für einen Sinn, mit jemandem zu sprechen, der so offensichtlich nicht angesprochen werden wollte? Kümmere dich um Mutter, hatte Stephan gerufen. Doch wie sollte sie das tun? Seufzend öffnete sie die Augen.
Die schwarze Staubwolke entfernte sich, bald würde Stephan hinter der Wegbiegung verschwunden sein. Sie wollte den Pfad einschlagen,

der zum Kräutergarten führte, dann überlegte sie es sich anders. Zuvor wollte sie die kleine Kapelle aufsuchen, die wie fast alle Kirchen rings um Catania der heiligen Agatha geweiht war. Dort würde sie ihre Gebete noch einmal wiederholen, denn vor einem geweihten Altar waren sie am wirkungsvollsten.
Die Kapelle stand an einem kleinen Hang. Von dort konnte man den ganzen Landsitz überblicken. Kurzentschlossen rannte Agnes die Treppenstufen aus Lavagestein hinauf und tauchte in die dichten Zweige der Steineichen ein, die ihre Schatten auf die Stufen warfen.
Als die moosbewachsenen Stufen hinter ihr lagen und sie keuchend vor der Tür der Kapelle stand, blickte sie sich noch einmal um. Es war eine beeindruckende Aussicht, der Besitz derer von Borras, und Stephan war der Erbe von alldem, wenn er es auch vermied, den Titel seines toten Vaters zu benutzen. Unter ihr erstreckte sich das grüne Tal bis zu den bewaldeten Ausläufern des Berges. Es wurde nur durch einen Flusslauf durchschnitten, der fast zu einem kleinen See wurde. Beim Anblick des glitzernden Wassers dachte Agnes an die Enten und das andere kleine Wild, das sich am Wasser niedergelassen hatte. Ihr herrliches Tal eignete sich vorzüglich für die Beizjagd und viele Nachbarn beneideten sie darum. Irgendwann einmal musste der Wald an dieser Stelle gerodet worden sein. Agnes ließ ihren Blick über das immergrüne Strauchwerk, die vereinzelt stehenden Ölbäume und wilden Aleppokiefern wandern. Wenn sie gegen die Sonne blinzelte, konnte sie das Dach des kleinen Falknerhäuschen erkennen, dahinter erstreckten sich die Wiesen und das Haupthaus und hinter den Wirtschaftsgebäuden lag der Kräutergarten. Beim Anblick der Steinmauer, die den Garten umgrenzte, schien es Agnes, als würde die graue Mauer sich als Ring um das Unglück ihrer Mutter legen und es fest einschließen. Früher hatten sie oft im Kräutergarten gesungen, während sie die Beete gepflegt und die Pflanzen gewässert hatten. Seit dem Tod des Vaters vertrockneten die Beete und das Unkraut wucherte. Manchmal goss Agnes die kümmerlichen Pflanzen und zupfte hier und da ein Kraut. Doch nichts, was sie tat, konnte den Garten in das zurückverwandeln, was er früher einmal gewesen war. Das Schweigen ihrer Mutter wog schwerer als das anfängliche Weinen, das kein Ende hatte nehmen wollen. Irgendwann waren die Tränen ver-

siegt und mit ihnen alle Worte. Agnes wünschte, ihre Mutter würde nur ein einziges Mal wieder so unbekümmert lächeln, wie sie es vor dem Tod des Vaters getan hatte. Doch nichts konnte ihrer Mutter ein Lächeln entlocken, nicht einmal die Erinnerung an vergangenes Glück. Gedankenverloren hob Agnes die Hand und tastete an ihrer Halsbeuge entlang nach der silbernen Eidechse. Es war ein glücklicher Tag gewesen, als sie die Spange bekommen hatte. Sie konnte sich noch gut daran erinnern. Ihr Vater war an diesem Morgen gut gelaunt und großzügig gewesen. Scherzend hatte er in seinen Geldbeutel gegriffen und die Münzen über die Verkaufstische rollen lassen. Nicht nur die Spange für Agnes, sondern auch noch eines kleines Holzschwert für Stephan und goldbestickte zierliche Schuhe für die Mutter hatten sie an diesem Tag aus Catania mitgebracht. Ihr Vater hatte schmunzelnd gemeint, die Eidechse würde Agnes zwacken, wenn sie sich wieder einmal zu tief ins Gebet verlieren würde, und ihr liebevoll über das Haar gestrichen.

Das Holzschwert war längst zerbrochen und die goldbestickten Schuhe hatte die Mutter weinend im Kamin verbrannt. Geblieben war nur die silberne Eidechse, die schon für genug Aufregung gesorgt hatte. Bei der Erinnerung an die Nacht im Kreuzgang spürte sie einen Schauer über ihre Schulterblätter kriechen. In den Pyrenäen hatte das Unheil begonnen und Stephan war in die Fänge der Verschwörer geraten. In derselben Nacht war sie dem Ulmer begegnet, den sie immer wieder in ihren Träumen traf: Er stand vor dem Altar der Pfalzkapelle in Ulm und lächelte bedeutungsvoll, manchmal war Vater dort und legte ihm eine Hand auf die Schulter. Agnes blinzelte verstört und zwang sich, wieder an ihre Pilgerfahrt zu denken, die so ganz anders verlaufen war, als sie es sich vorgestellt hatte. Es war Zeit, die Spange sicher zu verwahren, denn sie war nun das einzige Stück von ihrem Vater, das ihr noch geblieben war. Das Wertvollste hatte Stephan genommen. Traurig dachte sie an ihre hübsche Muschel und wandte sich zur Tür der Kapelle. Beim Anblick der verblichenen Holztür fasste sie einen Entschluss. Nachdem sie ihre Mutter im Kräutergarten besucht hatte, würde sie in ihre Kammer laufen, den kleinen Leinenbeutel suchen, in dem sie so viele Jahre ihre Muschel getragen hatte, und die Spange darin sicher verwahren.

Während sie mit der Hand am Türrahmen entlangstrich und zögerte, die Kapelle zu betreten, kam ihr der Gedanke, dass wenn der Beutel erst wieder von ihrem Gürtel hinge, bestimmt alles gut werden würde. Vielleicht sollte sie den ehrwürdigen Pater vom Dom zu Catania bitten, einen Segen über den Leinenbeutel zu sprechen. Vielleicht würde sich dann mit Gottes Hilfe eines Tages wieder die Muschel darin befinden und das Andenken an ihren Vater wach halten.

September 1209, eine Tagesreise vor Viterbo

Zur selben Stunde saß Mechthild in König Ottos Heerlager in einem Küchenzelt. Es war auf dem Patrimonium Petri errichtet worden, einem Gebiet, in dem der Heilige Vater uneingeschränkt herrschte. Bis Rom, wo sie den heiligen Petrus um ein Kind bitten wollte, war es nicht mehr weit. Doch in diesem Augenblick war ihr gar nicht nach Beten zumute.

Mechthild war viel zu aufgebracht. Verärgert blickte sie in den kleinen Silberspiegel, den sie am Boden ihrer Reisetruhe gefunden hatte, und flötete: »Natürlich, hoher Herr, ich bin Euer ergebener Diener hoher Herr, mein Herz gehört Euch ganz und gar und meine Treue sucht ihresgleichen.«

Mechthild verzog ihr Gesicht zu einer Grimasse. Genauso hatte Anselm geklungen, als er gleich nach ihrer Ankunft vor König Otto gekniet hatte. Mit verstellter Stimme versuchte sie, Ottos Tonfall zu treffen; grimmig knurrte sie ihr Spiegelbild an: »Wem kann ich noch trauen? Viele, die einst schworen, sind abgefallen. Undankbarkeit und Hinterlist, wohin ich auch blicke. Aus vielen einst treuen Männern wurden Verräter.«

Sie hatte viel zu laut geknurrt. Neben ihr seufzte Brian im Schlaf. Er lag zusammengekauert unter einer schmalen Zeltbahn, die kaum Schatten bot. Leise legte Mechthild den Spiegel zurück in die Truhe und warf dem Jungen einen besorgten Blick zu. Auf seinem bleichen Gesicht zeichneten sich dunkel die Sommersprossen ab und seine hellen Wimpern zitterten. Er sah klein und verletzlich aus. Die Schiffsreise hatte ihn furchtbar mitgenommen. Ständig war ihm übel gewesen. Kurz bevor sie Genua erreicht hatten, waren sie in einen Sturm geraten. Auch an Land blieb kaum Zeit, sich von den Strapazen der Reise zu erholen. Sie hatten sich Reittiere besorgt und waren sofort aufgebrochen, um König Ottos Tross zu suchen. Es war quer durch die Lombardei bis zu den Städten der Toscana gegangen. Von dort war es nicht schwierig gewesen, den Tross zu finden. Überall sprachen die Menschen von dem langen Deutschen, der gekommen war, um die Kaiserkrone zu fordern. An jedem Ort ließ Otto sich feiern und kam nur langsam voran. Scheinbar hatte der König es nicht eilig. Ihm gefiel die Vorstellung, Papst Innozenz warten zu lassen. Jede Gelegenheit, den Ritt zu verzögern, war ihm recht. So war es auch an diesem sonnigen Spätsommertag.

Mechthild schob vorsichtig die Zeltbahn ein kleines Stück zur Seite und blickte zu der im Aufbruch befindlichen Jagdgesellschaft hinüber. Anselms blonder Kopf war zwischen den Federhüten und Kappen der Ritter und Höflinge gut sichtbar. Der König war nirgends zu sehen. Offenbar verhandelte sein Gefolge, in welche Richtung der Jagdausflug gehen sollte. Der Monat September ging zu Ende und es wurde bereits früher dunkel. Der König wollte das restliche Tageslicht nutzen, um mit dem leichten Bogen in den Wäldern zu jagen. Kleines Wild, nur zum Vergnügen, bis es am nächsten Morgen zur päpstlichen Residenz in Viterbo weiterginge. Dort wollte Otto mit Innozenz über die Bedingungen verhandeln. Eine Krönung war nicht umsonst zu haben, auch die seine hatte ihren Preis.

Seit dem Aufbruch aus Spanien hatte Anselm von nichts anderem gesprochen. Würde Otto die Zugeständnisse, die er im März in Speyer gemacht hatte, wiederholen? Würde er vor seiner Krönung erneut einen Eid leisten und dem Papst in allen Territorialfragen nachgeben? Einen Eid, mit dem er sich völlig der Kirche unterwarf? Anselm hatte es immer wieder erwogen. Schließlich hatte er entschieden, dass sein Verhandlungsgeschick dringend benötigt würde. Es stand zu befürchten, dass Otto mit seiner schroffen Art den Papst verärgerte. Aus diesem Grunde hoffte Anselm, als Ottos Ratgeber im päpstlichen Palast von Viterbo dabei zu sein. Doch es sah so aus, als wäre es bis dahin noch ein weiter Weg. Anselm musste zuerst das Vertrauen des Königs zurückgewinnen, denn Otto war misstrauisch. Wer schickt Euch?

Sprecht offen heraus, hatte Otto ihn aufgefordert. Was sagt Ihr? Höre ich recht? Diepold von Acerra, der Graf von Schweinspeunt? Er ist ein Gefolgsmann Kaiser Heinrichs, ein Stauferfreund, der mit meinem Widersacher Philipp in gutem Einvernehmen stand. Ihr steht im Dienst der Staufer, Anselm, gesteht es! Und Anselm hatte seinem König auf Knien geschworen, dass die Dinge anders lägen. Graf Diepold wünschte, mit dem einzig rechtmäßigen deutschen König zu verhandeln, und er, Anselm, sei sein Bote. Seine Stimme war ganz klein und zittrig gewesen, als befürchtete er, Ottos Zorn auf sich zu lenken.
Mechthild hatte der Anblick ihres im Staub vor Otto knienden Mannes gar nicht gefallen und dann seine speichelleckerischen Worte, entsetzlich! Ottos abschätziger Blick und sein Vorschlag, alles bei einem kleinen Jagdausflug zu klären, bereitete ihr Unbehagen. Offensichtlich betrachtete es Otto als gelungenen Scherz, die Treue seines ehemaligen Ratgebers beim Bogenschießen zu prüfen. Anselm schien der Einfall ebenfalls nicht zu behagen, denn er ließ sich mit gesenktem Blick den leichten Bogen umhängen und nahm, ohne den Kopf zu heben, einen gefüllten Köcher. Auf einer Jagd konnte viel geschehen. Bevor Anselm zu der wartenden Gruppe hinübergegangen war, hatte er ihr bedeutungsvoll zugeflüstert: »Bete für mich.«
Mechthild hatte sich nicht zu den prächtigen Zelten der deutschen Bischöfe getraut, die den Tross zur Krönung begleiteten. Stattdessen hatte sie sich zu den Küchenzelten begeben. Hier schlief Brian, bewacht von einer dicken rotgesichtigen Köchin, neben einem Sack Dinkel. Sie waren noch nicht dazu gekommen, ihre Reisezelte aufzuschlagen. Das Gepäck war vorläufig inmitten von Töpfen und Mehlsäcken abgeladen worden.
Der Stoff der Zeltbahn glitt ihr aus der Hand und die wartende Jagdgesellschaft verschwand dahinter. Mechthild begann, ein Stück nach dem anderen zu untersuchen, ob es die Seereise auch gut überstanden hatte, doch ihre Gedanken waren nicht bei der Sache. Immer wieder fragte sie sich, was Otto wohl mit dieser Jagd bezweckte. Es könnte eine Falle sein. Schnell konnte ein Gefolgsmann Ottos im Hinterhalt den Bogen spannen und Anselm töten. Vielleicht war der ehemalige Ratgeber nicht mehr erwünscht? Oder Otto nahm an, Diepold hätte Anselm mit feindlichen Absichten geschickt. Wenn der König ihn für

einen Verräter hielt, dann war Anselms Leben in Gefahr. Anselm schien dieser Gedanke ebenfalls gekommen zu sein. Vielleicht sollte sie doch zu den Zelten der Bischöfe laufen. Dort gab es einen geweihten Altar und sie könnte ein Gebet sprechen. Sie würde die Heiligen bitten, ihren Mann zu beschützen. Die Heiligen hatten vielerlei Methoden, sie konnten einen Pfeil abfangen, einen Fallstrick fortziehen und einen Dolch umlenken. Auf die Heiligen war immer Verlass. Das hatte Tante Herrad ihr schon als kleines Mädchen beigebracht. Ihr Vater dagegen hatte stets gemeint: Gott segnet die Hand des Tüchtigen. Mechthild wollte gerade ihren Psalter abstauben, da hielt sie in der Bewegung inne. Hatte sie nicht mit Tüchtigkeit ihr Geschäft in Braunschweig zum Erfolg geführt? Es war besser, die Dinge selbst in die Hand zu nehmen, nur dann war einem der Beistand der Heiligen gewiss. Sie würde nicht hier herumsitzen und warten, was geschehen würde. Gott segnete den, der etwas wagte. Das galt nicht nur für das Geschäft.

Kurzentschlossen warf sie den Psalter in die Truhe zurück, erhob sich und blickte sich suchend um. Sie würde in einigem Abstand den Jägern folgen und das Geschehen beobachten, dann konnte sie eingreifen, bevor Anselm ein Leid geschah. Rasch griff sie nach einem leeren Tintenfass, das notfalls als Wurfgeschoss dienen konnte, und verstaute es in ihrer Gürteltasche. Mit einem Nicken deutete sie auf Brian und wisperte: »Ich bin bald wieder zurück.«

Die dicke Köchin, die dabei war, kleine Fische in Stücke zu schneiden, blickte auf und nickte.

Mechthild hob die Zeltbahn, um darunter hindurchzuschlüpfen. Erschrocken fuhr sie zurück, als sie unvermutet mit der Stirn gegen ein spitzes Knie rannte. Es steckte in blassblauen Beinlingen und als sie an ihnen entlang nach oben blickte, stand ein elegant gekleideter Jüngling vor ihr. Er rieb sich anklagend das Knie und rief empört: »Nehmt Euch doch in Acht! Seid Ihr die Frau des Ministerialen, der vor kurzem eingetroffen ist? Ich soll seinen Sohn holen. Wo steckt der Knabe? Es eilt.«

Mechthild kam auf die Füße und blitzte ihn zornig an. Was fiel dem arroganten Kerl ein? Breitbeinig stellte sie sich vor ihm auf und schimpfte, als wäre er ein überfälliger Lieferant oder ein nachlässiger

Färberjunge: »Was fällt dir ein, du ungehobelter Grobian! Mein Sohn ist krank und geht nirgendwohin.«
»Geht zur Seite und mäßigt Eure Zunge. Ich bin Ottos erster Edelknappe und mein Herr wünscht ausdrücklich, dass der Junge der Jagd beiwohnt.«
»Er wünscht was? Aber er hat Jagdhelfer genug! Gesunde, kräftige Jungen! Unser Sohn …«
Der Knappe schob sie zur Seite und bückte sich unter der Zeltbahn hindurch. Mechthild rang entsetzt nach Luft. Er durfte Brian nicht mitnehmen! Anselm würde das niemals zulassen. Brian hatte wochenlang kaum Nahrung bei sich behalten und war viel zu schwach für einen Jagdausflug. Und hatte sie nicht eben erst überlegt, dass sich Anselm in Gefahr befinden könnte? Das galt erst recht für einen kleinen, geschwächten Jungen, der sich kaum auf den Beinen halten konnte. Mechthild wollte Ottos Edelknappen am blassblauen Mantel zurückhalten, doch die Seide glitt aus ihren Händen. Hastig folgte sie ihm unter der Zeltbahn hindurch und versuchte, sich zwischen ihn und den gerade erwachenden Brian zu drängen. Der verschlafene Junge setzte sich auf, blickte sich verwirrt um und murmelte: »Was ist los?«
Mechthild hockte sich neben den Dinkelsack und legte Brian schützend einen Arm um die Schulter, dabei zischte sie: »Rühr ihn nicht an! Wage es ja nicht!«
Der Edelknappe ging ebenfalls in die Hocke, zog etwas unter seinem Mantel hervor und sagte hochtrabend: »Das, junger Freund, schickt dir der König.«
Mechthild starrte verblüfft auf einen kleinen Wurfspeer, der ganz mit Gold überzogen war und von dessen Griff goldene Kordeln herabhingen. Sie hatte noch nie so eine schöne Jagdwaffe gesehen. Brian blinzelte ungläubig und fragte erstaunt: »Für mich? Das kann ich nicht annehmen. Ich muss zuvor meinen Vater fragen.«
Ottos Knappe legte ihm das schöne Stück in den Schoß und erklärte feierlich: »Dein Vater hat die Ehre, mit dem König auf die Jagd zu gehen. Er erwartet dich.«
Ehe Mechthild etwas einwenden konnte, wand sich Brian mit dem Speer in den Händen unter ihrem Arm hindurch. Er sprang auf die Füße und schwenkte dabei die goldenen Kordeln herum. Seine Stim-

me war voller Begeisterung und klang hellwach: »Schnell, gehen wir, ich darf Vater nicht warten lassen!«
»Brian, du bist noch zu schwach für einen Jagdausflug. Du brauchst Ruhe!«
Sie klang genau wie ihre Tante Herrad. Und genau wie die kleine Mechthild früher, erklärte Brian leicht gereizt: »Mach dir keine Sorgen, es geht mir gut.«
Als sie protestieren wollte, beugte Brian sich zu ihr und wisperte ihr ins Ohr: »Ich will Vater nicht enttäuschen.«
Auffordernd hielt der Edelknappe die Zeltbahn zurück und Brian schlüpfte hinaus.
Als sie fort waren, konnte sich Mechthild nicht rühren, so wütend war sie. Und was war mit ihrer Enttäuschung? Brians Begeisterung für seinen Adoptivvater würde sie noch alle ins Verderben stürzen. Sie konnte nur hoffen, dass es sich nicht um eine Falle handelte. Hoffentlich war es nichts weiter als ein dummer Einfall des Königs, eine seiner Launen. Nur weshalb wollte er Brian dabeihaben? Es ergab überhaupt keinen Sinn. Das sah Otto ähnlich, nach Belieben mit seinen Untergebenen umzuspringen. Ein goldener Speer für einen kleinen Jungen, wie großspurig, wie unvernünftig. Er buhlte um Anselms Sohn wie um eine Mätresse. Es war lächerlich! Vorwurfsvoll erklärte sie der Zeltbahn: »Das war ein wirklich kindischer und dummer Einfall des Königs!«, und seufzend fügte sie hinzu: »Gott schütze unseren Jungen.«
Hinter ihr hievte die Köchin klappernd einen Topf auf die Feuerstelle und keuchte: »Schneller als es der Mutter gefällt, ist ihr Kleines groß und fliegt aus dem Nest.«
Mechthild hangelte sich wortlos an dem Dinkelsack hoch. Prüfend strich sie über ihre gut gefüllte Gürteltasche. Ein kleines Kräutermesser passte noch hinein. Während die Köchin emsig im Topf rührte, huschten Mechthilds Augen über das Gerät, das ringsherum auf Hockern und Töpfen verstreut lag, bis sie gefunden hatte, was sie suchte. Sie griff nach einem verrosteten Messerchen und ließ es in ihre Tasche gleiten. Bevor sie das Küchenzelt verließ, wandte sie sich noch einmal um: »Ich bringe es zurück. Zuvor muss ich ein Vogeljunges davor bewahren, in sein Unglück zu fliegen.«

Und seinen Vater, ergänzte sie in Gedanken, als sie in das helle Sonnenlicht hinaustrat.

Wenig später folgte Anselm dem König durch den dichten Wald. Sie waren ganz allein, denn Otto hatte alle anderen zurückgelassen. Nur den Jungen hatte er dabeihaben wollen. Niemand hatte sich getraut, dem König zu widersprechen. Wie könnte man auch einem Mann widersprechen, der so selbstbewusst seine Befehle gab und der so eindrucksvoll aussah. Otto überragte jeden der Anwesenden und nicht nur an Körpergröße, sondern auch an Entschlossenheit und Willenskraft war er allen überlegen.
Anselm starrte auf den breiten, kräftigen Rücken des Königs, um den sich ein grün schillernder Mantel schmiegte, und dachte daran, wie erschrocken er gewesen war, als ein Edelknappe Brian gebracht hatte. Er hatte seinen kleinen Sohn sofort zurückschicken wollen, denn Brian war viel zu geschwächt, um sie zu begleiten. Doch Otto hatte Anselms Einwände nicht gelten lassen und ihn leise gefragt, ob er seinem König das Vergnügen nicht gönnen würde. Etwas Lauerndes hatte in seiner Stimme mitgeschwungen und ehe Anselm darüber nachdenken konnte, war Brian vor Otto auf die Knie gesunken und hatte voller Bewunderung zu ihm emporgeblickt. Dankbar hatte er einen goldenen Wurfspeer an sich gedrückt, den Otto ihm offenbar geschenkt hatte. Oder hatte er ihn gestohlen? Brian liebte schöne Dinge und so manches Mal hatte Anselm ihn gescholten, weil er einfach alles mitnahm, was ihm gefiel, ohne sich schuldig zu fühlen.
Es wunderte Anselm nicht, dass Brian sofort bereit war, den Spürhund zu ersetzen. Gebückt schlich er ihnen auf dem schmalen Pfad voran. Dabei rümpfte er die Nase, als würde er die jungen Füchse und Kaninchen schon wittern. Brian kannte sich mit Tieren aus. Sie folgten ihm, wohin er auch ging. Katzen konnten nicht von ihm weichen und Hunde waren ihm hörig. Mäusefamilien und kleine Nattern schliefen unter seiner Decke. Lange hatte er eine zahme Ratte in Mechthilds altem Minnebeutel mit sich herumgetragen. Zu Hause in Braunschweig besaß er einen Hund.
Anselm löste den Blick von Ottos grünem Mantel und seine Augen wanderten über den bemoosten Waldboden. Der Gedanke, dass sein

Sohn als Jagdhund benutzt wurde, gefiel ihm nicht. Brian sollte ein guter Ministeriale werden. Täglich mühte er sich Stunden damit, den Jungen darauf vorzubereiten, einst bei einem mächtigen Fürsten als Ratgeber zu leben, und brachte ihm bei, den Großen dieser Welt zurückhaltend und mit Würde zu begegnen.
Irgendein Leibeigener sollte für Otto den Jagdhund spielen, dachte Anselm mürrisch und strich sich eine lästige Strähne aus der Stirn. Brian war der Sohn eines freien Mannes! Vielleicht wollte Otto seinen Ratgeber daran erinnern, dass er selbst einst ein unfreier Ministeriale gewesen war, dem der König die Freiheit und ein Lehen geschenkt hatte. Sicher bezweckte der König mit dieser Demütigung etwas. Wenn Anselm doch nur wüsste, was es war! Er seufzte und bog einen Ast zurück, der quer über den Pfad hing und ihm den Weg versperrte. Otto war einfach hinübergesprungen, trockenes Laub war aufgewirbelt und ein paar welke Blätter hatten sich dabei in seinem Mantelsaum verfangen. Anselm konnte seinen Blick nicht davon lösen. Es kam ihm so vor, als würden er und Brian genauso am Mantelzipfel des Königs hängen, kleine zappelnde Menschenwesen, die ihrem Herrn ausgeliefert waren und dorthin gehen mussten, wohin er ging. Anselm war so versunken in seine Vorstellung, dass er fast nicht mitbekam, wie der König langsamer wurde und lauschte. Im letzten Moment kam Anselm hinter Ottos breitem Rücken zum Stehen. Otto sagte leise: »Unser Vorsteherhund hat etwas auf der Lichtung gewittert. Wir werden hier warten.«
»Ja, Herr«, murmelte Anselm und erwartete, jeden Moment eine Schar Hasen an sich vorbeiflitzen zu sehen. Doch nichts geschah. Otto zupfte einen Grashalm aus und begann, darauf herumzukauen. Leicht gelangweilt sagte er: »Wie steht es nun mit Eurer Treue? Was ratet Ihr mir? Ich spiele mit dem Gedanken, die Urkunden aus Neuß und aus Speyer zu zerreißen.«
Anselm blickte erschrocken auf: »Das könnt Ihr nicht tun, hoher Herr. Ihr habt feierlich unterzeichnet, das Königreich Sizilien und die Mathildischen Güter unter der Obhut der Kirche zu belassen und nicht anzutasten. Viel zu lange gab es Streit um das Erbe der Markgräfin Mathilde von Tuzien und die oberitalienischen Marken. Nun solltet Ihr die Mark Ancona und Umbrien-Spoleto endlich der Kirche

überlassen. In Eurem Großmut habt Ihr auf die Spolien und Realien verzichtet und den Bischöfen die Appellation nach Rom und ihre freie kanonische Wahl zugestanden. Der Frieden ist in Gefahr, wenn Ihr die Urkunden missachtet. Das verhüte Gott!«

»Was regt Ihr Euch auf? Es ist nur Pergament, dummes Geschreibsel ohne Wert. Ich hatte angenommen, dass Ihr über meinen Sinneswandel erfreut wäret. Wäre es nicht ganz im Sinne des Grafen Diepold von Acerra und Männern seines Schlages? Es würde ihnen sicher gefallen, wenn ich Innozenz und seinem sizilianischen Ziehsöhnchen Friedrich die Stirn biete. Sie würden mich tatkräftig unterstützen. Marschiert nach Sizilien und macht es zu Eurem Reich. So lautet doch die eigentliche Botschaft vom Grafen Diepold, die Ihr mir bringen sollt, nicht wahr? Warum zögert Ihr?«

»Weil ich Männern seines Schlages nicht traue. Ihr, hoher Herr, solltet es auch nicht tun. Sie werden sonst wie machthungrige Raubritter über das Reich herfallen. Die ganze Christenheit werden sie unter sich aufteilen. Sie kennen weder Ehre noch Gesetz.«

Otto wickelte nachdenklich einen Grashalm um seinen Finger. Die Fingerkuppe färbte sich langsam rot und der König stand auf und tippte damit anklagend auf Anselm Brust: »Ehre und Gesetz! Das sieht Euch wieder ähnlich. Könnt Ihr auch einmal an etwas anderes denken?«

Otto zog mit den Zähnen den Grashalm von seinem Finger und spuckte ihn aus. Mit noch immer gebleckten Zähnen beugte er sich zu Anselm herüber und zischte: »Was spielt Ihr für ein Spiel, Anselm? Soll ich Euch wirklich glauben, dass Ihr vom Grafen von Acerra kommt und mich nicht für seine Sache gewinnen wollt? Ich frage Euch noch einmal, auf wessen Seite steht Ihr?«

»Ich bin Euch ergeben. Das war ich schon immer, nie hat sich daran etwas geändert«, beteuerte Anselm und schlug die Augen nieder. Otto trat zurück und fragte skeptisch: »Auch dann, wenn ich dem Papst in Viterbo erkläre, dass er die Urkunden im Kasten lassen soll? Wenn ich meine Zugeständnisse noch einmal überdenken werde? Wenn es zu einem Machtkampf zwischen mir und Seiner Heiligkeit kommen sollte?«

Anselm holte scharf Luft. Einen Machtkampf zwischen Kaiser und Kirche, das war genau das, was er am meisten fürchtete. Rechtlosigkeit und Verwirrung würden herrschen und der Friede der gesamten Christenheit wäre in Gefahr. Er blickte in Ottos erwartungsvolles Gesicht. Ottos breites Kinn zitterte und zwischen den Augen hatte sich eine schmale Furche gebildet. Anselm wollte unbedingt einen Machtkampf zwischen Otto und Innozenz verhindern. Es gab nur einen Weg, das zu tun. Er musste das Vertrauen des Königs gewinnen. Mit einem Atemzug stieß er hervor: »Lasst mich in Viterbo in Eurem Namen mit Seiner Heiligkeit verhandeln. Ich werde ihn dazu bringen, Euch zum Kaiser zu krönen, ohne dass Ihr Zugeständnisse machen müsst. Er wird seine Urkunden im Kasten lassen und Ihr werdet trotzdem Kaiser sein!«

Als er es aussprach, wusste er, dass ihm das gelingen könnte. Er war geschickt im Verhandeln und konnte die Dinge so hindrehen, dass sie überzeugend und rechtmäßig klangen. Wenn Otto mit seiner Hilfe Kaiser geworden war, dann würde Anselm wieder Einfluss haben. Er würde ihn nutzen, um ein völliges Zerwürfnis zwischen Papst und Kaiser zu verhindern. Jeder würde dem anderen entgegenkommen müssen und am Ende würden sich beide als Sieger fühlen. Plötzlich änderte sich Ottos Gesichtsausdruck. Er starrte durch die herabhängenden Äste zu einer von Sonnenlicht durchfluteten Waldlichtung hinüber und wisperte: »Es raschelt im Unterholz, ein größeres Tier, still!«

Wie einen Vorhang schob er die Weidenzweige zurück und eine mit Moosen und Gräsern dicht bewachsene Wiese kam zum Vorschein. Anselm konnte zuerst nichts erkennen, so geblendet war er von der ungewohnten Helligkeit. Otto winkte ihn zu sich. Als Anselm neben ihm stand und mit unruhigem Blick den scheinbar verlassen daliegenden Flecken absuchte, wies Otto auf einen vom Blitz gefällten Baum, von dessen Stumpf grüne Zweige emporschossen. Sie warfen ihre langen Schatten auf Brians kauernde Gestalt. Otto flüsterte mit rauer Stimme: »Unser Hund hat etwas aufgebracht. Einen Bogen, rasch.«

Anselm ließ den Bogen von seiner Schulter gleiten und tastete nach dem Köcher. Mit vor Erregung fliegenden Fingern zog er einen Pfeil heraus und reichte beides dem König. Dabei ließ er seinen Sohn nicht aus den Augen. Irgendetwas stimmte nicht. Brian würde nicht auf diese Weise zum gegenüberliegenden Gehölz hinüberblicken, wenn er eine Schar Auerhähne oder Wachteln aufgescheucht hätte. Der Junge hatte die Schultern hochgezogen und eine Hand abwartend auf das Knie gestützt. In der anderen Hand hielt er den goldenen Speer. Die Kordeln schwankten, als würde sein Arm zittern. Seine gespannte Erwartung schien sich auf die Luft um ihn herum zu übertragen. Alles um ihn herum vibrierte und Lichter tanzten auf seinem roten Haar, das nur von einem Lederband aus der Stirn gehalten wurde. Das lange Band hing ihm den Rücken herab und schien mit den Gräsern zu verschmelzen.

Otto stellte einen Fuß vor, spannte den Bogen und zielte mit der Pfeilspitze in die Richtung, in der er das Wild vermutete. Nun konnte Anselm es auch hören.

Eine furchtbare Ahnung schnürte ihm die Kehle zu. Zweige knackten und ein braun geflecktes, borstiges Etwas brach mit geballter Wut aus dem Unterholz. Anselm nahm zuerst nur den mächtigen keilförmigen Rücken und die langen weißen Hauer wahr. Dann zog ihm der strenge Geruch in die Nase und er vernahm lautes unbändiges Schnarchen. Der wütende Eber wirkte wie ein unbesiegbares Fabelwesen aus der Unterwelt. Brian ließ entsetzt den Speer fallen und setzte sich rückwärts ins Gras. Mit weit geöffnetem Mund stützte er die Ellenbogen auf und hob das Kinn, um den Eber nicht aus den Augen zu lassen. Das Tier warf den Kopf herum. Seine kleinen runden Augen glänzten fiebrig und rostig rote Flecken schimmerten unter den kräftigen Läufen, die das Gras niederstampften. Während sich die Hufe ins Erdreich bohrten, stieß das Tier wütende Schnaufer aus und zeigte dabei seine scharf gebogenen Hauer. Nun war der Augenblick gekommen, einzugreifen.

Anselm versuchte sich damit zu beruhigen, dass das große Tier ein leichtes Ziel wäre. Besonders für einen erfahrenen Bogenschützen. Sein Bauch war ungeschützt, seine Aufmerksamkeit auf Brian gerichtet. Verfehlte Ottos Pfeil allerdings und ging ins hohe Gras, würde sich die ganze Wut des Keilers auf Brian richten. Der Junge schien leise mit dem Tier zu sprechen. Bei jedem Wort zuckten die borstigen Hinterläufe vor Erregung. Der Keiler würde sich nicht mehr lange durch Brians Blick und seine sanften Worte bändigen lassen.

Anselm warf dem König einen fragenden Blick zu. Warum zögerte er? Otto hatte den Fuß zurückgenommen, den Bogen gesenkt und seine Pfeilspitze war auf den Boden gerichtet. Als er Anselms fragenden Blick bemerkte, wisperte er: »Es ist herrlich. Ein Kräftemessen ganz nach meinem Geschmack. Der Jäger und das wilde Element stehen sich Aug in Aug gegenüber. Das ist das Wesen der Jagd. Was kann faszinierender sein? Gönnt mir das Vergnügen.«
Anselm verlor die Fassung und vergaß, wen er da vor sich hatte. Otto war in diesem Augenblick nicht mehr sein gnädiger König, sondern nur noch ein Mann, der sich weigerte, seinem Jungen zu helfen. Aufgebracht zischte er: »Diese Hauer werden Brian in der Luft zerreißen! Tut endlich etwas oder überlasst mir den Bogen.«
Anselm versuchte, ihm den Bogen abzunehmen. Otto wich zurück. Mit einem herausfordernden Lächeln warf er den Bogen ins Gestrüpp und flüsterte drohend: »Wagt es ja nicht. Gott hat Abraham befohlen, seinen Sohn Isaak zu opfern. So musste Abraham seine Liebe beweisen. Nun ist es an Euch. Seid Ihr bereit, Euren Sohn zu opfern? Oder liebt Ihr ihn mehr als mich?«
Anselm hörte den Keiler schnaufen und blickte wild um sich. Es musste doch irgendeinen scharfen Stein oder ein Art Keule geben, etwas, womit er Brian zu Hilfe kommen konnte! Er bückte sich, um die Zweige zurückzubiegen, und über ihm brüllte Otto: »Nun an!«
Anselm konnte nicht denken, er warf einen verzweifelten Blick über seine Schulter und tastete hektisch am Waldboden herum. Er dachte an den greisen Abraham, der seinen Sohn zum Opferstein trug. Sein Gott war gnädig gewesen. Abrahams Gott hatte Isaak leben lassen. Bist du auch gnädig, Otto von Braunschweig, König der Deutschen, wollte er schreien, doch er brachte keinen Ton heraus. Auf einmal war ein Surren zu hören, das die Luft zu durchschneiden schien. Fast gleichzeitig blickten sie sich um. Es gab einen kurzen dumpfen Knall, als der Eber umgeworfen wurde. Ein mächtiger Holzspeer steckte zitternd in seinem borstigen Unterleib und die gefleckten Läufe ragten anklagend ins Nichts. Anselm war sich sicher, dass der Allmächtige seinen göttlichen Speer vom Himmel geschickt hatte, dankbar und erleichtert schloss er die Augen, da ließ ihn ein Schrei herumfahren.

Mechthild hatte nur Augen für Brian. Sie hatte kaum gemerkt, dass ihr ein Schrei über die Lippen gekommen war. Die ganze Zeit hatte sie den Mann mit dem Speer nicht aus den Augen gelassen. Er hatte nur wenige Schritte entfernt von ihr im Gras gehockt. Mechthild hatte aus seinem Gewand und den Federn an der Kappe geschlossen, dass er Ottos Jagdmeister sein musste. Sie war schon eine ganze Weile hinter ihm gewesen und war den Schlenkern und Bögen gefolgt, mit denen er sich durch den Wald geschlichen hatte. Als er sich schließlich auf die Lauer gelegt hatte, war sie ganz dicht hinter ihm gewesen. Sie hatte beobachtet, wie er einen Eber aus seinem Versteck gescheucht hatte. Mit wenigen Schlägen gegen einen Baumstamm hatte der scheinbar erfahrende Mann das Tier auf die Lichtung getrieben. Mechthild hatte angenommen, dass er von Otto den Befehl erhalten hatte. Es war bei einer Jagd nicht ungewöhnlich, dass dem König Wild zugetrieben wurde. Manchmal wurde ein ganzes Dorf dazu herbeigerufen, das Wild mit Stöcken aufzuscheuchen. So hatte Mechthild nichts weiter getan, als aus ihrem Gebüsch heraus die Lichtung zu beobachten.

Sie hatte darauf gewartet, dass Ottos Pfeil geflogen kam, den ihm sicher ein diensteifriger Anselm reichen würde. Doch nichts dergleichen war geschehen. Stattdessen hatte sie den wütenden Keiler seine Hufe in den Erdboden schlagen hören. Plötzlich war ein lauter Ruf über die Lichtung geschallt und sie wäre vor Schreck fast in das Strauchwerk gestürzt. Erst als der Mann mit der Federkappe seinen Wurfspeer aufgenommen und den Arm gehoben hatte, hatte sie Brian bemerkt. Bei seinem Anblick war ihr gewesen, als ob sie einen Faustschlag in den Magen bekommen würde. Sie hatte sich gekrümmt und nach Luft gerungen. Alles um sie herum fing an, sich zu drehen. Die hölzerne Spitze raste durch die Luft und fuhr im hohen Bogen über die sonnendurchflutete Lichtung. Welches Ziel würde sie sich suchen? Mechthild hatte wie gebannt nach oben geblickt. Welchen Befehl hatte der Jagdmeister vor seinem Aufbruch von Otto bekommen? Töte den Knaben? In diesem Augenblick schien alles möglich zu sein. Alle Geräusche des Waldes verstummten und die Zeit blieb stehen. Erst als der Speer sich in den Bauch des Tieres bohrte, war Mechthild wieder in der Lage, klar zu denken. Sie stürzte aus ihrem Versteck hervor und rannte am Jagdmeister vorbei auf die Lichtung. Da war der Schrei ganz von selbst gekommen. Ihre Erleichterung brach aus ihr heraus: Brian war nichts geschehen. Brian lebte, er war unversehrt, hämmerte es in ihrem Kopf. Sie wollte niederknien und Brian an sich drücken, da hielt sie jemand mit festem Griff am Ärmel zurück. Mechthild kam ins Straucheln und blickte sich um. Der Jagdmeister hatte sie eingeholt und zerrte sie zum wartenden König hinüber. Anselm stand etwas abseits. Er war unnatürlich gelb im Gesicht und sah aus, als könne er sich kaum auf den Beinen halten. Ehe sich Mechthild darüber wundern konnte, hatte der Mann mit der Federkappe sie vor Ottos hoch aufgerichtete Gestalt geschoben und war selbst in die Knie gesunken, dabei flüsterte er: »Verzeiht, großer König, ich wollte den Speer früher werfen. Doch dieses Weib hat im Gebüsch so laut geraschelt und geschnauft. Ich konnte kaum zielen!«

Mechthild wollte sich verteidigen und einwerfen, dass es der Eber gewesen war, der unablässig geraschelt und geschnauft hatte, doch Anselms Gesichtsausdruck hinderte sie daran. Ihr Mann blickte beunruhigt zu Brian hinüber, der sich vornübergebeugt hatte und zu würgen schien. Mechthild achtete nicht weiter auf den Jagdmeister. Es war ihr egal, dass sie einem von Gott gesalbten König den Rücken zuwandte und sich ohne seine Erlaubnis entfernte. Ihrem Sohn ging es nicht gut und das war wichtiger als jede Ehrbezeugung. Sie ging mit raschen Schritten zu Brian und beugte sich zu ihm hinunter: »Brian, ist alles in Ordnung?«

Gar nichts war in Ordnung. Brian hustete gequält, Tränen quollen ihm aus den Augenwinkeln und er schniefte: »Er war so ein schönes Tier. Er war der König des Waldes. Und nun ist er tot!«

Mechthild ließ sich erschöpft auf die Fersen sinken. Das sah Brian ähnlich. Fast wäre er selbst von den scharfen Hauern zerrissen worden und nun weinte er um das wilde Tier. Während sie Brian die Tränen aus dem Gesicht wischte und überlegte, wie sie ihn trösten könnte, hörte sie den König in ihrem Rücken sagen: »Erhebe dich, Gunnar. Sorge dich nicht. Ich hatte dir befohlen, den Keiler zu töten, bevor er dem Jungen gefährlich werden konnte, und das hast du getan.«

Anselm rief entgeistert: »Ihr habt Eurem Jagdmeister befohlen, den Keiler zu Brian auf die Lichtung zu treiben? Gunnar hat die ganze Zeit mit dem Speer auf Euer Zeichen gewartet?«
»Er sollte eingreifen, sobald er meinen Zuruf hört. Seht mich nicht so an, Anselm. Denkt Ihr, ich bin ein Unmensch?«
Ja, wollte Mechthild ausrufen. Doch Brian hielt sie zurück, indem er seine kleine kalte Hand auf die ihre legte und flüsterte: »Ich hätte den Eber schon davon überzeugt, dass ich ihm nichts zu Leide tue. Nur einen Atemzug länger und er wäre mein Freund geworden.«
Mechthild lächelte, doch es war ein unsicheres und zögerliches Lächeln. Brian schien es zu genügen, denn er stand auf und ging langsam, fast ehrfürchtig zu dem Kadaver hinüber. Der Jagdmeister hatte sich über das Tier gebeugt und untersuchte die Stelle, an der sein Speer in das borstige Fell gedrungen war. Plötzlich blickte er auf und rief zu Otto hinüber: »Hoher Herr, verzeiht, am östlichen Waldrand begegnete ich einem Gesandten des Papstes. Ich konnte sein Latein nicht verstehen, doch schien es mir, als ob Seine Heiligkeit Euch dringend in Viterbo erwartet.«
Otto hatte den Arm gehoben und war dabei, sich durch die Zweige hindurchzubücken, um auf den Pfad zurückzugelangen. Er hielt in der Bewegung inne, sah sich um und rief: »Habt Ihr es gehört, mein treuer Anselm? Seine Heiligkeit erwartet uns in Viterbo.«
»Ich komme, Herr.«
Mechthild beobachtete, wie Anselm zu den herabhängenden Zweigen wankte, als befände er sich in einem unwirklichen Traum. Otto blickte ihm zufrieden grinsend entgegen und streckte die Hand aus, um ihn kurz an sich zu drücken. Mechthild überfiel beim Anblick dieser besitzergreifenden Geste eine große Traurigkeit. Anselms Antwort hatte unglücklich und ergeben geklungen. Als wüsste er, dass er in sein Unglück laufen würde und keine andere Wahl hatte. Anselm hatte Ottos Vertrauen gewonnen, der Preis schien ihr allerdings viel zu hoch. Sie erinnerte sich an das verrostete Messer und das leere Tintenfass in ihrer Gürteltasche. Doch sie war zu spät gekommen, Otto hatte Anselm längst in seine Pläne eingespannt.

Stephan blieb länger als eine Woche in Catania. Als die Woche vergangen war, begann Agnes nach ihm Ausschau zu halten. An der Stelle, wo sie ihn zum letzten Mal gesehen hatte, hockte sie sich mit übereinander geschlagenen Armen in den schwarzen Staub und wartete. Immer ungeduldiger suchten ihre Augen den sich schlängelnden Pfad nach ihm ab. Manchmal stellte sie sich sogar auf die Zehenspitzen und reckte den Hals. Wenn die Dämmerung hereinbrach, blieb sie immer noch dort und wartete. Der kühle Wind strich ihr um die Beine und die Grillen lärmten, als würden sie einen höhnischen Gesang anstimmen. Bei ihrer Rückkehr saßen die Tauben auf dem Dach und riefen: »Wart du nur, wart du nur.« Agnes schwor sich jedes Mal, dass sie die Tauben am Morgen fangen und ihrem Falken als Atzung anbieten wollte, doch am nächsten Morgen hatte sie es wieder vergessen.

Nachdem ihr Bruder zehn Tage fort war, erwachte sie mit dem sicheren Gefühl, dass er heute zurückkehren würde. Sie hatte wieder von der Pfalzkapelle zu Ulm geträumt, doch diesmal hatte das Altarkreuz in Flammen gestanden. Bald kommt die Zeit, hatte eine ihr vertraute Stimme gerufen und dann war sie erwacht. Obwohl der Traum eine Warnung zu sein schien, sprang sie mit einem erwartungsvollen Gefühl aus dem Bett. Das Gefühl, dass heute etwas Wichtiges geschehen würde, begleitete sie den ganzen Morgen. Es war da, als sie zum Falkenhäuschen lief und die Vögel versorgte. Es blieb, als sie auf der Wiese stand und das Federspiel für ihren Falken warf. Es hielt an, als sie zurückkehrte und sie mit dem Finger über die Stelle fuhr, an der sie die Pilgermuschel befestigen wollte. Als die Sonne ihren Höchststand erreichte und Agnes bei geschlossenen Läden in der Halle saß, stellte sie sich vor, wie Stephan seiner Stute die Sporen gab und sich unaufhaltsam näherte. Agnes schlang die dampfende Brühe hinunter, die Giulietta vor sie hingestellt hatte. Die heiße Flüssigkeit breitete sich warm in ihrem Magen aus und mit jedem Löffel flößte sie sich Mut ein. Wie die Suppe sie stärkte, so hatte das innige Gebet der vergangenen Nächte sie für das Kommende gestärkt. Sie hatte jede Nacht im Untergewand auf dem Bauch auf den kalten Fliesen der Kapelle gelegen. Vor Müdigkeit war sie am Morgen kaum in der Lage gewesen, ihre Pflichten zu erfüllen, hatte vergessen, das Badebecken von Stephans Habicht zu säubern, und hatte es versäumt, ihren Gürtel zu flicken. Die heilige Verena begann sich bereits abzulösen. Agnes legte den Löffel zur Seite und ertastete die Stelle, an der die Seidenfäden lose herabhingen. Sie sprang auf, um das Nähzeug ihrer Mutter zu suchen.

Um mehr Licht zu haben, öffnete sie einen Fensterladen und ließ ihren Blick durch die Halle schweifen. Da, dort, unter dem umgestürzten Stickrahmen war der zerbeulte Weidenkorb ihrer Mutter. Er enthielt alles, was eine umsichtige Hausfrau benötigte. Sie stellte ihn auf den Tisch, schob den leeren Suppenteller zur Seite und legte die bunten Seidengarne, das Ledertuch mit den Nadeln und die elegant geschwungene Schere bereit. Voller Tatendrang zog sie die Bank zum Licht und löste ihren Gürtel von den Hüften. Während die Nadel in den Stoff fuhr und die heilige Verena ein neues Gesicht bekam, schien es Agnes, als würde ihre Mutter neben ihr sitzen. Genau wie früher erzählte sie von den Vulkanhexen, welche die Staubelfen jagten, die nachts um den Krater flogen und ihn daran hinderten, seine Asche zu spucken. Nachdem die heilige Verena wieder lächelte, blieb noch Faden übrig. Agnes überlegte, ob sie auf den kleinen Leinenbeutel, der von ihrem Gürtel herabhing, eine kleine Eidechse sticken sollte. Doch als sie den dunklen Faden durch das Gewebe führte, zitterten plötzlich ihre Hände. Stephan würde gleich hier sein. Sie spürte es mit jeder Faser ihres Körpers. Unruhig rutschte sie auf der Bank umher. Ohne das Nähzeug wieder in den Korb zu räumen, verließ sie die Halle und rief nach Giulietta.

Agnes wollte ihr schönstes Kleid tragen, wenn Stephan eintraf. Sie wusste, dass heute ein besonderer Tag war, und er sollte es sehen. Nachdem Giulietta ihr die langen schwarzen Strähnen gekämmt hatte, bis sie glänzten, trugen sie gemeinsam einen gepolsterten Hocker in den Innenhof. Agnes ließ sich so hoheitsvoll wie eine Königin darauf nieder. Giulietta stellte sich hinter ihr auf.

Aufrecht saß Agnes da und wartete.

Als er in den Hof kam, glaubte sie für einen Augenblick, ihr Vater würde auf sie zukommen. Stephan hatte genau seinen Gang und er

schlenkerte mit den Armen, wie ihr Vater es immer getan hatte, wenn er gute Laune hatte. Dabei kam Stephan als Allerletztes zu ihr. Sie wusste, dass er zuerst sein Pferd versorgt und nach seinem Habicht gesehen hatte. Agnes hatte die ganze Zeit gespürt, dass er ganz nah war, und unruhig um sich geblickt. Schließlich hatte sie die Augen geschlossen und sich vorgestellt, wie er dem Stalljungen befahl, sein schwitzendes Pferd abzureiben und im Falknerhäuschen bemerkte, dass sein Habicht eine Schwungfeder verloren hatte. Als sie die Augen wieder aufschlug, schien es im ersten Moment gar nicht Stephan zu sein, der ihr entgegenkam. Etwas Fremdes, Erwachsenes und ungewohnt Selbstzufriedenes umgab ihn. Er wird immer mehr wie Vater, dachte Agnes und blickte ihm unsicher entgegen. Guido von Borras war dafür berüchtigt gewesen, dass sich Lachsalven und Wutanfälle abwechselten, besonders, wenn er dem Wein zu sehr zugesprochen hatte. Würde Stephan auch so launisch werden? Die vergangenen Monate sprachen dafür. Heute schien er allerdings einen guten Tag zu haben, sein Gesicht war entspannt und sein leicht federnder Gang passte zu der angedeuteten Verbeugung, mit der er sie begrüßte.
»Schwesterchen, was tust du hier? Du wirst dir dein hübsches Näschen verbrennen. Und das, wo ich in Catania einen Mann für dich gefunden habe.«
»Was?«
Agnes sprang auf. Der gepolsterte Hocker fiel um und Giulietta bückte sich danach. Stephan blinzelte der hübschen Magd anzüglich zu. Agnes achtet nicht darauf. Die Gedanken überschlugen sich, ihr Herzschlag dröhnte in den Ohren und Schweiß trat auf ihre Stirn, obwohl sie selten schwitzte. Ihr Gefühl hatte sie also nicht getäuscht. Ihre Ahnungen waren richtig gewesen. Heute würde etwas Wichtiges geschehen. Ihr Leben würde sich für immer verändern. Allerdings hatte sie nicht mit einer Hochzeit gerechnet. Eine Hochzeit würde bedeuten, dass sie ihren ruhigen Landsitz für immer verlassen musste. Die Vorstellung bereitete ihr Unbehagen.
Plötzlich war Stephan mit wenigen Schritten bei ihr und umarmte sie herzlich, dabei rief er: »Sei unbesorgt. Es war nur ein Scherz.«
Sie wand sich verärgert aus seinen Armen und schob ihn weg: »Mir ist gar nicht zum Scherzen zu Mute. Du hast mir oft genug erklärt, dass

sich kein Mann von sizilianischem Adel finden wird, der mich heiratet. Wer nimmt schon die Tochter eines Mannes, der beim König in Ungnade gefallen ist?«

Stephan war deshalb immer sehr erbost gewesen, hatte die in Frage kommenden Sprösslinge der großen Adelshäuser verflucht und sie speichelleckerische Vasallen ohne Rückgrat genannt. Die schnöde Abfuhr, die er mehr als einmal von ehemals guten Bekannten erhalten hatte, hatte seinen Hass auf König Friedrich immer wieder neu angefacht. Seit Vaters Tod war es ihm unmöglich geworden, in den Palästen von Catania vorgelassen zu werden. Nachdem der adlige Nachwuchs ihn nicht mehr zu den Besäufnissen einlud und er bei ihren Gelagen nicht mehr erwünscht war, waren seine Ausflüge in die Stadt seltener geworden. Doch diesmal schien er mit seinem Aufenthalt in der Stadt sehr zufrieden zu sein. Irgendeine Wendung musste eingetreten sein. Dafür sprach auch die Art, wie er den Kopf zurückwarf. Fast frohlockend rief er: »Gräm dich nicht weiter. Komm aus der Sonne, ich hab dir etwas mitzuteilen, Schwesterherz.«

Sie ließ sich widerstandslos von ihm in die Halle führen, wo er sogleich begann, die Fensterläden aufzustoßen. Die tief stehende Nachmittagssonne tauchte die Halle in ein warmes gelbes Licht. Es schmeichelte der Unordnung und ließ den Raum heimelig und vertraut wirken. Der Stickrahmen lag quer über den schwarzen und weißen Fliesen. An den Rändern des aufgespannten Nesseltuchs hatten sich feine Linien aus Staub gebildet. Auf dem langen Tisch vor den Fenstern stand die vergessene Suppenschüssel, der Nähkorb war auf den Boden gerollt. Stephan trat zum Tisch und betrachtete das Nähzeug.

Agnes stand hinter ihm und stellte sich vor, wie er unwillig die Stirn runzelte. An seinen schlechten Tagen, an denen er schnell die Fassung verlor und die kleinsten Vorfälle ihn reizten, hätte er die bunten Garne, Nadeln und Zierknöpfe vom Tisch gefegt. Doch es war einer seiner guten Tage und so nahm er nur die elegante Schere in die Hand und drehte sie prüfend. Es sah aus, als würde er die Blumenranken betrachten, die den Griff zierten.

Seine kleine Schwester beobachtete ihn schweigend. Sie wagte nicht, ihn zu drängen. Ungeduldig wartete sie, was er ihr mitzuteilen hatte.

Als er sich endlich umwandte, blickte er an ihr vorbei. Mit einem Kopfnicken forderte er Giulietta auf, die Suppenschüssel fortzuräumen. Die Magd beeilte sich, seiner Aufforderung zu folgen. Beim Vorübergehen streifte sie ihn wie zufällig. Stephan streckte die Hand aus, doch ließ er sie wieder sinken und blickte ihr nach. Als sie fort war, zog Stephan die Bank zu sich heran. Breitbeinig setzte er sich darauf und winkte Agnes zu sich. Während Agnes noch zögerte, schob er das Nähzeug zur Seite und löste etwas von seinem Gürtel. Als sie neben ihm stand, bemerkte sie verwundert, dass es sein Geldbeutel war.

Er schien prall gefüllt zu sein.

Schwungvoll leerte Stephan den Inhalt des Lederbeutels über der Tischplatte. Münzen sprangen heraus und einige fielen klirrend zu Boden. Als der Beutel geleert war, türmte sich auf der Tischplatte ein glänzender Haufen schimmernder Geldstücke. Agnes wich erschrocken zurück. Woher hatte er so viel Geld? Große Silbermünzen und hin und wieder eine Goldmünze lagen aufeinander geschichtet. Niemals zuvor hatte sie so viele auf einmal gesehen. Sie hätte eine Erklärung verlangen müssen, Stephans Blick forderte eine heraus, doch sie brachte kein Wort hervor.

Genüsslich grub Stephan seine Finger in die Münzen und flüsterte: »Das schickt uns der König. Wir müssen ihm dafür nur unser Tal zur Falkenjagd überlassen.«

»König Friedrich?«, entfuhr es Agnes und sie ahnte, dass sie dabei ein dümmliches Gesicht zog. Schnell bemühte sie sich, ein verständigeres Gesicht zu machen, und fragte etwas ruhiger: »Wie kann der König bei uns jagen wollen? Hält er sich nicht in Palermo auf?«

»Nicht mehr. Friedrich ist vor einer Seuche nach Catania geflohen. Ihm steht der Sinn nach einer Falkenjagd. Deshalb hat mich sein Oberfalkner zu sich bestellt. Der Mann ist Araber und sein Italienisch ist seltsam. Trotzdem war sein Auftrag unmissverständlich. Wir sollen alles für eine Falkenjagd vorbereiten. In wenigen Tagen wird uns der König beehren.«

Aus der Art und Weise, wie Stephan das letzte Wort ausgesprochen hatte, versuchte sie zu ergründen, was das zu bedeuten hatte. Warum wirkte Stephan plötzlich so erfreut, dem König zu Diensten zu sein?

Hoffte er auf eine Versöhnung? Hatte er seinen Racheplänen abgeschworen und galt es nun, die Gunst des Königs zurückzuerlangen? Vielleicht hatte Stephan eingesehen, dass es der einzige Weg war, um wieder von seinen alten Freunden anerkannt zu werden. Eine Versöhnung mit König Friedrich, Agnes hatte es nicht zu hoffen gewagt. Ihr Gefühl beim Aufwachen hatte sie also nicht getäuscht. Sie war sich ganz sicher, dass ihre nächtlichen Gebete diese Wendung bewirkt hatten. Freudig rief sie aus: »Dann hast du dem Grafen Diepold in Catania eine Abfuhr erteilt und meine Pilgermuschel zurückverlangt?«
Stephan antwortete nicht. Er ließ Münzen durch seine Finger rinnen und starrte wie gebannt auf den glänzenden Haufen. Nach einer Weile flüsterte er: »Was schwatzt du von deiner Pilgermuschel? Diese Münzen sind viel mehr wert. Sie sind für unsere Mühen gedacht. Wir sollen dafür unsere Hunde und unseren Falknerjungen zur Verfügung stellen.«
»Wir haben keinen Falknerjungen mehr. Er ist im Frühjahr davongelaufen. Nach Vaters Tod ist er verschwunden und hat seine Sachen zurückgelassen, erinnerst du dich nicht mehr daran?«
»Ich werde einen neuen Falknerjungen besorgen. Es wurde sowieso Zeit, dass sich jemand um die Greifvögel kümmert. Jemand, der etwas davon versteht.«
»Ich kümmere mich um unsere Greifvögel ...«
Zornig fiel er ihr ins Wort: »Und deshalb bist du nachlässig in allen anderen Dingen. Sieh dir diese Unordnung an! Seit Mutter krank ist, geht hier alles durcheinander. Statt so viel Zeit mit den Vögeln zu verbringen, solltest du endlich lernen, eine gute Hausfrau zu sein. Kümmere dich um Mutter, übernimm ihre Pflichten im Haus, bis es ihr wieder besser geht. Morgen früh sehe ich mich nach einem neuen Jungen um.«
Das konnte er doch nicht ernst meinen, dachte sie fassungslos und rief: »Aber die Vögel sind an mich gewöhnt. Sie werden keinem anderen folgen.«
Stephan schlug so kräftig mit der flachen Hand auf den Tisch, dass die Münzen klirrten. Agnes zog unwillkürlich die Schultern hoch, als er brüllte: »Soll ich deinem zukünftigen Mann erklären, dass die Vögel seiner Gemahlin besser folgen als das Gesinde? Du bleibst

künftig im Haus und verbringst deine Zeit mit Arbeit, die sich für eine Frau geziemt. Keine morgendlichen Ausflüge zum Falkenhäuschen, keine stundenlangen Übungen mit dem Federspiel auf der Wiese und kein Barfußlaufen mehr. Damit ist jetzt Schluss. Ich besorge uns einen Jungen, der ab jetzt die Vögel versorgt. Das ist mein letztes Wort!«

Er war aufgesprungen. Mit gespreizten Fingern stützte er sich auf der Tischplatte ab und funkelte Agnes an. Da war er wieder, der Nachfolger des unbeherrschten Guido von Borras, dachte Agnes enttäuscht. Ihr Vater hätte allerdings verstanden, dass Greifvögel eigen waren und nicht jeden als Herrn akzeptierten. Falken und Habichte waren stolze Vögel, ein unerfahrener Junge würde Agnes' ganze Arbeit mit ihnen zunichte machen. Die Vögel würden bei der ersten Gelegenheit von einem Wildflug nicht zurückkehren. Sie waren dann für immer verloren, denn wer konnte sagen, wie sie sich ohne die tägliche Atzung zurechtfanden? Agnes stellte sich vor, wie ihr Turmfalke mit der losen Langfessel in einem Gestrüpp hängen blieb und jämmerlich zu Tode kam. Tränen stiegen ihr in die Augen. Ihr Falke Tassilo war ihr einziger Freund, das einzige Wesen, das sie verstand. Seit der Vater tot war und die Mutter vor Kummer den Verstand verloren hatte, gab es niemanden sonst, dem sie sich anvertrauen konnte. Wenn Tassilo fort war, dann war sie ganz allein. Ihr Turmfalke würde davonfliegen und sie nie wieder mit seinen anmutigen Flügen erfreuen. Stephans Habicht würde nie wieder Anteil nehmend den Kopf neigen, wenn sie ihm etwas erzählte. Panik stieg in ihr auf. Es schien ihr, als wäre sie ohne ihre Greifvögel verloren. Ein unendliches Meer von sorgsam geplanten Mahlzeiten, sittsam gestickten Altardecken und fein gewebten Kleidungsstücken breitete sich vor ihr aus. Sie würde nie mehr das feuchte Gras am Morgen unter den Fußsohlen spüren, nie mehr zusehen, wie Tassilo über den Baumwipfeln kreiste, wie er verharrte, erwartungsvoll die Federn rüttelte und sich dann pfeilschnell herabfallen ließ. Agnes wusste, dass sie es nicht ertragen könnte.

Plötzlich kam ihr ein Gedanke. Es gab einen Ausweg. Es würde Stephan nicht gefallen. Herausfordernd blickte sie ihn an, dann streckte sie vorsichtig die Hand aus. Ihre Finger zitterten, als sie über den Tisch tasteten. Schließlich hatten sie ihr Ziel gefunden. Ganz langsam schlossen sie sich um die elegante Nähschere ihrer Mutter. Ohne ihren Bruder aus den Augen zu lassen, führte sie die Klingen auseinander und richtete eine der scharfen Spitzen auf ihren Hals. Stephans Gesichtsausdruck änderte sich. Unglauben und Entsetzen spiegelte sich darin. Er stürzte sich nach vorn und versuchte, ihr Handgelenk zu umklammern.

Agnes wich leichtfüßig zurück, die heilige Verena schien ihr Flügel zu verleihen und die heilige Afra sprach ihr Mut zu. Hatten nicht die Märtyrerinnen noch viel mehr geopfert? Es würde ein Leichtes sein, viel leichter, als einen Greifvogel zu zähmen, so leicht, wie das Federspiel mit dem Wind zu werfen. Agnes beugte den Kopf nach vorn, das lange Haar fiel wie ein glänzender schwarzer Vorhang vor ihr Gesicht. Sie hob ihre Hand und hörte Stephan erschrocken aufkeuchen. Mit einem schnappenden Geräusch arbeitete sich die Schere durch das Haar und lange Strähnen schwebten zu Boden. Sie ringelten sich auf den Fliesen und blieben am Rock hängen. Agnes schloss die Augen und holte tief Luft. Einatmend bog sie die Klingen auseinander und ausatmend führte sie das Metall wieder kraftvoll zusammen, um kurz darauf, die Strähnen an sich herabfallen zu spüren. Mit jedem Zusammenschnappen, fiel ein Stück ihres alten Lebens ab. Mit jedem weiteren Spreizen der Klingen, entfernte sie sich von dem tristen Dasein, das Stephan von ihr verlangte. Als sie beim Hinterkopf angelangt war, bemerkte sie zum ersten Mal ein befreiendes Gefühl von Leichtigkeit. Da, wo vorher schwer und warm das volle Haar gelegen hatte, strich ein kühler Luftzug vorbei. Sie beugte leicht den Kopf und vollendete das gleichmäßige Schnappen, mit dem die Schere in einem Halbrund um ihren Kopf gewandert war. Mit der letzten fallenden Strähne öffnete Agnes die Augen und richtete sich auf. Die Haarspitzen kitzelten ungewohnt am Kinn und sie unterdrückte das Verlangen, sich um den Nacken zu fassen. Bei ihrem Anblick fand Stephan die Sprache wieder: »Beim singenden Falken des heiligen Agilolf! Was hat das zu bedeuten? Willst du mir so die Stirn bieten? Hast du dich darauf vorbereitet, als Novizin in ein Kloster zu gehen? Steht nun eine angehende Nonne vor mir?«

»Friedrichs Falknerjunge steht vor dir.«

»Friedrichs was? Bist du von Sinnen?«

Agnes legte behutsam die Schere auf den Tisch. Ruhig streifte sie sich Haarsträhnen von der Schulter und wandte sich zur Tür: »Ich bin gleich zurück.«
Als sie über den Vorplatz rannte, hörte sie Stephan brüllen: »Das werde ich nicht zulassen.«
Ehe sie die Wiese erreicht hatte, blickte sie sich noch einmal um. Stephan war auf dem gepolsterten Hocker niedergesunken, auf dem sie ihn kurz zuvor erwartet hatte. Er saß vornübergebeugt und hatte die Hände unter dem Kinn gefaltet, als würde er nachdenken. Ja, denk du nur nach, dachte Agnes, und rannte weiter. Er würde schon darauf kommen, dass es der einzige Weg war, um die Greifvögel zu behalten. Er würde schon begreifen, dass er so dem König am besten dienen konnte. Agnes zog sich den Schlüssel vom Gürtel und öffnete die knarrende Tür zum Falkenhäuschen. Hier hatte der Junge sein kurzes Gewand zurückgelassen, seine Beinlinge und die fleckigen Schuhe, mit denen er am Ufer des Flusses entlanggewatet war, um das gebeizte Wild zu suchen. Aus alter Gewohnheit prüfte Agnes zuerst, ob es den Vögeln gut ging. Sie saßen auf hohen Stangen und wirkten erfreut, sie zu sehen. Tassilo spreizte die Flügel und begrüßte sie mit einem kleinen Schrei.
»Kein Jagdausflug, es tut mir Leid. Erst einmal muss ich mich in jemand anderes verwandeln.«
Agnes bückte sich und begann umständlich die Beinlinge überzustreifen. Nach einem kurzen Zögern öffnete sie die Schnüre ihres Kleides und es fiel mit einem leisen Rascheln an ihr herab. Sie wickelte das Brusttuch zur Hälfte ab und band es, so fest es ging, über ihrer Brust. Kritisch sah sie an sich herab. Würde es so gehen? Würden sich sämtliche weibliche Formen unter dem weiten kurzen Gewand des Falknerjungen verbergen lassen? Agnes hörte Stephans spöttische Stimme in ihrem Kopf sagen: »Du bist so klein und schmal, dass man dich für einen Knaben halten könnte. Wann entschließt du dich endlich, erwachsen zu werden?«
Niemals, dachte sie trotzig, und griff nach dem zerschlissenen Gewand. Beim Hineinschlüpfen stieg ihr ein leichter Geruch nach Schweiß und Zwiebel in die Nase. Das Gewand hatte die Farbe eines braunen Hühnereis und die weiten hellen Ärmel waren an den Rän-

dern zerfranst. Mit der Ledertasche über der Schulter würde es gehen und dann durfte sie die weiße Kappe nicht vergessen, die eng am Kopf saß und deren lose Bänder bis auf die Schulter fielen. Prüfend fuhren ihre Finger über das schmale Lederband, das dem Jungen offensichtlich als Gürtel gedient hatte. Nach einigem Zögern befestigte sie den Leinenbeutel mit der Eidechsenspange daran. Wenn sie schon ihren geliebten Heiligengürtel zurücklassen musste, so wollte sie wenigstens die kleine Spange bei sich tragen. Wehmütig faltete sie ihren bestickten Gürtel zusammen, der sie so viele Jahre begleitet hatte, und versteckte ihn zusammen mit ihren Kleidern hinter dem Kasten mit den Falknerhandschuhen. Erst dann griff sie nach der weißen Kappe des Jungen. Die Kappe saß genau richtig, sie war etwas angestaubt und die Tasche für die Atzung konnte gut eine Fettung gebrauchen, denn das Leder wurde bereits spröde. Darum würde sie sich später kümmern. Sie atmete tief durch und drehte sich zu den Vögeln um: »Wie gefalle ich euch?«
Tassilo starrte sie misstrauisch an. Der Habicht ruckte mit dem Kopf und schien sich zu ducken.
»Ihr werdet euch daran gewöhnen müssen. Ab heute bin ich …«, Agnes hielt inne und dachte nach. Welchen Namen sollte sie wählen? Es musste der Name eines berühmten Heiligen sein. Agapitus, Alkin oder Andreas? Plötzlich erinnerte sie sich, dass Stephan den heiligen Agilolf erwähnt hatte. Ein übermütiger Ritter hatte über den bereits verstorbenen Heiligen gelästert, er sei so wenig ein Heiliger, wie sein Falke singen könne. Und natürlich begann da der Falke wunderschön zu singen. Dieser Name schien ihr sehr passend für einen Falknerjungen.
»Agilolf, so wie der Heilige, der den Falken zum Singen brachte.«
Zufrieden mit ihrer Wahl, hängte sie sich die Ledertasche um, klopfte darauf und versprach den Vögeln beim Hinausgehen: »Noch ist sie leer, doch ich werde wiederkommen und dann ist sie mit frischer Atzung gefüllt, das verspreche ich.«
Auf dem Weg zurück, spannten die Beinlinge ungewohnt über den Knien. Wenn die Winter besonders kalt gewesen waren, hatte Agnes schon Beinlinge unter dem Rock getragen. Doch dann hatten bei jedem Schritt die langen Stoffbahnen daran gerieben. Nun war es un-

gewohnt, so frei ausschreiten zu können, ohne die Rockbahnen vor sich herschieben zu müssen. Nur das Gefühl von nackten Fußsohlen im Gras war ihr vertraut. Sie hatte die Schuhe zurückgelassen, denn sie wurden nur zur Jagd getragen. Als sie den Vorhof erreicht hatte, war der gepolsterte Hocker leer und Stephan nirgends zu sehen. Durch die offene Tür konnte sie seine gebeugte Gestalt erkennen. Bevor sie eintrat, bückte sie sich noch einmal. Während sie sich Staub über das Gesicht rieb, schaukelten die weißen Bänder ihrer Kappe angriffslustig. Mit einem schmutzigen Gesicht würde sie noch viel mehr wie ein Junge wirken. Als sie wieder aufrecht stand, ließ sie die Schultern undamenhaft nach vorn hängen und schlenkerte probeweise mit den Armen. Beim Betreten der Halle wippte sie auf den Fußballen und pfiff eine leise Melodie durch die Zähne.

Stephan saß am Tisch und kritzelte auf einem Stück Pergament. Die Münzen waren verschwunden und an ihrer Stelle stand ein Tintenfass. Die Feder zitterte unruhig vor Stephans schmaler Nasenspitze und sein Mund war zusammengekniffen, als kostete jeder Strich große Mühe. Agnes kam verwundert näher. Neugierig reckte sie den Kopf und versuchte zu erkennen, womit er sich so angestrengt abmühte. Stephan konnte nicht schreiben. Er hatte es wie die meisten jungen Ritter vorgezogen, sich in den Kampftechniken zu üben, und das Lesen- und Schreibenlernen seiner Schwester überlassen. Nun schien er sie endlich zu bemerken.

Hastig legte er eine Hand über das Gekritzel und musterte seine Schwester von Kopf bis Fuß. Gleich wird er herumbrüllen, dachte Agnes ängstlich. Gleich wird er das Tintenfass auf den Boden werfen und vor Wut auf den Tisch hauen. Doch Stephan grunzte nur: »Du hast ziemlich lange gebraucht. Ich hatte genug Zeit, um gründlich über alles nachzudenken.«

Er machte eine bedeutungsvolle Pause und währenddessen zupfte sie nervös an den Bändern ihrer Kappe. Endlich nahm er die Hand fort und sie konnte sehen, was er auf das Pergament gekritzelt hatte. Es war die grobe und schlecht getroffene Umrisszeichnung einer Muschel. Agnes ahnte, dass dies nichts Gutes zu bedeuten hatte. Sie deutete auf die Skizze und fragte mit einer Kleinmädchenstimme, die so gar nicht zu ihrem neuen Äußerem zu passen schien: »Was hat das zu bedeuten?«

»Erkennst du sie nicht? Es ist die Jacobsmuschel, auf die ich in Santiago einen heiligen Eid geleistet habe. Unerwartet rückt die Erfüllung des Eides näher. Du musst mir helfen, dieses Schreiben aufzusetzen. Es soll noch heute fort. Er muss unbedingt erfahren, dass sich eine erfreulich einfache Möglichkeit ergeben hat.«

»Eine erfreulich einfache Möglichkeit hat sich ergeben? Wovon sprichst du?«

»Von dir natürlich, du Dummerchen. Du bist die erfreulich einfache Möglichkeit. Warum bin ich nur nicht selbst darauf gekommen? Zumal seine Männer so etwas schon angedeutet haben. Er muss von Anfang an daran gedacht haben. Die Liebe zu den Falken ist unsere Verbindung zum König und meine Schwester dient ihm als Falknerjunge.«

»Aber so war das doch gar nicht gemeint. Du hast mich völlig missverstanden. Ich wollte nur …«

»Bei deiner Erfahrung mit Falken wird es einfach sein, das Vertrauen des Königs zu gewinnen. Vielleicht nicht sofort, doch irgendwann wird es so weit sein. Wir werden Geduld haben und den richtigen Moment abwarten.«

Agnes fühlte, wie ihre Knie in den Beinlingen ganz zittrig wurden. Nun verstand sie. Er sprach davon, dass sie zum Werkzeug seiner Rache werden sollte. Sie selbst hatte ihn mit ihrem Einfall, sich als Junge zu verkleiden, darauf gebracht. Plötzlich wollte sie kein Junge mehr sein. Die fremden Kleider saßen unangenehm eng an ihrem Körper. Am liebsten hätte sie sich das fremde Gewand über den Kopf gezogen. Hastig stieß sie hervor: »Oh, sie werden mich sofort erkennen. Sieh selbst, was für einen lächerlichen Falknerjungen ich darstelle. Niemand wird mir glauben.«

Stephan musterte sie noch einmal und fällte sein Urteil: »Du bist perfekt. Genauso stelle ich mir einen zarten Knaben vor, einen, der zu viel Zeit mit Vögeln verbringt. Du hast diesen verträumten Blick, diesen feinsinnigen Zug um den Mund und die bartlosen Wangen eines zehn- oder elfjährigen Jungen. Zu tollpatschig, um als Page bei Tisch zu bedienen, aber geschickt genug, um einem Falken das Geschüh anzulegen. Sobald der König mit seinem Gefolge unser Tal beehrt, werde ich dich zu ihm bringen.«

Agnes gefiel zwar die Vorstellung, mit dem jungen König über die Falknerei zu plaudern, doch wollte sie nichts mit Stephans Schwur zu tun haben. Womöglich planten die Verschwörer sogar einen Königsmord. Dem Grafen Diepold traute sie alles zu.

»Wenn ihr den König töten wollt, dann zählt nicht auf mich! Ich werde kein Gift mischen und es unauffällig in seinen Wein tun oder etwas Ähnliches.«

»Das wird gar nicht nötig sein. Auf einer Jagd ergeben sich viele Gelegenheiten. Im Jagdeifer entfernt sich einer zu weit von den anderen. Er folgt einem Ruf, stürzt und verletzt sich. Unversehens ist er umzingelt. Vorerst wirst du nichts weiter tun, als ihn beobachten und mir berichten.«

»Das werde ich nicht tun!«

»Du wirst, wenn du erfährst, was andernfalls geschieht.«

Stephan schnippte nervös mit den Fingernägeln und wich ihrem Blick aus, indem er an ihr vorbeistarrte, als würde sich hinter ihr etwas befinden. Seine Mundwinkel zuckten unschlüssig, bevor er hervorstieß: »Sie holen sonst Mutter. Sie haben mir gedroht, wenn ich meinen Schwur breche, werden sie Mutter der Hexerei beschuldigen und ein Gottesurteil an ihr vollstrecken. Willst du das zulassen?«

Bei seinen Worten wurde ihr leicht schwindelig. Ihre Mutter würde sich ohne Widerstand abführen lassen, sie würde nicht einmal die Stimme heben. Agnes stellte sich vor, wie ihre gleichmütig blickende Mutter gefesselt in den Fluss gestoßen wurde und darin versank und die Menge am Ufer schrie und jubelte. Agnes umklammerte die Tischkante mit beiden Händen. In ihrem Kopf drehte sich das Flusswasser in einem wilden Wirbel, der ihre Mutter mit sich riss. Ihre unschuldige Mutter, die keinem etwas zu Leide tat. Nur unmenschliche Bestien, skrupellose Teufel, niederträchtige herzlose Gesellen konnten mit einer Anklage drohen, deren Ausgang gewiss war. Sie beugte sich vor und flüsterte: »Du dienst einem Dämon aus der Hölle.«

Stephan senkte den Kopf, die Haare fielen ihm ins Gesicht und er ballte die Hände, als wollte er gleich losschlagen. Er wirkte verlegen und gleichzeitig wütend, so, als sei er gezwungen worden, etwas einzugestehen, was er lieber für sich behalten hätte. Die Drohung war offensichtlich etwas, für das er sich schämte. Sie ließ seine Rachepläne in einem ganz anderen Licht erscheinen. Vielleicht hatte er in Santiago gezögert und Graf Diepold hatte ihn mit dieser Drohung zum Schwur gezwungen. Aus Liebe zu seiner Mutter hätte Stephan alles geschworen. Agnes betrachtete ihren Bruder und plötzlich tat er ihr Leid. Stephan war nur das Opfer eines skrupellosen Mannes, der alles daransetzte, seine Ziele zu verfolgen. Stephan schien zu spüren, dass sich etwas zwischen ihnen verändert hatte: Die Sorge um das Wohl der Mutter verband sie von diesem Moment an. Er blickte auf, lächelte Verständnis heischend und klopfte auf die leere Bank an seiner Seite: »Komm, hilf mir diesen Brief zu schreiben. Tu es für Mutter. Sie wird ihren Kummer verwinden, wenn wir nur Geduld haben.«

Während sie sich neben ihn setzte und die Feder in die Tinte tauchte, kam ihr auf einmal ein Gedanke: »Woher wusste Graf Diepold von Mutter?«

Stephan zuckte mit den Achseln und sie setzte die Spitze der Feder behutsam auf das Blatt.

Nach einem Räuspern, begann er zu diktieren:

> *Hochgesinnter Fürst, Vollstrecker von Gunst und Gnade, Erstreiter von Gerechtigkeit und Frieden, hört die Nachricht Eures treuesten und ergebensten Sohnes, der seine Tage damit zubringt, Eurem Willen nachzuspüren und Euren Plänen zur Vollendung zu verhelfen.*
>
> *Durch Gottes große Gnade hat sich eine Möglichkeit aufgetan, die so viel schneller und ungefährlicher zum Ziel führen wird als alle von uns ersonnenen Pläne. Die Tage unseres Feindes sind gezählt. Von Sonnenaufgang bis Sonnenuntergang verfluche ich den Tag, an dem er geboren wurde. Vor Rachelust bebend, erwarte ich Eure Antwort.*
>
> *Nennt Eurem demütigsten und folgsamsten Sohn einen Ort, an dem er Euch treffen kann. Bis dahin gilt unsere Losung, die der Herr segnen möge: Siehe ein kleines Feuer, welch einen Wald zündet es an.*

Als Agnes den letzten Satz vollendet hatte, nahm er ihr die Feder aus der Hand und fügte noch einen Schlenker hinzu, der aussah, wie ein aufgeblähter Buchstabe. Genauso hatte ihr Vater unterzeichnet. Derselbe Buchstaben B hatte sich unter dem Schriftstück befunden, das ihn in den Kerker gebracht hatte. Gedankenverloren betrachtete Agnes das vertraute Gebilde und sie wurde dabei das Gefühl nicht los, dass irgendetwas nicht stimmte. Lag es daran, dass das Schreiben an den Grafen so unterwürfig klang? Das sah ihrem Bruder gar nicht ähnlich. Graf Diepold musste große Macht über ihn besitzen, wenn Stephan mit Gunstbezeugungen nicht sparte und immer wieder seine Treue versicherte. Der Graf musste ihn ganz in seiner Hand haben. Stephan bezeichnete sich sogar als ergebenster Sohn. Nur die engsten Vertrauten eines Fürsten wagten es, ihren Herrscher so anzusprechen. Wenn Stephan sich auf diese Weise mit dem Grafen verbunden fühlte, dann würde es schier unmöglich sein, sich seinem Einfluss zu entziehen. Agnes' Hände zitterten, als sie sich eingestehen musste, dass sie von nun an selbst an den Grafen gebunden war. Niemals würde sie ihre Mutter gefährden, indem sie diesem Mann einen Vorwand bot, seine Macht zu demonstrieren. Sie würde den Falknerjungen für ihn spielen müssen, Gott möge ihr vergeben.

Während Stephan geräuschvoll das Pergament zusammenrollte und sich erhob, versuchte sie, sich einen Tintenfleck vom Finger zu wischen. Es würde nicht zu einem Falknerjungen passen, mit Tintenflecken auf den Fingern herumzulaufen. Als Stephan schon an der Tür stand, rief sie ihm nach: »Wohin geht die Briefrolle? Wo befindet sich der Graf? Ist er auf Sizilien oder weilt er auf dem Festland?«

Stephan verharrte einen Moment im Türrahmen, als müsse er darüber nachdenken.

»Zerbrich dir darüber nicht den Kopf. Prüfe lieber, ob genug Atzung vorhanden sein wird, wenn der König mit seinem Gefolge eintrifft. Bereite alles für eine Falkenjagd vor. Das wolltest du doch oder warum hast du dich sonst von deinem langen Haar getrennt?«

Er wartete ihre Antwort nicht ab. Eilig trat er in den Hof hinaus.

Anselm war zufrieden mit sich. Er ritt neben König Otto durch Roms überfüllte Straßen und fühlte sich wirklich bedeutend. Auf Ottos anderer Seite befand sich Seine Heiligkeit Papst Innozenz der Dritte. Er hatte eine unergründliche Miene aufgesetzt und seine Tiara schaukelte im Rhythmus der Hufe auf und ab. Anselm kam es so vor, als würden die Römer nicht ihrem zukünftigen Herrscher, ja nicht einmal ihrem Heiligen Vater, sondern ihm, dem klugen Ratgeber des Königs, zujubeln. Alles war genauso eingetreten, wie er es erhofft hatte. Ottos Kaiserkrönung stand nun nichts mehr im Wege. Sie befanden sich auf dem Weg vom Lateranpalast, in dem von jeher die Päpste residierten, zu Sankt Peter, der von Kaiser Konstantin erbauten Basilika, in der einst Karl der Große zum Kaiser gekrönt worden war. Otto aus Braunschweig würde der erste Welfe sein, der ihm nachfolgte. Endlich, dachte Anselm und hielt sich ein wenig aufrechter.

Anselm konnte wirklich zufrieden sein, denn in Viterbo war alles glänzend gelaufen. Besser, als er zu hoffen gewagt hatte. Papst Innozenz hatte die Urkunden im Kasten gelassen. Seine Heiligkeit hatte versucht, mit Otto über die Mathildischen Güter und die Spolien und Realien der Bischöfe zu sprechen, doch der hatte sich über den gefüllten Fasan hergemacht und auf seinen Begleiter gewiesen. Anselm hatte verlegen auf die Mosaikarbeiten an den Wänden des reich verzierten Speisesaals der Residenz von Viterbo gestarrt und sich zuerst nicht getraut, das Wort an den Heiligen Vater zu richten. In den vergangenen Jahren hatte er für Otto viele Male mit machthungrigen Erzbischöfen und arroganten Fürsten verhandelt, doch nun war es etwas ganz anderes, denn hier saß er Seiner Heiligkeit, dem Papst, gegenüber. Der dürre, hoch gewachsene Mann mit dem klugen faltigen Gesicht stand Gott näher als jeder Sterbliche. Als Zeichen seiner Allmacht und Größe trug er eine dreifache Tiara und war von ernst blickenden Kardinälen und Bischöfen umgeben. Das prächtige Violett, Rot und Schwarz ihrer Gewänder, die goldenen gekrümmten Stäbe und das ehrfürchtige Schweigen hatten Anselm eingeschüchtert. Erst als Innozenz in einem überaus eleganten Latein über seine Schrift vom Elend des Menschseins zu sprechen begann, hatte Anselm Mut gefasst. Ehe er sich's versah, war er mit Seiner Heiligkeit in ein ernstes Gespräch über die sündige Natur des Menschen vertieft gewesen und darüber hatte er alles andere vergessen. Er hatte nicht mehr auf Otto geachtet, der sich schmatzend die fettigen Finger geleckt und in die bereitgehaltene Waschschüssel ein Knöchelchen gespuckt hatte.

Zuerst hatte Anselm mit dem Heiligen Vater über die Vergeblichkeit menschlichen Strebens auf Erden diskutiert und es dann geschickt verstanden, auf Ottos Zugeständnisse von Speyer zu sprechen zu kommen. Waren sie nicht auch der vergebliche Versuch, die menschliche Schwäche und Wankelmütigkeit zu bändigen? Was bedeutete schon das vergängliche Streben der kleinen Menschlein, die sich vergeblich Tag für Tag auf Gottes Erde abmühten, angesichts der Allmacht Gottes? Innozenz hatte nachdenklich genickt. Anselm hatte es verstanden, aus den berühmten Schriften von Bernhard von Clairvaux und Peter Abaelard zu zitieren, ohne einen der beiden Kontrahenten zu bevorzugen. Nachdem so viele bedeutende Themen berührt worden waren, wäre es wirklich kleinlich gewesen, um ein paar Güter, Marken oder Spolienrechte zu feilschen. Bei der Erinnerung an das Gespräch musste Anselm gegen seinen Willen lächeln. Er war gut gewesen, das hatte er in den Gesichtern der Anwesenden gesehen, deren anerkennende Blicke ihn hinausbegleitet hatten.

Otto würde Kaiser werden, so viel stand fest. Anselm zupfte sich eine dunkelrote Blüte aus den Haaren und warf die welke Herbstblume lächelnd in die Menge. Auch seine Frau Mechthild würde zugeben müssen, dass er es verstanden hatte, den Papst zu gewinnen. Sichere Zeiten würden anbrechen, Jahre, in denen Recht und Gesetz regierten. Die jubelnden Römer in den Fenstern ahnten es bereits. Sie brüllten unentwegt Vivat und Benvenuto duce, schwenkten Tücher und ließen Blumen herabregnen. Bald gab es einen Kaiser Otto, in priesterliche Gewänder gehüllt, geweiht und gekrönt vom Papst in der Vollmacht der Dreifaltigkeit.

Da konnte Mechthild noch so skeptisch ihren hübschen Kopf wiegen und Anselm an Ottos Unbeherrschtheit und Prahlsucht erinnern. Als er ihr von seinem Gespräch im päpstlichen Palast erzählt hatte, war sie zurückhaltend mit Lob gewesen. Sie wollte wohl nicht wahrhaben,

wie bedeutend er war. Er würde sie schon überzeugen. Nun ritt Mechthild hinten im Zug und er konnte sich gut vorstellen, wie sie sich neugierig umsah und alles mit den Augen einer Kaufmannsfrau betrachtete. Natürlich stellte sie Vermutungen über das Vermögen der Stadt an, begutachtete im Vorbeireiten die Größe der Märkte und die Vielfalt der angebotenen Waren.
Anselm blickte an einem der Hunderte von Geschlechtertürmen hinauf, die sich überall wie wehrhafte Festungen erhoben und die sich befehdende Familien erbaut hatten. Ganz Rom schien sich während der letzten Jahrhunderte eingemauert zu haben: Gegen Goten- und Hunnenstürme, aber auch gegen die sich unentwegt bekriegenden Gruppen der Stadt waren Tore, Brücken und Mauern zu mächtigen Bollwerken verstärkt worden. Anselm war beeindruckt und gleichzeitig abgestoßen von ihrem ungewöhnlichen Ausmaß. Gerade wurde der Zug langsamer und er konnte das große Haus eines Patriziers in Ruhe betrachten. Anselm blickte an dem quadratischen Gebäude hoch. Wie um die alten Zeiten heraufzubeschwören, waren Fragmente und Säulen aus der Zeit der Caesaren in das Mauerwerk eingelassen worden. Anselm konnte ein Stück Säule neben dem steinernen Hinterteil eines Löwen ausmachen.
Plötzlich stimmte ihn das mit halb zerfallenen Skulpturen geschmückte Haus wehmütig. Sein Hochgefühl wurde mit einem Schlag gedämpft. Alles um ihn herum erinnerte ihn an Roms längst vergangene Größe. Seine wortgewandte Rede über die Vergänglichkeit des menschlichen Strebens bekam in Rom eine ganz andere Bedeutung. Vielleicht hatte Innozenz an diese Zeugnisse vergangener Herrscher gedacht, die ihm in der Stadt Tag für Tag vor Augen standen, als er seine Schrift über das Elend des Menschseins verfasste. Der Zug wurde wieder schneller und das Haus des Patriziers verschwand aus seinem Blickfeld, dennoch blieb ein Gefühl von Wehmut zurück, das sich mit jedem Atemzug verstärkte. Die Vivat-Rufe kamen Anselm bedrohlich vor und die Blumen wurden zu Wurfgeschossen, die den deutschen Herrscher verhöhnten. Erst jetzt fiel ihm auf, dass die Stimmen erregt und zornig klangen und die Blütenblätter welk waren und modrig rochen. Der Verdacht stieg in ihm auf, dass Otto in Rom vielleicht gar nicht erwünscht war.

Anselm begann im Vorbeireiten nach Anzeichen in den Gesichtern zu suchen. Misstrauisch ließ er den Blick über die Menge gleiten. Etwas schien unter den Jubelrufen zu brodeln. Eine mühsam zurückgehaltene Wut blitzte aus den dunklen Augen um ihn herum auf. Es musste an der prahlerischen Größe dieses Triumphzuges liegen. Otto hatte darauf bestanden, dass nicht nur sein gesamtes ritterliches Gefolge, sondern auch die Heerführer, Waffenmeister und Fußsoldaten durch Rom marschierten. Die vielen Waffen und glänzenden Rüstungen schienen auf die Römer eine ungünstige Wirkung zu haben. Angesichts der aufgeheizten Stimmung um ihn herum schien es Anselm, als hätte Otto einen Fehler gemacht. Statt seine Größe durch sein Heer zu demonstrieren, hätte der deutsche König die Soldaten lieber im Lager vor der Stadt zurücklassen sollen. Es war immer gefährlich, Soldaten in eine fremde Stadt zu lassen, und bei den Krönungsfeierlichkeiten konnte es leicht zu Streitereien kommen, die blutig endeten. Er hätte Otto raten sollen, auf den Einzug des deutschen Heeres zu verzichten. Was war er für ein Ratgeber, der sich noch immer in seinem diplomatischen Erfolg sonnte und dabei die nahe liegenden Dinge vergaß?

Anselm zog die Schultern hoch und hoffte, die hohe alte Basilika von Sankt Peter würde endlich zwischen den Geschlechtertürmen auftauchen. Dort würde sicher eine dem Augenblick angemessene Andacht herrschen und die Menschen würden König Otto mit feierlichem Ernst empfangen. Sicher wartete die Menge bereits, in ergriffenem Schweigen versunken. Mit geschlossenen Augen versuchte er sich das Bild vorzustellen und schöpfte wieder Hoffnung.

Er wäre enttäuscht gewesen, hätte er geahnt, wie es vor der Basilika wirklich zuging.

Vor Sankt Peter herrschte kein andächtiges Schweigen und Mechthild befand sich auch keineswegs hinter Anselm im Festzug. Statt zwischen den weiß gekleideten und blumenumkränzten Hofdamen zu schreiten, stand sie bereits vor der Basilika. Sie hatte am frühen Morgen mit Brian unbemerkt den Lateranpalast verlassen, weil sie noch vor den Krönungsfeierlichkeiten am Grab des Apostels beten wollte. Mechthild war fest davon überzeugt, dass der Ort an diesem Morgen besonders geheiligt sein würde, es war immerhin der Mor-

gen vor einer Kaiserkrönung. Heute würde Mechthild endlich ihren Kinderwunsch vor einen Heiligen bringen. Es schadete auch nichts, dass Brian sie begleitete. Zumindest war ihr wohler, wenn der Junge neben ihr kniete, statt mit den Knappen im Festumzug zu marschieren. Seit der Eberjagd im Wald bei Viterbo war sie in ständiger Sorge um ihn. Otto zeigte zu großes Interesse an Brian und Anselm war auch noch stolz darauf. Brian würde bald als Ottos Page enden – oder schlimmer. Hatten nicht bereits die großen Caesaren Jungen adoptiert?
Mechthild hatte den Gedanken nicht zu Ende gedacht, sondern energisch den schlafenden Brian wachgerüttelt. Kurz darauf waren sie durch die Gassen abseits der Prachtstraßen gerannt und nachdem sie die fünfunddreißig Stufen der Freitreppe hinter sich gelassen hatten, waren sie in den Vorhof der Basilika gelangt.
In diesem Augenblick standen sie im von Zypressen, Pinien und Palmen gesäumten Atrium von Sankt Peter. Während Anselm so vertrauensvoll seine Augen schloss und das Beste hoffte, riss Mechthild die ihren erstaunt auf. Sie hatte nicht erwartet, im Paradies genannten Vorhof so ein Gedränge vorzufinden.
Das bunte Marmorpflaster, die Säulen und der unter einem Baldachin verborgene Taufbrunnen sollten dem Platz Würde verleihen. Allerdings machten Verkaufsbuden, Stände mit Devotionalien und Garküchen den Eindruck wieder zunichte. Das Gewirr der Stimmen und die Vielzahl der unterschiedlichsten Gerüche bereiteten ihr ein leichtes Schwindelgefühl. Hier sollte noch an diesem Morgen König Otto zum Kaiser gekrönt werden. Niemand schien sich darum zu scheren, jeder ging seinem Geschäft nach.
Mechthild musste an den zornigen Jesus im Tempel denken, der Verkaufstische umgeworfen und Opfertiere vertrieben hatte. Unruhig blickte sie sich um, als könne jeden Moment ein Blitz vom Himmel fahren und dem Treiben ein Ende bereiten. Doch nichts geschah. Stattdessen wurde das Stimmengewirr noch lauter. Erst jetzt bemerkte sie, dass vor den Säulen betende Büßer und predigende Mönche standen. Sie waren von Zuhörern umringt. Zwischen den Säulen standen lange Tische, an denen zerlumpte Gestalten vor dampfenden Schüsseln hockten. Anscheinend fanden hier die Armenspeisungen

statt. Gleichzeitig schien es ein Ort zu sein, an dem jeder seine Ansichten und Vergehen laut hinausschreien durfte. Mechthild hörte jemanden »Pauperes reconciliati« brüllen und flüsterte Brian zu: »Sie predigen über die wiederversöhnten Armen.«
Wenn es vor Sankt Peter auch nicht so zuging, wie sie erwartet hatte, so sollte Brian wenigstens etwas lernen. Sie wusste, dass Anselm es genauso gehalten hätte.
»Die wiederversöhnten was?«, fragte er und zog sie zu einem Verkaufsstand hinüber. Andächtig stand er vor den kleinen Heiligenbildchen und den seltsam aussehenden Knöchelchen. Schließlich wies er auf eine kleine Flasche, die mit einer Flüssigkeit gefüllt war und wisperte: »Sieh nur, Blut.«
»Nix, nix Blut, ist Öl von Lampe aus heiliges Grabeskirche in Jerusalem«, beeilte sich der kleine dicke Händler zu erklären, dabei wedelte er mit den Händen herum, als gelte es, einen Fliegenschwarm zu verscheuchen.
Brian streckte die Hand aus, doch Mechthild hielt ihn am Ärmel zurück und erklärte: »Wir haben kein Geld für solcherlei Dinge.«
Sie wollte sich abwenden und Brian von den vielen hübschen Sachen wegziehen, da machte der Händler eine schwungvolle Verbeugung und hielt ihr die kleine Flasche entgegen: »Ist Geschenk, schöne Dame. Für Segen bei Krönung von deutsche Herr König, eh?«
Zögernd betrachtete Mechthild die hübsche blaue Flasche, in der eine zähe Flüssigkeit schwappte. Einen schützenden Segen aus der Grabeskirche in Jerusalem konnte sie gut gebrauchen. Selbst wenn das Öl aus einer alten Öllampe in einer Spelunke am Hafen von Ostia stammte, es konnte nicht schaden, es am Gürtel zu tragen.
»Gott segne dich, guter Mann«, sagte sie artig und griff zu. Die kleine Flasche fühlte sich seltsam warm an, als wäre sie lebendig. Hastig befestigte sie den Flaschenhals an einem losen Lederbändchen an ihrem Gürtel. Als sie sich abwandte, quengelte Brian unzufrieden: »Warte, ich will mir alles genau ansehen.«
Erneut rief jemand: »Pauperes reconciliati!« und aus einer anderen Ecke konnte Mechthild einen Mann »Haereticus!« schreien hören.
»So hör doch, wie sie die vom Heiligen Vater verdammten Ketzer verfluchen. Weißt du denn auch, mein Sohn, woran du die Albigenser

und Waldenser erkennst? Bedenke, sie gehören nicht zu den von Innozenz wiederversöhnten Armen.«
Wie geschwollen sie daherredete. Sie klang wie ihr Beichtvater in Sankt Blasius zu Braunschweig.
Brian hatte eine hinkende Taube entdeckt. Das müde wirkende Tier hüpfte unter dem Verkaufsstand umher. Er hatte plötzlich ein paar Krummen in der Hand und begann, die Taube zu füttern. Mechthild versuchte, ihn davon abzuhalten, indem sie ihn am Arm hochzog und schimpfte: »Du machst dich ganz schmutzig. Lass endlich die Taube, Brian! Niemand außer dir füttert diese Kreaturen.«
Sie zog ihn zu einer Gruppe hinüber, die einen der Vortragenden umringt hatte. Doch gerade als sie sich zu ihnen hindurchdrängeln wollte, legte ihr jemand eine Hand auf die Schulter und sagte fröhlich: »Da irrt Ihr Euch, meine Dame.«
Mechthild ließ Brians Arm los und wandte sich überrascht um. Der kleine Mann mit den zerzausten schwarzen Löckchen nahm seine Hand von ihrer Schulter und deutete eine Verbeugung an. Dann fuhr er fort, als wäre es nichts Ungewöhnliches, im Paradies zu stehen und mit deutschen Damen zu plaudern: »Erst zu Ostern hat unser Heiliger Vater einen zerlumpten Mann aus Assisi angehört, der während seines Aufenthaltes in Rom sämtliche Kreatur gefüttert haben soll. Er soll den Tauben sogar auf der großen Piazza gepredigt haben. Nur sich selbst vergaß er zu speisen. Und obwohl er so eine verhungerte Erscheinung war, ist ihm eine ansehnliche Schar zum Stadttor hinausgefolgt. Franz von Assisi nannten sie ihn. Ein Name, den man sich merken muss, denn er predigt die Armut nun mit Billigung des höchsten Führers der Christenheit. Wenn man die Großen auf seiner Seite hat, ist es leicht, Großes zu vollbringen. Verzeiht, ich wollte Euch nicht erschrecken.«
Sein entschuldigendes Grinsen kam ihr bekannt vor. Irgendwo hatte sie diesen Mann schon einmal gesehen. Er trug die gestreiften Beinlinge eines Fahrenden und eine Laute baumelte über seinem Rücken. Dann erkannte sie ihn. Er war der berühmte Sänger, den ihr Johanna am Hofe des Stauferkönigs Philipp vorgestellt hatte. Erfreut, in der Menge ein vertrautes Gesicht zu sehen, rief sie aus: »Ihr seid Walther von der Vogelweide! Was führt Euch denn hierher?«

»Na, was führt einen Mann wohl nach Rom? Das gute Essen, die schönen Frauen und hin und wieder auch mal eine Kaiserkrönung. Ich habe ein Lied für Ottos Krönung verfasst. Wenn Ihr es hören wollt, müsst Ihr die Ankunft von Ottos Festzug abwarten. Sie werden jeden Moment hier sein.«
Mechthild war verwirrt. Er war hier, um König Ottos Kaiserkrönung zu besingen? Hatte der beliebte Sänger nicht jahrelang König Philipps Edelmut und Schönheit besungen? Während sie ihn anstarrte, fiel ihr ein, wo sie ihn das letzte Mal gesehen hatte. Es war auf dem Burghof in Braunschweig gewesen. Dort hatte er auf einer Truhe gesessen und über seinen Wechsel an Ottos Hof gewitzelt. Nun blinzelte er ihr zu und erklärte belustigt: »Ich sehe, meine Lieder sind nicht mehr erwünscht. Dabei war ich nur einen Sommer lang fort. Ich zog den Pilgerweg in Spanien entlang und suchte nach neuen Geschichten und eingängigen Melodien. In Puente la Reina brach ich die beschwerliche Reise ab. Später kam mir zu Ohren, dass der Jacobsaltar entweiht worden war. Allerdings hatte es keine Toten gegeben und sie konnten das Blut mit ein paar Spritzern Weihwasser fortwischen, ohne seine Heiligkeit zu belästigen.«
Mechthild wusste genau, wovon er sprach, schließlich war sie mit dabei gewesen. Wenn es keine Toten gegeben hatte, musste anscheinend nicht erst das Einverständnis aus Rom eingeholt werden, um den Altar neu zu weihen. Sie hätten also gar nicht aufbrechen müssen! Sie biss sich verärgert auf die Unterlippe und verfluchte den Grafen Diepold, der sich ihre Unwissenheit zu Nutze gemacht hatte. Es war alles schief gelaufen.
Bedauernd erklärte sie: »Ich war in Compostela und fand eine imposante Basilika vor. Jedes Tor ist mit Aposteln und Heiligen geschmückt. Furchtbares Höllengetier tummelt sich auf den Torbögen zur Mahnung und Engel umkränzen die Türpfosten zur Erbauung. Es hätte Euch sicher zu neuen Liedern inspiriert.«
Die Basilika war wirklich kein Vergleich mit der alten Peterskirche. Enttäuscht sah Mechthild zu dem schlichten Bau hinüber, dessen fünf Torbögen von einfachen schlanken Säulen eingerahmt wurden. Sie dachte an das Grab des Apostels und die vielen Kaiserkrönungen, die diesem Ort Glanz verliehen hatten. Nachdenklich murmelte sie:

»Karl der Große, Otto der Erste und Friedrich Barbarossa. Ich kann nicht glauben, dass hier in wenigen Augenblicken eine Kaiserkrönung stattfinden soll. Wie soll das möglich sein?«

»Seid versichert, die Römer können Erstaunliches vollbringen. Besonders wenn es darum geht, etwas vorzutäuschen. Seht, sie sind schon dabei, obwohl Otto noch nicht eingetroffen ist.«

Mechthild blickte sich um und musste ihm Recht geben. Das von Palmen gesäumte Atrium war plötzlich völlig verwandelt. Die zerlumpten Gestalten an den Tischen waren verschwunden. Stattdessen waren Tücher und Blumenkränze über die Essensreste geworfen worden. Die Prediger und Büßer verharrten andächtig mit Kerzen hinter den Säulen. Die letzten Verkaufstische wurden gerade zusammengeklappt und die fünfunddreißig Treppenstufen hinuntergetragen. Die Menge zerstreute sich und gab den Blick frei auf den Taufbrunnen. An den Ständern, die den Baldachin trugen, waren qualmende Duftlampen befestigt worden. Glockengeläut setzte ein und Rufe erklangen am Fuße der großen Treppe. Mechthild schien es, als wäre sie in einen Traum geraten, in den sie eigentlich nicht gehört. Eines von Brians Traumgespinsten, mit denen er sie jeden Morgen unterhielt. Brian, dachte sie plötzlich erschrocken und blickte wild um sich. Wo war Brian? Eben hatte der Junge noch neben ihr gestanden. Doch außer dem kleinen schwarz gelockten Sänger stand niemand auf den bunten Steinen zwischen Vorplatz und Freitreppe. Walther von der Vogelweide flüsterte: »Jetzt geht's los«, und nahm schwungvoll seine Laute herunter, um sich vor dem Taufbrunnen in Positur zu stellen. Er stützte einen Fuß auf einen kleinen Sockel, zupfte an den Saiten und begann, leise zu singen: »Herr Kaiser, ich als Herrenbot' bring eine Botschaft Euch von Gott: Er hat das Himmelreich und Ihr die Erde …«

Mechthild hatte keine Zeit für Walthers Lobgesang auf den neuen Kaiser des Heiligen Römischen Reiches, sie musste unbedingt Brian finden. Er konnte unmöglich in der Basilika sein, denn die Tore hatte sie die ganze Zeit im Auge behalten. Also musste er die Freitreppe hinuntergelaufen sein.

Kurzentschlossen wandte sie sich um und rannte die Stufen hinunter.

Das Band, das ihr Haar zusammengehalten hatte, löste sich und der Schleier wehte davon.
Mit jedem Schritt spürte sie nun ihr langes Haar rhythmisch auf ihrem Rücken schaukeln. Noch eine Stufe und noch eine, wieso waren es auf einmal so viele? Sie schienen kein Ende zu nehmen und Brian hatte einen großen Vorsprung. Kurzatmig, zerzaust und mit klopfendem Herzen erreichte sie endlich das Ende der Treppe, wo sich eine große Menschenmenge versammelt hatte. Stalljungen standen bereit, um die Pferde der erwarteten Edlen zu versorgen, Bettler hofften auf eine milde Gabe und Kinder rannten aufgeregt durcheinander.
Soldaten der Stadtwache waren dabei, vor der großen Freitreppe eine Kette zu bilden. Mechthild schlüpfte gerade noch hindurch, rannte fast in einen Einarmigen hinein und schubste versehentlich ein kleines Kind um. Das Kind begann herzergreifend zu weinen und sofort waren sie von keifenden Frauen umringt. Nur der Klang von Posaunen rettete sie vor dem Zorn der römischen Matronen. Sofort reckten alle die Köpfe, begannen zu winken und Vivat zu rufen. Mechthild versuchte, sich durch die dichte Menge zu schieben und Brians rothaarigen Schopf zwischen den hüpfenden Kindern auszumachen. Es gab schwarze Locken, braune lange Zöpfe und blonde Strähnen. Keines der Kinder sah aus wie ihr Brian. Während sie ihre Augen noch suchend umherschweifen ließ, ertönte erneut eine Posaune. Fahnenträger und Soldaten mit dem Banner der Welfen bahnten sich einen Weg zur Treppe. Pferde wieherten und ein Regen von Silbermünzen ging auf die Menschen nieder. Die glänzenden Silberstücke schienen von überall zu kommen. Sie sprangen auf Schultern, fielen klirrend zu Boden und verfingen sich in Kappen und Gewändern. Die Menschen rissen die Arme hoch und versuchten, die Münzen aufzufangen. Immer mehr Silberstücke flogen aus dem Himmel herab, so als hätte Gott die Schleusen des Paradieses geöffnet. Mechthild konnte nicht anders, genau wie alle anderen auch streckte sie rasch ihre Finger empor und drehte sich um sich selbst. Fast hätte sie auch noch in die euphorischen Imperator- und Vincitore-Rufe eingestimmt und, als keine weiteren Münzen fielen, sich beinahe mit den anderen in den Staub geworfen, um auf den Knien herumzurutschen und den Boden abzutasten, sie konnte sich jedoch gerade noch be-

herrschen. Immerhin stammte sie aus einem alten Kaufmannsgeschlecht, das zwar so ziemlich alles für Geld tat, doch im Dreck herumzukriechen, das ging entschieden zu weit. Außerdem waren die Münzen von Otto anlässlich seiner Kaiserkrönung für das Volk von Rom gespendet worden, so wie es ein alter Brauch bestimmte. Das hatten auch seine Vorgänger getan. Sie würde bestimmt nicht auf Ottos Großzügigkeit hereinfallen. Nein, sie täuschte der neue Kaiser nicht. Stolz hob sie ihr Kinn und blickte möglichst gelassen nach vorn.
Unvermutet blickte sie in Ottos Gesicht. Er war so nah, dass sie erschrocken die Luft anhielt und ins Taumeln geriet. Sein Pferd stand nur wenige Schritte entfernt und sie war die einzig aufrecht stehende Person. Die Bürger Roms hatten die Geldsuche eingestellt und knieten mit demütig gesenktem Haupt vor dem Festzug. Langsam begannen sie nun kriechend zurückzuweichen, doch wagte immer noch niemand, den Kopf zu heben.
Mechthild hatte das Gefühl, als würde Ottos Blick sie durchbohren. Er trug einen silbernen Lorbeerkranz und sein Haar war mit der Brennschere behandelt worden. Sein roter, goldbestickter Mantel war wie eine Toga um seine Schultern geschlungen. Daneben hielt sich der Heilige Vater mühsam im Sattel, während sein Pferd nervös tänzelte. Die hohe Tiara war ihm in die Stirn gerutscht und verlieh dem ernsten Gesicht etwas ungewollt Komisches. Jemand räusperte sich und Mechthild sah zu dem Mann, der dies wagte, hinüber. Anselm!
Wie hatte sie ihn vergessen können? Als Ottos Ratgeber war er natürlich an dessen Seite. Sein Blick war so düster, dass sie eine Gänsehaut bekam. O je, er würde ihr nie verzeihen, dass sie das Protokoll unterbrochen hatte. Wahrscheinlich war der Ablauf so alt wie die Kaiserkrönung selbst. Heilige Margareta, rette mich, flehte sie und ihre Hand fuhr zu der kleinen Flasche an ihrem Gürtel. Lass es Öl von einem heiligen Ort sein, mächtiges Öl, rettendes Öl. Mechthild hatte Rettung nötig. Auf König Ottos Stirn hatten sich Falten gebildet und die Furche zwischen seinen Augen gefiel ihr gar nicht. Bestimmt wurde eine Störung des heiligen Krönungsrituals als Sakrileg betrachtet. Eine Entweihung, schlimmer noch als eine Grabschändung. Vielleicht nahmen die Römer es als schlechtes Vorzeichen. Niemand wür-

de das überraschende Auftreten einer Frau mit unordentlicher Frisur für ein gutes Vorzeichen halten. Sie sah nicht gerade aus, wie eine Ehrenjungfrau. Verlegen strich sie sich eine Haarsträhne aus dem Gesicht und stammelte: »Imperator futurus, salve, mundi domine, caesar noster ave.«

Mit Entsetzen hörte sie sich Floskeln stammeln. Irgendwann einmal musste sie diese Worte von Anselm aufgeschnappt haben. In ihrem Kaufmannslatein kamen sie nicht vor. Wahrscheinlich machte sie sich vollkommen lächerlich. Sie spürte, dass ihre Wangen glühten und Schweißperlen auf ihrer Stirn standen. Nur nicht ohnmächtig werden! Während sie nach Atem rang, konnte sie sehen, wie Anselms Lippen das Wort »verschwinde« formten. Was bestimmte das altehrwürdige Protokoll als Nächstes? Wie konnte sie sich entfernen, ohne viel Aufsehen zu erregen? Ihr Blick fiel auf den bereitstehenden Stallmeister, der Ottos Zügel umklammert hielt. Bei seinem Anblick erinnerte sie sich wieder an den Ablauf, den ihr Anselm auf dem Ritt nach Rom beschrieben hatte: Prachtvoller Einzug mit großem Gefolge, Spenden vor der Kirche von Silbermünzen, Weihe und Krönung in der Basilika, anschließend den Steigbügeldienst, den der Kaiser dem Papst leistete, um seine Demut vor der Kirche zu bezeugen, und zum Abschluss ein opulentes Krönungsmahl im Lateranpalast. Wo befanden sie sich jetzt? Mechthild zwinkerte verwirrt. Oh, die Weihe, das Wichtigste stand kurz bevor und nur sie stand dem großen Ereignis im Wege. Gott möge sie strafen, es sei denn …

Entschlossen nahm sie ihr Haar nach vorn und trat auf Otto zu. Während sein Pferd unruhig den Kopf bewegte und Otto misstrauisch die Augen zusammenkniff, drehte sie ihr Haar zu einem Strang und wischte damit den Staub von seinen knöchelhohen Stiefeln. Otto beobachtete sie schweigend. Sie konnte seine Augen auf ihrem Scheitel spüren. Ehrfürchtig bekreuzigte sie sich und löste die kleine Flasche von ihrem Gürtel. Mit einer einzigen Bewegung entfernte sie den kleinen Stöpsel und goss den Inhalt der Flasche über Ottos elegante Stiefel. Es roch ranzig und das Öl tropfte zäh von der Spitze herunter. Mechthild verrieb mit ihrem Handballen das stinkende Öl und murmelte ein Paternoster vor sich hin. Sie hoffte inständig, niemand würde den scheußlichen Geruch bemerken. Der Schweiß lief ihr die Stirn hinunter und ihr Gesicht fühlte sich so salzig an, als wären es Tränen. Wie passend. Genauso hatte die sündige Frau im Hause des Pharisäers die Füße Jesu mit ihren Tränen benetzt, sie mit ihren Haaren getrocknet und mit Salböl gesalbt. Jeder würde diese Bibelstelle kennen und verstehen. Und wirklich, um sie herum begannen die Menschen zu jubeln und erneut Vivat zu rufen. Mechthild trat zur Seite. Sie ließ die leere Flasche zu Boden rollen und fiel auf die Knie, um mit gesenktem Kopf zu warten, bis der König vom Pferd gestiegen war. Erst als er sich, umringt von seinem Gefolge, auf den Stufen zur Basilika befand, wagte sie aufzublicken.

Anselm hatte sich als Einziger noch einmal umgewandt. Er schenkte ihr ein spitzbübisches Lächeln. Mechthild kannte dieses Lächeln gut. Es war unverwechselbar, denn es schien Anerkennung, Humor und Komplizenschaft zugleich auszudrücken. Nur er konnte so lächeln. Sie hätte laut aufjauchzen können, denn selten genug gelang es ihr, dieses schelmische Lächeln hervorzulocken. Dabei liebte sie es so sehr. Das war genau der Mann, den sie geheiratet hatte. Nicht den speichelleckerischen Ottovasallen, sondern einen humorvollen und unabhängigen Mann. Zufrieden wischte sie sich den Schweiß aus dem Gesicht. Vielleicht würde Anselm ihr bald wieder ganz gehören. Sie war es leid, ihn immer wieder mit Otto teilen zu müssen. Schwungvoll schüttelte sie ihr Haar und nahm sich vor, es noch heute Abend zu waschen. Dann stand sie auf und schloss sich den Römern an, die dem Festzug folgten. Brian hatte sie über ihr eigenes Missgeschick vergessen. Als sie sich beim Erklimmen der Stufen wieder an ihn erinnerte, nahm sie an, dass er längst zum Lateranpalast zurückgelaufen wäre.

Brian fühlte, wie die Kälte an seinen Beinen emporkroch. Lange würde er nicht mehr stillstehen können. Während Mechthild mit dem deutschen Sänger gesprochen hatte, hatte er sich davongemacht. Wäre er doch nur neben ihr stehen geblieben und hätte das langweilige Geplauder über sich ergehen lassen. Er hätte nicht fortlaufen sollen.

Gleich würden ihn die Soldaten bemerken. Oder einer der feierlich in langen Kirchengewändern einherschreitenden Männer. Sie schwenkten goldene Gefäße und trugen silberne Tabletts mit hohen Krügen.

Brian wusste, dass sie Ottos Krönung vorbereiteten. Bestimmt würden sie keinen Jungen dulden und eine Katze schon gar nicht.
Wäre bloß die gefleckte Katze mit den weißen Ohren nicht gewesen. Ohne nachzudenken, war er ihr in die Basilika gefolgt und mitten in die feierliche Liturgie geraten. Brian hatte zuerst gar nicht auf den getragenen Gesang und die schweren, süßen Düfte geachtet, hatte sich allerdings in die Schatten der Säulen geduckt und war auf Zehenspitzen um die kleinen Altäre geschlichen. Es waren so viele gewesen, dass er bald nicht mehr gewusst hatte, wo er sich befand. Überall war er auf seltsame staubige Gegenstände gestoßen: Taubeneigroße Rubine, Schädelschalen und mächtige Trinkhörner aus Elfenbein. Alles hatte gewirkt, als hätte es jemand dort vor langer Zeit abgestellt und vergessen. Die Katze war zwischen den dicken Teppichen, golddurchwirkten Vorhängen und bronzenen Kandelabern herumgehuscht. Dann war sie verschwunden.
Brian stand ratlos da. Wie sollte er bloß unbemerkt hinausgelangen? Wenn Ottos Soldaten ihn zwischen all den wertvollen Dingen entdeckten, wurden sie bestimmt böse. Sie würden ihn für einen Dieb halten. Das passierte andauernd, obwohl er nicht begriff, warum.
Brian konnte im Licht der flackernden Kerzen Ottos Wache ganz deutlich erkennen. Sie trugen Ottos Farben und hatten sich breitbeinig in einem Halbkreis um den Hauptaltar gestellt. Vor dem mit einer Kruste aus Gold und Silber bedeckten Altar blitzten die Dolche. Brian wunderte sich darüber. Waffen waren in einer Kirche verboten, jedes Kind wusste das. Heute schienen andere Gesetze zu gelten. Heute war Ottos Kaiserkrönung und es war besser zu verschwinden.
Brian wollte sich gerade davonschleichen, da wurde er von hinten gepackt. Sein Brustkorb wurde zusammengedrückt und er rang verzweifelt nach Luft. Sie hatten ihn erwischt, es war aus. Stocksteif vor Angst spreizte er die Finger und hilflos warf er den Kopf in den Nacken. Sein Angreifer knurrte etwas und schleifte ihn rückwärts in eine Nische.
Brian wurde gegen die Wand geschleudert. Sein Kopf flog zwischen den Marmorsäulen hin und her. Das Licht der bunten Glasfenster wurde zu vorüberfliegenden grünen und roten Sternschnuppen, Mosaiksteine zu glitzernden Punkten und in seinen Schläfen hämmerte

es. Oder waren es die Glocken, die zu schlagen begonnen hatten? Ein dumpfes, monotones Dröhnen, tief und gleichgültig. So weit entfernt und doch am ganzen Körper zu spüren. Er wollte schreien, doch eine feuchte Hand legte sich auf seinen Mund. Die bunten Lichter zuckten vor seinen Augen und dahinter lauerte ein bärtiges Gesicht. Als der Bärtige den Mund öffnete, entblößte er faulige Zahnstümpfe, Spucketropfen flogen Brian ins Gesicht. Der Mann zischte: »Darauf steht der Tod.«

Das Geläut verklang und Gesang schwoll an. Die vielen hellen Stimmen steigerten sich zu einem gewaltigen Jubel. Schreien würde nun völlig sinnlos sein, niemand würde ihn hören. Der Soldat nahm seine Hand fort und wich zurück. Brian taumelte. Das Luftholen tat weh, bei jedem Atemzug fuhr ein scharfes Stechen zwischen seine Rippenbögen. Während er in den Schmerz hineinatmete, konnte Brian die langen Gewänder der Geistlichen, die nun den Halbkreis füllten, erkennen. Plötzlich wurde er von einem gleißenden Licht geblendet. Unzählige Lampen schwebten von der Decke herunter und erhellten den Altarraum. Sie warfen ihr silbernes Licht auf eine nackte Gestalt, die mit gesenktem Kopf in der Mitte kniete.

König Otto, dachte Brian und unbändiger Stolz erfüllte ihn. Vor Aufregung vergaß er seine Angst und er spürte das Stechen in den Rippen nicht mehr.

Otto kniete zwischen den Kirchenmännern vor dem Hauptaltar und wartete auf das Ende des feierlichen Chorals. Um ihn herum schienen dicke Seidenkissen zu schweben, auf denen Geschmeide funkelte. Brian keuchte, schluckte und unterdrückte einen aufsteigenden Hustenreiz. Die heiligen Krönungsinsignien, die in den Liedern besungen wurden und von deren Zauberkräften die Sage berichtete – alles war zum Greifen nah: die mit bunten Steinen bedeckte Krone, das schillernde Zepter und der kürbisgroße Reichsapfel. Über einem verbeulten Krug flimmerte die Luft. Das Salböl, dachte Brian ehrfürchtig und ihm wurde schwindelig. Der Jubelgesang hatte aufgehört und ein erwartungsvolles Schweigen erfüllte den Kirchenraum.

Langsam stand Otto auf und streckte die Arme aus, um sich eine ärmellose Tunika überstreifen zu lassen. Gebete wurden gemurmelt und qualmende Gefäße geschwenkt. Alles war so unwirklich, dass Brian plötzlich kein Gefühl mehr in den Beinen hatte. Seine Knie zitterten unkontrolliert und er musste sich mit der Hand abstützen, um nicht zu stürzen.

Sofort gruben sich die Finger des Soldaten in seinen Oberarm. Sie drückten so fest zu, dass Brian aufschrie. Ehe Otto das nächste Gewand angelegt werden konnte, senkte er die Arme, fuhr herum und brüllte: »Wer verkriecht sich da? Anselm, wo steckt Ihr?«

»Herr?«

»Ich hatte Euch befohlen, mit gezücktem Schwert neben mir zu stehen. Otto der Erste hatte Ansfrid, der das Schwert über ihn hielt. Rom ist gefährlich für deutsche Kaiser. Selbst Barbarossa haben die Römer nach seiner Krönung angefallen. Soll es diesmal schon vorher beginnen? Verflucht seien sie!«

»Hoher Herr, ich …«

Da erkannte Brian Anselm. In seinem alten Festmantel wirkte er neben Otto ganz alltäglich und vertraut. Die Art, wie er sich eine Strähne aus der Stirn strich, hatte Brian schon viele Male beobachtet. Sein Vater würde ihn retten. Er wollte sich losreißen. Der eiserne Griff des Soldaten hielt ihn zurück. Brian entfuhr ein weiterer Schrei: »Vater!«

Jetzt hatten sie ihn bemerkt. Mit wenigen Schritten war Anselm bei ihm. Er packte Ottos Mann an der Schulter und sagte ruhig: »Gunther, lass ab! Er ist mein Sohn.«

Der Soldat mit den Zahnstümpfen hob abwehrend die Hände und murmelte etwas von seiner Pflicht. Anselm führte Brian in den Halbkreis, wo Otto halb angekleidet stand. Brian senkte schuldbewusst den Blick und zog die Schultern hoch. Gleich würde Otto wütend werden. Eine Ewigkeit verging und nichts geschah. Schließlich hob Otto an: »Nun …«

Ein lautes Fauchen unterbrach ihn. Brian hob überrascht den Kopf und sah die gefleckte Katze. Mit gesträubtem Fell und vorgestreckten Krallen jagte sie eine Maus durch den Halbkreis. Genau vor Ottos nacktem Fuß erwischte sie ihr Opfer. Die Maus gab einen schrillen Ton von sich. Einen hohen Todesschrei, so endgültig und eindringlich, dass Brian fröstelnd zusammenfuhr. Die Maus war nur noch ein lebloses Fellbündel, das aus dem Maul der Katze baumelte. Sie hob stolz den Kopf und spazierte mit ihrer Beute davon.

In die nachfolgende Stille wisperte jemand: »Ein Zeichen!«
Ottos Kopf fuhr herum: »Eure Heiligkeit, erklärt mir diese Zeichen des Himmels.«
Anselm beugte sich zu einem streng wirkenden Mann in einem besonders prächtigen Gewand und zischelte.
Otto winkte ungeduldig und rief: »Es ist ganz einfach. So werde ich es mit dem kleinen König von Sizilien machen. Der Braunschweiger Löwe jagt die sizilianische Maus. Ein gutes Vorzeichen. Passend für eine Krönung und so eingängig. Jedes Kind kann es begreifen.«
Er begann zu lachen. Leise stimmten seine Männer ein. Die geistlichen Fürsten sahen sich unsicher an. Anscheinend hatten sie Otto nicht verstanden. Ehe Anselm übersetzen konnte, bückte Otto sich. Fast liebevoll fuhr er durch Brians Haar und sagte freundlich: »Du siehst blass aus, Junge. Lauf, draußen ist die Luft besser.«
Anselm gab ihm einen sanften Schubs. Brian rannte los und erst am Ende des langen Prozessionsganges blickte er sich noch einmal um. Otto war endlich ein weites Obergewand angelegt worden. Die Kirchenfürsten umringten ihn und stimmten einen Singsang an. Mit dem Klang der lateinischen Worte schlüpfte Brian aus dem Tor.
Im Atrium stand er einer großen Menschenmenge gegenüber, die ihn misstrauisch musterte. Palmenblätter raschelten und der deutsche Sänger sprang von einer Palme herunter, landete genau vor Brians Füßen und rief: »Wo hast du ihn versteckt, den Kaiser des Heiligen Römischen Reiches?«
»Sie sind noch nicht fertig.«
»Es dauert so lange, dass ich darüber meinen Text vergessen habe. Ich muss ihm leider die Weise vom verliebten Mägdelein singen: Du herzliebes Mägdelein, Gott segne dich für alle Zeit! Wehe mir! Otto könnte es missverstehen.«
Brian lächelte schüchtern und der deutsche Sänger sagte fröhlich: »Komm, ich bring dich zu deiner Mutter. Ottos Huldigung kann warten. Ein Becher süßen Weins lockt süße Strophen. Wie liebliche Tropfen werden sie aus meinem Mund perlen: Du herzliebes Kaiserlein, Gott segne dich für alle Zeit.«
Vor sich hin summend zog er Brian mit sich.

Oktober 1209, auf einem Landgut bei Catania

An einem bedeckten Tag kam König Friedrich zur Falkenjagd. Als Agnes ihn kommen sah, war sie im ersten Moment enttäuscht. Sie hatte sich einen prächtigen Einzug mit wehenden Fahnen erhofft, stattdessen bewegte sich nur eine sehr kleine Gruppe den schmalen Weg hinunter. Drei Reiter und ein Wagen, den noch nicht einmal das Wappen des Königs schmückte.
Stephan stand in seiner besten Festkleidung vor dem Haus, um den König zu begrüßen. Agnes stand etwas abseits, wie es sich für einen Falknerjungen gehörte. Seit dem frühen Morgen hatte sie die bevorstehende Falkenjagd vorbereitet. Die Atzung lag bereit, die Langriemen waren gefettet und die Badebecken gesäubert. Nun, da es endlich so weit sein sollte, befand sie sich in einem Zustand erschöpfter Erregung. Heute war der Tag, an dem sie sich als Falknerjunge bewähren sollte. Stephan hoffte, dass der König Gefallen an ihr finden würde und sie nach Palermo mitnahm. Gerade Palermo, das war anmaßend und gefährlich! Ein übler Geschmack breitete sich in ihrem Mund aus und ihre Finger zitterten, wenn sie nur daran dachte. Eine Frau in Männerkleidung wurde von den geistlichen Fürsten verdammt und von den weltlichen hart bestraft. Derselbe Teufel, der sie zu den Verschwörern nach Santiago gelockt hatte, musste ihr den Einfall eingeflüstert haben. Wie hatte sie nur ihr Haar abschneiden können? Wie hatte es dazu kommen können, dass sie zur Verbündeten ihres Bruders geworden war? Es würde ein schlimmes Ende nehmen, dachte sie angstvoll und starrte den Weg hinauf.
Die Reiter näherten sich. Einer von ihnen hatte einen leichten Vorsprung, oder hielten die anderen ehrfurchtsvoll Abstand? Der Wagen folgte gemächlich. Vorn saßen zwei arabisch gekleidete Männer, die sich angeregt unterhielten. Einer von ihnen musste der Oberfalkner sein, von dem Stephan gesprochen hatte. Agnes überlegte, welcher es war. Wahrscheinlich nicht der Jüngere mit dem schmalen Gesicht, sondern der Ältere mit den buschigen Augenbrauen. Etwas Finsteres umgab ihn. Würde sie seinen Ansprüchen genügen können? Hatte sie von ihrem Vater genug über die Beiz gelernt, um vor einem erfahrenen Falkner zu bestehen? Er würde sie prüfen und sie würde ihr Kön-

nen beweisen müssen. Das war ein schrecklicher Gedanke. Ihre Entdeckung schien ihr immer wahrscheinlicher.
Graue Wolken hatten sich über dem Berg zusammengezogen und kündigten Regen an. Es machte Greifvögeln nichts aus, bei Regen zu jagen, doch es schien kein passendes Wetter für den Besuch eines Königs zu sein. Genauso unpassend schien ihr die kurze, fast nur angedeutete Verbeugung mit der ihr Bruder den sizilianischen König begrüßte. Es musste sich um den König handeln, der da als Erster in den Hof geritten kam, denn er brüllte seine Befehle, noch während er vom Pferd sprang, und er schaute sich um, als gehöre alles ihm. Als sein Blick auf Agnes fiel, rief er: »Ej, ragazzo!« und winkte.
Junge, dachte Agnes verwirrt. Sie brauchte einen Moment, bis sie verstand, dass sie gemeint war, dann stolperte sie hastig in den zu großen Falknerschuhen los.
Stephan trat ebenfalls an den Wagen heran und schien auf einen Befehl zu warten. Der König beachtete ihn gar nicht. Schwungvoll warf er die Wagenplane zurück und gab den Blick auf das Innere frei. Drei Greifvögel standen auf einem quadratischen Gestänge. Sie trugen elegante Hauben, wie die Araber sie fertigten. Ein auffälliger Sakerfalke übertraf die gewöhnlichen Gerfalken an Größe und Schönheit. Agnes hatte nie zuvor einen herrlicheren Beizvogel gesehen und sie fragte sich, was von ihr erwartet wurde. Niemand hatte ihr die Aufgaben eines Falknerjungen bei Hofe erklärt. Ihre eigenen Vögel trugen keine Hauben. Ihr Vater hatte diese neue arabische Sitte abgelehnt. Ehrfürchtig blickte sie zu dem jungen Mann hinüber, der so herrliche Vögel sein Eigen nennen durfte, und wagte nicht, sich zu rühren. So vieles musste bei einem abgerichteten Greifvogel beachtet werden. Die erste Begegnung war entscheidend. Sie wollte auf keinen Fall etwas falsch machen. Unsicher versuchte sie im Gesicht des Königs zu lesen. Er war etwa in ihrem Alter und sah nicht aus, als ob er einen Falknerjungen schlagen würde, doch man konnte nie wissen.
Der junge König pustete sich eine rotblonde Locke aus der Stirn und knurrte ungeduldig: »Avanti, ragazzo …«
In diesem Augenblick geschah ein Wunder. Die Aufmerksamkeit des Königs wurde auf plötzlich herannahende Hufschläge gelenkt. Agnes schloss mit einem leisen Seufzer die Augen und dankte ihren Gürtel-

heiligen für das schnelle Eingreifen. Der Falknerjunge stand nicht mehr im Mittelpunkt des Interesses. Nur die heilige Verena und die gütige Afra konnten das bewirkt haben. Sie seien gepriesen.
Ein Pferd schnaufte, jemand sprang ab und näherte sich mit schnellen Schritten. Der König rief überrascht aus: »Lupo, che c'è di nuovo?«
Agnes behielt die Augen geschlossen und seufzte noch einmal. Was immer es Neues geben mochte, es hatte nichts mit ihr zu tun. Als sie die Augen endlich wieder öffnete, fiel ihr Blick auf den weißen Sakerfalken und sie konnte nur daran denken, wie viel sie noch lernen musste. Sakerfalken waren königliche Tiere und sie hatte keine Erfahrung mit ihnen. Es wäre wundervoll, ihn aufsteigen zu sehen. Fast konnte sie sehen, wie er sich emporschwang.
»Hoher Herr, hört den von Euch verlangten Bericht.«
Beim Klang der Stimme fuhr sie herum. Die Stimme mit dem schwäbischen Klang hatte sie schon einmal gehört. Fassungslos starrte sie den Boten des Königs an.
Der Mann, der verschwitzt und nach Luft ringend vor ihnen stand, war der Mann aus ihren Träumen, der Mann, der sie Nacht für Nacht in der Pfalzkapelle zu Ulm erwartete.
Agnes hatte das Gefühl, als würde der Boden unter ihren Füßen nachgeben, und sie musste sich am Wagen festhalten. Es konnte nicht sein. Es war unmöglich. Es war niemals derselbe Mann. Als sie ihn im Kloster San Juan getroffen hatte, war er auf dem Rückweg nach Ulm gewesen. Der blonde Schwabe gehörte nicht hierher. Er gehörte ins deutsche Reich. Sie träumte, ganz gewiss träumte sie. Der Anblick des Königs, die Jungenkleider und der Sakerfalke hatten ihren Verstand verwirrt. Sie träumte mit offenen Augen. Es war besser, die Augen zu schließen und tief durchzuatmen. Doch als sie die Augen wieder öffnete, war der Schwabe immer noch da. Es konnte keinen Zweifel geben. Er war es wirklich. Nun betrachtete sie ihn genauer.
Er hatte sich verändert. Sein Mantel war neu und sauber, sein Gesicht von der sizilianischen Sonne gebräunt und er trug eine Goldkette, die ihn als Bote des Königs auswies. Allerdings war sein blondes Haar noch genauso zerzaust und seine zu großen Hände wirkten noch immer, als wüsste er nicht, wohin mit ihnen. Genau wie damals im

Kreuzgang fuhr er sich mit der Fingerspitze über die feine Narbe auf seinem Nasenrücken, bevor er anfing zu sprechen: »Die Zustände in Palermo geraten außer Kontrolle, edler Herr. Das Gerücht geht um, der König wäre ein Opfer der Seuche geworden und Aufstände drohen.«

»Maledetto, wir müssen zurück. Die Falkenjagd ist passata e finita, aus und vorbei.«

Der König griff in die Zügel und führte sein Pferd herum.

Stephan gab einen Laut von sich, als wolle er protestieren, und warf seiner Schwester einen hektischen Blick zu. Agnes beobachtete, wie sich der König auf sein Pferd schwang, und fühlte sich unendlich erleichtert. Erneut hatten die Gürtelheiligen sie gerettet. Wenn die Falkenjagd des Königs nicht stattfand, dann konnte der blonde Schwabe in ihr auch nicht das Mädchen aus dem Kreuzgang erkennen. Die Gefahr, dass er sich an sie und ihre Eidechsenspange erinnerte, war gebannt. Der Mann aus Ulm würde mit dem König nach Palermo reiten und sie brauchte kein Junge mehr sein. Sie würde die Beinlinge ausziehen und sich das Haar lang wachsen lassen, wie es sich für eine gottesfürchtige Frau geziemte. Bald hatte die lästige Verkleidung ein Ende, der Herr sei gepriesen. Stephans Plan war gescheitert, denn seine kleine Schwester würde heute nicht Friedrichs Falknerjunge werden. Um den edlen Sakerfalken würde sich jemand anderes kümmern müssen. Sie war so mit ihren eigenen Sorgen beschäftigt, dass sie zusammenzuckte, als der König gereizt rief: »Was mit meine Mitgift, Lupo mio?«

»Von den fünfhundert Rittern aus Aragon sind nur noch zwanzig am Leben.«

»Accidenti al diavolo! Senza di soldati? Wie können wir da kämpfen?«

Der blonde Schwabe blickte verlegen zu Boden und der König beruhigte sein tänzelndes Pferd. Nachdenklich und schon weniger aufgebracht, forderte er den Boten auf: »Lupo, wiederhole meine Worte an die Barone.«

Der Mann aus Ulm räusperte sich und sagte so ernst, als stünde er vor einer großen Menschenmenge: »Ihr habt denen, die mit dem Makel der Untreue in der Tiefe ihres Herzens umherwandeln, gedroht, machtvoll und zum Jubel unserer Getreuen in die Gefilde Apuliens zu

ziehen. So stand es in einem Schreiben vom August diesen Jahres, es wurde gleich nach der Ankunft Eurer Gemahlin von der königlichen Kanzlei verfasst.«
Während seiner Rede war der jüngere Araber vom Wagen gesprungen und hatte damit begonnen, die Wagenplane herunterzuziehen. Der König wandte sich ihm nun zu und herrschte ihn an: »Konrado di Damasco! Che fare? Was tun, was ist sein Rat?«
Der Mann mit dem blauen Turban hielt in der Bewegung inne und erklärte leise: »Droht ihnen erneut und tut es so, als stünden die fünfhundert Ritter aus Aragon noch hinter Euch. Zeigt keine Schwäche, denn über den Schwachen werden sie herfallen. Den Starken fürchten sie. Ich riet Euch, die Rechtsgültigkeit jedes Besitzes überprüfen zu lassen. Das wird sie aus der Fassung bringen. Sie werden an ihr eigenes Wohl denken, statt sich mit ihren Nachbarn zu verbünden. So ist die menschliche Natur.«
Der König lachte und ritt ein Stück voran, als könne er nicht abwarten, die Barone in ihre Schranken zu weisen. Der junge Araber, den er Konrado genannt hatte, sprang auf den Wagen, der sich langsam in Bewegung setzte.
Der blonde Schwabe war ebenfalls aufgestiegen und hielt erwartungsvoll die Zügel in seinen großen Händen. Er würdigte Agnes keines Blickes, als er dem König folgte. Seltsamerweise fühlte sie einen Stich in der Herzgegend, den sie sich nicht erklären konnte. Der blonde Mann hatte sie nicht erkannt, er würde fortreiten, weit weg nach Palermo, und sie war gerettet. Doch statt erleichtert zu sein, fühlte sie sich schrecklich. Was sie auch fühlte, sie musste ihn vergessen.
Agnes wandte sich um und rannte los. Sie wollte so schnell wie möglich zum Falknerhäuschen und sich umziehen, da brüllte Konrado in ihrem Rücken: »Haltet den Jungen!«
Agnes rannte, als hätte sie nichts gehört. Schritte waren hinter ihr, sie wurde an der Schulter zurückgerissen wurde und fiel rücklings ins Gras. Stephan stand über ihr. Er packte sie grob am Arm und zerrte sie hoch: »Wo willst du hin? Hast du nicht gehört? Sie wollen dich mitnehmen! Der König hat gutes Silber für dich bezahlt. Schnell.«
Ihr Bruder schob sie vor sich her zum wartenden Wagen. Dort streckte der junge Araber seine Hand aus und zog sie hoch. Sie wurde zwi-

schen die Männer gezwängt und hatte kaum genügend Platz zum Atmen. Konrado dankte Stephan mit einem freundlichen Nicken: »Habt Dank, Sohn des Guido von Borras. Der Falknerjunge des Königs starb schon zu Beginn der Seuche. Ist dieser da folgsam und fleißig?«

Er wartete die Antwort nicht ab, sondern knallte mit der Peitsche. Mit einem Ruck fuhr der Wagen an und Stephan rief: »Behandelt ihn gut. Er versteht Deutsch wie Italienisch und sein Name ist Agilolf.«

Lügner, dachte Agnes und ihre Augen füllten sich mit Tränen. Nur nicht weinen. Sie würde schluchzen wie ein kleines Mädchen. Das würde sie verraten. Mit tränennassen Wangen wandte sie sich um und versuchte, an der Plane vorbeizuspähen. Sie wollte einen letzten Blick auf die immer kleiner werdenden Gebäude werfen, doch Konrado lehnte sich vor und versperrte ihr die Sicht. Prüfend musterte er sie und sagte spöttisch: »Agilolf, was für ein alberner Name. Wir werden ihn Agilo nennen und ihm das Gesicht waschen. Johanna wird sich um ihn kümmern.«

3. KAPITEL

In Messina wartet König Friedrich auf eine Antwort und in Assisi geschieht etwas Unerwartetes

Oktober 1209, einige Tagesreisen vor Siena

Mechthild unterdrückte ein Lächeln. Es war nicht nett, sich über Anselm lustig zu machen. Immerhin trug er seinen gebrochenen Arm in der Schlinge. Niemand konnte mit einem bandagierten Arm lässig von Fels zu Fels springen, doch genau das versuchte er gerade. Sein gebrochener Arm war ein Andenken an die Kaiserkrönung, nach der es zu Unruhen in der Stadt gekommen war.

Anselm war nicht der Einzige, der bei den Straßenkämpfen Blessuren davongetragen hatte. Allerdings wäre es ja auch nicht nötig gewesen sich ins Getümmel zu stürzen, dachte Mechthild verärgert, vor allem, wenn man der Ratgeber des Königs war.

Während sie in Sankt Peter vor dem Altar gekniet und um ein Kind gefleht hatte, war Anselm mitten zwischen den Kämpfenden gewesen. Der viele Wein beim Krönungsmahl musste ihm vorgegaukelt haben, er wäre ein stolzer Recke und müsse für die Ehre seines Kaisers streiten. Es hatte viele Tote gegeben, die an der Straße nach Rom begraben wurden. Selbst Walther von der Vogelweide war verwundet worden, ein Pfeil war ihm mitten durch die Hand gedrungen und sein Gejammer hielt nachts den ganzen Tross wach.

Nicht nur er stöhnte im Schlaf, all die verwundeten und trauernden Männer warfen sich unruhig auf ihrem Lager umher. Seit ihrem hastigen Aufbruch aus Rom war aus Ottos herrlichem Tross ein trübsin-

niger Haufen geworden, der sich mutlos in Richtung Norden davonschlich.
Und zu allem Überfluss balancierte Anselm nun auch noch über das rauschende Wasser des Ombrone. Er sprang unsicher von Stein zu Stein und hatte nun die Mitte der kleinen Felsengruppe erreicht.
Mechthild schlitterte auf ihren rutschigen Sohlen ein Stück die Uferböschung hinunter. Der Boden war nach einem heftigen Regenguss durchweicht. Das nasse Laub glänzte. Die Sonne hatte sich durch die schwarzen Wolken geschoben und brachte den Fluss zum Funkeln. An jedem anderen Ort rings um das Lager hätten sie sich streiten können. Warum nur war er zum Fluss hinuntergelaufen? Natürlich musste sie zugeben, dass das Rauschen der Wellen eine passende Untermalung für ihre heftige Auseinandersetzung gewesen war, und der Wind hatte Anselm die Strähnen in die Augen geweht. »Gib sie mir«, hatte er gebrüllt und Mechthild hatte das Pergament umklammert, als hinge ihr Leben daran. »Gib mir die Briefrolle.« – »Niemals«, hatte sie zurückgebrüllt. Durch das Rauschen des mächtigen Flusses war der Wortwechsel zu einem Singsang geworden: »Du Dickkopf, Otto hat ein Recht, es zu erfahren.« – »Nein, hat er nicht!« – »Gib endlich den Brief her.« – »Nein, Johanna vertraut mir!«
Anselm hatte versucht, mit seiner freien Hand nach der Briefrolle zu greifen. Da waren ihr sehr verletzende Worte einfach so rausgerutscht. Ihn derart zu verspotten, war wirklich nicht sehr feinfühlig gewesen. Zu ihrer Entschuldigung konnte sie nur anführen, dass Anselm ihr seit Tagen auf die Nerven ging. Er hockte mit Walther auf einem Wagen mit Fässern und beklagte sich darüber, keine Feder mehr führen zu können. Walther stimmte mit ein und jammerte, dass er die Saiten seiner Laute nicht mehr zum Klingen bringen konnte. Zu Anfang war ihr trostloser Anblick anrührend gewesen. Doch irgendwann wurden ihre selbstmitleidigen Tiraden unerträglich langweilig.
Endlich wagte Anselm, auf den großen Felsen zu springen. Umständlich ließ er sich darauf nieder, winkelte die Knie an und achtete darauf, dass sein Verband nicht nass wurde. Der Fluss führte für die Jahreszeit ungewöhnlich viel Wasser. Doch es war unnötig gewesen, sich in Gefahr zu begeben, nur weil man eingeschnappt und beleidigt

war. Nur, weil sie ihn einen flügellahmen Täuberich genannt hatte und nicht wollte, dass Otto von Johannas Brief erfuhr.

Mechthild überlegte, ob sie es wagen sollte, ebenfalls über die Felsen zu springen. Anselm hatte ihr den Rücken zugewandt und würde nicht sehen, wenn sie sich die Röcke hochband. Sie hatte nicht übel Lust, sich heranzuschleichen und ihm einen neckischen Schubs zu geben. Oder ihn im Nacken zu kitzeln. Oder ihre Hand auf eine bestimmte Stelle zu legen. Lieber nicht, wahrscheinlich würde ihn das nur noch mehr aufbringen.

Seufzend ließ sie sich auf dem erstbesten Felsen nieder und entrollte den Brief. Ein Brief von Johanna war immer etwas ganz Besonderes. Selten genug erreichte ein Bote sein Ziel und darüber hinaus hatte Johanna viele Jahre als Hofdame dem Lager der Staufer angehört. Nach Philipps Tod war sie mit Konrad nach Damaskus aufgebrochen und Mechthild hatte nichts mehr von ihr gehört. Allerdings stammte diese Briefrolle nicht aus Damaskus, sie war aus dem Königreich Sizilien nach Köln gelangt. Ausgerechnet Sizilien, überlegte Mechthild, wo doch Anselm von nichts anderem sprach. Sizilien schien von ungemein großer Bedeutung zu sein. Nicht nur für den Kaiser, sondern auch für den Papst und überhaupt für jeden, der es zu etwas bringen wollte. Dabei war Sizilien nur eine kleine Insel im Mittelmeer, seit Jahrhunderten von Besatzern beherrscht und weit entfernt.

Johannas Briefrolle hatte einen langen Weg hinter sich und war monatelang unterwegs gewesen. Sie war von Sizilien über Köln zu Ottos Tross gelangt. Johanna hatte Mechthild auf Pilgerschaft vermutet und die Briefrolle nach Köln zu Mechthilds Vater gesandt. Wahrscheinlich hatte sie angenommen, er würde schon wissen, wo sich seine Tochter befinde. Rudolf Cleingedank hatte es wirklich kurz zuvor erfahren und nicht gezögert, die Briefrolle einem Boten nach Italien anzuvertrauen. Zusammen mit den Nachrichten aus dem Reich, die für Otto, seine Fürsten und die Bischöfe bestimmt waren, hatte die Briefrolle die Alpen überquert. Es hatte gedauert, bis Johannas Brief in Mechthilds Hände gelangt war. Und sicher waren die Zeilen nicht mehr ganz frisch, doch das machte nichts. Mechthild war so froh über ein Lebenszeichen, dass sie die Worte schon fast auswendig kannte. Trotzdem strich sie das Pergament glatt und las sie noch einmal:

Meine Vertraute und liebste Verbündete, deine Johanna wünscht dir Heil und Frieden.
So schreibe ich dir, meiner Schwester und Freundin, in der Hoffnung, dass du ernsthaft auf der Suche nach Gott dem Herrn bist und nicht nachlässig wirst darin, ihn an allen Orten zu vermuten und zu verehren. Möge dir die Erfüllung all deiner Bitten gewährt werden, so wie die meinen mir gewährt worden sind.
In diesem Frühjahr hat uns Gott der Herr eine Tochter geschenkt. Sie ist das Licht meines Lebens und ich nenne sie Lucia. Jeden Tag versetzt mich ihr Liebreiz in Erstaunen. Dank Konrads Umsicht ist sie nicht einer Seuche in Damaskus zum Opfer gefallen. Mein fürsorglicher Gemahl hat uns ins Königreich Sizilien geschickt, wo er es für sicher hält, zumal hier viele Sarazenen leben und der sizilianische König der junge Neffe König Philipps ist.
Durch Gottes Ratschluss bin ich auch sogleich in die gütigen Hände des staufischen Königs gelangt und lebe nun mit Lucia in seinem herrlichen Sommerpalast, den sie Zisa nennen. Zu meinem vollständigen Glück fehlt nur noch Konrad, den ich jeden Tag erwarte, und natürlich meine Vertraute und Freundin Mechthild.
Richte deinem Anselm meine Grüße aus und erwähne auch, dass es für eure Hoffnung auf eine reiche Nachkommenschaft bestimmt sehr förderlich wäre, ins sonnige Sizilien zu kommen, wo die Luft von betörenden Düften und zarten Melodien erfüllt ist, zumal dein Mann nun nicht mehr den Welfen dient und frei zu gehen ist, wohin es ihm beliebt. Wenn ihr eure Gebete am Altar des Apostels verrichtet habt, so zögert nicht, mich auf dieser lieblichen Insel zu besuchen. Fürchtet auch nicht die wilden Bergsarazenen oder die aufständischen Barone. Der junge König hat sich soeben mit Konstanze aus Aragon vermählt und ihre Mitgift besteht aus fünfhundert strahlenden Rittern. Mit ihnen wird er sein kleines Königreich befrieden und niemand wird es in Zukunft mehr wagen, den Frieden dieser Insel zu stören, die ganz bestimmt bei ihrer Erschaffung dem Paradiese nachempfunden worden ist. Wo, wenn nicht an einem solchen Ort, sollten sich deine Hoffnungen erfüllen, so verbleibe ich …

Mechthild kam nicht mehr dazu, Johannas herzliche Abschiedsworte zu lesen, denn plötzlich tropfte Wasser von oben auf die Zeilen und verschmierte die Tinte. Erschrocken blickte sie auf und ehe sie das Pergament zusammenrollen konnte, griffen Anselms tropfende Finger danach. Mit einem kleinen empörten Schrei sprang sie auf und entriss ihm Johannas Zeilen wieder. Mit weit ausgestreckten Armen hielt sie ihn über die glitzernden Wellen: »Eher bekommt ihn der Ombrone.«
Anselm versuchte mit seiner freien Hand, das flatternde Pergament zu erwischen, und keuchte vorwurfsvoll: »Es ist unsere Pflicht, den Kaiser über die fünfhundert Ritter zu informieren.«
Mechthild watete durch das schäumende Wasser und holte aus, um den Brief in die Fluten zu werfen. Doch sie zögerte noch und blickte sich um. Das Wasser reichte ihr schon knapp unter die Knie, ihre Röcke begannen sich voll zu saugen und wurden schwerer und schwerer. Warum sah Anselm so entsetzt aus? Sie zogen doch gar nicht nach Süden. Was scherte sie diese ferne Insel und die Ritter aus Aragon? Verwundert rief sie über ihre Schulter zurück: »Warum sorgst du dich um fünfhundert Ritter auf Sizilien? Otto marschiert in Richtung Norden – oder hast du das noch nicht bemerkt?«
Anselm folgte ihr mit angespanntem Gesichtsausdruck und ruderndem Arm durch die schäumende Gischt. Er hatte offensichtlich große Mühe, nicht das Gleichgewicht zu verlieren. Der Wind zerrte an seinem Mantel und der nasse Saum schlug ihm hart gegen die Beine. Verzweifelt umklammerte er die Armschlinge und brüllte gegen den Lärm der tosenden Wellen an: »Er marschiert nur zum Schein nach Norden. Er will sich in Pisa eine Flotte besorgen, welfentreue Truppen ausheben und stärker als zuvor nach Sizilien ziehen.«
Das war ja etwas ganz Neues. Er marschierte nur zum Schein nach Hause, wirklich gerissen, dieser Otto aus Braunschweig. Er täuschte Seine Heiligkeit in Rom und wiegte sie in Sicherheit. Das würde eine schöne Aufregung geben, wenn der frisch gekrönte Kaiser plötzlich kehrtmachte und zurückkäme. Sie wollte nicht in der Haut des jungen Königs von Sizilien stecken. Er war doch noch ein halbes Kind. Es war wirklich nicht schön, ihm die strahlenden spanischen Ritter nicht zu gönnen.

»Dann lass doch dem kleinen König auf Sizilien seine fünfhundert Ritter. Oder hol dir, was du begehrst!«
Sie schwenkte angriffslustig mit dem Pergament durch die Luft. Feine Wassertropfen hingen in ihren Haaren, ihre Schapel verrutschte und die Kälte begann, ihre Beine hinaufzukriechen. Plötzlich wurde der zarte Schleier, der ihr Haar bedeckt hatte, vom Wind erfasst und wehte wie ein geblähtes Segel davon. Anselm hatte sie nun erreicht. Fordernd streckte er die Hand nach dem flatternden Pergament aus und sagte so beschwörend, als spräche er zu einer Betrunkenen: »Wenn Otto diesen Brief liest, wird er Sizilien aufgeben. Fünfhundert Ritter zu Pferd sind unbequem. Das sind keine mit Stecken bewaffneten Bauern, sondern ausgebildete Männer in Kettenhemden. Der Kaiser wünscht, Sizilien ganz nebenbei und nicht im verlustreichen Kampf zu erobern. Die königliche Kanzlei wird den Brief auf seine Echtheit prüfen und …«
»Die königliche Kanzlei?«, rief Mechthild erbost und drehte sich mit einer eleganten Bewegung zur Seite. Johannas Brief war wieder aus Anselms Reichweite und somit aus der Reichweite der Kanzlei. Es war ihr Brief, sein Inhalt war nicht Reichssache und für die Augen einer königlichen Kanzlei bestimmt. Nicht jeder Reichsritter musste erfahren, dass sie nicht schwanger werden konnte. Sie würde vor Scham sterben, wenn ihre Kinderlosigkeit zum Gespött des Reiches werden würde. Wenn es sein musste, würde sie dafür Otto in die Schwerter von fünfhundert Rittern laufen lassen. Kurzentschlossen ließ sie das Pergament los.
Eine Windböe erfasste es und riss es mit sich. Mechthild beobachtete zufrieden, wie es über die Wellen schwebte und schließlich flussabwärts davonschaukelte.
Neben ihr machte Anselm plötzlich eine hektische Bewegung, ruderte hilflos mit den Armen und stürzte. Es platschte laut, Wasser spritzte auf und er lag der Länge nach bäuchlings im Wasser ausgestreckt. Ehe sie bei ihm war, hatte er sich wieder halb aufgerichtet und krümmte sich. Mit in den Nacken geworfenem Kopf presste er stöhnend die Augen zusammen, wiegte sich vor und zurück und zog scharf die Luft zwischen die Zähne. Mechthild vergaß sofort Johannas Brief, Kaiser Otto und Sizilien. Der Anblick ihres Mannes, der

im Wasser kniete und sich vor Schmerzen krümmte, erschreckte sie so, dass sie nicht mehr wusste, was zu tun war. Sie hörte Tante Herrads Stimme vorwurfsvoll sagen: Tja, mein Kind, du vergisst immer, die Folgen vorher abzuwägen. Bessere dich. Bessere dich.

Waren es Tränen, die an seinem Gesicht herunterrannen, oder war es Flusswasser?

Mechthild beugte sich zu ihm hinunter und streckte ihm unsicher ihre Hand entgegen. Er blinzelte noch ein paar Mal und schaffte es endlich, sich vollständig aufzurichten. Alles an ihm tropfte und er schwankte leicht, während er stöhnend die verrutschte Schlinge über seinem Arm straffte: »Ahhha, der Knochen, er muss wieder ge… gerichtet werden.«

Mechthild beeilte sich, seinen Arm zu stützen, und führte ihn ans Ufer. Während sie ihm half, die Uferböschung zu erklimmen, murmelte sie beschämt: »Es tut mir Leid. Es tut mir so Leid.«

»Schon gut, meine Schuld. Es war dein Brief. Bring mich zum Heeresmedicus.«

Der großzügige Anselm, der stoische Held, der tapfere vernünftige Mann. Sie liebte ihn für seine knappen Worte: Schon gut. Durch ihre Gedankenlosigkeit war er auf seinen gebrochenen Arm gestürzt und er sagte nichts weiter als: Schon gut. Herr im Himmel!

Als sie oben angekommen waren, schweiften ihre Augen über die Zelte und während sie noch überlegte, wo der Medicus lagerte, stöhnte Anselm neben ihr: »Ich werde nie mehr eine Feder halten können.«

»Ein guter Medicus kann sicher … Johanna! Wir könnten nach Sizilien gehen! Johannas Heilkraft wird den Knochen heilen. Das ist schon oft geschehen, wenn sie ihre Hände aufgelegt hat.«

Und der betörende Duft und die lieblichen Melodien der Insel werden uns mit Gottes Hilfe ein Kind schenken, fügte sie in Gedanken hinzu, doch sie wagte nicht, es laut auszusprechen. Anselm blieb stehen und blickte nachdenklich zu den Zelten hinüber, die im Abendlicht sehr einladend aussahen. Zögernd sagte er: »Vielleicht … vielleicht sollten wir wirklich …«

Er presste seine Hand auf den schlaff zwischen den Schlingen baumelnden Arm und stöhnte leise. Seine Augen waren auf einen Schatten gerichtet, der sich zwischen den Zelten auf sie zubewegte. Der

Schatten wurde auf den weißen Zeltbahnen immer größer, löste sich, wanderte über das feuchte Gras und blieb vor ihnen stehen. Die Gestalt war keineswegs so groß, wie es ausgesehen hatte. Nicht der hoch gewachsene Kaiser, sondern der kleine, rundliche Walther von der Vogelweide blinzelte sie nun freundlich an und schwenkte seine verbundene Hand wie zum Gruß: »Anselm Schreiberling, der Kaiser verlangt nach Euch. Euer Arm taugt nichts mehr, allerdings ist doch Eurer Kopf so klug wie eh und je. Ihr sollt einen Brief an die aufmüpfigen sizilianischen Barone ersinnen und Eurem Sohn diktieren. Beeilt Euch, guter Mann.«
»Ich komme!«
Das klang genauso ergeben, wie das »schon gut« kurz zuvor. Er hat doch Schmerzen, dachte Mechthild empört. Er musste zum Medicus, wenn schon nicht nach Sizilien zu Johanna, dann doch zumindest zu Ottos Heeresmedicus ein paar Zelte weiter.
»Du musst zum Krankenzelt, dein Arm muss gerichtet werden. Außerdem bist du ganz nass. Du wirst dich in den nassen Kleidern erkälten«, protestierte Mechthild und warf Walther einen vorwurfsvollen Blick zu. Wie konnte er es wagen, den wichtigsten Ratgeber des Kaisers herbeizuzitieren wie einen beliebigen Knappen. Anselm schien sich nicht daran zu stören und erklärte tapfer: »Im königlichen Zelt ist es warm. Es wird schon gehen. Es muss gehen. Ich möchte wissen, was Otto vorhat. Wenn er sich mit den aufständischen Baronen vom sizilianischen Festland verbünden will, dann nützen dem kleinen König auch seine fünfhundert Ritter nichts. Dann gnade ihm Gott!«
Walther lachte und zog Anselm mit sich: »Ja, dann gnade ihm Gott und ich werde dichten. Zum Ruhme unseres Welfen und auf den Untergang dieser kleinen Staufermaus auf Sizilien.«
Sizilien, dachte Mechthild und blickte Anselm besorgt nach. Otto griff wieder nach ihrem Mann und sie konnte nichts dagegen tun. Immer kam die große Politik dazwischen. Dabei hatte ihr Johannas Vorschlag so gut gefallen. Wie gern würde sie auf Sizilien die betörenden Düfte und lieblichen Melodien genießen. Doch wenn sie je dorthin käme, dann im Heer eines grimmigen Eroberers.
Johanna war dann sicher längst nach Damaskus zurückgekehrt.

Agnes stand neben einem vertrockneten Oleanderbusch und wartete. Es war ein schöner Ort, um zu warten. Sie hätte die großen Wasserbecken und die Springbrunnen bewundert, wenn ihre Gedanken nicht ganz woanders gewesen wären. So bekam sie kaum etwas von dem heiteren Glanz, den die Zisa an diesem Morgen verbreitete, mit. Alles war heiter, jeder schien vergnügt. Sie konnte die Gruppe der ebenfalls wartenden Edelknappen lachen und scherzen hören.

Ein hübscher blonder Junge aus Aragon balancierte auf dem Beckenrand und alberte herum. Er war ein Überbleibsel der spanischen Ritter, unter denen die Seuche so gewütet hatte.

Es war üblich, dass sich mehrere Jungen ein Bett teilten, und wäre er es nicht gewesen, würde sie neben einem anderen liegen. Er stieß im Schlaf spanische Flüche aus und schlug nach ihr, sodass sie es vorzog, auf dem Boden zu schlafen. Außerdem schienen seine dunklen Augen sie ständig zu mustern. Was haben wir denn da für ein Muttersöhnchen, schien sein Blick zu sagen und genauso nannte er sie: Hijo de mamá.

Irgendwann würde er über den Neuen herfallen und sich mit ihm prügeln wollen. Bevor Jungen sich anfreundeten, fand häufig ein Kräftemessen statt. Sie kannte es von ihrem Bruder und der hätte nicht so lange gezögert. Wahrscheinlich hielt den Spanier sein Heimweh vom Prügeln ab. Er starrte oft melancholisch vor sich hin. Allerdings schien er sich heute auf den Ausflug zu den königlichen Wiesen und Feldern vor der Stadt zu freuen.

Jeder freute sich, nur Agnes fühlte sich schrecklich. Nachdem der König nach seiner Rückkehr damit beschäftigt gewesen war, sich in der Stadt zu zeigen und alle Gerüchte über seinen möglichen Tod zu zerstreuen, fand heute die erste Falkenjagd statt.

Eine Falkenjagd hätte sie vor kurzem auch noch begeistert. Zerstreut pflückte sie ein schlaffes Blatt von den herabhängenden Zweigen.

Während sie es zwischen ihren Fingern zerrieb, dachte sie an die vergangenen Tage zurück. Nach ihrer Ankunft hatte der junge Araber sie mit zu einer Dame namens Johanna nehmen wollen, doch der Oberfalkner hatte es nicht gestattet. Er wollte sie unter seiner strengen

Aufsicht haben und so hatte sie die Zeit mit dem Reinigen der Falkenhäuschen, dem Vorbereiten der Atzung und dem Auffüllen der Badebecken verbracht. Es war niedere Arbeit gewesen und niemand hatte den neuen Falknerjungen aus Catania besonders beachtet.
Heute würde sich das ändern.
Sulaimān, der Oberfalkner, wollte den neuen Falknerjungen während der Jagd prüfen. Vor den Höflingen, den Knappen und dem König höchstpersönlich wollte er ihm Fragen stellen, als amüsante Zerstreuung und zur Belehrung der Anwesenden. Das überlebe ich nicht, dachte Agnes und ließ das zerkrümelte Blatt mutlos zu Boden fallen. Sie war sich sicher, dass ihre Entdeckung kurz bevorstand. Sie würde als Frau entlarvt und hart bestraft werden. Es war unaufhaltsam, es konnte keine Rettung geben: Sie würde stottern, sich mädchenhaft benehmen und sich dadurch verraten.
Bereits am frühen Morgen war ihre Entdeckung in greifbare Nähe gerückt. Ihr wurde ganz flau im Magen, wenn sie daran zurückdachte. Der blonde Schwabe, der nun beim König im Dienst stand, war zum Falknerhäuschen gekommen, um sie abzuholen. Sie hatte den Kopf gesenkt und ihn nicht angeblickt. Musste er doch wissen, wer sie wirklich war. Im Kreuzgang war es zwar dunkel gewesen, doch er hatte sie ganz deutlich gesehen, dasselbe Gesicht, nur die Haare waren lang gewesen und sie hatte Röcke getragen. Er musste blind sein, um es nicht zu bemerken. Doch anscheinend kam ihm gar nicht der Gedanke, dass sie etwas anderes sein könnte als der neue Falknerjunge aus Catania. Halb erleichtert und halb enttäuscht hatte sie zu allem genickt, was er gesagt hatte. Er war gut gelaunt und gesprächig gewesen. Und, o heilige Verena, steh mir bei, er hatte sie berührt.
Seine kräftigen Finger waren über ihre erhitzte Wange gestrichen und er hatte aufmunternd gesagt: »Sulaimān ist nicht so streng, wie er aussieht. Ich werde da sein und notfalls eingreifen. Mach dir keine Sorgen, es wird alles gut gehen.«
Sie war gestolpert und hatte kein Wort herausgebracht. Ihre Wangen hatten geglüht, als würden sie in Flammen stehen, und sie hatte sich gewundert, dass er es nicht bemerkt hatte.
Unter Sulaimāns strengem Blick hatten sie gemeinsam die Greifvögel auf das Tragegestänge gestellt, die Riemen verknotet und das

Gestänge auf einen Wagen gehoben. Später hatte der Schwabe seine großen Hände um ihre Taille gelegt, um sie auf den Wagen zu heben. Allein diese Berührung hätte unter anderen Umständen genügt, dass Stephan zum Schwert gegriffen hätte, um bis zum letzten Blutstropfen die Ehre seiner Schwester zu verteidigen. Es machte sie ganz kribbelig, wenn sie nur daran dachte. Sie konnte in diesem Augenblick nicht sagen, was sie mehr beunruhigte: die bevorstehende Falknerprüfung oder die Nähe des blonden Schwaben aus ihren Träumen.

Vor wenigen Augenblicken war er im Sommerpalast des Königs verschwunden.

Agnes hatte keine Ahnung, warum sie Halt gemacht hatten. Anscheinend war es wichtig genug, denn der Oberfalkner marschierte ungeduldig vor dem großen Tor auf und ab und warf ihr hin und wieder einen mahnenden Blick zu.

Als eine zierliche Dame aus dem Tor trat, verstummten alle und der Oberfalkner verbeugte sich galant. Die Dame war nicht mehr jung, zumindest nicht für Agnes' kritischen Blick. Ihr braunes Haar war halb von einer Haube bedeckt und feine silberne Strähnen sahen an den Schläfen hervor. Ein zarter Schleier verbarg ihre Gesichtszüge und sie trug keinen Mantel, so konnte Agnes das Kleid bewundern. Es war wert, bewundert zu werden, und für einen Moment vergaß sie ihren eigenen Kummer. Es schillerte und glänzte in einem atemberaubenden Violett, hatte unerhört weite und ausladende Flügelärmel, und war über und über mit silbernen Eidechsen bedeckt.

Dort stand eine wirkliche Dame, daran konnte kein Zweifel bestehen. Jede ihrer Bewegungen drückte Feingefühl und Eleganz aus. Agnes kam sich wie ein tölpelhaftes Landmädchen vor. Selbst in ihren Frauenkleidern und mit dem langen schwarzen Haar war sie nicht halb so damenhaft wie diese Person. Sie konnte gut verstehen, dass alle bewundernd zu ihr blickten. Allerdings schien der blonde Schwabe unverschämt nah bei der Dame zu stehen. Überaus bemüht, ihr zu gefallen und nichts verkehrt zu machen, umschwänzelte er sie, wie ein liebeskranker Gockel. Er führte sie mit wippenden Schritten zum Wagen hinüber und erklärte mit einer Stimme, die vor Freundlichkeit zu triefen schien: »Dame Johanna, überwindet

Euch ein einziges Mal. Seht ihn Euch wenigstens einmal an, bevor Ihr ihn ablehnt.«

Agnes dachte für einen Moment, sie sei gemeint, und trat hastig einen Schritt hinter die Oleanderzweige zurück. Zu ihrer großen Erleichterung zog die große Hand des Schwaben das Verdeck des Wagens zur Seite und deutete auf einen besonders hübschen Merlinfalken.

»Alle Damen bei Hofe halten sich einen Merlin. Manche nehmen den ihren sogar mit zu Tisch. Sie lieben ihn mit reiner und unschuldiger Hingabe. Dieser ist ein ganz seltenes Exemplar. Ich mache ihn Euch zum Geschenk.«

»Lieber Herr, Falken sind mir ein Gräuel. Sie kommen für mich gleich nach Spinnen und Kröten, wilden Wölfen und ungezähmten Pferden. Kaum, dass ich einen Hund in meiner Nähe ertragen kann, geschweige ein so hochmütiges und unberechenbares Tier wie einen Greifvogel.«

»Teuerste Dame, wie könnt Ihr so sprechen?«

Ja, wie konnte sie nur, pflichtete Agnes ihm empört bei. Eine Dame, die Falken nicht mochte, war dumm und kindisch. Diese Johanna konnte unmöglich von edler Gesinnung sein, wenn sie einen kleinen Merlin hochmütig nannte. Agnes beschloss, Dame Johanna nicht zu mögen, und starrte hasserfüllt zu ihr hinüber.

In diesem Augenblick hob die Dame ihren Schleier. Das hübsche, zarte Gesicht und die großen braunen Augen, die so sanftmütig blickten, konnten Agnes nicht täuschen. Dieser Frau war nicht zu trauen. Agnes fand es abscheulich, wie sie mit einem honigsüßen Lächeln ihren Begleiter zu umgarnen suchte und ihm zuraunte: »Seid mir nicht böse. Lächelt wieder. Lasst mir ein gütiges Pferd bringen, so will ich Euch begleiten, mein Wolfger.«

Mein Wolfger, dachte Agnes wütend, sie nannte ihn ihren Wolfger. Das war wirklich unerhört. Und er folgte ihr auch noch aufs Wort. Wie ein treuer Hund. Sobald sie ihre Bitte ausgesprochen hatte, machte er dem spanischen Jungen ein Zeichen, eines der etwas abseits wartenden Pferde heranzuführen.

Sofort wirbelten die Jungen durcheinander. Der Oberfalkner brüllte Befehle und Agnes bückte sich unter den Zweigen hervor. Diesmal

musste sie allein auf den Wagen klettern, denn Wolfger half der Dame auf das müde aussehende Pferd, das der spanische Junge herangeführt hatte.
»¡Muchas gracias, Alonzo!«, sagte die Dame zu dem blonden Jungen und fügte schelmisch hinzu: »Und besten Dank, teuerster Wolfger.«
Sie hielt sich weitaus besser im Sattel, als ihre Abneigung gegen Pferde vermuten ließ, und sie dankte einem Knappen, was nicht selbstverständlich war. Dennoch war es unverzeihlich, mit welcher Begründung sie den Merlin abgelehnt hatte. Agnes hoffte, dass Wolfger neben ihr genauso empfand. Wolfger – der Mann aus dem Kreuzgang hatte nun einen Namen. Sie wagte, ihm einen vorsichtigen Blick zuzuwerfen. Er wirkte nicht beleidigt oder betrübt. Lässig schwenkte er die Zügel und der Falknerwagen fuhr an. Der Oberfalkner wartete bis die Reiter vorbei waren, dann folgte er mit seinem Wagen.
Es wurde für Agnes ein langer Weg vom königlichen Sommerpalast zu den Wiesen vor der Stadt. Mit jedem Hufschlag näherte sich der Augenblick, wo alle Augen auf sie gerichtet sein würden und jeder gespannt lauschte, was sie zu sagen hätte. Sie wollte nicht im Mittelpunkt des Interesses stehen. Es würde ihr genügen, jeden Tag das Falknerhäuschen zu schrubben und die Ausscheidungen der Greifvögel von den Stangen zu kratzen. Lieber Tag für Tag den stinkenden Schmelz entfernen, als vor dem König sprechen zu müssen. Wie redete ein Falknerjunge einen König an? Durfte er es überhaupt wagen, ihm in die Augen zu blicken? Was würde geschehen, wenn ein Falke durch ihre Schuld zu Schaden käme?
Während der Wagen über die sandigen Wege holperte, kreisten die Fragen unablässig in ihrem Kopf. Ich werde da sein, hatte Wolfger gesagt. Sie sollte ihm all diese Fragen stellen. Leider konnte sie sich, bis der Wagen auf einer weitläufigen Wiese im Schatten einer Baumgruppe zum Stehen kam, nicht überwinden.
Sobald Agnes vom Wagen gesprungen war, fuhren ihre Augen prüfend über das Gelände. Es war für eine Falkenjagd wie geschaffen. Eine Reihe kleiner, etwas verfallen aussehender Falkenhäuschen säumte die gelb und vertrocknet aussehende Wiese. Im Schatten der gegenüberliegenden Baumgruppe waren Männer dabei, Bänke aufzustellen, und Mägde trugen Körbe mit Früchten und große Krüge.

Wäre Agnes nicht übel vor Aufregung gewesen, hätte sie eine Falkenjagd an einem sonnigen Herbstmorgen genossen und sich auf die anschließende Stärkung gefreut. So stand sie nur verloren herum und beobachtete, wie Wolfger Dame Johanna zu den Bänken hinüberführte. Der Merlin schien vergessen zu sein. Hatte er nicht Ballengeschwülste von zu langem Stehen auf harter Unterlage gehabt? Gerade als Agnes beschlossen hatte, die Plane anzuheben und noch einmal einen Blick auf den kleinen Merlin zu werfen, kündigten aufgeregte Rufe den herannahenden König an.

Sie überließ die Plane dem grimmig knurrenden Oberfalkner und kauerte sich hinter dem Wagen an einem der Baumstämme zusammen. Während die Hufschläge näher kamen, jemand geziert lachte und die Falken erregt mit den Flügeln schlugen, vergrub Agnes ihr Gesicht in die Armbeuge und flehte ihre Gürtelheiligen an, sie zu erlösen. Hätte sie doch ihren Gürtel um, dann könnte sie mit den Fingern darüber streichen und so ihrem Gebet Nachdruck geben. Der schöne bestickte Gürtel lag zu Hause im Falknerhäuschen und so konnte sie nur wispern: »Heilige Afra, komme herab und errette mich, heilige Verena, ziehe mich zu dir hinauf und befreie mich von meiner Pein, heiliger Ignatius …«

»Agilo?«

Das war Wolfger. Sie würde ihn unter Hunderten von Männern heraushören.

»Wo steckst du? Komm, der König wünscht, dich zu sehen.«

Plötzlich wurde sie hochgezerrt und grob an den Armen gepackt.

»¡Hijo de mamá!«, brüllte Alonzo und schüttelte sie, »¡Hijo de mamá!«

Er zog sie mit sich um den Wagen herum und ins helle Sonnenlicht. Blinzelnd stolperte sie hinter ihm her über die Wiese, bis sie die schattigen Bänke erreicht hatten. In deren Mitte stand auf hohen Holzblöcken das Falkengestänge. Auf ihm warteten die verkappten und mit Geschüh versehenen Falken. Jemand hatte die Stangen mit Zweigen umwunden. Als Alonzo sie dorthin schubste, rieselten die vertrockneten Blätter herunter.

Angstvoll blickte Agnes in die erwartungsvollen Gesichter der vielen Menschen. Der König schien seinen gesamten Hof mitgebracht zu haben. Sämtliche Mitglieder der königlichen Kanzlei, Scholaren und sogar ein Templer mit einem Kreuz auf der Brust war darunter. Agnes stockte für einen Moment der Atem und sie überlegte, ob er der bärtige Templer auf dem Pilgerweg gewesen sein könnte. Sie war sich nicht sicher und so beeilte sie sich, ihren Blick zu den Damen wandern zu lassen, die hoch aufgerichtet dasaßen und hin und wieder miteinander wisperten. Eine von ihnen musste die Königin sein, vielleicht die mit dem rubinbesetzten Reif über dem Gebände? Sie waren alle so vornehm, jede könnte die sizilianische Königin sein, und Dame Johanna thronte mitten zwischen ihnen. Zu Agnes' großer Erleichterung stand Wolfger ein wenig abseits und lächelte aufmunternd. Ich werde da sein, wenn du mich brauchst, schienen seine graublauen Augen zu sagen. Schüchtern lächelte sie zurück.

Dann wandte sie ihre ganze Aufmerksamkeit den Falken zu. Aufmerksam musterte sie die roten Lederhauben. Sie durfte sich nicht ablenken lassen. Sie musste sich auf die Kunst, mit Vögeln zu jagen, konzentrieren. Der König selbst würde anwesend sein, wenn sie über Fangschnur und Bell, Federspiel und Geschüh befragt wurde. Wo steckte der junge König von Sizilien? Alle schienen nur noch auf sein Erscheinen zu warten.

Zuerst konnte Agnes den König nirgends entdecken, dann sah sie, wie er sich am Rand der Wiese von einem Reiter verabschiedete und langsam näher kam. Er sah sehr ernst und besorgt aus. Seine Höflinge begannen die Köpfe zusammenzustecken und aufgeregt zu murmeln. Irgendetwas schien die morgendliche Falkenjagd zu stören. Etwas, das so wichtig war, dass der Oberfalkner besorgt seine buschigen Augenbrauen zusammenzog und der junge Araber neben ihm auf seiner Unterlippe herumbiss.

Nicht genug, dass sie sowieso schon vor Aufregung zittrige Knie hatte, nun hatte der König auch noch schlechte Laune. Agnes wünschte, sie wäre in der Villa Montagna geblieben und hätte brav und ohne zu murren das Haus in Ordnung gehalten und ihre kranke Mutter gepflegt.

Als der König neben dem Falkengestänge stand, verstummte das Gemurre augenblicklich. Er räusperte sich und blickte bedeutungsvoll

um sich, bevor er ausrief: »Der Welfe ist zum Kaiser gemacht. Dieser Otto ist Romanorum Imperator Augustus!«
Das Gemurre wurde wieder lauter, ein paar Männer schüttelten fassungslos den Kopf und eine der Damen begann, leise zu schluchzen. Sogar die Falken sträubten unbehaglich ihr Gefieder. Unbeeindruckt fuhr der König fort: »Mio patrino Innozenz bringt den furor teutonicus über uns. Die unverschämten Deutschen werden nach unserem Königreich greifen. Wir werden diesem Otto schreiben. Wir verzichten auf schwäbisches Erbe und bieten ihm eine große Summe, dafür er lässt uns in Ruhe.«
Der Kanzler Walter von Pagliara verzog unwillig das Gesicht und raunte den Umstehenden etwas zu. Erregtes Stimmengewirr setzte ein. Der König ging gelassen darüber hinweg und erklärte seufzend: »Keine Jagd mit den Falken, nicht heute. Wir werden umkehren, zur Kanzlei – subito!«
Agnes hörte die Worte und konnte es nicht fassen. Eine Kaiserkrönung hatte sie gerettet. Die Jagdgesellschaft würde sich auflösen. Der vermeintliche Falknerjunge würde fortfahren, Tag für Tag die Badebecken zu reinigen. Agnes stellte sich gerade vor, wie sie den Schmelz von den Stangen kratzte, als die Stimme des Königs ihre Gedanken unterbrach: »Ist das der nuovo ragazzo? Mir wurde gesagt, er sprich von den Eltern Deutsch. Wir werden ihn zu Falken befragen und unser Deutsch üben. Hilf mir, Lupo, wenn nötig. Komm her, Freund.«
Agnes stockte der Atem. Sie war der neue Junge, der im Elternhaus Deutsch gelernt hatte und den der König befragen wollte. Als Wolfger neben ihr stand und alle Blicke auf sie gerichtet waren, holte sie tief Luft. Nun wurde es ernst. Es gab kein Zurück mehr.
Nicht den Oberfalkner, der zur Seite trat, sondern den König höchstpersönlich würde sie überzeugen müssen. Ihre Knie zitterten nun so sehr, dass es jedem auffallen musste. Ein fester Kloß hatte sich in ihrem Magen gebildet und erschwerte erneut das Atmen. Wie sollte sie bloß einen Ton hervorbringen, geschweige denn, etwas halbwegs Vernünftiges von sich geben? Wenn das hier zu Ende war, würde der grimmige Oberfalkner sie in Stücke reißen und den Falken als Zieget zur Atzung anbieten.

Der König schien es plötzlich nicht mehr eilig zu haben. Er überlegte einen Augenblick, dann hob er an, mit sachlicher Stimme eine Art Vortrag zu halten: »Was muss ein guter Falkner sein? Er muss Hitze und Kälte ertragen, Arbeit nicht scheuen, Methoden verfeinern und seine Arbeit lieben. Er darf nicht dick sein und nicht dünn, nicht alt und nicht jung. Jung ist nicht gut. Wie haben wir es gestern formuliert, Lupo?«

»Es ist die Art der Knaben, ihre Blicke an gefälligen Flügen zu weiden und den Vogel durch häufige Anstrengungen zu ermüden. Das ist unvereinbar mit dem Wesen der Kunst.«

»Ist das deine Art, Knabe?«

Agnes erstarrte. Erst als Wolfger seine Hand auf ihre Schulter legte, konnte sie laut und zuversichtlich erwidern: »Nein, Herr, ganz gewiss nicht.«

Der König lächelte und fragte listig: »Was ist Bestreben des Falkners?«

Agnes überlegte einen Moment. Es war das Lieblingsthema ihres Vaters gewesen. Oft hatten sie es diskutiert. Zuversichtlich holte sie aus: »Er will gute und bessere Beizvögel als alle anderen besitzen. Seine größte Freude ist es, hervorragende Jagdvögel sein Eigen zu nennen. Deshalb treibt er keinen Missbrauch mit seinen Beizvögeln, sondern will sie in guter Verfassung halten. Er lässt sie so fliegen, dass sie nicht zu sehr beansprucht werden, und er betreut sie mit besonderer Sorgfalt.«

»Gut geantwortet, kleiner Falkner. Hat Sulaimān noch eine Frage?«

Agnes blickte zu dem finsteren Mann hinüber und hoffte, dass er abwinken würde. Stattdessen zog er sich seinen Falknerhandschuh über und trat zum Falkengestänge. Geschickt nahm er einen Gerfalken auf seinen Handschuh und trat zu Agnes heran. Durch die Menge ging erneut ein Raunen. Der Oberfalkner nahm dem Falken die Haube ab und hielt ihn herausfordernd vor Agnes' Gesicht. Sie sah sofort, dass der Vogel krank war. Er sah teilnahmslos aus, hatte trübe wirkende Augen und ein gesträubtes Gefieder. Er musste schon längere Zeit keine Atzung mehr verdaut haben, denn seine Brust war eingefallen, sein Schnabel geöffnet und ein Flügel hing auf einer Seite träge herunter. Ein gesunder Vogel hatte ein glattes, gut geordnetes Gefieder

und seine Augen waren offen und klar. Der kranke Gerfalke war ein trostloser Anblick.
Agnes vergaß, wo sie sich befand, und achtete nicht mehr auf die vielen neugierigen Blicke. Sie schüttelte Wolfgers Hand ab, um zum Gestänge hinüberzugehen. Dort suchte sie die Stelle, an der er gestanden hatte, und untersuchte gewissenhaft den Schmelz. Die Ausscheidungen eines gesunden Greifvogels glichen einer weißlichen Flüssigkeit, die mit gelblich braunen Stücken durchsetzt war. Manchmal befand sich herausgewürgtes Gewölle dazwischen. Es bestand aus Federn und Haaren, die der Vogel nicht verdauen konnte. Um die Verdauung dieses Falken schien es nicht gut zu stehen. Agnes bückte sich und fuhr mit der Nase über den Schmelz. Er roch gärig, war schaumig und zeigte eine auffallend grünliche Farbe. Es konnte keinen Zweifel geben. Agnes richtete sich wieder auf, blickte sich um und erklärte: »Er hat verdorbenes Fleisch bekommen.«
Der jüngere Araber trat an den Oberfalkner heran und flüsterte mit ihm. Sulaimān nickte und die Menschen auf den Bänken trommelten mit den Fäusten auf die Bänke und riefen: »Bravo ragazzo« und »gut gemacht«.
Der König lachte und winkte Agnes zu sich: »Wie heißt du?«
»Agilolf, wie der Heilige, der den Falken zum Singen brachte.«
»Agilo. Wir nennen ihn Agilo«, fügte Wolfger hastig hinzu, als wäre ihre Antwort vermessen gewesen, und griff besitzergreifend ihre Hand: »Er steht unter meinem Schutz.«
Der König nickte, warf der ausgelassenen Menge einen leicht verächtlichen Blick zu und erklärte leise: »Brot und Spiele, wie bei die Caesaren. Sie sollen das Essen verteilen und der da …«, seine Augen ruhten einen Moment auf Agnes, stirnrunzelnd ergänzte er: »Er ist ein guter Falkner. Er soll sich um die krankes Vogel kümmern. Was tust du für Heilung, Agilo mio?«
»Ich massiere ihm die verdorbenen Fleischstücke vorsichtig wieder aus dem Schnabel heraus und gebe ihm mit Tierkohle und Öl vermischtes Wasser zu trinken.«
»Gut, ist ganz gut bei schlechtem Fleisch.«
Der König wandte sich um und verließ nachdenklich das Areal um das Falkengestänge. Noch bevor er die im Schatten der Bäume gra-

senden Pferde erreicht hatte, war er von seinen Männern umringt. Sie redeten aufgeregt auf ihn ein und ließen sich auch durch seine bittend erhobene Hand nicht beruhigen. Agnes blickte zu ihnen hinüber und seufzte erleichtert.
Es war vorüber. Sie hatte es geschafft und war nun vor allen als neuer Falknerjunge akzeptiert worden. Der Oberfalkner würde ihr den kranken Vogel überlassen und sie konnte zeigen, wie wunderbar sie mit abgerichteten Beizvögeln umzugehen verstand. Selbst Alonzo würde es nicht mehr wagen, sie ein Müttersöhnchen zu nennen. Ihr Vater wäre stolz auf sie gewesen, wenn er heute dabei gewesen wäre. Sie vermisste ihn. Wieder seufzte sie. Diesmal klang ihr Seufzen etwas traurig.
Wolfger ließ ihre Hand los und fragte: »Woran denkst du, Junge? Hast du Heimweh nach der Villa unter dem Ätna?«
»Nicht mehr als Ihr nach Eurer Heimatstadt Ulm.«
»Woher weißt du von Ulm?«
Ja, woher wusste sie davon? Verlegen starrte sie auf ihre Füße. Sie konnte ja gar nicht wissen, dass er aus Ulm stammte und im Gefolge des Ritters von Justingen nach Santiago de Compostela gereist war. Zumindest nicht als Falknerjunge aus Catania. Wolfger lachte plötzlich verstehend: »Bestimmt hast du gehört, wie ich ausgerufen habe, was jeder Ulmer immer und überall ausruft. Beim Näglein des Heiligen Kreuzes zu Ulm. War es so?«
Agnes schlenderte betont langsam zum Falkengestell hinüber, wo der Oberfalkner den Gerfalken an seinen Platz zurückgestellt hatte. Während sie das Gefieder untersuchte, murmelte sie möglichst beiläufig: »Kann schon sein.«
Sie wagte nicht, sich umzublicken.

November 1209, in einem Wald vor Pisa

Überraschend schnell brach die Dunkelheit herein und machte alle Pläne zunichte. Heute würde aus dem prächtigen Einzug in die Stadt nichts mehr werden. Für eine weitere Nacht würde Ottos treue Anhängerschaft in ihren Reisezelten frieren. Der frisch gekrönte Kaiser des Heiligen Römischen Reiches marschierte am Rande des Lagers im Schatten hoher Tannen auf und ab. Bei jedem Schritt trieb er seinen Stiefel wütend in den Waldboden und fluchte leise vor sich hin.

Mechthild saß ein Stück abseits am Lagerfeuer und wickelte sich frierend in ihren Mantel.

Sie konnte Ottos Enttäuschung fast verstehen, schließlich musste er auf überbackenen Mandelpudding und fetten gefüllten Fasan, garniert mit dem Jubel der Menge vor den Fenstern, verzichten. Die Pisaner hätten nicht geknausert, denn sie zählten zu seinen treuesten Verbündeten.

Allerdings waren sie nicht ganz uneigennützig. Als geschäftstüchtige Männer hofften sie, den Genuesern, ihren bittersten Konkurrenten, eines auszuwischen. Es wimmelte in Pisa von Kaufleuten und Kaufleute taten nie etwas ohne Hintergedanken. Einen deutschen Kaiser mit schwerem, süßen Wein trunken machen gehörte noch zu ihren geringsten Vergehen. Sie würden nicht zögern, Otto die Insel Sizilien schmackhaft zu machen und nach dem Pudding zu servieren. Lange schon missgönnten sie den Genuesern deren Einfluss auf der Insel. Nun hatten sie noch eine Nacht länger Zeit, um Ottos Empfang vorzubereiten. Oder sollte sie es lieber seine Verführung nennen? So hatte Anselm es genannt. Unwillkürlich blickte Mechthild zu dem hell erleuchteten Zelt des Königs hinüber. Dort befand sich Anselm und er sorgte sich seit Tagen, dass die Pisaner Otto zur Umkehr ermuntern könnten. Schon vor einer Weile hatte er sich mit Brian in das Zelt zurückgezogen. Der Himmel wusste, was sie dort wieder ausheckten. Seit Anselm keine Feder mehr führen konnte, schien er fast noch mehr zu arbeiten und Brian musste schreiben, bis ihm die Finger wehtaten. Alles zur Rettung des Reiches, wie immer.

Mechthild gähnte, legte den Kopf in den Nacken und starrte zu den schwarzen Tannenwipfeln hinauf. Am Feuer saß ihr ein betrunkener Ritter gegenüber. Es war besser, ihn nicht anzublicken, ansprechen wollte sie ihn schon gar nicht. Der Mann war ihr nicht gerade sympathisch und sie war mit ihm allein. Sie kannte ihn ziemlich gut, doch man konnte nie wissen, wozu ein Betrunkener fähig war. Männer, die unentwegt Wein in sich hineinschütteten, waren unberechenbar. Wenn er nüchtern und bei Verstand gewesen wäre, hätte sie es keinen Augenblick in seiner Nähe ausgehalten. Er hätte sie mit seinem vorgeblichen Charme und seinem unerträglichen Wortwitz belästigt. Stattdessen war Gottfried von der Heide nur ein erbärmliches Häuflein Elend. Einst war er ein angesehener Reichsritter und mit ihr verlobt gewesen, die vertraglich vereinbarte Eheschließung hatte sie jedoch zu verhindern gewusst. Dafür müsste sie eigentlich der heiligen Margareta jeden Tag eine Kerze anzünden und davor knien, bis ihr die Füße einschliefen.

Mechthild entdeckte eine Sternschnuppe und dachte daran, wie ihre Tante Herrad Gottfried verabscheut hatte, schöne Männer waren für sie die Ausgeburt des Teufels.

Und Gottfried war ein schöner Mann gewesen. Und zudem ein arroganter, selbstgefälliger Kerl, der Frauen rein gar nichts zutraute. Mechthild hatte alles darangesetzt, ihn loszuwerden. Sie hätte es nie für möglich gehalten, dass sie einmal einträchtig mit ihm in der kühlen Nacht sitzen würde. Vielleicht lag es daran, dass er nicht mehr charmant und schön war.

Sie mied es, ihn anzusehen, und starrte weiter in den Nachthimmel. Seine vormals beeindruckenden männlichen Gesichtszüge waren aufgequollen, die Haut glänzte speckig und in seinem Mundwinkel hatte sich ein großes Eiterfurunkel gebildet.

Mechthild fragte sich, wie ein einst gepflegter Mann, sich so gehen lassen konnte. Er war berüchtigt dafür gewesen, dass er seine braunen Locken regelmäßig von einem Pagen mit einem Brenneisen eindrehen ließ. Nun waren es fettige Strähnen, die unordentlich auf die Schultern seines abgewetzten Mantels hingen.

Mit Schaudern hörte sie ihn einen großen Schluck aus dem Krug nehmen und leise rülpsen. Wäre sie ihm in Köln auf dem Heumarkt begegnet, hätte sie die Stadtwache gerufen. Noch im vergangenen Herbst wäre Gottfried der Mann gewesen, der die Stadtwache selbst herumkommandiert hätte. Das Leben hatte ihm offensichtlich übel mitgespielt.

Sie nahm den Kopf zurück und warf dem betrunkenen Ritter einen verstohlenen Blick zu. Die Flammen warfen ein orange flackerndes Licht auf sein zerfurchtes Gesicht. Es sah aus, als würden die Flammen der Hölle nach ihm lecken. Irgendein Neider musste Gottfried angeschwärzt haben. Es ging das Gerücht, Gottfried habe Gold aus dem Reichsschatz unterschlagen. Es konnte ihm nie etwas bewiesen werden, doch er sank in Ottos Gunst. Nun war er nur noch ein Kurier, der hin und her hetzte und dem König Nachrichten aus Braunschweig brachte. Doch war das ein Grund, zu trinken und zu stinken?

Er roch, als wäre er aus einem Schweinetrog gekrochen und hätte sich anschließend in der Jauchegrube gewälzt. So unerträglich er auch in der Vergangenheit gewesen war, in diesem Moment wünschte Mechthild sich den alten Gottfried zurück. Noch schlimmer als selbstgefällige Männer waren selbstmitleidige, die ihren Kummer im Suff vergessen wollten. Schon als er vor ein paar Tagen beim Tross eingetroffen war, hatte er nach Wein gestunken und einen unsicheren Gang gehabt. Kaum konnte er vor dem Kaiser in die Knie sinken und stammeln, was er zu sagen hatte. Es war nur für das Ohr des Kaisers bestimmt und selbst seine engsten Ratgeber waren nicht eingeweiht worden. Anselms Sorge galt im Moment sowieso ausschließlich dem Königreich Sizilien und er hätte wenig Interesse an den Nachrichten aus Braunschweig gehabt.

Gottfried rülpste laut und lehnte sich vor. Seine fettigen Haarsträhnen glänzten im Mondlicht und seine Augen irrten umher, als suchten sie etwas. Mit unsicherer Stimme stieß er hervor: »Imma dünna un dünna wird se, armesch kleinesch Dingsche. Ko… kotsch sich de Seel ausm Leib.«

Mechthild wollte gar nicht auf sein Genuschel achten, doch die Neugier siegte.

»Wer, wer wird immer dünner und dünner?«

»Sen huppsches Blondche, deschalbb isch är sauar, uns Oddo. – Se stirb im wech.«

»Ottos Gemahlin Beatrix ist krank und stirbt vielleicht? War das die Botschaft, die Ihr dem Kaiser gebracht habt?«

Gottfried antwortete nicht, sondern starrte nur in die züngelnden Flammen. Mechthild nahm es als ein Ja. Nun verstand sie, wieso Otto wütend auf und abmarschierte. Es war gar nicht der verzögerte Einzug in Pisa, der ihn aufbrachte. Der Kaiser sorgte sich um Beatrix auf Burg Dankwarderode. Beatrix war in Brians Alter und die Ehe mit Otto war nur geschlossen und noch nicht vollzogen worden. Beatrix war König Philipps zweitälteste Tochter und die Ehe mit seinem Rivalen Otto war vereinbart worden, um den Frieden im Reich zu sichern. Mechthild erinnerte sich noch gut an das zarte blonde Mädchen und daran, wie sich Johanna immer liebevoll um sie gekümmert hatte. Johanna hätte nicht weggehen dürfen, ihre heilenden Hände wurden dringend gebraucht. Das Reich brauchte sie.

Gottfried nahm den Krug und führte ihn an die Lippen. Als er merkte, dass der Krug leer war, warf er ihn mit einem enttäuschten Grunzen fort.

In diesem Augenblick hörte Mechthild einen Mann brüllen: »Der Gesandte des Grafen von Acerra trifft ein!«

Der Gesandte des Schweinegrafen, dachte Mechthild erschrocken, er wollte sicher zum Kaiser. Was hatte das zu bedeuten? Anselm war doch als Diepolds Mann hier. Hastig sprang sie auf und blickte dem herannahenden Reiter gespannt entgegen.

Er sprang vor ihnen aus dem Sattel und sie erkannte im schwachen Mondlicht Gottfrieds ehemaligen Knappen Gunther. Der Mann mit den hässlichen schwarzen Zahnstümpfen hatte sich in Ottos Wache emporgedient und heute Nacht hatte er einen bedeutenden Ankömmling zu melden. Wenn der Gesandte des Schweinegrafen zu Kaiser Otto kam, dann wurde es ernst. Anselm schien genauso zu denken, denn bei Gunthers Ruf war er mit Brian aus dem königlichen Zelt gestürzt. Mechthild zog ihren Mantel über die Schulter und lief zu ihm hinüber. Den in sich zusammengesackten Ritter Gottfried ließ sie am Feuer zurück.

Anselm lief ihr entgegen und Brian griff nach ihrer Hand, während Gunther nervös um sich blickte und murmelte: »Wo ist er? Wo ist der Kaiser?«

»Er steht unter den Tannen und sieht zu uns herüber. Doch wähl deine Worte gut, er ist schlecht gelaunt. Er erwartet eigentlich die Gesandtschaft aus Pisa«, flüsterte Anselm.

Zögernd ging Gunther auf die große Gestalt zu und fiel vor ihr mit gesenktem Kopf auf die Knie. Die dunkle Gestalt schien gespannt zu lauschen.

Mechthild sagte leise: »Der Kaiser ist nicht schlecht gelaunt, weil die Pisaner nicht kommen. Er sorgt sich um Beatrix, sie ist schwer erkrankt und wird vielleicht bald sterben. Gottfried hat es mir erzählt, na, eigentlich hat er es mehr gelallt, der besoffene Kerl.«

»Was?«, keuchte Anselm. Er wandte sich ihr zu, griff nach ihrem Arm, als wollte er sie schütteln, und wisperte aufgeregt: »Das sind schlimme Neuigkeiten! Wenn Ottos staufische Gemahlin stirbt, werden die staufertreuen süddeutschen Fürsten von ihm abfallen. Die kleine Beatrix ist das einzige Bindeglied zwischen dem Geschlecht der Welfen und dem der Staufer. Ohne sie wird das Reich wieder in zwei Hälften gespalten werden. Sie darf nicht sterben! Wir müssen es verhindern.«

Mechthild wollte gerade erwidern, dass das nicht in ihrer Macht stünde, da wurde sie von lärmenden Wagenrädern, Hufschlägen und erregten Rufen abgelenkt. Sie ließ Brians Hand los und starrte in die Dunkelheit. Mehrere Wagen hielten vor den Tannen am Rande des Lagers. Gunther sprang auf und rannte ihnen entgegen. Während er die Reiter zum immer noch ruhig dastehenden Kaiser führte, begannen die Leute des Gesandten bereits die Truhen von den Wagen zu heben und die Reisezelte aufzuschlagen. Mechthild kniff die Augen zusammen und versuchte, das bunte Wappen auf den Fahnen zu erkennen. Anselm schien dasselbe zu tun, denn er zischte plötzlich: »Ein Sizilianer!«

»Aber wieso, was will ein Sizilianer bei unserem Kaiser?«, fragte Mechthild verwirrt und beobachtete, wie die Gruppe sich um die hohe Gestalt versammelte und so geschlossen in die Knie sank, als hätte jemand ein Kommando gegeben.

»Es wird einer der deutschstämmigen Grafen sein. Sie erhoffen sich von Ottos Einmarsch in Sizilien Vorteile. Ich frage mich nur, warum Graf Diepold nicht selbst kommt.«

»Auf den Schweinegrafen kann ich gut verzichten«, murmelte sie und er lachte leise, bevor er in einem Ton, der keinen Widerspruch gestattete, bemerkte: »Ich muss hinüber und hören, was der Graf zu sagen hat. Du läufst mit Brian zu seinen Zelten und hilfst beim Auspacken.«

»Und wieso …«

»Warte noch einen Moment, dann durchsuchst du unauffällig seine Urkundenkästen. Alles, was Ottos Namen trägt, prägst du dir gut ein. Such nach der Insula Sicilia. Ich will wissen, was Graf Diepold plant.«
Ehe Mechthild etwas erwidern konnte, hatte er ihren Arm losgelassen und schob sie sanft in Richtung der Zelte mit dem bunten Wappen. Brian hüpfte ausgelassen neben ihr her und rief: »Au fein!«
Mechthild fand Anselms Einfall gar nicht fein. Im Gegenteil, es war außerordentlich unfein, sich unter die Gefolgschaft eines sizilianischen Grafen zu mischen, war er nun deutschstämmig oder nicht. Sie würde die hilfsbereite welfische Hofdame spielen müssen, das war wirklich unangenehm. Vielleicht sogar gefährlich. Unsicher stand sie da und beobachtete, wie die Zelte des Neuankömmlings im Mondlicht immer mehr Gestalt annahmen. Schließlich schien ihr der richtige Zeitpunkt gekommen und sie winkte Brian, ihr zu folgen.
Auf dem Weg zu den Reisezelten bemerkte sie eine erschöpft wirkende Magd an einer Truhe. Eifrig bückte Mechthild sich und half, das Gepäckstück über den Waldboden zu schieben. Dabei lächelte sie freundlich.
Immer noch lächelnd, schlüpfte sie hinter der Magd in das Zelt und blickte sich neugierig um. Zwei Pagen waren dabei, ein Tintenfass auf einem Reisepult hin und her zu schieben. Sie stritten sich offensichtlich, denn ihr lautes Italienisch klang sehr erregt. Keiner von ihnen beachtete die beiden Frauen und den rothaarigen Jungen. Als die Truhe an ihrem Platz neben dem Eingang stand, entzündete die Magd eine kleine Öllampe am glimmenden Kohlebecken und schlüpfte hinaus. Die Kohle wärmte noch nicht und im Zelt war es ziemlich dunkel.
Mechthild nahm die kleine Lampe an sich und trat geschäftig zu den Urkundenkästen. Sie waren neben einem Reiseklapptisch aufgereiht, auf dem ein zerfleddertes Pergamentbündel lag, das ziemlich muffig roch. Mechthild ignorierte das schäbige Bündel, stellte die Lampe daneben und kniete sich vor die Kästen. Möglichst leise schlug sie die Deckel zurück und durchblätterte die Pergamente. Ihre Augen flogen über die lateinischen Schriftstücke und suchten nach einem Hinweis auf den Imperator Augustus oder auf die Insula Sicilia.

Sie war so konzentriert, dass sie nicht bemerkte, wie sich Brian davonstahl.
Er entfernte sich nur wenige Schritte. Zielsicher fand er das Kostbarste, was sich in diesem Zelt befand. Es war eine schlichte, aber überaus elegante, polierte Holzschachtel. Sie war etwa so groß, wie die Hand eines Mannes und lag inmitten von abgebrochenen Schreibfedern, stumpfen Nierendolchen und angeschlagenen Spielfiguren aus Elfenbein. Irgendjemand musste sie dort abgelegt und vergessen haben, als er in dem schäbigen Korb etwas gesucht hatte. Brian wusste sofort, dass es sich lohnen würde, einen Blick hineinzuwerfen. Er hatte ein Gespür für solche Dinge. Und was in einem Haufen Müll lag, gehörte niemandem.
Die Pagen stritten sich noch immer laut am Reisepult. Brian bückte sich und nahm die Schachtel aus dem Korb. Behutsam öffnete er sie, indem er seinen Daumennagel unter den Deckel schob. Brian wusste nicht, was er eigentlich erwartete. Die Schachtel sprang sofort auf und Brian entfuhr ein Laut des Erstaunens. In ein blutrotes Stück Stoff gebettet, lag eine auffällig schöne Muschel. Er hatte schon viele Muscheln gesehen, doch noch nie eine wie diese. Sie sah wie ein Schmuckstück aus und musste etwas ganz Besonderes sein. Brian streckte seine Finger aus und berührte sie. Sie fühlte sich so kostbar an und bei etwas Kostbarem konnte er nie widerstehen.
Brian blickte sich noch einmal verstohlen um, dann nahm er die Muschel und warf die leere Holzschachtel hastig wieder in den Korb zurück. In diesem Augenblick klappte Mechthild schwungvoll den letzten Urkundenkasten zu, erhob sich kopfschüttelnd und griff seufzend nach dem Bündel auf dem Reisetisch. Die Pagen verstummten plötzlich und blickten neugierig zu ihr hinüber. Missmutig schnürte sie den Packen auf und durchblätterte ihn, dabei murmelte sie: »De arte venandi cum avibus. Das sind Aufzeichnungen über die Falkenjagd. Der sizilianische Graf scheint sich für Falken zu interessieren. Wie überaus seltsam.«
Bevor sie sich umblickten konnte, war die Pilgermuschel unter Brians Gewand verschwunden.

Am nächsten Morgen herrschte im Tross zeitig Aufbruchstimmung. Nur in den Zelten des sizilianischen Gesandten rührte sich nichts. Mechthild stand am fertig gepackten Wagen und blickte nachdenklich zu den Fahnen hinüber. Ein Wappen mit einem schwarzen Doppelschlangenkreuz auf gelbem Grund wurde vom leichten Morgenwind sacht hin und her bewegt. Diepolds Vertrauter hatte ein ausnehmend schönes Wappen, entschied Mechthild und stellte sich vor, wie er darunter tief und fest schlief, nachdem er die ganze Nacht in Ottos Zelt gewesen war. Er würde sie nicht nach Pisa begleiten, sondern erst gegen Mittag aufbrechen, und zwar in die entgegengesetzte Richtung, nach Sizilien, wo König Friedrich regierte, den Kaiser Otto verächtlich den apulischen Knaben, das Königlein, seine kleine sizilianische Maus nannte.
Mechthild wusste, dass der Gesandte des Schweinegrafen unter vier Augen mit dem Kaiser über das Schicksal Siziliens entschieden hatte. Genaues wusste sie auch nicht, denn wer immer dieser geheimnisvolle Baron aus Sizilien war, Anselm hatte ihn nicht zu Gesicht bekommen. Ehe er dessen Gestalt im Dunkeln ausmachen konnte, hatte Otto ihn fortgeschickt. Der sonst so von sich und seinem Wert überzeugte Anselm war bedrückt ins Reisezelt geschlichen, hatte eine Zeit lang den schlafenden Brian betrachtet und sich offensichtlich große Sorgen gemacht. Mechthild hatte es an der Art gesehen, wie er aufgesprungen und unruhig im Zelt umhergelaufen war. Wie immer hatte er dabei ein Selbstgespräch geführt. Und als er sich beruhigt hatte, konnte sie ihm leider auch nur berichten, dass sie im Zelt des Grafen nur etwas über Falken gefunden hatte.
Anselm hatte die zerfledderten Pergamente über die Falkenjagd glatt gestrichen und die Stirn gerunzelt. Vielleicht ist das ein Hinweis, wir verstehen ihn bloß nicht, hatte Mechthild gesagt. Sie hatte es für klug gehalten, das Bündel in ihrer Truhe aufzubewahren. Anselm war viel zu niedergeschlagen gewesen, um zu widersprechen. Wahrscheinlich hatte er dem Kaiser in den letzten Tagen zu oft widersprochen, sodass er ihm nicht mehr traute. Die vielen Appelle an die Vernunft hatten Anselm in Ottos Augen zum Friedrichfreund gemacht. Heute Morgen hatte der Kaiser ihn sogar nicht einmal ins königliche Zelt gelassen, sondern bei seinem Erscheinen zornig gebrüllt. Im ganzen Lager

war zu hören gewesen, dass der Kaiser sich lieber von einem Säufer als von einem einarmigen Friedrichfreund sein Frühstück bringen ließe. Schließlich war Gottfried mit einem Tablett voll dampfender Leckereien ins königliche Zelt gestolpert.
Anselm schwieg seitdem beleidigt. Schweigend hatte er das Gepäck auf die Wagen geladen und die Bündel auf die Reittiere geschnürt. Nun saß er auf dem Wagen und warf nur hin und wieder einen Blick zu Brian hinüber, der schon den ganzen Morgen vor dem königlichen Zelt herumlungerte.
Mechthild wusste, welche Fragen Anselm beschäftigten. Seine nächtlichen Selbstgespräche kreisten in ihrem Kopf: Wann wird Otto umkehren? Welche Verbündeten würden ihm folgen? Wird der Papst den Bann aussprechen? Würde Philipps Tochter sterben? Würden dann die stauferfreundlichen Fürsten von Otto abfallen? Hatte Otto sich mit Diepolds Mann geeinigt?
Die letzte Frage konnte Mechthild beantworten. Wenn Ottos Laune ein Hinweis war, dann war es mit Diepolds Mann zu einer überaus zufrieden stellenden Einigung gekommen. Der Kaiser summte schon den ganzen Morgen vor sich hin. In diesem Augenblick forderte er Brian grinsend zu einem Apfelweitwurf auf. Ein zermatschter Apfel traf eine Fahnenstange am Zelt des Sizilianers und ein Hund fing wütend zu bellen an. Otto legte verschwörerisch seinen Finger an die Lippen und schlenderte zu seinem gesattelten Pferd hinüber. Als er im Sattel saß, winkte er Brian mit einem schelmischen Blick zu sich. Der Junge warf den Apfel ins Gras, wischte sich die schmierigen Finger an den Beinlingen ab und kam erwartungsvoll näher.
Tu es nicht, dachte Mechthild beunruhigt und ließ die beiden nicht aus den Augen. Es würde Anselm das Herz brechen, wenn der Kaiser Brian vor allen auszeichnete. Den Vater fortschicken und den Sohn zu sich ziehen, das zeugte von einer gerissenen Gemeinheit.
Sie trat noch ein Stück näher an den Wagen heran und blickte hinauf. Anselm hatte sich lauernd vorgelehnt. Bleib, wo du bist, flehte Mechthild stumm. Bring den Kaiser nicht noch mehr gegen dich auf. Zum Glück rührte sich Anselm nicht, sondern blickte stumm zu seinem Sohn hinüber, der nun neben dem Kaiser stand.

Der Kaiser rief einen seiner Edelknappen, der sofort herbeieilte und Brian zu ihm in den Sattel hob. Otto legte beide Arme um den Jungen und flüsterte ihm offensichtlich etwas ins Ohr. Brian strahlte über das ganze Gesicht. Schließlich hob der Kaiser eine Hand und gab so das Zeichen zum Aufbruch. Im selben Augenblick lehnte Anselm sich noch ein Stück weiter vor und ballte die Fäuste. Sein erregtes Geflüster war kaum zu verstehen: »Das darf er nicht. Brian ist mein Sohn! Wenn das hier zu Ende ist, dann müssen wir Brian unbedingt fortbringen, hörst du?«

Wann ist das hier zu Ende, fragte sich Mechthild und kletterte zu ihm auf den Wagen, der sich langsam in Bewegung setzte. Es war noch lange nicht zu Ende. Es fing gerade erst an.

Dezember 1209, in Messina

Johanna lief zum Meer hinunter. Sie wollte ihrer Tochter von dort ein paar Muscheln zum Spielen bringen, um sie abzulenken. Lucia fieberte und quengelte schon den ganzen Morgen. Armgard trug sie mit einer unerschütterlichen Geduld durch die hohen Räume der Zitadelle und Johanna wünschte, sie hätte das jammervolle Geschrei ebenso geduldig ertragen können. Stattdessen machte es sie nervös. Vor allem erinnerte es sie daran, dass es nicht ratsam war, ein Kind in eine Festung zu bringen. Nicht nur im Winter waren ihre kalten Mauern ein unfreundlicher Ort.

Die Zitadelle, die auf der Landzunge vor Messina erbaut worden war, erhob sich als mächtiges Bollwerk über dem Meer. An der gegenüberliegenden Küste lag Kalabrien. Es gehörte seit langem zum Königreich Sizilien und die Zitadelle zerfiel mehr und mehr. Johanna fand es nicht weiter bedauerlich, dass so ein hässliches Bauwerk in Vergessenheit geriet. Allerdings war es äußerst unangenehm, dass König Friedrich unbedingt in dieser grässlichen Cittadella das Weihnachtsfest verbringen wollte. Zu allem Überfluss musste sein ganzer Hofstaat mit und Konrad hatte darauf bestanden, dazuzugehören. Es war ihm gefährlich erschienen, sie und das Kind in Palermo zurückzulassen. Nicht nur er dachte so. Auf einmal war alles unsicher und be-

drohlich geworden, überall lauerten Gefahren und jeder erwartete das Schlimmste.
Johanna balancierte auf den morschen Balken eines Steges, den jemand zum Meer hinunter gelegt hatte. Behutsam setzte sie einen Fuß vor den anderen und dachte daran, wie sich seit Ottos Krönung zum Kaiser alles verändert hatte. Nicht nur bei Hofe herrschte eine bedrückte und angespannte Stimmung. Selbst die Natur schien unruhig zu sein. Fast jeden Tag erschütterten kleine Erdbeben die Insel, manche waren kaum zu spüren und Johanna ahnte sie mehr. Es rumorte unter ihren Füßen, als wollte ein Ungeheuer daraus hervorbrechen. Im Bauch des Vulkans brodelte es und man berichtete, dass Dampfwolken den Berggipfel umhüllten. Selbst das Meer war aufgewühlt und sah beängstigend aus. Als Johanna das Ende des schmalen Bretterweges erreicht hatte, blieb sie stehen und stemmte sich gegen den eisigen Wind, der ihr vom Meer entgegenblies. Beim Anblick der schäumenden Wellen kam es ihr unmöglich vor, sich bis zum Wasser hinunterzuwagen. Mit Unbehagen erinnerte sie sich an die gefährlichen Strudel und starken Strömungen, die regelmäßig seltsame Arten von Fischen und Meeresungeheuern an den Strand spülten. Wenn Kaiser Otto nach Sizilien kam, würde er genau an dieser Stelle über das Meer kommen. Johanna stellte sich vor, wie das Schiff des Kaisers von den Strudeln erfasst und hin und her gewirbelt wurde. Vielleicht dachte König Friedrich ebenfalls daran, wenn er jeden Abend zum Meer hinunterlief und nach seinem Boten Ausschau hielt. Obwohl ihm seine Ratgeber widersprochen hatten, hatte er eine Botschaft an den Kaiser gesandt. Um des Friedens willen und zum Wohle der Völker wollte er kein Staufer mehr sein und Sizilien mit Geld freikaufen. Doch Kaiser Otto antwortete nicht und sein Schweigen lastete wie eine unausgesprochene Drohung auf der Insel. Es brachte den Vulkan zum Beben, das Meer zum Schäumen und weckte Stürme und heftige Winde.
Johannas Augen fuhren unruhig am dunkelgrauen Horizont entlang und für einen Moment glaubte sie, ein Schiff zu sehen, doch dann war es wieder verschwunden. Eine Böe trieb Wolken aus Sand in ihr Gesicht und brachte ihre Augen zum Tränen. Gerade als sie beschloss, ohne Muscheln zur Zitadelle zurückzukehren, erschütterte

ein Erdstoß den Strand. Die Wellen türmten sich zu riesigen, grauen Schaumbergen auf und stürzten mit einem gewaltigen Krachen nieder. Johanna fiel nach vorn auf die Knie und grub ihre Finger in den Sand. Heulende und tosende Luftwirbel warfen sich ihr entgegen und der Sand unter ihr schlingerte und schwankte. Wirbel aus Sand umhüllten ihren Körper und krochen in ihre Kleider, eiskalte Gischt regnete nieder und benetzte ihr Gesicht. Sie presste die Lippen zusammen und hielt den Atem an.

Erst als sie sicher war, dass es vorbei war, blickte sie auf. Erleichtert stellte sie fest, dass nicht das Ende der Welt hereingebrochen war und der Drache der Offenbarung sich nicht aus dem Meer erhoben hatte, um die Insel zu verschlingen. Sie kauerte noch einen Moment regungslos im Sand und lauschte. Gleichgültig schlugen die Wellen an den Strand und am Horizont zeigte sich ein fahler Lichtstreifen. Doch der Strand hatte sich verändert: Zersplitterte Schiffsbalken ragten wie abgestorbene Glieder in die Höhe, Algen und Schlingpflanzen glänzten im matten Licht. Silbrige Fische zuckten im Sand und wirkten so trostlos und verlassen, dass Johanna auf die Hinterlassenschaften des Meeres starrte und sich furchtbar verloren vorkam. Es dauerte eine Weile, bis sie in der Lage war, sich zu erheben und auf dem Steg entlang zur Zitadelle zurückzukehren. Als sie die Festung so still und erhaben dastehen sah, dachte sie an ihre kleine Tochter, die darin auf und ab getragen wurde. Plötzlich hatte sie es eilig.

Johanna stieg die Böschung hinauf, umrundete den Eckturm und rannte mit fliegenden Röcken an dem alten Gemäuer entlang. Sie stürzte durch das Tor in den Innenhof und ihre Augen fuhren hektisch an den schmalen Fenstern empor. Fast alle Fenster waren gegen die winterliche Kälte mit Brettern vernagelt worden. Hin und wieder war ein Brett entfernt worden und der kalte Wind vom Meer fuhr ungehindert hinein. Hinter welchem Fenster lagen ihre Räume? War es das dritte Fenster von links oder das vierte in der Reihe darunter? Sie konnte sich nicht erinnern. Nach dem Beben am Strand kam ihr die Festung unheimlich still vor. Prüfend blickte sie sich um.

Alles sah beängstigend ruhig und friedlich aus. Seit ihrem Aufbruch hatte sich überhaupt nichts verändert. Eine rote Katze schlief zusammengerollt auf einem Mauervorsprung und ein Reisigbesen lehnte an der Wand des Falkenhäuschens. Das windschiefe Falkenhaus gegenüber sah aus wie immer. Kein Brett hatte sich gelöst und kein Stein war aus dem alten Gestein herausgebrochen. Es wirkte nicht, als hätte hier noch vor wenigen Augenblicken die Erde gebebt. Neben der Tür hingen tote Tauben, an einem Seil aufgereiht. Eine Feder hatte sich aus dem Gefieder gelöst und tanzte sacht über den Boden. Johanna starrte auf die kleine Feder, als sich die Tür plötzlich öffnete und der neue Falknerjunge in den Hof trat. Sie erkannte den schüchternen blassen Jungen sofort. Es war der seltsame Knabe, den König Friedrich aus Catania mitgebracht hatte.

Er schien niemanden im Hof erwartet zu haben.

Die Falknertasche hatte er nachlässig über seine schmalen Schultern geworfen und Schmutz klebte an seiner Schläfe. Er trug nicht wie gewöhnlich seine weiße Falknerkappe mit den langen Bändern. Sein schwarzes Haar hing ihm unordentlich und lockig in die Stirn. Die langen dunklen Wimpern machten sein Gesicht zart und verletzlich. Irgendetwas stimmt nicht mit ihm, dachte Johanna und sie war sich sicher, dass sie gleich darauf kommen würde, was es war. Etwas an ihm war ungewöhnlich und passte nicht, das war ihr schon aufgefallen, als sie ihn zum ersten Mal gesehen hatte. Es war, als sei er nicht richtig anwesend, als stünde nur ein Schatten seines Selbst da. So als hätte ein Buchmaler etwas Wunderschönes aus dem Pergament gekratzt und etwas Unvollkommeneres an seine Stelle gesetzt. Doch warum sollte jemand so etwas tun? Die ganze Zeit hatte sie dieses Gefühl nicht losgelassen.

Das war während der Falkenjagd in den Wiesen von Palermo gewesen, doch die Befragung des Falknerjungen war so überzeugend gewesen, dass Johanna nicht mehr gezweifelt hatte. Er war, was er vorgab.

Heute wirkte er jedoch wieder auf diese beunruhigende Weise falsch. Wie ein Webfehler, der absichtlich hineingewebt worden war. Wie ein falsch gespielter Flötenton.

Als er Johanna bemerkte, blieb er stehen und starrte sie böse an.

Johanna wich überrascht zurück. Womit hatte sie seinen Zorn verdient? Kaum dass sie ein Wort mit ihm gewechselt hätte. Sie hatte ihm bei ihrer Ankunft den kleinen Merlinfalken anvertraut, den

Wolfger ihr geschenkt hatte, um sie zu necken. Schweigend hatte der Junge den Vogel in seine Obhut genommen und ihr kaum in die Augen geblickt. Heute dagegen scheute er sich nicht, sie anzusehen. Gefiel ihm nicht, was er sah? Lag es am Sand, der auf ihren Wangen klebte, oder störte er sich an den feuchten Strähnen, die sich unter dem Stirnband ihres Gebändes gelöst hatten? Er selbst war im Gesicht voller Schmutz und sollte sich mit seinem Urteil zurückhalten, dachte sie aufgebracht. Kurzentschlossen trat sie auf ihn zu und wollte ihm den Schmutzfleck von der Schläfe wischen, doch ihre Finger hielten in der Bewegung inne und sie starrte ihn erschrocken an. Es war Blut. Es war kein Schmutz, sondern es war eine blau angeschwollene und mit getrocknetem Blut verkrustete frische Wunde. Jemand musste ihn geschlagen haben.

»Wer war das?«

Der Junge antwortete nicht, sondern blickte sie hasserfüllt an. Plötzlich fiel ihr ein, dass sie bei ihrem Aufbruch zum Strand gesehen hatten, wie einige Knappen einen Jungen in ihrer Mitte hin und her geschubst hatten. Sie hatte sich nicht weiter darum gekümmert, denn Jungen balgten herum, das war nichts Bemerkenswertes. Dieser hier hatte allerdings eine ziemlich große Wunde davongetragen. Morgen früh würde sein linkes Auge zugeschwollen sein. Es war besser, wenn Konrad sich das ansehen würde. Oder sie selbst könnte – sie fühlte ein Kribbeln in den Fingern und streckte erneut ihre Hand aus. Bevor er zurückweichen konnte, hatte sie ihn schon berührt. Beängstigende Bilder zogen durch ihre Hände und breiteten sich in ihrem Kopf aus. Sie sah jemanden schweben und Hände von unten greifen, ziehen und zerren. Etwas zerriss, ihr Kopf schmerzte und da war ein Gefühl, als würde sie von einer großen Höhe herabstürzen. Dann war es vorbei und die Verbindung brach ab. Es war nur ein winziger Augenblick gewesen, kaum einen Atemzug lang. Doch es hatte genügt, um Johanna davon zu überzeugen, dass ihr Gefühl sie nicht getäuscht hatte. Irgendetwas stimmte nicht mit diesem Jungen. Weinte er?

Johanna wollte ihn genauer betrachten, doch er hatte sich bereits abgewandt und floh ins Falknerhäuschen. Die Tür krachte so heftig zu, dass Wasser vom Dach tropfte und Taubenfedern flogen. Johanna zögerte einen Moment, dann riss sie die Tür auf und trat ein.

Die Raubvögel saßen wie Wächter der Finsternis auf ihrem Gestänge. Johanna versuchte, nicht an ihre scharfen Krallen, hochmütigen Blicke und gebogenen Schnäbel zu denken. Ihre Sorge galt dem Jungen, der sich in einer Ecke zusammengekauert und den Kopf zwischen den Armen vergraben hatte. Verzweifelt versuchte sie sich an seinen Namen zu erinnern. Wie hatte Wolfger ihn noch genannt? Es war der Name eines Heiligen gewesen. Der heilige Andreas?

»Andreas?«, wisperte sie unsicher.

Er hob den Kopf, starrte sie aus tränennassen Augen an und schluchzte etwas. Zuerst konnte sie es nicht verstehen. Es war nur ein wütender Singsang. Dann ergab die hasserfüllte Melodie einen Sinn: »Verschwindet! Verschwindet! Verschwindet!«

Es zischte ihr entgegen und traf sie, als würde sie mit etwas beworfen werden. Sie presste unwillkürlich ihren Arm vor die Brust und krümmte sich. Obwohl sie immer noch Mitleid mit dem Jungen empfand und das Gefühl hatte, gebraucht zu werden, wandte sie sich um und rannte mit klopfendem Herzen hinaus und über den Hof.

In den kühlen Gemäuern der Zitadelle hastete sie atemlos die Treppen hinauf und während sie ihre Röcke hochnahm und immer zwei Treppenstufen auf einmal nahm, hörte sie noch immer seinen hasserfüllten Singsang. Als sie vor ihren Gemächern stand, beruhigte sich ihr Atem, ihr Herzschlag normalisierte sich. Sie holte noch einmal tief Luft und stieß die Tür auf.

Überrascht blieb sie im Türrahmen stehen. Das war nicht das Gemach, das sie zurückgelassen hatte. Statt eines lodernden Feuers qualmte der Kamin und der Qualm zog in grauen Schwaden durch das weit geöffnete Fenster. Vor dem Fenster stand Konrad und hielt ein Bündel in den Händen, das genau wie Lucias Hemdchen aussah, und eine völlig nackte Lucia krabbelte ihr freudig glucksend entgegen. Bei ihrem Anblick ging Johanna in die Hocke. Sie breitete die Arme aus, um ihre Tochter an sich zu ziehen. Die empörte Rede über fiebernde Kinder und verantwortungsloses Handeln hatte sie schon auf der Zunge. Da bemerkte sie Sulaimān.

Er trat aus dem Schatten und lächelte entschuldigend. Als er vor ihr stand, bückte er sich galant und hielt ihr einen Gegenstand entgegen. Johanna betrachtete ihn verwundert.

Es war ein mit bunten Bändern verziertes Spielzeug.
Lucia hielt in der Bewegung inne, stützte sich auf ein dickes Ärmchen ab und streckte das andere fordernd aus: »Daaa daa ga.«
Ga waren zwei mit Harz aneinander geklebte Jacobsmuscheln. Als Sulaimān sie schüttelte, raschelten in ihrem Inneren Getreidekörner und die am Stiel befestigten Bänder schaukelten. Lucia jauchzte fröhlich, Spucke tropfte aus ihrem Mund und ihre Wangen glühten. Konrad lachte leise.
Triumphierend erklärte er: »Luft und Licht heilen besser als jeder Arzt.«
Johanna blickte zum Fenster und erwiderte: »Aber es ist Winter und sie ist nackt!«
»Armgard musste kurz einmal raus und da dachten wir …«
Sie schüttelte fassungslos den Kopf, beugte sich vor und zog ihre Tochter an sich. Selbst durch die dicken Schichten Stoff konnte sie fühlen, wie kühl das Kind war. Lucia gluckste, wies nachdrücklich auf die Muschelklapper und sagte ehrlich empört: »Da! Ga!«
Johanna ignorierte sie und blickte Konrad vorwurfsvoll an: »Der König wartet vergeblich auf die Antwort des Kaisers, die Erde bebt, das Meer tobt, mit dem Falknerjungen stimmt etwas nicht und ihr beide tut so, als wäre nichts geschehen!«
Schweigend befestigte Konrad das Brett vor dem Fenster. Das Dämmerlicht ließ ihn unwirklich erscheinen. Er stocherte in der Glut und das Feuer loderte an einem Span empor. Er warf den brennenden Span in den Kamin, bückte sich nach Lucias Hemdchen und kam zögernd näher. Behutsam wickelte er den zerknitterten Leinenstoff um seine Tochter und sagte sanft: »Johanna, du musst geträumt haben. Es hat kein Erdbeben gegeben. Nicht die geringste Erschütterung. Und mit dem Falknerjungen ist alles in Ordnung, Friedrich selbst hat ihn geprüft und Sulaimān ist sehr zufrieden mit ihm.«
Ein arabischer Wortschall in Sulaimāns Richtung folgte. Der Oberfalkner nickte zustimmend und bewegte die Muschelklapper vor Lucia auf und ab.
Johanna sah mit gerunzelter Stirn zu. Das Rascheln der Körner waren Wellen, die an den Strand schlugen. Es klang, als würden sie unablässig raunen: Verschwindet, verschwindet …

Ein paar Tage später stand Konrad auf der Piazza vor dem Dom. Irgendetwas Unerklärliches hielt ihn davon ab, das große Gotteshaus von Messina zu betreten. Mit dem Einsetzen der Glocken hatte es angefangen. Mit jedem weiteren Schlag hatte sich etwas Dunkles und Schweres auf seine Brust gelegt, bis er sich gar nicht mehr rühren konnte. Es war, als hätte sich der graue Dezemberhimmel auf ihn herabgesenkt. Seine Glieder wollten ihm nicht mehr gehorchen und er konnte seine Beine nicht vorwärts bewegen. Das war ihm noch nie passiert.
Er neigte nicht zur Melancholie und Stimmungen beeinflussten niemals seine Entscheidungen. Doch dieses Mal nützte es nichts, den Verstand zu Hilfe zu nehmen. Auch sein Bücherwissen, das er sich in fernen Ländern angeeignet hatte, half ihm nichts. Genauso wenig wie die Arzttasche, die er wie gewohnt umgehängt hatte.
Vielleicht lag es daran, dass es der Morgen der Weihnachtsmesse war. Nachdenklich stand er auf der Piazza und ließ zu, dass die Menge an ihm vorbeidrängte. Hin und wieder erhielt er einen ungeduldigen Schubs oder jemand knurrte ihn an. Alles strömte an diesem Morgen zur Messe und keiner hatte Verständnis für einen Mann, der aus unerklärlichen Gründen dastand und den Weg versperrte.
Schließlich war Konrad ganz allein auf dem großen Platz. Regungslos dachte er daran, was in diesem Augenblick im Inneren des Doms geschah. Er schloss die Augen und stellte sich vor, wie sich das Gefolge des Königs unter der verzierten Holzdecke versammelte. Schon Friedrichs Vater hatte bei der Weihe des Doms unter dieser prächtigen Decke gestanden. Konrad erinnerte sich daran, dass man sich erzählte, wie der Kaiser den Kopf in den Nacken gelegt und gelangweilt die Balken betrachtet hatte. Manche hatten es als Beweis seiner Gottlosigkeit und andere als Beleg seiner andachtsvollen Ausrichtung auf Gott gedeutet.
Genauso würden sie heute wispern, wenn der sizilianische König vor dem Altar betete. Unter großem Geraschel ihrer Festkleider würde die Menge in die Knie sinken und Johanna würde es ihnen gleichtun. Vielleicht nicht ohne zuvor einen suchenden Blick über ihre Schulter zu werfen. Sie würde Konrad nirgends entdecken und besorgt sein. Es würde ihr schwer fallen, sich auf das Gebet des Bischofs zu konzentrieren.

Konrad öffnete die Augen, blickte in den grauen Himmel und hoffte, dass Johanna ihm seine Abwesenheit nicht verübelte. Er würde es ihr erklären, so gut er konnte. Ich war völlig machtlos, würde er sagen, Gott hat mich zurückgehalten. Gott wollte mich an meine Sündhaftigkeit erinnern und hat mir den Weg versperrt. Ja, so musste es sein. Erleichtert, dass er nun wusste, was geschehen war, wandte sich Konrad um.

Langsam überquerte er die Piazza. Bei jedem Schritt klapperten die Instrumente in seiner Tasche gegeneinander und erinnerten ihn daran, dass in der Festung viel Arbeit auf ihn wartete. Vor ein paar Tagen waren Ritter des Templerordens eingetroffen, die damit begonnen hatten, die Mauern der baufälligen Festung zu verstärken. Bei Bauarbeiten fiel immer Arbeit für einen Medicus an. Selbst am Weihnachtsfest wollten die Wunden des Vortages versorgt werden. Weihnachten, dachte er verstört und blieb stehen, es war Weihnachten. Da befand er sich in einer christlichen Stadt und besuchte am Weihnachtsmorgen nicht die Messe!

Kopfschüttelnd setzte er seinen Weg fort.

Er bemerkte kaum, dass es angefangen hatte zu regnen. Was störte ihn ein nasser Wollmantel? Etwas Wichtiges hatte sich gerade ereignet und es war überaus beunruhigend. Christus hatte keinen Mann in seinem Dom haben wollen, der im Traum den Ruf des Muezzins hörte. Nacht für Nacht rannte Konrad durch den Suq al-Buzuriya. In seinen Träumen durchlebte er noch einmal die Schrecken der furchtbaren Epidemie in Damaskus. Er kämpfte mit Kamāl um das Leben der Menschen, die ihre zitternden Hände flehend nach ihm ausstreckten. Als Schlafender fühlte er umso deutlicher, woran er sich bei Tag nicht zu denken gestattete. Schweißgebadet erwachte er, wenn er wieder einmal die Macht der todbringenden Krankheit gespürt hatte. Das Entsetzen über die Berge von Leichen in den Straßen war so stark und so wirklich, dass seine Hände beim Erwachen zitterten. Die Hilflosigkeit beim Anblick der sich in Krämpfen windenden und zuckenden Menschen zerriss ihm das Herz und schreiend schlug er um sich. Du hast wieder Allah angerufen, sagte Johanna dann leicht vorwurfsvoll und wischte ihm die Stirn. Du konntest nichts tun, es war Gottes Wille, beruhigte sie ihn immer wieder und er spürte

seinen Herzschlag bis in den Hals hinein. Sogar jetzt, in den menschenleeren Gassen von Messina, glaubte er ihre Stimme zu hören. Es war nicht deine Schuld, keinem wäre es gelungen, die vielen Menschen zu retten, erklärte sie so sanft, als spräche sie zu einem Kind. Selbst dein Freund Kamāl ist an dieser Aufgabe gescheitert. Ich muss sie retten, murmelte Konrad jedes Mal im Halbschlaf und sank zurück in seinen Traum. Er kämpfte dann weiter gegen das Unvermeidliche und fühlte sich schrecklich nutzlos. So viele waren unter seinen Händen gestorben. Konrad blinzelte und versuchte die Erinnerungen zu verscheuchen. Bei seiner Ankunft auf Sizilien hatte er gehofft, das Grauen hinter sich zu lassen. Doch das Heerlager mit den sterbenden spanischen Soldaten hatte es nur noch schlimmer gemacht. Während er in jener Nacht versucht hatte, die Männer zu retten, war das Entsetzen der vergangenen Monate wieder über ihn gekommen. Er hatte innehalten und nach Luft ringen müssen. Dabei war ihm bewusst, dass längst keine Leichen mehr in den Gärten von Damaskus verscharrt wurden. In den blühenden Gärten würden nun wieder Kinder lachen und spielen. Vielleicht würde ihr Anblick ihn heilen?
Vielleicht sollte er mit Johanna und dem Kind nach Damaskus zurückkehren? Bis jetzt hatte er diesen Gedanken immer wieder von sich geschoben. Nun war es Zeit, darüber nachzudenken. Plötzlich fühlte er, wie der Regen ihm den Nacken hinunterlief und blieb stehen, um sich die Kapuze über den Kopf zu ziehen.
Ohne es zu merken, hatte er einen weiten Weg zurückgelegt. Er befand sich bereits am Stadtrand von Messina. Hinter den letzten Häusern und Ställen breitete sich eine hügelige Landschaft aus, die sogar unter dem dunklen Regenhimmel rau und schön wirkte. Konrads schweifender Blick fiel auf eine kleine Kapelle auf einem Hügel. Ihr Anblick rührte ihn und er beschloss, den Hügel hinaufzusteigen.
Es war nur ein sanfter Anstieg und nicht beschwerlich. Bei jedem Schritt stellte Konrad sich vor, wie er gleich auf den zerfallenen Treppenstufen unter dem Vordach sitzen und nachdenken würde. Er würde darüber nachdenken, ob König Friedrich ein würdiger Herrscher war. Er würde entscheiden müssen, ob die Würde eines Herrschers Grund genug war, an dessen Hof zu verweilen und ihm zu dienen. Er würde sich ernsthaft fragen müssen, ob er auf die lieb gewonnenen

Gespräche mit seinem Freund Sulaimān verzichten konnte. Jeden Abend diskutierten sie über arabische Schriften und allein wegen Sulaimāns Scharfsinn lohnte es sich zu bleiben. Vor allem musste er überlegen, wo Johanna glücklich war und wo ihre kleine Tochter aufwachsen sollte.

Als Konrad die Kapelle erreicht hatte, schüttelte er die Tropfen von seinem Mantel und ließ sich unter dem niedrigen Vordach nieder. Fröstelnd dachte er daran, dass Sizilien für gewöhnlich ein warmer angenehmer Ort war. Die Insel verband auf wunderbare Weise die Vorzüge des Morgenlandes mit denen des Abendlandes. Kirchen standen neben Moscheen und ein Turbanträger war so willkommen wie ein Talmudleser. Wenn es dem jungen Friedrich erst einmal gelungen war, die Insel zu befrieden und vor Ottos Machtgier zu bewahren, dann würde es sich hier gut leben lassen. Eines Tages würden die schweißtreibenden Träume ganz von selbst verschwinden. Sizilien schien ein herrlicher Ort zu sein. Konrad beschloss, zu bleiben, bis es Wirklichkeit geworden wäre. Eines Tages würde er seinem Freund Kamāl aus Damaskus die Insel zeigen. Bei dieser Vorstellung lächelte er versonnen und erhob sich.

Es hatte aufgehört zu regnen und er schlitterte auf dem feuchten Boden ein Stück den Hügel hinunter. Seine Füße fühlten sich taub vor Kälte an. Er hatte die Hälfte des Weges geschafft und dachte daran, dass er früher stundenlang durch tiefen Schnee gestapft war, da fiel sein Blick auf einen Reiter. Der junge Mann, dessen schwarzes Haar vor Feuchtigkeit dampfte, befand sich unterhalb des Hügels. Dass er noch jung war, ließ sich aus der Art schließen, wie er sich im Sattel vorbeugte. Offensichtlich hatte er große Mühe, sein hin und her tänzelndes Pferd zu beruhigen. Mit gestrafften Zügeln und ernstem Gesicht richtete er seine ganze Aufmerksamkeit auf einen etwa zwölfjährigen Jungen, der sich breitbeinig vor ihm aufgebaut hatte. Der Junge stand mit erhobenen Fäusten da und schien sehr erregt zu sein. Er kam Konrad bekannt vor. Die abwehrende Haltung und die schmalen Schultern waren ihm vertraut. Er hatte diesen Jungen schon einmal gesehen. Sogar in einer ähnlich hilflosen Pose. Sie wirkte verletzlich und gleichzeitig trotzig. Es ist Friedrichs neuer Falknerjunge, dachte Konrad überrascht. Dort stand der Falknerjunge über den Jo-

hanna gesagt hatte, etwas würde mit ihm nicht stimmen. Vielleicht hatte sie Recht? Ihre Ahnungen täuschten sie selten. Der Junge verhielt sich wirklich merkwürdig. Er schien immer in Schwierigkeiten zu stecken und die Aufmerksamkeit junger Männer auf sich zu ziehen. Lag es vielleicht daran, dass er so zart und mädchenhaft war? Manchen Männern gefiel das. Selbst Friedrichs Ratgeber Wolfger schien sich davon angezogen zu fühlen. Immerhin hatte er ihn ohne besonderen Grund unter seinen persönlichen Schutz gestellt. Konrad war aufgefallen, wie er den Jungen oft zärtlich anblickte und wie zufällig berührte. Dem Jungen schien die Aufmerksamkeit der Edlen allerdings wenig zu gefallen. Die ganze Körperhaltung des Jungen da unten drückte seine Ablehnung aus.
Konrad ließ die beiden am Fuße des Hanges keinen Moment aus den Augen. Der Junge sah aus, als ob er zur Falkenjagd wollte. Ja, er war Agilo, der Falknerjunge. Er trug seine Falknertasche umgehängt und Konrad dachte daran, dass Sulaimān sich voller Zufriedenheit über ihn geäußert hatte. Es würde dem Oberfalkner nicht gefallen, was hier geschah.
Während das Pferd auf Agilo zutänzelte, wich er zurück und stolperte rückwärts über eine Baumwurzel. Sulaimāns Falknerjunge landete wie ein Käfer auf dem Rücken. Bevor er sich wieder aufrichten konnte, war der Reiter abgesprungen und über ihm. Sein Pferd floh erschrocken den Hügel hinauf. Er kümmerte sich nicht darum, sondern warf sich über den Jungen, bog ihm beide Arme zurück und drückte sie ziemlich unsanft ins nasse Gras. Der kleine Agilo strampelte mit den Füßen und warf den Kopf umher. Er schien etwas zu rufen. Konrad überlegte, ob er ihm zu Hilfe eilen sollte, und tastete nach seiner Arzttasche. Das gebogene Instrument zum Ausschaben von Wunden eignete sich gut, um Angreifer abzuwehren. Allerdings hatte es beim letzten Mal den Oberfalkner des Königs am Hals verletzt und wer konnte sagen, welchen Stand dieser hitzige Edelmann besaß. Er hatte die Handgelenke des Jungen immer noch umklammert und schien auf ihn einzureden. Der Junge blickte nun schweigend zu ihm auf. Offensichtlich bot ihm der junge Mann Geld an oder lockte ihn mit anderen Versprechungen. Er schien so eindringlich zu verhandeln, dass er nicht merkte, wie sein dunkler Mantel von

seiner Schulter rutschte. Der Griff eines Nierendolches ragte aus seinem Gürtel. Vielleicht war er ein Sprössling eines angesehenen Adelshauses? Konrad kannte sich mit dem sizilianischen Adel nicht aus. Er hatte keine Lust, mit einem von Friedrichs Männern zu kämpfen und damit den König gegen sich aufzubringen. Andererseits schien sich der Junge wirklich in Gefahr zu befinden. Zögernd warf Konrad noch einen Blick auf das Pferd, das nun friedlich neben der Kapelle graste, und schlich sich vorsichtig näher.

Er würde den Edelmann höflich bitten, sich nicht an einem unschuldigen Jungen zu versündigen. Mit einem verschwörerischen Lächeln würde er ihm zu verstehen geben, dass er durchaus Verständnis hätte, war er doch ein belesener Mann. Doch würde er ihn anschließend sehr entschieden auffordern, die Messe zu besuchen und Gott für seine Wollust auf Knaben um Vergebung zu bitten. Immerhin war heute ein christlicher Feiertag. Erst wenn der junge Mann sich uneinsichtig zeigte, würde Konrad in seine Arzttasche greifen und das gebogene Instrument hervorholen. Es konnte nicht schaden, seiner Mahnung Nachdruck zu verschaffen.

Gerade als er den am Boden kauernden Edelmann erreicht hatte, ließ der von Agilo ab. Der Junge richtete sich auf und rieb sich das Handgelenk. Der vor ihm Kniende fuhr ihn ungeduldig an: »Hast du mich verstanden? Wirst du tun, was ich sage?«

Der einschüchternde Edelmann hatte Konrad den Rücken zugewandt. Seine lauernde Körperhaltung und sein Schweigen wirkten sehr bedrohlich. Der Junge nickte verängstigt und blickte auf. Er bemerkte Konrad und rief erschrocken: »Stephan!«

Agnes bereute sofort, dass sie den Namen ihres Bruders laut gerufen hatte. Sie war so überrascht gewesen, als der junge Araber aus Friedrichs Gefolge plötzlich dagestanden hatte, da war es einfach herausgerutscht. Während Stephan aufstand und sich nach seinem Mantel bückte, fragte sie sich besorgt, wie viel dieser Konrado mitbekommen hatte. Er war ein enger Vertrauter des Königs und würde nicht zögern, sie zu verraten.

Stand er schon eine ganze Weile da? Hatte er gehört, wie Stephan ihr seinen Plan erläutert hatte? Hatte er gesehen, wie verzweifelt sie pro-

testiert hatte? Mit erhobenen Fäusten hatte sie ihren Bruder zu überzeugen versucht, von seinem heimtückischen Plan abzulassen. Sie hatte ihn einen feigen Verräter genannt und daraufhin war er sehr wütend geworden. Er hatte sie behandelt, wie ein Herr seinen unfolgsamen Knappen, so als hätte er für einen Moment vergessen, dass sie eigentlich seine kleine Schwester war. Stephan hatte sie noch nie so hart angefasst. Sie hatte richtig Angst bekommen. Erst als sie angstvoll den Namen ihrer Mutter gerufen hatte, war er zu sich gekommen. Er hatte ihre Handgelenke noch immer umklammert und ihr wehgetan, doch seine Stimme war sanfter geworden. Er hatte ihr ruhig erklärt, dass ihrer Mutter nichts geschähe, wenn sie nur tun würde, was er verlangte. Wie geht es Mutter, hatte sie gewimmert. Er hatte nicht geantwortet, sondern mit glühenden Augen vom Muschelschwur, vom alles verschlingenden Feuer über Sizilien und dem edel gesinnten Grafen gesprochen. Seine Worte waren die eines Besessenen gewesen. Während er ihr den Plan erklärt hatte, war sein Atem warm über ihr Gesicht gestrichen und seine feuchten Haarspitzen hatten sie berührt. Er war nah über ihr gewesen, hatte leise gesprochen und am Ende nur noch gewispert. Trotzdem war sie sich nicht sicher, ob Friedrichs Mann nicht doch etwas gehört hatte.
War da nicht etwas Vorwurfsvolles in seinem Blick? Betrachtete er ihren Bruder nicht, als würde er ihn gleich zur Rede stellen? Stephan schien es auch zu spüren, denn er blickte sich suchend nach seinem Pferd um und knurrte mürrisch: »Passt Euch irgendetwas nicht, Herr?«
»Euer Pferd ist den Hügel hinaufgelaufen und grast dort oben friedlich. Ah, jetzt erkenne ich Euch. Ihr seid der ehemalige Herr dieses Jungen. Der Sohn des Guido von Borras.«
»E allora?«
Santa Agatha di Catania, steh ihm bei, dachte Agnes entsetzt und warf ihrem Bruder einen warnenden Blick zu. Er war als Sohn eines Verräters erkannt worden und sagte nichts weiter als: Na und? Begriff er denn gar nichts? Was konnte dieser Konrado anderes denken, als dass Friedrichs neuer Junge ein Spitzel war? Der Sohn eines Verräters traf sich heimlich mit Friedrichs Falknerjungen. Einen Jungen, der zuvor ihm gedient hatte, hatte er dem König großzügig überlassen.

Ein scheinbar harmloser Junge, der bei Hofe eingeschleust war, um seinem ehemaligen Herrn regelmäßig zu berichten. Konrado würde nicht zögern, seinem König zu berichten. Der Falknerjunge Agilo war nicht am Weihnachtstag in der Messe. Allein das war verdächtig! Doch es kam noch schlimmer: Stattdessen traf sich der Bengel vor der Stadt mit dem Sohn eines Verräters. Was lag da näher, als eine geplante Verschwörung zu vermuten? Der König musste nur eins und eins zusammenzählen.

Sein Gefolgsmann Konrado hatte es anscheinend schon getan, denn er zog die Augenbrauen misstrauisch zusammen. Endlich spürte Stephan, dass der andere Verdacht geschöpft hatte und ihm gefährlich werden konnte. Rasch fuhr seine Hand an den Griff des Nierendolches. Mit einem Satz sprang er nach vorn und war nun nah genug, um den Dolch in den Bauch seines Gegenübers zu rammen. Der wich zurück, hob abwehrend die Hände und rief: »Na, na, beruhigt Euch, Herr. Wenn Ihr die Messe versäumtet und Euch die Sehnsucht trieb, so mache ich Euch keinen Vorwurf daraus. Ich studierte die Schriften der weisen Griechen und schon die Alten haben diese Sehnsucht besungen.«

Stephan riss überrascht die Augen auf und nahm die Hand vom Dolchgriff. Genau wie seine Schwester schien er zuerst nicht zu wissen, wovon der Mann sprach. Erst als Konrado verständnisvoll hinzufügte: »Er ist ein hübscher Junge«, lächelte Stephan verstehend.

Es war ein stolzes Lächeln und Agnes wunderte sich darüber. Hätte jemand über seine Schwester Agnes dasselbe gesagt, er hätte nicht halb so zufrieden ausgesehen. Verlegen grinsend erklärte er: »Manchmal verliere ich bei seinem Anblick die Beherrschung. Wenn ich zu hart zu ihm bin, dann tut es mir hinterher umso mehr Leid. So weit treibt mich die Sehnsucht.«

»Ich nehme an, Ihr habt den Jungen an Friedrichs Hof geschickt, um Euer Seelenheil zu retten. Doch heute seid Ihr der Versuchung erlegen und Ihr kommt den weiten Weg von Catania, um Euren Jungen heimlich zu treffen. Ist es nicht so?«

»So ist es.«

Agnes schwirrte der Kopf. Unsicher sah sie von einem zum anderen. Worüber sprachen sie? Es ging um Sehnsucht, Seelenheil und Versuchung. Alles Dinge, die ganz sicher nicht für das Ohr einer Dame bestimmt waren. Würde Agnes statt der zerrissenen Beinlinge ein elegantes violettes Eidechsenkleid tragen, dann würden sie nicht so daherreden. Dame Johanna hätte sich längst die Ohren zugehalten oder sie wäre ohnmächtig niedergesunken. Die Gefahr, als Spion bei Friedrich enttarnt zu werden, schien vorüber zu sein. Sie müsste sich eigentlich erleichtert fühlen. Stattdessen beunruhigte sie, wie sich die beiden Männer verschwörerisch zublinzelten und anzüglich grinsten. Fast freundschaftlich erklärte Konrado: »Ich werde Euer Pferd holen. Wenn Ihr Euch beeilt, könnt Ihr noch in den Dom hineinschlüpfen und den Weihnachtssegen empfangen. Möge Eure schwarze Seele daran genesen.«

Stephan lachte leise und sah zu, wie Friedrichs Mann den Hügel erklomm und immer kleiner wurde. Agnes' Stimme klang ganz piepsig, als sie endlich den Mut hatte zu fragen: »Was meint er? Wovon spricht er? Warum hält er deine Seele für schwarz? Ahnt er etwas?«

»Nein, mach dir keine Gedanken. Verschwinde lieber, bevor er zurück ist. Sonst bringt er dich in die Stadt und spricht den ganzen Weg über meine verlorene, schwarze Seele – und über deine natürlich, Schwesterherz.«

Er strich ihr über die Wange und seufzte. Es klang, als plage ihn sein Gewissen, als mache er sich ernsthafte Sorgen um ihr Seelenheil. Selten genug dachte er daran und so fragte sie hastig: »Warum sollte er annehmen …«

»Los, lauf! Und vergiss nicht, schon morgen wird es geschehen. Siehe ein kleines Feuer, welch einen Wald zündet es an.«

Konrado hatte Stephans Pferd gefunden und führte es nun behutsam den Hügel hinab. Gleich würde er sie erreicht haben. Agnes zögerte einen Moment. Sollte sie auf ihn warten und mit ihm gehen? Sollte sie sich ihm anvertrauen? Konnte er Stephans Wahnsinn aufhalten und ihre verlorene Seele retten? Doch dann dachte sie an sein anzügliches Grinsen und rannte davon.

Am nächsten Morgen hatten sich die Regenwolken verzogen. Es war ein strahlend heller Morgen. Es war der Geburtstag des Königs und obwohl er viel älter schien, wurde er erst fünfzehn Jahre alt. Ausgerechnet

heute sollte der Tag sein, an dem die Verschwörer ihm eine Falle stellen wollten. Und ausgerechnet sein Falknerjunge sollte dabei helfen.
Agnes fand den Tag viel zu schön, um es zu glauben. Der Ort, den Friedrich für seinen kleinen Geburtstagsempfang gewählt hatte, schien ihr ebenfalls zu friedlich. Der Hof hatte sich in einen kleinen Palast am Stadtrand zurückgezogen. Er war an einem grünen Hang erbaut worden, der zum Meer abfiel und in vielen kleinen Buchten endete. Der Palastgarten war ganz anders, als der Kräutergarten der Villa Montagna. Agnes konnte sich an den winzigen grünen Früchten der schiefen Orangenbäumchen nicht satt sehen. Sie bewunderte die gelben Mimosenbäume, die jetzt in voller Blüte standen, und besonders mochte sie die prallen, fast überreifen Datteln. Die vielen schwirrenden Insekten und bunten Vögel machten den Garten zu einem kleinen Paradies, in dem es schwer fiel, an Verschwörung, Verrat und Vernichtung zu denken. Und dennoch trat sie mit der Gewissheit aus dem Tor in den sonnigen Garten, dass heute etwas Furchtbares geschehen würde. Dieser Geburtstagsempfang würde der letzte sein, den Friedrich als König von Sizilien gab. Während der gesamte Hof in der Empfangshalle versammelt war, versorgte Agnes wie an jedem Morgen die Falken, doch diesmal hielt sie inne. Sie lehnte sich an die verwitterte Wand und blickte in den tiefblauen Himmel hinauf. Es war wirklich ein königlicher Himmel, doch er weckte nur traurige Erinnerungen. Der Himmel war im vorigen Jahr genauso blau gewesen. Am Weihnachtstag hatte sie mit ihrer Mutter den Altar ihrer kleinen Kapelle mit grünen Zweigen geschmückt und dabei gesungen. Es hatte sie nicht weiter gekümmert, dass Friedrich nach sizilianischem Recht mit vierzehn volljährig war. Am nächsten Morgen hatte sie kaum hingehört, als ihr der Vater erklärt hatte, dass nun die Vormundschaft des Papstes und die Regentschaft des königlichen Rates unter dem mächtigen Kanzler Walter von Pagliara zu Ende gingen. Er hatte ihr ein aufmunterndes Lächeln geschenkt und von neuen Zeiten gesprochen.
Die Erinnerung an dieses Lächeln bereitete ihr noch mehr Kummer. Das grelle Licht war auf einmal unangenehm kalt und winterlich. Es blendete und ließ sie an das Sonnenlicht auf den Helmen der königlichen Wache denken. Ihr Vater war des Verrats überführt und einge-

kerkert worden und diese Weihnacht hatte niemand in die Kapelle der heiligen Agatha grüne Zweige gebracht und gesungen. Wenn Stephans Plan scheiterte, würde die Kapelle auch im nächsten Jahr ungeschmückt bleiben. Ihre unglückliche Mutter würde einen Sohn betrauern müssen und vielleicht auch eine Tochter.

Fröstelnd stieß Agnes sich von der Mauer ab und überquerte den kleinen Innenhof, in dessen Mitte sich ein Brunnen befand. Die schäbigen Winterschuhe erzeugten ein knirschendes Geräusch auf dem Kies. Bei jedem Schritt war es, als könne sie den Grafen Diepold hören, wie er den Weg hinunter zur Villa Montagna lief und mit seinen Männern in den Garten ihrer Mutter eindrang. Sie ballte im Gehen die Fäuste, rang nach Luft und schwor sich, dass dies niemals geschehen durfte.

Um es zu verhindern, würde sie tun, was die Verschwörer von ihr verlangten. Es gab keinen anderen Ausweg, es gab nichts und niemanden, der ihr half. Sie war so schrecklich allein und konnte nicht einmal ihre Gürtelheiligen anrufen, denn die Heiligen hatten sich sicherlich längst von ihr abgewandt. Seit langem schon sah sie keine Engel mehr hinter dem Altar schweben und selbst die heilige Agatha schwieg beharrlich. Seit sie sich ihr langes Haar abgeschnitten hatte, sprachen die Heiligen nicht mehr zu ihr. Wie hatte sie so etwas Gottloses tun können? Agnes fühlte, wie sich etwas Hartes in ihrer Brust zusammenballte. Das war ihre schwarze, verlorene Seele.

Schwer atmend stand sie nun vor der verwitterten Tür des Falknerhäuschens. Ihre Augen fuhren unruhig an den vom Seewind gebleichten Balken entlang. Ihr Anblick erinnerte sie daran, dass ihre schöne Pilgermuschel zum Schutz der Greifvögel an ebensolch einem Haus befestigt werden sollte. Ihr Vater hatte es einst versprochen. Doch wo war ihre Pilgermuschel jetzt? Warum hatte der edel gesinnte Graf das mit den Strahlen der Sonne geschmückte Kleinod nicht geschickt? Sollte sie nicht das Zeichen der Verschwörer sein? Stephan hatte gestern immer wieder vom Muschelschwur und dem Feuer über Sizilien gesprochen, doch ihre Pilgermuschel hatte er mit keinem Wort erwähnt. Das war typisch für ihn.

Immer noch in Gedanken, öffnete Agnes die Tür zum Falknerhäuschen. Die Greifvögel waren lange nicht mehr zur Beizjagd geholt worden. Der König hatte andere Sorgen und keine Zeit gefunden, um einen Ausflug die ionische Küste entlang zu unternehmen. Er wartete ungeduldig auf die Ankunft des kaiserlichen Boten. Tag für Tag blickte Friedrich zum gegenüberliegenden Festland hinüber, anschließend besuchte er seine Falken, doch er war nicht bei der Sache. Abwesend, als wäre er mit seinen königlichen Gedanken ganz woanders, verfolgten seine Augen den Flug der Falken beim Wurf des Federspiels. Agnes bedauerte jedes Mal, dass der König seinen Lieblingsfalken so wenig Aufmerksamkeit schenkte. Zahir hatte mehr verdient, denn er war ein besonders geschickter Sakerfalke und trug ein vornehmes Kleid. Sein Gefieder war weiß wie die Gischt und die vereinzelten schwarzen Punkte darin wirkten wie glänzende Steine. Der Falke wusste, dass er etwas ganz Besonderes war, und es hatte gedauert, bis er Agnes und ihren Lockruf akzeptiert hatte. Ihr Lockruf war ihm deshalb ganz allein vorbehalten. Unentwegt hatte sie mit Zahir gearbeitet. Vor allen anderen hatte sie ihn mit Atzung verwöhnt und nachts neben ihm gewacht, wenn er zu kränkeln schien.

Als sie sich zögernd näherte, hob er den Kopf und spreizte leicht die Flügel. Zahir war ebenfalls ein Teil des heimtückischen Plans, denn die Liebe zu seinem Falken sollte für Friedrich zum Verhängnis werden. Agnes löste die Langfessel und nahm ihren Falknerhandschuh von einem der Borde. Nachdem sie den langen Handschuh über die linke Hand gestreift hatte, stellte sie behutsam den Falken darauf. Stephan hatte ihr ganz genau beschrieben, was sie zu tun hatte.

Agnes sollte den Falken unbemerkt zu einer kleinen Bucht hinuntertragen, in deren Böschung sich ein verfallenes Gemäuer versteckte. Es hatte einst den königlichen Fischern gehört und war nun verlassen. In diesem von Dornen überwucherten Gebäude sollte Agnes den Falken verstecken und zum König laufen. Bis dahin hatte ihre Seele noch keinen großen Schaden genommen, doch dann würde sie lügen müssen und vor diesem Augenblick graute ihr.

Sie musste dem König erzählen, Zahir hätte sich losgerissen und wäre davongeflogen. Erst nach langer Suche hätte sie ihn entdeckt und es gelänge ihr nicht, die Fessel des wild mit den Flügeln schlagenden Vogels aus den Dornen zu lösen. Das war eine gemeine Lüge, denn

Zahir würde derweil wohlbehalten im alten Fischerhaus warten. Um seinen angeblich gefangenen Falken zu befreien, würde Friedrich ihr zur kleinen Bucht folgen und das verfallene Gebäude am Rande der Böschung betreten. Das Problem war, den König allein anzutreffen. Doch auch das hatten die Verschwörer bedacht. Agnes sollte den kurzen Augenblick nach dem morgendlichen Geburtstagsempfang abwarten. Wenn der Kanzler seine Lobreden gehalten hatte, würde der Hof den Aufbruch zum Dom vorbereiten. Wie an jedem Morgen würde der König zuvor zum Meer hinuntergehen und nach Ottos Boten Ausschau halten. Natürlich würde kein Bote von Otto eintreffen, stattdessen würde Agnes den Strand hinuntergelaufen kommen. Keiner würde sich etwas dabei denken. Immerhin war sie sein Falknerjunge und kam oft zu ihm. Manchmal glaubte sie zu spüren, dass der Oberfalkner es nicht gern sah. Ihre Geschicklichkeit im Umgang mit den Falken hatte Sulaimān aus der Gunst des Königs verdrängt. Friedrich vertraute ihr, das wusste jeder, und heute Morgen würde sie dieses Vertrauen verraten. Sie würde ihn belügen und ihm dabei in die Augen sehen müssen. Bei dem Gedanken schmerzte wieder etwas schwer in ihrer Brust und sie presste ihre flache Hand darauf, als könne sie die Sünde wegdrücken.

Würde sie überhaupt ein Wort herausbringen, wenn sie vor ihm stand? Würde ihr die Lüge so leicht über die Lippen gehen, wie Stephan es verlangte? Bestimmt würde sie stottern und rot werden, wenn sie sich nicht endlich zusammennahm. Du kannst das, dachte sie bei jedem Einatmen, du schaffst das, bei jedem Ausatmen. Erst als ihr Atem ruhiger ging, nahm sie eine der bereithängenden Hauben herunter.

Mit der kleinen Lederhaube in der Hand betrachtete sie Zahir unschlüssig. Sie sollte ihm die Haube aufsetzen, damit die ungewohnte Umgebung ihn nicht beunruhigte. Stephan hatte ihr versprochen, dem Falken würde nichts geschehen. Zahir war nicht in Gefahr, versuchte sie sich zu beruhigen. Er hatte nichts weiter zu tun, als im Haus auf einer vorbereiteten Stange zu sitzen und auf seinen Herrn zu warten. Doch nicht nur er würde auf den König warten.

Stephan hatte zum Glück nicht gesagt, was dann geschehen würde. Doch mit Schaudern erinnerte sie sich daran, wie der Ausdruck in

seinem Gesicht sie erschreckt hatte. War es Wahnsinn, der in seinen Augen geblitzt hatte? Lauf weg, hatte er ihr eindringlich geraten, bleib nicht zu lange dort, es wird gefährlich.
Agnes' rechte Hand zitterte, als sie nach den Lederbändchen der Haube griff, und auch ihre Lippen zitterten, als sie wie üblich den Mund zu Hilfe nahm, um die Bänder zu verknoten.
Zahir hielt ganz still und ließ es geschehen. Vorsichtig überprüfte sie den Sitz der Haube und trat mit dem verkappten Falken aus der Tür. Es war niemand zu sehen. Jeder schien beim Empfang zu sein oder das Festessen vorzubereiten. Sie würde den Innenhof unbeobachtet überqueren und den Hang hinunter zur Bucht laufen können. Während sie vorsichtig einen Schritt vor den anderen setzte, blickte sie sich immer wieder um. Plötzlich kam es ihr doch so vor, als würde sie jemand beobachten. Hatte sich in einem der Fenster nicht ein Schatten bewegt? Agnes blieb stehen und starrte in die Richtung. Für einen Moment glaubte sie, etwas Violettes schimmern zu sehen. Vielleicht stand dort die Dame, die keine Falken mochte, und beobachtete sie. Dame Johanna unterbrach häufig einen höfischen Anlass, um nach ihrem Kind zu sehen. Außerdem schien ihr jeder alles nachzusehen. Erst gestern hatte Agnes bei ihrer Rückkehr beobachtet, wie Wolfger der zierlichen Dame über eine Pfütze geholfen hatte, als wäre sie nicht in der Lage selbst hinüberzuspringen. Alle Damen bei Hofe benahmen sich, als wären sie zerbrechliche Wesen. Sie taten Dinge, wie ohne besonderen Grund in Gekicher auszubrechen. Sie ängstigten sich bei Gewitter und stießen hohe Schreie aus, wenn ihnen eine winzige Motte entgegenflog. Gierig nach Neuigkeiten belauschten sie die Mägde und tadelten sie hinterher. In der Villa Montagna hatte sich niemand so aufgeführt. Agnes überlegte, ob Dame Johanna neugierig genug war, ohne einen besonderen Anlass Friedrichs Falknerjungen zu beobachten. Zuzutrauen wäre es ihr. Agnes kniff die Augen zusammen und starrte so intensiv in die Richtung, dass ihr leicht schwindelig wurde und sich die dunklen Farben hinter dem Fenster zu drehen begannen. Dame Johanna würde allen erzählen, dass der Vogel gar nicht von selbst davongeflogen war. Sie hatte gesehen, wie der Falknerjunge ihn eigenhändig hinausgetragen hatte. Agnes wäre der Lüge überführt und der König würde ihr nicht zur

kleinen Bucht folgen. Graf Diepold und seine Männer würden vergeblich nach ihm Ausschau halten. Sie würden sicher sehr wütend auf einen Jungen namens Agilo werden, dessen Mutter sich in ihrer Gewalt befand und der eigentlich eine Grafentochter war. Bei diesem Gedanken geriet Agnes ins Taumeln und Zahir ruckte nervös mit dem Kopf. Erschrocken wandte sie ihm wieder ihre ganze Aufmerksamkeit zu. Sie flüsterte ein paar beruhigende Worte, nahm ihren Arm ein Stück höher und lief weiter. Vielleicht war sie schneller als Dame Johanna. Vielleicht hatte sie sich die Dame hinter dem Fenster auch nur eingebildet.

Ja, bestimmt war es so.

Während Agnes zur Bucht hinunterging, dachte sie nicht mehr an die violette Dame. Den Falken auf ihrer Hand balancierend, arbeitete sie sich Schritt für Schritt die bewachsene Böschung zum verfallenen Gebäude hinunter. Stephan hatte es gut beschrieben. Es sah wirklich verlassen aus. Steine waren aus dem Mauerwerk gebrochen und Moos überzog die schlichte, aber scheinbar immer noch massive Holztür. Die alte Tür quietschte, als Agnes einen Riegel zurückschob und sich vorsichtig ins Innere wagte. Bis auf die Lichtstreifen, die durch das undichte Strohdach fielen, war es dunkel. Die Luft war schwer und feucht und es roch modrig nach fauligem Holz und Seetang. Agnes blickte sich um und ließ die Augen über das herumliegende Gerümpel wandern. Neben einem morschen Bootsrumpf lag ein Krug, aus dem Seetang quoll. Ein Tierkadaver krümmte sich unter einem zerfledderten Fischernetz.

Wenn die Verschwörer den König hierher lockten, so führten sie Böses im Schilde. Noch während sie das dachte, spürte sie, wie das Böse aus allen dunklen Ecken auf sie zugekrochen kam. Lauerte nicht etwas unter dem Bootsrumpf? Blitzten nicht rot glühende Augen aus dem Strohdach auf sie herunter? Bewegte sich nicht der stinkende Kadaver auf sie zu? Teufel verbargen sich in den Schatten, unheimliche Mächte atmeten an diesem Ort des Bösen, sie verpesteten die Luft und griffen nach den Seelen eines jeden, der es wagte, hier einzudringen.

Agnes hatte diese schlummernden Teufel geweckt. Beeil dich, hatte Stephan gesagt. Er wusste von den zerstörerischen dunklen Mächten,

die hier schon seit Jahrhunderten hausten. Das Unheil war so nah, dass sie eine überwältigende Angst spürte und nichts anderes als fliehen wollte. Doch ihre Beine wollten ihr nicht gehorchen und ihre Füße schienen nach und nach in dem sandigen Boden zu versinken. Der Falke auf ihrer Hand wurde immer schwerer und ihr Arm begann zu zittern. Wenn sie nicht gleich etwas unternahm, würden die Teufel der Dunkelheit sie verschlingen. Agnes blickte verzweifelt um sich.
Ihre Augen blieben an einer gebogenen Stange hängen. Sie musste das Falkengestänge zuvor übersehen haben. Bei dem Kadaver musste es sich um bereitgestelltes Zieget handeln. Wer war so dumm, etwas Verfaultes als Atzung anzubieten? Der Geruch würde Zahir nervös machen und das Gestänge war ungepolstert und würde unbequem sein.
Dort konnte sie ihn unmöglich abstellen.
Lass den Vogel dort, sagte Stephans Stimme auffordernd in ihrem Kopf, denk an Mutter. Friedrichs Falke soll auf ihn warten, er ist der Span, der Sizilien zum Brennen bringen wird. Aus allen Ecken flüsterte es: Sizilien wird brennen, Mutter wird brennen, deine schwarze Seele wird brennen. Stell den Vogel ab, zischte es aus dem Krug. Stell den Vogel ab, knisterte das Stroh auf dem Dach.
Ein Windzug ließ die Tür hinter ihr zufallen. Erschrocken fuhr sie zusammen, trat einen Schritt vor und stellte den Falken hastig auf das Gestänge. Dann stürzte sie, ohne nachzudenken, zur Tür, riss sie auf und stürmte hinaus ins Freie.
Auf allen vieren krabbelte sie die Böschung hinauf, Dornen verfingen sich an ihren Beinlingen und Zweige streiften ihr Gesicht. Nur weg hier, weg von den lauernden Schatten und weg von dem modrigen Geruch. Irgendwo auf halben Weg verlor sie den Falknerhandschuh, die Falknerkappe blieb an einem Zweig hängen und ihr keuchender Atem ging im Rhythmus ihrer Gedanken: Weg, lauf weg. Ehe sie es richtig bemerkte, rannte sie auch schon den schmalen Weg zum Palast hinauf. Gleich würde sie in den friedlichen Garten kommen und alles vergessen können. Sie würde sich an den Brunnenrand lehnen und Atem schöpfen. Die prallen Früchte und die schattige Ruhe des Innenhofes würden sie umfangen wie Trost und Vergessen, Erquickung und Labsal.

Agnes stand schwer atmend vor dem eleganten kleinen Gartentor. Sie hatte schon ihre Finger auf das polierte Holz gelegt und spürte bereits den kühlen Wind, der durch die Orangenbäume fuhr, als ihr etwas Furchtbares in den Sinn kam. Sie hatte vergessen, die Fesseln zu verknoten. Zahir stand in seinem Geschüh auf der Stange und die losen Lederbänder hingen nutzlos herab. Sie hielt in der Bewegung inne und nahm die Finger zurück, als hätte sie sich am Tor verbrannt.
So etwas war ihr noch nie passiert. Es war unbegreiflich und ganz allein ihre Schuld.
Das, was sie dem König als Lüge präsentieren sollte, würde sich bewahrheiten. Durch ihre Nachlässigkeit würde Zahir wirklich in den Dornen hängen bleiben und sein Gefieder zerstören. Er konnte auch zu Tode kommen, wenn sie sich nicht beeilte.
Agnes wandte sich um und rannte den ganzen Weg wieder zurück.
Diesmal waren ihre Gedanken nur bei Friedrichs Falken. Sie würde sich niemals verzeihen, wenn Zahir durch ihre Schuld ein Leid geschah. Mit rudernden Armen schlitterte sie den Hang hinunter. Sie achtete nicht auf ihren Falkenhandschuh, sondern trat ihn nur in den Schmutz hinein. Sie sah aus den Augenwinkeln, wie ihre weiße Kappe an einem Ast flatterte, und fühlte im Vorübereilen, wie die Bänder ihre Wangen streiften. Ohne darauf zu achten, rannte sie weiter. Sie kam viel zu langsam voran, strauchelte und landete auf den Knien. Ehe sie sich wieder aufgerappelt hatte, war Zahir sicher längst fortgeflogen. Es würde ihn bestimmt keinen Moment länger als nötig neben dem stinkenden Kadaver halten.
Agnes rutschte die letzte Böschung hinunter und stürzte auf die Hütte zu. Die Tür stand immer noch offen und die Dornensträucher an ihrem Gemäuer hingen genauso friedlich dort wie zuvor.
Heilige Agatha, sei gepriesen, entfuhr es Agnes und es war mehr ein Seufzen als ein Gebet. Zahir war nicht davongeflogen. Alles würde gut werden. Niemand würde je von ihrer unverzeihlichen Nachlässigkeit erfahren. Mit klopfendem Herzen betrat sie den dunklen Raum und ihre weit aufgerissenen Augen waren auf die Stelle gerichtet, an der sie den Falken des Königs zurückgelassen hatte.
Zahir war noch dort. Misstrauisch und vorwurfsvoll stand er da und schien auf ihre Rückkehr zu warten. Sie war so erleichtert, dass sie für

einen Moment vergaß, weshalb sie eigentlich hier war. Als sie auf Zahir zuging, hatte sie nur noch Augen für ihn. Ungeschickt prallte sie mit der Fußspitze gegen den Krug, der scheppernd davonrollte und hart an den Bug des Bootes schlug. Bevor sie das Gestänge mit dem Falken erreicht hatte, schlug die Tür hinter ihr mit einem lauten Knall zu. Der Riegel knarrte und schrammte kreischend von außen gegen das Holz. Gedämpft und unheimlich war das Frohlocken einer fernen Stimme zu hören: »Nun wirst du sterben, Königskind von Sizilien. Siehe, welch ein Brand entfacht wird!«

Etwas zischte durch die Luft und Schritte entfernten sich.

Agnes stand da und konnte sich nicht rühren. Sie hörte mit wachsendem Entsetzen, wie sich über ihr etwas zischend durch das Stroh fraß. Kurz darauf regneten die ersten Funken herab. Sie fielen auf ihren kurzen Umhang und verglühten langsam. Dann kam der Rauch. Er breitete sich so schnell aus, dass Agnes kaum die Gegenstände im Raum erkennen konnte. Sie sah Zahirs dunklen Schatten, der die Flügel ausbreitete und sich in die Luft erhob. Über ihm brannte es lichterloh und er flog direkt darauf zu. Agnes schüttelte die Funken von ihrem Mantel und sprang hustend und nach Luft ringend durch den Qualm. Sie warf die Arme in die Luft, streckte die Hände aus und lockte ihn mit ihrem Lockruf. Die Abfolge der zarten, wohltönenden Melodie, die Agnes immer wieder zwischen ihren Lippen hervorstieß, war kaum zu hören, denn die Luft war erfüllt mit Knistern und dem Knacken der brennenden Holzbalken. Steine fielen zu Boden und das Netz qualmte zischend und wispernd, als wollte es protestieren. Erst als ihre Augen bereits tränten, ihre Lippen aufrissen und ihre Kehle brannte, kam der Falke durch den Qualm heruntergeschwebt und ließ sich auf dem Gestänge nieder. Agnes befestigte mit wenigen Handgriffen die Fessel seines Geschühs. Sie hatte keine Ahnung, warum sie das tat. Wenn niemand kam und sie befreite, würden sie beide zusammen verbrennen. Das Feuer war ihre Fessel und legte sich wie ein wütender, knisternder Ring immer enger um sie herum.

Es hatte sich beständig ausgebreitet. Große Teile des Daches waren brennend zu Boden gestützt und bildeten kleine Feuerinseln auf dem Boden, die Funken schleuderten. Das Boot qualmte bereits, der Kadaver neben dem Gestänge rauchte und durch den Seetang fraß sich ein glühender Feuerwurm. Der Qualm war nun so dick, dass Agnes Schwierigkeiten hatte, die Tür zu erkennen. Sie schien das Einzige zu sein, was unbeschadet geblieben war. Der Brandstifter musste sie zuvor mit Wasser besprengt haben. Eine gewaltige Wut packte sie und gleichzeitig waren ihre Gedanken grausam klar. Während sie nach Atem rang und den ansteigenden Hustenreiz unterdrückte, half ihr die Wut über die Funken und das brennende Stroh zur Tür. Mit geballten Fäusten schlug sie gegen das Holz und schrie: »Aiuto! Hilfe! Aiuto!«

Immer wieder schlugen ihre Fäuste zu und in ihrer Verzweiflung flehte sie schließlich auf Latein um Hilfe: »Concurrite! Subvenite, subvenite mihi! Auxilium mihi ...«

Kein einsamer Eremit, kein wandernder Mönch, kein Heiliger hörte sie. Ihre Heiligen hatten sie verlassen, stattdessen lauerte da draußen ein wahnsinniger Mörder. Er stand abwartend und in sicherer Entfernung am Meer unten oder zwischen dem Gebüsch verborgen. Begriff er denn nicht, was geschehen war? Sein Anschlag war missglückt. Nicht der König von Sizilien, sondern sein Falknerjunge würde an diesem verfluchten Ort verbrennen. Kein Funke würde daraufhin überspringen und einen Aufruhr im Land entfachen. Agnes von Borras würde anstelle des Königs sterben. Als Buße für ihre schwarze Seele musste sie für immer in der Vorhölle brennen. Mit einem verzweifelten Wimmern senkte sie die Fäuste und schlug ihren Kopf gegen die Tür. Ihre Stirn traf wieder und wieder das harte Holz. Blut spritzte, tropfte in ihre Augen und vermischte sich mit Tränen. Als sie nur noch Schmerz spürte und meinte, bereits selbst lichterloh zu brennen, knarrte der Riegel und die Tür gab nach.

Agnes verlor den Halt und fiel nach vorn.

Johanna breitete die Arme aus. Erschrocken fing sie die kleine Gestalt auf, die ihr aus der weit geöffneten Tür entgegenflog. Im selben Augenblick lief Friedrich direkt in den dichten Rauch hinein. Es knisterte und zischte und sein fragendes Rufen klang wie aus weiter Ferne: »Zahir?« und wieder: »Zahir?« Das Rufen des Königs wurde von einem quälenden Husten an ihrem Ohr unterbrochen. Ein schmaler

Brustkorb hob und senkte sich keuchend in ihren Armen. Ein warmer, verschwitzter Körper presste sich an sie und dunkles Haar kitzelte in ihrer Nase. Johanna überlegte, dass es sich nur um Agilo handeln konnte. Sie hatten seine Falknerkappe im Gebüsch flattern sehen und hatten seinen Handschuh im Dreck gefunden. Kurz zuvor hatte Johanna vom Fenster aus beobachtet, wie Agilo mit einem Falken davongeschlichen war. Sie war sich sicher gewesen, dass sie bei einem Diebstahl zusah. Doch erst als ihr eingefallen war, wie ihr Wolfger Friedrichs Lieblingsfalken beschrieben hatte, war sie zum König gelaufen. Zuerst hatte man sie nicht vorlassen wollen, doch als sie ihn schließlich sprechen durfte, hatte er ihr geglaubt. Er hatte die vornehmen Gesandten der Stadt in der Empfangshalle stehen gelassen und sich auf die Suche nach seinem Falken gemacht, der nicht mehr an seinem gewohnten Platz stand. Zuerst waren sie ziellos umhergeirrt, doch dann hatten sie den Qualm über einer Bucht entdeckt. Die dicht bewachsene Böschung hatte den König daran gehindert, vor ihr bei der brennenden Hütte anzukommen. Die Mitglieder des Hofes und der königlichen Kanzlei würden sicher folgen, sobald sie das Feuer entdeckt hatten. Wären sie doch schon hier. Der König war immer noch nicht zurück und Johanna wusste nicht, was sie tun sollte.

Was ging da drinnen vor? Das Knacken und Zischen der Flammen wurde immer lauter und etwas Schweres stürzte krachend zu Boden. Sie glaubte, ein unheimliches Heulen und seltsames Gestöhn zu hören. Es klang, als trieben Geisterwesen ihr Unwesen. Ängstlich hielt sie den Jungen fest und blickte sich um. Der Rauch war so dick, dass sie im Inneren der Hütte nichts erkennen konnte. König Friedrich befand sich in großer Gefahr und sie hielt immer noch einen keuchenden Jungen in den Armen, dabei musste sie doch Hilfe holen.

Sie winkelte die Arme an, packte seine Schultern und schob ihn von sich. Mit ausgestreckten Armen hielt sie ihn auf Abstand. Sie wagte nicht, die Arme zu senken oder seine Schultern loszulassen, denn sie war nicht sicher, ob er allein stehen konnte. Es ging ihm offensichtlich nicht gut. Sein Gesicht war unter der Rußschicht kaum zu erkennen und Tränen hatten Spuren in die geschwärzten Wangen gegraben. Auf seiner Stirn befand sich eine offene Wunde, verklebte

Haare standen ihm wirr vom Kopf ab und von seinen Augenbrauen tropfte Blut.
Armer kleiner Kerl, dachte Johanna mitleidig.
Gerade als sie sich vorstellte, wie groß seine Angst in dem brennenden Haus gewesen sein musste, trat Friedrich mit dem Falken auf der Hand aus der Tür. Das konnte nur bedeuten, dass Agilo den königlichen Falken wirklich gestohlen hatte. Johanna wandte sich wieder dem Jungen zu und funkelte ihn böse an. Wie konnte er so etwas tun, wo Friedrich ihm vertraute und ihm nie ein Unrecht angetan hatte? Friedrich stand ganz still da und untersuchte mit der rechten Hand behutsam das Gefieder des Falken. Doch seine Ruhe konnte nicht darüber hinwegtäuschen, wie groß die Gefahr gewesen war, in der er sich befunden hatte. Seine Wangen waren gerötet, seine Unterlippe zitterte und der Schweiß rann ihm die Schläfen hinunter. Der königliche Mantel war angesengt und seine Stiefel qualmten. Der Sohn Kaiser Heinrichs wäre fast in den Flammen erstickt und alle Hoffnung auf eine Nachfolge Friedrichs als Kaiser wäre zunichte. Das Gebäude wäre brennend über dem viel versprechenden Enkel Barbarossas zusammengestürzt und der letzte Staufer ein Opfer der Flammen geworden.
An allem war dieser Agilo schuld, dachte Johanna aufgebracht. Er war ein nichtsnutziger, gerissener und gemeiner Junge, der den Falken des Königs gestohlen und vermutlich das Feuer durch eigene Dummheit verursacht hatte. Der Tölpel hatte stehlen wollen und sein Diebesgut selbst in Brand gesteckt. Er blickte sie an, als könne er nicht glauben, was geschehen war. Dabei war alles seine Schuld. Wütend stieß Johanna ihn von sich und holte aus.
Ihre Hand traf ihn mit solcher Wucht, dass es den überraschten Jungen sofort umwarf.
Er prallte dumpf auf die Seite, gab einen gequälten Laut von sich und blinzelte ungläubig zu ihr empor. Dann krümmte er sich zusammen und erbrach sich heftig.
Johanna starrte fassungslos auf ihn hinunter und schämte sich entsetzlich. So etwas war ihr noch nie passiert. Noch nie zuvor hatte sie jemanden geschlagen. Dieses Kind war verletzt, es war verstört und hatte Angst. Und sie hatte sich hinreißen lassen, die Beherrschung

verloren und überhaupt nicht nachgedacht. Wie hatte sie so zuschlagen können, dass Agilo sich vor Schmerzen krümmte und würgen musste? Die Sorge um Friedrich musste sie um den Verstand gebracht haben. Es war eine Schande und völlig unverzeihlich.
Verlegen blickte sie zu Boden und wagte nicht, dem König in die Augen zu sehen. Was sollte er denn von ihr denken? Er war so jung und sie sollte ihm ein Vorbild sein. So unbeherrscht und grausam gegenüber Schwächeren und Untergebenen sollte sich eine Dame niemals aufführen. Heilige Jungfrau, vergib mir, dachte sie schuldbewusst. Sie bekreuzigte sich und ging neben dem Jungen in die Knie. Auch wenn er ein Dieb war, so war es doch nicht ihre Sache, ihn zu strafen.
Agilo richtete sich stöhnend auf und sie legte ihm einen Arm um die Schulter. Vorsichtig betastete sie mit den Fingerspitzen seine Stirn und überlegte, wie tief die Wunde wohl war und ob ihre heilenden Hände etwas ausrichten konnten. Der Junge zuckte angstvoll zurück und wimmerte. In diesem Augenblick kamen die anderen. Die vornehm gekleideten Mitglieder des Hofes rannten nacheinander die Böschung herunter und riefen aufgeregt durcheinander. Der Anblick des rauchenden Gebäudes hatte sie verschreckt und so umringten sie den König erleichtert. Der Kanzler fiel mit einem Wortschwall aus Vorwürfen und Anklagen über ihn her, Magister Francisius schüttelte immer wieder besorgt den Kopf und der Oberfalkner nahm ihm den Falken ab. Ein junger Notar wagte einen Blick in das qualmende Haus, während Wolfger die Tür untersuchte. Konrad entdeckte Johanna neben dem verletzten Falknerjungen und hockte sich zu ihnen. Sofort begann auch er die Stirnwunde zu untersuchen. Diesmal gab der Junge keinen Laut von sich, sondern starrte ihn nur misstrauisch an. Konrads Finger fuhr behutsam am Rand der Wunde entlang und murmelte mit gerunzelter Stirn: »Wie konnte das geschehen?«
»Er war in dem brennenden Haus. Er hat Friedrichs Falken gestohlen und hat ihn hier versteckt«, erklärte Johanna leise und beugte sich vor, um, wenn nötig, Konrads Tasche zu halten. Konrad nahm seine Ledertasche von der Schulter und öffnete den Riemen. Bevor er jedoch ein Stückchen Leinen oder Hanf hervorholen konnte, hatte sich der Junge aufgerichtet.
»Das ist nicht wahr! Ich habe nicht gestohlen.«

Agilo wischte sich Reste des Erbrochenen aus dem Gesicht und sprang auf. Er wirkte ehrlich gekränkt und Johanna konnte nicht anders, als seinen Worten Glauben schenken. Vielleicht lag es auch an der Verzweiflung, mit der er die Hände rang und gequält hervorstieß: »Ich wollte das nicht. Ich wollte es nicht, ehrlich. Es tut mir Leid.«
Konrad warf einen Blick auf das brennende Gebäude und fragte streng: »Was tut dir Leid? Was hast du zu bereuen?«
Der Junge keuchte unschlüssig und sog plötzlich scharf die Luft ein. Ein Templer trat auf ihn zu. Der bärtige Mann musste in der Menge der Neugierigen gewesen sein, die sich an der Böschung versammelt hatte. Zielsicher packte er Agilo am Handgelenk und schüttelt ihn, dabei knurrte er: »Du kommst mit mir. Wir haben ein Wörtchen miteinander zu reden. Flehe deinen Schöpfer um Gnade an, denn wir werden etwas viel Furchtbareres mit dir anstellen, als dir nur die Hände abzuhacken wie einem gewöhnlichen Dieb.«
»Nein! Ich bin kein Dieb!«
Agilo versuchte, sich loszureißen, doch der Templer verstärkte seinen Griff. Der bärtige Mann wollte den hilflos hinter ihm herstolpernden Jungen zur Böschung hinüberschubsen, da stellte sich ihm jemand in den Weg.
Johanna war dankbar, als sie Wolfger erkannte. Er war ein vernünftiger Mann und würde nicht zulassen, dass ein rauer Kerl sich an dem Jungen verging. Wolfger redete auf den Templer ein, bis der Agilo schließlich losließ und die Schultern hochzog, als wäre er auf einmal unsicher, was zu tun sei. Der Junge lief zu Konrad zurück und kauerte sich Schutz suchend hinter ihm zusammen.
Johanna wollte ihm tröstend ihre Hand auf den Arm legen, doch er wich abermals vor ihr zurück. Stattdessen rückte er noch ein Stück näher an Konrad heran, als könne nur Friedrichs Medicus ihn retten.
Endlich hatte der König bemerkt, dass irgendetwas nicht in Ordnung war, und kam zu ihnen herüber. Er stellte sich zwischen Wolfger und den Templer und schien ihnen Fragen zu stellen. Wolfger wies auf das Gebäude und erklärte etwas. Der König nickte und sah immer wieder zu Agilo hinüber. Johanna hätte zu gern gewusst, was sie dort besprachen. Sie musste sich gedulden, bis Friedrich wieder zu

seinem wartenden Kanzler zurückging und der Templer mit hängenden Schultern zur Böschung schlich. Er sah aus, als wäre er getadelt worden. Schließlich näherte sich Wolfger mit undurchdringlicher Miene und ließ sich neben Konrad auf dem Boden nieder. Schweigend sahen sie zu, wie der König mit seinem immer noch aufgeregt wirkenden Hof die Böschung hinaufkletterte und zwischen den Büschen verschwand. Wolfger beugte sich vor und flüsterte: »Ich habe mir die Tür genau angesehen. Sie besaß einmal einen Innenriegel zum Öffnen. Jemand hat ihn entfernt.«
»Wer sollte so etwas tun?«, fragte Konrad verblüfft.
»Der König vermutet, dass ein Anschlag auf sein Leben geplant war.«
»Wie bitte?«, entfuhr es Johanna und im selben Moment schämte sie sich, dass sie das Gespräch der Männer unterbrochen hatte. Doch nicht nur sie, sondern auch der Junge gab einen überraschten Laut von sich und verriet, wie angespannt er lauschte. Wolfger achtete nicht darauf, sondern wisperte: »Niemand darf davon erfahren. Der König befürchtet, es könnte sonst Unruhen geben. Ihr müsst über jedes Wort, das nun gesprochen wird, Schweigen bewahren.«
»Das werden wir«, versicherte Konrad ernst und schloss Johanna und Agilo mit in das Versprechen ein. Wolfger nickte und fuhr fort: »Jemand hat beobachtet, wie eine Gestalt ohne Falknerkappe und mit dem weißen Falken das Haus betrat. Er muss Agilo mit dem König verwechselt haben und sah den Moment für seine ruchlose Tat gekommen: Er verriegelte die Tür und setzte das Strohdach in Brand.«
Johanna konnte nun nicht mehr an sich halten. Das war alles ganz verkehrt! Agilo war selbst schuld, schließlich hatte er den königlichen Falken gestohlen. Aufgeregt wisperte sie: »Ich habe selbst gesehen, wie Agilo sich mit dem Falken des Königs davongeschlichen hat. Was hatte er hier zu suchen? Das ist doch sehr verdächtig!«
Agilo räusperte sich und begann: »Ich …«, doch Wolfger antwortete an seiner Stelle: »Der König vermutet, dass Agilo eine Geburtstagsüberraschung vorbereiten wollte. Er wollte heimlich mit dem Falken trainieren, bis der am Abend ein besonderes Kunststück vollbringen konnte, damit wollte er seinen Herrn erfreuen. Ist es nicht so, Agilo?«
Agilo ließ den Kopf hängen und flüsterte hinter seinen langen, blutverklebten Stirnhaaren hervor: »Ja, Herr.«

Alle schwiegen und starrten zu dem Gebäude hinüber, aus dessen Dach die Flammen hoch in den Himmel schlugen, und lauschten dem Knistern und Knacken. Johanna dachte darüber nach, wie vorschnell man falsche Schlüsse ziehen konnte. Sie hatte sich geirrt. Der König kannte seinen Falknerjungen besser als sie. Statt seinen König zu bestehlen, hatte er ihm eine Freude bereiten wollen. Sie hatte dem Jungen Unrecht getan und es tat ihr Leid. Sie hatte ihm ins Gesicht geschlagen und das konnte sie nicht mehr rückgängig machen. Er würde ihr nie mehr vertrauen und sie niemals so dankbar und bewundernd anblicken, wie er in diesem Augenblick Wolfger anblickte.
Wolfger stand auf und half Agilo auf die Beine, dabei erklärte er freundlich: »Sei nicht traurig. Vielleicht gelingt es ein anderes Mal. Es wird noch viele Gelegenheiten geben, um den König mit einer Flugstunde zu überraschen. Komm, wir sehen nach, wie es dem weißen Falken geht.«
Konrad holte ein Leinentuch und mehrere Fläschchen aus seiner Tasche. Offensichtlich hatte er immer noch vor, die Stirn des Jungen zu verbinden, doch der sprang auf und folgte Wolfger zur Böschung. Konrad und Johanna blickten ihnen nach. Ein Stück entfernt knackte es im brennenden Haus, Rauch hüllte sie ein und es regnete Funken vom Himmel. Johanna erinnerte sich mit Schrecken an Wolfgers Verdacht oder war es der Verdacht des Königs gewesen?
»Jemand wollte den König ermorden«, stieß sie entsetzt hervor und kreuzte die Arme vor der Brust, als müsste sie sich wärmen. Wer es einmal versuchte, würde es wieder tun. Konrad seufzte, packte alles, was er zur Vorbereitung eines Verbandes hervorgeholt hatte, wieder ein und erhob sich, dabei murmelte er: »Ein mächtiger Mann hat immer Feinde. Ich dachte nur nicht, dass sie so nah sind.«
Er streckte die Hand aus und sie ließ sich von ihm hochziehen. Der Qualm und Gestank wurde immer stärker und sie mussten zurück zum Palast. Johanna blickte sich noch einmal um und entschied, dass sie von nun an keine schnellen Schlüsse ziehen und jemanden voreilig beschuldigen würde. Und dennoch, als sie Konrad die Böschung hinauffolgte, wurde sie das Gefühl nicht los, dass irgendetwas nicht stimmte.

Mechthild stand am Fenster des Palastes der Familie d'Offreduccio. In ihrem Rücken ging Anselm auf und ab und fluchte leise vor sich hin: »Zum Teufel, er will wirklich nach Sizilien. Er wird alles verlieren. Seine Heiligkeit wird ihn bannen. Seine Gemahlin wird sterben und die Fürsten werden von ihm abfallen.«
Wann hört er endlich auf sich zu sorgen, dachte sie müde und lehnte ihre Stirn an die kühle Butzenscheibe. Der Regen peitschte auf der anderen Seite gleichmäßig gegen das Glas. Sie stellte sich vor, wie die schweren Tropfen auf das alte Römerpflaster unter ihr aufschlugen und in Bächen die winkeligen Gassen hinunterrannen. Die rosa und gelben Steine der dicht gedrängten Häuser von Assisi würden sich dunkel färben und die Fahnen an den Fenstern der Adelspaläste träge herunterhängen. Die Fahnen waren hervorgeholt worden, um den durchziehenden Kaiser zu begrüßen. Otto hatte die Richtung geändert und war nach Süden unterwegs. In Pisa hatte er sich nur kurz aufgehalten und eine seetüchtige Flotte angeheuert. Sie sollte ihn und sein Heer von Kalabrien zur Insel Sizilien übersetzen. Seit ihrem Aufbruch hielt der Kaiser feurige Reden, in denen er über das schmächtige Königlein von Sizilien herzog. Es war alles so eingetroffen, wie Mechthild befürchtet hatte.
Otto spielte sich als Erlöser Siziliens auf und hinter ihr beschimpfte Anselm die Wand: »Ist das zu glauben? Der Kaiser hat sich über alle Vereinbarungen hinweggesetzt und marschiert nach Sizilien. Der Herr erbarme sich.«
Sie konnte nicht verstehen, wieso Anselm sich so aufregte. Nach all den Jahren sollte er Otto besser kennen, wenn schon Kaiser, dann auch richtig. Mit allem Ärger, den es mit sich brachte: ständige Reibereien mit dem Papst, Streit mit den oberitalienischen Städten und an allen Grenzen des Reiches Unruhen. Und natürlich musste sein Herrschaftsbereich bis nach Sizilien reichen. All das gehörte einfach dazu. Er war jetzt: Dei Gratia Otto Romanorum Imperator et semper Augustus. Und als solchen hatten die Einwohner von Assisi ihn empfangen.
Unter großem Jubel hatten sie ihm die Schlüssel ihrer Stadt überreicht. Nur das Wetter hatte auf die Abfolge der Feierlichkeiten zu

Ottos Empfang keine Rücksicht genommen. Mitten in der Festrede war ein Platzregen auf die versammelten Herrschaften niedergeprasselt. Alle waren in die umliegenden Paläste geflohen und Ottos Gefolge hatte sich eher zufällig auf die gastfreundlichen Häuser der Stadt verteilt.
Mechthild und Anselm waren mit Brian in den Eingang des Palastes der d'Offreduccios geflüchtet. Dabei hatte sie es nicht schlecht getroffen. Die zuvorkommende Tochter des Hauses hatte Mechthild ein trockenes Tuch für ihr Haar bringen lassen. Während sie ihr geholfen hatte, die nassen Strähnen zu trocknen, hatte sie ihr anvertraut, dass sie Chiara hieße und bald einen Orden gründen würde. Mechthild hatte verständnislos gelächelt. Ihr Italienisch beschränkte sich auf das, was beim Handel unentbehrlich war. Hätte die hübsche Clara von provençalischer Borte oder flämischem Leinen geschwärmt, hätte Mechthild eine treffende Antwort gewusst. Wahrscheinlich hatte Clara gemeint, dass sie bald einem Orden beitreten wollte. Das taten viele Mädchen aus adeligen Häusern.
Endlich kam Anselm zu ihr und stellte sich ans Fenster. Trübsinnig starrte er auf die Tropfen, die von außen die Scheibe hinunterliefen. Es schien aufzuhören, der leise trommelnde Rhythmus wurde schwächer und es wurde etwas heller. Mechthild überlegte, womit sie ihn aufheitern könnte. Ein Ausflug zu einer der Kirchen der Umgegend bot vielleicht Zerstreuung. Sie hatte gehört, dass Assisi seit kurzem eine Berühmtheit besaß. Er nannte sich Bruder Franziskus und die Menschen kamen von weit her, um ihn zu sehen. Er lebte nach strengem Armutsgelübde und hatte sich mit einer Schar gleich gesinnter in eine zerfallene Kirche zurückgezogen. Ein Besuch dort würde Anselm auf andere Gedanken bringen.
»Wenn es aufhört, könnten wir einen Ausflug ins Tal machen.«
»Es wird niemals aufhören. Er wird in seinen Untergang laufen und wir mit ihm.«
So deprimiert und niedergeschlagen hatte sie Anselm noch nie erlebt.
»Ich meine doch den Regen, du Dummkopf. Der Regen hört sicher bald auf und wir könnten ein Heiligtum ganz in der Nähe aufsuchen. Es nennt sich Portiuncula. Der Sohn des reichen Tuchhändlers Ber-

nardone hat sich dorthin zurückgezogen und lebt mit Gleichgesinnten in völliger Armut. Der Bischof von Assisi hat ihn gefragt, ob er dem Kaiser vorgestellt werden will, und er hat einfach abgelehnt. Ist das nicht bewundernswert?«

Anselm fuhr nachdenklich mit dem Finger an der beschlagenen Scheibe entlang.

»Er tut nur, was Gott von ihm verlangt. Jeder hat seinen Platz in der Welt. Die einen hören Gottes Ruf und leben fortan in Armut und frommer Andacht; die anderen leben in der Welt und müssen mit ihren Mühseligkeiten und Versuchungen kämpfen. Ich kann mich nicht zurückziehen. Mein Platz ist an der Seite eines weltlichen Fürsten. Meine Aufgabe ist es, in dieser Welt für Recht und Gesetz zu sorgen.«

»Ich habe ja nicht gemeint, dass du der Welt entsagen sollst. Wir könnten einfach …«

Sie bemerkte irritiert, dass er kleine Kronen und Kreuze an die Scheibe gemalt hatte. Seine Stimme klang, als müsse er sich verteidigen: »Denkst du, wir könnten einfach ins Reich zurückkehren? Kann ich Otto im Stich lassen? Mein Vater hat schon seinem Vater gedient. Ich habe den Lehnseid abgelegt und ihm Gefolgschaft und Treue geschworen. Wenn jeder einfach seinen Lehnseid bräche, weil er mit seinem Herrn nicht einer Meinung ist, dann würde Chaos ausbrechen. Gesetz und Recht wären nichts mehr wert. Der Knecht würde sich gegen seinen Herrn stellen und Gottes heilige Ordnung zerstört werden. In so einer Welt will ich nicht leben.«

Er fuhr mit dem Handballen über das Gekritzel auf der beschlagenen Scheibe und wischte alles weg. Mechthild streckte den Finger aus und malte Kringel um das Loch, das nun entstanden war. Mit jedem weiteren Wort malte sie einen Kringel: »Eid und Gesetz, Treue und Pflicht, Verträge und Vereinbarungen. Alles schön und gut. Ein guter Kaufmann schließt auch einen Vertrag ab, um seinen Profit zu steigern. Doch wenn es drauf ankommt, benutzt er seinen Verstand. Manchmal ist es nötig, eine Vereinbarung zu lösen. Vor allem, wenn irgendwo anders mehr Gewinn zu erwarten ist.«

Sie hatte das frei gewischte Loch rundherum mit Kringeln geschmückt und trat einen Schritt zurück, um ihr Werk zu betrachten. Anselm lehnte sich vor und zog mit einer einzigen wütenden Bewegung seinen Ärmel über die Scheibe, dabei erklärte er aufgebracht: »Dein einstiger Verlobter Gottfried von der Heide war so ein Mann. Wenn er sich Vorteile erhoffte, wechselte er ohne Skrupel die Seiten. Du siehst, wohin es ihn gebracht hat. Er ist ein Trinker, der Botengänge macht und nirgends geachtet wird. Willst du so einen Mann?«

»Natürlich nicht!«, rief sie hastig und fügte in Gedanken hinzu: Manchmal doch. Manchmal wünschte sie sich, dass Anselm risikofreudiger wäre und nicht jeden Schritt gewissenhaft abwägen würde. Er streckte die Arme nach ihr aus und wollte sie an sich ziehen, doch sie hatte das Gefühl, jemand würde sie beobachten, und wandte sich rasch um.

Im Türrahmen lehnte Walther von der Vogelweide und sah interessiert zu ihnen hinüber. Als er bemerkte, dass er entdeckt war, lächelte er verlegen und rief: »Wer kommt mit ins Tal hinunter? In Santa Maria degli Angeli soll ein interessanter Mann hausen und ich würde ihn gern kennen lernen. Er hat diesen alten heiligen Ort einfach in Portiuncula umbenannt und es abgelehnt, den Kaiser zu treffen. Ein Mann, der so etwas tut, ist vielleicht ein Lied wert.«

»Ich bleibe hier und erwarte Ottos Anweisungen«, erklärte Anselm unwillig, etwas freundlicher fügte er hinzu: »Aber du kannst gehen, Mechthild. Hattest du das nicht sowieso vor?«

»Ich komme! Wartet, ich hole nur schnell meinen Mantel.«

Mechthild nahm ihren noch etwas klammen Wollmantel von der Truhe neben dem Kamin und folgte Walther zur Treppe. Unten stand die Tochter des Hauses. Ihre großen dunklen Augen blickten sie wissend an und sie machte eine segnende Geste.

Anscheinend wusste sie, wohin sie wollten. Walther musste ihr davon erzählt haben, überlegte Mechthild, während sie auf die Straße hinaustrat. Pfeifend schlenderte Walther neben ihr her. Er hatte seine Laute über dem Rücken hängen und sein Beutel an der Hüfte schien mit etwas Essbarem gefüllt zu sein. Der Regen hatte aufgehört, die Sonne brach unter den Wolken hervor und spiegelte sich auf dem nassen Pflaster. Es ging beständig bergab und Walther rannte fast, so schnell bewegten sich seine kleinen Füße vorwärts. Mechthild lief

schweigend neben ihm und wunderte sich, wieso er es so eilig hatte. Besorgt rief sie ihm zu: »Ist es sehr weit? Werden wir noch vor Sonnenuntergang zurück sein?«
»So Gott will. Die kleine Kirche Portiuncula soll ein heiliger Ort der Erlösung und Versöhnung sein. Wusstet Ihr, dass das einfache Volk diesen Ort schon lange als Marien- und Engelsheiligtum verehrt? Es war sehr schlau von Franziskus, gerade dort seine Bruderschaft hinzuführen.«
»Ich habe gehört, dass die Benediktiner vom Monte Subasio ihm die Kirche Santa Maria degli Angeli überlassen haben sollen«, keuchte Mechthild neben ihm, denn sie konnte kaum Schritt halten. Walther grunzte abfällig und schnaufte: »Einer Kaufmannsfrau geht eben jeder Sinn für das Wunderbare ab. Ihr habt kein Vertrauen in die göttliche Fügung.«
»Das ist nicht wahr.«
Walther achtete nicht auf ihren Einwand, sondern begann zu singen: »Niemand zwingt mit Ruten – Kindes Art zum Guten. Den zur Ehr' man bringen mag, treffen Worte wie ein Schlag. Worte treffen, wie ein Schlag, den zur Ehr' man bringen mag, Kindes Art zum Guten – niemand zwingt mit Ruten.«
Mechthild versuchte, nicht hinzuhören. Wollte er sie damit ärgern, so würde er nichts erreichen. Wenn sich hier jemand, wie ein Kind benahm, dann war sie das ganz bestimmt nicht.
Während sie den Abhang hinablief, schwieg sie beleidigt und er sang fröhlich Strophe um Strophe, als wäre er allein auf der Welt. Er hatte eine angenehm tiefe, volle Stimme und der versteckte Schalk darin gab ihr etwas Ungekünsteltes und Unbekümmertes.
Ich kann auch gut singen, dachte Mechthild trotzig. Sie hatte es früher mühelos geschafft, andere mit ihrer schönen Stimme für Stunden in den Bann zu ziehen. Gerade als sie überlegte, wann sie eigentlich damit aufgehört hatte zu singen, tauchte am Fuß des Hanges eine kleine Kirche auf. Sie lag unscheinbar und verlassen zwischen den Bäumen versteckt und sah überhaupt nicht aus wie ein heiliger Ort. Walther blieb abrupt stehen und starrte nach unten. Seine Stimme klang sehr kleinlaut, als er jammerte: »Bei der Doppelzüngigkeit der Pfaffen, das da kann unmöglich schon Santa Maria degli Angeli sein.

Es muss San Damiano sein. Weil Ihr es so eilig hattet, sind wir nach Osten abgekommen.«
»Wir haben uns verlaufen? Und ich soll schuld daran sein?«
Das konnte doch nicht sein Ernst sein, dachte sie verärgert. Statt zu singen, hätte er lieber auf den Weg achten sollen. Er nahm die Laute ab, lehnte sich an einen vor Feuchtigkeit glänzenden Baumstamm und stöhnte: »Ich fürchte, ja. Zum heiligen Ort des Franziskus ist es viel weiter und er liegt im Westen von Assisi.«
»Ich war mir sicher, Ihr wüsstet den Weg.«
»Eure weibliche Ungeduld trieb uns ganz unmanierlich. Ich bin doch kein Hase und auch keine nächtliche Wandereule. Meine Beine sind nun müde und ich kann keinen Schritt mehr tun, deshalb werde ich nach kurzem Verschnaufen umkehren.«
Mechthild blickte unschlüssig zu der kleinen Kirche hinunter. Sie war enttäuschter, als sie zugeben wollte. Die Vorstellung zurückzukehren, ohne etwas erreicht zu haben, gefiel ihr gar nicht. Sie mochte es nicht, wenn sie sich anstrengte und es kam nichts dabei heraus.
»Bevor wir zurückkehren, könnten wir wenigstens San Damiano besuchen.«
»Tut das, wenn Ihr es nicht lassen könnt.«
Er schloss die Augen und begann, eine kleine Melodie zu summen. Mechthild wandte sich um und lief den Hang hinunter.
San Damiano wirkte aus der Nähe fast noch schäbiger. Immerhin hatte jemand ein aus frischem Holz geschnitztes Kreuz an der Tür befestigt und die Schwelle gefegt. Die Tür knarrte leise, als Mechthild sich ins Innere wagte. Ein süßlicher, leicht muffiger Geruch und tanzende Staubflocken erfüllten die Luft. Gelbgoldenes Licht wurde von zwei schlanken Kerzen auf ein ungewöhnlich großes Tafelbild über dem Altar geworfen. Vor dem schlichten angestaubt wirkenden Altartuch kauerte eine zerlumpte Gestalt im Zwielicht. Es muss sich um den Priester handeln, der dieser Kirche vorsteht, überlegte Mechthild.
Sie wollte seine Andacht nicht stören und trat in den Schatten hinter der Tür zurück, um von dort das Tafelbild zu bewundern. So ein großes Crucifixus hätte sie eher in einer prächtigen Basilika vermutet. Obwohl sie sich nicht besonders gut mit Kunstwerken auskannte,

schien ihr dieses sehr alt und womöglich byzantinisch zu sein. Auf der großen Holztafel war der Erlöser gemalt, dessen Augen weit geöffnet waren. Er beugte den Kopf leicht nach vorn, als wolle er den Betrachter eindringlich anblicken und ihm etwas Wichtiges sagen.
Das Blut des Gekreuzigten tropfte unterdessen auf die unter dem Kreuz versammelten Himmelsgestalten, Engel und Kreaturen aus der Unterwelt. Auf dem Längsbalken darüber fuhr Christus in den Himmel und verkündete seinen Triumph. An den dargestellten Figuren und dem Thema war an sich nichts Ungewöhnliches. In vielen Kirchen befanden sich ähnliche Darstellungen. Und doch war keine wie diese. Auf der bemalten Tafel von San Damiano verdichtete sich alles in einer ganz einfachen und dennoch überzeugenden Weise.
Mechthild war von der mitfühlenden Heiterkeit des Gekreuzigten tief beeindruckt und sie vergaß, wie wütend sie eben noch auf Walther gewesen war. Angesichts des letzten Weltgerichts kam ihr Ottos Marsch auf Sizilien völlig bedeutungslos vor. Sollte er doch den jungen König in seinen Reden verhöhnen und verspotten. Er war selbst nur ein winziges Menschlein, das sich krabbelnd abmühte und doch am Ende in Vergessenheit geraten würde.
Sie lächelte, als sie sich Otto als Käferchen auf einem Sandberg vorstellte. In ein paar Jahrhunderten würde sich niemand mehr für einen Welfen namens Otto interessieren. Die großen Handelshäuser wären untergegangen und ihr kleiner Tuchhandel längst Vergangenheit. Ihr ständiges Mühen, die Sorge um Schiffsladungen und säumige Zinsen war nur ein Flattern im Wind. Und ihr dringender Kinderwunsch? Wie war sie ihm in Santiago de Compostela und in Rom nachgejagt. Was für eine Narrheit. Hatte sie nicht Gebete verrichtet, wie sie früher Geschäftsbücher geführt hatte? Sie war von einem Heiligtum zum nächsten geeilt, wie zuvor von einem Handelsabschluss zum nächsten. Sie hatte mit Gott verhandelt, als wäre er ein Geschäftspartner. Ihr Leben hatte sich überhaupt nicht verändert! Sie setzte immer noch alles daran, zu bekommen, was sie sich vorgenommen hatte. Und immer noch tat sie es, ohne Atem zu holen und ohne innezuhalten.
Heute würde sie innehalten. Die weit geöffneten Augen des Gekreuzigten forderten sie dazu auf.

Komm näher, schienen sie zu sagen, nimm Teil an meinem erlösenden Leiden, an meiner befreienden Zuversicht. Plötzlich bewegten sich ihre Füße und die gemalten Augen des Gekreuzigten kamen näher. Sie glänzten, flackerten im Kerzenlicht und wurden lebendig. Sein sanftmütiger Blick hielt sie gefangen und seine Mundwinkel zuckten, als würde er gleich zu sprechen beginnen. Ihr Herz klopfte heftig und sie spürte das Verlangen, laut zu lachen. Ungeduldig, als könne sie es nicht erwarten, dem Tafelbild noch näher zu sein, machte sie einen Satz nach vorn und stolperte.

Ihre Fußspitze bohrte sich unsanft in einen Rücken. Während sie sich gerade nach abfangen konnte, erklang unter ihr ein überraschtes Ächzen. Erschrocken fuhr sie zurück. Sie hatte den betenden Priester ganz vergessen. Beschämt starrte sie auf ihn hinunter.

Er trug gar kein priesterliches Gewand, sondern die schlichte braune Kutte eines Eremiten. Umständlich kam er auf die Beine und rieb sich stöhnend den Rücken. Mechthild musterte ihn und stellte fest, dass er etwa so alt war wie sie selbst. Er reichte ihr nur bis zu den Schultern und er sah aus, als hätte er länger gefastet, denn seine eingefallenen Wangen ließen ihn etwas kränklich wirken. Allerdings musste sie zugeben, dass er wunderschöne Augen hatte. Sie überstrahlten jeden anderen Makel in seinem Gesicht und ähnelten denen des Gekreuzigten auf dem Altarbild in verwirrender Weise. Selbst jetzt, wo er überrascht blinzelte, waren seine dunklen Augen sehr beeindruckend. Bestimmt spiegelte sich darin sein ganzes Inneres. Er musste ein erfülltes Leben führen, dachte sie bewundernd und zugleich ein wenig neidisch. Mit Sicherheit lebte er fromm nach Gottes Gebot und achtete nicht auf sein leibliches Wohl. Seine nackten Füße steckten in alten Schuhen und seine Kutte war geflickt und verhüllte kaum seine magere Gestalt. Diesen kümmerlichen, kleinen Mann, der sich kaum auf den Beinen halten konnte, so kraftlos wirkte er, hatte sie auch noch getreten. Wie konnte sie ihre Ungeschicklichkeit nur wieder gutmachen?

Seine zerwühlten Haare erinnerten sie an Brians unordentlichen roten Schopf und sie griff in ihre Gürteltasche. Ihre Finger tasteten nach einem Geschenk, das dem armen Mann nützlich sein könnte. Vor wenigen Tagen erst hatte Brian ihr eine besonders schöne Mu-

schel geschenkt, als sie morgens weinend im Licht der aufgehenden Sonne vor dem Zelt gesessen hatte, weil nach einer Woche hoffnungsvollen Wartens in der Nacht ihr monatliches Blut gekommen war und sie also wieder nicht schwanger war. Doch das hatte sie einem kleinen Jungen nicht erzählen wollen, stattdessen hatte sie dankbar seine hübsche Jacobsmuschel genommen, die er ihr zum Trost angeboten hatte. Nun holte sie die Muschel hervor und hielt sie dem Fremden entgegen. Eine Jacobsmuschel schien ihr für einen so mageren Eremiten ein passendes Geschenk zu sein. Er könnte sie als Trinkschale benutzen oder Suppe daraus schlürfen.
Zögernd nahm er ihr Geschenk und drehte es unschlüssig zwischen den Fingern. Lange betrachtete er die orangeroten Strahlen, die auf der weißen Schale gezeichnet waren. Nachdenklich fuhr sein Finger an den feinen Rillen entlang. Plötzlich nickte er erfreut, als verstünde er endlich, was ihr Geschenk zu bedeuten hatte, und wandte sich um. Mit einer tief andächtigen und zugleich völlig selbstverständlichen Haltung näherte er sich dem Gekreuzigten. Er legte die Muschel auf die Altardecke, senkte den Kopf und bekreuzigte sich.
»O nein«, entfuhr es Mechthild und sie vergaß, dass er Deutsch womöglich nicht verstand. »Sie sollte für dich sein – als Trinkschale!«
Sie beugte sich vor, streckte die Hand nach der Muschel aus und führte die Muschel zum Mund, als wolle sie daraus trinken.
Der kleine Eremit lächelte bedauernd und schüttelte den Kopf. Er wollte sich schon abwenden, doch er hielt noch einmal inne, blitzte sie aus seinen freundlichen Augen schelmisch an und sagte: »Pax vobiscum«, dabei machte er eine Handbewegung, als schlösse er die ganze Welt mit ein. Anschließend durchquerte er flink den kleinen Kirchenraum und verschwand.
Mechthild starrte ihm nach. Geistesabwesend verstaute sie die Muschel wieder in ihrer Gürteltasche. Was für ein seltsamer Mann! Sein Friedenswunsch klang ihr noch in den Ohren und als sie aus der Kirche ins Freie trat, schien er sie immer noch anzulächeln. Kaum merkte sie, wie kühl und dunkel es geworden war, so gefangen war sie in ihren Erinnerungen.
Während sie in den dunklen Himmel hinaufblickte, nahm sie sich vor, nie mehr ohne Innehalten hinter etwas herzujagen. Vielleicht

würde es ihr gelingen, den Dingen dieser Welt so heiter und gelassen zu begegnen, wie der kleine Eremit von San Damiano es getan hatte? Wenn sie wieder ins Geschäft einstieg, würde sie es mit einem schalkhaften Lächeln in den Augen tun. Sie würde weiter auf ein Kind hoffen und zu den Heiligen beten, doch nicht mehr verbissen und mit vor Kummer erstarrtem Gesicht. Vielleicht sollte sie wieder anfangen zu singen? Sie hatte diese Gabe viel zu lange vernachlässigt. Bestimmt konnte ihr Walther eine wohlklingende Laute besorgen. Gerade als sie an den dicken Sänger dachte, entdeckte sie ihn. Er kniete ein Stück entfernt von ihr in der Dunkelheit und blickte auf, als sie zu ihm kam. Bedauernd schüttelte er den Kopf und keuchte: »Als ich ihn sah, bin ich gerannt wie der Teufel. Engel müssen ihn fortgetragen haben, so schnell war er im Dämmerlicht verschwunden. Dabei hätte ich ihn so gern gesprochen!«
»Wer? Von wem sprecht Ihr?«
»Bruder Franziskus ist soeben hier entlanggelaufen und ich habe ihn verpasst. Nun wird es kein andächtiges Lied über ihn geben. Das ist sehr bedauerlich. Habt Ihr ihn zufällig gesehen?«
»Wäre möglich«, antwortete Mechthild und lächelte.

Februar 1210, an der Grenze des Herzogtums Spoleto

Ein paar Wochen später stand Mechthild allein am Rande des Zeltlagers und blickte zu den Türmen der Stadt Rieti hinüber. Eigentlich sollte sie im königlichen Zelt für die angekommenen Herren Laute spielen und singen. Es hatte sich nämlich sehr schnell herumgesprochen, dass sie die Artussage und das Nibelungenlied unvergleichlich schön und eindrucksvoll vortragen konnte. Immer öfter rief der Kaiser sie nun zu sich, damit sie ihn unterhielt. Sogar Anselm war dadurch wieder in seiner Gunst gestiegen. Otto hatte ihn herbeigerufen, sobald die deutschen Barone im Lager eingetroffen waren. Anselm hatte zuerst sorgenvoll ausgesehen, denn immerhin handelte es sich um Diepold von Acerra, der zusammen mit Peter von Celano und dessen Sohn Thomas von Molise am späten Nachmittag den Zug eingeholt hatte. Der Kaiser hatte sofort Halt machen lassen, um

die Herren zu begrüßen. Graf Diepold war vom Pferd gesprungen und ehe Anselm sich besinnen konnte, hatte er ihn herzlich an sich gedrückt. Dabei hatte der Graf so laut gerufen, dass es jeder hören konnte: Das habt Ihr gut gemacht! Ihr habt den Kaiser überzeugt, dass er Sizilien befreien muss. Das hätte ich nicht besser machen können. Mein Dank ist Euch gewiss, Anselm Schreiberling.
Der Gedanke, mit dem Schweinegrafen in einem Zelt zu sitzen und für ihn singen zu müssen, gefiel Mechthild gar nicht. Sollte sich doch Anselm anhören, was die Herren planten. Sie war davongeschlichen und geradewegs Gottfried in die Arme gelaufen, der Otto Briefe bringen wollte. Nach kurzem Zögern und einem vieldeutigen Lächeln hatte er ihr eine Briefrolle aus Köln überlassen, ein Schreiben ihres besorgten Vaters und darin eingewickelt abermals ein Brief von Johanna. Dies war ein Grund mehr, sich zum Lesen an den Rand des Lagers zurückzuziehen. Mechthild hatte im kühlen Wind gestanden, der beständig vom Fluss herüberwehte, und gelesen. Dann rollte sie die Briefrollen wieder und starrte nun nachdenklich zu den Türmen von Rieti hinüber, die sich dunkel am grauen Horizont abzeichneten. Der Wind zerrte an ihrem Mantel und blies ihr die Haarsträhnen ins Gesicht. Es war, als wollte er sie packen und über die Türme der Stadt nach Süden pusten. Sie breitete die Arme aus, als könne sie sich von ihm bis ins Königreich Sizilien tragen lassen, zuerst nach Apulien, Kampanien und schließlich nach Kalabrien. Von dessen Landspitze aus würde eine sanfte Böe sie über die Meerenge bis Messina treiben. Und dort würde sie direkt vor Johannas Füße purzeln.
Bedauerlicherweise war Johanna nicht, wie Mechthild angenommen hatte, nach Damaskus zurückgekehrt. Konrad hatte sie keineswegs von der Insel in Sicherheit gebracht. Im Gegenteil, er war entschlossen, mit seiner Frau und seiner kleinen Tochter zu bleiben, denn es gefiel ihm als Medicus an Friedrichs Hof außerordentlich gut. So stand es zumindest in Johannas Brief.
Gottfried hatte offensichtlich unangenehme Nachrichten gebracht. Mechthild hatte ihre Lektüre unterbrochen und sich erschrocken umgeblickt, als Otto, brüllend vor Zorn, die Platten mit dem Wildschweinbraten aus dem Zelt geworfen hatte. Von ihrem sicheren Platz aus hatte sie beobachtet, wie der wütende Kaiser die Schreiben

seiner Fürsten in winzige Stücke zerriss. Das Pergament wurde wie Herbstlaub durch das Lager getrieben.
Mechthild warf einen Blick auf den Busch vor ihren Füßen, der bald voll kleiner Pergamentstreifen hing, und rollte Johannas Brief zwischen den Fingern. Die deutschen Fürsten konnten klagen, so viel sie wollten, Otto würde ins Königreich Sizilien ziehen, daran bestand kein Zweifel. Anselm hatte ihr erklärt, dass der Kaiser zuerst seine Truppen verstärken und sich der Hilfe der lombardischen Städte versichern würde, um dann mit seiner pisanischen Flotte überzusetzen. Seine angeworbenen Soldaten würden die Städte der Insel in Schutt und Asche legen, die alten arabischen Paläste niederbrennen, für deren herrliche Anmut Johanna in ihrem Brief schwärmte, und die Hofdamen an ihren Haaren über die Plätze schleifen, sich an ihnen vergehen und ihre Kinder töten. Und Johanna, meine Johanna, ist mitten unter ihnen, dachte Mechthild entsetzt. Das durfte nicht geschehen!
Sie musste ihre Freundin unbedingt warnen. Wenn Kaiser Otto kam, musste Johanna das Königreich Sizilien bereits verlassen haben und sich in Sicherheit befinden.
Ich schreibe ihr einen Brief, überlegte Mechthild und verwarf es sogleich wieder. Ein Brief konnte verloren gehen. Außerdem stellte sie sich vor, wie Konrad den Brief mit einem unbekümmerten Lächeln abtat. Sie selbst müsste gehen und beide davon überzeugen, nach Damaskus zurückzukehren.
Ihr blieb keine Wahl, wenn sie Johanna vor Ottos Einmarsch warnen wollte. Jede treue Freundin würde das wollen. Wie konnte sie Johanna ihrem Schicksal überlassen? Anselm würde Einwände haben. Die hatte er immer und er sprach dann von den Gefahren und von Lehnstreue und Verpflichtung. Mechthild zuckte mit den Schultern. Sollte Anselm doch bei seinem Otto bleiben und vor dem Schweinegrafen schöntun. Während die Herren in die Lombardei zogen und Verbündete suchten, wäre sie längst auf der Insel und ehe der Kaiser seinen Einmarsch vorbereitet hatte, würde sie schon zurück sein. Anselm würde dann zugeben müssen, dass sie richtig gehandelt hatte. Wenn Ottos Heer nach Messina übersetzte, wäre Johanna längst auf dem Weg nach Damaskus.

Beflügelt von dieser Aussicht, steckte sie hastig den zerknitterten Brief in ihre Gürteltasche. Sie drehte sie um, rannte los und musste sich dem heftiger werdenden Wind entgegenstemmen, das konnte sie jedoch nicht abhalten. Sie wollte so schnell wie möglich zurück ins Zelt und sofort packen. Entschlossen lief sie an den langen Zeltreihen entlang und stürzte, nach Atem ringend, hinein.
Mit zitternden Fingern suchte sie zusammen, was sie für die Reise benötigen würde. Während sie nach ihrem Psalter griff und Leinentücher in einen Sack verstaute, befand sie sich in Gedanken schon auf der Straße Richtung Süden. Plötzlich hielt sie inne und zerrte ein Stück Pergament unter Anselms Papieren hervor. Sie entzündete eine Kerze am Kohlebecken, tauchte eine Feder in das Tintenfass, beugte sich über den kleinen Reiseklapptisch und schrieb:

Verzeih mir, ein hastiger Aufbruch war nötig. Vertrau mir, denn auch mich treiben Treue und Pflicht. Du wirst es verstehen, sobald ich zurück bin.
Sorge dich nicht, denn ich bin in Gottes Hand. Der Herr schütze dich.

Das war viel zu kurz und gehörte sich ganz und gar nicht. Anselm würde sich furchtbar aufregen. Mechthild blickte unschlüssig auf die Spitze der Feder, die über dem Pergament schwebte. Sollte sie ihm nicht lieber erklären, wohin sie wollte und was sie vorhatte? Er gefiel ihr zwar, wenn er erregt und unbeherrscht war, oft reizte sie ihn absichtlich, damit er die Beherrschung verlor, doch vielleicht sollte sie diesmal …
In diesem Augenblick gähnte jemand laut. Erschrocken hob sie den Kopf. Aus dem Deckenhaufen neben dem Reisetisch erhob sich ein Arm und zerwühltes rotes Haar kam zum Vorschein – Brian. Sie hatte angenommen, dass er bei Otto wäre. Der Junge schlief sonst nie am späten Nachmittag und neben Anselms Reiseklapptisch schon gar nicht. Als Brian sich gähnend aus den Decken befreit hatte und müde zu ihr hinüberblinzelte, fühlte sie sich auf einmal erleichtert. Sie würde sich von ihm verabschieden und ihm alles erklären können. Er würde es gewiss verstehen. Er war ein kluger Junge.

Brian tappte verschlafen zu ihr herüber. Er trug nur seine Beinlinge und an seinem schlanken Körper traten die Rippenbögen hervor, als er sich über das Pergament beugte. Der Geruch des Schlafes umgab ihn noch und zarte Linien hatten sich im Schlaf in seine bleichen Wangen gedrückt. Er sah sehr verletzlich aus. Mechthild bemerkte zerstreut, dass sich auf seinen weißen Schultern winzige Sommersprossen befanden, und sie spürte den dringenden Wunsch, ihn zu beschützen. Sie konnte ihn unmöglich als Page bei Otto zurücklassen. Wer konnte sagen, welche Einfälle ihm noch kommen würden? Sie hatte gerade beschlossen, den kleinen rothaarigen Jungen mitzunehmen, da hob er den Kopf und krächzte: »Du darfst nicht fortgehen, Mutter!«

Seine Stimme klang rau und belegt, so als wäre er noch nicht ganz wach. Es dauerte einen Augenblick, bis sie begriff, was Brian da eben gesagt hatte. Er hatte sie zum ersten Mal Mutter genannt. Mechthild war so erstaunt, dass sie ihn nur anblickte. Ganz langsam hob sie den Arm und zog ihn an sich. Er murmelte etwas Unverständliches und gähnte. Sie hielt ihn fest und er kam ihr klein und zerbrechlich vor und die Zeit schien still zu stehen. Erst als die Zeltbahn raschelte, blickte sie auf.

Anselm trat ins Zelt. Seine Augen flogen unruhig von ihrem Reisebeutel zu dem Pergament auf dem Reisetisch hinüber. Mit wenigen Schritten war er beim Tisch. Während er das Pergament las, hatte er eine steile Falte zwischen den Augen. Als er zu Ende gelesen hatte, ließ er sich auf einen kleinen Hocker sinken und seufzte: »Mechthild, was hat das wieder zu bedeuten?«

Verlegen schob sie Brian von sich und wisperte ihm zu: »Zieh dir rasch etwas über.«

Sie klang genauso, wie eine besorgte Mutter klingen sollte. Genau wie ein störrischer Sohn rührte Brian sich nicht von der Stelle, sondern blickte gespannt zu seinem Vater hinüber.

Anselm wischte sich eine Haarsträhne aus der Stirn und erklärte verärgert: »Wie es zu erwarten war, haben die deutschen Barone, diese apulischen Überläufer, unserem Kaiser die Treue geschworen. Diepold von Acerra, Peter von Celano und Thomas von Molise haben ihm als ihrem Lehnsherrn gehuldigt. Doch glaubst du, sie meinen es ehrlich? Oh, nein! Sie spielen ihren König gegen unseren Kaiser aus. Sie haben Otto aufgefordert, ins Königreich Sizilien einzumarschieren. Diese Raubritter fürchten um ihre hübschen Herzogtümer und Besitzungen. König Friedrich hat schon damit begonnen, ihre Selbstständigkeit zu beschneiden. Deshalb wollen sie für Otto unentbehrlich werden. Graf Diepold hofft, capitaneus magister totius Apulie et Terre Laboris zu werden. Er ist ehrgeizig und skrupellos. Stell dir vor, er hat mir einen Beutel Münzen ausgehändigt. Das Geld ist dazu bestimmt, mir eine Reise nach Palermo zu finanzieren. Denn wenn es nach seinem Willen geht, soll ich mich auf Sizilien für ihn umhören.«

»Du hast natürlich abgelehnt!«

Anselm schien sich bei ihren Worten daran zu erinnern, dass sie seine Frage immer noch nicht beantwortet hatte. Er griff nach dem Pergament, hielt es in die Höhe und fragte noch einmal: »Was hat das zu bedeuten? Wohin willst du aufbrechen?«

»Nach Kalabrien, von dort werde ich ein Schiff nach Messina nehmen. Johanna weilt noch mit ihrer kleinen Tochter an Friedrichs Hof und ich muss sie warnen.«

»Sie warnen?«

»Vor dem Kaiser und seinem einfallenden Heer. Konrad muss Johanna und das Kind unbedingt nach Damaskus zurückbringen!«

»Johanna hält sich immer noch an Friedrichs Hof auf? Das ist interessant, denn sie wird dringend im Reich erwartet. Wir berieten gerade über das Schicksal Siziliens, da erschien Gottfried und überbrachte eine Nachricht aus Braunschweig. Ottos Gemahlin Beatrix bittet inständig, ihr die Dame Johanna mit den heilenden Händen zu schicken.«

»Johanna kann unmöglich dorthin zurück!«

Mechthild sah ihn erschrocken an. Mit dieser neuen Entwicklung hatte sie nicht gerechnet. Sie hatte keinen Moment daran gezweifelt, dass Johanna nach Damaskus gehörte. Und der Gedanke, dass Johanna zu den misstrauischen und nörgeligen Hofdamen zurücksollte, die ihr das Leben so schwer gemacht hatten, behagte Mechthild nicht. Anselm dagegen schien ganz begeistert zu sein. Seine Stimme überschlug sich fast, als er ausrief: »Natürlich kann sie nach Braunschweig

zurück. Ich muss dem Kaiser melden, wo sie sich aufhält. Es ist meine Pflicht.«
Anselm sprang auf und war anscheinend fest entschlossen, sofort zu Otto zu laufen. Mechthild überlegte fieberhaft, was sie tun sollte. Es war nicht richtig, Johanna zurück ins Reich zu holen, davon war sie überzeugt. Außerdem würde Johanna niemandem folgen, der sie in Ottos Namen auf Sizilien aufsuchte, ganz bestimmt nicht. Mechthild holte tief Luft und ehe Anselm auch nur einen Schritt in Richtung der Zeltbahn machen konnte, die ins Freie führte, stieß sie hervor: »Johanna wird niemals freiwillig zurückkommen. Sie fürchtet die scharfen Zungen der Hofdamen viel zu sehr.«
Anselm runzelte die Stirn und schien zu überlegen. Schließlich entspannte sich sein Gesicht wieder und er sagte langsam: »Sie wird – zurückkommen – wenn … wenn du sie darum bittest.«
»Ich?«
»Das wolltest du doch. Du wolltest nach Sizilien und Johanna warnen.«
»Ja, aber …«
»Auf dich wird sie hören. Nur du kannst Johanna überzeugen. Du musst sie nur an die vielen Jahre erinnern, in denen sie sich um die kleine Beatrix gekümmert hat. Sie ist dem Kind fast eine Mutter gewesen. Erinnerst du dich nicht, wie kränklich Beatrix immer war und wie oft Johanna ihr geholfen hat? Diesmal werden Johannas heilende Hände wirklich sehr dringend gebraucht. Sie wird sich nicht weigern, Beatrix das Leben zu retten. Nicht, wenn du sie darum bittest.«
Anselm trat auf sie zu und suchte ihren Blick. Das tat er immer, wenn er sein Gegenüber überzeugen wollte. Seine dunkelblauen Augen bekamen dann einen besonderen Ausdruck und es fiel schwer, sich ihnen zu entziehen.
Mechthild dachte darüber nach, was er gesagt hatte, und sie musste ihm Recht geben. Wenn jemand Johanna ins Reich holen konnte, dann war sie das. Dazu kam, dass die kleine Beatrix elternlos und erst zehn Jahre alt war. Man hatte sie mit einem Mann verheiratet, der sie nicht liebte, und sie würde vor Kummer sicher bald sterben, wenn niemand ihr half.

Mehr sich selbst als Anselms blauen Augen erklärte Mechthild: »Und wenn Otto in Sizilien einfällt, wird Johanna auf Burg Dankwarderode in Sicherheit sein. Zwar nicht in Damaskus, aber in Sicherheit.«
Zählte nicht das allein? Die Hofdamen würden Konrad und das Kind willkommen heißen müssen, wenn es zum Wohle der Gemahlin des Kaisers war. Nachdenklich bückte Mechthild sich, hob ein wollenes Tuch auf und legte es um Brians bloße Schultern.
Anselm beobachtete sie und erklärte mit einem kleinen zufriedenen Lächeln auf den Lippen: »Wenn die kleine Beatrix sich erholt, ist Ottos Herrschaft gesichert. Die süddeutschen Fürsten werden endlich Ruhe geben. Allein Philipps Tochter Beatrix kann den Frieden im Reich bewahren. Sie ist jetzt unsere einzige Verbindung zu den Staufern.«
Brian machte eine ungestüme Bewegung, das Tuch rutschte ihm von der Schulter und er rief: »Ich will auch mit, wenn ihr die Prinzessin rettet. Ihr müsst mich mitnehmen.«
Anselm lachte und strich ihm über den Kopf: »Immer langsam. Zuerst muss ich zum Kaiser gehen. Wenn ich Glück habe, treffe ich die Herren in einer aufgeräumten Stimmung vor einem Becher Wein an. Ich werde bald zurück sein. Bis Sizilien ist es ein weiter Weg. Wir sollten ausgeschlafen sein.«
Er gab sich einen Ruck und ging mit ziemlich forschen Schritten durch das Zelt.
Als die Zeltbahn zufiel und sie allein waren, hockte sich Brian auf seinen Deckenhaufen und gähnte erneut. Mechthild kauerte nachdenklich auf einem Hocker. Ihre Finger spielten mit ihrem nun völlig überflüssig gewordenen Brief an Anselm. Draußen heulte der Wind um das Zelt und die Zeltstangen knarrten. Mechthild war verwirrt und aufgewühlt. Zur Beruhigung musste sie sich immer wieder sagen, dass Johanna fort wäre, wenn Ottos Soldaten kamen. Das hatte sie gewollt und dennoch fühlte sie, dass es nicht richtig war. Johanna gehörte nicht mehr ins Reich und nichts und niemand sollte sie zwingen zurückzukehren.
Es war schon sehr spät, als Anselm endlich wiederkam.
Brian schlief längst wieder und die Kerze auf dem Reiseklapptisch war fast heruntergebrannt. Mechthild hatte sich auf die Truhe gesetzt

und sich die Laute geholt. Um nicht einzuschlafen, hatte sie damit begonnen, eine einfache Melodie zu wiederholen. Als Anselm schließlich kam und sich neben sie auf die Truhe hockte, roch er nach Wein. Sie sah beunruhigt zu ihm hinüber. Anselm trank sonst nie, denn er vertrug nicht viel. Es war schwer zu sagen, in welcher Stimmung er sich befand. Er wirkte beschwingt und verlegen zugleich. Als er nichts sagte, hörte sie schließlich auf zu spielen und fragte: »Was ist geschehen?«

Anselm vollführte eine elegante Bewegung mit der Hand und erklärte etwas nuschelnd: »Kaiser Oddo ischt hoch erfreut und damit einverschanden, dass wirr nach Sizilien gehn.«

»Du klingst wie Ritter Gottfried.«

»Der war auch da und der klingt schon lange nicht mehr, jedenfalls nicht gut.«

Die Erwähnung seines alten Kontrahenten schien ihn zu ernüchtern, denn er setzte sich aufrecht hin und räusperte sich: »Die Sache hat eine unangenehme Seite. Graf Diepold hat weiterhin darauf bestanden, dass ich sein Geld annehme und mich für ihn bei Hofe umhöre.«

»Aber du sollst doch nach Sizilien, um Johanna ins Reich zu holen. Was hat der Schweinegraf damit zu schaffen?«

»Es kam Otto sehr gelegen, dass er die Reisekosten für Dame Johanna übernimmt. – Es gibt noch einen Punkt, der dir nicht gefallen wird, fürchte ich.«

Die letzten Worte hatte er halb verschluckt und er unterdrückte offensichtlich einen aufsteigenden Rülpser. Anscheinend fiel es ihm nicht leicht, darüber zu sprechen. Mechthild lehnte sich vor und fragte misstrauisch: »Was wird mir nicht gefallen?«

Anselm kniff die Augen zusammen und rieb sich mit dem Daumen den Nasenrücken, dabei stieß er hervor: »Brian muss bleiben.«

Brian sollte bei Otto bleiben? Niemals, dachte Mechthild empört und klopfte mit ihrer flachen Hand auf die Laute. Das Instrument gab einen Ton von sich, als wollte es protestieren. Anselm öffnete die Augen und hob beschwichtigend die Hände. Mechthild achtete nicht darauf, sie warf einen Blick zu dem schlafenden Jungen hinüber und zischte: »Wenn er nicht mitkommt, gehe ich auch nicht. Und wenn ich nicht gehe, dann geht Johanna auch nicht …«

»Ich weiß, das weiß ich doch. Deshalb werden wir noch vor Sonnenaufgang aufbrechen.«
Mechthild ergänzte zufrieden: »Wenn noch alles schläft und niemand merkt, dass wir den Befehl des Kaisers missachten.«
Ihr gefiel die Vorstellung, dass sie sich im Morgengrauen mit Brian davonschlichen. Fast ein wenig ausgelassen zupfte sie an einer Saite und widerstand der Versuchung, eine kleine Melodie folgen zu lassen. Neben ihr jammerte Anselm leise: »Der Oddo wird mir das nie verscheihn.«
Er erhob sich und stand mit hängenden Schultern da, dabei wankte er leicht vor und zurück und flüsterte mit schaurigem Entsetzen: »Er wird sehr böse werden, sehr sehr böse.«
Unsicher taumelnd bewegte er sich vorwärts in die Dunkelheit. Kurz darauf ließ er sich zu Boden sinken und Decken raschelten. Dann waren nur noch seine ruhigen Atemzüge zu hören.

4. KAPITEL

In Messina wird ein Templer erschlagen und in Palermo wird König Friedrichs Sohn geboren

April 1210, in Messina

Wolfger hatte das Schreibpult verlassen und blickte schon eine ganze Weile aus dem Fenster. Im Innenhof der Zitadelle herrschte Frühling mit allem, was dazugehörte: Vogelgezwitscher, laue Brise und Blütenduft. In Wolfgers Kopf herrschte ein großes Durcheinander, an dem der Frühling nicht ganz unschuldig war. Die lieblichen Düfte hatten schon hartgesottenere Männer als ihn zu Liebesschwüren ermuntert.

Eigentlich sollte Wolfger an diesem Morgen seinen Brief an den Ritter von Justingen zu Ende schreiben. Sein Vetter wartete in Ulm auf einen Bericht über König Friedrich, über dessen Wesen, Eigenschaften und Eigenarten. Wenn Wolfgers Urteil über den jungen König günstig ausfiel, würde sein Vetter den süddeutschen Fürsten das Schreiben vorlegen. Es sollte die Zauderer unter ihnen überzeugen. Einige der Fürsten hielten Philipps Neffen für zu jung und zu unerfahren, um Kaiser Otto auf dem Thron zu ersetzen. Sein Vetter wollte noch in diesem Jahr so mächtige Männer wie den König von Böhmen und die Erzbischöfe von Mainz und Magdeburg zusammenrufen, um über die Zukunft des Reiches zu beraten. Wolfgers Urteil über Friedrich war von großer Bedeutung. Der Brief musste endlich fertig werden.

Doch immer wieder schweiften seine Gedanken ab. Sie wanderten zum Falknerhäuschen, von dem er vom Fenster aus gerade noch das Dach

erkennen konnte. Im Falknerhäuschen war gerade der junge Agilo verschwunden. Wolfger hatte beobachtet, wie der Falknerjunge über den Hof gekommen war. Es gefiel ihm, wie Agilo sich bewegte, wie er einen Fuß vor den anderen setzte. Er liebte diesen Jungen auf eine ganz und gar unangemessene Art und Weise. Es war nicht Recht und dennoch konnte er nichts dagegen tun. Er bewunderte, wie Agilo mit den Vögeln umging. Seine Stimme war dann zärtlich und seine Bewegungen sanft. Er mochte es, wie ernst und nachdenklich der Junge war, wenn er sich unbeobachtet fühlte. Er bewunderte seine langen dichten Wimpern und das tiefschwarze Haar, das immer irgendwie unbändig aussah und ihm etwas Verlorenes und Verträumtes gab. Wenn sie allein waren, musste Wolfger die Hände hinter dem Rücken verschränken, um dem Jungen nicht über seine Wange zu streichen. Er musste dem Drang widerstehen, Agilo zu berühren oder ihm Fragen zu stellen, nur um seine Stimme zu hören, die manchmal seltsame Höhen erreichte und dann wieder bemüht tief und gleichgültig klang.
Wolfger seufzte und wandte sich vom Fenster ab. Die Pflicht rief und er durfte sich nicht gehen lassen. Entschlossen zu tun, was von ihm erwartet wurde, ging er wieder zurück zum Schreibpult und dachte nach.
Bereits vor vielen Wochen hatte er einen Brief an seinen Vetter verfasst, in dem er Friedrich in den höchsten Tönen gelobt hatte. Er hatte dessen anmutsvolle Schönheit, die strahlende Heiterkeit seiner Augen gepriesen, ihn widerstandsfähig und kräftig genannt und hatte seine Geschicklichkeit im Umgang mit Waffen und Pferden gelobt. Natürlich hatte er auch den bemerkenswerten Scharfsinn und die Gelehrigkeit des jungen Königs hervorgehoben. Allerdings hatte er es nicht versäumt, auch auf Unbequemes im Wesen des Königs hinzuweisen. Er hatte auf alles Unschickliche im Betragen des Königs hingewiesen, hatte beschrieben, wie der König immer den Trieben seines Willens folgte und nicht bevormundet werden wollte. Das hatte der ehrgeizige Ritter von Justingen gar nicht gern gehört und es in seinem Antwortschreiben ausführlich beklagt. Sein Vetter aus Ulm verfolgte eigene Pläne und hoffte, den jungen Kaiser einmal als dessen Reichsmarschall lenken zu können. Er hatte Wolfger gebeten, ein neues Schreiben zu verfassen. Eines, das die süddeutschen Fürsten, den Kö-

nig von Böhmen und die Erzbischöfe nicht beunruhigen würde. Wolfger hatte abgewartet, ob sich das Betragen des Königs ändern würde. Doch der hatte immer hartnäckiger darauf bestanden, als König und nicht als Knabe behandelt zu werden, und sich alle Freiheiten genommen. Es hatte sogar allgemeines Gerede darüber gegeben, dass der König zu öffentlichen Umgang pflegte, besonders nachdem er den Medicus aus Damaskus an seinem Hof aufgenommen hatte. All das eignete sich nicht, um ihn als Kaiser des Heiligen Römischen Reiches zu empfehlen. Wolfger fuhr sich nachdenklich mit der Spitze seiner Schreibfeder unter dem Kinn entlang. Er würde seiner ehrenvollen Anrede ein Lob auf Friedrich folgen lassen und dessen Stolz und Unabhängigkeit hinter schönen Floskeln verbergen. Er tauchte die Feder in die Tinte und schrieb:

> *Darüber hinaus muss ich Euch, meinem Herrn, wahrheitsgetreu berichten: Der König hat an Wissen und Kraft sein eigenes Alter so übertroffen, dass man an ihm nur finden kann, was einen reifen und vollkommenen Mann zieren würde. Man muss ihm unverzüglich und ohne Zögern gehorchen, da er von sich aus zwischen Getreuen und Ungetreuen, zwischen Guten und Schlechten unterscheidet.*

Er hielt inne und erinnerte sich daran, wie die letztgenannte Eigenschaft nicht nur dem arabischen Medicus, sondern auch ihm selbst zu Ansehen am Hof verholfen hatte. Er konnte daran nichts Verwerfliches finden, zumal die deutschen Bischöfe und Fürsten sich wie selbstverständlich zu den Getreuen zählen würden. Zufrieden mit sich, verschob Wolfger den wortreichen Schluss seines Schreibens auf den Abend und legte die Feder auf das Pult. Erleichtert, den unangenehmen Teil des Tages hinter sich gebracht zu haben, warf er einen Blick zum geöffneten Fenster, von wo der Frühling immer noch lockte. Er beschloss, sich eine Schwäche zu erlauben, nur eine ganz winzig kleine, unbedeutende, harmlose Schwäche, die niemand bemerken würde. Er würde ohne besonderen Grund das Falknerhäuschen betreten, Agilo bei der Arbeit zusehen und sich mit ihm unterhalten. Daran konnte sich niemand stören. Es war ein harmloses Vergnügen.

Während er sein Gemach verließ und die Treppe hinunterrannte, schwor er beim Näglein des Heiligen Kreuzes zu Ulm, dass er sich diesmal nicht hinreißen lassen würde. Warum sollte er auch? Er war nur ein väterlicher Freund, der Anteil an der Arbeit des Falknerjungen nahm.

Als er die Tür öffnete und das Falknerhäuschen betrat, war er sich sicher, dass der geweihte Altar der alten Pfalzkapelle zu Ulm ihn beschützen würde. Keine sündigen Gedanken würden ihm kommen, wenn er sich nach den Vögeln erkundigte. Kurzentschlossen schob er mit dem Fuß einen Holzklotz vor die Tür, um sie am Zuschlagen zu hindern.

Die helle Morgensonne traf unvermutet den Jungen, der neben dem Gestänge stand und verwirrt aufblickte. Er war dabei gewesen, Riemen zu fetten. Neben ihm stand ein Topf mit Schmalz und seine Hände glänzten vor Fett. Als er sich erschrocken mit dem Handrücken über den Mund fuhr, blieb ein Schimmer auf seinen vor Staunen leicht geöffneten Lippen zurück.

Wolfger vergaß, dass er der väterliche Freund sein wollte. Er vergaß, dass die Tür offen stand und ihn jeder beobachten konnte. Er dachte nicht mehr daran, wen er vor sich hatte und wer er war. Es gab nur noch diesen zarten, geschwungenen Mund. Er würde zu Grunde gehen und auf der Stelle sterben, wenn er noch einen Atemzug machen müsste, ohne zuvor diese Lippen zu küssen. Es waren nur wenige Schritte. Sie waren schnell überwunden, genauso schnell und etwas ungeschickt hatte er den Nacken des Jungen umfasst und ihn zu sich herangezogen. Mit einer ungestümen Bewegung beugte er sich zu dem Jungen herunter. Er presste seinen Mund auf die weichen Lippen und wollte ihre Wärme, ihren Geschmack und ihre Verletzlichkeit besitzen.

Agilo keuchte überrascht.

Wolfger kam zu sich. Was tat er da? Entsetzt stieß er den Jungen von sich und starrte ihn an. In Agilos Gesicht war ein Ausdruck, der ihn fast noch mehr erschreckte: Statt jungenhafter Empörung spiegelte sich darin etwas Triumphierendes. Wolfger stolperte rückwärts zur Tür und versuchte, so etwas wie eine Entschuldigung zu stammeln. Doch er brachte kein Wort heraus. Agilo sah ihn an und lächelte. Sein

wissendes Lächeln löste Gefühle aus, die Wolfger über alle Maßen erschreckten. Es war noch nicht vorbei, es war immer noch da, vibrierte in der Luft zwischen ihnen und erschwerte das Atmen. Wolfger musste sich am Türbalken festhalten, um nicht zu stürzen. Ihm schwindelte, er rang nach Atem und schloss die Augen. Er musste unbedingt hier raus. Weit fort, wo ihn der wissende Blick und das Lächeln nicht erreichen konnten. Es reichte nicht, den Innenhof der Zitadelle zu überqueren. Es genügte nicht, die Stadt zu verlassen. Seine Gefühle für den Jungen waren viel zu mächtig. Wie hatte er glauben können, sich beherrschen zu können? Wie hatte er annehmen können, dass es genügen würde, der väterliche Freund zu sein? Er war viel zu schwach und musste fort, weit fort. Es gab keine andere Lösung.
Er würde sofort aufbrechen und Sizilien mit dem nächsten Schiff verlassen. Der König würde verstehen, dass sein deutscher Berater den Brief selbst ins deutsche Reich bringen wollte. Es war immerhin ein wichtiger Brief, der vielleicht über die Zukunft des Heiligen Römischen Reiches entschied. Daran wollte er denken. Es würde ihm helfen, Agilo zu vergessen. Wolfger öffnete die Augen und ging mit schnellen Schritten über den Hof. Er blickte sich nicht um. Als er hörte, dass Agilo ihm etwas nachrief, beschleunigte er seine Schritte noch.

Agnes stand an der offenen Tür des Falknerhäuschens und schrie: »Wartet! Ich kann alles erklären. Es ist nicht so, wie Ihr denkt!« Ihre Finger tasteten nach dem Leinenbeutel. Er war an den Lederstrick gebunden, der ihr den Gürtel ersetzte. Sie würde Wolfger die Eidechsenspange zeigen. Wenn er die Spange sah, würde er sich an die Nacht im Kreuzgang von San Juan de la Peña erinnern. Er würde in ihr das junge Mädchen wiedererkennen, das auf den Fliesen gehockt und das Näglein des Heiligen Kreuzes zu Ulm beschworen hatte. Seine graublauen Augen würden sie wieder so ansehen wie in jener Nacht. Sie starrte auf seinen sich entfernenden Rücken, als könne sie ihn mit ihrem Blick aufhalten. Das Band verhedderte sich zwischen ihren Fingern und sie musste dem Leinenbeutel ihre ganze Aufmerksamkeit widmen. Ungeduldig riss sie an dem Lederbändchen und machte es nur noch schlimmer. Endlich hatte sie es geschafft und hielt den kleinen Beutel zwischen den Fingern. Hastig öffnete sie ihn und tastete

nach dem kühlen Silber der kleinen Spange. Als ihre Finger endlich die Spange berührten, zog sie die kleine Eidechse heraus. Sie nahm die Spange zwischen die Lippen, um die Hände frei zu haben, und knotete rasch den Beutel wieder fest. Dann nahm sie die Spange aus dem Mund und atmete erleichtert aus. Nun würde Wolfger verstehen, dass er keinen Falknerjungen, sondern eine Grafentochter geküsst hatte. Er würde sich nicht mehr schämen, sondern es gleich noch einmal tun. Hoffentlich würde er das. Hoffentlich war er nicht böse, dass sie ihn getäuscht hatte. Sie hatte ja alle getäuscht. Doch das würde endlich ein Ende haben. Wolfger, und nur Wolfger, würde ihr Geheimnis erfahren und er würde es bewahren, denn er liebte sie. Daran konnte es gar keinen Zweifel geben. Nach diesem Kuss waren sie schließlich so etwas wie Verlobte. Stephan würde nichts dagegen haben, wenn sie einen Deutschen heiratete, der aus Ulm stammte so wie ihr Vater. Und war ihr Bruder nicht besorgt gewesen, ob sie überhaupt einen Mann finden würde?
Agnes presste die Spange an ihre Brust und blickte auf. Wolfger war nirgends zu sehen. Er war geflohen und glaubte, eine große Sünde begangen zu haben. Sie würde ihn vom Gegenteil überzeugen. Zuversichtlich ballte sie ihre Hand über der Spange zur Faust und rannte über den Hof. Vor dem Gemäuer blieb sie stehen und blickte zu den vielen kleinen Fenstern auf. Hinter welchem verbarg sich sein Gemach? Es würde viel zu lange dauern, es zu suchen. Die Fenster waren alle offen, um die milde Frühlingsluft hereinzulassen. Er würde sie hören und zu ihr herunterkommen. Zuversichtlich legte sie den Kopf in den Nacken, hob eine flache Hand zum Mund und rief zu den Fenstern hinauf: »Die Eidechsenspange in San Juan de la Peña! Erinnert Ihr Euch? Kommt herun…«
Plötzlich legte sich eine Hand über ihren Mund und schnitt ihr das Wort ab. Eine bekannte Stimme flüsterte ihr von hinten ins Ohr: »Sei still, ich habe Nachricht von deinem Bruder.«
Der Neuankömmling nahm die Hand herunter und trat neben sie. Agnes blickte erstaunt zu ihm hoch. Zuerst war sie völlig durcheinander und wusste nicht, wie sie empfinden sollte. Eigentlich müsste sie nun ängstlich zurückweichen, denn neben ihr stand Diepolds Mann, der finstere Templer, den sie so verabscheute.

Seit dem Brand hatte sie ihn nicht mehr gesehen und sie hatte sich schon gefragt, wo der bärtige Mann steckte. Wenn sie seine rauen Umgangsformen auch fürchtete, so war er doch ihre einzige Verbindung zu ihrem alten Leben. Aus diesem Grund freute sie sich fast, ihn zu sehen, denn er brachte endlich Nachricht von Stephan. Anscheinend wusste er, wo ihr Bruder sich aufhielt, und vielleicht konnte er etwas über ihre Mutter berichten. Seit Wochen sorgte Agnes sich, ob die Verräter nach dem missglückten Anschlag Caterina von Borras geschont hatten. Angstvoll hatte sich Agnes immer wieder gefragt, wann der edel gesinnte Graf ihr eine neue Aufgabe stellen würde. Das Auftauchen des Templers konnte nur bedeuten, dass Graf Diepold eine weitere Falle ersonnen hatte, in die er den König locken wollte. Wozu brauchte er diesmal Friedrichs Falknerjungen? Sie wollte Diepolds Boten mit Fragen bedrängen, doch dann fiel ihr etwas Beunruhigendes ein.
Sie hatte eben den Namen des Klosters San Juan de la Peña zu den Fenstern hochgerufen und der bärtige Templer kannte das Kloster und wusste, dass sie dort gewesen war. Würde er misstrauisch werden und sie für eine Verräterin halten? Sie musterte ihn und stellte verwundert fest, dass er sich verändert hatte.
Graue Strähnen zierten seinen Bart, er war auffällig blass und hatte dunkle Ringe unter den Augen. Er sah aus, als hätte er nächtelang nicht geschlafen. So gealtert und müde schien er ihr nicht mehr bedrohlich. Er konnte sich kaum auf den Beinen halten vor Erschöpfung. Fast mitleidig fragte sie ihn: »Wo kommt Ihr her? Seid Ihr lange unterwegs gewesen?«
»Nicht hier. Die Baustelle am Ostturm liegt heute verlassen da. Sie warten auf eine neue Lieferung Steine und können vorerst nicht weiterarbeiten. Dort sind wir ungestört.«
Er hatte sehr leise gesprochen und sich umgeblickt. Nun marschierte er über den Hof und erwartete offensichtlich, dass sie ihm zur Baustelle des Ostturms folgte. Der Gedanke, mit diesem barschen Mann allein zu sein, behagte ihr nicht. Andererseits musste sie unbedingt wissen, wie es ihrem Bruder ging und was der Graf von ihr verlangte. Sie warf noch einen letzten Blick zu den schmalen Fenstern hoch, hinter denen sie Wolfger vermutete. Ihr Geständnis musste warten.

Sie würde ihn später aufsuchen. Bedauernd steckte sie die Spange wieder in den Beutel und rannte über den Hof.

Die Baustelle am Ostturm war wirklich menschenleer. Nur die Gerüste und das viele verstreute Werkzeug erinnerten daran, dass hier sonst gearbeitet wurde. Seile hingen von Mauervorsprüngen herab und eine vergessene Kappe lag am Boden. Trotzdem war der Frühling auch hier zu spüren. Während Agnes im offenen Eingang zum Turm stand und auf die vielen zurückgelassenen Dinge blickte, brannte ihr die Sonne auf den Rücken und ein Schmetterling tanzte vor ihrer Nase. Das Meer rauschte irgendwo in der Ferne und ein Mimosenstrauch neigte sich unter seinen schweren duftenden Blütenzweigen fast in den Turm hinein. Das Summen der Bienen, die ihn umschwärmten, wirkte friedlich und beruhigend. Wäre sie mit einem anderen Mann hier gewesen, wäre es ein schöner Ort gewesen. So jedoch erinnerte sie sich an ihre vielen Fragen und überlegte, welche sie zuerst stellen wollte.

Der Templer kam ihr zuvor. Er setzte sich auf einen umgedrehten Ledereimer und erklärte seufzend: »Sie dürfen mich hier nicht finden. Die Templer aus Messina haben Verdacht geschöpft und sich bei den Oberen des Ordens nach mir erkundigt. Die Templer auf Sizilien halten ihrem König die Treue, zahlen verlangte Steuern und helfen ihm, seine Zitadelle zu befestigen. Wenn Kaiser Otto kommt, werden sie bereit sein, die Insel zu verteidigen.«

»Die Templer in Messina sind König Friedrich ergeben? Wie könnt Ihr dann gegen ihn intrigieren?«

»Ich bin so wenig ein Templer wie du ein Falknerjunge. Hast du das nicht gewusst? Dein Bruder erzählt dir nicht viel, was?«

»Er erzählt mir gar nichts. Er hält mich für ein kleines Mädchen. Doch er irrt sich, ich verstehe sehr viel.«

Der bärtige Mann lachte verständnisvoll und erklärte fast freundlich: »Es schien dem edel gesinnten Grafen eine gute Verkleidung zu sein. Den Templern wird nachgesagt, dass sie sich weniger um die weltlichen Belange als um die ungelösten Rätsel dieser Welt kümmern. Sie graben unter der Grabeskirche in Jerusalem, sind unermesslich reich, kennen Zaubersprüche, lesen vergessene Schriften und besitzen den Heiligen Gral. Hinter so einem Ruf kann man sich gut verstecken. Wer kann sagen, welcher Meister gerade welchem Geheimnis auf der Spur ist?«

»Und trotzdem haben sie Verdacht geschöpft?«

Der falsche Templer kratzte sich am Bart und starrte nachdenklich vor sich hin. In diesem Moment begann das Gerüst zu knarren. Agnes konnte spüren, wie eine Erschütterung den Turm erfasste und an den Holzbalken rüttelte. Die Werkzeuge um sie herum klapperten leise und die Seile bewegten sich leicht hin und her. Erdstöße waren in letzter Zeit nichts Ungewöhnliches. Jeder schien sich an die leichten Erschütterungen gewöhnt zu haben. Trotzdem trat sie vorsichtshalber auf die Schwelle, um ins Freie fliehen zu können, falls das Beben heftiger wurde.

Der bärtige Mann in den Kleidern eines Templers schien nichts bemerkt zu haben. Er hob mit ernstem Blick wieder an zu sprechen: »Dein Bruder bittet dich …«

Er kam nicht dazu, seinen Satz zu beenden. Die Welt um ihn herum begann zu schwanken. Der Mann sprang auf. Die Luft schien zu zittern und von Dröhnen erfüllt. In dem Augenblick, als Agnes sich umdrehen und fliehen wollte, lösten sich mehrere schwere Balken aus dem Gerüst und stürzten nieder. Staub wirbelte, Blütenblätter flogen umher und einer der Balken begrub den Mann unter sich. Dann war es still. Der Staub senkte sich, die Mimosenblätter schwebten auf den ausgestreckten Körper unter dem Balken herab und zwei verirrte Schmetterlinge taumelten über seinem Kopf.

Agnes stürzte herbei und hockte sich neben ihn. Sie versuchte vergebens den schweren Balken von seiner Brust zu ziehen. Es gelang ihr nicht und sie gab es auf. Sie betrachtete den bewegungslos Daliegenden und flehte alle Heiligen an, dass er bitte nicht tot, sondern nur bewusstlos sei. Mit fliegenden Händen tastete sie seinen Hals entlang. Er durfte nicht tot sein. Er musste ihr doch die Nachricht ihres Bruders übermitteln. Am liebsten hätte sie ihn geschüttelt.

»Worum bittet mich mein Bruder? So sprecht doch! Sagt es mir, bitte!«

Sie konnte keine Bewegung spüren. Er atmete nicht. Oder doch? Sie befeuchtete ihren Handrücken mit der Zunge und hielt sie ihm vor den Mund. Nichts.

Agnes stand langsam auf und wankte hinaus. In den Zweigen des Mimosenstrauches schwirrten wieder die Bienen, das Meer rauschte gleichgültig und seit sie gekommen waren, war die Sonne nur ein kleines Stück weitergewandert.

Verzweifelt fragte sich Agnes, was sie nun tun sollte. Wo hielt sich ihr Bruder auf? Was wollte der edel gesinnte Graf von ihr? Befand sich ihre Mutter in Sicherheit? Der bärtige Templer würde nie mehr darauf antworten können. Sie war so in Gedanken, dass sie gar nicht bemerkte, wie sich eine Gruppe näherte.

Erst als Dame Johanna sie fast erreicht hatte, blickte Agnes erschrocken auf. Die Dame schien einen Morgenspaziergang zum Meer machen zu wollen. Sie trug ihr Kind auf dem Arm und hinter ihr tauchte der Turban des arabischen Medicus auf, der sich angeregt mit Sulaimān unterhielt. Als die Dame Friedrichs Falknerjungen erkannte, stellte sie das Kind ab und fragte verblüfft: »Agilo, was ist mit dir? Bist du verletzt?«

Agnes schüttelte den Kopf und beobachtete die Kleine. Sie trug eine bunt bestickte Haube und ein Kittelchen, an dessen Saum Glöckchen hingen. Auf ihren dicken Beinchen wankte sie unsicher vorwärts und tapste über die Türschwelle in den Raum hinein. Dort blieb sie stehen, zeigte auf den leblosen Körper unter dem Balken und erklärte sehr bestimmt: »Heia.«

Agnes wandte sich rasch zu Johanna und erklärte leise: »Er wird nie mehr erwachen. Der schwere Balken hat ihn erschlagen.«

Dame Johanna flüsterte entsetzt: »Der Herr sei seiner Seele gnädig«, und bekreuzigte sich. Sie wirkte ruhig, so als wäre er nicht der erste Tote, den sie zu Gesicht bekam. Allerdings trat sie einen Schritt vor, bückte sich nach ihrem Kind und nahm es wieder auf den Arm. Die Kleine zappelte und wollte offensichtlich wieder hinunter. Johanna zischte ärgerlich: »Lucia, hör auf. Wir müssen den armen Mann schlafen lassen und wieder nach Hause gehen.«

Johanna warf Agnes noch einen fragenden Blick zu, dann betrat sie den sandigen Weg.

Mittlerweile waren Konrado und Sulaimān herangekommen. Sie blickten in den Turm und erfassten anscheinend sofort, was geschehen war. Agnes wollte nicht sehen, wie sie den Toten unter dem Balken

hervorholten. Eilig folgte sie der Dame und ihrem Kind. Kurz bevor sie den Innenhof der Zitadelle erreichten, stürmte ein Reiter aus dem Hof. Mit wehendem Mantel galoppierte er den Weg zum Hafen hinunter. Agnes blieb stehen und runzelte die Stirn. Irgendwie kam ihr der Mann vertraut vor. Konnte es Stephan sein? Nein, der Mann dort war viel größer und kräftiger.
»Wer war das?«, fragte sie mit belegter Stimme.
»Hoppe hü«, sagte das kleine Mädchen und wies erfreut auf den Reiter, dabei strahlte es über das ganze Gesicht. Johanna schien zu merken, wie besorgt Agnes war, und beeilte sich zu erklären: »Das wird Wolfger der Späher sein. Er war vorhin beim König und hat sich verabschiedet. Er muss zurück ins Reich, vermutlich eine wichtige Botschaft überbringen«, plötzlich hielt sie inne, überlegte und fragte misstrauisch: »Sag, warum steckst du ständig in Schwierigkeiten?«
Agnes beschleunigte ihre Schritte und antwortete nicht.
»Agilo? Antworte mir! Was hast du da zu suchen gehabt?«
Agnes blickte dem immer kleiner werdenden Reiter nach und unterdrückte einen Fluch.

Ein paar Tage später holperte auf demselben Weg ein Wagen vom Hafen zur Zitadelle. Vorn neben seinem Vater saß ein ziemlich blasser Junge, dem furchtbar übel war. Obwohl die Überfahrt nur kurz gewesen war, hatte Brian die ganze Zeit gegen einen heftigen Brechreiz angekämpft. Er hasste Schiffe und das Meer konnte er nicht ausstehen. Seit sie angekommen waren, rauschte es unentwegt, nur um ihn zu ärgern. Auf der Insel war der salzige Meergeruch überall. Außerdem bekam ihm das Schütteln und Rütteln des Wagens gar nicht.
Brian krallte krampfhaft seine Finger an den Sitz. Als der Wagen vor der Zitadelle zum Stehen kam, kletterte er erleichtert herunter und trabte missmutig in den Innenhof. Hinter ihm waren Mechthild und Anselm dabei, den Mann zu entlohnen, der bereit gewesen war, sie und ihr Gepäck mitzunehmen. Brian konnte hören, wie Anselm versuchte, sich in einem Gemisch aus Latein und Italienisch verständlich zu machen. Dann polterten Gepäckstücke auf den sandigen Weg.
Brian musterte etwas gelangweilt die schmalen Fensterreihen, die zum Innenhof blickten. Er freute sich nicht besonders darauf, Dame

Johanna zu besuchen. Wochenlang hatte seine Mutter von nichts anderem gesprochen als vom Wiedersehen mit ihrer Freundin. Brian hatte bald nicht mehr hingehört und sein Vater hatte es auch nicht mehr getan. Während Mechthild sich zum hundertsten Male gefragt hatte, ob Johanna sich sehr verändert hatte, hatte Anselm das Gesicht verzogen. Als sie zum tausendsten Male rätselte, wem die kleine Lucia wohl ähnlich sehe, hatten sich Anselm und Brian zugezwinkert. Auch ohne Worte hatten sie sich über Mechthild lustig gemacht. Einmal hatte Anselm gemurmelt, er wünschte, die Küste Kalabriens wäre endlich zu Ende, denn Ottos Launen seien besser zu ertragen als Mechthilds Ungeduld.
Nach der anstrengenden Reise hatte Brian keine Lust, bei dem freudigen Wiedersehen dabei zu sein. Er mochte Dame Johanna zwar, doch sie würden solche Dinge sagen wie: Ach, ist der Junge groß geworden. Sie würde in die Hände klatschen, als hätte sie es nicht für möglich gehalten. Brian wünschte, er hätte es schon hinter sich. Wo blieben seine Eltern?
Suchend blickte er sich um.
Anselm sprach gerade mit einem Wachsoldaten, der zu den Fenstern hinaufwies, und Mechthild wühlte mit hochroten Wangen in ihrem Reisebeutel. Schließlich winkte Anselm seinen Sohn zu sich heran. Brian seufzte und schlich mit betont hängenden Schultern zu ihm hinüber. Dabei presste er seine Hand viel sagend auf seinen Magen und zog eine Leidensmiene. Anselm betrachtet ihn mitleidig und sagte verständnisvoll: »Das Geschaukel war wirklich unangenehm. Doch nun hast du es geschafft. Nur ein bisschen frische Luft und es wird dir besser gehen. Lauf nur runter zum Meer. Du kannst später nachkommen, sieh«, Anselm streckte den Arm aus und wies auf eine der Fensterreihen, »dort, hinter diesem Fenster, sind Dame Johannas Gemächer. Wir werden sie jetzt aufsuchen und dich entschuldigen.«
Mechthild war herangekommen und sagte unwillig: »Da wird Johanna aber enttäuscht sein.«
Anselm nahm ihr den Reisesack aus der Hand und wies den Wachsoldaten durch ein Kopfnicken an, die Truhe zu bewachen, bis sie wieder zurück waren. Seine Eltern hatten vor, sich nach ihrem Besuch bei Johanna in Messina nach einem Gasthof umzusehen. Anselm hätte

offensichtlich den Besuch gern hinter sich gebracht, denn er rief Mechthild ziemlich ungeduldig zu: »Komm endlich. Du hast dich so auf das Wiedersehen gefreut. Vor lauter Freudentränen wird es gar nicht auffallen, wenn Brian später zu uns stößt. Die frische Meeresluft wird ihm gut tun. Sieh doch, wie blass er ist.«
Brian versuchte, noch blasser und elender auszusehen. Seine Mutter seufzte: »In Ordnung. Aber trödel nicht herum und stell nichts an. Wir sind hier nur Gäste.«
Brian nickte und versuchte, folgsam und brav auszusehen.
Als seine Eltern im Eingang verschwunden waren, blickte er in die Richtung, aus der das Meeresrauschen kam. Wie kam sein Vater nur darauf, dass ihm der Anblick des Meeres gut tun würde? Wenn er die Wellen sah, wurde ihm bestimmt noch mehr übel. Stattdessen würde er sich die Zitadelle ansehen. Die Wirtschaftsräume, Ställe und Soldatenunterkünfte schienen ihm viel verlockender. Neugierig blickte er sich im Innenhof um. Sein schweifender Blick fiel auf das Falkenhäuschen. Brian nahm an, dass dort die Falken des Königs untergebracht waren, und es ging ihm schon viel besser. Er würde einen Blick hineinwerfen. Tiere interessierten ihn immer.
Während er auf die angelehnte Holztür zuging, war ihm fast gar nicht mehr übel. Vorsichtig lugte er in das Halbdunkel des Häuschens. Er konnte das Gestänge erkennen, auf dem sich die Silhouetten der Vögel abzeichneten. Davor stand jemand und beugte sich hinunter. Der Falkner des Königs, dachte Brian ehrfürchtig und schlich näher. Schleichen konnte er gut. Er schaute sich viel von den Tieren ab. Der andere merkte nicht, dass jemand näher kam. Unbekümmert beugte er sich noch ein Stück weiter zu dem Falken mit der weißen Brust und ließ einen Lockruf ertönen.
Beim Klang der lockenden und schmeichelnden Töne fühlte Brian, wie eine Gänsehaut über seinen Rücken lief. Der da kann mit seinen Vögeln sprechen, dachte er beeindruckt. Das konnten nur ganz wenige Menschen. Es war eine besondere Gabe. Ehrlich ergriffen lauschte Brian der betörenden Abfolge von Tönen, die gar nicht aus einer menschlichen Kehle zu kommen schienen. Der weiße Falke war ebenfalls in den Bann gezogen. Mit andächtig geneigtem Kopf lauschte er und fast willenlos ließ er sich auf den Falknerhandschuh

setzen. Als der Falkner sich mit dem Falken auf der Hand umwandte, fuhr Brian erschrocken zurück. Sicher war es dem Falkner des Königs nicht recht, dass er hier herumlungerte. Er wollte sich schon umdrehen und fliehen, da kam ihm das Gesicht plötzlich bekannt vor.
Wie angewurzelt blieb er stehen und starrte es an. Obwohl die Kleidung seltsam aussah und die Haare anders waren, stand dort ohne Zweifel das Mädchen aus Santiago de Compostela. Sie hatte sich eine Nacht lang ein Bett mit seiner Mutter im Hospiz geteilt. Konnte sie nicht mit den Engeln schweben und mit Vögeln sprechen? Brian erinnerte sich daran, wie er sie angebettelt hatte, ihm ihren besonderen Lockruf vorzuführen und sagte verblüfft: »Du bist das Mädchen aus Santiago de Compostela! Was tust du denn hier? Wieso trägst du diese Männerkleider? Du siehst darin ziemlich albern aus.«
Der große Falke ruckte mit dem Kopf, als wäre nicht seine Herrin, sondern er selbst beleidigt worden. Agnes schien verwirrt zu sein und so rief Brian ungeduldig: »Erinnerst du dich nicht mehr an mich? Ich bin Brian. Du kennst meine Mutter und ich glaube auch meinen Vater. Er heißt Anselm und ist ein wichtiger königlicher Ratgeber. Wir haben dich auf der Pilgerreise getroffen. Ich glaube, meine Mutter mochte dich. Sie wird sich bestimmt freuen, dich wieder zu sehen. Sie ist drinnen und begrüßt ihre Freundin Johanna.«
Agnes schwankte leicht und sah aus, als würde sie gleich ohnmächtig werden. Hastig stellte sie den Falken wieder zurück aufs Gestänge und streifte sich den Falknerhandschuh ab. Brian beobachtete, wie sie den Handschuh in einen Kasten warf und die Falknerkappe abstreifte. Nun sah sie noch mehr aus wie ein Mädchen. Jeder Dummkopf konnte sehen, dass ihre Haare einmal lang gewesen waren, und jeder musste sofort merken, dass sie für gewöhnlich Röcke trug. Wie alle Mädchen, war sie empfindlich und leicht zu erschrecken. Sie ergriff seine Hände und wisperte erregt: »Deine Mutter und der Ratgeber, sagst du? Und sie sind bei Dame Johanna? Um Himmels willen, du wirst mich doch nicht verraten?«
Verraten, dachte Brian, was sollte er nicht verraten? Sah doch jeder, dass sie kein Junge war.
Sie schüttelte aufgeregt seine Hände und flehte mit seltsam fipsiger Stimme: »Niemand darf wissen, dass ich hier bin. Bei Hof halten

mich alle für Friedrichs Falknerjungen. Hier heiße ich Agilo. Wenn sie die Wahrheit erfahren … oh, sie werden mich umbringen!«
Sie wussten es also nicht? Erwachsene waren blind, wenn es um wirklich wichtige Dinge ging.
Trotzdem verstand er nicht, warum sie überhaupt in diesen Jungenkleidern steckte, und fragte verwirrt: »Aber was tust du dann hier? Wieso willst du ein Junge sein?«
Sie ließ seine Hände los, senkte den Kopf und schien nachzudenken. Nach einer Ewigkeit, in der Brian abwartend dagestanden und geschwiegen hatte, blickte sie Verständnis heischend auf.
»Du liebst doch Tiere genauso wie ich?«
Brian nickte verwundert. Das Mädchen schien zufrieden und fuhr fort: »Dann wirst du verstehen, dass ich nicht anders konnte. Sie hätten mir niemals erlaubt, Falknerjunge des Königs zu werden. Und es gab nichts, was ich lieber wollte. Sieh sie dir an. Solche herrlichen Exemplare findest du nirgends sonst.«
Sie trat einen Schritt zur Seite und wies auf die Falken. Brian warf einen Blick zu den Vögeln hinüber und nickte wieder. Beschwörend hob sie ihre Hände, sah ihn eindringlich an und wisperte: »Sie sind an meinen Lockruf gewöhnt, sie folgen mir. Ich verstehe, wie es ihnen geht und was sie brauchen. Bitte, verrate mich nicht. Sie würden mir die Falken wegnehmen und mich nach Hause schicken und das ertrage ich nicht.«
Ja, das war wirklich schrecklich, dachte Brian. Ihm war auch schon oft ein Tier fortgenommen worden. Mal war eine freundliche Ratte nicht im Zelt geduldet worden oder ein kluges Kaninchen war zum Sonntagsbraten bestimmt worden.
Das Mädchen schlug die Hände vors Gesicht und fing an zu weinen. Brian starrte sie erschrocken an und wusste nicht, was er tun sollte. Mit einer jammernden Katze konnte er umgehen, auch mit einem heulenden Hund, doch das hier überforderte ihn. Was tat man mit einem weinenden Mädchen, das sogar älter war als man selbst? Verlegen wand er sich auf der Stelle und murmelte: »Hör auf damit. Ich werd' dich ja nicht verraten.«
Sie ließ die Hände sinken und blickte ihn aus tränennassen Augen fragend an.

Auf einmal kam ihm eine Idee. Er stemmt die Fäuste in die Seiten und sagte herausfordernd: »Unter einer Bedingung. Du musst mich zu den Übungsstunden mitnehmen und mir deinen Lockruf beibringen.«
Sie wischte sich über die Augen und schniefte: »In Ordnung. Versprich, dass du mich nicht verrätst, dann darfst du morgen früh mit zur Flugstunde. Du darfst sogar das Federspiel für Zahir werfen. Es wird schwierig sein, dir die lockenden Töne beizubringen, doch ich will es versuchen. Allerdings nur, wenn du mich nicht verrätst!«
Brian rief begeistert: »Ich schwöre es«, und rannte hinaus, dabei jubelte er innerlich vor Freude. Ausgelassen hüpfte er über den Innenhof und während er die Treppe hinauflief, grinste er über das ganze Gesicht. Der Aufenthalt auf Sizilien schien doch noch spannend zu werden.
Auf der Treppe konnte er schon die aufgeregten Stimmen oben hören. Sie hatten die Tür zu Johannas Gemach offen stehen, damit er sie leichter fand. Bevor er eintrat, versuchte er ein Gesicht zu ziehen, als wäre ihm immer noch etwas übel. Vier Augenpaare blickten ihn neugierig an. Johanna, ihre Tochter Lucia, Mechthild und Anselm musterten ihn neugierig. Das kleine Mädchen öffnete und schloss ihre kleine Hand, als wolle sie ihm zuwinken, und rief vergnügt: »Jun… ge da.«
Seine Mutter erhob sich rasch und rief erleichtert: »Brian, da bist du ja endlich. Begrüße Dame Johanna und schließe rasch die Tür, sonst entwischt die Kleine wieder. Geht es dir besser? Keine Streiche diesmal?«
Am Ende des Satzes hatte sie die Stimme bedeutungsvoll gesenkt.
Brian nuschelte: »Es geht mir gut. Ich habe niemanden getroffen.«
Lügen konnte er nicht gut. Mit hochroten Ohren trat er auf Johanna zu. Sie lächelte erfreut und er überlegte krampfhaft, wie man eine Dame angemessen begrüßte. Anscheinend erwartete sie gar keine ehrerbietige Anrede. Sie nickte ihm nur zu und setzte ihr angeregtes Gespräch mit seinen Eltern fort. Es ging wieder um König Ottos Marsch auf Sizilien und die kranke Beatrix in Braunschweig. Das fand Brian furchtbar langweilig und er hörte gar nicht zu. Stattdessen war er mit seinen Gedanken beim nächsten Morgen und bei den Falken des Königs.

Nach einer Woche hatte Johanna sich bereits daran gewöhnt, dass Mechthild und Brian sie jeden Tag besuchen kamen. An diesem Morgen verspäteten sie sich jedoch.
Johanna stand am Fenster und wartete ungeduldig. Der Blick in den Innenhof war ihr vertraut. Sie stand in letzter Zeit häufig am Fenster und beobachtete das Falknerhäuschen. Eigentlich wartete sie darauf, dass Friedrichs seltsamer Falknerjunge sich sehen ließ. Seit dem Vorfall mit dem erschlagenen Templer ging der schwarzhaarige Junge ihr aus dem Weg. War wirklich das kaum spürbare Erdbeben schuld am Tod des Mannes gewesen? Oder hatte Agilo etwas damit zu tun? Er hatte ihr nie auf die Frage geantwortet und damit ihren Verdacht gegen ihn bestärkt. Seitdem hatte sie immer wieder versucht, mit Konrad darüber zu sprechen. Doch der hatte sie gar nicht ernst genommen und kaum hingehört. Konrad führte stets Sulaimāns Urteil über den Jungen an. Der Oberfalkner sei ein kluger, erfahrener und belesener Mann. Er vertraue dem Jungen und könne sich nicht irren. Vor allem war er Araber und er erinnerte Konrad an seinen Freund Kamāl in Damaskus. Johanna hatte den Verdacht, dass es ihr vor allem deshalb nicht gelang, Konrad für Agilo zu interessieren.
Dennoch ließ ihr die Angelegenheit keine Ruhe.
Vorgestern hatte sie sogar versucht, Brian auszufragen, denn der verbrachte viel Zeit mit Agilo und den Falken und die beiden schienen gute Freunde geworden zu sein. Doch Brian hatte nur gemurmelt: »Er behandelt die Falken gut.« So als wolle er damit sagen, dass Agilo deshalb unmöglich ein schlechter Mensch sein könne.
Konrad verbrachte die endlosen Abendstunden mit seinem neuen Freund Sulaimān. Jeden Moment, in dem er nicht als Medicus durch die Straßen von Messina eilte und Kranke versorgte, hockte er mit Sulaimān auf den Stufen vor der großen Halle und diskutierte mit ihm über gelehrte Schriften. Konrad schien gar nicht zu merken, wie einsam seine Frau war. Die kleine Lucia war zwar lebhafter geworden, doch stets eilte Armgard herbei, wenn es nötig war, ihren Liebling zu beschützen. Johanna benutzte ihre heilenden Hände nur noch selten. Friedrichs Mätresse war gesund und kräftig. Jeder an Friedrichs Hof schien vor Gesundheit zu strotzen. Und sie sollte Gott dafür preisen, anstatt über ihre Langeweile zu klagen. Die Heilige Jungfrau möge ihr vergeben.

Johanna seufzte tief und beugte sich vor, um den Innenhof noch besser überblicken zu können. Sie hoffte sehnsüchtig, dass Mechthild und Brian endlich kämen.
Sobald sie eingetroffen waren, würde Brian wie gewöhnlich zu den Falken laufen und für Stunden nicht wieder auftauchen. So hatten sie genügend Zeit, über alte Zeiten zu reden, während Anselm in einem Wirtshaus in der Nähe des Doms auf Mechthilds Rückkehr wartete. Johanna musste lächeln, wenn sie daran dachte, wer ihnen das gut geführte Wirtshaus am Dom empfohlen hatte: Es war der König höchstpersönlich gewesen. Sie waren ihm gleich am ersten Tag im Innenhof begegnet. Johanna hatte sie hinunterbegleitet und schmunzelnd mit angesehen, wie Mechthild sich vor Verlegenheit gewunden hatte. Unsicher hatte ihre sonst so selbstsichere Freundin dem König erklärt: »Signora Johanna ist eine gute Freundin, mia amica. Wir sind peregrinatoris, ähm pellegrino, Pilger auf der Suche nach dem Heil!« Umständlich hatte sie eine besonders hübsche Jacobsmuschel aus ihrer Gürteltasche geholt, auf ihren Handteller gelegt und allen gezeigt. König Friedrich hatte ausgerufen: »Ah, gut! Freunde von Signora Violetta, das ist immer gut.« Anschließend hatte er ihnen das Wirtshaus am Dom empfohlen, wo man gern bereit war, Pilger gegen Gottes Lohn aufzunehmen.
Seitdem versteckte sich Anselm dort und wartete auf Johannas Antwort. Was sollte sie ihm antworten? Es war keine Kleinigkeit, was Mechthild und Anselm von ihr verlangten.
Johannas Finger spielten unruhig mit dem Schleier, der heute ihr Haar bedeckte. Sie hatte auf ein Gebände verzichtet, weil sie wusste, wie sehr Mechthild die stramme Kopfbedeckung verabscheute. Während sie über den feinen Stoff des Schleiers fuhr, dachte sie daran, dass Mechthild keineswegs jeden Morgen zu ihr kam, um ihrer einsamen Freundin die Zeit zu vertreiben. Ottos Gemahlin war schwer erkrankt und befand sich in Lebensgefahr. Beatrix, ihre Beatrix. Johannas Herz zog sich vor Kummer zusammen. Sie hatte das kränkelnde Mädchen wie eine Mutter aufgezogen. Lucia erinnerte sie manchmal an Beatrix. Zwar begann Lucias helles Haar bereits nachzudunkeln und sie hatte Konrads grüne Augen, aber sie war genauso aufgeweckt, wie früher die kleine Beatrix am Hof des Stauferkönigs Philipp gewesen

war. Als Johanna erfahren hatte, dass Beatrix nach ihr verlangte, war sie sofort bereit gewesen, die beschwerliche Reise auf sich zu nehmen. Ein Wiedersehen mit den Hofdamen in Braunschweig hätte sie klaglos hingenommen. Allerdings konnte sie unmöglich zusagen, ohne ihren Mann einzuweihen. Deshalb hatte sie gezögert zuzustimmen. Am Abend desselben Tages war Konrads Antwort genauso ausgefallen, wie sie es insgeheim erwartet hatte: Er wollte nicht zulassen, dass seine Frau Kaiser Otto oder einem Mitglied seines Hofes diente. Konrad war dem jungen König Friedrich treu ergeben. Außerdem hing er an Sizilien und an all seinen morgenländischen Annehmlichkeiten. Ihr Mann hatte ihr erklärt, dass sie nicht mehr für Beatrix verantwortlich seien. Philipps Tochter sei nun Kaiser Ottos Gemahlin und ihr Leben läge in Gottes Hand.

Johanna hatte Mechthild all dies verschwiegen. Heute könnte sie … Ach nein, vielleicht würde sie es ihr morgen sagen. Johanna genoss es viel zu sehr, jemanden um sich zu haben, der ihr zuhörte. Sie wollte diesen Zustand noch einen Tag hinauszögern. Morgen war früh genug.

Nun hatte die Sonne fast ihren Höchststand erreicht und Mechthild war immer noch nicht da. Bald würden Armgard und Lucia von ihrem Morgenspaziergang zurück sein und Lucia musste ihren Mittagsschlaf halten. Sie würden nicht mehr ungestört sein. Wo blieb Mechthild nur? Sie hatte doch gestern versprochen, dass sie heute kommen würde.

Johanna begann, sich zu sorgen. Sie malte sich aus, wie der neue Kanzler die angeblichen Pilger aus dem Wirtshaus treiben ließ. Friedrich hatte vor zwei Monaten seinen alten Kanzler Walter von Pagliara entlassen und vom Hof verbannt. Damit hatte er den Heiligen Vater in Rom sehr verärgert. Jeder nahm an, dass bereits ein wütendes Schreiben aus Rom unterwegs war, in dem der junge König heftig getadelt wurde. Friedrich würde sich davon wenig beeindrucken lassen. Er tat immer, was er für richtig hielt. Niemand sollte ihn unterschätzen, auch Kaiser Otto nicht, dachte Johanna und presste ihre Lippen aufeinander. Nur ungern erinnerte sie sich daran, wie Anselm sie eindringlich vor Ottos geplantem Kriegszug gegen Friedrich gewarnt hatte. Mechthild hatte ihr beschrieben, wie der Kaiser in Pisa eine

Flotte angeheuert hatte und in ganz Italien Truppen anwarb. Ihre Freundin war fest davon überzeugt, dass sie sich mit ihrer Tochter in Sicherheit bringen musste. Johanna hielt die Gefahr für gering. Niemand konnte Friedrich von der Insel vertreiben.

Er hatte die Nachricht von Ottos Marsch auf sein Königreich mit Gleichmut hingenommen.

Niemand konnte ihn bezwingen und keiner machte ihm Vorschriften, noch nicht einmal sein ehemaliger Vormund, der Heilige Vater in Rom. Der neue Mann, den Friedrich gegen den Willen des Papstes an seine Seite geholt hatte, war der Erzbischof Berard von Bari. Der Erzbischof schien einen wachen Geist und einen scharfen Verstand zu besitzen. Bestimmt ließ er sich nicht von deutschen Pilgern täuschen, selbst wenn sie Friedrichs Vertrauen besaßen. Gerade als sie sich sicher war, dass ihre Freunde in einem dunklen Verlies von Erzbischof Berard verhört wurden, kam Mechthild über den Hof gerannt.

Sie sah aus, als hätte sie den leibhaftigen Teufel gesehen. Oder als wäre sie nur mit knapper Not dem Erzbischof von Bari entkommen. Ihre Schapel war verrutscht, ihre Haare flogen in alle Richtungen und ihre Augen waren weit aufgerissen. Johanna verließ sofort ihren Platz am Fenster, rannte die Treppen hinunter und stürzte ihr entgegen. Als Mechthild Johanna sah, begann sie langsamer zu werden. Sie stützte sich mit einer Hand am Gemäuer ab, tastete mit der anderen nach ihrer Schapel und keuchte atemlos: »Heilige Margareta, steh uns bei! Er ist uns nach Sizilien gefolgt.«

»Wer?«, fragte Johanna gespannt und stellte sich vor, dass jeden Augenblick Kaiser Otto in den Hof gerannt käme. Mechthild ließ ihre Hand an der Wand entlangrutschen und ging in die Knie. Sie saß wie ein kümmerliches Häufchen auf dem kalten Boden, blickte unglücklich zu Johanna auf und sagte mit Grabesstimme: »Gottfried von der Heide.«

»Ritter Wolfram ist hier?«

Johanna hatte Gottfried vor vielen Jahren unter seinem falschen Namen kennen gelernt und konnte sich nur schwer an seinen richtigen gewöhnen. Genau wie Mechthild war sie einst mit diesem Mann verlobt gewesen. Er hatte Johanna wegen Mechthilds Mitgift verlassen und dies später bereut. Noch jahrelang, während er König Philipps

treuester Ritter war, hatte er um Johanna geworben. Nach Philipps Tod hatte sie sich für Konrad entschieden und Gottfried war zu König Otto in den Dienst gewechselt. Sie hatte lange nichts mehr von ihrem ehemaligen Verlobten gehört und fragte verblüfft: »Was tut er hier? Sollte er nicht dem Kaiser bei seinen Kriegsvorbereitungen helfen?«
Mechthild schien zu spüren, wie kalt der Boden war, und zog sich wieder an der Mauer hoch. Dabei ließ sie den Eingang zum Innenhof nicht aus den Augen.
»Das ist lange her. Er soll Geld unterschlagen haben und ist tief gesunken. Nun ist er nichts weiter als ein königlicher Bote, der quer durch das Land reist und zu viel trinkt.«
»Er trinkt?«
Mechthild erwartete anscheinend nicht mehr, dass Gottfried so bald erscheinen würde. Sie wandte Johanna nun ihre ganze Aufmerksamkeit zu und erklärte mit einem leichten Schaudern: »Man kann es vor allem riechen. Er ist verdreckt und ungepflegt. Eine wirklich elende Gestalt, ohne Einfluss und ohne jede Hoffnung.«
»Warum bist du dann vor ihm davongelaufen? Er klingt nicht gefährlich. Wir sollten dem König melden, dass ein kaiserlicher Bote in der Stadt ist.«
Johanna versuchte, sich den vormals schönen und geistreichen Mann als hoffnungslosen, verwahrlosten Trinker vorzustellen, doch es wollte ihr nicht recht gelingen.
Mechthild erklärte etwas verlegen: »Ich bin vor ihm davongelaufen, weil er heute anders aussah. Ich habe ihn kaum erkannt. Auf dem Weg hierher bemerkte ich ihn zufällig auf dem Domplatz. Er muss mit dem Trinken aufgehört und ein Bad aufgesucht haben. Er scheint fast wieder der Alte zu sein.«
»Ich kann es mir vorstellen, denn dort kommt er.«
Mechthild wirbelte herum.
Ein Mann kam über den Hof. Johanna kniff die Augen zusammen, um ihn besser erkennen zu können: Er trug einen strahlend blauen Mantel, unter dem ein langes Kettenhemd hervorsah, das in der Sonne schimmerte. Sein Haar war stramm zurückgebunden, was seine hohen Wangenknochen betonte, und er trug einen kurzen, gepflegten Bart. Als er langsam näher kam, erkannte Johanna die vertrauten Ge-

sichtszüge, die vom Leben gezeichnet schienen. Tiefe Furchen zogen sich links und rechts von seinem Nasenrücken zum Kinn hinunter und gaben ihm den Ausdruck eines erfahrenen Mannes, der schon viel gesehen hatte. Die vielen Falten um die Augen standen ihm gut und verliehen ihm etwas Weiches. Der leichtlebige junge Mann von einst, der verantwortungslos die Seiten wechselte, stets seinen Vorteil suchte und immer davonkam, schien geläutert worden zu sein. Das hätte sie niemals für möglich gehalten. Auch er schien überrascht, sie zu sehen. Sobald er begriffen hatte, wer da neben Mechthild stand, beschleunigte er seine Schritte.

Formvollendet sank er vor ihr auf die Knie und keuchte erfreut: »Dame Johanna, niemals hätte ich erwartet, Euch in Sizilien zu finden! Gott gebe Euch einen guten Morgen, er segne Euren Tag und behüte Eure Nacht.«

Er machte einen ungeschickten Versuch, ihre Hand zu greifen und zu küssen. Johanna versteckte hastig die Hände hinter ihren Röcken und murmelte: »Gott beschütze auch Euch und er segne Eure Stunden, edler Herr.«

Mechthild schien von Johannas ehrerbietiger Begrüßung nicht besonders angetan zu sein. Sie sagte ziemlich ungeduldig: »Was wollt Ihr, Gottfried? Warum verfolgt Ihr mich?«

Gottfried warf Johanna noch einen langen Blick zu, dann stand er auf und zog etwas unter seinem Gürtel hervor. Im ersten Moment glaubte Johanna, es wäre ein Dolch, dann erkannte sie eine Briefrolle. Auffordernd hielt er sie vor Mechthilds Gesicht. Sie wich zurück und fragte misstrauisch: »Ein Schreiben? Von wem ist es?«

Gottfried beugte sich vor und flüsterte mit seltsam rauer Stimme: »Ich bin Euch nachgegangen, da ich wissen muss, wo Euer Gemahl steckt. Der Kaiser hat eine wichtige Botschaft für ihn. Sie wird ihm nicht gefallen.«

Mechthild versuchte, nach der kleinen Rolle zu schnappen. Gottfried war schneller und richtete sich wieder auf. Mechthild stellte sich auf die Zehenspitzen, streckte sich mit erhobenen Fingern und rief: »Was, was wird ihm nicht gefallen? So sprecht schon!«

»Der Kaiser tobt vor Wut. Sein Zorn ist so mächtig, dass keiner seiner Männer ihn beruhigen kann. Anselm der Schreiber hat es gewagt, gegen den ausdrücklichen Befehl des Kaisers zu handeln. Er hat seinen Sohn Brian nach Sizilien mitgenommen, obwohl der Kaiser es nicht gestattet hat. Dieser Ungehorsam kann nicht ungestraft bleiben. Der Kaiser hat die Reichsacht über Anselm verhängt, er ist nun ein rechtloser Feind des Volkes. Als Friedloser verliert er die Huld des Kaisers. Die Verfolgung eines Friedlosen ist rechtmäßig und nur durch die Absolution des Kaisers kann die Acht aufgehoben werden.«

Mechthild sank wieder auf ihre Fußballen zurück und schüttelte entgeistert den Kopf: »Der Kaiser stellt ihn unter Acht und Bann? Anselm ein Friedloser? Das geht doch gar nicht! Anselm soll doch Dame Johanna zu Beatrix ins Reich bringen.«

Gottfried runzelte die Stirn und war einen Moment verunsichert. Plötzlich schien er zu begreifen und lachte erleichtert: »Das also hat der Kaiser gemeint, als er mir versichert hat, dass mich eine wichtige Aufgabe erwartet. Otto hat angedeutet, es handle sich um eine schöne Frau. Man hat mich baden lassen und mir neue Kleider gebracht. Anschließend hat der Kaiser mir befohlen, keinen Wein mehr anzurühren und mich ehrenhaft zu benehmen. Nun ergibt alles einen Sinn!«

In diesem Augenblick kam ein Wachsoldat über den Hof. Es war derselbe Mann, der Mechthilds Ankunft beobachtet hatte. Als er die deutsche Pilgerin neben Dame Johanna erkannte, musterte er neugierig Gottfrieds kostbaren blauen Mantel. Anscheinend nahm er an, dass der vornehme Herr bei Hofe bekannt sein müsse. Statt den Ritter anzusprechen, nickte er nur höflich und ging vorüber. Gleichzeitig kam der Falknerjunge mit einem Falken auf der Hand von den Wiesen hinter der Zitadelle zurück. Agilo blieb einen Augenblick wie angewurzelt stehen und starrte den Ritter an, dann verschwand er im Falknerhäuschen.

Gottfried beachtete ihn nicht. Stattdessen verbeugte er sich schwungvoll vor Johanna und erklärte: »Wenn Ihr gestattet, werde ich Euch nach Braunschweig begleiten. Es wird mir ein Vergnügen sein. Wann gedenkt Ihr aufzubrechen, hohe Dame?«

»Ich gestatte es nicht! Ihr werdet mich nirgendwohin begleiten, denn ich werde hier bleiben.«

»Johanna, was redest du da? Du musst fliehen. Das kaiserliche Heer wird niemanden schonen.« Mechthild wirkte ehrlich besorgt und schien die Reichsacht ganz vergessen zu haben.

In diesem Augenblick kam Armgard mit Lucia in den Hof. Als das kleine Mädchen Johanna sah, riss es sich von der Hand der Amme los. Mit kleinen aufgeregten Schritten tapste sie ihrer Mutter entgegen. Johanna bückte sich und breitete ihre Arme aus, um ihre Tochter aufzufangen.

Lucias dicke Ärmchen schlangen sich um ihren Nacken und sie hob das Kind hoch. Während sie es fest an sich drückte, wiederholte sie leise: »Ich werde bleiben.«

Mechthild hob verstehend die Augenbrauen und flüsterte: »Sie ist der Grund, nicht wahr? Wegen ihr willst du nicht fort.«

»Unter anderem.«

Und wegen Konrad, fügte Johanna in Gedanken hinzu und warf Gottfried einen vorsichtigen Blick zu. Er musste ja nicht wissen, dass sich Konrad auch an Friedrichs Hof aufhielt. Erst jetzt bemerkte sie, wie Gottfried das Kind überrascht anstarrte: »Sie ist ein Engel. Genauso schön und anbetungswürdig wie ihre Mutter.«

Mechthild sagte spöttisch: »Findet Euren Verstand wieder, bevor Ihr mich zu Anselm begleitet. Es wird das Beste sein, wenn Ihr ihm selbst die schlechte Nachricht überbringt. Mir oder einem Schreiben würde er sowieso keinen Glauben schenken.«

Gottfried räusperte sich, steckte die Briefrolle in seinen Gürtel und sagte betont forsch: »Nun dann, so soll es sein. Wir wollen keine Zeit verlieren. Ich habe Anselm einen wichtigen Vorschlag zu machen«, er nickte Johanna zu, deutete eine Verbeugung an und ergänzte: »Wir sprechen später noch einmal über Eure Reise. Gott schütze bis dahin Euch und Euer engelsgleiches Töchterchen.«

Dann wandte er sich um und ging, ohne auf Mechthild zu warten, davon.

Mechthild verzog den Mund und seufzte: »Ist er nicht unmöglich? Er hat sich überhaupt nicht verändert.«

Johanna sagte nichts. Sie fuhr mit der Nasenspitze über Lucias weiches Haar und atmete den vertrauten Duft des Kindes ein. Mechthild nahm ihr Schweigen als Zustimmung. Bevor sie Gottfried folgte, sagte sie warnend: »Geh bloß nicht mit diesem aufgeblasenen Kerl. Es ist immer noch sicherer, hier zu bleiben, als sich Gottfried von der Heide anzuvertrauen. Hörst du?«

Johanna vergrub ihre Nase noch ein Stück tiefer in Lucias Haar. Als sie aufblickte, waren Mechthild und Gottfried verschwunden.

Mechthild holte ihn vor der Zitadelle ein. Von da an ging sie immer ein paar Schritte vor ihm. Bis zur Piazza del Duomo blickte sie sich nicht ein einziges Mal um. Das Wirtshaus war das erste Haus an der Ecke zur Via Venezia, wo die venezianischen Kaufleute ihre Niederlassungen hatten. Es verkehrten viele Venezianer im Wirtshaus und immer hockten mindestens zwei Venezianer im Schankraum über einem Krug zusammen und sprachen aufgeregt miteinander. Auch diesmal blickten mehrere Männer auf, als Mechthild und Gottfried eintraten. Mechthild beachtete die Venezianer nicht, sondern hastete die Treppe hinauf ins obere Stockwerk.

Als sie den Treppenabsatz erreicht hatte, bemerkte sie die angelehnte Tür und das schwache Kerzenlicht. Er brütet wieder über irgendwelchen Urkunden, dachte sie verärgert. Seit Tagen versuchte Anselm, mit der linken Hand die Feder zu führen und Briefe zu verfassen, die sowieso nie jemanden erreichen würden. Mechthild stieß die Tür auf und rief: »Du bekommst Besuch! Gottfried von der Heide ist hier und wünscht, dich zu sprechen.«

Anselm blickte erschrocken auf und ließ die Feder fallen. Seine Augen weiteten sich, als neben Mechthild ein Mann in die abgedunkelte Kammer trat, die nur von einer einzigen Kerze beleuchtet wurde. Die Flamme erlosch, als Gottfried am Reisepult vorbei zum Fenster marschierte. Mit einer entschlossenen Bewegung schlug er die Läden zurück, ließ das Sonnenlicht herein und sagte bedeutungsvoll: »Es hat keinen Sinn, Euch zu verkriechen. Der Kaiser findet Euch überall.«

Mechthild fand seine Wichtigtuerei abscheulich. Anselm blickte blinzelnd zu dem breitbeinig dastehenden Ritter auf und schien nicht zu begreifen, was geschah.

Sie hatte das Gefühl, etwas erklären zu müssen, und sagte in die erwartungsvolle Stille hinein: »Ich habe ihn auf dem Weg zu Johanna auf dem Domplatz getroffen. Brian war im Gedränge verschwunden und ich blickte mich suchend um, da stand Gottfried plötzlich vor mir. Ich bin im Zickzack durch die Stadt gelaufen, um ihn abzuhängen. Es ist mir nicht gelungen. An der Zitadelle hat er mich eingeholt.«

»Brian ist weg?«, fragte Anselm verwirrt und sah besorgt aus.
Mechthild wedelte ungeduldig mit den Händen durch die Luft, er schien nicht zu begreifen, was Gottfrieds Erscheinen bedeutete. Gottfried kam vom Kaiser. Es war alles zu Ende. Anselm war ein Geächteter, ein Friedloser. Er konnte von jedem ungestraft verfolgt werden und hatte alle Rechte verloren. Sie holte tief Luft und erklärte so behutsam wie möglich: »Ritter Gottfried kommt von Kaiser Otto. Der Kaiser war so verärgert darüber, dass wir Brian mitgenommen haben, dass er die Reichsacht über uns verhängt hat.«
»Nur über ihn«, beeilte sich Gottfried richtig zu stellen, »über Euch hat er nichts gesagt. Wahrscheinlich hat er Euch einfach vergessen.«
Anselm sprang auf. Er wirkte unnatürlich blass und seine Unterlippe bebte. Er flüsterte: »Was sagt du da? Die Reichsacht? Der Kaiser hat die Reichsacht über mich verhängt?«
Gottfried zuckte mit den Schultern, zog die Briefrolle aus seinem Gürtel und reichte sie Anselm. Dessen Finger zitterten so sehr, dass er kaum das kaiserliche Siegel brechen konnte. Mechthild beobachtete mitleidig, wie seine Augen unruhig über die Zeilen flogen. Es handelte sich mit Sicherheit um einen kalten Urkundentext, den irgendein Schreiber der kaiserlichen Kanzlei verfasst hatte. Ohne ein persönliches Wort war es noch viel grausamer. Mechthild traute Otto jede Grausamkeit zu. Gottfried winkte lässig in Anselms Richtung.
»Beruhigt Euch, Mann. Ihr seid doch in Friedrichs Königreich gut aufgehoben. Wer kennt hier schon den ehemaligen Ministerialen Anselm, Ottos immerklugen Ratgeber und oberschlauen Vertrauten?«
Der Spott in Gottfrieds Stimme war nicht zu überhören. Mechthild warf ihm einen wütenden Blick zu und knurrte: »Geht endlich! Ihr habt Euren Auftrag erfüllt, was wollt Ihr denn noch?«
Sie konnte sich schon denken, warum er noch blieb. Er wollte sich an Anselms Unglück weiden. Anselm ließ das Pergament sinken, starrte ins Leere und flüsterte tonlos: »Kaiser Otto gewährt mir die Absolution, wenn ich ihm Brian ins Reich zurückschicke.«
Das war noch viel grausamer, als Mechthild erwartet hatte. Empört über so viel selbstherrliche Arroganz, fehlten ihr die Worte. Das war eine niederträchtige Erpressung, das würde Anselm sich nicht gefallen lassen. Der schien ihre Gedanken erraten zu haben. Stolz hob er den

Kopf, richtete sich auf und erklärte: »Das werde ich niemals tun. Richtet das dem Kaiser aus. Und nun verschwindet. Ich will mit meiner Frau allein sein.«
»Nicht so hastig, mein Freund.«
Gottfried ließ sich auf der großen Reisetruhe nieder und streckte die Beine aus, als würde er verweilen, so lang es ihm gefiel. Anselm strich sich eine Strähne aus der Stirn und fragte seufzend: »Was wollt Ihr noch? Den Friedlosen, den Feind des Reiches gefangen nehmen und ins deutsche Reich verschleppen?«
»Was redet Ihr da? Seid Ihr von Sinnen? Ich bin Euer Freund und wollte Euch einen Vorschlag machen. Es gibt einen Weg, wie Ihr wieder ein viel gerühmter Ratgeber werden könnt und zu Ehre gelangt.«
Anselm blickte ihn misstrauisch an und runzelte die Stirn. Hör nicht auf ihn, dachte Mechthild beunruhigt, Gottfried von der Heide ist ein Verräter, ein Mann, dem man nicht trauen kann.
Gottfried zog ungerührt eine weitere Pergamentrolle aus seinem Gürtel und fuhr fort: »Diese Liste enthält alle Informationen über Ottos geplanten Marsch auf Sizilien. Heeresgröße, Schiffsrationen, Waffen und die Namen der verräterischen sizilianischen Barone. Ihr müsst sie nur nehmen und König Friedrich bringen.«
Anselm zog die Luft zwischen die Zähne und beugte sich gespannt vor. Seine Stimme war nur ein gedämpftes Flüstern: »Warum bringt Ihr das Schriftstück nicht selbst zum König? Er würde Euch mit Ruhm und Ehre bedecken.«
Gottfried schnalzte abfällig mit der Zunge und erwiderte: »Das ist wenig reizvoll. Ich finde mehr Vergnügen daran, Dame Johanna ins deutsche Reich zu begleiten.«
Mechthild warf hastig ein: »Sie will gar nicht gehen! Johanna will bei ihrem Kind bleiben. Bei all unseren Plänen haben wir das Kind völlig vergessen. Wir haben nicht bedacht, dass eine liebende Mutter ihr Kind nicht zurücklässt. Es ist zu gefährlich, mit einem kleinen Kind durch umkämpftes Gebiet zu reisen.«
»Das ist kein Problem, nicht für mich«, sagte Gottfried ungeduldig.
Mechthild funkelte ihn wütend an und rief: »Johanna kann unmöglich reisen und mit Euch schon gar nicht. Ihr seid nicht vertrauenswürdig.«

Gottfried wirkte zum ersten Mal wirklich verärgert. Die amüsierte Gleichgültigkeit, die er die ganze Zeit zur Schau getragen hatte, fiel mit einem Mal von ihm ab. Er sprang von seinem Sitz auf und zischte: »Was habt Ihr für ein dummes, gehässiges Weib! Sie versteht gar nichts. Sind wir denn nicht gute Freunde, haben wir uns denn nicht immer beigestanden? Anselm? Erinnert Ihr Euch, wie ich Euch in Philipps Gunst steigen ließ und Euch vor Ottos Zorn beschützt habe?«
Anselm nickte und sagte leise: »Das weiß ich, doch ich kann das nicht annehmen. Steckt das verräterische Pergament wieder ein.«
»Ihr wollt es nicht annehmen? Dann seid Ihr ein Dummkopf. Tut, was Ihr wollt.«
Mit dem letzten Satz wandte er sich um und verließ die Kammer. Sie konnten hören, wie er die Treppenstufen hinunterlief und unten durch den Schankraum eilte.
Anselm sank auf seinen Hocker zurück und drehte das Pergament, das ihn zum Friedlosen erklärte, ratlos zwischen den Fingern. Mechthild hockte sich vor ihn und nahm es ihm sanft aus den Händen. Sie hatte gar nicht vor, es zu lesen. Anselms Warnung war völlig überflüssig: »Lies es nicht. Es sind namentlich alle hohen Fürsten aufgeführt, die mich von nun an als Friedlosen betrachten. Graf Diepold von Acerra ist auch unter ihnen. Er fordert sogar sein Geld zurück. Das ist alles sorgsam verzeichnet. Otto entzieht mir das Lehen in Braunschweig und all meine Besitztümer im Reich. Es wundert mich, dass er nicht meinen Namen aus allen Urkunden kratzen lässt, die ich jemals für ihn geschrieben habe. Es sind wohl zu viele. Was sollen wir denn jetzt tun? Wir können nirgendwo hin.«
»Wir könnten nach Jerusalem pilgern. Ich wollte schon immer einmal …«
Anselm unterbrach sie so heftig, dass sie vor Schreck zusammenfuhr: »Ich werde nicht bis ins Morgenland fliehen. Ich werde nicht ruhelos hin und her hetzen und mich jagen lassen.«
»Was willst du denn dann tun?«
»Ich weiß es nicht. Ich fühle mich, als wäre ich gar nicht mehr vorhanden.«
Er klang so mutlos, dass Mechthild nicht anders konnte, als an Gottfrieds verräterische Liste zu denken. Sie ließ ihren Blick langsam über

den Boden schweifen. Plötzlich entdeckte sie zwischen den Binsen bei der Tür die Briefrolle. Hatte Gottfried sie absichtlich fallen lassen, um Anselm noch eine Chance zu geben? Sie bückte sich danach.

Von unten erklang eine vertraute Stimme und jemand begann hastig, die Stufen hinaufzusteigen. Diese Schritte hätte sie überall erkannt. Erleichtert rief sie: »Das ist Brian!«, und erhob sich, um ihm entgegenzulaufen.

Oben an der Treppe fing sie ihn ab. Sein Redeschwall ließ sie nicht zu Wort kommen: »Mutter, ich war beim Hahnenkampf. Ich konnte dich nirgendwo finden, da bin ich in eine Seitenstraße gelaufen, wo sich viele zusammendrängten. Die Hähne werden in schmutzigen Käfigen gehalten und müssen hungern. Ich habe die Riegel geöffnet und sie flatterten alle davon. Das hättest du sehen sollen. Jeder rannte hinter den Hähnen her und alle schrien durcheinander.«

Sie beugte sich zu Brian und erklärte ernst: »Deinem Vater geht es nicht gut. Geh zu ihm. Er braucht dich zu dieser Stunde.«

Brian sah sie beunruhigt an, sagte jedoch nichts, sondern schlich vorsichtig zur angelehnten Tür. Mechthild beobachtete, wie er zu seinem Vater ging. Gottfrieds Liste hielt sie immer noch in den Händen. Es knisterte verräterisch, als sie sie an ihre Brust presste und überlegte, wann ein günstiger Augenblick wäre, um mit Anselm noch einmal darüber zu sprechen. Das Pergament mit den wichtigen Informationen über Ottos geplanten Kriegszug war eine Möglichkeit. Vielleicht die einzige, die sie hatten.

Am nächsten Tag befand sich Mechthild allein in einem prächtigen Garten, der zum königlichen Palast am Stadtrand von Messina gehörte. Hierher hatte sich der König zurückgezogen, um sich mit seinem Kanzler über das weitere Vorgehen zu beraten. Hierher war auch Anselm am Morgen gekommen und Mechthild war neben dem Brunnen zurückgeblieben, um auf ihn zu warten. Sie lehnte mit geschlossenen Augen am Brunnenrand, spürte die leichte Brise, die vom Meer heraufwehte, und genoss die Wärme der Sonne auf ihrer Haut. Es war ein verwunschener Ort, in dem blau blühender Flieder neben goldgelben Narzissen und hellrosa Pfingstrosen duftete. Hinter den hohen geöffneten Fenstern waren hin und wieder Stimmen zu hören.

Mechthild hätte zu gern gewusst, was dort geschah. Es hatte sie den ganzen Abend gekostet, Anselm zu überreden, mit der Liste zum König zu gehen. Hartnäckig hatte er immer wieder abgelehnt. Als die Nacht schon weit fortgeschritten war, hatte sich seine Stimmung plötzlich geändert. Er hatte melancholisch vor sich hin gestarrt und sich dem Trübsinn hingegeben. Was macht es für einen Unterschied, hatte er gemurmelt, ich bin sowieso verloren, nicht mehr vorhanden und so gut wie tot. Mechthild mochte es gar nicht, wenn jemand einfach aufgab. Die Rettung lag doch so nah. Sie hatte ihn zornig daran erinnert, dass Gott allein den Zeitpunkt des Todes bestimmte. Ein Mann, in dem auch noch ein Funke Leben stecke, müsse kämpfen. Wenn es nur mit Gottfrieds Hilfe ginge, dann eben mit Gottfrieds Hilfe. Schließlich hatte Anselm nachgegeben.

Eine Biene summte an Mechthilds Ohr vorbei und oben wurden die Stimmen lauter. Sie öffnete die Augen und blickte zu den Fenstern auf.

Hoffentlich machte Anselm einen guten Eindruck. Er musste den König von seinem Wert überzeugen. Nur dann bestand die Möglichkeit, dass er an dessen Hof als Berater aufgenommen wurde. Mechthild bezweifelte, ob Anselm dazu fähig war. Auf dem Weg zum Palast hatte er bedrückt gewirkt, so als wäre er nicht sicher, ob er das Richtige tat. Sie hätte viel dafür gegeben, wenn sie statt seiner dort oben wäre. Sie wusste genau, wie sie den jungen König überzeugen würde. Es würde ihr nicht schwer fallen, Otto mit allen Flüchen zu belegen, die sie kannte. Sie würde keinen Moment zögern, sich vor Friedrich auf den Boden zu werfen und ihm ewige Gefolgstreue zu schwören. Sie war nicht sicher, ob Anselm schon so weit war. Der Schock über Ottos Bann war noch frisch.

Vielleicht hätte sie warten und ihm die Briefrolle erst zu einem späteren Zeitpunkt aushändigen sollen? Sie war wieder einmal zu ungeduldig gewesen. Seufzend lehnte sie sich über den Brunnenrand und blickte in den Schacht hinunter. Es war ein dunkler Schlund, an dessen Grund es silbrig schimmerte. Während sie auf die spiegelglatte Fläche starrte, hörte sie den Kies knirschen. War Anselm schon zurück? War es schon vorbei? Ungläubig richtete sie sich auf und blickte sich um.

Anselm kam langsam näher. Seine Schritte waren schwer und er war in Gedanken versunken. Mechthild versuchte, in seinem Gesicht zu lesen. Es wollte ihr nicht gelingen: Er wirkte weder erleichtert noch überglücklich. Man konnte ihn auch nicht verärgert oder unglücklich nennen. Stattdessen war sein Blick abwesend, so als wäre ein Teil von ihm gar nicht vorhanden. Er trat an den Brunnen, stützte die Unterarme auf den Rand und blickte in die Tiefe hinab. Mechthild wollte ihm Zeit geben, sich zu sammeln, und so schwieg sie. Als er endlich zu sprechen begann, wurde seine Stimme vom Brunnenschacht zurückgeworfen. Sie klang so dumpf und fern, als käme sie aus der Unterwelt.
»Der König war hocherfreut und bot mir einen Platz unter seinen engsten Ratgebern an.«
»Und?«
»Ich habe abgelehnt.«
»Was hast du getan? Aber wie konntest du nur? Damit hast du den König schwer gekränkt.«
Anselm beugte sich noch ein Stück tiefer über die Öffnung und seine Stimme bekam ein unheimliches Echo aus der Tiefe: »Ich war nur bereit, ihm die Liste zu bringen, um sein Vertrauen zu gewinnen. Ich musste ihm die Wahrheit über uns sagen.«
»Brian, der Bann, die Jahre bei Otto?«
»Alles. Doch König Friedrich soll mich nicht für einen Überläufer halten, denn das bin ich nicht. Ich war nur bereit, ihm die Liste zu bringen, mehr nicht. Niemand im Reich wird je erfahren, dass ich es gewesen bin. Nicht, wenn es bei diesem einen Mal bleibt.«
»Aber warum?«
Was redete er da für dummes Zeug? Aufgebracht verscheuchte Mechthild eine Biene, die ihr vor den Augen herumschwirrte. Erneut dröhnte es aus dem Schacht herauf: »Es ist mir unendlich schwer gefallen. Mir zittern jetzt noch die Finger. Ich habe den vor Gott gesalbten Herrscher des Heiligen Römischen Reiches verraten! Noch einmal bringe ich das nicht fertig.«
Anselm richtete sich auf und wischte sich über die Stirn.
Als sie nichts sagte, sondern ihn nur ungläubig anstarrte, rang er verzweifelt die Hände und rief: »Ich kann nicht zum Verräter werden, verstehst du das denn nicht? Ich bin durch und durch ein Welfe. Dort

oben im Norden bin ich zu Hause. Es ist meine Heimat. Ich sehe wie ein Welfe aus, ich denke welfisch, ich fühle welfisch und daran wird sich niemals etwas ändern.«
»O je«, sagte Mechthild matt und fragte sich, was nun werden sollte.
Anselm ließ die Hände wieder sinken, schob verlegen das Kinn vor und murmelte: »Der junge Friedrich hat es verstanden. Er ist klug und verständig.«
»Und er schickt dich mit vielen lieben Grüßen zu Kaiser Otto zurück?« Sie konnte den leichten Spott nicht unterdrücken.
Anselm ging wortlos zu einem eleganten kleinen Tor hinüber. Verärgert stieß er das Tor auf und betrat den Sandweg, der zum Meer hinunterführte. Mechthild lief ihm nach und rief: »Was sollen wir denn nun tun? Wir können nicht nach Hause.«
Anselm kletterte schweigend die Böschung hinunter. Erst als sie an einer verbrannten Ruine vorbeikamen, begann er zu sprechen: »Ich habe den König gebeten, mir zu gestatten, mich in seinem Königreich aufzuhalten.«
Ist das alles, dachte Mechthild enttäuscht und starrte auf die verkohlten Reste von etwas, das wie ein Fischernetz aussah und von den schwarzen Dachbalken flatterte. Sie hatte so gehofft, dass zumindest eine hübsche Summe als Belohnung für die wertvollen Informationen herausspringen würde. Anselm legte den Kopf in den Nacken, blickte traurig einer Möwe nach, die sich im blauen Himmel über dem Meer verlor, und erklärte leise: »Er hat mir ein Haus in Palermo angeboten. Mit seiner Einwilligung werde ich auf dem Marktplatz Schreiberdienste für das einfache Volk anbieten. Dafür reicht die Kraft in meinem Arm aus. Der König will jederzeit wissen, wo er mich finden kann. Falls es nötig ist.«
»Warum sollte es nötig sein?«
Sie gingen weiter zum Meer hinunter und je lauter das Rauschen wurde, desto zuversichtlicher wurde Mechthild wieder. Von hier hatte man einen herrlichen Blick zum Festland hinüber. Es schien zum Greifen nahe zu sein. Anselm zögerte mit seiner Antwort, bis die Wellen seine Füße fast erreichten und seine Sohlen im feuchten Sand tiefe Spuren zurückließen: »Er hat mich darum gebeten, ihm zur Verfügung zu stehen. Man kann ja nie wissen.«

Es ist noch nicht alles verloren, dachte Mechthild hoffnungsvoll. Wenn sie erst einmal in Palermo waren, würde nach und nach alles Welfische von ihm abfallen. Wenn Ottos Heer auftauchte, hatte er sich längst am Hof von Friedrich eingelebt. Zusammen mit ihm würden sie fliehen oder untergehen. Diese Vorstellung behagte ihr nicht sonderlich. Beunruhigt fragte sie: »Was passiert, wenn Ottos Flotte über das Meer kommt?«

»Ich hoffe, dass Gott einen Sturm schickt und sie alle ertrinken.«

Also beten und hoffen. Mehr konnten sie nicht tun. Mechthild spielte gedankenverloren mit ihrer Fußspitze im Sand und versuchte sich ihr Leben in Palermo vorzustellen. Zuerst würde sie im Dom von Palermo beten, anschließend würde sich nach Stoffen umsehen und vielleicht wieder ein wenig Handel treiben. Natürlich würde sie, so oft es ging, Johanna in der Zisa besuchen und manchmal für die Mätresse des Königs singen. Anselm würde auf dem Marktplatz sitzen und Brian wäre bei ihm. Sie würden eine ganz normale Familie sein.

Sie drehte sich zu Anselm und ihre Finger suchten seine Hand. Sie hatte vorgehabt, tröstend seine Finger zu drücken, doch er ließ es nicht zu. Ehe sie sich darüber wundern konnte, hielt er sie in seinen Armen. Er presste sie so fest an sich, dass es ihr im ersten Moment die Luft nahm. Während er sie umklammert hielt, schluchzte er auf. Ein Beben ging durch seinen ganzen Körper. Noch niemals zuvor hatte er in ihren Armen geweint. Sie rieb ihre Nase an seinem Hals und flüsterte: »Ist ja gut.«

Sanft wiegte sie ihn vor und zurück und drückte sich noch ein wenig enger an ihn. Sein Körper war warm und fühlte sich gut an. Das Meer rauschte und über ihnen kreischte eine Möwe. Mechthild schloss die Augen und wünschte, sie könnten ewig so stehen bleiben.

Juni 1210, in Palermo

Agnes stand unschlüssig an dem großen Brunnen vor der Zisa. Sie war noch nie im Inneren des Sommerpalastes gewesen, schließlich schickte es sich für einen Falknerjungen nicht, die königlichen Räume zu betreten. Heute Nachmittag jedoch hatte Dame Johanna aus-

drücklich danach verlangt und sogar deshalb Alonzo zum Normannenpalast geschickt. Das konnte nichts Gutes bedeuten.
Agnes fürchtete sich davor, Dame Johanna gegenüberzutreten. Was sollte sie sagen, wenn die Dame sie durchschaut hatte? Was sollte sie erwidern, wenn sie zur Rede gestellt wurde? Wenn Dame Johanna ahnte, was sonst nur der kleine Brian wusste, war alles verloren. Die hochmütige Dame würde ganz bestimmt zum König gehen und sich über die dreiste Verkleidung des Falknerjungen empören.
Von so einer Frau konnte sie kein Verständnis erwarten. Auch nicht, wenn sie die Verkleidung mit ihrer Liebe zu den Vögeln rechtfertigte, wie sie es bei Brian getan hatte. Der rothaarige Junge besuchte Agnes jeden Tag und half, die Falken zu versorgen. Er hatte nie wieder ein Wort über die Beinlinge verloren und behandelte sie wie einen Freund. Seitdem waren auch die anderen Jungen freundlicher, sogar der wilde Alonzo nannte sie nicht mehr Müttersöhnchen. Agnes war froh, wenn Brian kam. Es gab ihr das Gefühl, nicht völlig allein zu sein. Nach all den Verstellungen und Lügen konnte sie endlich wieder sie selbst sein, allerdings musste sie auch vorsichtig sein, denn auch seine Eltern hatten sie in Santiago de Compostela mit langem Haar und in Röcken gesehen. Zu ihrer Erleichterung ließ sich Brians Vater jedoch nie bei Hofe blicken, nur seine Mutter besuchte häufig die Zisa. Agnes hatte keine Ahnung, was die deutsche Dame hierher führte, und Brian hatte nur mit der Schulter gezuckt und etwas über Lautenspiel und Heldenlieder für eine Dame gemurmelt.
Bevor Agnes den Palast betrat, blickte sie sich unruhig um. Nachdem sie dem Plätschern des langen Beckens gefolgt war, gelangte sie in einen großen Empfangssaal. Das Wasser beherrschte den Raum vollständig. Es sprudelte, blubberte, schlug kleine Wellen und erweckte die künstlichen Fische auf dem Grund des Brunnens zum Leben. Flimmernd warf es tanzende Lichter auf die Mosaiken an den Wänden. Über den Wasserspeiern waren bunte Pfauen und elegante Bäume vollständig mit Gold unterlegt. Feiner Marmor bedeckte den Boden. Gefäße mit Wein und anderen Leckereien schaukelten auf dem klaren Wasser vorüber, Schalen mit Früchten tanzten auf dem Wasser und jeder Vorübergehende konnte sich bedienen. Alles schien es im Überfluss zu geben.

Agnes war so überwältigt von der Pracht, dass sie einen Moment vergaß, was sie hierher geführt hatte. Sie konnte nur dastehen und staunen. Erst nachdem sie das Gefühl hatte, selbst ein Teil des Saales geworden zu sein, weckte sie das Knurren ihres Magens. Sie hatte heute noch nichts gegessen. Ihre Augen folgten einer vorüberschaukelnden Schale, die randvoll mit Erdbeeren gefüllt war. Die Beeren glänzten rot und verlockend.
Nach einem verstohlenen Seitenblick beugte Agnes sich vor und griff mit der ganzen Hand hinein. Hastig durchquerte sie den Raum und erst auf der Treppe stopfte sie sich die Früchte alle auf einmal in den Mund. Saft tropfte von ihrem Kinn und sie zerdrückte die herrliche süße Masse genüsslich mit der Zunge, kaute und wischte sich im Gehen die Finger an den Beinlingen ab. So benahm sich keine Grafentochter. Zufrieden mit sich nahm sie immer zwei Stufen auf einmal. Eine Grafentochter ließ man auch nicht drei Tage hungern. Das tat man nur mit einem Jungen, der vergessen hatte, Gewölle und Federn unter dem Gestänge zusammenzufegen. Der Oberfalkner war sehr streng. Statt seinen Falknerjungen zu schlagen, ließ er ihn zur Strafe tagelang hungern. Er hatte kein Verständnis dafür, dass die Mauser angefangen hatte und die Vögel schneller ihre Federn abwarfen, als man hinschauen konnte. Falkenjagden fanden während der Mauser nur selten statt. Die Arbeit eines Falknerjungen war im Frühjahr sehr mühsam und brachte wenig Freude.
Oben an der Treppe blieb Agnes stehen und beobachtete eine Gruppe junger Mägde, die kichernd und albernd den Flur herunterkamen. Als sie den saftbeschmierten Jungen entdeckten, winkten sie ihn zu sich. Agnes lief zu ihnen und versuchte verzweifelt mit der Zunge Erdbeerreste zwischen den Zähnen zu entfernen. Gleich würden sie den Diebstahl entdecken, der rote Saft schien plötzlich überall zu kleben. Als die Mädchen das bekleckerte Gewand bemerkten, kicherten sie nur noch mehr und schoben einen Vorhang zur Seite. Agnes erhielt einen sanften Schubs und stolperte in eine kleine Kammer. Hinter ihr wurde der Vorhang wieder zugezogen und sie war mit Dame Johanna allein.
Die Dame wandte ihr den Rücken zu. Sie stand vor einem Stickrahmen, dessen bestícktes Nesseltuch sie eingehend zu betrachten schien.

Sie hielt eine lange Kerze in der Hand, deren Flamme bedrohlich nah am Seidengarn entlangzüngelte. Hinter ihr stand ein dünnbeiniger Tisch, der mit Dingen überhäuft war. Stickgarne lagen neben Stoffbündeln und verwelkten Blumensträußen. Agnes ließ ihren Blick verwundert von dem Durcheinander zu dem Stickrahmen wandern. Auf dem eingespannten Nesseltuch waren die heilige Verena und die heilige Juliana gestickt. Sie erhoben sich in leuchtenden Farben aus dem Stoff und ihre Gesichter sahen im Kerzenlicht sanft und liebevoll aus. Agnes fühlte, wie sie bei ihrem Anblick ruhiger wurde. Es schien ein Zeichen zu sein, dass gerade diese beiden Heiligen aus dem Nesseltuch blickten. Verena und Juliana waren zwei ihrer liebsten Gürtelheiligen. Agnes hatte sie immer ganz besonders verehrt. Doch irgendetwas stimmte nicht.

Langsam bewegte sie sich auf den Stickrahmen zu und sah genauer hin. Als sie direkt davor stand, erkannte sie endlich, was so beunruhigend war. Nicht die heilige Juliana hatte das Schwert des Martyriums an ihrer Seite, sondern die heiligen Verena. Sie war am beigefügten Henkelkrug zu erkennen. Agnes deutete auf die Heilige und erklärte: »Das ist nicht richtig! Die heilige Juliana ist als Märtyrerin durch das Schwert gestorben. Die heilige Verena lebte als Einsiedlerin und wurde im hohen Alter von der Heiligen Jungfrau in den Himmel getragen.«

Sie spürte, dass sie einen Fehler gemacht hatte. Ein Falknerjunge würde es niemals bemerkt haben. Was wusste er schon vom Leben der Märtyrerinnen? Außer dem heiligen Agilolf, dem Schutzheiligen der Falken, musste er niemanden kennen. Und ihre Stimme! In ihrer Aufregung hatte sie ganz vergessen, ihre Stimme zu verstellen. Auf einmal bemerkte sie erschrocken, dass ihre ganze Haltung, die eines adligen Mädchens war. Sofort ließ sie die Schultern nach vorn hängen und stellte sich breitbeinig hin.

Dame Johanna schien nicht darauf zu achten. Sie senkte die Kerze und tauchte die Gesichter der Heiligen in Dunkelheit. Nachdenklich betrachtete sie Agnes. Als sie sprach, klang sie überraschend freundlich. Ihre braunen Augen waren voller Mitleid und Anteilnahme: »Woher weißt du das? Ich vermute, du bist gebildet und aus einem vornehmen Haus. Sicher kannst du auch lesen und schreiben.

Du bist gar kein Falknerjunge, nicht wahr? Ich habe es die ganze Zeit geahnt.«
Agnes hatte solche Angst gehabt, diese Worte aus ihrem Mund zu hören. Nun, da sie ausgesprochen waren, verspürte sie gar kein Bedürfnis, alles abzustreiten. Die Dame sah sie voller Verständnis an. Als sie mit den Fingerspitzen vorsichtig Agnes Schulter berührte, ging ein warmer Strom von ihnen aus. Die wohlige Wärme wanderte durch alle Glieder. Wie wundervoll wäre es, sich in die Berührung fallen zu lassen und alle Not zu vergessen. Seit langem war sie die Jungenkleider leid. Der grobe, geflickte Stoff klebte an ihr, machte sie einsam und entzog ihr den Schutz der Heiligen. Ihre trostlose Einsamkeit schien in Johannas Hände zu fließen. Sie fühlte ihren ganzen Kummer. Die fehlenden Nachrichten über ihren Bruder und ihre Mutter, ihre Angst vor dem edel gesinnten Grafen, der strenge Oberfalkner und das Hungern. Plötzlich war sie sicher, dass die Dame es verstehen würde. Mit ihrer Hilfe würde sie die Vergebung der Gürtelheiligen zurückerlangen. Sie würde wieder mit den Engeln schweben und Agnes von Borras sein. Alles würde gut werden.
Entschlossen, endlich zu beichten, wich sie zurück und Johannas Finger glitten von ihrer Schulter. Der Moment war vorüber, die Verbindung war abgebrochen. Auf einmal hatte sie nicht mehr den Mut, sich einer Fremden anzuvertrauen.
Dame Johanna schien ebenfalls zu spüren, dass sich etwas verändert hatte.
Als sie zum Tisch hinüberging, wirkte sie bedrückt. Mit zitternden Fingern stellte sie die Kerze ab, suchte etwas zwischen den Stoffbündeln und erklärte seufzend: »Vermutlich bist du ein jüngster Sohn, der zum Kleriker erzogen wurde. So hast du Lesen, Latein und alles über das Leben der Märtyrer gelernt. Vor kurzem habe ich Erkundigungen eingezogen. Man kennt auf dem Landgut bei Catania keinen Jungen namens Agilo.«
Die Dame hatte Nachricht von zu Hause? Agnes vergaß alle Vorsicht und lief zum Tisch hinüber. Sie legte ihre Handflächen auf die Tischkante, reckte das Kinn und rief: »Ihr habt einen Brief zur Villa Montagna geschickt? Wer hat Euch geantwortet? Wie geht es der Herrin des Guts? Ist sie am Leben?«

Johanna lächelte zufrieden: »Ich hatte also Recht. Du musst der jüngste Sohn des verstorbenen Grafen von Borras sein. Stephan, der neue Gutsherr, brachte dich als Falknerjungen an Friedrichs Hof. Warum hat er dich in diese Verkleidung gesteckt und dir einen falschen Namen gegeben? Ist er dein Bruder?«
Agnes zögerte. Was sollte sie antworten? Die Dame hatte bereits die halbe Wahrheit erraten. Sie war klug, doch das Wichtigste war ihr entgangen. Vielleicht würde es genügen, nur auf die letzte Frage zu antworten: »Er ist mein Bruder. Stephan von Borras ist mein älterer Bruder.«
»Ah, gut! Dann hat er vielleicht den bärtigen deutschen Templer geschickt, um auf dich aufzupassen? Von deinem Bruder kam der Mann, der bei dem Erdbeben auf der Baustelle erschlagen wurde?«
Agnes nickte vorsichtig. Die Dame runzelte die Stirn und sagte etwas ungeduldig: »Der unbekannte Templer ist der eigentliche Grund, wieso ich dich sprechen wollte. Sicher kannst du mir nun einige Fragen beantworten. Die Templer in Messina haben mir schon vor einiger Zeit seine persönlichen Sachen geschickt. Warte, sie müssen hier irgendwo liegen.«
Johannas Finger fuhren suchend über den Tisch. Schließlich nahm sie ein weißes Bündel hoch und zog einen schmuddeligen Ledersack darunter hervor. Sie öffnete das Lederbändchen, mit dem er zugebunden war, und schüttelte den Inhalt aus. Im Kerzenschein lag der persönliche Besitz des Toten verstreut und Agnes betrachtete ihn unbehaglich. Ein kleines Rasiermesser, einen Wetzstein für das Messer, ein Walrosskamm, eine prall gefüllte Börse aus Seehundfell, drei Knochenwürfel, ein verbogener Silberring und einige zusammengerollte Pergamente.
Johanna seufzte leise: »Er hatte noch nicht einmal einen Psalter bei sich. Ich weiß nicht, wieso sich die Templer aus Messina ausgerechnet an mich wenden. Wahrscheinlich weil ich ebenfalls aus dem deutschen Reich bin. Als ob ich jeden Reisenden kennen würde! Du musst mir helfen. Wie hieß der Mann, wo kam er her? Welchem Zweig des Ordens gehörte er an? Auf den Pergamenten finden sich nur Zaubersprüche und Rezepte, kein Brief und kein Hinweis auf seinen Namen. Aber in der Geldbörse sind einige wertvolle Münzen,

fast ein kleines Vermögen, deshalb müssen wir seine Angehörigen benachrichtigen.«

»Ich weiß seinen Namen nicht. Ich glaube, er war gar kein richtiger Templer«, flüsterte Agnes verwirrt.

Johanna wirkte erst enttäuscht, dann wurde sie ärgerlich.

»Hör zu, Junge. So geht das nicht! Ich weiß, dass du ihn gekannt hast. Nach dem Brand hat er dich getadelt und als er zu Tode kam, warst du bei ihm. Du musst mir die Wahrheit sagen.«

In diesem Augenblick brach vor dem Vorhang ein Tumult aus. Hastige Schritte näherten sich und aufgeregtes Stimmengewirr begleiteten sie. Irgendwo schrie ein Kind. Kurz darauf wurde der Vorhang zurückgeschlagen und eine rothaarige Frau stürzte herein: »Herrin, Lucia ist gegen die Tischkante gefallen und hat sich den Kopf aufgeschlagen. Ich kann sie nicht beruhigen. Sie weint nach ihrer Mutter.«

Johanna rannte mit gerafften Röcken zum Vorhang und verschwand ohne ein weiteres Wort. Agnes konnte hören, wie sich die Schritte und die Stimmen verloren und das Kindergeschrei leiser wurde. Es dauerte eine Weile, bis sie begriff, dass die Dame so schnell nicht wiederkommen würde. Sie war mit den Heiligen auf dem Nesseltuch und dem Nachlass des falschen Templers allein. Noch einmal fuhren ihre Augen prüfend über seine Hinterlassenschaft. Nun hatte sie Zeit, alles genauer zu betrachten. Johanna hatte gesagt, die Pergamentrollen enthielten nur Rezepte und Zaubersprüche und es wäre kein Brief darunter. Vielleicht gab es doch einen Hinweis und die Dame hatte ihn nur nicht verstanden. Immerhin hatte der Mann von Stephan gesprochen. Es musste eine Nachricht geben und sie musste sich unter seinen Sachen befinden. Nach einem entschuldigenden Blick zu den Heiligen nahm Agnes die Pergamente vom Tisch. Mit klopfendem Herzen entrollte sie eines nach dem anderen und las. Es waren verschiedene Gewürze und ihre Wirkungsweise auf den Körper, Zaubersprüche gegen Warzen und ein Liebestrank aus dem gemahlenen Horn eines Einhorns beschrieben. Erst beim letzten Pergament wurde sie stutzig. Es schien mit zwei Zungen zu sprechen:

Sei gewarnt! Atropa Belladonna wird auch Tollkirsche genannt. Du findest sie, lieber Freund, in schattigen Wäldern und an den

Abhängen der Berge. Ihre Früchte sind runde, schwarze, saftige Beeren. Sie haben die Größe einer Kirsche, doch die Samen lassen sich gut beim Gelde verwahren. Sie bewirkten bei einem Manne Blutandrang zum Kopfe, Trockenheit und Zusammenziehen des Schlundes, Flimmern vor den Augen, Erweiterungen der Pupille, Taumeln, Tollheit, heftiges Brennen im Unterleib, Ekel, Raserei, Betäubung und Abstumpfung der Sinne, nur ein eilig gegebenes Brechmittel rettete ihn vor dem Tod. Ein Knabe von fünfzehn Jahren dagegen, der nach eifrigem Üben mit dem Schwerte denselben gewürzten Trunk zu sich nahm, ging elend daran zu Grunde. Knaben neigen dazu, nach schweißtreibendem Kampfe alles in sich hineinzuschütten, so groß ist ihr Durst und so unbekümmert ihr Gemüt. Bedenke das, junger Freund, und sei vorsichtig. Höre auf meinen Rat und handle danach. Siehe ein kleines Feuer, welch einen Wald zündet es an.

Agnes ließ das Pergament sinken und blickte auf. Es war die Losung der Verschwörer, daran konnte kein Zweifel bestehen. Doch war keine Pilgermuschel in das Pergament gekratzt worden und sie war das Zeichen. Es befand sich auch keine Muschel unter dem Nachlass des Templers. Hatte er die Pilgermuschel woanders versteckt? Agnes rollte das Pergament wieder zusammen und dachte nach. Die Warnung vor der Tollkirsche war an einen jungen Mann gerichtet. Es könnte sich um ihren Bruder handeln. Wer war der Verfasser? Es war die typische Handschrift eines geübten Schreibers, der im Auftrag eines Fürsten arbeitete. War der Fürst der edel gesinnte Graf Diepold? Hatte er vor, den König von Sizilien durch Tollkirsche vergiften zu lassen? Alles sprach dafür.

Mit dem fünfzehnjährigen Knaben konnte nur Friedrich gemeint sein. Er übte jeden Tag eifrig mit dem Schwert im Innenhof des Normannenpalastes. Agnes hatte ihn oft dabei beobachtet. Natürlich kam er dabei ins Schwitzen, genau wie alle anderen Knappen auch. Und genau wie sie zog er dann sein Gewand aus, um mit nacktem, schweißglänzenden Oberkörper zu den Trinkflaschen zu gehen. Sie hingen stets griffbereit nebeneinander an einem Ast. Sie sahen alle gleich aus, nur die Lederflasche des Königs war heller und hatte ein

goldenes Band.Der Anschlag auf das Leben des Königs schien lächerlich einfach. Man musste sich nur in die Küche begeben und seine Lederflasche mit dem Samen der Tollkirsche präparieren. Die Köchin war immer sehr beschäftigt. Wenn sie die wertvollen Gewürze wegschloss, war genügend Zeit. Agnes kannte sich in der Küche aus. Seit der Oberfalkner sie hungern ließ, kam sie häufig in den Küchentrakt. Manchmal hatte die freundliche dicke Köchin Mitleid und steckte ihr etwas zu.
Es würde nicht auffallen, wenn vor den Übungskämpfen der Falknerjunge in der Küche herumlungerte. Niemand schien deshalb geeigneter für den Anschlag.
Agnes fühlte, wie sich ihr Magen bei der Vorstellung zusammenzog. Sie dachte an die Wirkung der Tollkirsche und musste schlucken. Auf einmal kam ihr jedoch in den Sinn, dass es nicht dazu kommen würde. Der Überbringer des Plans war tot. Er war erschlagen worden und hatte keine Zeit mehr gefunden, ihr die Samen der Tollkirsche zu geben. Ohne die Samen konnte sie nichts tun. Die Tollkirsche stand in voller Blüte und hatte noch keine Früchte gebildet. Dem Herrn sei Dank!
Als sie das Pergament erleichtert zu den anderen zurückwarf, kam ihr eine Wendung in den Sinn. Die Samen lassen sich gut beim Gelde verwahren. Was hatte das zu bedeuten? Ihr Blick wanderte noch einmal nachdenklich über die Hinterlassenschaft des Templers. Sie runzelte die Stirn, als ihre Augen an der Seehundfellbörse hängen blieben. Wenn sich die Samen darin befanden, dann hatte sie keine Ausrede mehr. Dann gab es keine Entschuldigung. Sie würde sich vor den Verschwörern rechtfertigen müssen. Sie streckte ihre Hand nach der schweren Börse aus. Während sie eine Münze nach der anderen hervorholte und vor sich zu einem Turm häufte, betete sie unablässig: Lass es nur Münzen sein, lass es nicht wahr sein, befreie mich von dieser schrecklichen Pflicht. Es häuften sich orientalische Dīnāre, Münzen aus Venedig und schwere Kölner Markstücke auf dem Tisch. Die Börse war leer.
Agnes atmete aus und spürte erst jetzt, wie angespannt sie gewesen war. Ihre Hand fühlte sich ganz taub an und ihre Nasenflügel bebten. Nur um sich an dem Gedanken zu erfreuen, dass sie sich getäuscht

hatte, fuhr sie noch einmal mit dem Finger an der Innennaht der Börse lang.

Und da waren sie!

Kleine nierenförmige schwarze Körner, die an ihren Fingern kleben blieben und sich mühelos hervorholen ließen. Meine Schwester ist klug, hörte sie Stephans Stimme in ihrem Kopf sagen. Meine Schwester wird die Samen finden und sie wird nicht zögern. Sizilien wird brennen, flüsterte die Stimme, rette unsere Mutter. Agnes hörte ein schrilles Geräusch in ihrem Kopf. Die Heiligen auf dem Stickrahmen bekamen Teufelsfratzen und fauchten: Sie wissen, dass du zögerst. Sie sind schon auf dem Weg zum Kräutergarten. Sie wissen alles. Sie töten deine Mutter. Ein Windstoß bewegte den Vorhang und es schien, als begehre eine dunkle Macht Einlass. Die Kerze zischelte und die Pergamente auf dem Tisch rollten zu Boden. Agnes konnte nicht mehr denken. Wie betäubt starrte sie auf die Samen. Nimm uns, flüsterten die kleinen gebogenen Sicheln, wir sind deine Freunde, wir erlösen dich. Die schwarzen Punkte verschwammen vor ihren Augen und säuselten: Hab keine Angst. Bald ist es getan, bald ist es vorbei. Es ist ganz leicht.

Ohne es zu wollen, streckte sie ihren Zeigefinger aus und wischte ein Samenkorn nach dem anderen in ihre Handinnenfläche. Ihre ganze Hand schien lichterloh zu brennen und schnell krümmte sie die Finger zusammen. Mit dem giftigen Kleinod in der Faust wankte sie aus der Kammer. Der Flur war menschenleer.

Sie befand sich in einem schrecklichen Traum und hoffte, gleich daraus zu erwachen. Wie so oft in ihren Träumen wirbelten körperlose Stimmen um sie herum und begleiteten sie auf Schritt und Tritt. Fürchte dich nicht, sagte ihr Bruder freundlich, als sie die Treppen herunterstolperte und den Empfangssaal durchquerte. Sei ein gutes Kind, knurrte ihr Vater, während sie über die Piazza Zisa taumelte. An der Porta Nuova hörte sie den Grafen Diepold schimpfen: Sie ist eine Hexe. Ihr müsst auf sie Acht geben. Sie wird uns alle verraten. Mit jedem Schritt, den sie sich dem Normannenpalast näherte, glühte ihre Faust heftiger und der Schmerz pulsierte darin. Im Innenhof des Palastes glaubte sie, ihre Mutter weinen zu hören. An der Schwelle zum Küchentrakt wurde das Weinen von einer verärgert klingen-

den Stimme unterbrochen. Eile, drängte die Stimme, gleich ist die größte Hitze des Tages vorbei und der König wird im Hof mit seinen abendlichen Waffenübungen beginnen.
Schließlich stand Agnes wie betäubt vor dem zerkratzten Küchentisch und wunderte sich darüber, wie sie hierher kam. Es war nicht sie selbst, sondern eine ganz andere Person, die nun zusah, wie die Köchin die Trinkflaschen vorbereitete.
Geschickt flößte die freundliche dicke Frau Wasser in die bereitliegenden Trinkflaschen. Anschließend warf sie eine Hand voll Gewürze hinein und fügte aus einem Fass neben der Feuerstelle Wein hinzu. Schwungvoll hob sie die nächste Flasche. Ein goldenes Band flatterte. Es schien die Flasche des Königs zu sein, denn die Frau streute eine ansehnliche Menge aus der Schale mit den wertvollen Gewürzen hinein. Dann ließ sie noch Honig hineinrinnen, der zäh von einem Stiel tropfte. Dabei lächelte sie Agnes freundlich an und rief etwas. Agnes hörte sie nur von Ferne. Die sizilianische Mundart klang seltsam fremd. Hatte sie gerufen: Agilo, lässt er dich wieder hungern? Warte, ich hab was Feines für dich.
Die Köchin hievte ihren schweren Körper durch die Küche und verschwand in der Speisekammer. Die Trinkflasche ließ sie einfach auf dem Tisch liegen. Das goldene Band kringelte sich neben der Flasche und ein süßer Honigduft stieg von ihrer Öffnung in Agnes' Nase. Vor ihr lag ohne Zweifel die Trinkflasche des Königs. Das war die Gelegenheit. Darauf hatten die Stimmen gewartet und nun erwarteten sie von ihr, dass sie es vollbrachte. Agnes starrte auf die königliche Lederflasche und spürte, wie sich die feurigen Samen in ihre Hand fraßen. Jetzt, los, gleich kommt die Köchin zurück, mach schon.
Agnes schloss die Augen und befahl den Stimmen zu schweigen. Im Namen der Heiligen, im Namen der Jungfrau und im Namen des Erlösers, flüsterte sie mit bebenden Lippen und rasend klopfendem Herzen. Ganz langsam öffnete sich ihre geballte Faust und die Samen fielen auf den Tisch. Sie lagen gut eine Armlänge von der honigduftenden Öffnung der königlichen Flasche entfernt.
Die Köchin kam zurück und schüttelte bedauernd den Kopf. Wortlos nahm sie die Trinkflasche des Königs und bückte sich damit zum Weinfass.

Agnes warf den leblosen und stummen Dienern des Bösen einen triumphierenden Blick zu. In ihrer Handfläche klebten noch einige. Mit einer wütenden Bewegung strich sie die restlichen Samenkörner an ihren Beinlingen ab. Plötzlich sagte die Köchin mit der Stimme ihrer Mutter: »Ragazza mia.«
Mädchen? Hatte sie mein Mädchen gesagt? Hoffnungsvoll blickte Agnes auf. Die Köchin war dabei, die nächste Flasche vorzubereiten. Sie war sehr beschäftigt. Wahrscheinlich hatte sie gar nicht gesprochen. Herr, erlöse mich von den Stimmen, murmelte Agnes enttäuscht und verließ rasch die Küche.

Bei Anbruch der Nacht verließ Johanna die Zisa. Sie hatte lange genug auf Konrad gewartet und würde im Normannenpalast nach ihm suchen. Konrad hatte es sich zur Angewohnheit gemacht, nach einem anstrengenden Tag die Stunden mit seinem Freund Sulaimān zu verplaudern. Sie war immer sehr verständnisvoll gewesen, doch heute sorgte sie sich um Lucia; nach dem Sturz war die Stirn der Kleinen dick angeschwollen und sie wollte nicht essen und nicht schlafen. Johanna stieg neben Armgard auf den Wagen, der sie die Via Zisa hinunter zum Normannenpalast bringen sollte. Armgard hatte ihren Arm um das Kind gelegt und sah sehr besorgt aus.
»Es wird nichts sein. Ich will nur sichergehen«, beruhigte Johanna sie und winkte dem Mann, endlich loszufahren. Sie ahnte, dass sie eigentlich aufbrach, weil sie sich vernachlässigt fühlte und ein wenig eifersüchtig war auf die herzliche und innige Männerfreundschaft, die Konrad mit dem Araber verband. Obwohl Sulaimān keinen Wein anrührte, war Konrad nicht so zurückhaltend und leerte während ihrer Zusammenkünfte Becher um Becher. Wenn er schließlich spät in der Nacht die Zisa erreichte und sich die Treppenstufen zu ihrer gemeinsamen Kammer hinaufschleppte, roch er nach Wein. Jedes Mal ließ er sich müde auf das Bett fallen, murmelte etwas von vielen Fieberfällen und schlief ein, ohne ein weiteres Wort an sie zu richten. Heute Nacht würde er neben seiner Tochter wachen, dafür würde Johanna schon sorgen.
Johanna beugte sich vor, um Lucia im bleichen Mondlicht zu betrachten. Lucias Kopf wurde vom Gerüttel des Wagens hin und her

geworfen und sie schlief mit weit geöffnetem Mund. Erst als der Wagen mit einem Ruck zum Stehen kam, riss sie erschrocken die Augen auf.
Johanna wartete nicht, bis ihr Armgard mit dem Kind auf den Hüften folgte. Sie lief zu den Wachsoldaten, die im Halbkreis im Mondlicht würfelten, und fragte nach Konrad. Die Männer schienen sich köstlich über sie zu amüsieren und scherzten und alberten herum. Erst als Armgard mit dem Kind herankam, beruhigten sie sich. Sie starrten die hübsche rothaarige Frau lüstern an und erklärten gutmütig, dass der Medicus soeben im Küchentrakt verschwunden sei. Dort ließ er sich wie üblich einen Becher Würzwein von der Köchin spendieren. Bei ihm würde sie nicht geizen, denn Konrado aus Damaskus hatte ihr eine wirksame Salbe für die gichtigen Finger gemischt. Entschlossen schlug Johanna den Weg zum Küchentrakt ein. Armgard ließ noch einen Schwall zorniger arabischer Worte, durchmischt mit Deutsch und italienischen Brocken, auf die grinsenden Soldaten herabregnen, dann folgte sie Johanna mit dem zappelnden Kind im Arm.
»Will runter!«, sagte Lucia erbost, als sie die Küche betraten.
Konrad stand am Küchentisch und hatte ihnen den Rücken zugewandt. Die rundliche Köchin bemerkte sie ebenfalls nicht sofort. Sie hantierte mit ihren Schlüsseln, öffnete eine Wandklappe und stellte eine Schale mit Gewürzen neben einem Becher auf den Tisch. Konrad lehnte sich über den Küchentisch und streckte seine Hand nach dem Becher aus. Die Köchin blickte auf, erkannte Johanna und sagte erfreut: »Buona sera, Signora!«
Konrad richtete sich auf und drehte sich mit einem überraschten Gesichtsausdruck um. Er bemerkte Lucias Beule und rief erschrocken: »Was ist passiert?«
Johanna bekam ein schlechtes Gewissen. So eine kleine Beule war wirklich kein Grund, um ihn zu beunruhigen. Doch warum kam er auch nicht früher nach Hause? Warum teilte er nicht mehr seine Sorgen mit ihr? Warum zog er ihrer Gesellschaft die eines dicken Oberfalkners vor? Vorwurfsvoll wies sie auf Lucia. Sie konnte ihren Ärger kaum verbergen: »Sie ist gegen die Tischkante gefallen und du warst nicht da! Du bist nie da.«

»Johanna, das ist doch lächerlich!«
Konrad verzog spöttisch den Mund. Johanna mochte es nicht, wenn er seinen Ärger hinter Spott und Verachtung verbarg. Er nahm sie nicht ernst und behandelte sie wie ein unvernünftiges Kind. Seit er so viel Zeit mit dem gelehrten und erfindungsreichen Sulaimān verbrachte, tat er es immer häufiger. Aufgebracht rief sie: »Deiner Tochter geht es schlecht und du vergnügst dich.«
Johanna gab Armgard ein Zeichen. Die Amme sollte Lucia gut sichtbar auf den Küchentisch setzen. Jeder sollte sehen, wie stark ihre Stirn angeschwollen war.
Armgard setzte das Kind vorsichtig neben die Gewürzschale. Sofort streckte es begehrlich seine kleinen Finger danach aus. Die Köchin schob ihm lächelnd die Schale zu und betrachtete es verzückt. Konrad runzelte die Stirn und knurrte ungeduldig: »Deinem Kind geht es gut. Was willst du hier?«
Johanna beobachtete, wie Lucia ihren Finger in die Gewürze tauchte, und fühlte sich unbehaglich. Was sollte sie darauf antworten? Er würde die Wahrheit lächerlich finden. Sie glaubte, seinen Spott nicht ertragen zu können, und sagte stattdessen: »Sie könnte einen Schaden davongetragen haben. Schon Galen vermutete, dass Verletzungen am Kopf irreparabel sind.«
Sie hatte keine Ahnung, ob es wirklich Galen gewesen war, doch es klang gut.
Alle betrachteten prüfend das kleine Mädchen. Lucia wirkte nicht, als hätte sie einen Hirnschaden davongetragen. Ohne dass es jemand bemerkt hatte, hatte sie sich der Schale angenommen. Völlig versunken baute sie neben sich auf dem Tisch kleine Berge aus Gewürznelken, Muskatstückchen und Kümmel. Konrad grinste spöttisch und erklärte voller Spott: »O ja! Ich sehe schon, wenn der Vater nicht schleunigst seinen Wein austrinkt und nach Haus eilt, wird es schlimm enden.«
Armgard kicherte und Johanna fühlte sich schrecklich. Wäre sie doch bloß nicht hierher gekommen. Es machte alles nur noch schlimmer. Lucia hatte gerade auf dem Tisch liegen gebliebene schwarze Körnerchen entdeckt und schob sie zu einem Haufen zusammen. Während sie den Kümmel hineinrieseln ließ, sang sie leise: »Backe, backe, fein«, und rührte mit dem Finger darin herum.

»Hör auf damit«, sagte Johanna gereizt und Konrad nahm seinen weingefüllten Becher.
Vorsichtig hielt er ihn an die Tischkante und fegte mit der flachen Hand alle Gewürzhäufchen hinein. Lucia öffnete den Mund und wollte protestieren. Ihr Vater deutete eine Verbeugung an und sagte höflich: »Danke, mein Schatz. Nachdem du der Köchin so fleißig geholfen hast, wird mir der Wein noch besser munden.«
Er hielt sich den Becher an die Lippen und trank ihn in einem Zug leer. Anschließend knallte er ihn auf den Tisch, als wollte er sagen: So, das habe ich mir verdient! Herausfordernd suchte er Johannas Blick und wischte sich mit dem Ärmel über den Mund.
Johanna wusste nicht, was sie sagen sollte. Es war ja nicht der abendliche Wein, den sie ihm missgönnte. Würde er doch verstehen. Unglücklich beobachtete sie, wie Lucia sich vorbeugte und die restlichen Gewürzkörner vom Tisch pustete. Die Köchin schüttelte mit gespieltem Tadel den Kopf und verschloss die Gewürzschale wieder sorgsam im Wandschrank. Johanna wollte Lucia hochnehmen und streckte die Hände nach ihr aus. Konrad schob sie zur Seite. Mit einer wütenden Bewegung hob er Lucia vom Tisch und trug sie hinaus.
Die Fahrt zurück zur Zisa kam Johanna sehr lang vor. Zwischen ihr und Konrad lastete ein bedrücktes Schweigen. Konrad bemühte sich, sie nicht anzusehen. Seine Lippen waren zu einem schmalen Strich zusammengepresst. Nur als Lucia sich in seinem Schoß zusammenrollte und einschlief, blinzelte er ein wenig. Sie hatten noch nicht die Via Zisa erreicht, da sackte Armgard zur Seite und schnarchte leise. Ihr Kopf drückte schwer auf Johannas Schulter und der lange rote Zopf schaukelte im Rhythmus des Wagens. Hin und wieder warf die Fackel eines Vorübergehenden oder ein beleuchtetes Fenster ihr Licht in den Wagen. Johanna starrte auf das von Holzwürmern zerfressene Verdeck und wünschte, sie wäre niemals zum Normannenpalast aufgebrochen, um Konrad zu holen. Selbst wenn er ihr versprach, die Abende von nun an mit ihr zu verbringen, war es nicht dasselbe. Sie verlor sich in sinnlosen Grübeleien, bis der Wagen auf der Piazza Zisa zum Stehen kam.
Johanna musste Armgard schütteln, damit sie erwachte und gähnend das schlafende Kind von Konrads Schoß hob. Als Johanna in die

Nacht hinaustrat, schimmerte das Wasser in dem Brunnenbecken vor dem Palast im Mondlicht. Es sah wunderschön aus. Der Wagen entfernte sich knirschend und sie sah sich nach Konrad um. Nur wenige Schritte entfernt war er stehen geblieben, während Armgard mit dem schlafenden Kind auf der Hüfte vorausgegangen und im Eingang des Palastes verschwunden war. Irgendetwas stimmte nicht mit ihm. Er ging schwerfällig ein paar Schritte, blieb wieder stehen und schien in sich hineinzuhorchen.

Johanna lief zu ihm und überlegte, warum er sich so seltsam verhielt. War er immer noch wütend auf sie? Besorgt musterte sie sein angespanntes Gesicht. Sein Atem rasselte merkwürdig und rote Flecken bedeckten seinen Hals, als wäre er eine weite Strecke gerannt. Plötzlich röchelte er, presste die Unterarme in seinen Bauch und krümmte sich zusammen.

Sein Besorgnis erregender Zustand ließ sie ihren Streit vergessen. Sacht legte sie ihre Hand auf seine Schulter und fragte leise: »Was ist los? Geht es dir nicht gut?«

Konrad richtete sich auf, starrte sie aus großen Pupillen an und sagte mit rauer Stimme: »Es sind die ersten Anzeichen einer Vergiftung.«

Johanna war verwirrt. Sprach er in Rätseln? Wollte er ihr damit sagen, dass ihre Liebe vergiftet war? Nein, das Flattern seiner Wimpern und die Unruhe in seinen schwarzen Augen konnten unmöglich gespielt sein. Selbst wenn er verärgert war, würde er sie nicht so erschrecken. Er meinte, was er sagte. Johannas Finger krallten sich angstvoll in den feinen Stoff seines Ärmels und sie rief: »Es muss im Wein gewesen sein. Vielleicht Fingerhut, schwarzer Nachtschatten oder Schierling? Aber wie ist es dort hineingelangt?«

»Nein, nein«, Konrad schüttelte den Kopf und keuchte: »Es wirkt erstaunlich schnell. Außerdem fühle ich mich ausgetrocknet und verspüre keinen Brechreiz. Es muss Tollkirsche sein.«

Er schluckte und ging langsam weiter. Schon viel zuversichtlicher und fast wieder mit seiner normalen Stimme erklärte er: »Alle ihre Teile enthalten den giftigen Wirkstoff. Man kann den Samen verwenden, die Blätter zerreiben oder die Beeren auspressen. Atropa Belladonna wird von alters her in die Augen geträufelt, um die Pupille zu vergrößern. In der Zauberei wird es verwendet, um Visionen zu erzeugen.

Als Arzt habe ich es schon bei Bauchleiden und nach starkem Fieber verabreicht.«
Johanna stolperte ungeduldig neben ihm her. Er sollte endlich aufhören, sie zu belehren. Sie wollte keinen medizinischen Vortrag hören. Aufgebracht zerrte sie an seinem Ärmel und rief: »Sag mir, was ich tun soll! Gibt es ein Gegenmittel?«
Konrad schüttelte ihre Hand ab und betrat den Empfangssaal der Zisa, dabei fuhr er im selben Tonfall fort: »Beruhige dich. Wenn ich mit meiner Vermutung Recht habe, wird es mich nicht umbringen. Es braucht zehn oder zwanzig Beeren, um einen ausgewachsenen Mann zu töten.«
»So viel hast du unmöglich zu dir genommen.«
Erleichtert folgte Johanna ihm durch den großen Saal. Sie konnte das Wasser im Dunkeln friedlich plätschern hören. Es war niemand zu sehen. Anscheinend schliefen schon alle. Selbst im Wachraum neben der Treppe glomm nur eine kleine Öllampe. Abrupt blieb Konrad vor der ersten Treppenstufe stehen und sagte nachdenklich: »Vielleicht haben sich Teile der giftigen Pflanze zwischen den Gewürzen befunden. Wir müssen jemanden zum Normannenpalast schicken. Die Köchin soll alles verbrennen. Sie sollen nach einer Küchenmagd suchen, die nach der Zubereitung eines Zaubertrankes nachlässig gewesen ist, und alles ausfegen.«
Johanna wurde bei seinen Worten leicht ums Herz. Die Erklärung war ganz einfach und es bestand keine Gefahr. Hastig rannte sie die Treppe hinauf. Sie wollte rasch zu Armgard und nach dem Kind sehen. Bevor sie oben angekommen war, hörte sie hinter sich einen dumpfen Schlag. Sie wandte sich erschrocken um. Konrad lag am Fuß der Treppe auf den weißen Marmorfliesen. Johanna rannte die Stufen hinunter und kniete sich atemlos neben ihn.
»Konrad?«
Er schlug die Augen auf und murmelte: »Bei Allah, mein Kopf fühlt sich an, als stünde er in Flammen.«
Sie half ihm, sich aufzusetzen: »Es war doch eine größere Menge! Was geschieht dir?«
Konrad stöhnte und rieb sich den Hinterkopf: »Raserei und Rededrang, Weinkrämpfe und Tobsucht, dann folgt zumeist eine tiefe Be-

wusstlosigkeit. Wenn man daraus erwacht, ist es vorbei. Wäre es doch schon so weit! Alles flimmert vor meinen Augen.«
»Das ist ja furchtbar. Wie lange wird es dauern?«
»Das kommt darauf an. Lauf und suche Marcello und Raimondo. Sicher lungern sie bei den Ställen herum. Sie sollen mich fesseln und knebeln und die ganze Nacht im Wachraum einsperren.«
Marcello und Raimondo schienen die beiden Wachsoldaten zu sein, die sie immer so freundlich grüßten. Es schien ein vernünftiger Vorschlag zu sein.
Johanna nickte und wollte loslaufen, doch Konrad hielt sie am Kleid zurück und wimmerte: »Und kein Wort zu Sulaimān. Er soll mich in diesem Zustand nicht sehen! Wenn die Soldaten hier sind, holst du rasch Essig aus der Küche. Es ist das einzige Brechmittel, das mir einfällt. Während sie mich fest halten, flösst du es mir ein, hörst du?«
Johanna nickte wieder und sah besorgt zu, wie er sich auf seine Ellenbogen aufstützte, die Knie anwinkelte und stöhnend und ächzend auf den Wachraum zukroch. Dabei schossen ihm Tränen aus den Augenwinkeln. Als er merkte, dass sie immer noch da war, zischte er erbost: »Fort mit dir. Geh weg.«
Sein Gesicht glänzte vor Tränen und seine Unterlippe bebte vor Anstrengung. Es schien ihm wirklich schlecht zu gehen. Johanna unterdrückte einen Schluchzer und rannte los.
Während sie den Empfangssaal durchquerte und in die Nacht hinauslief, sah sie Konrads Gesicht vor sich und ihr Herz pochte bis in ihre Schläfen hinauf. Als sie die Ställe endlich erreicht hatte, hatte sie Seitenstechen und ihr Schleier hatte sich gelöst. Von irgendwoher kam fernes Gelächter und ausgelassener Gesang. Sie blieb atemlos stehen und lauschte. Nur das Pochen ihres Herzens war zu hören. Nein, nein von dort kam es. Johanna blickte in die Richtung, aus der eben noch leise Geräusche gedrungen waren. Nichts war zu hören. Eine Eule schrie und Johanna hätte am liebsten geweint. Wo waren die beiden Männer? Viel zu viel Zeit verging und Konrad war ganz allein. Sie hätte doch zuerst in die Küche laufen und das Brechmittel besorgen sollen. Es raschelte und eine Gruppe lachender Mägde und Knechte löste sich aus der Dunkelheit.

»Marcello? Raimondo?«, fragte Johanna unsicher und wischte sich eine Haarsträhne aus dem Gesicht. Schritte knirschten und die beiden freundlichen Wachleute standen plötzlich grinsend vor ihr: »Si, Signora?«
»Il Signore, il medico Konrado, subito!«
Lautes Lachen und anzügliche Rufe setzten ein, doch einer der Wachsoldaten hob die Hand, um ihnen Einhalt zu gebieten: »Ma no! Il medico arabo?«
Das Lachen erstarb und Johanna spürte, wie die Menge sie aus der Dunkelheit ehrfürchtig anstarrte. Sie hatte keine Zeit, sich darüber zu wundern, wie beliebt Konrad bei den einfachen Menschen war. Sie winkte den beiden Wachsoldaten, ihr zu folgen.
Als sie in die Empfangshalle kamen, erklang ein fast unmenschlicher Schrei. Johanna fühlte eine Gänsehaut auf ihrem Rücken. Das konnte doch unmöglich Konrad sein, der so schrie? Mit ungläubigem Entsetzen näherte sie sich der kleinen Wachkammer. Marcello und Raimondo waren vor ihr dort und standen unschlüssig im Türrahmen.
Johanna drängte sie zur Seite und konnte ihren Augen kaum trauen. Konrad lehnte mit ausgebreiteten Armen an der Wand und starrte sie aus funkelnden Augen an. Er hatte sich das Gewand in Fetzen heruntergerissen und war völlig nackt. Der Turban lag abgewickelt am Boden und sein Haar stand wirr vom Kopf ab. Er hatte sich die Lippen blutig gebissen und sein Gesicht zerkratzt. Einer der Wachsoldaten machte einen entschlossenen Schritt auf ihn zu. Konrad brüllte: »Bleib, wo du bist. Wage es nicht, näher zu kommen.«
Der Soldat wich erschrocken zurück. Konrad lachte böse und ließ sich mit dem Rücken die Wand hinunterrutschen, bis er mit angewinkelten Knien auf dem Boden hockte. Leise zischte er: »Was willst du, Sohn einer Frankenhure? Haben sie dich geschickt, um mich zu holen? Wollen mich die Mütter der Toten von Damaskus, ihre Ehemänner und Kinder zur Rechenschaft ziehen? Fordern sie mein Leben für den Tod ihrer Liebsten, die ich nicht retten konnte? Oder kommst du gar aus dem Reich der Toten, um mich anzuklagen? Ich höre die Stimmen der Opfer jede Nacht. Sie rufen mich. Sie quälen mich. Sie klagen, dass ich sie im Stich gelassen habe. Sie klagen den Medicus an, der so kläglich versagt hat, dessen ganze Heilkunst nutz-

los ist. Die Jahre am Maristan Nuri, die vielen Bücher und die gelehrten Dispute, alles sinnlos. Ich habe versagt und die Toten fordern Vergeltung.«

Johanna hatte ihn noch nie so reden hören. Nachts quälten ihn Albträume, er schrie dann und weinte und sprach von seinen Erlebnissen in Damaskus. Sie wusste, dass er immer noch unter den Geschehnissen litt. Sie verstand, dass er sich Vorwürfe machte. Doch so hatte er noch nie gesprochen. Mit derselben Stimme, mit der sie ihn nachts beruhigte, erklärte sie sanft: »Konrad, das ist nicht wahr. Es war nicht deine Schuld. Es ist die Tollkirsche, die dich das glauben lässt.«

Konrad achtete nicht auf sie. Er wies auf den anderen Wachmann und schrie: »Gedulde dich noch, du Wächter aus dem Totenreich. Ich werde dir schon folgen und so der Gerechtigkeit Genüge tun. Ich kann sie schon jauchzen hören, die Geschöpfe mit den blauen Lippen, den eingefallenen Wangen und den ausgemergelten Körpern. Endlich gesühnt, werden sie frohlocken. Endlich kommt der letzte Überlebende, der sich zu Unrecht noch ans Leben klammerte.«

»Cosa c'è?«, fragte der Wachmann verwirrt.

Konrad knurrte und beugte sich lauernd vor. Er wirkte wie ein gereiztes, verwundetes Tier. Johanna zitterte am ganzen Körper. Sie versuchte, ihre Angst hinter einer forschen Stimme zu verbergen: »Das sind Marcello und Raimondo, die beiden Wachsoldaten, die ich holen sollte. Du selbst hast vorgeschlagen, dass sie dich fesseln und …«

Konrad sprang auf die Füße. Mit einem gequälten Stöhnen warf er sich nach vorn und langte nach einem Messer, das neben einem aufgeschnittenen Kanten Brot auf dem Tisch lag.

»Niemand fesselt mich. Ihr könnt meinen kalten Leichnam fesseln. Er wird schnell zerfallen. Habt noch ein wenig Geduld.«

Konrad drehte das schlichte Messer unschlüssig zwischen seinen Fingern.

»Konrad, nein!«

Johanna wollte zu ihm, doch die Wachsoldaten rissen sie zurück.

Konrads Augen waren dunkle Schlitze und die Fingerknöchel traten weiß hervor, als sich seine Finger um den Holzgriff krampften. Suchend tastete sich die stumpfe Spitze des Messers über seinen nackten Bauch. Er wirkte ganz ruhig. Johanna wagte nicht zu atmen. Genauso sah er aus, wenn er entscheiden sollte, wo er den lebensrettenden Schnitt bei einem Patienten ansetzen sollte. Er hatte eine sichere Hand und wusste, wie man ein Messer benutzte. Johanna sah aus den Augenwinkeln einen der Soldaten sein kurzes Schwert aus der Scheide ziehen. Ehe er es ganz herausgezogen hatte, ging ein heftiger Ruck durch Konrads Körper. Er stieß sich von der Wand ab und das Messer drückte sich tief in seinen Bauch. Er sah für einen Moment überrascht aus, blinzelte ungläubig. Dicke rote Flüssigkeit quoll aus seinem Mund. Mit unnatürlich starrem Blick sackte er in die Knie und fiel auf die Seite. Das Messer schien zu zucken, als er leblos auf den Rücken rollte. Johanna war sofort über ihm.

Sie presste ihre Wange an sein warmes Gesicht und drückte ihre Hände auf seine Brust. Er war so still und roch nach Blut und saurem Wein. Behutsam wischte sie ihm die roten Tropfen aus den Mundwinkeln. Sein Kopf fiel zur Seite, als wollte er sich abwenden und endlich schlafen. Fast glaubte sie ihn murmeln zu hören: Lass mich in Ruhe, es ist endlich vorüber.

Er würde nicht mehr aufwachen.

Es raschelte. Jemand kniete neben ihr und legte prüfend seine Hand an Konrads Hals.

»Er ist tot«, sagte Sulaimān mit vor Entsetzen zitternder Stimme. »Was hat er getan?«

Johanna richtete sich auf und flüsterte kaum hörbar: »Die Tollkirsche hat ihn getötet!«

Es klang ungläubig und ratlos.

Sulaimān ballte die Faust und begann dann hemmungslos zu weinen. Aufgeregtes Stimmengemurmel begleitete sein Schluchzen. Irgendwo hinter ihnen wurde ein Ave Maria angestimmt. Johanna blickte verstört auf. In der Tür drängten sich die Mägde und Knechte der Zisa zusammen. Der Lärm musste sie geweckt haben. Johanna empfand beim Anblick der vielen Menschen und ihrer neugierigen Blicken nichts. Sie wandte sich ab. Sulaimān begann leise zu beten. Andächtig arabische Worte flüsternd, schloss er Konrads Augenlider.

Sofort wurde alles um Johanna herum dunkel. Die Finsternis umfing sie wie ein tiefschwarzer Schleier. Sie senkte sich in ihr Innerstes und trieb ihr einen Pfahl ins Herz. Mit jedem Atemzug dröhnte der

dumpfe Nachhall in ihrem Kopf. Die Dunkelheit wurde immer undurchdringlicher. Sie war gnädig und gut und hüllte alles ein.
Hände legten sich tröstend auf ihre Schulter und versuchten, sie von Konrad wegzuziehen. Als sie nicht reagierte, packten die Hände zu und zerrten. Die besorgten Stimmen wurden drängender. Johanna achtete nicht darauf. Sie versuchte erst gar nicht, ihre betäubten Sinne zu wecken. Sie wollte nie wieder etwas fühlen.

Ein paar Stunden später war Brian bei Agnes im Falknerhäuschen. Er kam sonst nie vor Sonnenaufgang und sie wunderte sich darüber. Zwar war er immer früh im Normannenpalast, vor allem seit seine Familie ganz in der Nähe einen befestigten Adelspalast gegenüber der Kirche San Giovanni degli Eremiti bezogen hatte, den ihnen der König großzügig überlassen hatte. Von dort waren es nur ein paar Schritte, dennoch war die frühe Stunde ungewöhnlich. Sie legte das Messer neben die frische Atzung, die sie gerade in kleine Stücke schneiden wollte, und fragte: »Wieso kommst du noch vor Sonnenaufgang? Was ist los?«
Erst jetzt fiel ihr auf, wie übermüdet Brian aussah. Er gähnte und rieb sich ausgiebig die Augen, bevor er antwortete: »Sie haben Mutter heute Nacht geweckt und zur Zisa gebracht. Mein Vater hat sie begleitet und ist eben erst zurückgekehrt. Heute Nacht ist der Medicus aus Damaskus mit Tollkirsche vergiftet worden.«
»Er ist mit Tollkirsche vergiftet worden?«
Das konnte nicht wahr sein. Es war einfach unmöglich. Jemand spielte ihr einen bösen Streich.
Brian nickte und erklärte eifrig: »Dame Johanna ist außer sich und deshalb haben sie meine Mutter geholt. Sie ist noch bei ihr und tröstet sie. Konrad war Johannas Mann. Und nun ist er tot.«
»Er war Dame Johannas Mann?«
»Mein Vater sagt, der Gewürzwein aus der Palastküche war schuld daran.«
»Der Gewürzwein aus der Palastküche?«
Die Tollkirschensamen auf dem Küchentisch, natürlich! Agnes fühlte, wie eine eiskalte Hand nach ihr griff und ihr die Luft abdrückte. Warum hatte sie die Samen nicht einfach auf den Fußboden geworfen? Warum hatte sie die giftigen Körner nicht im Hof verstreut oder im

Kohlebecken ihrer Kammer verbrannt? Jemand musste die Samen entdeckt und zu den anderen Gewürzen geschüttet haben, von dort waren sie in den Wein des Medicus gelangt.
Es war entsetzlich. Konrado war so freundlich zu ihr gewesen, als er sie mit Stephan in den Hügeln vor Messina überrascht hatte. Sie hatte nicht gewusst, dass er Johannas Mann war, ihre Eifersucht auf Wolfger hatte sie blind gemacht. Der arabische Medicus war Johannas Mann. Sie war schuld an seinem Tod. In ihrem Kopf begann sich alles zu drehen und ihr Magen krampfte sich zusammen. Die schwarzen Samen wirbelten vor ihren Augen und höhnten: Es ist alles deine Schuld, der Anschlag hat den falschen Mann getroffen, du hast versagt, sie werden dich bestrafen. Agnes presste ihre Fingerspitzen gegen die Schläfen, um die Stimmen zum Schweigen zu bringen. Nicht für ihn waren die giftigen Körner bestimmt gewesen, dachte sie verzweifelt. Es war alles eine furchtbare Verwechslung. Brian unterbrach ihre Gedanken, indem er zum Gestänge hinüberging und zu dem interessiert blinzelnden Zahir sagte: »Mein Vater glaubt nicht an die Tollkirsche. Er sagt, es braucht zehn oder zwanzig Beeren, um einen Mann zu töten.«
Agnes sah verblüfft zu ihm herüber und sagte mit einer Stimme, die nicht ihr selbst zu gehören schien: »Es braucht zehn oder zwanzig Beeren?«
»Warum wiederholst du immer alles, was ich sage?«, rief Brian erbost und Zahir schüttelte sein Gefieder. Weiße Federn flogen umher und schwebten zu Boden.
Agnes war verwirrt. Die Samen hätten gar nichts ausrichten können? Aber warum hatten sie sich dann in der Seehundfellbörse befunden? Wollten die Verschwörer sie nur prüfen? Vielleicht kannte sie nur den halben Auftrag? Dennoch war sie gleich losgerannt, um ihn auszuführen. Sie schämte sich für ihre Dummheit und strich immer wieder über den Griff des Fleischmessers. Brian rief ungeduldig: »Warum bekommen sie ihre Atzung nicht? Was ist los?«
»Brian, weißt du, woran der Mann gestorben ist, wenn es nicht die Tollkirsche war?«
»Er ist verrückt geworden und hat sich ein Messer wie das da« – Brian wies auf das Fleischmesser und sie zuckte zurück, unbeeindruckt fuhr er fort – »in den Bauch gestoßen.«

Agnes dachte an das Pergament, das sie bei den Sachen des Templers gefunden hatte. Dort war von Tollheit und Raserei die Rede gewesen. Jetzt verstand sie und ein Frösteln kroch über ihre Schultern. Die Wirkung der Tollkirsche war ein Teil des Plans gewesen. Sie versuchte sich den jungen Friedrich vorzustellen, wie er vom Wahnsinn getrieben wurde. Wären dann, wenn er schutzlos und irre gewesen wäre, Diepolds Männer über ihn gekommen? Agnes wollte es sich lieber nicht weiter ausmalen und sie schüttelte sich.
»Soll ich für dich die Atzung verteilen?«, fragte Brian.
Agnes nickte dankbar und wankte hinaus.
Als sie draußen am Falknerhäuschen lehnte, ging gerade die Sonne auf. Ein rosarotes Leuchten überzog den Himmel. Nicht die Tollkirsche, sondern ein Messer hatte den Medicus getötet. Bei dem Gedanken fühlte sie sich kein bisschen besser.

April 1211, in Palermo

Es vergingen viele Monate. Ein trockener Sommer ließ die Felder verdorren und ein endloser Winter lastete schwer auf den Seelen derer, die eine Schuld oder einen Verlust zu tragen hatten. Es war eine schwierige Zeit, an die Mechthild nicht gern zurückdachte.
Während sie an diesem Morgen die Treppen zu dem kleinen Turm ihres neuen Hauses hinaufstieg, tat sie es dennoch. Bedrückt dachte sie daran, wie Johanna nach Konrads Tod aufgehört hatte zu sprechen. Stundenlang hatte ihre Freundin mit leerem Blick vor sich hin gestarrt und auf die Rufe ihrer Tochter nicht reagiert. Mechthild war sehr besorgt gewesen. Sie hatte Johanna Lieder von Walther von der Vogelweide vorgesungen und sich darum gekümmert, dass immer jemand bei ihr war. Der spanische Knappe, dem Johanna einst das Leben gerettet hatte, verhinderte mehr als einmal, dass Johanna sich in der Stadt verirrte. In ihrem betäubten Zustand war sie einfach losgelaufen, ohne zu wissen, wohin sie wollte. Alonzo hatte es auch übernommen darauf zu achten, dass Johanna etwas aß und immer ordentlich gekleidet war. Sie aus ihrem Schmerz zu wecken gelang ihm jedoch nicht.

Johanna hatte keinen Anteil an den Geschehnissen um sie herum genommen. Sie hatte nicht bemerkt, wie Ritter Gottfried unverrichteter Dinge abgereist war. Sie hatte nicht einmal mit der Wimper gezuckt, als er beim Abschied vor ihr in die Knie gesunken war und sie angefleht hatte, ihn ins deutsche Reich zu begleiten. Gottfried hatte einsehen müssen, dass er nichts ausrichten konnte. Enttäuscht und zerknirscht hatte er sich unter falschem Namen in Messina auf ein Schiff begeben und war zum Kaiser zurückgekehrt.

Johanna hatte auch nicht reagiert, als Anselm ihr erzählt hatte, dass Papst Innozenz Kaiser Otto gebannt hatte. Mechthild dagegen hatte voller Sorge alle Entwicklungen verfolgt. Im November war die Exkommunikation öffentlich verkündet worden und der Heilige Vater hatte angeblich in einem Schreiben an die deutschen Fürsten über den Undank des so genannten Kaisers geklagt. Sogar den König von Frankreich soll der Papst vor dem machthungrigen Welfen gewarnt und um Hilfe gebeten haben. Otto hatte sich davon nicht beeindrucken lassen und seinen Marsch auf Sizilien vorangetrieben. Allerdings war er von papsttreuen Städten und eifrigen Kirchenfürsten immer wieder aufgehalten worden. Seit Monaten belagerte der Kaiser nun schon die papsttreue Stadt Aversa, die ihm standhaft trotzte. Und König Friedrich bereiste seine Insel und war nur selten in Palermo, sie hatten also keinen Grund zur Klage.

Anselm hatte sich auf dem Domplatz eingerichtet, wo er Tag für Tag Briefe schrieb und sich nach Gerüchten umhörte. So manches Mal führte Brian die Feder und lernte Urkunden zu formulieren, noch lieber besuchte er die königlichen Falken und sah bei ihren Flugübungen zu. König Friedrich hatte Anselm und Mechthild den kleinen alten Palast gegenüber der Kirche San Giovanni zur Verfügung gestellt, in dem sie behaglich lebten. Mechthild war davon überzeugt, dass Friedrich sie beobachten ließ. Manchmal hatte sie das Gefühl, als würde jemand im Schatten der kleinen Kirche gegenüber stehen. Oft klagte Anselm darüber, dass in seinen Urkunden herumgewühlt worden war. Wenn es eine Art Gefängnis war, dann war es zumindest bequem und machte etwas her. Oft kamen die adeligen Damen der Stadt, um die deutsche Dame zu besuchen, die eine so herrliche Stimme hatte. Sie lauschten den Klängen ihrer Laute, bewunderten das

Taubenmosaik am Eingang und staunten über die Wandteppiche mit den arabischen Mustern. Auch Johanna besuchte sie jetzt öfter und seit einigen Wochen sprach sie wieder. Sie war zwar stiller und ernster als früher, doch sie nahm Lucia wieder in die Arme und lächelte vorsichtig über Brians Späße. Mechthild war zuversichtlich, dass sie eines Tages ihren Schmerz überwunden haben würde.

Mit einem Sprung erreichte Mechthild die kleine Plattform des Turmes, lehnte sich über dessen Zinnen und blickte in den strahlenden Morgenhimmel. Genauso hatte der Himmel an dem Tag ausgesehen, als die Hofdamen der Königin zur Zisa gekommen waren, weil die Wehen der Königin zu früh eingesetzt hatten. Sie hatten Johanna fast in den Wagen getragen, der sie zum Normannenpalast gebracht hatte. Zuerst war Johanna genauso teilnahmslos gewesen wie immer. Erst als die Königin sie in ihrer ungestümen Art um Hilfe angefleht hatte, konnte sie sich der Wortflut und den heftigen Gebärden nicht mehr entziehen. Sie hatte unwillig die Stirn gerunzelt und gerufen: Beruhigt Euch, Eure Erregung treibt ja das Kind heraus. Sie hatte es noch einmal etwas höflicher auf Italienisch formuliert. Die Hofdamen waren hinausgeschickt worden und Johanna hatte die Wehen mit ihren Händen zum Abklingen gebracht. Am Abend hatte Johanna in Mechthilds Atrium gestanden und ihr halb verlegen und halb belustigt davon erzählt. Das war einige Zeit her. Mechthild schirmte ihre Augen mit der Hand ab und blickte erwartungsvoll zum Normannenpalast hinüber. Und da waren sie!

Die farbenfrohen Flaggen hingen aus den Fenstern und kräuselten sich im Frühlingswind. Das Rot und Gelb aus Aragon und der staufische Adler verkündeten der Welt die frohe Botschaft: Ein Königssohn war geboren und er hatte sich einen wunderschönen Morgen ausgesucht, um das Licht der Welt zu erblicken. Der König von Sizilien hatte einen Nachkommen, einen Erben, einen Thronfolger und das war mehr, als Kaiser Otto von sich behaupten konnte. Er würde sicher grün vor Neid werden, wenn er davon erfuhr, überlegte Mechthild schadenfroh. Ein Sohn stärkte Friedrichs Position, daran konnte kein Zweifel bestehen. Johanna hatte erzählt, dass ein Mädchen den Namen Konstanze erhalten würde, ein Junge würde Heinrich heißen, wie sein kaiserlicher Großvater. Dass es ein Junge war,

davon zeugten die vielen Fahnen, die bei einem Mädchen niemals gehisst wurden.
In diesem Augenblick war Johanna bei der Königin. Bald würden sie nach der deutschen Dame mit der schönen Stimme schicken, damit sie der Königin etwas vorsänge. Mechthild wurde immer öfter in den Normannenpalast geholt und sie war sich sicher, dass es heute Morgen geschehen würde. Erwartungsfroh blickte sie noch einmal zum mächtigen Palast hinüber, dann wandte sie sich ab und rannte die Turmtreppe hinunter.
Sie durchquerte das Zimmer mit den Wandteppichen und trat hinaus in das sonnige Atrium. Hier ließ sie sich auf ihrem Lieblingsplatz, einer schneeweißen Marmorbank unter duftendem Flieder, nieder. Erst gestern hatte sie mit Lucia im Atrium gespielt, während Johanna im Normannenpalast war und die Amme mit dem Stalljungen gescherzt hatte. Lucia war für ihre drei Jahre sehr verständig und konnte schon gut sprechen. Manchmal sagte sie Sachen, die alle in Erstaunen versetzten. Sie konnte Dinge voraussehen, ehe sie geschahen. Mechthild fand diese Gabe bei einem kleinen Mädchen unheimlich. Doch Johanna lächelte nur gutmütig und schien sich schon daran gewöhnt zu haben, dass ihre Tochter anders war als andere Kinder.
Mechthild hatte nicht gewusst, was sie mit dem kleinen Mädchen spielen sollte, und Lucia die hübsche Jacobsmuschel gezeigt, die ihr Brian in Pisa zum Trost geschenkt hatte.
Die Muschel lag noch an ihrem Platz. Vorsichtig nahm Mechthild sie zwischen die Finger und drehte sie im Sonnenlicht. Schließlich legte sie die Muschel auf ihre Hand und betrachtete sie nachdenklich. Die feinen Maserungen schimmerten in der Farbe reifer Orangen und schienen ihre Handfläche zu wärmen. Mechthild dachte daran, wie sie die Muschel dem seltsamen kleinen Mann in Assisi als Trinkschale angeboten hatte. Sie erinnerte sich an seinen Friedensgruß und an das Gefühl, mit dem sie die kleine Kirche verlassen hatte. Seit jenem Tag hatte sich viel verändert. Sie war gelassener geworden, weniger streitsüchtig und auch geduldiger. Die alte Mechthild hätte es wahrscheinlich nicht lange in einem hübschen Käfig unter Friedrichs Aufsicht ausgehalten. Sie hätte darauf gedrängt, dass Anselm sich beim König unentbehrlich machte, und mit ihrer Kin-

derlosigkeit gehadert. Seit Assisi war alles anders. Sie konnte nicht sagen, ob es an dem Gekreuzigten auf der Holztafel lag oder an dem ungewöhnlichen Mann, den sie Bruder Franziskus nannten. Vielleicht lag es auch an der Pilgermuschel. Sie strahlte etwas Beruhigendes aus. Ihre Handfläche wurde ganz warm unter der Wölbung und es prickelte.

Der Segen des gottesfürchtigen Mannes lag immer noch darauf. Unsinn, dachte Mechthild und legte die Muschel rasch wieder zurück auf die Bank. Wie kam sie nur auf solche Gedanken? Der sonnige Frühlingsmorgen musste ihr den Verstand verwirrt haben. Als sie es rascheln hörte, blickte sie schuldbewusst auf. Dort stand Johanna und lächelte sie zurückhaltend an. Ihre Stimme war verständnisvoll und sanft: »Mechthild? Bist du bereit? Ich wollte nicht deine Andacht stören.«

Mechthild sprang auf und lief auf ihre Freundin zu: »Ist das Kind gesund? Ist es ein hübscher Junge? Ähnelt er seinem Vater?«

»Dem kleinen Heinrich geht es gut. Komm mit und sieh selbst. Der König wünscht, seinen Sohn von der Stunde seiner Geburt an, an deutsche Klänge zu gewöhnen.«

»Und die Königin?«

»Sie ist wenig erfreut, dass ihr Sohn den Namen seines grausamen und in Sizilien sehr unbeliebten deutschen Großvaters trägt. Doch sie schläft.«

Mechthild folgte Johanna ins Innere des Hauses. Zusammen liefen sie über das Taubenmosaik, traten auf die belebte Straße und gingen den flatternden Fahnen entgegen.

Agnes stand hinter der Kirche San Giovanni. Erleichtert beobachtete sie, wie die beiden Damen eilig den Adelspalast verließen. Sie hatte schon eine ganze Weile hier gestanden und gehofft, einen günstigen Augenblick abzupassen. Eigentlich stand sie fast jeden Tag hier und wartete auf einen Moment, um in das Haus der Deutschen zu schleichen. Ein paar Mal war es ihr geglückt und sie hatte einen Blick in den Pergamentkasten auf dem Schreibpult werfen können, um vielleicht einen Hinweis zu finden, was die beiden nach Sizilien geführt hatte. Agnes konnte sich noch gut daran erinnern, wie Mechthild ihr

von Anselms Treue zu dem Welfen Otto erzählt hatte. Er war von Diepold zu Otto geschickt worden. Das konnte nur bedeuten, dass er für Otto an Friedrichs Hof spionierte. Agnes wusste nicht genau, was sie tun würde. War es ihre Pflicht, den sizilianischen König zu warnen? Oder sollte sie sich den Verrätern aus dem deutschen Reich anschließen? Immerhin waren sie ihre einzige Verbindung zu Graf Diepold. Ein wenig faszinierte sie auch die Vorstellung, dass sie in ein Geheimnis eingeweiht war und mehr wusste als andere. Doch sie wollte noch mehr wissen und das trieb sie immer wieder zum Adelspalast der Deutschen. Eigentlich war sie nicht mutig. Niemals zuvor hatte sie unerlaubt ein fremdes Haus betreten. Insgeheim hoffte sie, erwischt zu werden. Ihr würde dann nichts anderes übrig bleiben, als sich Dame Mechthild anzuvertrauen. Brian war der einzige Mensch, der wusste, wer sie wirklich war. Vor wenigen Tagen war sie siebzehn Jahre alt geworden und niemand hatte es bemerkt. Obwohl sie sehr zierlich war, wurde es immer schwieriger, ihre weiblichen Formen unter einem Brustband zu verstecken. Andere Mädchen waren in ihrem Alter längst verheiratet.
Die Damen waren nun nicht mehr zu sehen, dennoch rührte sich Agnes nicht von der Stelle. Sie starrte gedankenverloren vor sich hin und dachte daran, dass sie zwar noch unverheiratet war, aber immerhin schon einmal geküsst worden war. Allerdings hatte Wolfger geglaubt, sie wäre ein Junge. Das machte es nicht gerade zu einem Erfolg ihrer anziehenden Weiblichkeit. Seit Wolfger fort war, hatte sich ihr Traum verändert. Sie standen zwar immer noch zusammen vor dem Altar der alten Pfalzkapelle zu Ulm, doch es war anders zwischen ihnen. Wolfger hielt zärtlich ihre Hand und sie wusste, dass er sie nie wieder loslassen würde. Wenn sie erwachte, sehnte sie sich nach ihm. Sie wusste, dass sie keinen anderen wollte, und weinte leise in der Dunkelheit. Manchmal nicht leise genug und Alonzo sagte schlaftrunken: »Hijo de mamà.«
Würde Wolfger an Friedrichs Hof zurückkehren? Wäre sie dann immer noch ein Falknerjunge? Was geschah, wenn der nächste Anschlag gegen Friedrich gelang? Was geschah, wenn Kaiser Otto als alleiniger Herrscher Sizilien besetzte? Würde sie dann wieder eine Grafentochter sein? Würde Wolfger sie immer noch gern haben, auch wenn sie

eine Frau war und ein Kleid trug? Der Gedanke, er könnte sie angewidert von sich stoßen, quälte sie.
Ein Wagen ratterte vorbei und die Ochsen wirbelten eine Staubwolke auf. Agnes hustete, verließ ihren schattigen Platz und überquerte die Straße. Heute würde sie nicht zögern. Wenn sie heute zwischen den Pergamenten etwas fand, würde sie zu Dame Mechthild gehen. Sie würde ihr alles erzählen und sie bitten, Graf Diepold eine Nachricht zu schicken. Nur er konnte wissen, wie es Stephan ging und was von ihr erwartet wurde. Das Schweigen der Verschwörer beunruhigte sie jeden Tag mehr. Die Verschwörer hatten sich ihre Pilgermuschel zum Zeichen gewählt und wollten Sizilien wie einen Wald anzünden, doch nichts geschah. Warum schickten sie ihr nicht die Muschel? Hatte die Exkommunikation des Kaisers sie eingeschüchtert? Immerhin hatte Seine Heiligkeit in Rom Ottos gesamtes Gefolge gebannt. Die Kanoniker Capuas waren alles deswegen gebannt worden, weil sie gewagt hatten, in Anwesenheit des Kaisers eine Messe zu feiern. Vielleicht wurden die Verschwörer durch die Belagerung Aversas aufgehalten. In den Pergamenten des deutschen Verräters musste es eine Erklärung geben.
Agnes huschte über das Taubenmosaik und blickte sich um. Die Mägde des Hauses hatte sie einmal mit Brian ins Haus gelassen und kannten sie als Falknerjungen des Königs. Trotzdem würde es unangenehm werden, wenn jemand sie im Zimmer des Hausherrn über den Urkunden und Briefen erwischte. Angespannt lauschend schlich sie die Treppe hinauf. Anselm würde zu dieser Stunde mit Brian auf dem Markplatz sein und Schreiberdienste erledigen. Wie erwartet, war das Zimmer leer. Auf dem Schreibpult stand der Urkundenkasten. Agnes klappte den Deckel zurück und begann, die Pergamente durchzusehen. Es waren ein paar neue Briefe darunter. Einer war von einem Gottfried von der Heide und äußerte sich sehr besorgt über Ottos Gemahlin und ihren Gesundheitszustand. Ein Schreiben ohne Absender enthielt eine Liste. Agnes bekam vor Aufregung zittrige Finger. Es handelte sich um eine Auflistung von süddeutschen Fürsten. Darüber stand: Die hohen Herren, die sich in Bamberg trafen, um die Absetzung des Kaisers zu beschließen. Der Erzbischof Siegfried von Mainz und Albrecht von Magdeburg, König Ottokar von Böh-

men und der Landgraf von Thüringen befanden sich auf der Liste. Agnes fühlte eine kribbelige Erregung bei dem Gedanken, dass der Kaiser so mächtige Feinde hatte. Sie berieten sich heimlich in Bamberg, während er um Aversa kämpfte und ihnen vertraute.
Ein weiteres Schreiben fiel ihr in die Hände. In ihm war davon die Rede, dass der König von Frankreich ein Heer gegen Otto zusammenrufen wollte. Agnes starrte ins Leere. Sie sah den französischen König zu Pferd aufbrechen, die deutschen Fürsten an einem Tisch sitzen und wütende Reden halten und Seine Heiligkeit in Rom gegen den untreuen Otto schimpfen.
Darüber vergaß sie die Zeit.
Als die Sonne sie plötzlich blendete, blinzelte sie überrascht und blickte auf. Der Stand der Sonne hatte sich verändert. Es war bald Mittag und Brian und sein Vater würden vom Markt zurückkehren. Hastig warf sie die Papiere zurück in den Kasten und lief hinaus.
Sie rannte die Treppe hinunter und dachte daran, dass vielleicht alles ganz anders kommen würde. Die politische Lage schien ihr verworren und undurchsichtig. Ihre eigene Lage wurde dadurch nicht besser. Vom vielen Grübeln hatte sie Kopfschmerzen bekommen. Sie rieb sich die Augen und trat in das Atrium hinaus. Es war ein schöner Innenhof, den sie schon oft im Vorübergehen bewundert hatte. Weiße Marmorsäulen umgaben ihn, ein kleiner Brunnen mit einer Statue bildete seine Mitte und unter dem Flieder stand eine einladende Bank. Sie stand unschlüssig da und überlegte, ob sie sich für einen kurzen Moment auf die Bank setzen sollte. Die Aussprache mit den Bewohnern des Hauses würde sie verschieben. Gerade als sie sich abwenden und das Haus verlassen wollte, fiel ihr Blick auf die Bank. Dort lag eine Muschel und sie kam ihr bekannt vor. Konnte es möglich sein? Agnes riss die Augen ungläubig auf und kam vorsichtig näher …
Es war ohne Zweifel ihre Jacobsmuschel. Das Geschenk, das ihr Vater einst aus Santiago de Compostela mitgebracht hatte. Die zarten Linien und das besondere Strahlen würde sie überall erkennen. Es war die Pilgermuschel über die Franziskus Bernardone aus Assisi einen Segen gesprochen hatte. Es waren die Strahlen von Bruder Sonne, die er in seinem Lied gepriesen hatte. Sie bückte sich und berührte sie mit

den Fingerspitzen. Bei der Berührung fiel ihr ein, was die Pilgermuschel bedeutete.

Es war so weit!

Agnes schluckte und sank mit weichen Knien auf die Bank.

Die Verschwörer schickten ihr das Zeichen. Der König von Sizilien sollte endgültig vernichtet werden und Sizilien sollte brennen. Ihr Magen verkrampfte sich und sie betrachtete die Muschel. Die Muschelwölbung schimmerte matt und sie wagte nicht, sie noch einmal zu berühren. Als sie sich beruhigt hatte, setzte sie sich aufrecht hin und dachte nach.

Die Pilgermuschel befand sich im Haus von Ottos Ministerialen und seiner Frau. Sie mussten das Verbindungsglied zu Graf Diepold und ihrem Bruder sein. Warum war sie nicht gleich darauf gekommen? Es war doch so offensichtlich. Dame Mechthild und ihr Mann würden ihr erklären können, was die Verschwörer vorhatten. Sie würden wissen, wo Stephan war. Stimmen drangen vom Eingang herüber und Agnes sprang erwartungsvoll auf.

Wenige Augenblicke später kam Brian ins Atrium gerannt. Verblüfft blieb er stehen, als er Agnes erkannte, und wisperte aufgeregt: »Mutter ist zurück. Sie wird dich hier finden!«

»Wen werde ich finden?«, fragte eine neugierige Stimme und Dame Mechthild kam hinter einer Säule hervor.

Agnes stand auf, wies auf die Muschel und stammelte: »Die Pilgermuschel – sie ist das Zeichen.«

Dame Mechthild hob erstaunt die Augenbrauen und fragte leicht belustigt: »Ist das nicht der Falknerjunge, der sich immer versteckt, wenn er mich sieht?«

Plötzlich runzelte sie die Stirn und musterte Agnes. Ehe diese zurückweichen konnte, legte die Dame zwei Finger unter ihr Kinn. Sie wendete den Kopf nach links und rechts und betrachtete ihr Gesicht gründlich von allen Seiten.

»Das Gesicht kenne ich doch! Das ist die junge Frau, die wir in Santiago de Compostela getroffen haben. Als ich sie das letzte Mal gesehen habe, wollte sie auf ihr Landgut bei Catania zurückkehren. Was macht sie in diesen Kleidern beim König? Standen sie und ihr undurchsichtiger Bruder nicht mit dem Schweinegrafen in Verbindung?«

»Nein, Mutter, so ist es nicht. Die Liebe zu den Falken …«, Brian verstummte verstört, als Agnes heftig den Kopf schüttelte und rief: »Steht Ihr denn nicht selbst mit ihm in Verbindung? Seid Ihr nicht gekommen, um mir die Muschel zu bringen?«
»Welche Muschel?«, fragte Mechthild irritiert, dann fiel ihr Blick auf die Jacobsmuschel und sie nickte verstehend: »Ihr meint die Muschel, die mir Brian geschenkt hat. Brian, woher hattest du die Muschel?«
Brian starrte auf seine Füße und sagte verlegen: »Aus dem Zelt mit dem gelben Wappen mit dem schwarzen Doppelkreuz. Ich habe sie dort in einem Korb gefunden.«
»Das ist das Wappen derer von Borras. Es war das Zelt meines Bruders.«
Agnes war noch verwirrter. Wenn sie den Grund auch nicht kannte, so vermied es Stephan, so oft es möglich war, sich mit dem Titel und dem Wappen ihres Vaters zu schmücken. Und warum hatte er die Muschel in einem Korb bei sich gehabt?
Mechthild biss auf ihrer Unterlippe herum und schien nachzudenken. Langsam, als müsse sie die Worte erst suchen, erklärte sie: »Und Ihr seid gar kein Falknerjunge, sondern Agnes von Borras, nicht wahr? Brian hat die Muschel gestohlen und Ihr dachtet, wir hätten sie absichtlich nach Sizilien gebracht. War nicht in Santiago de Compostela von einem Zeichen die Rede gewesen? Ihr wusstet nicht, was es zu bedeuten hat. Mittlerweile scheint Ihr es zu wissen.«
Ihre Stimme hatte am Ende einen drohenden Unterton bekommen. Agnes zog die Schultern hoch und sagte kleinlaut: »Graf Diepold will die Muschel schicken, wenn er einen Auftrag für mich hat. Ich soll den König von seinem Hofstaat fortlocken, damit der Graf allein mit ihm sprechen kann.«
Brian stand vor Staunen der Mund weit offen und Mechthild rief aufgebracht: »Mit ihm sprechen? Das glaubt Ihr doch wohl selbst nicht? In Wahrheit sollt Ihr den König in eine Falle locken, damit der Graf ihn ermorden kann. Brian, hol Anselm.«
Agnes fürchtete sich plötzlich vor der Aussprache mit dem deutschen Ministerialen und sie stotterte: »Nein, bitte … nicht … nicht.«
»Ihr habt nichts zu befürchten. Los, Brian, rasch.«
Brian lief um die Säulen herum und verschwand. Ein wenig später konnten sie ihn auf der Treppe hören. Agnes lauschte angstvoll und

rief: »Steht Euer Mann im Dienst Kaiser Ottos oder ist er König Friedrich ergeben?«

»Weder noch. Kaiser Otto hat ihn in Acht und Bann gestellt und König Friedrich will er noch nicht dienen. Anselm will nichts überstürzen. Er ist ein gewissenhafter Mann. Wenn Ihr ehrlich antwortet, wird Euch nichts geschehen.«

Agnes schwieg bedrückt. Als Brian mit Anselm zurückkam, blickte sie voller Furcht zu dem blonden Ministerialen auf. Seine eindringlichen blauen Augen waren prüfend auf sie gerichtet und er fragte leise: »Ihr seid das Mädchen, das mit den Engeln über dem Altar schwebte? Ihr habt Euch ziemlich verändert. Die Wirkung ist täuschend echt und von Falken versteht Ihr anscheinend eine ganze Menge. Eine gute Tarnung. Der Graf von Schweinspeunt und Acerra ist schlauer, als ich dachte.«

Agnes wich seinem Blick aus. Es schien ihr, als könne er mit seinen stechenden blauen Augen bis in ihre Seele blicken. Ohne es zu wollen, stieß sie ein leises Wimmern aus. Mechthild legte ihr einen Arm um die Schulter und streichelte sie beruhigend.

Plötzlich verlor Agnes die Fassung. Sie presste ihr Gesicht an Mechthilds Brust und begann zu schluchzen. Unter vielen kleinen Schluchzern gelang es ihr gerade noch hervorzustoßen: »Ich … ich habe Friedrich … in das brennende Fischerhaus am Strand von Messina … gelockt. Ich … ich habe für Friedrich die … die Tollkirsche in die Palastküche gebracht.«

»Ihr wart das?«

Anselm trat auf Mechthild und Agnes zu. Er packte grob ihr Handgelenk und riss sie von Mechthild fort. Agnes stieß einen erschrockenen kleinen Schrei aus. Anselm schüttelte sie und brüllte: »Warum habt Ihr das getan? Antwortet!«

Agnes schniefte hilflos und Anselm zog sie mit einer heftigen Bewegung zu sich heran. Seine blauen Augen waren nun ganz dicht über ihr und er sagte drohend: »Die Tollkirsche hat den armen Konrad in den Wahnsinn getrieben und wenn Ihr nicht antwortet, werde ich Euch noch etwas viel Schlimmeres antun.«

Sein Griff wurde fester und trieb ihr die Tränen in die Augen, ihr unnatürlich angewinkelter Arm begann zu schmerzen. Was sollte sie

ihm antworten? Er hatte ja Recht. Ihre Seele war schwarz und verdorben und sie lebte schon lange nicht mehr in der Gunst der Heiligen.
»Lass sie los«, sagte Mechthild verärgert, »siehst du nicht, dass du ihr wehtust?«
Anselm zögerte.
»Vater?«, fragte Brian bittend und Anselm ließ los. Agnes taumelte nach hinten, bewegte ihr schmerzendes Handgelenk und rief unglücklich: »Der Graf hat gedroht, meine Mutter zu töten. Der Schmerz über den Tod meines Vaters hat ihr den Verstand geraubt. Seitdem sitzt sie im Kräutergarten und zählt Nüsse. Er will sie als Hexe anklagen.«
»Der Teufel soll ihn holen«, fluchte Mechthild leise.
Agnes überlegte und erklärte mit einem entschuldigenden Blick auf Brian: »Ich wollte es nicht tun, doch die Stimmen haben es mir befohlen. Sie wisperten aus allen Ecken und drohten mir. Ich konnte nicht anders, als ihnen zu gehorchen.«
»Sie hört Stimmen, Gott bewahre!«
Anselm sank seufzend auf die Bank nieder und fügte etwas abfällig hinzu: »Was soll man auch von einer Frau erwarten, die über dem Altar schwebt und ein schreckliches Durcheinander unter den Pilgern anrichtet? Hat der Graf uns nicht vor ihr gewarnt?«
Mechthild stemmte die Arme in die Hüften und fauchte wütend: »Was verstehst du schon von solchen Dingen? Ich werde Johanna holen. Sie kennt sich mit Stimmen aus. Wartet hier. Ich laufe nur schnell zum Normannenpalast.«
Agnes streckte den Arm aus und versuchte, sie zurückzuhalten: »Nein, nicht Dame Johanna. Sie wird mich noch mehr hassen, wenn sie das mit der Tollkirsche erfährt. Ich habe die Tollkirschensamen auf den Küchentisch geworfen, als die Stimmen endlich Ruhe gaben. Ich weiß nicht, wie sie dann in den Wein des Medicus gelangt sind. Es tut mir so Leid!«
Mechthild schüttelte ihre Hand ab. Sie rief: »Seid unbesorgt. Ich werde Johanna auf dem Weg hierher alles erklären«, und verschwand hinter den Säulen.
Agnes blieb mit einem missmutig wirkenden Anselm und einem eingeschüchterten Brian im Atrium zurück. Die Zeit verging nur sehr

langsam. Keiner sprach. Nur der Wind, der in den Blättern des Flieders raschelte, war zu hören.
Als Johanna im Eingang mit Mechthild aufgeregt tuschelte und wenig später mit wehendem Mantel ins Atrium gestürzt kam, fühlte sich Agnes fast erleichtert.
Dame Johanna ging langsam auf sie zu. Sie hatte rote Flecken auf ihren Wangen und ihre Augen glänzten. Ihr Stimme war seltsam rau und fremd: »Ihr seid eine junge Frau. Ich hatte es die ganze Zeit geahnt. Gott möge mir vergeben und die Heilige Jungfrau mich trösten, denn ich war zu blind, um die Wahrheit zu erkennen. Ich hätte nur genauer hinsehen müssen. Vielleicht könnte Konrad dann noch leben.«
»Ich, das ...«
Agnes überlegte verzweifelt, welche Worte nun die richtigen wären, und streckte der Dame die Hände entgegen. Johanna griff sofort danach und zog sie zur Bank: »Anselm, steh auf. Sie muss sich hinsetzen. Sie ist ganz blass um die Nase und sie soll mir jetzt gut zuhören.«
Anselm erhob sich und Agnes wurde sanft auf seinen Platz gedrückt. Johanna nahm die Muschel hoch und setzte sich. Dabei drehte sie die Muschel unschlüssig zwischen den Fingern.
»Mechthild hat mir von den Stimmen erzählt. Ich habe heilende Hände, die viel vermögen. Ich werde dir helfen, wenn du es willst. Man muss es immer selbst wollen, sonst bewirkt es nichts.«
Agnes nickte und Johanna lächelte zufrieden. Sie strich über die Muschel und sagte: »Ich weiß von teuflischen Stimmen. Sie haben die Macht, unsere Seele zu verdunkeln, und treiben uns zu bösen Taten. Ich werde dir meine Hände auflegen und die Stimmen in die ewige Finsternis zurückschicken. Du musst aber wirklich wollen, dass sie für immer verschwinden.«
Johanna hob den Kopf und schloss die Augen. So saß sie eine Weile still da, als würde sie beten. Mechthild unterbrach sie verärgert: »Das ist nicht genug! Wenn die Stimmen sie nicht mehr beherrschen, dann hat der Graf immer noch Macht über sie. Er kann weiter damit drohen, ihre Mutter als Hexe anzuklagen, wenn Agnes nicht tut, was er verlangt.«
»Sie hat Recht«, sagte Anselm ernst, »solange der Graf von Acerra dieses Druckmittel besitzt, sind wir machtlos.«

Agnes fühlte, wie Johanna neben ihr in sich zusammensackte, als hätte ihr jemand einen Stoß versetzt, dabei murmelte sie: »Wir müssen ihr helfen. Sie hat doch niemanden außer uns.«
Agnes durchströmte ein Gefühl von Dankbarkeit. Wie albern und kindisch es gewesen war, Johanna zu hassen, weil sie ihre Liebe zu den Falken nicht teilte. Noch alberner war ihre Eifersucht gewesen. Johanna war eine großherzige Frau, auch wenn sie im Augenblick nicht wusste, wie sie helfen konnte.
Mechthild begann, im Atrium auf und ab zu gehen. Sie starrte nachdenklich auf die Säulen. Keiner sagte ein Wort. Plötzlich blieb sie vor dem Brunnen stehen, wandte sich abrupt zu ihnen um und rief: »Ich weiß, was wir tun müssen. Wir bringen Agnes zu ihrer Mutter. Sie muss sich überzeugen, ob es ihrer Mutter gut geht. Vielleicht können Johannas Hände etwas ausrichten. Wichtiger ist jedoch, dass wir die Gräfin von Borras heimlich fortschaffen. Niemand darf erfahren, wohin wir sie bringen. Dann ist sie vor dem Schweinegrafen in Sicherheit.«
»Und wohin willst du sie bringen? Vor den Großen und Mächtigen ist niemand sicher. Denk daran, was Otto getan hat, als wir Brian fortbrachten. Sein Bannstrahl ist uns gefolgt«, sagte Anselm skeptisch und zog Brian zu sich heran. Besitzergreifend legte er seine Hände auf Brians Schultern. Brian reckte das Kinn: »Wir müssen ihr helfen, Vater!«
»Das müssen wir und das werden wir.«
Agnes blickte verblüfft von einem zum anderen. Sie waren alle bereit, ihr zu helfen? Vor Freude hätte sie beinahe wieder angefangen zu weinen. Alles fühlte sich plötzlich ganz leicht an und wirkte hell und strahlend. Ihr Atem ging freier und die Stimmen schienen schon ihre Macht über sie eingebüßt zu haben. Sie war nicht mehr allein und bald würden die Heiligen wieder zu ihr sprechen. Sie würde die Jungenkleider ablegen und nach Hause zu ihrer Mutter zurückkehren. Dankbar hob sie den Blick zum Himmel, darüber vergaß sie ganz, dass alle anderen über das Problem grübelten, wohin man die Gräfin von Borras in Sicherheit bringen könnte. Brian rief auf einmal: »In ein Kloster! Wir bringen die Mutter von Agnes in ein Kloster.«

Anselm sagte nachdenklich: »Das könnte gehen. Allerdings muss die Vorsteherin des Konventes eingeweiht werden und darüber schweigen.«

»An den Hängen des Ätna gibt es ein Benediktinerkloster. Es heißt San Nicolò l'Arena und nimmt auch Frauen auf. Dort können wir meine Mutter hinbringen.«

Agnes hielt inne, denn es war ihr noch eine Schwierigkeit in den Sinn gekommen: »Aber der König wird mich niemals gehen lassen. Ich versorge doch seinen Lieblingsfalken!«

»Darum kümmere ich mich«, erklärte Anselm. »Ich werde dem König mitteilen, dass sein Falknerjunge während eines Besuches in unserem Haus erkrankt ist. Wir mussten ihn schleunigst zurück zu seinen Angehörigen nach Catania bringen. Friedrich braucht nicht zu erfahren, dass ihr die schnellen Pferde genommen habt und der Wagen zurückblieb. Ihr solltet sofort aufbrechen. Johanna kann eine Nachricht zur Zisa schicken. Die Königin wird ohne sie auskommen können. Sie hat Hofdamen genug. Ich werde mit Brian hier bleiben, das ist unauffälliger. Immerhin handelt es sich nur um einen erkrankten Falknerjungen.«

Anselm zwinkerte Agnes verschwörerisch zu und Johanna erklärte leise: »Ich kann Marcello und Raimondo bitten, uns zu begleiten. Seit Konrads Tod sind die beiden Soldaten mir treu ergeben und verschwiegen sind sie auch. Sie verstehen kein Wort Deutsch.«

Anselm nickte erfreut, winkte Brian zu sich und wandte sich zum Gehen. Mechthild blickte ihnen nach und entschied: »Ich werde Agnes für die Reise ein paar Frauenkleider heraussuchen. Wenn ihre Mutter sie in den Jungenkleidern sieht, wird ihr womöglich noch ein größerer Schreck in die Glieder fahren und sie wird sich nie wieder beruhigen. Sie kann mein gutes Sonntagskleid anziehen, dann reist sie als große Dame und das Haar verstecken wir unter einem Blütenkranz.«

Mechthild verließ ihren Platz am Brunnen und lief die Treppe hinauf.

Agnes war mit Johanna allein. Was würde nun geschehen? Unsicher schielte sie zu der Muschel hinüber, die Johanna immer noch in den Händen hielt. Johanna bemerkte es und legte Agnes die Muschel in den Schoß. Ernst fragte sie: »Wo habt Ihr die Stimmen zum letzten Mal gehört?«

»In der Palastküche, als sie mir befahlen, die Samen der Tollkirsche in die Trinkflasche des Königs zu tun.«

Agnes starrte auf die matt schimmernden Rillen und dachte an den toten Medicus. Johanna schien ihre Gedanken zu erraten. Sie legte ihren Handrücken tröstend an Agnes' Wange. Ein warmer Strom und eine unbestimmte Sehnsucht nach Vergebung und vollständiger Reinigung schienen davon auszugehen. Johanna flüsterte: »Dann werden wir dorthin zurückkehren und den Stimmen im Namen des Allmächtigen befehlen, für immer zu schweigen.«

Agnes blickte auf. Johannas Augen waren fragend auf sie gerichtet.

»Ja, sie sollen für immer schweigen.«

5. KAPITEL

Bei Cremona entkommt König Friedrich mit knapper Not und am Reschenpass verschwindet eine Spange

Mai 1211, eine Tagesreise vor Catania

Lucia hatte beim Abschied geweint und dieses wütende Weinen klang Johanna die ganze Reise in den Ohren. Sie hörte es auch jetzt, als Marcello ihr zuvorkommend vom Pferd half und sie sich müde auf einem Baumstumpf niederließ. Sie hatten die Küstenstraße genommen und seit ein paar Tagen war der Ätna ihr verlässlicher Begleiter. Manchmal schien er zum Greifen nah, dann war er wieder wolkenverhangen.

Raimondo begann, Decken und Zeltstangen vom Packpferd zu heben, und Mechthild und Agnes stritten sich über irgendetwas. Seit ihrem Aufbruch stritten sie sich unentwegt.

Meistens ging es dabei um die große Politik. Es hatte am ersten Morgen ihrer Reise angefangen. Sie waren später aufgebrochen, als sie vorgehabt hatten. Johanna war bis zum Einbruch der Dunkelheit mit Agnes in der Palastküche gewesen und gemeinsam hatten sie die Stimmen vertrieben. Es war ein erhebendes Erlebnis gewesen, an das Johanna gern zurückdachte. Sie hatten die Küchenmägde und die Köchin fortgeschickt und sich ganz dem Gebet hingegeben. Es war ein machtvolles Gebet gewesen. Johannas Wangen hatten geglüht und ihre Hände schienen so stark und durchdringend wie niemals zuvor. Seitdem fühlte sie sich dem jungen Mädchen tief verbunden. Währenddessen hatte sich Mechthild im schwachen Licht einer Öllampe die Finger beim Umsäumen ihres Sonntagskleides wund gestochen. Ihr großzügig

angebotenes Kleid war viel zu groß für die zierliche Sizilianerin. Johannas auffälliges Eidechsenkleid war nicht in Frage gekommen. Es war am ganzen Hof bekannt. Mechthilds Kleid hatte also geändert werden müssen und Johanna hatte genügend Zeit gehabt, um selbst zur Zisa zu laufen. Sie hatte mit den Wachsoldaten gesprochen, ihre Sachen für die Reise zusammengesucht und sich verabschiedet. Nach einer schlaflosen Nacht waren sie im Morgengrauen aufgebrochen. Friedlich waren sie nebeneinanderher geritten und die beiden Wachsoldaten waren ihnen mit den Packpferden in einigem Abstand gefolgt.
Der Ärger hatte begonnen, als Agnes ganz nebenbei nach Anselms Beziehung zum deutschen Reich gefragt hatte. Warum erhielt er Briefe aus dem Reich, wenn er doch gebannt war? Mechthild hatte von den Briefen nichts gewusst und war sehr zornig geworden. Sie hatte auf ihren Mann geschimpft, der vorgab, ein schlichter Schreiber auf dem Marktplatz zu sein, und in Wahrheit weiter mit der großen Politik liebäugelte. Sie hatte auf Agnes geschimpft, die es gewagt hatte, seinen Urkundenkasten zu öffnen, und sie damit alle in Gefahr gebracht hatte.
Agnes musste immer wieder den Inhalt der Briefe wiederholen. In ihnen ging es um ein geheimes Treffen der süddeutschen Fürsten in Bamberg und um die Kriegsvorbereitungen des französischen Königs gegen den Kaiser. Mechthild hatte gemutmaßt, dass Anselm nach einem Weg suchte, sich wieder bei Kaiser Otto anzubiedern. Wahrscheinlich plante er längst seine Rückkehr ins deutsche Reich. Gottfried musste sein Verbindungsmann sein, vielleicht war es auch der Schweinegraf, hatte sie grimmig gerätselt. Wenn Anselm dem Kaiser so wichtige Nachrichten brachte, würde er nicht länger ein Friedloser bleiben. Mechthild hatte aufgebracht ausgerufen: Dieser unverbesserliche Welfenfreund, es wird ihm noch einmal den Kopf kosten. Nach einem kurzen Schweigen hatte sie empört hinzugefügt: Darum also hat er nicht reagiert, als er von Agnes' Anschlägen auf den letzten Staufer gehört hat, dieser Heuchler, dieser Verräter. Er ist Ottos erbärmlichster Speichellecker.
Johanna war froh, dass die beiden Wachsoldaten kein Deutsch verstanden. Ihre Freundin war so wütend gewesen, dass ihr Pferd ihre Erregung gespürt hatte und durchgegangen war. Marcello hatte es

mit Mühe wieder eingefangen. Mechthilds Stimmung war immer gereizter geworden. Gerade forderte sie Agnes auf, mit anzupacken und nicht herumzuträumen.
Johanna hörte gar nicht hin.
Wie so oft dachte sie an den Augenblick zurück, als sie sich von der weinenden Lucia verabschiedet hatte. Dabei hatte das kleine Mädchen gar nicht geweint, weil ihre Mutter fortging, sondern war böse gewesen, weil sie ihr kein neues Spielzeug mitbringen wollte. Johanna hatte ihr erklärt, dass die Kammer mit Spielzeug angefüllt sei. Sulaimān überhäufte Lucia Tag für Tag mit seinen selbst erfundenen Geschenken. Mal kam er mit einem kleinen Windrad, das eine Abfolge von Glöckchen antrieb, und ein anderes Mal mit einer winzigen Wassermühle.
Johanna hatte es stets zugelassen. Seit Konrads Tod hatte sie das Gefühl, dem kleinen Mädchen etwas zu schulden. In der alles verschlingenden Dunkelheit, die sie umgeben hatte, war kein Platz für Lucia gewesen. Als sie daraus erwacht war, hatte sich ihre Tochter von ihr entfremdet, lief stets zu Armgard, wenn sie sich das Knie aufgeschlagen hatte, und vergötterte Sulaimān wie einen Vater.
Seit Lucia drei Jahre alt war, sah sie Gesichte. Es hatte damit begonnen, dass sie an einem wolkenlosen Tag voraussah, dass es abends gewittern würde. Seitdem waren es zumeist nur ganz unbedeutende Dinge, wie ein versalzener Braten oder eine erfolglose Jagd. Doch vor ein paar Wochen hatte sie den tödlichen Sturz des Waffenmeisters von seinem Pferd vorhergesagt. Alle waren sich sicher, dass das kleine Mädchen diese besondere Gabe von ihrer Mutter, der Heilerin, geerbt haben musste. Manchmal nahm Johanna Lucias pummelige, weiche Händchen und tastete sie nach einem Zeichen ab. Doch da war nichts Vertrautes, kein Rauschen, kein Strömen und kein Wiedererkennen. Lucia sah sie dann nur mit einem sonderbaren Blick an. Es waren nicht die Augen einer Dreijährigen.
»Woran denkst du?«, fragte Mechthild und setzte sich zu ihr auf den Baumstamm.
Johanna zupfte gedankenverloren die zarte Knospe eines niedrig stehenden Bleiwurz ab, der sich neben dem Baumstamm emporrankte, und blinzelte in die tief stehende Abendsonne.

»Lucia hat darauf bestanden, dass ich ihr etwas mitbringe. Ich befürchte, ich werde auf einem Landgut wenig finden, was ihren Ansprüchen genügt. Sulaimān verwöhnt sie zu sehr.«
Johanna beobachtete, wie Agnes zum Bach hinüberging. Ihr Gang hatte nun gar keine Ähnlichkeit mehr mit dem eines Falknerjungen. Mechthilds kürzer und enger gemachtes dunkelblaues Obergewand mit der goldenen Bordüre stand ihr gut. Die dunkelrote Masse Seidenblumen in ihrem Nacken ließ ihr Gesicht noch zierlicher erscheinen. Johanna hatte beobachtet, dass Marcello sie anstarrte, wenn er sich unbeobachtet fühlte, und auch Raimondo schien in ihrer Nähe ins Schwitzen zu geraten. Agnes streifte selbstvergessen ihren Schuh ab und hielt ihre nackten Zehen in das klare Wasser. Neben Johanna lachte Mechthild und sagte spöttisch: »Sie ist immer noch ein Landmädchen, richtig süß. Niemand würde vermuten, dass sie sich in fremde Häuser schleicht und Urkundenkästen durchstöbert.«
»Sie ist mutig und stark. Als ich ihr die Hände aufgelegt habe, konnte ich es ganz deutlich fühlen. Ihr Gebet ist wie ein tiefes Absinken, gleichzeitig schwingt es sich in endlose Weiten empor – wie die Vögel, die sie so liebt. Sie hat die Gabe, sich vollständig hinzugeben, und vermag damit viel zu bewirken. Es wird ihr Kraft geben, dem Leid ihrer Mutter zu begegnen.«
»Die Mutter hat sich zu tief herabsinken lassen. Wenn deine Hände sie nicht zurückholen können, dann ist das Kloster der sicherste Ort. Dort kann man ungestört absinken und sich emporschwingen, so wie es einem beliebt. Vielleicht sollte ich auch in San Nicolò l'Arena bleiben. Dort bräuchte ich mich nicht mit einem Mann herumplagen, der störrisch an seinem Kaiser festhält, selbst wenn der ihn bannt und für friedlos erklärt. Was soll denn noch alles geschehen, bis Anselm zur Einsicht gelangt? Ich habe es so satt!«
Johanna zerdrückte die Knospe zwischen ihren Fingern und beobachtete, wie Agnes ihren anderen Schuh auch noch auszog und sich ins Wasser hineinwagte. Marcello senkte die Zeltbahn und starrte zu ihr hinüber. Johanna warf die Reste der Knospe ins Gras und sagte: »Du fürchtest dich vor der Aussprache mit Anselm.«
»Ich grüble ständig darüber, mit wem er in Verbindung stehen könnte. Es muss jemand sein, der viel Einfluss hat und die Verhältnisse auf

Sizilien gut kennt. Das traue ich Gottfried von der Heide eigentlich nicht zu. Graf Diepold hat zwar Beziehungen ins deutsche Reich und ist dreist genug, mit den süddeutschen Fürsten anzubandeln, doch er kann wiederum nichts über den König von Frankreich wissen. Anselm muss mit einflussreichen Kreisen in Kontakt stehen, aber wer sollte das sein? Sobald ich wieder in Palermo bin, werde ich ihn zur Rede stellen.«

Mechthild rutschte auf dem Baumstamm umher, als könne sie es nicht abwarten und wäre am liebsten sofort aufgebrochen. Agnes kam barfuß und mit ihren Schuhen in der Hand zu ihnen herüber. Unschlüssig blieb sie vor ihnen stehen und blickte von Johanna zu Mechthild, als wüsste sie nicht, an welche sie sich wenden sollte. In ihrem Rücken hatte sich Raimondo einen Brotlaib unter den Arm geklemmt und säbelte dicke Scheiben ab. Bald würde er Feuer machen und eine viel zu scharf gewürzte und schleimige Suppe darüber erhitzen. Johanna verging der Appetit, wenn sie daran dachte. Endlich hatte sich Agnes entschieden, sie sah Mechthild an und fragte: »Was geschieht mit mir, wenn wir Mutter fortgebracht haben? König Friedrich wird seinen Falknerjungen vermissen. Ich darf nicht zu lange fortbleiben.«

Mechthild machte eine vage Handbewegung und rief unbekümmert: »Macht Euch darüber keine Sorgen. Wir werden einfach behaupten, der Falknerjunge ist auf seinem Landgut gestorben. Und dann suchen wir Euch einen standesgemäßen Mann in Catania.«

»Nein! Ich will keinen Mann aus Catania.«

Agnes kniete sich vor Mechthild ins Gras. Johanna blickte in Agnes' weit aufgerissene Augen und erriet, was der Grund für ihr Entsetzen war. Leise wisperte sie Mechthild ins Ohr: »Ihr Herz gehört schon einem Mann.«

Mechthild zog verblüfft die Luft ein und stieß hervor: »Doch nicht etwa dem jungen Marcello?«

Agnes sprang wieder auf und rief: »O nein, so ein Mann ist es nicht. Er ist ein Edelmann und verkehrt an Friedrichs Hof.«

Erschrocken, als hätte sie schon zu viel verraten, presste sie ihre Hand vor den Mund.

Mechthild schlug ihre Arme vor der Brust zusammen und schien nachzudenken. Johanna befürchtete, dass Mechthilds scharfe Zunge keine Rücksicht auf das verstört wirkende Mädchen nehmen würde. Und wirklich. Ihre Freundin blickte spöttisch zu Agnes auf und seufzte: »Wie ergreifend! Der kleine Falknerjunge am Hof des Königs verliebt sich in einen jungen Mann im Gefolge. Und der ahnt nichts von seinem Glück! Welcher ist es? Ist es einer der jungen Knappen, die mit Friedrich im Hof allabendlich ihre Kampftechniken erproben? Laufen sie nicht immer halb nackt herum? Oder ist es einer der jungen Notare aus der königlichen Kanzlei? Ich habe mich selbst in so einen ernst blickenden Schreiberling verliebt. Ihr unbestechlicher Verstand hat etwas Betörendes und ihre Gelehrsamkeit kann sehr charmant sein.«

Agnes nahm die Hand herunter und schüttelte den Kopf. Johanna war sich sicher, dass Mechthild mit ihren Vermutungen falsch lag. Agnes wirkte auffällig erleichtert, als sie zur Feuerstelle hinüberlief. Die Schuhe hatte sie einfach im Gras stehen gelassen.

Marcello hatte damit begonnen, in einem dreibeinigen Topf zu rühren, der bedenklich an seinem Holzgestell schwankte. Der stämmige Raimondo kam heran, tauchte ein Stück Brot in den Topf und reichte es Agnes. Sie lächelte ihn dankbar an und biss herzhaft hinein. Der zähe Schleim tropfte von ihrem Kinn und sie leckte sich genüsslich die Lippen.

»Sie ahnt gar nichts von ihrer Wirkung auf Männer. Sie ist noch ein unschuldiges Kind«, sagte Johanna. Sie hatte das Gefühl, Agnes' Benehmen entschuldigen zu müssen.

»Beim Drachen der heiligen Margareta, sie ist siebzehn! In dem Alter habe ich mich in Anselm verliebt und ihn geheiratet. Raimondo hat mir versichert, dass wir morgen in Catania sein werden. Dort werde ich mich nach einer passenden Partie für sie umhören.«

»Ach, Mechthild, lass sie in Ruhe«, seufzte Johanna und fügte etwas unsicher hinzu: »Das ist Sache ihrer Angehörigen.«

»Welcher Angehörigen? Die Falken des Königs stehen ihr näher als ihr eigener Bruder. Ich habe ihn in Santiago de Compostela kennen gelernt. Ein unangenehmer Bursche, finster und dem Schweinegrafen treu ergeben. Allerdings bezweifle ich, dass Brian die Muschel aus seinem Zelt entwendet hat. Vielleicht war es doch der Schweinegraf persönlich, der den deutschen König vor Pisa aufgesucht hat.«

»Sie sagt, es wären die Farben derer von Borras.«
Ein großer Raubvogel schrie in einem Baum am Rande der Lichtung. Agnes wandte sich sofort um und starrte zu den Wipfeln der mächtigen Aleppokiefer hinauf. Gleich wird sie den Lockruf anstimmen, von dem Brian erzählt hat, dachte Johanna und hielt gespannt den Atem an. Doch bevor Agnes einen Ton von sich geben konnte, breitete der Vogel die Schwingen aus und erhob sich. Sein Schatten glitt über ihre Köpfe hinweg. Mechthild hatte nicht nach oben geblickt, nachdenklich kaute sie auf ihrer Unterlippe.
»Es war zwar dunkel, doch ich könnte schwören, dass es kein junger Mann war, der vor Otto in die Knie gesunken ist. Er hatte den Gang eines alten Mannes. Es ist wirklich merkwürdig.«
Johanna hatte genug von Mechthilds Grübeleien. Sie bekam langsam Hunger und schielte zu dem dampfenden Topf hinüber. Morgen würde es bestimmt Fleisch geben, in Olivensauce, garniert mit getrockneten Zitronenscheiben oder gefüllt mit Mandarinenpaste. Ungeduldig zupfte sie eine weitere Knospe vom Bleiwurz und überlegte, wie sie Mechthild von den Heiratsplänen abbringen könnte. Das Kloster, natürlich!
»Hör auf, dir über alles den Kopf zu zerbrechen und misch dich nicht in die Angelegenheiten der Familie von Borras ein. Wenn Agnes nicht heiraten will, werden wir trotzdem behaupten, der Falknerjunge des Königs sei gestorben und liege auf dem Anwesen derer von Borras begraben. Der König muss sich einen neuen Falknerjungen suchen und Agnes kann ihre Mutter ins Kloster begleiten, wenn sie es wünscht.«
Mechthild nickte und stimmte ihr zu: »Dort ist sie wenigstens vor dem Schweinegrafen und ihrem finsteren Bruder sicher. Zwar hatte ich mir vorgestellt, ein einflussreicher Mann aus Catania würde sie beschützen, doch die Klostermauern am Abhang des Ätna tun es auch. Die Verschwörer werden sie dort nicht finden und es wird keine weiteren Anschläge auf den König geben.«
Plötzlich tauchte der Raubvogel wieder auf. Er kreiste über den Baumwipfeln und Agnes hob ihren Arm, um ihre Augen vor der tief stehenden Sonne zu schützen. Johanna glaubte zu spüren, wie das Mädchen seine Flügel spreizte und ihm entgegenflog.

Am späten Nachmittag des nächsten Tages trafen sie auf dem Landgut derer von Borras ein. Die Villa Montagna wirkte still und verlassen. Agnes rannte mit klopfendem Herzen über den Vorplatz. Der schwarze Staub wirbelte auf und blieb an ihrem Saum hängen. Vor der Tür zur Halle blieb sie stehen und ließ den Blick über das alte Lavagestein des Gemäuers streifen. Sie war wieder zu Hause und doch war es anders. Der mächtige Berg ragte in den Himmel und wie immer war er wolkenverhangen. Der vertraute Anblick hätte sie eigentlich beruhigen sollen, doch Agnes fühlte sich unbehaglich. Vielleicht hatte die Mutter den Winter nicht überlebt und war längst neben der Kapelle auf dem Hang begraben? Dann gab es zu Hause niemanden mehr, der ihr altes Leben geteilt hatte, damals, vor einer Unendlichkeit, als der Vater noch gelebt und sie hier glücklich gewesen waren. Als Schritte hinter ihr knirschten, zuckte Agnes zusammen. Johanna legte beruhigend eine Hand auf ihre Schulter: »Soll ich zuerst hineingehen?«
Agnes nickte stumm und rührte sich nicht von der Stelle. Johanna klopfte sacht und wartete. Als nichts geschah, öffnete sie die Tür und spähte hinein. Agnes spürte, wie der Wind in ihre Röcke fuhr und in den Seidenblumen an ihrem Hinterkopf spielte. Er schien das einzig Lebendige zu sein, das sie umgab. Kein Vogel sang und kein Schmetterling flatterte vorüber. Wo waren die Leute, die sonst herbeigelaufen kamen, um Ankömmlinge zu begrüßen? Wo war Giulietta? Es gab keine spielenden Kinder, keine bellenden Jagdhunde und keine mit Wäschekörben vorübereilenden Mägde. Nur ein einsames Huhn torkelte aus dem Stall und pickte gelangweilt im Lavastaub, während die Stalltür im Wind gleichförmig vor und zurück schlug. Agnes wandte sich um und sah, wie Mechthild sich ebenfalls verwundert umblickte. Auch die beiden Soldaten schienen nicht zu wissen, was sie mit den erschöpften Pferden anfangen sollten. Geflüster drang aus dem Haus und Agnes blickte zur Tür. Sie ging ein Stück weit auf und Giulietta steckte ihren hübschen dunklen Kopf hindurch. Überrascht starrte sie Agnes an, wisperte aufgeregt mit Johanna und wies zum Hang hinauf. Die Kapelle, dachte Agnes erschrocken. Mutter ist tot! Johanna musste ihre Gedanken erraten haben. Freundlich lächelnd erklärte sie: »Es ist alles in Ordnung. Das Mädchen sagt, dass die Gräfin seit

dem frühen Morgen in der Kapelle betet. Wir können sofort zu ihr gehen.«
»Jetzt gleich?«
Agnes hatte das Gefühl, noch nicht bereit zu sein. Mechthild war herangekommen und sagte ungeduldig: »Wieso sollten wir zusehen, wie die Pferde abgerieben werden? Das Abendessen kann auch warten. Wir müssen uns vergewissern, dass die Gräfin uns begleiten kann. Sonst müssten wir warten, bis das Kloster jemanden schickt, um sie zu holen.«
Agnes wollte Giulietta fragen, ob ihre Mutter genug aß, sich wusch und ansprechbar war und ob sie etwas von Stephan gehört hatte. Immerhin schien er sie sehr zu mögen. Sie suchte Giuliettas Blick, doch die rauschte mit wehenden Röcken an ihnen vorbei.
»Kommt«, sagte Johanna und ergriff ihre Hand. Sanft, aber bestimmt zog sie Agnes hinter sich her. Mechthild rief den beiden Wachsoldaten noch etwas zu und folgte ihnen.
Gemeinsam liefen sie die Stufen aus Lavagestein nach oben. Die tief hängenden Zweige der Steineichen berührten Agnes an der Schulter, als wollten sie ihr Mut zusprechen. Agnes dachte an den Augenblick, den sie so fürchtete. Würde ihre Mutter sie erkennen? Würde sie zulassen, dass Johannas Hände sie zurück ins Leben holten, oder würden sie dafür sorgen müssen, dass das Kloster San Nicolò l'Arena sie aufnahm? Sie war so in Gedanken versunken, dass sie fast auf den moosigen Stufen ausgerutscht wäre. Oben angekommen, versäumte sie es, einen Blick auf das schöne Tal zu werfen und sich am Besitz derer von Borras zu erfreuen, was sie sonst immer getan hatte. Wie gewöhnlich knarrte die Tür der kleinen Kapelle.
Agnes betete stumm. Heilige Agatha von Catania, dir ist dieser Ort geweiht, empfange uns gnädig. Während sie hinter Johanna in die Kapelle schlüpfte, versuchte sie sich an das milchige Licht zu gewöhnen. Zwei dicke Kerzen standen auf dem Altar und davor kauerte eine Gestalt.
»Madre!«, entfuhr es Agnes und sie stürzte an Johanna vorbei zu der in ein schwarzes Tuch gehüllten Erscheinung. Bei ihrem Schrei hatte die Frau sich umgewandt. Erschrocken sank Agnes vor ihr in die Knie und starrte in das fast durchsichtige Gesicht, das einmal sehr schön gewe-

sen war. Es war ihre Mutter und sie war es auch nicht. Die vielen gelblichen Falten um die Augen und der abwesende Blick machten sie zu einer Fremden, die nichts mit der fröhlichen Frau gemein hatte, die einst im Kräutergarten mit ihrer kleinen Tochter gesungen hatte.
Sie erkennt mich nicht, dachte Agnes enttäuscht und ihr wurde bewusst, wie sehr sie gehofft hatte, dass es dieses Mal anders sein würde.
Johanna kniete sich hin und streckte ihre Hände aus.
Caterina de Borras fuhr zurück und starrte sie böse an.
Johanna rutschte ein Stück näher und berührte die verstörte Frau sanft mit den Fingerspitzen an der Stirn, doch diese fuhr zurück und zischte, als wolle sie eine Katze verscheuchen.
»Sie ist noch nicht so weit, Johanna. Du weißt, dass deine Hände nur etwas bewirken, wenn sie es zulässt«, wisperte Mechthild.
Johanna stand auf. Agnes rührte sich nicht, sie wollte für immer hier sitzen bleiben. Im Schmerz ihrer Mutter gefangen, ohne zu denken, ohne etwas entscheiden zu müssen. Sie hörte, wie die anderen die Kapelle verließen. Die Tür fiel knarrend hinter ihnen zu und die Kerzen flackerten. Ihre Mutter hatte sich abgewandt und wiegte sich vor und zurück. Es war ganz still, so als würde niemand Luft holen oder atmen. Die rhythmischen Bewegungen hatten etwas Lähmendes. Raum und Zeit wurden bedeutungslos.
Plötzlich hatte Agnes das Gefühl, es keinen Moment länger aushalten zu können. Sie sprang auf und rannte zur Tür. Schwer atmend stieß sie die Kapellentür zurück, die mit einem lauten Knall hinter ihr zufiel.
Erschrocken blickten sich Johanna und Mechthild um. Sie hatten schweigend dagestanden und auf das grüne Tal hinuntergeblickt. Agnes lief ohne ein weiteres Wort an ihnen vorbei und stürmte den Hügel hinunter. Sie spürte, dass sie die Tränen nicht mehr lange zurückhalten konnte, und wollte zu dem einzigen Ort, der ihr Trost zu bringen versprach, das Falknerhäuschen. Stephan hatte versprochen, in Catania einen Jungen zu besorgen, einen, der etwas von Vögeln verstand. Schließlich war das ihre Bedingung gewesen, als sie sich für ihren Aufbruch nach Palermo vorbereitet hatte. Endlich würde sie ihren Tassilo wieder sehen. Sie würde ihm von Zahir erzählen und den stolzen Habicht ihres Bruders würde sie mit den gelungenen Beizflü-

gen des königlichen Falken beeindrucken. Sie würde Tassilo auf ihre Hand setzen, mit ihm zu den Wiesen gehen und das Federspiel für ihn werfen. Es schien ihr im Moment das Einzige zu sein, dass ihr über die Enttäuschung in der Kapelle hinweghelfen würde.

Als ihr Falknerhäuschen in Sicht kam, begriff Agnes schnell, dass sie hier keinen Trost finden würde: Das Häuschen war in einem verwahrlosten Zustand, die Tür hing aus den Angeln und das Dach war halb fortgerissen, sodass der Regen eindringen konnte. Agnes fühlte, wie sie sich verkrampfte und sich die Tränen einen Weg bahnten. Ihre Augen schwammen bereits in Tränen, als sie an der kaputten Tür vorbei eintrat. Sie musste mehrmals blinzeln, ehe sie etwas erkennen konnte. Wie sie befürchtet hatte, waren die Gestänge leer.

Es gab keinen Turmfalken, der sie freudig begrüßte, und auch keinen Habicht mit stolzem Blick. Jemand hatte die Badebecken umgestürzt und die Riemen von den Harken gerissen. Tassilo war fort. Es sah nicht so aus, als hätte sich Stephan die Mühe gemacht, ihn zu verkaufen oder in gute Hände zu geben. Die Reste des Geschühriemens hingen noch am Gestänge. Agnes nahm sie prüfend zwischen die Finger. Die Lederriemen waren mit einem scharfen Gegenstand durchtrennt worden. Ihr kleiner Turmfalke war in die Freiheit geflogen, die mit Sicherheit seinen Tod bedeutet hatte. Kein abgerichteter, an Menschen und ihre Atzung gewöhnter Falke würde draußen in der Freiheit lange überleben. Agnes wusste das und Stephan hatte es auch gewusst.

Sie kauerte sich vor den verstaubten und mit Spinnenweben überzogenen Holzkasten mit den Falknerutensilien und weinte so lange, bis nur noch leises Schluchzen kam und sie Schritte vernahm. Als sie aufblickte, erkannte sie Johanna, die sich verwundert umblickte. Agnes schniefte anklagend: »Er hat sie freigelassen. Mein Bruder hat meine Greifvögel freigelassen!«

Agnes bemerkte Johannas bekümmerten Blick und stellte sich vor, wie sie mit ihren verquollenen Augen und dem roten Gesicht wirken musste. Hastig strich sie sich mit dem Zipfel ihres Ärmel über die Augen und fügte hinzu: »Das werde ich ihm nie verzeihen.«

»Wozu braucht man das?«, fragte Johanna und wies auf ein verstaubtes Federspiel. Es baumelte vergessen von einem verrosteten Nagel. Agnes kniff die Augen zusammen und stand langsam auf.

»Das ist das Federspiel der weißen Taube. Nun ist es fast grau vor Schmutz. Ich werde es waschen und ihm neue Augen malen. Seht«, Agnes streckte sich und nahm das Federspiel herunter, vorsichtig drehte sie es zwischen ihren Fingern und erklärte mit vom Weinen belegter Stimme, »es ist aus den Federn einer weißen Taube gemacht. Als ich klein war, hat mein Vater einen Taubenkopf geschnitzt und ihn bemalt. Zwischen den Federn befindet sich eine kleine Tasche, darin hat er mir manchmal Nüsse und andere Leckereien versteckt.«
»Ich müsst Euren Vater sehr geliebt haben. Ihr wart noch jung, als er von Euch ging.«
Agnes pustete den Staub von den Federn und streichelte nachdenklich darüber.
»Eure Tochter ist ebenfalls vaterlos.«
Sofort bereute sie ihre gedankenlosen Worte und fügte hastig hinzu: »Wenn Ihr etwas Geduld habt, werde ich zum Haus laufen und das Taubenfederspiel für Eure Tochter herrichten. Dann könnt Ihr es der Kleinen als Geschenk mitbringen. Seid Ihr einverstanden?«
»Wenn Ihr mir noch ein paar Nüsse findet, die ich darin verstecken kann. Lucia ist ein anspruchsvolles kleines Mädchen.«
Johanna lächelte und sah zu, wie Agnes mit den Taubenfedern über die Wiese rannte. Die langen Röcke behinderten sie beim Laufen und unwillig zerrte sie an einer roten Blume in ihrem Haar.

Ein paar Tage später saßen die drei Frauen einträglich nebeneinander in der großen Halle. Jede von ihnen hielt eine Näharbeit in den Händen. Obwohl sie bereits zu Abend gegessen hatten, war es noch hell, deshalb war es nicht nötig, die vielen Kerzen in den Fenstern anzuzünden. Jedes der Fenster zeigte einen anderen Ausschnitt des Berges, der sich an diesem Abend dunkelviolett und scharfkantig vor einem grünblauen Himmel abzeichnete. Auf dem langen Tisch standen die Reste eines bescheidenen Mahles. Statt mit Mandarinen gefülltes und mit getrockneten Zitronenscheiben garniertes Fleisch in Olivensauce hatte es eine einfache ländliche Suppe gegeben. Sie hatte aus einem mit Milch zubereiteten Brei aus Erbsen und Bohnen bestanden, der über das zerlegte Fleisch eines Kükens gegeben worden war. In die breiige, leicht angebrannte grüne Suppe war viel Eigelb hineinge-

geben worden und die Masse klebte noch an den Schüsseln. Das ungewohnt ländliche Essen lag allen Damen schwer im Magen und sie litten unter unangenehmen Krämpfen.
Johanna zupfte nervös an einem lavendelfarbenen Seidenfaden herum und Mechthild war damit beschäftigt, eine ausgefranste Borte an ihrem Rock zu umsäumen. Agnes hatte ihren Heiligengürtel auf dem Schoß liegen und starrte gedankenverloren auf das eingestickte Gesicht der heiligen Verena. Sie hatte den Gürtel zusammen mit ihren Kleidern aus dem Holzkasten im Falknerhäuschen geholt. Ihr altes Unterkleid spannte über der Brust und auch das Obergewand war viel zu eng und zu kurz. Seit sie nach Palermo aufgebrochen war, war sie ein gutes Stück gewachsen. So trug sie immer noch das geliehene Kleid. Sie hatte vor, dazu ihren eigenen Gürtel zu tragen. Er war das letzte Überbleibsel der jüngeren und unbeschwerteren Agnes von Borras und würde sich gut zu Mechthilds Kleid machen. Allerdings nicht bevor sie das Gesicht der Heiligen aufgetrennt und noch einmal gestickt hatte. Eure heilige Verena grinst zu spöttisch, hatte Mechthild kritisiert, als sie ihr den Gürtel gezeigt hatte.
Das war vor ihrem Aufbruch zum Kloster gewesen.
Während Mechthild und Johanna fort gewesen waren, um im Kloster eine Zuflucht für die Gräfin zu finden, hatte Agnes sich den ganzen Tag mit der Frage beschäftigt, ob sich die heilige Verena an ihrem Gesicht auf dem Gürtel störte.
Agnes hatte es am Morgen abgelehnt, Johanna und Mechthild zum Kloster San Nicolò l'Arena zu begleiten. Sie hatte sich noch nicht entschieden, ob auch sie dorthin gehen wollte. Was würde sie tun, wenn die beiden nach Palermo zurückkehrten? Agnes hatte es den ganzen Tag vermieden, darüber nachzudenken. Vor dem Abendessen waren die deutschen Damen gut gelaunt zurückgekehrt. Die freundliche Vorsteherin des Klosters hatte sich gegen eine Zahlung einer verschwindend geringen Summe bereit erklärt, die Gräfin von Borras aufzunehmen. Sie würde noch vor Morgengrauen jemanden schicken, der die verwirrte Frau abholte. Selbst Giulietta würde noch schlafen und niemand würde wissen, wo die Gräfin sich aufhielt.
Bis dahin musste Agnes eine Entscheidung treffen. Sollte sie ihre Mutter begleiten, wie es sich für eine gehorsame Tochter gehörte?

Das Leben bei den Benediktinerinnen schien ihr langweilig und eintönig. Wie sollte sie etwas über Stephan und die Verschwörer erfahren, wenn sie sich hinter Klostermauern versteckte? Während sie mit einer kleinen Nadel die Fäden auftrennte, wünschte sie sich fast, die deutschen Damen wären weniger zuvorkommend und hilfsbereit. Sie meinten es gut, doch sie verdammten Agnes zu einem Leben ohne Falken und ohne morgendliche Ausflüge zu den Wiesen. Sie würde nie wieder barfuß und unbeschwert für einen Falken das Federspiel werfen. Wahrscheinlich würde sie Wolfger nie wieder sehen und ihm niemals sagen können, dass er in Wahrheit eine Frau geküsst hatte. Er würde sie nie wieder küssen. Ihr Bauch krampfte sich zusammen und diesmal lag es nicht nur an der ländlichen Erbsensuppe. Sie hob unauffällig ihre Hüfte und mit einem lauten Geräusch entwich die Luft. Im selben Augenblick klopfte es heftig an der Tür.

Alle blickten auf und sahen sich unsicher an.

»Wer kann das sein?«, flüsterte Mechthild misstrauisch. Johanna warf Agnes einen prüfenden Blick zu und wisperte: »Steht auf und stellt Euch ans Fenster. Dreht Euch nicht um, bis Ihr sicher seid, dass keine Gefahr besteht.«

Agnes nickte. Sie steckte die Nadel in den Gürtel, legte ihn auf den Tisch und stellte sich so hin, dass sie den dunklen Schatten des Berges und den leuchtend türkisen Himmel dahinter betrachten konnte. Johanna öffnete die Tür.

Ihr Italienisch war besser als Mechthilds, da sie schon länger auf der Insel lebte. Sie hatte sogar ein paar sizilianische Eigenheiten übernommen. Agnes hörte sie aufgeregt flüstern. Nach einer Weile fiel die Tür wieder zu und Johanna zischelte verschwörerisch in den Raum: »Es ist ein Bote des Königs. Sein Lieblingsfalke Zahir ist schwer erkrankt. Man nimmt an, dass nur Agilo ihn retten kann. Der Mann soll Agilo nach Palermo bringen. Was machen wir nun? Er wartet auf eine Antwort. Was soll ich sagen?«

Agnes hatte das Gefühl, der Berg vor dem Fenster würde sich neigen und immer größer und dunkler werden. Zahir war erkrankt, der stolze und herrliche Greifvogel mit dem königlichen weißen Gefieder und dem eleganten Flugstil. Wenn Zahir starb, dann gab es nichts

mehr auf der Welt, für das es sich zu leben lohnte. In ihrem Rücken wisperte Mechthild aufgebracht: »Aber Agilo ist gestorben und begraben. Es gibt keinen Falknerjungen Agilo mehr!«
Der Falknerjunge Agilo ist tot, dachte Agnes fast erschüttert. Ihr war, als würde sie es erst jetzt richtig begreifen. Es gab keinen Falknerjungen mehr, der Zahir mit seinem Lockruf betören konnte. Es gab auch den Jungen nicht mehr, den Wolfger so leidenschaftlich geküsst hatte. Das durfte nicht sein. Das war unmöglich.
Plötzlich wusste sie, was sie zu tun hatte.
Sie würde dieses Kleid ausziehen. Es gehörte ihr nicht einmal. Sie würde die Schuhe abstreifen und wieder barfuß laufen. Sie würde die Luft im Nacken spüren, dort, wo jetzt die schweren Seidenblumen klebten.
Entschlossen wandte Agnes sich um und sagte: »Doch! Es gibt ihn noch, den Falknerjungen. Richtet dem Boten des Königs aus, dass Agilo sich heute Nacht für die Reise nach Palermo bereit machen wird. Morgen, wenn die Sonne schon hoch am Himmel steht, soll er wiederkommen.«
Mechthild stand auf und stemmte die Hände in die Hüften. Viel zu laut rief sie: »O nein, keine Zurückverwandlung in den Falknerjungen! Das dürfen wir nicht riskieren. Denkt an das Leben des jungen Königs. Immerhin hat er Johanna vor dem Ertrinken bewahrt und wir sind ihm etwas schuldig. Im Kloster ist Agnes gut aufgehoben. Dort können sie die Verschwörer nicht mehr belästigen. Am Hof des Königs würden sie Agnes abermals mit ihren finsteren Plänen in Versuchung führen. Denkt an die Stimmen!«
Johanna presste ihre Handflächen auf die Tür, als könne sie so das Böse fern halten, und zischte mit seltsam verzerrter Stimme: »Die Stimmen haben keine Macht mehr über sie. Sie ist stark genug. Wenn sie sagt, Agilo lebt, dann müssen wir es akzeptieren. Ihre Falknersachen liegen in Palermo, doch sie kann sich die Kleider eines Stallburschen besorgen. Ich werde ihr Haar nachschneiden und ...«
Mechthild unterbrach sie etwas eingeschnappt: »Es war so gut geplant. Agnes bringt alles durcheinander. Warum will sie nach Palermo zurück? Es ist der Vogel, nicht wahr? Aus Liebe zu dem kranken Falken des Königs – es ist lächerlich.«

Mechthild warf Agnes einen gereizten Blick zu. Johanna wisperte zurück: »Sie lässt sich von der Liebe führen und nicht von der Angst. Was ist schlecht oder lächerlich daran?«
Agnes lächelte sie dankbar an. Merkwürdigerweise hatte sie gar keine Angst vor den Verschwörern. Vielleicht hatten Johannas Hände das bewirkt, vielleicht war es auch das unerschütterliche Vertrauen, das diese zierliche Dame zu ihr hatte. Außerdem schlug sich der Schweinegraf vor Aversa mit den Gegnern des Kaisers herum. Von ihm hatte sie nichts zu befürchten. Es würde noch dauern, bis Kaiser Otto mit seinen Vasallen und Verbündeten auf der Insel landete. Bis dahin würde sie sich um Zahir kümmern.
Johanna nahm die Hände von der Tür und öffnete sie. Agnes wandte sich wieder zum Fenster und hörte Johanna mit dem Boten des Königs flüstern. Sie konnte ihn erleichtert lachen hören. Agnes hätte am liebsten mit eingestimmt.

Zwei Wochen später kehrten Mechthild und Johanna nach Palermo zurück. Sie ritten in einem gemächlichen Tempo in die Stadt. Mechthild blickte nachdenklich zu den alles überragenden Türmen des Normannenpalastes hinauf. Sie fragte sich, ob irgendjemand sich dort gewundert hatte, als der Falknerjunge des Königs in den zu weiten Sachen eines Stallburschen eingetroffen war. Agnes war mit dem Boten des Königs lange vor ihnen aufgebrochen. Der hatte in Catania schnelle Pferde besorgt und von einer Abkürzung durch das Gebirge gesprochen.
Mechthild hätte die Abkürzung auch gern genommen, denn es wurde jeden Tag heißer, doch es war ihnen sicherer erschienen, denselben Weg zurück zu nehmen. Marcello und Raimondo sollten keinen Verdacht schöpfen. Beide Soldaten nahmen an, dass die hübsche junge Dame ihre Mutter ins Kloster begleitet hatte. Sie waren auf der Rückreise viel mürrischer und weniger lustig gewesen. Vielleicht hatte es auch an der trockenen Hitze gelegen, die jeden Scherz im Keim erstickte. Mechthild überlegte gerade, ob sie Agnes' Falknersachen zum Palast schicken sollte, als Marcello und Raimondo an einer Wegkreuzung ihre Pferde zum Stehen brachten und Johanna ein Zeichen machten: Hier trennten sich ihre Wege.

Johanna würde mit den Wachsoldaten zur Zisa zurückkehren und Mechthild würde mit dem störrischsten der Packpferde und ihrer geduldigen Stute allein weiterreiten. Sie verzichteten auf einen langen Abschied, dazu waren sie zu erschöpft und Mechthild hatte es nun auch eilig, endlich mit Anselm zu sprechen und zu erfahren, mit wem er in Kontakt stand. Den ganzen Weg über hatte sie gegrübelt, wer der mächtige Mann sein könnte, der Anselm mit Neuigkeiten aus dem Reich versorgte. Immer wieder hatte sie Gottfried von der Heide als Informanten verworfen und Graf Diepold in Erwägung gezogen. Der Schweinegraf kämpfte mit seinen Truppen auf Ottos Seite um Aversa. Würde er sich die Mühe machen, Anselm über die Vorgänge im Reich zu informieren? Und da war noch die Sache mit dem König von Frankreich. Wer konnte davon wissen?

Mechthilds Wut auf Anselms Heimlichtuerei war verraucht und einer fast unbezwingbaren Neugierde gewichen. Als sie sich ihrem kleinen Adelspalast näherte, wurde sie immer unruhiger. Würde Anselm da sein? Würde sie ihn über einer verräterischen Urkunde überraschen? Bei dem Gedanken ärgerte sie sich erneut über seine Heimlichtuerei. Da musste ein Mädchen in Jungenkleidern daherkommen und sie darüber aufklären, dass ihr Mann wieder in der großen Politik mitmischte. Wenn das kein Grund war, ihn zur Rede zu stellen.

Die Glocken der kleinen Kirche San Giovanni degli Eremiti läuteten zur Abendmesse. Der Klang besänftigte Mechthild ein wenig, sie ritt etwas langsamer und beobachtete die frommen Besucher, die mit demütig gebeugten Häuptern vorübereilten. Beschämt erinnerte sie sich, wie sie ihre Wut auf Anselm an Agnes ausgelassen hatte. Kein Wunder, dass Agnes später nicht mehr auf ihren Rat, mit der Mutter ins Kloster zu gehen, gehört hatte. Dabei wäre es viel vernünftiger gewesen. Von Vernunft wollte ja wieder keiner etwas hören. Sie lässt sich von der Liebe führen, pah! Alles Unsinn, dachte Mechthild verärgert. Johanna irrte sich gewaltig, wenn sie glaubte, dass es nicht zu neuen Scherereien kommen würde. Eine junge Frau in den Kleidern eines Falknerjungen am Hof des Königs! Das konnte doch nicht gut gehen. Selbst ein Gemahl aus Catania wäre vernünftiger gewesen. Ihr Herz gehört schon einem Mann, hatte Johanna gemutmaßt. Na und? War das ein Grund, sich in sentimentalen Träumereien zu verlieren?

War nicht der Schutz eines einflussreichen Gatten höher einzuschätzen als die Sehnsüchte eines jungen Mädchens? Also wirklich! Manchmal wurde sie das Gefühl nicht los, dass Johanna sich in einem Heldenlied von Wolfram von Eschenbach wähnte. Immer noch verwundert über ihre weltferne Freundin, sprang Mechthild schwungvoll vor dem Tor ihres Hauses ab und winkte einen Knecht herbei, der sich um die Tiere kümmern sollte.
Sie versäumte nicht, nach der weiten Reise die Latrine hinter dem Küchentrakt aufzusuchen und sich einen Kanten Brot vom Küchentisch zu nehmen.
Während sie anschließend kauend an dem bereits schattigen Atrium vorbei die Treppe hinauflief, probierte sie versuchsweise ein paar Einleitungssätze aus: Wenn du mir nicht ehrlich antwortest und frei und offen heraus sprichst, dann werde ich ... Ja, was? Vorsichtig öffnete sie die Tür zur Schreibkammer – sie war leer. Es brannte kein Feuer und nur Tintenfass und Feder lagen auf dem Pult. Das Fenster stand offen und ein Streifen Abendlicht fiel über das ordentliche Schreibpult. Um diese Zeit stand Anselm sonst immer hier und arbeitete.
Mechthild begann, sich zu sorgen. Hatten Friedrichs Soldaten ihn geholt? War ans Licht gekommen, dass der harmlose Schreiber vom Marktplatz eine geheime Korrespondenz ins Reich unterhielt? Mechthild schlug die Tür wieder zu und rannte ein Stockwerk höher. Sie würde sich in ihrer Schlafkammer frische Kleider aus ihrer Truhe holen und so schnell wie möglich in der Stadt nach ihm suchen. Ziemlich laut stürmte sie in die Schlafkammer und fuhr erschrocken zurück.
Anselm lag zusammengerollt auf dem Bett und schlief. Eine kleine Kerze stand vergessen auf dem Boden und flackerte im Luftzug. Die blonden Haarsträhnen hingen ihm in die Stirn und sein Gesicht war ungewöhnlich blass. Er wirkte erschöpft und um Jahre gealtert, seit sie ihn verlassen hatte. Als Mechthild leise die Tür schloss und sich neben ihm auf das Bett setzte, knurrte er verärgert im Schlaf: »Mhhhm.«
Dann fuhr er sich im Schlaf an den Hals, stöhnte und warf den Kopf hin und her.
Ein Albtraum schien ihn zu quälen.

»Anselm? Ich bin zurück!«

Seine Wimpern zitterten und sein Mundwinkel zuckte. Sie versuchte es mit etwas, das ihn immer und überall hellhörig machte: »Wo ist Brian?«

Sofort schlug er die Augen auf. Er stützte einen Ellenbogen auf und blinzelte irritiert. Er brauchte einen Moment, um zu sich zu kommen, und seine Stimme war schleppend: »Du bist wieder da. Das ist gut. Du warst viel zu lange fort. Brian ist im Normannenpalast bei den Falken oder doch bei den Hahnenkämpfen? Nein, im Mietstall am Dom bei den Pferden.«

»Du weißt es also nicht?«

Anselm gähnte, setzte sich auf und rieb sich die Augen.

»Ich habe von Kaiser Otto geträumt. Eine behaarte schwarze Spinne mit seinem Gesicht wickelte einen klebrigen Faden um meinen Hals. Sie war winzig klein, doch schnürte sie mir die Luft beständig ab. Der Traum muss von der Nachricht ausgelöst worden sein, die ich heute erhielt. Otto hat Aversa eingenommen und zieht nach Apulien. Er will sich von der kalabrischen Westküste aus nach Sizilien übersetzen lassen. Sein Ziel ist ohne Zweifel Palermo.«

Er hatte eine Nachricht erhalten. Jetzt war es heraus, dachte Mechthild triumphierend. Er wusste Dinge, die sonst keiner wissen konnte. Nun hatte er sich verraten. Die Schlaftrunkenheit hatte ihn unvorsichtig gemacht. Bevor er merkte, was er da gesagt hatte, rief sie: »Du erhältst Nachrichten von Kaiser Otto? Wer informiert dich über seine Pläne? Mit wem stehst du in Verbindung? Das geht doch schon länger so. Ich kenne den Inhalt deines Urkundenkastens, von wegen Schreiberling auf dem Marktplatz. Es ist wieder die große Politik und du steckst mittendrin. Ist es Graf Diepold von Acerra?«

Anselm strich sich das Haar aus der Stirn. Als er sich etwas gesammelt hatte, seufzte er: »Meine neugierige Frau hat es also herausgefunden. Das war ja zu erwarten.«

»Also der Schweinegraf?«

»Nein, darin täuschst du dich. Jetzt, wo du die Briefe kennst, kannst du es auch erfahren.«

»Wer?«, beharrte sie ungeduldig und rutschte auf ihrem Platz hin und her. Das Bett knarrte und Anselm schwang seine Beine nach vorn und setzte sich neben sie.

»Es ist Seine Heiligkeit in Rom.«
»Der Heilige Vater? Du korrespondierst mit Papst Innozenz höchstpersönlich?«
Verblüfft starrte sie ihn an. Wie kam er zu dieser Ehre? Anselm lachte verlegen und beeilte sich zu erklären: »Seine Heiligkeit hat während der Verhandlungen in Viterbo großen Gefallen an mir gefunden. Wir diskutierten angeregt über seine Schrift über das Elend des Menschseins und über Bernhard von Clairvaux. Ich habe ihn wohl beeindruckt. Zur Jahreswende hat mich ein päpstlicher Kurier aufgesucht. Er hat seine Leute überall. Sie sind wie ein Netz über die Reiche verteilt. Ich bin nun ein Mitglied der Cancelaria, der päpstlichen Kanzlei.«
Warum hatte sie von alldem nichts mitbekommen? War er gar nicht jeden Morgen zum Markt gegangen, um für die kleinen Leute zu schreiben? Natürlich nicht. Ein braves ereignisloses Leben ohne Risiko war nichts für Anselm.
»Seit ein paar Tagen bin ich auch der persönliche Notar des Bischofs Berard von Bari. Ich soll Seiner Heiligkeit regelmäßig Bericht erstatten. Er misstraut dem neuen Günstling am sizilianischen Hof. Wenn es nach Innozenz ginge, wäre Walter von Pagliara noch Kanzler. Die unbekümmerte Art des jungen Königs beunruhigt ihn. Immerhin war Friedrich sein Patenkind und nun trifft er eigene Entscheidungen. Innozenz will informiert sein. Er besitzt unzählige Boten. Es ist ein ausgeklügeltes System, sie können bei flachem Gelände und gewährleistetem Pferdewechsel große Entfernungen innerhalb weniger Tage zurücklegen.«
»Du gibst vor, der persönliche Notar des Bischofs von Bari zu sein, und bespitzelst ihn in Wahrheit für den Papst? Das ist riskant.«
»Nicht die Spur. Es ist ein offenes Geheimnis am Hof. Ich werde geduldet, wie eine lästige Fliege, die sich auf einen Handschuh gesetzt hat. Außerdem ist der Bischof Berard ein angenehmer und kluger Mann. Er gefällt mir und ich glaube, ich gefalle ihm auch.«
»Nicht welfisch, nicht staufisch, sondern ein Mann Roms«, murmelte Mechthild und sie ließ sich das letzte Wort auf der Zunge zergehen, um sicher zu sein, dass sie es begriffen hatte. Anselm schwieg und zupfte zärtlich an ihrem Ohrläppchen.

Mechthild fragte vorwurfsvoll: »Und Friedrich weiß, dass sich die süddeutschen Fürsten gegen den Kaiser verbünden? Er weiß von den Kriegsvorbereitungen des französischen Königs?«
Sie klang, als wolle sie sich beschweren, dass er es vor ihr erfahren haben könnte. Anselm lächelte amüsiert und erklärte leise: »Ja, und auch von dem Marsch zur kalabrischen Küste. Ich habe es ihm heute Nachmittag so schonend wie möglich beigebracht. Es hat mich Stunden gekostet, ihn zu beruhigen und davon zu überzeugen, dass die Politik des Heiligen Vaters bald greift.«
»Welche Politik?«
Mechthild hatte gar nicht fragen wollen. Es wäre an der Zeit gewesen, Anselm wegen seiner Heimlichkeiten zu tadeln und ihm sein mangelndes Vertrauen vorzuhalten. Doch sie merkte selbst, dass sie bereits im Bann der großen Politik stand. Erwartungsvoll sah sie ihn an. Anselm schien zu spüren, dass sie nicht mehr ärgerlich war. Geduldig erklärte er: »Nach dem Bann setzt Papst Innozenz alles daran, die Fürsten des Abendlandes gegen den Kaiser zu vereinen. Seine Kanzlei verfasst fleißig Sendschreiben und die Verbündeten mehren sich.«
»Und du bist jetzt einer von ihnen«, sagte Mechthild und blickte ihn anerkennend an. Ihr fiel ein, was die neue Wendung für ihren Mann bedeutete: »Du bist kein Friedloser mehr. Der Kaiser selbst ist von Innozenz gebannt.«
»Otto wird nicht mehr lange Kaiser sein. Niemanden interessiert dann mehr, wen er einst in Acht und Bann gestellt hat«, knurrte er und zog sie an sich.

Oktober 1211, in Palermo

Mechthild wachte mitten in der Nacht auf. Der Sturm hatte sie geweckt. Neben ihr lag Anselm und rührte sich nicht. Wie konnte er bei diesem Lärm nur schlafen? Wahrscheinlich lag es daran, dass er wieder bis tief in der Nacht über den Pergamenten gesessen hatte. Nun schlief er zu fest, um den heftigen Wind zu hören, der um das Haus heulte und an den Läden rüttelte.

Mechthild mochte keinen Sturm. Er brachte Schiffsladungen zum Kentern und machte die Hoffnung auf Gewinn unversehens zunichte. Sturm war etwas, was sie nicht kontrollieren konnte, und das beunruhigte sie. Schon als Kind hatte sie sich unter ihren Decken verkrochen und angespannt auf jedes Geräusch gehorcht. Sie hatte bis jetzt angenommen, dass es auf Sizilien niemals so heftig stürmte, doch da hatte sie sich getäuscht. Heute Nacht war es beängstigend. Es knirschte in den Zweigen und schepperte unter den Dachziegeln, als wolle sich etwas sehr Zorniges Einlass verschaffen. Mechthild schloss die Augen und drehte sich auf die Seite. Sie wollte versuchen, wieder zu schlafen. Es war unmöglich.

Sie fragte sich, ob Lucia ebenfalls erwacht war und ob Johanna sie tröstete. Lag auch Agnes wach und lauschte angstvoll? Sie durfte sich ihre Angst nicht anmerken lassen, damit die anderen Jungen bei Hofe nicht spotteten. Vielleicht wagten sie es auch nicht mehr.

Agnes war es schließlich gelungen, den Lieblingsfalken des Königs zu retten. Keiner, nicht einmal Sulaimān selbst, hatte es für möglich gehalten, doch innerhalb weniger Tage hatten die trüben Falkenaugen wieder geglänzt. Angeblich hatte der Falknerjunge den Vogel mit seinem Lockruf ins Leben zurückgerufen, andere sprachen von einer geheimen Rezeptur und wieder andere von Zauberkräften. Dem König war nicht wichtig, wie sein Liebling wieder gesund geworden war. Er war voller Dankbarkeit und zeigte sie, indem er dem Falknerjungen das Gewand eines Edelknappen überließ, der längst herausgewachsen war. Es bestand aus blütenweißen Leinen und war mit Seidenfäden umsäumt, die kleine Falken im Flug darstellten. Niemand hatte zuvor einen Falkner in solchen Kleidern gesehen. Es gab sogar kalbslederne Stiefel, die bis zur Wade reichten und einem Königssohn würdig gewesen wären. Sulaimān soll nur amüsiert die Brauen gerunzelt haben. Allerdings gefiel ihm bestimmt nicht, dass der Falknerjunge nun einen besonderen Platz an der Seite des Königs einnahm. Wie merkwürdig, dachte Mechthild und spürte, dass sie langsam in den Schlaf hinüberglitt. Träge fragte sie sich, ob Agnes wirklich stark genug war, um ihrem Bruder zu widerstehen. Er wird bei den Kämpfen um Aversa getötet worden sein, dachte sie schläfrig. Oder doch nicht?

Mechthild kämpfte ihre Gedanken durch ein Meer von Müdigkeit. Was war, wenn Stephan von Borras bereits mit dem Schweinegrafen ein pisanisches Schiff bestiegen hatte? Seit Tagen soll das kaiserliche Heer abfahrbereit an der kalabrischen Küste stehen. Die Gerüchte über Ottos baldiges Eintreffen mehrten sich. Sie heulten mit dem Sturm um das Haus und sickerten in Mechthilds gerade entstehenden Traum. Der gebannte Kaiser kommt. Sizilien wird brennen. Flieht, flieht vor dem Sturm der Teutonen. Alles verwob sich zu einem beunruhigenden Lied und erzeugte schaurige Bilder. Große mächtige Schiffe, Ungeheuern gleich, glitten durch die peitschenden Wogen. Ruder senkten sich wie Greifarme, Gischt schäumte wie Spucke und wütende Segel flatterten. Sie kamen näher und näher. Durch das Schlagen der Wellen hindurch, hörte Mechthild einen Mann brüllen. Brüllte er vor Schmerz oder vor Zorn? Er sollte damit aufhören. Die Soldaten krochen aus den Schiffen und wanden sich wie ein Zug riesiger Ameisen durch die Straßen Palermos …

»Aufmachen! So öffnet doch!«

Der spricht ja Deutsch, überlegte Mechthild und versuchte es mit dem Ameisengewirr zusammenzubringen. Kaiser Otto, dachte sie entsetzt und schlug die Augen auf.

Er ist heute Nacht auf der Insel gelandet! Dort unten begehrten seine Soldaten Einlass. Mechthild war jetzt hellwach. Sie setzte sich auf und schüttelte Anselm: »Wach auf! Er ist da. Kaiser Otto ist da.«

»Wer, was?«, nuschelte Anselm und wühlte sich aus den Decken.

»Auf – mach – en!«

Vor ihrem Fenster schlug jemand heftig gegen die Tür. Anselm fragte ungläubig: »Kaiser Otto ist gelandet? Dieser Bastard. Wir werden es ihm nicht zu leicht machen.«

Er sprang aus dem Bett und tastete im Dunkeln nach seinen Beinlingen, dabei fluchte er leise vor sich hin. Mechthild konnte ihn nur erahnen und starrte beunruhigt auf den Umriss seiner Gestalt, der im Zimmer umherhuschte. Was hatte er vor? Sie hörte Metall klirren. Er hatte das neue Schwert aus der Truhe genommen, das einem arabischen Kurzschwert nachempfunden war und besonders Brian faszinierte. Mechthild hatte es als männliche Eitelkeit abgetan. Wozu brauchte ein Notar ein so kostbares Schwert? Sie hatte bezweifelt, dass er es je benutzen würde. Heute war er anscheinend dazu entschlossen. Eine Fackel wurde an der letzten Glut im Kohlebecken entzündet und sie sah für einen Moment Anselms bleiches Gesicht. Ehe sie aus dem Bett war, riss er die Tür auf und bevor sie sich einen Mantel überwerfen konnte, stürmte er schon die Treppe hinunter.

»Warte, nicht! Es werden mehrere sein. Was willst du allein gegen sie ausrichten?«

Sie hatte nicht angenommen, dass er sie hören würde, doch es schallte von unten herauf: »Wenn sie uns holen, will ich wenigstens vorher einen von ihnen töten.«

Das klang so gar nicht nach Anselm. Was war nur in ihn gefahren? Mechthild wickelte sich in ihren Mantel und flog fast über die Stufen, bis sie hinter Anselm zum Stehen kam. Wieder schlug jemand gegen die Tür und brüllte etwas. Der Sturm war heftiger geworden und verschluckte die Worte. Anselm steckte die Fackel in die Wandhalterung, zog das Schwert aus der Scheide und riss die Tür auf. Eine Windböe brachte die Flamme der Fackel fast zum Erlöschen, gierig leckte sie an der Wand entlang.

Anselm stand mit erhobenem Schwert da und wankte bedenklich: Statt mit schwertschwingenden Soldaten kämpfte er gegen den tosenden Sturm an. Abgerissenes Laub wirbelte ihm ins Gesicht, Äste schlitterten über den Boden, Nieselregen und lärmendes Geheul bedrängten ihn. Seine Haare tanzten und Mechthilds Mantelsaum flatterte. Gleich würde die Fackel erlöschen.

Dann kam ein Dämon mit flatterndem Mantel hereingefegt. Mechthild wich zurück und stieß mit der Ferse an die unterste Treppenstufe. Hatte das Wesen eben der Heiligen Jungfrau gedankt oder war es ihr nur so vorgekommen? Konnte es überhaupt sprechen? Ein zitterndes Bündel kauerte schwer atmend vor Anselms Füßen. Es war zumindest menschenähnlich, denn es hatte seine Ellenbogen aufgestützt und den Kopf gesenkt. Eine dunkle Kapuze verbarg sein Gesicht. Stinkender Dampf schien aus dem drecküberkrusteten Mantel emporzusteigen. Klebte Blut an seinen Stiefeln? Mechthild schauderte, raffte ihren Mantel vor der Brust zusammen und schrie gegen den Lärm an: »Mach die Tür zu!«

Als Anselm sich nicht rührte, stieg sie über den Dämon hinweg und stemmte mit aller Kraft den Türflügel zu. Erst als die Fackel sich wieder aufrichtete und das Rauschen und Heulen gedämpft klang, ging Anselm in die Hocke. Er packte den Stoff der Kapuze. Nachdem er einen Moment gezögert hatte, riss er den Kopf zurück und setzte ihm gleichzeitig die Klinge an die Kehle. Der Dämon stieß einen jämmerlichen Schrei aus. Sein Gesicht war blutig, voller Schmutz und glänzte.

Trotzdem erkannte Mechthild ihn sofort.

»Gottfried! Es ist Gottfried von der Heide.«

Anselm ließ sofort die Kapuze los und stieß Gottfried von sich. Ungläubig starrte er auf die Schwertklinge und knurrte: »Der Herr steh mir bei, es hätte nicht viel gefehlt und ich hätte zugestoßen.«

Gottfried von der Heide nahm die Kapuze herunter, dabei rutschte ihm sein Mantel von den Schultern. Ein kleiner abgebrochener Pfeilrest kam zum Vorschein, der oberhalb seines Schlüsselbeines steckte und ihm große Schmerzen zu bereiten schien.

»Er ist verletzt. Wir müssen einen Arzt holen oder ihn zu Johanna bringen. Sie weiß, wie man Wunden versorgt.«

Mechthild wusste selbst nicht, warum sie das vorschlug. Vielleicht hatte sie Mitleid mit dem stinkenden, schmutzigen Mann, der offenbar erfolglos versucht hatte, den Pfeil zu entfernen. Anselm stellte die Fragen, die sie eigentlich hatte stellen wollen.

»Ihr seid vermutlich mit Kaiser Ottos Heer angekommen? Gab es Widerstand? Hat ein Pfeil aus Palermo Euch erwischt? Habt Ihr den Auftrag, mich festzunehmen und vor den Kaiser zu bringen?«

Das war auch Mechthilds erster Gedanke gewesen. Allerdings schien es ihr plötzlich abwegig. Gottfried kam allein und er war viel zu erschöpft und schmutzig, um im Auftrag des Kaisers zu handeln. Anselm schien das anders zu sehen. Er versetzte Gottfried einen wütenden Stoß in die Rippen. Gottfried krümmte sich zusammen und stöhnte. Mechthild wollte Anselm aufhalten und legte ihm besänftigend ihre Hand auf den Arm.

Jemand flüsterte aufgeregt in ihrem Rücken und sie wandte sich um. Eine Schar neugieriger Mägde und einige Knechte hatten sich auf der Treppe versammelt. Schweigend und mit großen Augen warteten

sie, was geschehen würde. Gottfried hatte seinen Oberkörper aufgerichtet.
Mechthild lächelte den ängstlich aussehenden Menschen aufmunternd zu und sagte zu Gottfried: »Sprecht!«
Mit fieberglänzenden Augen blickte Gottfried zu Mechthild hoch und wisperte scheinbar mit letzter Kraft: »Ich brachte dem Kaiser eine dringende Botschaft von seinen Brüdern. Sie informierten ihn darüber, dass die süddeutschen Fürsten Friedrich von Sizilien zum Gegenkaiser gewählt haben.«
»Genau wie Innozenz es gewünscht hat«, murmelte Anselm überrascht.
Gottfried beachtete ihn nicht. Er holte tief Luft und fuhr fort: »Otto hat sofort den Befehl zum Rückmarsch gegeben. All seine italienischen Anhänger, die ihm nicht ins Reich folgen würden, mussten ihre Treue bekräftigen. Als sie vor ihm knieten, begriff ich plötzlich, dass Ottos Sache verloren war. Ich wollte nur noch weg und floh überstürzt aus dem Lager. Der Schweinehund hat mir seine Häscher nachgeschickt und einer ihrer Pfeile erwischte mich, als ich mich umwandte. Die Galeere eines genuesischen Kaufmanns nahm mich mit. Das war, bevor der Sturm losbrach. Seitdem bin ich nur gelaufen.«
Gottfried versuchte, auf die Beine zu kommen. Anselm stützte ihn und fragte misstrauisch: »Und Ihr kommt gerade zu uns? Ihr erwartet, dass ich Euch helfen kann?«
»Ich habe Euch die Liste mit den wertvollen Informationen zurückgelassen. Ich nehme an, dass Ihr sie in den Binsen gefunden und zu Eurem Vorteil benutzt habt. Ich habe Euch geholfen, als Ihr nichts weiter als ein armer Friedloser wart, und heute wohnt Ihr in einem Palast. Nun seid Ihr an der Reihe, mir zu helfen. Ihr könntet mir einen Posten bei Friedrich verschaffen.«
Anselm seufzte und murmelte: »Ich werde sehen, was ich tun kann. Aber zuerst versorgen wir Eure Wunde. Es hat Euch bös erwischt.«
Gottfried ächzte und stieß einen Fluch aus, der Kaiser Otto und die seinen auf ewig verdammte.
Mechthild hörte nicht hin. Sollte Gottfried doch fluchen und das Lager wechseln. Es war nicht zum ersten Mal und würde auch nicht das letzte Mal sein. Anselm würde ihn schon irgendwo unterbringen. Zu-

verlässige Boten wurden überall gebraucht. Wichtiger war, dass sie nichts mehr zu befürchten hatten. Otto kehrte um. Es würde keinen Angriff geben. Niemand schien begriffen zu haben, was das bedeutete. »Sizilien ist gerettet! Otto wird nicht kommen. Er muss ins deutsche Reich zurück«, rief sie erleichtert.

Januar 1212, in Messina

Kurz vor der Stunde des Abendgebets erreichten die deutschen Gesandten die Zitadelle. Während Bischof Berard sich in der Kapelle auf den Segen vorbereitete, stand Wolfger neben einem hohen Fenster und wartete. Von hier aus hatte er eine herrliche Aussicht, doch er blickte nicht hinaus. Er hatte der Aussicht den Rücken zugewandt und hörte nur das Meer rauschen. Der Gesichtsausdruck des jungen Königs nahm seine ganze Aufmerksamkeit gefangen. Was würde Friedrich auf das Angebot des Gesandten erwidern? Es kam nicht überraschend.
Jeder hatte gemutmaßt, dass sich die deutschen Fürsten bald an ihn wenden würden, immerhin war Friedrich der letzte Staufer. Wolfger nahm an, dass er ablehnen würde. Wie konnte er als angehender Kaiser ins deutsche Reich ziehen, wenn sein kleines Königreich von allen Seiten bedroht war? Die Bergsarazenen waren immer noch nicht befriedet und die meisten Barone des Festlandes waren zu Otto übergelaufen. Allerdings sah der König nicht aus, als würden ihn solche Dinge im Augenblick bekümmern.
Er lächelte verschmitzt.
Wolfger kannte dieses Lächeln gut. Der junge König nahm die Angelegenheit nicht besonders ernst und war zum Scherzen aufgelegt. Wolfger ließ sich nichts anmerken und bemühte sich um einen gefassten Gesichtsausdruck. Wenn der Gesandte überzeugend war, wäre das gesamte christliche Abendland betroffen, die Zukunft der Reiche und das Schicksal der Völker standen auf dem Spiel. Der schwäbische Gesandte war sich der Bedeutung der Stunde bewusst und sein feierlicher Gesichtsausdruck nicht gespielt. Der ernst blickende Mann war Wolfgers einflussreicher und machthungriger Vetter, der Ritter von

Justingen. Die Fürsten hatten ihn erwählt, um den jungen Friedrich ins deutsche Reich zu holen.
Wolfger hatte ihn nur ungern begleitet.
Es gab zu viele Erinnerungen an Sizilien, die ihm auch in der Ferne keine Ruhe gelassen hatten. Die Art, wie der Falknerjunge ihn nach dem Kuss angesehen hatte, verfolgte ihn noch immer. Es war nicht nur der Kuss im Falknerhaus, sondern vielmehr eine unbestimmte Sehnsucht, die ihm zu schaffen machte. Viel zu häufig kamen die Eindrücke wieder, die er vergessen wollte. Wolfger hatte in Ulm am Altar der alten Pfalzkapelle um Erlösung gefleht. Sein Vetter hatte jedoch nicht locker gelassen, denn schließlich kannte keiner die Verhältnisse auf Sizilien so gut wie er und keinem waren die Eigenarten des Königs mehr vertraut. Wolfger hatte lange gezögert. Der Vetter hatte ihm die Verwaltung seiner Burg und ein Stück Land bei Ulm in Aussicht stellen müssen, dann hatte Wolfger nachgegeben.
Dieser Vetter hatte Friedrich soeben würdevoll und höflich gebeten, den Ruf der süddeutschen Fürsten anzunehmen. Friedrich grinste immer noch spitzbübisch, sagte jedoch kein Wort. Er schien sich prächtig zu amüsieren.
Der Herr von Justingen war ein korpulenter und besonnener Mann. Er hatte bereits zu schwitzen begonnen und auf seiner Halbglatze hatten sich rote Flecke gebildet. Wolfger empfand Mitleid für seinen geplagten Vetter. Es brachte Friedrich offensichtlich Spaß, so zu tun, als verstünde er kein Deutsch. Dabei beherrschte er es bereits bei Wolfgers Aufbruch fließend. Friedrich kostete den Moment aus. Es kam schließlich nicht täglich vor, dass einem eine Kaiserkrone angeboten wurde.
Herr von Justingen sah sich genötigt, sein Anliegen noch einmal vorzutragen. Er betonte jedes Wort, als spräche er zu einem kleinen Kind oder zu einem Schwachsinnigen: »Die von Gott eingesetzten deutschen Fürsten haben Euch, hoher Herr von Sizilien, zum Kaiser des Heiligen Römischen Reiches gewählt. In Rom erwirkte ich die Einwilligung des Heiligen Vaters und die Bestätigung der Wahl durch die römische Bürgerschaft.«
Friedrich hob die Brauen und schob das Kinn vor. Es sah ziemlich albern aus. Von Justingen wischte sich den Schweiß von der Stirn und fuhr irritiert fort: »Ich wurde gesandt, um Euch im Namen der Fürs-

ten zu bitten, die Wahl anzunehmen und mir ins deutsche Reich zu folgen. Versteht er mich? Wolfger, übersetze meine Worte! Erkläre ihm, dass sie ihn zum Kaiser gewählt haben.«
Wolfger kam nicht dazu, zu übersetzen. Friedrich winkte ungeduldig ab. Er tat so, als verstünde er ganz plötzlich. Er wirkte überaus erstaunt und wies mit gespieltem Entsetzen auf seine Brust: »Mi? La sua fiducia mi onora. Quando?«
Der schwitzende von Justingen blickte sich fragend um. Wolfger schmunzelte und sagte leise: »Seine Hoheit sagt, Euer Vertrauen ehre ihn, und er fragt, wann es losgehen soll.«
»Wann es losgehen soll? Als gelte es, eine Jagdpartie zu verabreden?«
Friedrich erwiderte in nahezu akzentfreiem Deutsch: »Ist es das nicht – eine Jagdpartie? Ich breche auf und jage eine Krone. Oder jage ich einen Kaiser aus seinem Reich?«
Herr von Justingen stand vor Staunen der Mund weit offen. Für einen Moment sah er aus, als wolle er sich beschweren, dann schien ihm einzufallen, wen er vor sich hatte. Er deutete eine höfliche Verbeugung an und fragte hoffnungsvoll: »Hoher Herr, heißt das, Ihr werdet Eure Bestimmung annehmen und dem Ruf folgen?«
Friedrich wiegte unbestimmt den Kopf.
»Ich werde mich mit meinen Ratgebern zurückziehen. Sie werden Einwände haben, genauso wie die Königin, und werden mir sagen, dass ich bei diesem gewagten Unternehmen alles verlieren und nichts gewinnen kann.«
»So werdet Ihr nicht …«, flüsterte von Justingen niedergeschlagen. Er hatte den Kopf gesenkt und konnte nicht sehen, wie der König ihn wütend anblitzte, als er ausrief: »Sagt mir nicht, was ich werde tun! Ich entscheide selbst. Erwartet in Kürze meine Antwort. Ihr seid entlassen, meine Kämmerer wird Euch Eure Unterkunft zeigen.«
Von Justingen nickte ergeben und wandte sich zur Tür. Er war etwas blass und sein Schritt war nicht ganz so fest wie sonst. Wolfger wollte ihm folgen, doch der König hielt ihn zurück und flüsterte: »Warte, Freund, auf ein Wort noch.«
»Ja, Herr?«
»Ist es eine Falle? Warten in Oberitalien Verbündete Ottos und wollen mich fangen auf Weg ins deutsche Reich? Wer ist dieser Mann?«

»Er ist mein Vetter aus Ulm und spricht die Wahrheit. Dennoch lauern Eure Feinde überall. Sie werden die Pässe bewachen, um Euch den Weg über die Alpen abzuschneiden. Es wäre ein sehr riskantes Unternehmen.«
Friedrich stellte sich ans Fenster und starrte aufs Meer. Er erklärte den grau schimmernden Wogen: »Riskant, aber nicht unmöglich.«
Wolfger sah ihn erschrocken von der Seite an: »Ihr habt keine Truppen, kein Geld und keine Erfahrungen. Für Euer Königreich besteht keine unmittelbare Gefahr. Kaiser Otto hält sich im Augenblick zwar noch in der Lombardei auf, um seine Verbündeten durch Privilegien enger an sich zu binden, aber schon bald wird er weiter nach Norden ziehen.«
»Für wie lange? Dann wird er wiederkommen und keine Ruhe geben, bis Sizilien unterworfen ist. Ich werde nicht auf ihn warten wie ein ängstliches Tier. Ich werde selbst zur Jagd aufbrechen. Lieber Jäger sein als Gejagter.«
Wolfger schwieg. Er war nicht wirklich erstaunt. Eigentlich war es vorauszusehen gewesen, denn der König war jung und selbstbewusst und er liebte die Jagd.
Friedrich lehnte sich gegen den offenen Türflügel und brüllte nach Bischof Berard. Anscheinend wollte er sofort mit den Beratungen beginnen. Kurz darauf war er verschwunden. Die Tür hatte er offen gelassen.
Wolfger stand noch eine ganze Weile nachdenklich am Fenster. Das Schicksal des Heiligen Römischen Reiches beschäftigte ihn. Er war ganz in Gedanken versunken, als er sich schließlich zur Tür wandte. Dort stand Agilo.
Im ersten Moment fühlte Wolfger nur eine überwältigende Freude. Sie durchströmte ihn warm, rauschte heftig in seinen Ohren und beschleunigte seinen Herzschlag. Agilo hatte sich verändert, war ein ganzes Stück gewachsen und trug edle Gewänder. Wolfger hatte einen kleinen Jungen in geflickten Beinlingen zurückgelassen. Jetzt fand er einen hoch aufgeschossenen, schlanken Jüngling in den Gewändern eines Höflings vor. Ein weißes Kaninchenfell war mit goldenen Spangen an Agilos Schultern befestigt und bedeckte seinen Oberkörper bis zur Taille. Bestickte Ärmel umspielten in weiten Falten seine gebräun-

ten Handgelenke und Stoff bauschte sich über seinen Knien. Sein Haar war kurz geschnitten und reicht ihm bis zum Kinn. Die Lichter der Nacht schienen sich in den unergründlichen schwarzen Strähnen zu spiegeln. Seine dunklen Augen waren ernst und fragend auf den Wartenden am Fenster gerichtet. Agilo sah schön aus, viel zu schön, sündig schön.

Wolfger fragte sich, womit Agilo während seiner Abwesenheit in der Gunst des Königs gestiegen sein könnte. Plötzlich kam ihm ein schrecklicher Gedanke. Der König musste ihn in sein Bett geholt haben. Wolfger wich angewidert zurück. Die goldenen Spangen an seinen Schultern bezeugten es. Wolfgers Knie begannen zu zittern. Wut und Ekel ließen ihn weiter zurückweichen. Agilo kam auf ihn zu, er wirkte fremd und doch vertraut, als er beglückt ausrief: »Wolfger, du bist zurück! Endlich …«

Wolfger stieß ihn von sich und brüllte: »Rühr mich nicht an!«

Agilo stolperte zurück und fragte ungläubig: »Was ist mit dir?«

Wolfger wandte den Kopf ab. Als er zu flüstern begann, starrte er an dem Jungen vorbei an die Wand: »Wir dürfen uns nicht mehr sehen. Ich habe es vor dem Heiligen Kreuz zu Ulm geschworen.«

»Aber warum?«

Agilos Stimme klang zerbrechlich und schnitt ihm ins Herz. Er konnte es nicht ertragen. Nein! Wolfger richtete sich auf und holte tief Luft. Er hatte es in der alten Pfalzkapelle geschworen. Was immer aus Agilo geworden war, warum auch immer er diese feinen Gewänder trug: Es ging ihn nichts mehr an.

»Geh weg. Vergiss unsere Freundschaft. Was zwischen uns war, ist vorbei. Es war die Freundschaft eines Jungen zu einem Mann, der ihm ein Bruder sein wollte. Du bist nun selbst ein Mann. Du brauchst meine Freundschaft nicht mehr. Sieh dich an. Du bist erwachsen geworden.«

»Nein, so ist es nicht. Ich liebe dich noch immer, hör mich an …«

»Wenn du mich liebst, dann richte nie wieder ein Wort an mich.«

Wolfger ging mit schnellen Schritten zur Tür. Er klammerte sich an den Türrahmen und schloss die Augen. Ihm war schwindelig und er bekam kaum Luft. Es tat weh. Wie konnte er so grausam sein? Er liebte ihn doch auch noch immer. Mehr als einen Freund, mehr als einen Bruder. Beim Näglein des Heiligen Kreuzes zu Ulm, das seine Finger andächtig beim Schwur berührt hatten, er musste sich beherrschen. Er durfte nie wieder mit dem Jungen sprechen oder seinen Worten Gehör schenken. Ohne sich umzublicken, rannte er den Gang hinunter.

Agnes starrte entsetzt auf die offene Tür, durch die Wolfger verschwunden war. Ein Gefühl, als wäre sie gerade geschlagen worden, ließ sie zurücktaumeln. Sie musste sich mit der Hand an der Wand abstützen, um nicht zu stürzen. Sie konnte es nicht fassen. Da hatte sie so lange auf ihn gewartet, hatte sich seine Rückkehr wieder und wieder vorgestellt, hatte sich nach einer Aussprache gesehnt, danach gefiebert, endlich die Wahrheit zu sagen, und dann wies er sie einfach zurück. Er verbot ihr sogar, je wieder mit ihm zu sprechen! Und was war das für ein Schwur vor dem Heiligen Kreuz zu Ulm? Wieso musste er überhaupt schwören? Hielt er ihre Freundschaft für sündig? Schämte er sich seiner Gefühle? Das hieß immerhin, dass er Gefühle für sie hatte. Natürlich hatte er das! Bei dem Gedanken fühlte sie sich gleich viel besser. Sie nahm ihre Finger, mit denen sie sich eben noch abgestützt hatte, von der Wand und trat an das hohe Fenster.

Das Meer glitzerte und Wasservögel ließen sich auf den Wellen treiben.

Agnes dachte an das erfreute Aufblitzen in seinen Augen, als er sie erkannt hatte. Es hatte ihn verraten. Es hatte seine harten Worte Lügen gestraft. Natürlich liebte er sie. Es konnte gar nicht anders sein. Wie gequält sein Blick gewesen war, als er sie von sich gestoßen hatte. Er hatte es nur widerstrebend getan. Wenn er sie nur angehört hätte, sie hätte ihm alles erklären können. Eine Frau hätte er niemals so behandelt. Oder doch? Sie beobachtete ein Schiff, das als Silhouette am Horizont zu sehen war, und kniff die Augen zusammen. Vielleicht war ein ganz anderer Mann aus dem deutschen Reich zurückgekehrt? Vielleicht hatte er sein lockeres, unbeschwertes Wesen im sonnigen Sizilien zurückgelassen und war mit einem finsteren Gemüt und voller Schwermut aus dem Land im Norden zurückgekehrt? Hatte ihr Vater nicht immer davon gesprochen, dass die Menschen dort anders waren? Der Stalljunge hatte ihr erzählt, dass ernst blickende und wichtig aussehende deutsche Gesandte Herrn Wolfger zum König begleitet hatten. Natürlich hatten sie ein bedeutendes Anliegen. Was galt da schon die Freundschaft zu einem Falknerjungen? Doch wenn ein anderer Wolfger aus dem deutschen Reich zurückgekehrt war, konnte sie sich ihm dann immer noch anvertrauen? Der alte Wolfger hätte die Jungenkleider nicht übel genommen, da war sie sich ganz sicher. Er hätte gelacht und sie an sich gezogen. Dieser Mann jedoch machte ihr Angst. Er könnte sich betrogen fühlen und zornig werden. Seine verletzten Gefühle könnten ihn dazu bringen, zum Bischof zu laufen und sie anzuklagen. Beim Anblick der auf dem Meer funkelnden Lichter entschied sie, sich Wolfger erst anzuvertrauen, wenn die Sonne Siziliens sein Herz wieder erwärmt hatte. Dann würde das, was in seinen Augen aufgeleuchtet hatte, alles andere besiegen.

März 1212, am Hafen von Messina

Mechthild rieb sich fröstelnd die Hände. Es war noch sehr früh am Morgen, viel zu früh für ihren Geschmack. Es war ihr schwer gefallen, das warme Bett zu verlassen. Warum musste Friedrich auch in aller Frühe aufbrechen? Wahrscheinlich schämte er sich, dass sein Gefolge so klein war. Nur wenige Männer standen bereit und warteten.
Mechthild hatte sich ein Stück entfernt hinter einem Stapel Kisten verborgen, auf die mit Kohle Genua als Zielhafen gekritzelt worden war. Einige kräftige Männer hatten damit begonnen, sie hochzustemmen und auf ein bereitstehendes Schiff zu bringen. Friedrichs Gefolge würde mit einer kleineren Galeere aufbrechen, die träge im Hafenbecken schaukelte.
Mechthild hatte Anselm eigentlich versprochen, im Bett zu bleiben, weil sie wusste, dass er lange Abschiede nicht leiden konnte. Doch die Neugier war stärker gewesen. Sie wollte wissen, wer den angehenden Kaiser begleiten durfte und in welcher Stimmung Friedrich aufbrach.
Noch war es nicht so weit. Die Männer hüpften frierend von einem Bein auf das andere und warteten ungeduldig auf die Ankunft ihres Herrn.

Mechthild vertrieb sich die Zeit damit, die Möwen zu zählen und mit dem Fuß kleine Kringel in den Sand zu zeichnen, den der Wind über die glatten Steine trieb. Der Wind war nur mäßig und es war kein heftiger Seegang zu erwarten. Sie dachte daran, dass die zierliche Galeere Friedrich und sein Gefolge bis nach Rom bringen sollte. Wenn sie den Weg über das Meer nahmen, würden sie einfach an den kampflustigen Baronen vorbeisegeln. Ehe die Diepolds dieser Welt davon erfahren hätten, wären sie bereits in Rom. Allerdings lauerten in Oberitalien die welfentreuen Städte. Sie würden nicht zögern, den frisch gewählten Gegenkaiser zu fangen und an Otto auszuliefern. Die Mailänder waren die Schlimmsten, das hatte zumindest Anselm ihr gestern Nacht versichert. Überhaupt war es schwierig gewesen, ihn zu einem zärtlichen Abschied oder gar zu einer leidenschaftlichen Nacht zu bewegen, in Gedanken war er schon bei der gefahrvollen Reise gewesen. Sie hatte schließlich davon abgelassen, seinen Bauchnabel zu kitzeln, etwas enttäuscht ihren Kopf auf seinen Bauch gelegt und zugehört, wie er über den Wert der Treue von Genua, Cremona und Pavia sprach. Nun wusste sie gut über die Gerissenheit der Mailänder und die Skrupellosigkeit der Bürger von Piacenza Bescheid, die mit Sicherheit ein Heer aufmarschieren ließen, um Friedrich in Ottos Namen den Weg zu versperren.
Mechthild beobachtete, wie sich eine Möwe kurz auf eine Bohle niederließ, nur um sich darauf wieder in die Lüfte zu erheben und davonzusegeln. Wenn sie das doch auch tun könnte! Stattdessen musste sie hier bleiben und auf Anselms Rückkehr warten. Sie würde mit Brian nach Palermo zurückkehren, die Messen im Dom besuchen und für die Damen der Zisa Laute spielen und singen. Wie langweilig. Sie wollte viel lieber dabei sein, wenn etwas Spannendes passierte, und sie beneidete die wartenden Männer.
Anselm stand direkt neben seinem neuen Herrn, dem Erzbischof Berard von Bari. Anselm würde als sein Notar mitreisen. Er hatte sich bei den Beratungen mit dem Papstlegaten hervorgetan und sich wieder einmal unentbehrlich gemacht. Erst Ende Februar war der Legat eingetroffen und bereits Anfang März war alles nach den Wünschen des Heiligen Vaters geregelt gewesen. Friedrich hatte ihm das Königreich Sizilien als Lehen übergeben und seinen einjährigen Sohn

Heinrich im Dom von Palermo zum König von Sizilien krönen lassen. Er hatte Konstanze zur Regentin gemacht und Walter von Pagliara als Berater an den Hof zurückgeholt, wie Seine Heiligkeit es gewünscht hatte. Wenn Friedrich mit seinem kleinen Gefolge in Rom eintreffen würde, würde er einen sehr zufriedenen Heiligen Vater vorfinden.
Und es ist Anselms Verdienst, dachte Mechthild stolz. Der Gedanke, an Friedrichs Seite und als Mann des Papstes ins deutsche Reich zurückzukehren, hatte ihm sehr gefallen. Seine Frau und sein kleiner Sohn blieben natürlich auf Sizilien zurück. Nur Männer brachen auf. Nicht nur, korrigierte sich Mechthild. Friedrichs Falknerjunge befand sich ebenfalls unter den zum Aufbruch Versammelten. Agnes trug immer noch Männerkleidung, wenn auch viel kostbarere als früher. Sie hatte ihre weibliche Brust unter einem Kaninchenfell verborgen, das in der Frühlingssonne bald zu warm werden würde. Da Friedrich gezwungen war, seine prächtigen Falken zurückzulassen, hatte er darauf bestanden, seinen Falknerjungen mitzunehmen, denn nur der kluge und begabte Agilo würde im Stande sein, ihm im deutschen Reich einen neuen Bestand heranzuzüchten. Friedrich hatte es jedem erklärt, der es hören wollte. Niemand hatte gewagt, seinen Beschluss anzuzweifeln.
»Mechthild!«
Eine Frau in einem dicken Wollmantel kam den Kai heruntergelaufen. Sie achtete sorgsam darauf, nicht zu nah ans Hafenbecken zu treten, und zog ein kleines Mädchen hinter sich her. Das Mädchen war etwa drei Jahre alt. Es trug eine eng anliegende Mütze, unter der sich die feinen Löckchen kringelten, und Rotz lief ihm aus der Nase. Offensichtlich hatte es geweint. Die Frau hatte ihr Gesicht unter einer weiten Kapuze verborgen, doch Mechthild hatte ihre Stimme erkannt: Es war Johanna, die sonst nie zu früher Stunde unterwegs war. Für gewöhnlich überließ sie es Armgard, sich mit Lucias morgendlichen Launen herumzuärgern. Noch mehr wunderte sie sich, als Johanna mit Lucia neben ihr stehen blieb, sich die Kapuze abstreifte und keuchte: »Sie dürfen nicht ohne dich abfahren!«
»Was? Johanna, beruhige dich. Ich darf nicht mit. Keine Frau darf das. Na ja, bis auf eine Ausnahme natürlich …«

»Du meinst Agnes? Dann ist ja eine Frau bei ihm! Heilige Jungfrau, das ändert alles.« Lucia verzog unwillig den Mund und schniefte nur. Ihre Mutter wischte ihr mit dem Handrücken den Rotz weg und seufzte: »Sie ist schreiend aufgewacht und hat wirres Zeug geredet. Friedrich lag tot im Schmutz. Eine Frau hat sein Blut in einer Muschelschale aufgefangen und es ihm zu trinken gegeben. Daraufhin ist er aufgewacht und alle haben gesungen und getanzt. Die Muschel ist in den Himmel geschwebt und das Jesuskind hat Tränen darin vergossen. Lucia glaubt, dass du die Frau warst, doch sie kann sich nicht erinnern. Das kommt hinterher häufig vor. Vielleicht wird es besser, wenn sie älter wird.«

»Ach, herrje«, sagte Mechthild niedergeschlagen.

Sie hatte so etwas geahnt. Was sollte sie mit diesem Bild anfangen? Johanna begann, unter ihrem dicken Mantel in einer Tasche zu wühlen. Mechthild erkannte Konrads alte Arzttasche. Johanna zog eine Muschel daraus hervor und flüsterte: »Da, nimm sie. Am Tag, als wir hinter Agnes' Geheimnis kamen, habe ich sie mitgenommen. Du warst schon fort und Agnes schien sich vor ihr zu fürchten. Vielleicht ist es die Muschel aus Lucias Vision. Wenn Agnes die Frau ist, die ...« Johanna wagte offensichtlich nicht, es auszusprechen. Es schien ein absurder Gedanke zu sein. Mechthild überlegte, ob sie Lucia mit der Muschel zu Agnes hinüberschicken sollte. Oft schenkten Kinder beim Abschied den Edelleuten Blumen oder andere kleine Geschenke. Keiner würde Verdacht schöpfen.

Mechthild nahm zögernd die Muschel und drehte sie fragend zwischen ihren Fingern: »Vielleicht sollte Lucia hinlaufen und sie Agilo zum Abschied überreichen. Siehst du den Jungen mit dem Kaninchenfell, Kleine?«

Sie hatte sich lächelnd zu Lucia herabgebeugt. Das Mädchen starrte sie an und rief ehrlich empört: »Aber, Tante Mechthild, das ist doch ein Mädchen!«

Dieses Kind war einfach zu klug. Mechthild richtete sich auf. Johanna sprach aus, was sie dachte: »Besser nicht. Sie könnte Agnes verraten.«

Mechthild blickte zu den Wartenden hinüber. Gerade sah der große blonde Mann, der neben dem deutschen Gesandten stand, den Falknerjungen prüfend an. Mechthild runzelte die Stirn. Es schien ihr, als wollte er den Jungen mit grimmigen Blicken durchbohren. Sie lehnte sich zu Johanna und wisperte: »Siehst du den? Der sieht aus, als wolle er Agnes mit Blicken töten. Er ist gefährlich!«

»Das ist Wolfger der Späher. Er begleitet den schwäbischen Gesandten von Justingen zurück ins Reich. Er war schon früher an Friedrichs Hof. Zu mir war er immer sehr zuvorkommend. Warum hältst du ihn für gefährlich?«

»Ich weiß nicht. Er ist mir irgendwie unheimlich. Ich befürchte, Agnes ist in Gefahr. In einer kleinen Reisegesellschaft sind alle eng beieinander und aufeinander angewiesen. Wenn herauskommt, dass Friedrichs Falknerjunge eine Frau ist, wird man sie hinrichten. Kein Mann hat Verständnis für eine Frau in Männerkleidern und der Bischof schon gar nicht.«

»Ach, Heilige Jungfrau! Wenn er es nun herausfindet, bevor Agnes ihm das Leben retten kann?«

»Tante Mechthild hat das getan«, protestierte Lucia und stampfte wütend mit dem Fuß auf. Mechthild achtete nicht darauf. Sie dachte angestrengt nach.

»Siehst du das Schiff, das sie gerade beladen? Vielleicht sollte ich es bis Genua nehmen. Dort könnte ich auf Friedrich und sein Gefolge warten. Früher oder später werden sie nach Genua kommen. Wenn es dann noch nicht zu spät ist. Ich kann Brian mitnehmen und mich als Kaufmannsfrau ausgeben, die in Genua Ware einkaufen will.«

Johanna lächelte und rief erleichtert: »Du tust das Richtige. Ich spüre es. Die Gefahr droht Friedrich von den Städten des Nordens, ebenso bei der Überquerung der Alpen und vor allem bei seiner Ankunft. In Rom wird er sicher sein. Es wird reichen, wenn du in Genua zu ihm stößt.«

Mechthild fühlte sich missverstanden. Sie sorgte sich nicht um Friedrich. Verärgert verstaute sie die Muschel in ihrer Geldbörse: »Denke bloß nicht, dass ich wegen einer undurchsichtigen Vision nach Genua will. Wie war das? Ich werde dem König sein Blut zu trinken geben und eine Muschel schwebt zum Himmel? So ein Unsinn!«

Den letzten Satz hatte sie sehr laut gesprochen. Vielleicht, weil sie sich selbst überzeugen wollte. Denn – erfüllten sich nicht immer

Lucias Vorhersagen auf die eine oder andere Weise? Mechthild schüttelte den lästigen Gedanken ab und rief: »Es war nur ein verrückter Traum, nichts weiter.«
Ein Träger stolperte erschrocken und eine Kiste, die auf das Schiff nach Genua sollte, schwankte bedenklich.
Mechthild fügte etwas leiser hinzu: »Wenn ich das Schiff nach Genua nehme, dann nur, um auf die arme Agnes aufzupassen. Sicher braucht sie Hilfe. Anselm ist zu beschäftigt, um zu bemerken, wenn Gefahr droht. Denk nicht, dass ich quer durch die oberitalienischen Marken reise, weil Lucia schlecht geträumt hat! Es hat nichts mit dieser Vision zu tun.«
»Natürlich nicht«, sagte Johanna verständnisvoll.
Es klang, als meine sie genau das Gegenteil. Dann lachte sie zufrieden und zog Mechthild kurzentschlossen an sich. Für einen Moment hielt sie ihre Freundin so fest, als würde ein Abschied für immer bevorstehen. Sie atmete schwer und schien gleich in Tränen auszubrechen. Sie wisperte Mechthild mit erstickter Stimme ins Ohr: »Leb wohl. Gott schütze dich.«
Mechthild presste sie kurz an sich und murmelte verlegen: »Ich werde doch wiederkommen.«
Würde sie das? Was war, wenn die Mailänder Friedrich und sein Gefolge in Genua gefangen nahmen? Was würde mit ihr geschehen? War es nicht viel zu gefährlich, Brian mitzunehmen?
Unter den Wartenden brach plötzlich Unruhe aus.
Johanna ließ Mechthild los und wich zurück. Lucia griff nach Mechthilds Hand und rief: »Da kommt der Kaiser! Ist er nicht schön?«
Die Männer auf der anderen Seite des Anlegers begrüßten den heranreitenden Mann freudig. Friedrich trug die schlichte und unauffällige Reisekleidung eines jungen Edelmannes. Er hatte auf prächtige Gewänder verzichtet und doch würden sie ihn überall an seinen hellroten Locken erkennen. Mechthild bemerkte, wie Agnes angstvoll die Schultern hochzog und sich nach dem finster blickenden Wolfger umblickte. In diesem Moment kam die Königin mit ihren Hofdamen angeritten. Sie sprang laut schimpfend vom Pferd und krallte sich an Friedrichs Ärmel. Sie schien heftig gegen seinen Aufbruch zu protestieren. Genau wie die Ratgeber des Königs hatte sie in den letzten

Monaten immer wieder vergeblich versucht, ihn von dieser Reise abzuhalten. Ganz Palermo hatte von nichts anderem gesprochen. Während sie auf Friedrich einredete, wand sich ein kleiner dicklicher Junge aus den Armen seiner Amme und krabbelte fröhlich kreischend über den Anleger. Die Möwen flohen in alle Richtungen und der Kleine lachte vergnügt. Der frisch gekrönte Rex Siciliae schien nicht besonders beeindruckt vom Abschiedsschmerz seiner Mutter zu sein. Mehrere Hofdamen versuchten, ihn wieder einzufangen.
Im Gewirr verlor Mechthild Agnes aus den Augen. Sie ließ den Blick über die Menge schweifen und sagte nachdenklich: »Ich kann Brian nicht allein zurücklassen. Wir werden uns als Angehörige eines dänischen Kaufmanns ausgeben. Das ist weder welfisch noch staufisch. Kaufleute reisen überall und immer. Niemand wird uns aufhalten oder uns den Weg versperren. Als dänische Kaufmannsfrau könnte ich sogar ungehindert über den Brenner und bis nach Konstanz gelangen.«
Die kleine Lucia blickte mit einem seltsamen Ausdruck zu ihr auf. Mechthild versuchte es zu ignorieren und ließ hastig Lucias warme Hand los.
In diesem Augenblick sollte Agnes über das schmale Brett balancieren, das zur schwankenden Galeere hinüberführte. Wolfger der Späher griff zu und hielt ihren Arm umklammert. Der Anblick gefiel Mechthild gar nicht. Wie finster er wirkte, als ob er etwas ausheckte. Sicher ahnte er bereits, dass Agnes kein junger Mann war. Oder wusste er etwas von der Verschwörung des Schweinegrafen? Kannte er Agnes Bruder? Von diesem Mann ging eine Gefahr aus, daran konnte kein Zweifel bestehen. Wenn sie Anselm doch nur vor diesem Mann warnen könnte! Anselm winkte in ihre Richtung, als ahnte er, dass sie ihm zusah, und tastete sich vorsichtig über die Bretter. Als Letzter kam Friedrich. Er entwand sich den Armen seiner Frau, gab dem in den Armen seiner Amme zappelnden König von Sizilien einen Kuss auf die Nase und sprang über die erzitternden Bretter. Kurz darauf entfernte sich die Galeere und Mechthild sagte zuversichtlich: »Es wird sicher nicht nötig sein, bis Konstanz zu reisen. Sobald dieser Wolfger Friedrichs Gefolgschaft verlässt, werde ich beruhigt sein und zurückkehren.«

Lucia lächelte wissend und hüpfte davon. Johanna beeilte sich, ihr zu folgen, denn die Kleine balancierte gefährlich nah am Hafenbecken. Mechthild hatte die beiden längst vergessen. Sie blickte der immer kleiner werdenden Galeere nach und plante bereits ihre eigene Reise.

Mai 1212, in Genua

Diese Männer kamen von Kaiser Otto. Anselm war sich ganz sicher. Er saß schon eine ganze Weile angespannt da und belauschte das Gespräch am Nachbartisch. Jetzt schwiegen die beiden Männer und widmeten sich ihrem Kräuterbier. Waren sie hier, um für Otto Erkundigungen einzuziehen? Nein, eher nicht, dazu waren sie zu ärmlich gekleidet. Sie sahen aus wie Söldner, die in Aversa für Otto gekämpft hatten und bei seinem Rückzug entlassen worden waren.
Allerdings schienen sie gut über die Vorgänge im Reich Bescheid zu wissen und genau deshalb war Anselm hier. Am späten Nachmittag war er mit Friedrichs Gefolge in der Stadt eingetroffen. Sofort hatte er sich nach einem Wirtshaus erkundigt, in dem die Deutschen mit Vorliebe abstiegen. Die Diener des jungen Percival Doria, der ihnen seinen Adelspalast großzügig zur Verfügung gestellt hatte, waren sich einig gewesen: Alle Deutschen in Genua nächtigten im La lampada rossa. Anselm hatte sich nur kurz in der Schreibstube des Adelspalastes umgeblickt und war dann zum beschriebenen Wirtshaus aufgebrochen.
Er saß mit dem Rücken zum Schankraum, hörte dem Stimmengewirr zu und verwünschte die Gerüche, die ihn umgaben. Es roch nach Schweiß, verbranntem Öl und viel zu lange gegartem Fleisch. Im Palast der Familie Doria würde es wahrscheinlich das zarte Fleisch von jungen Kapaunen geben und nach lieblichen Blumen duften. Nun würde er das reichhaltige Festmahl verpassen, das die Familie Doria für den neuen Kaiser ausrichten ließ.
Allerdings hatte er in Rom jeden Tag vorzüglich gespeist.
Kaiser Otto schien im deutschen Reich ebenfalls keine Not zu leiden. Gerade hatte der gut informierte Mann am Nebentisch von einem großen Hoftag in Nürnberg gesprochen. Kaiser Otto wollte die Fürs-

ten von seinem Kampf gegen Innozenz und dessen Mündel Friedrich überzeugen. Anscheinend schloss er bereits Bündnisverträge und sandte eilige Boten an König Johann von England. Sein Gesprächspartner wusste dagegen zu berichten, dass Otto nach Thüringen marschiere. Nachdem Ottos Brüder das Land des abtrünnigen Erzbischofs von Mainz verwüstet und die Plünderung der Stadt Lüttich befohlen hatten, wolle Otto die Burgen des untreuen Landgrafen von Thüringen zerstören. Diesen Friedrich auf Sizilien halte Otto dagegen für völlig ungefährlich. Anselm hörte es mit Genugtuung. Otto ließ sich wieder einmal von seinen Gefühlen lenken. In seinem Stolz gekränkt, verlor er das Wesentliche aus den Augen und vertraute darauf, dass die mit ihm verbündeten Städte in Oberitalien seinem Kontrahenten den Weg versperren würden. Mit Sicherheit war der erst siebzehnjährige Friedrich für Otto immer noch der Puer Apuliae, das Kind aus Apulien, nur ein kleiner, von Innozenz protegierter Pfaffenkönig.
Das Gespräch am Nebentisch war verebbt. Anselm nahm einen großen Schluck Kräuterbier und dachte an den herrlichen Empfang in Rom. Sie waren mit Jubel und Glockengeläut begrüßt worden. Friedrich hatte geschmunzelt, als Bischof Berard gerührt ausgerufen hatte: »Seht, Herr, nicht der Papst, sondern das römische Volk selbst entsendet Euch gleichwie eine Mutter ihren Sohn nach Germanien, um den Gipfel des Kaisertums zu erreichen.«
Sie hatten sich nur wenige Tage in Rom aufgehalten. Innozenz hatte sie mit Geld für die Reise, Empfehlungsschreiben und Schiffen ausgestattet. Die Genueser hatten sie ebenso herzlich empfangen, immerhin erhofften sie sich von Friedrich die Zusicherung von Handelsprivilegien. Das war es, was die oberitalienischen Städte vor allem interessierte. Percival Doria war jedoch ein gebildeter junger Patrizier, in der Dichtkunst bewandert, schien er sich gut mit Friedrich zu verstehen. Sie hatten sich gerade mit Scherzgedichten unterhalten, als Anselm sich zum Wirtshaus davongemacht hatte.
Seine interessanten Tischnachbarn hatten offensichtlich beschlossen, dass es Zeit war, zu gehen. Sie gähnten, murmelten etwas von einem weiten Weg und nickten Anselm freundlich zu, bevor sie müde die Stufen zu den Schlafkammern erklommen. Anselm blickte ihnen nach.

Er war sehr zufrieden. Er hatte erfahren, was er wissen wollte. Egal, ob Otto nun einen Hoftag in Nürnberg veranstaltete oder bereits nach Thüringen marschierte: Er war weit weg. Eine Begegnung mit dem Mann, der ihn gebannt und für friedlos erklärt hatte, stand nicht zu befürchten.
Anselm beobachtete, wie einer seiner unfreiwilligen Informanten einer Frau ausweichen musste, die im selben Moment die Treppe hinunterwollte. Die Frau sah Mechthild verblüffend ähnlich. Sie hatte dasselbe hellblonde, nur von einer Schapel zurückgehaltene Haar, trug ein verstaubtes dunkles Reisekleid mit umgeschlagenen Ärmeln und blickte genauso interessiert um sich, wie Mechthild es getan hätte. Als sie die unterste Stufe der schmalen Treppe erreicht hatte, erkannte Anselm sie.
Es war Mechthild.
Vor Schreck hätte er fast den Becher umgeworfen. Er umklammerte ihn und unterdrückte einen Fluch. Wie kam seine Frau hierher? Was hatte sie in einem Wirtshaus in Genua zu suchen?
Jetzt hatte auch sie ihn erkannt. Mit einem verwirrten Gesichtsausdruck kam sie zu seinem Tisch herüber und sank auf die freie Bank ihm gegenüber. Erschöpft lehnte sie sich an die schmierige Wand und schien zu überlegen, ob sie sich einen Schluck aus dem Krug gönnen sollte, ließ es aber bleiben. Sie blickte zu ihm auf und fragte: »Was tust du hier? Warum bist du nicht im Palast der Doria, wie alle anderen?«
»Dasselbe könnte ich dich fragen.«
Er hatte nicht so vorwurfsvoll klingen wollen. Ihre Antwort war entsprechend schnippisch: »Man hätte mich dort kaum eingelassen.«
Aufgebracht griff sie nach dem Krug und nahm einen tiefen Schluck. Sie stellte den Krug mit einem lauten Knall wieder ab. Anselm spürte, wie er wütend wurde. Die Erleichterung über Ottos Abwesenheit wich dem Zorn über seine unberechenbare Frau. Genua, ausgerechnet Genua! Von hier führte sie ihr Weg durch das von Mailand kontrollierte Gebiet und er hatte keine Zeit, sich um seine Frau zu kümmern. Hatte sie ihm etwa in der Nacht vor seinem Aufbruch nicht zugehört?
Sie hörte nie zu. Ärgerlich knurrte er: »Ich meine nicht die Doria und das weißt du. Was führt dich in diese Stadt? Hatten wir nicht verein-

bart, dass du in Palermo auf mich warten solltest? Kannst du denn nie auf mich hören? Musst du immer und immer wieder tun, wonach dir gerade der Sinn steht? Ohne Rücksicht auf mich oder Brian oder irgendeinen anderen? Du bist selbstsüchtig und unvernünftig. Du setzt dich über Vereinbarungen hinweg und tust Dinge, die vielleicht nie wieder …«

Er unterbrach sich. Das war kein guter Anfang. Er hörte sich an, wie der Scholar eines ungelehrigen Schülers oder wie der Vater einer ungehorsamen Tochter. Sie hasste es, wenn er so war. Ihre Augen funkelten angriffslustig und sie hob an, ihm etwas Heftiges zu erwidern. Doch dann schien sie sich zu besinnen. Sie lächelte mild und sagte erstaunlich gelassen: »Du irrst dich. So war ich früher einmal. Es stimmt, ich war oft selbstsüchtig. Das ist vorbei. Die Begegnung mit dem kleinen Mann in Assisi hat mich verändert. Ich frage mich seitdem immer zuerst, was Gott von mir erwartet. In diesem Fall war es ganz eindeutig.«

Anselm starrte sie an und flüsterte ungläubig: »Mechthild, das kann nicht dein Ernst sein? Willst du damit sagen, dass du im göttlichen Auftrag handelst?«

Sie kratzte verlegen an der Tischplatte herum und sah aus, als bereute sie bereits ihre voreiligen Worte. Unsicher blickte sie auf und erklärte etwas unbestimmt: »Na ja … ich nehme es jedenfalls an. Ich habe nicht mit meinem Beichtvater gesprochen und es auch nicht von einem Bevollmächtigten der Kirche prüfen lassen, oder so was.«

»Was prüfen lassen?«

Langsam verlor Anselm die Geduld. Sie schien es zu spüren und holte tief Luft: »Also gut. Ich bin hier, um auf Agnes aufzupassen. Ich mache mir Sorgen um sie. Während einer so langen Reise könnte entdeckt werden, wer sie wirklich ist. In einer kleinen Reisegruppe kann manches offensichtlich werden, was vorher verborgen war. Es gibt da einen Deutschen, Wolfger heiß er, der ist gefährlich! Ich muss Agnes warnen und falls sich alles gegen sie wendet, will ich vor dem König für sie sprechen.«

»Was könntest du vorbringen, was ich nicht auch sagen könnte?«

»Eine ganze Menge! Ich war auf dem Landgut derer von Borras und habe ihre Mutter gesehen. Ich kann bezeugen, dass Caterina di Borras

sehr krank ist und somit eine leichte Beute für die Verschwörer gewesen wäre. Und ich kann bezeugen, dass Johannas Hände die Stimmen vertrieben haben, die Agnes beherrschten. Nur die Stimmen haben sie verleitet, sich als Junge zu verkleiden! Agnes verdient den Tod nicht. Auch wenn das Wort dieses Mannes dagegensteht. Wer immer Wolfger ist, der König wird mir glauben. Ich kann sehr überzeugend sein. Wenn ich auch nicht mit Agnes reisen kann, so will ich wenigstens in ihrer Nähe sein.«
Anselm war überrascht. Sie schien diesmal wirklich völlig selbstlos zu handeln. Ob es an dem Mann in Assisi lag, war unwichtig. Seine Frau sorgte sich mehr um einen anderen Menschen als um sich selbst und das gefiel ihm. Sie unterbrach seine Gedanken, indem sie in ihrer großen Geldbörse herumtastete und eine Muschel hervorzog.
Sie legte eine Jacobsmuschel auf den Tisch, schob sie in seine Richtung und fragte: »Kannst du sie Agnes unauffällig geben und ihr ausrichten, dass ich in der Nähe bin und ihr helfen werde, falls es nötig sein wird?«
Er nickte und zog die Muschel zu sich herüber. Gleichzeitig berührte er ihre Hand und fügte hinzu: »Es wird nicht nötig sein. Mach dir keine Sorgen. Wolfger der Späher ist vollkommen harmlos. Ich habe sogar beobachtet, wie Agnes seine Nähe gesucht hat. Sie hat versucht, mit ihm zu sprechen, und er hat sich abgewandt. Es macht auf mich den Eindruck, als gehe er ihr aus dem Weg.«
Mechthild starrte nachdenklich auf einen Tropfen, der am Krug entlang auf die Tischplatte tropfte. Bis auf ihren Tisch war die Schankstube leer. Die Öllampen mit den roten Tonfüßen qualmten an den Wänden und der Wirt sah zu ihnen hinüber. Anselm kam plötzlich ein wichtiger Gedanke. Er warf dem Wirt einen Blick zu, lehnte sich vor und flüsterte: »Du darfst dich nicht in unserer Nähe aufhalten. Die Mailänder können uns jederzeit angreifen! Es wird schwierig genug werden, sie zu umgehen. Wir werden abwarten müssen, bis der Weg nach Pavia sicher ist. Die Pavianer haben uns ihren Begleitschutz bis Cremona zugesichert. So Gott will, geht es von Cremona nach Mantua über Verona nach Trient und über den Brennerpass.«
»Wenn es Brian besser geht, werden wir noch vor euch in Trient sein.«

Anselm war verwirrt. Was meinte sie damit? War Brian nicht in Palermo? Hatte sie es wirklich gewagt, den Jungen mitzunehmen? Und das, wo Brian immer seekrank wurde und noch tagelang an Land an den Folgen litt. Wie konnte sie nur? Anselm fühlte, wie er wieder wütend wurde. Halb misstrauisch und halb anklagend fragte er: »Wenn es ihm besser geht? Was hat das zu bedeuten?«
»Brian liegt oben. Schau nicht so entsetzt. Er ist in guten Händen. Ein paar Leute aus unserem großen Haus in Palermo begleiten uns und kümmern sich um ihn. Die junge Magd, die ständig Schluckauf hat, flößt ihm in diesem Augenblick Wasser ein. Ihr weißhaariger Vater sitzt an der Tür und hält Wache. Du kannst mit hinaufkommen und dich davon überzeugen.«
»Warum ist Brian nicht in Palermo? Dort wäre er in Sicherheit.«
»Wir werden nach Braunschweig zurückkehren. Was soll Brian dann allein in Palermo?«
»Wir kehren zurück?«
So hatte Anselm es noch gar nicht betrachtet.
»Aber natürlich! Wenn Friedrich erst im deutschen Reich ist, wird er bald gekrönt werden. Er wird Otto ein für allemal vertreiben. Friedrich ist dir wohlgesinnt. Das Lehen wird wieder uns gehören und das Stadthaus ebenfalls. Sizilien ist wunderschön, doch es wird Zeit, nach Hause zurückzukehren.«
Irgendwie hatte er das Gefühl, als wäre sie schon einen Schritt weiter. Er brauchte einen Moment, um ihr zu folgen. Sie wollte nach Hause und vertraute darauf, dass Friedrich ihnen schon einen Weg ebnen würde? Das war verrückt! Anselm wiegte skeptisch den Kopf.
»Es scheint mir, als kalkuliere ein Kaufmann bereits den Gewinn ein, obwohl die Schiffsladung noch nicht eingetroffen ist und ein bedrohlicher Sturm heraufzieht. Wie kannst du so sicher sein, dass Friedrich Erfolg haben wird?«
»Johanna hat ein Gespür für solche Dinge und sie hat beim Abschied geweint, als wäre es ein Abschied für lange Zeit – oder für immer.«
Mechthild sah aus, als wollte sie noch etwas hinzufügen. Doch dann schwieg sie und starrte nachdenklich vor sich hin. Anselm wollte sie nicht stören. Er stellte sich vor, wie Brian oben schlief und wie er aufwachen und sich freuen würde, seinen Vater zu sehen. Es war eine

schöne Vorstellung. Nach einer Weile fragte er leise: »Nimmst du mich mit nach oben? Ach je, was wird der Wirt denken? Ich bin ein Fremder und du eine allein reisende Frau.«

Mechthild lächelte verschwörerisch und wisperte zurück: »Er wird denken, dass die dänische Kaufmannsfrau Gefallen an dir gefunden hat. Ich reise nämlich als Frau eines Dänen durch die italienischen Marken und kaufe Stoffe ein. Warum sollte die geschäftstüchtige Dänin nicht … Nein, du Dummkopf. Der Wirt denkt nichts Unschickliches. Er weiß, dass Brian da oben liegt und krank ist. Brian hat dem Sohn des Wirts bei unserer Ankunft im hohen Bogen auf den Kittel gespuckt. Alles stank zum Gotterbarmen. Du wirst behutsam mit ihm sein müssen.«

»Armer Junge«, sagte Anselm und stand auf, um ihr nach oben zu folgen.

Er wusste selbst nicht, welchen Jungen er meinte. Vielleicht meinte er auch sich selbst.

Juli 1212, zwischen Pavia und Cremona

Agnes konnte vor Müdigkeit kaum die Augen offen halten. Sie waren am späten Abend in Pavia aufgebrochen und die ganze Nacht hindurch geritten. Erschöpft und kraftlos klammerte sie sich an ihren Vordermann und unterdrückte ein Gähnen. Es war nicht besonders bequem, hinter einem vollkommen Fremden im Sattel sitzen zu müssen. Der schweigsame Soldat aus Pavia knurrte mürrisch, sobald sie es auch nur wagte, die kribbelnden Füße oder ihre tauben Finger zu bewegen. Zu sprechen und um eine Rast zu bitten, traute sie sich schon gar nicht, dabei musste sie dringend. Alle Männer waren so angespannt und gereizt, dass sie befürchten musste, zurückgelassen zu werden. Wenn sie nicht gleich an der verabredeten Stelle waren, würde sie sich nass machen wie ein Welpe und die Männer würden spotten: Der kleine Agilo hat sich vor Angst in die Hosen gemacht.

Was sollte sie nur tun, wenn sie am Fluss waren und das Wasser an der Furt laut plätscherte? Lieber nicht daran denken. Unruhig rutsch-

te sie im Sattel herum und prompt knurrte der Mann aus Pavia böse. Es war eigentlich egal, bei wem sie hinten auf dem Sattel saß.
Jeder behandelte sie wie eine störende Last, die dem eigenen braven Tier zugemutet wurde. Sie waren alle gleich. Die Männer waren klebrig, stanken, rülpsten und pöbelten. Nur einen hätte sie allen anderen vorgezogen: Wolfger. Zwar war sie sich immer noch nicht sicher, ob sie ihm vertrauen konnte, doch sie mochte es, wie ernst und nachdenklich seine blaugrauen Augen blickten und wie er sich beim Nachdenken mit der Fingerspitze über die feine Narbe auf seinem Nasenrücken fuhr. Sie liebte seine viel zu großen und breiten Hände, die immer etwas hilflos wirkten. Sie sehnte sich nach seiner tiefen sanften Stimme, mit der er sie seit ihrem Wiedersehen in Messina nie wieder angesprochen hatte. Beim Aufbruch hatte sie noch gehofft, dass er es sein würde, um den sie die Arme legen musste. Zu ihrem Unglück war es im Durcheinander an der Stadtmauer einem fremden Soldaten zugefallen, sie mit aufs Pferd zu nehmen.
Gerade als sie sich enttäuscht damit abgefunden hatte, war Anselm neben ihr aufgetaucht. Er hatte ihr in den Sattel geholfen und ihr etwas zugesteckt. Im Fackellicht der Stadtwache waren kurz die Strahlen der Sonne auf einer Muschelschale zu sehen gewesen. Überrascht hatte Agnes ihre Pilgermuschel erkannt und sich bei ihrem Anblick unendlich getröstet gefühlt. Fast hätte sie Anselm stürmisch umarmt. Die Freude war noch größer geworden, als er ihr zugewispert hatte, dass Mechthild herzlich grüßen ließe und sie nicht im Stich lassen würde. Voller Dankbarkeit hatte sie die Muschel im Leinenbeutel unter dem Kaninchenfell verborgen. Ihre Finger hatten dabei kurz das kühle Metall der Eidechsenspange berührt. Für einen Moment hatte sie mit dem Gedanken gespielt, die Spange hervorzuholen und allen zu zeigen. Sie hatte sich nach Wolfger umgeblickt und den Gedanken wieder verworfen. Er hatte grimmig und ziemlich abweisend in den Nachthimmel gestarrt. Eine nächtliche Flucht war kein guter Augenblick, um zu beichten.
Bis jetzt war alles gut gegangen, doch das konnte sich jeden Augenblick ändern.
Die Begleitmannschaft aus Pavia sollte sie bis zum Lambrofluss bringen. Hinter der Furt warteten die bewaffneten Cremoneser. Erst

wenn Friedrich es über den Fluss geschafft hatte, befand er sich in Sicherheit. Die Mailänder konnten sie bis dahin jederzeit aufspüren und umzingeln. Sie waren endlose Seitenwege geritten, der Mond hatte als runde Scheibe am Himmel gestanden und nur Hufschläge und die Geräusche der Nacht waren zu hören gewesen.

Endlich begann der Morgen zu grauen. Agnes legte den Kopf zurück und begrüßte den ersten dunstigen Lichtstreifen am Horizont. Sogar ihr Begleiter atmete erleichtert auf.

Die Gefahr schien vorüber. Vor ihnen malte der Mond Kringel auf das stille Wasser des Flusses. Es kräuselte sich sanft und schwappte nur hin und wieder gegen die sandige und steile Uferböschung. Der Anführer aus Pavia gab leise den Befehl, dem Flusslauf zur Furt gen Osten zu folgen. Seine Männer nahmen Friedrich in ihre Mitte und ritten voraus.

Alles wirkte friedlich. Es war bestimmt nicht mehr weit. Agnes meinte, die Schatten der bewaffneten Reiter am anderen Ufer zu erkennen. Die Cremoneser standen bereit, um sie zu empfangen. Auch die anderen hatten sie gesehen und flüsterten aufgeregt.

Agnes überlegte gerade, ob es drüben einen Busch geben würde, hinter den sie sich während der Ablösung der Schutztruppen unauffällig zurückziehen konnte, als Wolfger hinter ihr brüllte: »Eine Falle – una trappola!«

Im selben Augenblick kamen die Mailänder aus den Schatten hervorgestürzt. Sie waren plötzlich überall. Mailänder in silberglänzenden Rüstungen kamen zu Pferd herangestürmt, Mailänder zu Fuß hielten Pfeile schussbereit und mit Speeren bewaffnete Mailänder umzingelten Friedrichs überrumpeltes Gefolge. Zuerst sagte keiner ein Wort, dann brüllten alle durcheinander, obwohl keiner das Zeichen zum Angriff gegeben hatte.

Ehe Agnes sich ducken konnte, zischte ein Pfeil an ihrem Kopf vorbei. Um sie herum schlugen Schwerter aufeinander und Pferde wieherten. Das wütende Geheul der Männer und das Getrampel von Hufen vermischten sich zu einem Furcht einflößenden Lärm. Vom Fluss antworteten vereinzelte Schreie. Jemand kreischte: »Schützt ihn mit eurem Leben! Schützt ihn!«

Friedrich, dachte Agnes entsetzt. Sie wollen ihn für Otto fangen!

Sie versuchte, etwas im Kampfgetümmel zu erkennen. Was ging am Fluss vor sich? Ein Pfeil streifte sie an der Schulter und riss den Stoff ihres Ärmels auf. Blut sickerte durch das Leinen, floss an ihrem Arm entlang. Sie merkte es kaum und war wie betäubt. Nur ein Gedanke beherrschte sie: Wo war Friedrich? Stand er noch am Ufer des Lambro inmitten seiner Schutztruppe aus Pavia? Mailänder Schwerter versuchten sich hartnäckig einen Weg zu ihm zu bahnen. Fast hatten sie es geschafft. Eine Gasse aus zu Boden stürzenden Männern bildete sich. Agnes konnte Friedrichs hoch aufgerichtete Gestalt erkennen. Er saß noch auf dem Pferd. Es tänzelte rückwärts und wich zum Ufer zurück. An der steilen Böschung sprang Friedrich herunter, streifte sich das Schwertgehänge ab und nahm den Sattel vom Rücken seines Pferdes. Bischof Berard war plötzlich neben ihm und redete mit fliegenden Händen auf ihn ein. Friedrich bekreuzigte sich ruhig und schwang sich wieder auf den braunen Pferderücken. Was hatte er vor? Agnes starrte wie gebannt zu ihm hinüber. Das Kampfgetöse schien ihr gedämpft und weit weg. Das Mondlicht spiegelte sich auf Friedrichs roten Locken. Der Wind fuhr hindurch und wirbelte sie wild durcheinander, als sein Pferd das steile Ufer hinunterrutschte. Das darf er nicht tun, dachte Agnes erschrocken. Der Lambro wird ihn mit sich reißen. Der Fluss wird ihn in die Tiefe ziehen, wie der Saleph einst seinen Großvater Barbarossa hinabgerissen hatte.

Agnes fühlte ihren blutenden Arm pulsieren. Es tat nicht weh. Es war ganz unwichtig. Sie konnte nur daran denken, dass Friedrich es unbedingt über den Fluss schaffen musste. Die Stelle ist viel zu tief und die Strömung wird sein schwimmendes Pferd mit sich reißen, überlegte sie atemlos und versuchte zu erkennen, was geschah. Ein Pulk Kämpfender schob sich vor den leuchtenden Horizont. In dem heller werdenden Silberstreifen mischten sich zarte orange Töne und ein leuchtend gelber Schimmer brach durch den Dunstschleier. Die Sonne ging auf. Blitzendes Metall schlug auf Metall. Ringsherum fielen Männer zu Boden und brüllten vor Schmerz, Staub wirbelte und nahm Agnes die Sicht.

Der Mann vor ihr im Sattel schien ebenfalls wie gebannt zum Ufer gestarrt zu haben. Er hatte das Pferd etwas abseits in den Schatten gelenkt, doch nun hatten sie ihn umzingelt.

»Maledetto!«, zischte er grimmig und sie klammerte sich hilflos an seinen Rücken. Sie wusste nicht, was sie tun sollte. Mit dem gezogenen Schwert drohend in der Luft, wandte ihr Vordermann hektisch das Pferd herum und suchte brüllend seinen Gegner. Sofort war er von mehreren Reitern umzingelt. Sie sind in der Überzahl, sie sind ihm überlegen, konnte Agnes nur noch denken, dann bäumte sich ihr Pferd auf und sie wurde aus dem Sattel geschleudert.
Es folgte ein Sturz durch einen Wirbel aus Dunst und Staub, durch heftiges Gedröhn und lautes Scheppern, bis sie hart auf dem Boden aufschlug. Sie landete unsanft auf dem Bauch zwischen Stöhnenden und Sterbenden. Ein scharfer Schmerz zog in ihren verletzten Arm, Grassoden und Steine gruben sich in ihre Wangen. Der Kampf tobte über sie hinweg. Wogende Wellen aus rasselnden Eisenringen, schreienden Männern und zu Boden stürzenden Körpern. Blut spritzte in ihr Gesicht. Sie riss den Kopf hoch und fuhr sich mit dem Handrücken über die Lippen. Es war warm und schmeckte metallisch, nach fremdem Leben. Ihre Lippen begannen zu zittern und auf einmal zitterte sie am ganzen Körper. Das war der Tod. Sie würde gleich so still daliegen wie der Mann dort, der mit glasigen Augen ins Nichts starrte. Der Gedankte weckte sie. Sie wollte nur noch fort und zog sich stöhnend hoch.
Jeder schien eine Waffe zu haben, nur sie besaß nichts, womit sie sich wehren konnte. Nicht einmal das kleinste Messerchen trug sie mit sich. Sie konnte nur auf allen vieren davonkrabbeln wie ein Tier. Kriechen wie ein Wurm und sich fortwinden wie eine Schlange. Es war nicht wichtig. Nur raus hier, weg, fort aus diesem alles verschlingenden Todeswirbel.
Als sie sich mit aufgestützten Ellenbogen vorwärts ziehen wollte, traf sie etwas an der Stirn und streifte dicht an ihrem Körper vorbei. Pfeile prasselten ganz in der Nähe herunter und verfehlten sie nur knapp. Es hatte keinen Sinn. Es gab kein Entkommen. Sie war wehrlos, schutzlos und nackt. Es machte keinen Unterschied, was sie tat oder nicht tat.
Früher oder später würde es sie erwischen.
Wimmernd machte sie sich so klein wie möglich. Sie kauerte sich in die Hocke, vergrub den Kopf zwischen den Knien und schlug schüt-

zend die Hände über ihren Kopf zusammen. Heilige Verena, komme mit einem Heer Engel herbei, heilige Afra, sende Speere vom Himmel, heilige Juliana, vernichte die Angreifer. Schicke einen wütenden Drachen, heiliger Bonifatius!
Der wütende Drache kam, doch er kam aus Mailand.
Sie hörte sein grimmiges Knurren. Erwartungsvoll blickte sie auf. Ein Mailänder stand nur wenige Schritte von ihr entfernt. Er war dabei, sein Schwert in den Bauch seines verblüfften Gegners zu senken. Der getroffene Mann taumelte rückwärts, stolperte über Agnes und sackte stöhnend hinter ihr in die Knie. Der Mailänder holte aus, um sein Werk zu vollenden. Von herandrängenden Kämpfenden erhielt er unvermutet einen Stoß. Das Schwert segelte aus seiner Hand. Er stürzte und riss die am Boden kauernde Agnes um.
Sein Gewicht drückte sie zu Boden, nahm ihr den Atem und presste ihr die Luft ab. Sie glaubte, ersticken zu müssen, und versuchte verzweifelt, sich unter ihm herauszuwinden, doch er war zu schwer. Seine Rippen bohrten sich in ihre Brust, sein Speichel tropfte in ihr Gesicht, sein Atem roch säuerlich. Sie warf den Kopf herum. Schwarze Schleier tanzten vor ihren Augen, die Nacht kam zurück und alles wurde dunkel.
Als sie erwachte, tat jeder Atemzug weh und der Schmerz raste durch ihren Arm. Ihre Beinlinge fühlten sich feucht und klebrig an. Irgendwann musste sie vor Angst ihre Blase entleert haben. War das, bevor der schwere Mann sie fast erdrückt hatte? Sie konnte sich nicht mehr daran erinnern. Der lastende Druck war fort und der säuerliche Geruch seines Atems ebenfalls.
Vögel zwitscherten. Hinter ihren geschlossenen Lidern tanzten helle Flecken. Die Sonne schien hoch am Himmel zu stehen. Plötzlich wurde es dunkel. Jemand beugte sich über sie.
»Agilo! Agilo, komm zu dir!«
Das ist Wolfger, dachte sie überrascht, und er spricht wieder mit mir. Es war ein Wunder, sie befand sich in einem Traum. Sie wollte die Augen noch nicht aufmachen. Er sollte weiterrufen. Sie fühlte, wie seine Hände auf der Suche nach einer tödlichen Wunde über ihren Körper glitten. Gleich würde er an ihren Brüsten angelangt sein. Dann würde er wissen, wer sie wirklich war. Doch bevor es geschehen

konnte, entdeckte Wolfger ihren verletzten Arm. Er hielt kurz inne, dann riss er die Stofffetzen ab und untersuchte ihn vorsichtig.
»Hört auf damit. Ihr könnt nichts mehr tun. Sie ist tot. Wir müssen zur Furt.«
Es war Anselm Stimme und sie klang ziemlich nervös. Hatte er gesagt: Sie ist tot? Ja, sie hatte es ganz deutlich gehört. Es war an der Zeit, die Augen zu öffnen. Sie sah zuerst nur helles Licht. Wolfgers blonde Strähnen tanzten darin und ein glückliches Lächeln ging über sein Gesicht.
»Er kommt zu sich. Der Herr sei gepriesen!«
Er, wieder er, immer und immer war es dasselbe. Es war zum Verzweifeln. Entnervt schloss sie die Augen und seufzte.
Wieder mischte sich Anselm ein.
»Sie, ähm … er ist zu schwach, um es bis zur Furt zu schaffen. Leute aus Pavia werden sich um ihn kümmern. Wir müssen los. Auf der anderen Seite wartet Friedrich.«
»Ich werde ihn nicht zurücklassen. Zwar habe ich beim Näglein des Heiligen Kreuzes zu Ulm geschworen, nicht mehr mit ihm zu sprechen, doch werde ich ihn bis ans Ende der Welt tragen, wenn es sein muss.«
Stoff zerriss und ihr Arm wurde sanft in die Höhe gehoben. Jemand begann, ihn fest zu umwickeln. Es tat weh, als der Stoff die offene Wunde berührte. Agnes zog scharf die Luft ein, öffnete jedoch nicht die Augen. Sie hörte Anselm verblüfft fragen: »Ihr habt geschworen, nicht mehr mit ihm zu sprechen? Warum nur?«
»Weil ich von meinem Vetter zum Verwalter seiner Burg eingesetzt werden soll, wenn das hier vorüber ist. Er erwartet von mir, dass ich eine wohlhabende Frau von Stand heirate und eine Familie gründe. Meine tiefe Freundschaft zu diesem Knaben gefährdet die Pläne meines Vetters. Keine junge Frau könnte daneben bestehen.«
Der Verband war fertig und Wolfger verknotete die losen Enden stramm. Anselm sagte nichts, doch selbst mit geschlossenen Augen konnte Agnes spüren, wie erstaunt er war. Sie selbst hatte Wolfgers Worte mit Beunruhigung aufgenommen. Der Vetter plante eine Heirat. Hatte er schon eine bestimmte junge Frau ausgewählt? Würde sie reich und wunderschön sein? Sie spürte, wie sich Wolfgers breite

Hände unter ihren Rücken schoben und sie angehoben wurde. Wolfger ächzte leise und sie schaukelte ruckhaft nach oben. Sie wollte immer noch nicht die Augen öffnen. Sollte er doch denken, Friedrichs Falknerjunge wäre bewusstlos. Vielleicht erfuhr sie dann noch mehr über die unbekannte Schöne, die er auf seine Burg nach Ulm entführen wollte. Sie ließ ihre Hände kraftlos baumeln und ihr Gesicht wie zufällig gegen Wolfgers Brust sinken. So trug er sie schnellen Schrittes und schweigend zum plätschernden Wasser hinüber. Sie konnte Anselms Schritte neben sich hören. Es wurde windiger. Sie folgten anscheinend dem Wasserlauf nach Osten. Es dauerte eine ganze Weile, bis sie anhielten und Wolfger fragte: »Ist es kniehoch? Eine Furt kann man leicht durchschreiten.«
Es platschte und Anselm rief aus einiger Entfernung: »Es reicht mir bis zur Hüfte. Der Junge wird zu schwer werden. Ihr könnt ihn nicht tragen.«
»Es wird schon gehen. Ich lasse ihn nicht zurück.«
Agnes hörte seine Worte mit Genugtuung. Sie vergrub ihr Gesicht etwas tiefer in seinem Gewand. Er trug sein Kettenhemd nicht mehr, sein Schwertgehänge war ebenfalls verschwunden. Beides musste zurückgeblieben oder von den Mailändern erbeutet worden sein. Viele waren bei dem Überfall getötet worden und noch mehr mussten in Gefangenschaft geraten sein. Wolfger war nicht darunter. Er würde sie beschützen und sicher durch den Fluss tragen.
Sie spürte, wie er plötzlich ins Wanken geriet, als er die Uferböschung hinunterkletterte. Es klatschte und spritzte und ihre kraftlos herunterhängenden Fingerspitzen streiften das kühle Wasser. Er hielt sie ein Stück höher, bewegte sich nun schwerfälliger und keuchte leise. Sie spürte den unruhigen Fluss und den frischen Wind unter sich vorbeistreichen. Wolfger würde sie nicht fallen lassen. Hatte er nicht gesagt, dass keine Frau neben Agilo bestehen könnte?
Sie hoffte, Agnes konnte es.
Endlich hatten sie das andere Ufer erreicht. Wieder wankte und schaukelte es heftig, als Wolfger mit ihr ans Ufer kletterte. Seine Arme zitterten und sein Atem raste. Sie würde ihn erlösen, bevor er unter ihrem Gewicht zusammenbrach. Sie räkelte unruhig den Kopf und wimmerte leise.

»Er kommt zu sich!«
Wolfger ging in die Knie und hielt ihren Kopf. Sie schlug die Augen auf und murmelte vieldeutig: »Wer bin ich?«
Anselm hatte sie gehört und kam eilig zu ihnen herüber. Missbilligend schüttelte er den Kopf und sagte streng: »Du meinst: Wo bin ich. Du bist auf der anderen Seite des Flusses in Sicherheit. Dort drüben steht dein Herr und erwartet dich. Also, reiß dich zusammen!«
Bei Anselms Worten richtete sich Agnes auf und rutschte hastig von Wolfgers Schoß. Wieder schien es kein geeigneter Moment zu sein, um zu beichten. Friedrich war hier? Sie blickte sich um. Der neu gewählte Kaiser lehnte nicht weit entfernt an einem Baum und blickte zu ihnen hinüber. Er wirkte entspannt. Die bewaffneten Männer aus Cremona und die Überlebenden seines Gefolges umringten ihn. Also hatte er es geschafft. Er hatte ohne Sattel die gefährlich tiefe Stelle durchquert, und zwar vor den Augen der Mailänder. Sie werden tüchtig geflucht haben. Friedrich schien unverletzt und guter Dinge zu sein. Hinter ihm befand sich ein schattiger Pinienwald, in dem Pferde grasten und ein Feuer auf der Lichtung prasselte. Mehrere tropfende Kleidungsstücke waren zum Trocknen in die Zweige gehängt worden. Friedrich war bis auf einen Soldatenmantel, den er sich lässig um die Taille geschlungen hatte, nackt. Bischof Berard wollte ihm seinen Bischofsmantel umhängen, doch er lehnte höflich ab und schlenderte barfuß zu ihnen herüber. In seinen feuchten Strähnen glitzerte die Sonne. Er begrüßte Wolfger und Anselm mit einem erfreuten Nicken und rief: »Grazie a Dio – Lupo e Anselmo! Ihr wurdet nicht nach Mailand verschleppt wegen des Lösegeld wie die Nobili von Pavia. – Ah gut, Agilo ist mit hier.«
Friedrich musterte die am Boden kauernde Agnes prüfend und fügte besorgt hinzu: »Er ist verletzt. Maledetto, ist linke Arm, der den Falken trägt!«
Anselm räusperte sich und erklärte höflich: »Herr Wolfger hat ihn verbunden, so gut es eben ging. In Cremona wird sich ein Arzt den Arm ansehen. Und in Trient wartet meine Frau. Sie kann sich um Agilo kümmern und ihn zurück nach Palermo bringen.«
Friedrich sah auf einmal mürrisch aus und stieß etwas ungehalten hervor: »Er kehrt nicht zurück nach Palermo. Er wird mich begleiten und meine neuer Falke abrichten.«

»Ja, hoher Herr. Wie Ihr wünscht.«
Friedrich runzelte die Stirn.
»Mein Falknerjunge ist schmutzig und voll mit Blut. Er braucht neue Kleider und ich besorge ihm ein kleines Pferd.«
Friedrich wandte sich um, schlenderte davon und rief den wartenden Männern etwas zu. Einige von ihnen verschwanden im Wald. Agnes blickte an sich hinunter. Sie war wirklich voller Dreck, ihr Gewand war zerrissen, ihre Beinlinge mit Urin durchnässt und das Kaninchenfell mit Blut verklebt. Irgendwo in Cremona musste sie eine Möglichkeit finden, sich unbemerkt umzuziehen. Sie wollte jetzt nicht darüber nachdenken. Alles war immer so schwierig und sie war schrecklich müde. Sie fühlte plötzlich die Anstrengungen der letzten Nacht und den Schreck des Überfalls in allen Gliedern. Unsicher stand sie auf, schwankte und Wolfger griff nach ihrem gesunden Arm, um sie zu stützen. Wortlos führte er sie zum Pinienwald hinüber, wo gerade die Pferde gesattelt wurden. Anselm rannte neben ihnen her und schimpfte: »Er will einen erschöpften und verwundeten Jüngling über die Alpen bringen. Das ist nicht vernünftig. Auch im deutschen Reich wird es fähige Falkner geben.«
Wolfger blickte ihn von der Seite an und erklärte leise: »Beruhigt Euch, Anselm. Keiner ist wie Agilo. Er ist wundervoll und Friedrich weiß das.«
Agnes stolperte überrascht. Sie hatte solche Worte aus seinem Mund nicht erwartet. Damit sie nicht stürzte, hielt Wolfger sie noch ein bisschen fester. Es störte sie nicht im Geringsten.

August 1212, am Reschenpass

Ein paar Wochen später verstand Agnes, was Anselm gemeint hatte. Eine Alpenüberquerung war keine Kleinigkeit. Vor allem, wenn der Brennerpass versperrt war und man sich von mürrischen Bergführern über wilde Hirtenpfade führen lassen musste. Sie hatte geglaubt, die Wanderung durch die Pyrenäen hätte sie darauf vorbereitet. Immerhin war sie während ihrer Pilgerreise nach Santiago mit Stephan tagelang in einsamen Schluchten unterwegs gewesen.

Dies hier war hundertmal schlimmer.
Agnes hasste mittlerweile die nicht enden wollenden Geröllfelder, die steil in Serpentinen nach oben führenden Wege und die scheinbar gar nicht näher kommenden schattigen Felsengipfel. Es würde bald zu dunkel sein, um die Steinbrocken auf dem Weg zu erkennen. Vor Anbruch der Nacht mussten sie es zu den Almhütten der Hirten geschafft haben. Sie seufzte und Anselm blickte sich besorgt nach ihr um. Er ging nun rückwärts, dieser Angeber. Der eisige Wind trieb ihm die Haare vors Gesicht und seine Wangen waren vor Kälte gerötet. Nur die Bergführer ertrugen die Kälte hier oben so gleichmütig wie die Deutschen. Sie begrüßten den ständigen Wind und den dichten Nebel als etwas Vertrautes, während alle anderen froren und sich nach der Sonne Siziliens sehnten. Friedrich witzelte bei jeder Gelegenheit über ihren Marsch durch diese mit Nebelschwaden verhangene Vorhölle. Er war davon überzeugt, dass ihn auch der leibhaftige Teufel nicht aufhalten könnte.
Im Gegensatz zu Anselm verlor er nie seine gute Laune.
Nicht zum ersten Mal blickte Anselm sie so böse an. Sie wusste genau, was er dachte. Seine vorwurfsvolle Miene sagte: Wärst du doch mit Mechthild nach Palermo zurückgekehrt, du dummes Ding. Agnes stolperte über eine Wurzel am Boden und wäre fast der Länge nach hingeschlagen. Ihre Beine gehorchten ihr nicht mehr. Sie waren seit dem frühen Morgen ununterbrochen gelaufen. Anselm runzelte unwillig die Stirn.
Sie erinnerte sich daran, wie er in Trient auf sie eingeredet hatte. Er hatte sie vor dem mühsamen Weg gewarnt, den Friedrich gezwungen wäre zu nehmen, da die welfentreuen Herzöge von Meran und Bayern die Brennerstraße kontrollierten. Doch wie hatte sie sich dem ausdrücklichen Wunsch des zukünftigen Kaisers widersetzen können? Der Falknerjunge sollte mit, also kam er mit. Sie hatte keinen Grund finden können, der dagegen sprach.
Nun wusste sie unzählige.
Ihre Glieder schmerzten, ihre Lippen waren von der Kälte aufgeplatzt, die schorfige Haut über der Wunde am Arm spannte und ihre Augen litten unter der ungewohnt grellen Sonne. Zum Glück hatte ihr Mechthild in Trient einen Hut mit einer breiten Krempe und ro-

buste Kleidung besorgt. Nur das Kaninchenfell war von der prächtigen Ausstattung übrig, die ihr Friedrich nach Zahirs Genesung überreicht hatte. Es verbarg ihre Brüste und wärmte sie.
Mechthild hatte lächelnd nach der Muschel gefragt, die nun wieder in ihrem Leinenbeutel steckte. Die deutsche Dame hatte sich ebenfalls ein wärmendes Fell besorgt, doch ihre Reise würde nicht halb so anstrengend sein. Sie konnte die Brennerstraße nehmen. Die Soldaten der welfentreuen Herzöge würden sie als reisende Kaufmannsfrau aus dem dänischen Königreich nicht aufhalten.
Mechthild hatte darauf bestanden, in Konstanz auf sie zu warten. Das war ein weiterer Grund, wieso Anselm verärgert war. Er hielt es für unnötig und gefährlich, dass Mechthild mit Brian die Alpen überquerte und sich in Ottos Machtbereich begab, doch seine Frau hatte sich nicht beirren lassen. Es stand fest, dass Friedrich nach Konstanz wollte, und sie wollte ebenfalls dort sein. Falls Agnes bis dahin als Frau enttarnt würde, würde sie mit Sicherheit dem angesehenen Bischof der Stadt vorgeführt werden. Bischof Konradin war berühmt für seine Richtersprüche und Friedrich würde ein geistliches Gericht in dieser schwierigen Frage einem weltlichen vorziehen. Anselm kannte Bischof Konradin aus seiner Zeit als Ministeriale bei Otto, als er noch eine amüsante Korrespondenz mit ihm pflegte. Das hatte Mechthild ihr mit einem Augenzwinkern anvertraut.
Nur noch ein paar Schritte, die Biegung erreichen, eine vor dem dunklen Himmel aufragende Felsengruppe umrunden, dann hatte sie es geschafft. Gleich würden sie bei den Hirtenhütten sein, die sich auf halber Höhe zum Pass befinden sollten. Dort konnten sie die Nacht verbringen. Wie so oft kurz vor Ende verließen Agnes die Kräfte. Sie blieb einfach stehen und schwankte bedenklich. Wie gern würde sie sich einfach zu Boden fallen lassen und für immer liegen bleiben. Plötzlich stützte sie jemand. Sie musste sich nicht umdrehen, um zu wissen, wer es war. Seit dem Hinterhalt am Lambro hatte Wolfger zwar wieder kein einziges Wort mit ihr gesprochen, doch wann immer sich die Gelegenheit ergab, war er da. Er überprüfte unauffällig, ob das Band ihrer hohen Fellstiefel auch stramm genug befestigt war, oder sorgte dafür, dass ihre leere Trinkflasche am Gebirgsbach aufgefüllt wurde. Agnes ließ sich von ihm schubsen und setzte sich wieder

in Bewegung. Hinter dem Felsvorsprung lagen endlich die Almhütten.
Bei diesem Gedanken kamen ihre Kräfte zurück.
Sie lief an zerzausten Büschen vorbei und erreichte vor Erschöpfung keuchend den ersten halb verfallenen Holzschuppen. Nach Atem ringend, blickte sie sich um. Ein kleiner Weg wand sich kreuz und quer durch überwuchertes Gestein weiter nach oben. Kurz bevor die Gipfel in den Himmel ragten, war noch ein windschiefes Dach zu sehen und weiter oben noch eins. Das waren die Hütten, von denen die Bergführer gesprochen hatten. Hier würden sie Holz zum Feuer machen, Wasser für die Trinkflaschen und warme Decken für die Nacht finden. Am nächsten Morgen würden sie ausgeruht weitermarschieren. Friedrich war bereits im Inneren der ersten Hütte verschwunden. Als Agnes sich der offenen Tür näherte, hörte sie den Herrn von Justingen drinnen aufstöhnen: »Beim Näglein des Heiligen Kreuzes zu Ulm, ich geh keinen Schritt mehr weiter. Wer will, kann zu den anderen Hütten aufsteigen. Ich rühr mich nicht mehr von der Stelle.«
»Ich auch nicht. Wir werden alle hier bleiben und zusammenrücken, dann ist es wärmer.«
Das war Friedrichs Stimme und sie klang wie immer gut gelaunt und unbeschwert. Agnes spähte vorsichtig in die Hütte. Friedrichs junger Notar Bonushomo goss sich schnaufend Wasser über den Kopf und schüttelte sich. Einer der schweigsamen Bergführer warf Holz auf die Feuerstelle und Bischof Berard verteilte struppige Felldecken. Gefolgt von Wolfger, betrat Agnes die Hütte. Sie betrachtete die Felldecken sehnsüchtig und versteckte ihre kalten Finger unter dem Kaninchenfell. Es würde noch dauern, bis sie ihre Beine ausstrecken konnte.
Nach einer dünnen Suppe, die sie aus fleckigen Holzschüsseln schlürften, und einem kurzen andächtigen Gebet unter dem goldenen Kruzifix, das der Bischof für alle sichtbar in die Höhe hielt, krochen sie endlich zwischen die Decken.
Agnes lag möglichst dicht am Feuer und ein Stück entfernt. Wie gewöhnlich schlief sie in ihren Kleidern, wie alle anderen auch. Während die Männer noch leise miteinander flüsterten, der Wind um die Hütte heulte und das brennende Holz knackte, tastete sie nach ihrem Leinenbeutel. Sie hatte ihn nachts stets neben sich liegen und berühr-

te ihn vor dem Einschlafen. Von der Berührung wurden ihre Gedanken zur Villa Montagna und zum wolkenverhangenen Ätna gelenkt. Sie träumte dann von den blühenden Wiesen, dem Fluss, der ihr Tal durchschnitt, und von der Kapelle auf dem Hügel. Die Kapelle war immer leer, doch manchmal verwandelte sie sich in die alte Pfalzkapelle in Ulm.

Heute wollte sie vor dem Einschlafen die Eidechsenspange berühren. Sie zog die kleine Spange aus dem Beutel, ließ sie in ihre Hand gleiten und schloss die Finger darüber. Bald musste sie Wolfger die Spange zeigen. Er würde sich an die Nacht im Kloster San Juan de la Peña erinnern. Spätestens in Konstanz musste sie ihrer Verkleidung ein Ende machen und ihm alles beichten, wenn sie ihn nicht verlieren wollte, sie musste endlich ihre Angst überwinden und sich ihm anvertrauen.

Als ihr Atem gleichmäßiger wurde und der Schlaf sie umfing, öffneten sich ihre Finger langsam. Agnes merkte es nur undeutlich, denn sie befand sich bereits auf dem Weg zur Pfalzkapelle in Ulm. Sie hatte keine Zeit herauszufinden, wer sie diesmal am Altar unter dem Heiligen Kreuz erwartete. War es ihr Vater oder war es Wolfger? Bevor sich der Mann umdrehen konnte, wurde sie geweckt.

Jemand schüttelte sie und knurrte: »Komm mit, sofort.«

Agnes kam zu sich und schlug die Augen auf. Sie bemerkte sofort, dass ihre Spange verschwunden war. Ihre offene Handfläche war leer. Die Spange musste ihr im Schlaf aus der Hand geglitten und zu Boden gefallen sein. Vor ihr hockte Wolfger. Sie konnte sein schattiges Gesicht kaum erkennen. Es musste einige Zeit vergangen sein, seit sie eingeschlafen war. Das Feuer war fast heruntergebrannt und alle schliefen, in ihre Decken gewickelt. Nur hin und wieder war ein Schnarchen zu hören oder jemand schnaufte im Schlaf. Was hatte Wolfger eben gesagt? Sie sollte mitkommen? Verwirrt und mit schlaftrunkener Stimme flüsterte sie: »Was ist los? Wohin soll ich mitkommen?«

Statt zu antworten, zerrte Wolfger sie ziemlich unsanft am Arm hoch und schob sie zur Tür hinüber. Schweigend öffnete er die Tür und stieß sie ins Freie. Augenblicklich begann sie in der kalten Nachtluft zu frieren, schlug sich zitternd die Arme um ihren Körper und krümmte sich zusammen. Warum starrte er sie so an? Nun packte er auch noch ihre Hand und löste sie mit einem Ruck von ihrem Körper. Sie geriet ins Taumeln und keuchte erschrocken auf. Warum war er so grob? Ehe sie ihn fragen konnte, was das alles zu bedeuten hatte, zog er sie den schmalen Weg hinauf hinter sich her. Dabei hielt er ihre Hand so fest umklammert, dass es bis in die Schulter hinein schmerzte. Sie musste ihm hastig folgen, um es nicht schlimmer zu machen. Er stieg mit ihr den Berg hinauf, immer tiefer hinein in die Nacht und ihre unheimlichen Geräusche. Es ging stetig höher. Agnes begann noch mehr zu zittern. Ihre Zähne schlugen aufeinander und sie wimmerte unglücklich: »Wolfger, nicht. Du tust mir weh!«

Als er endlich stehen blieb, erhob sich hinter ihm eine schwarze Wand. Sie erkannte, dass er sie zu einer der verfallenen Hirtenhütten unterhalb der Felsengipfel geführt hatte. Hier musste lange keine Menschenseele mehr gewesen sein. Die Tür knarrte, als Wolfger sie öffnete und Agnes ins Innere stieß. Sie stolperte rückwärts ins tiefschwarze Nichts. Die Luft war feucht, Spinnweben streiften ihre Wangen und unter ihren Füßen knirschte es unangenehm, als würde sie uraltes und morsches Holz zertreten. Wolfger schubste sie zum einzigen Fenster hinüber. Er riss ein Brett herunter, um das milchig trübe Mondlicht hereinzulassen, und brüllte: »Du bist ein Dieb, denn ich kenne diese Spange.«

Mit einer raschen Bewegung riss er den Arm hoch und hielt ihr die Eidechsenspange ganz dicht vors Gesicht. Das Silber glänzte matt und die grünen Augen der kleinen Eidechse funkelten.

Agnes starrte ihre Spange an und konnte nur denken: Da ist sie also. Er hat sie gefunden. Nun wusste er alles, doch warum war er dann so wütend? Warum nannte er sie einen Dieb? War er von Sinnen? Unsicher blinzelte sie zu ihm auf.

Er hielt die Spange noch ein Stück höher.

Seine Augen waren dunkel vor Zorn und seine Narbe schimmerte auf dem Nasenrücken. Er war ihr ganz fremd und er machte ihr Angst. Er kam näher und knurrte: »Ich habe diese Spange schon einmal gesehen, und zwar in den Pyrenäen im Kloster San Juan de la Peña. Sie gehörte einer jungen sizilianischen Dame, die sich ebenfalls auf dem Pilgerweg befand. Sie ist nach Sizilien zurückgekehrt und dort hast

du die Spange gestohlen. Ist es nicht so, Agilo? Woher kanntest du die Dame? Ist sie deine Herrin gewesen? Rede endlich!«
Agnes konnte kein Wort herausbringen. In ihrem Kopf wirbelten Wolfgers Worte durcheinander. Er irrte sich! Es ging alles ganz falsch. Ehe sie sich überlegen konnte, was sie tun sollte, hatte er die Spange unter seinen Mantel geschoben und sich abgewandt. Sie konnte hören, wie er in der Dunkelheit herumtastete. Plötzlich sprühten Funken und wie von Zauberhand flammte ein Holzspan auf und züngelte in einer Feuerstelle. Sie war sich sicher, dass sein Zorn das Feuer entfacht haben musste. Wolfger kniete und häufte Scheite aufeinander. Die Flammen knisterten, knackten und fauchten, leckten gierig am Holz entlang und beleuchteten einen Haufen Felle, den jemand neben der Feuerstelle zurückgelassen hatte.
Wolfger drehte sich um und wies auf den Fellhaufen: »Setz dich hin. Du wirst die Nacht hier verbringen. Ich werde dich einschließen und morgen früh zu Friedrich bringen und ihm von dem Diebstahl berichten. Dann ist es vorbei mit seiner Gunst und den schönen Gewändern für Liebesdienste.«
Was redete er da? Agnes holte tief Luft und rief empört: »Die Gewänder schenkte er mir, weil ich seinen Falken geheilt habe! Es ist nicht so, wie du denkst, nichts ist so …«
»Setz dich endlich hin!«
Sie unterbrach sich, um zu den Fellen hinüberzugehen und sich hinzusetzen. Misstrauisch blinzelnd kam er näher und hockte sich neben sie in die Felle. Das Feuer spiegelte sich rot glühend in seinen Pupillen. Er sah aus wie ein Wolf, als er sich vorbeugte und knurrte: »Was gibt es schon zu sagen? Du stiehlst silberne Schmuckstücke von edlen Damen und versteckst sie in deinem Beutel. Du bist ein Lügner und verdienst …«
Er hob die Hand. Gleich würde er sie schlagen. Sie konnte es an der Art sehen, wie er den Arm anwinkelte. Sie hatte es oft bei ihrem Bruder gesehen. Bevor Wolfger ausholen konnte, rief sie verzweifelt: »Ich bin diese edle Dame. Es ist meine Eidechsenspange und du hast sie mir im Kreuzgang von San Juan wiedergegeben. Ich hatte sie in der Grabkammer der Könige verloren. Ich bin Agnes von Borras, bin es immer gewesen. Erkennst du mich denn nicht?«

Das ganze Elend der vergangenen Wochen brach über ihr zusammen. Die ständige Anspannung und Ungewissheit überkam sie mit solcher Wucht, dass sie heftig zu schluchzen begann. Die Tränen rannen ihre Wangen hinab und alles verschwamm in einem See aus Kummer und Verzweiflung. Sie wiegte sich schniefend hin und her und wollte nur noch, dass er wegging.
Er würde es sowieso nicht verstehen.
Sie dachte schon, er hätte sich abgewandt, da fühlte sie seine Finger an ihrer Wange. Er wischte ihr behutsam die Tränen ab und strich ihr das Haar aus dem Gesicht.
»Sieh mich an! Beim Näglein, wie konnte ich so blind sein? Die junge Frau aus dem Kreuzgang, das warst du. Du bist es noch. Agnes, sagst du?«
Er lachte überrascht auf und starrte sie ungläubig an. Sie überlegte, wie sie es ihm beweisen konnte, ohne sich entkleiden zu müssen. Doch er forderte gar keine Beweise. Er betrachtete sie eine Weile schweigend, dann erklärte er: »Du bist wunderschön.«
Das hatte noch niemand gesagt. Verlegen zupfte sie an ihrem Ärmel und wusste nicht, was sie tun sollte. Zu ihrer großen Erleichterung fuhr er unbekümmert fort: »Endlich darf ich mit dir sprechen, denn mein Schwur galt einem Jüngling und nicht einer jungen Frau in Beinlingen. Da, nimm die Spange zurück. Sie gehört ja dir.«
Er zog die Spange hervor und reichte sie ihr mit einem Vergebung heischenden Blick. Agnes betrachtete sie unschlüssig und schniefte.
»Es ist nicht deine Schuld. Es begann, als mein Bruder mir meine Greifvögel wegnehmen und mich gegen meinen Willen verheiraten wollte. Ich bin fortgelaufen und wollte ein Falknerjunge sein. Bitte verrate mich nicht. Wenn die Wahrheit herauskommt, wird Friedrich mich hart bestrafen.«
Sie konnte Wolfger nicht sagen, wie es wirklich gewesen war. Er war Friedrichs engster Vertrauter und sie hatte den König fast an Graf Diepold ausgeliefert. Warum sollte sie Wolfger mit einer Verschwörung beunruhigen, die längst der Vergangenheit angehörte? Die Verschwörer waren zu Kaiser Otto übergelaufen und Stephan hatte seine Schwester vergessen. Sizilien wird brennen, siehe ein kleines Feuer … nichts war von alldem geblieben.

Es waren nur große Worte gewesen.
Agnes schob die Nadel der Spange vorsichtig durch das Kaninchenfell. Wolfgers Schweigen wirkte bedrückend. Warum sagte er immer noch nichts? Unsicher blickte sie auf und fragte noch einmal: »Wirst du mich verraten?«
Sie hatte gar nicht so angstvoll klingen wollen. Die Tränen nisteten noch in ihrer Kehle und ließen die Worte klein und verzagt herauskommen.
Wolfger sah sie einen Moment nachdenklich an.
»Nein, sei unbesorgt. Ich war ein Trottel. Verzeih mir.«
»Im Kreuzgang war es dunkel.«
»Das ist keine Entschuldigung. In Palermo waren wir uns so nah. Ich hätte es bemerken müssen. Ich war ein Esel.«
Er ließ sich nach hinten fallen und starrte in die Luft, als erhoffte er sich von dort eine Erklärung. Sie streckte sich neben ihm aus und legte ihm tröstend eine Hand auf die Brust. Es war eine sehr besitzergreifende Geste und sie wusste es. Sie konnte seinen gleichmäßigen Atem spüren. Das Feuer warf helle Glanzlichter über seine große Gestalt. Vom offenen Fenster her strich die Nachtluft herein und aus den Fellen stieg ein aufdringlich würziger und strenger Geruch auf, der an Falken und Jagdausflüge, Atzung und Wildbret erinnerte.
Wolfger runzelte die Stirn.
»Ich werde dich heiraten müssen, Agnes von Borras.«
Das klang aber gar nicht nach einem Heiratsantrag. Sie nahm irritiert die Hand fort.
»Wieso müssen?«
»Habe ich dich nicht bereits in Messina geküsst? Wenn das kein Grund ist – und wenn es hier nicht so kalt und ungemütlich wäre … Würdest du mich wollen?«
»Ich würde nichts lieber wollen, doch Friedrich wird mich niemals gehen lassen. Ich bin sein Falknerjunge. Er braucht mich.«
Wolfger richtete sich auf, stützte sich auf einen Ellenbogen und fuhr mit dem Finger an ihrem Kinn entlang. Prüfend strich er ihr Haar zurück, als wolle er sehen, wie sie mit hochgestecktem Haar aussah, und erklärte selbstgefällig: »Ich werde dich vom Hof entführen und ihm einen neuen Falknerjungen besorgen.«

Agnes ließ ihren Kopf in die Felle zurücksinken und starrte nun ebenfalls nachdenklich an die Decke. Lichtstreifen tanzten über das Holz, draußen schrie ein kleiner Nachtvogel und die brennenden Holzscheite fielen krachend in sich zusammen. Es war unwichtig, wie die Felle rochen und wie kalt ihre Füße sich anfühlten. Er wollte sie. Und er wollte sie als Frau. Das war ein so überwältigender Gedanke, dass sie sich nicht rühren konnte. Sie befürchtete, Wolfger würde sich dann auflösen und entschwinden.
Wolfger beugte sich vor und sagte fordernd: »Sag etwas Nettes zu mir, flüstere dankbare Worte und küss mich endlich. So wie eine Frau es tut, die mit mir auf meine Burg nach Ulm kommen will!«
Sie rührte sich immer noch nicht, sondern starrte nur weiter auf die unruhig flackernden Lichter. Dann richtete sie sich auf, kam ihm entgegen und küsste ihn.
Ihre Zungen kamen sich ins Gehege. Zuerst verwünschte sie ihre Ungeschicklichkeit. Sie verfluchte ihre spröden, rissigen Lippen und seine kratzige, unrasierte Haut, dann stieg ein unbezwingbares Lachen in ihrer Kehle auf. Kichernd und japsend kam sie wieder hoch.
Wolfger protestierte: »Das war gut!«
»Lügner! Ein Nestling kröpft besser, als ich küsse.«
Er lachte und zog sie wieder an sich.
Als der Morgen dämmerte und die Nebel in Schwaden durch das offene Fenster zogen, erwachte Agnes mit dem Gefühl, dass sich alles verändert hatte. Sie war nicht mehr dieselbe Person und Wolfger war ebenfalls ein anderer geworden. Genüsslich reckte sie die Glieder.
Es fühlte sich gut an, eine Frau zu sein. Sie wollte nichts anderes sein. Nie wieder.
Von der Fensteröffnung kam Vogelgezwitscher, das Feuer war längst heruntergebrannt und vom Fenster zog es empfindlich kühl in die Hütte. Ohne dass sie es gemerkt hatte, war ein Fell über sie gedeckt worden. Wolfgers Bein sah seltsam angewinkelt daraus hervor. Agnes' Blick wanderte zu seinem Gesicht hinauf. Er schlief mit leicht geöffnetem Mund und seine Augenlider bewegten sich. Sie konnte der Versuchung nicht widerstehen und strich ihm über die feine Narbe über seinem breiten Nasenrücken. Sofort war er hellwach. Er richtete sich auf und fasste sich an die Nase. Dann bemerkte er ihren Blick.

»Die Spinne warst du.«
»Woher stammt die Narbe?«
Sie hatte es immer schon fragen wollen. Oft hatte sie sich ausgemalt, wie er im Kampf gegen einen mächtigen Gegner einen brutalen Hieb abbekommen hatte. Natürlich war er trotzdem als Sieger aus dem Zwist hervorgegangen, blutend, aber ein Held.
Wolfger wirkte einen Moment verlegen, dann seufzte er: »Als Knabe hatte ich am Weihnachtsabend einen Streit mit meinen Vetter. Es ist derselbe, der mit uns reist. Es ging um eine Walnuss. Er hatte zum Knacken der Nüsse ein Messer dabei und ich nicht.«
»Du hast dich mit dem Herrn von Justingen um eine Walnuss geprügelt? Ich dachte, die Narbe stammt aus einem Kampf, einem Turnier oder einem Wettstreit unter Rittern.«
»Ich bin ein Edelmann, aber kein Ritter. Das Kämpfen liegt mir nicht. Ich hatte es auch nie nötig zu kämpfen. Die meisten Männer sind von meiner Stärke überzeugt und von meiner Körpergröße beeindruckt. Sie lassen mich in Ruhe.«
Erstaunt setzte sie sich auf und fragte zweifelnd: »Manchmal muss ein Mann doch kämpfen. Als die Mailänder uns angegriffen haben, da hast du gekämpft.«
Er faltete die Hände unter seinem Kopf und blickte amüsiert zu ihr auf.
»Das Kettenhemd und das Schwertgehänge hatten Anselm und ich nur für die Reise angelegt. Das war, um den Kreis der Soldaten größer wirken zu lassen. Beim Überfall haben wir beides abgelegt und uns hinter einem Busch versteckt. Darum haben wir auch nicht bemerkt, wie die anderen zur Furt aufgebrochen sind. Allerdings hätten wir dich auch nicht gefunden, wenn wir mit davongestürmt wären. Wer hätte dich dann über die Furt getragen? Schau nicht so enttäuscht. Anselm zieht es ebenfalls vor, das Kämpfen anderen zu überlassen. Er ist ein Mann der Feder.«
Agnes winkelte die Knie an und stützte nachdenklich ihr Kinn darauf. Wer hätte das gedacht? Sie war gar nicht enttäuscht, nur überrascht. Sie hatte ein ganz falsches Bild von ihm gehabt. Ihr wurde bewusst, dass sie diesen Mann überhaupt nicht kannte. Er hatte sie überall berührt und sie wusste fast nichts über ihn. Das musste sich

ändern. Sie würde ihn fragen. Wenn Anselm ein Mann der Feder war, was für ein Mann war dann Wolfger? Mit einer Feder hatte sie ihn nie gesehen. Sie legte den Kopf schief und sah ihn streng an: »Wer bist du, wenn du kein Kämpfer und kein Schreiber bist?«

»Ich bin ein Späher. Ein Mann, der viele Sprachen und Dialekte sprechen und ein gutes Gedächtnis haben muss. Deshalb habe ich auch die kleine Eidechsenspange aus dem Kreuzgang wieder erkannt, als ich sie heute Nacht unvermutet in deiner Hand liegen sah. Wer ich bin? Ich bin der Mann im Hintergrund, dem sich jeder instinktiv anvertraut und der alles sieht.«

»Du hast nicht gesehen, dass ich eine Frau bin.«

»Jetzt sehe ich es.«

Auf einmal hörten sie draußen jemanden vorübergehen. Ihre Köpfe fuhren herum und sie starrten gleichzeitig zum Fenster. Die Schritte kamen näher und Wolfger wisperte: »Wir müssen zu den anderen, ehe sie unser Verschwinden bemerken.«

Agnes stand leise auf und schlich zur Tür, um sie einen Spaltbreit zu öffnen. Sie blickte hinaus ins helle Morgenlicht und erkannte Anselm, der gerade vorbeieilte. Als er die offene Tür bemerkte, blieb er stehen. Sie öffnete die Tür noch ein Stück, grüßte ihn wortlos mit einem kurzen Nicken und rief über ihre Schulter: »Sei unbesorgt. Es ist nur Anselm. Er weiß längst, wer ich bin, und bewahrt Stillschweigen.«

Wolfger kam hastig auf die Beine, stolperte über die Felle und kam zur Tür.

»Er weiß es? – Oh, Gott segne Euren Morgen, Anselm.«

Wolfger kratzte sich verlegen am Kopf. Anscheinend war ihm eben klar geworden, wie es für einen anderen Mann aussehen musste. Er hatte mit dem Falknerjungen die Nacht in einer einsamen Hütte verbracht und der war eigentlich eine Frau. Doch Anselm schien sich nicht dafür zu interessieren. Er blickte Wolfger und Agnes nur flüchtig an und schien in Eile zu sein. Agnes konnte spüren, dass ihn irgendetwas bedrückte, und fragte besorgt: »Was ist los?«

Anselms Blick verdüsterte sich.

»Ich war am Pass, um den Tag vor allen anderen zu begrüßen. Dort lagerte ein Bote des Bischofs von Chur. Er ist bereits auf dem Weg zu

Friedrich, denn ich musste mich dort oben noch sammeln und ein Gebet sprechen. Der Mann bringt schlechte Neuigkeiten. Fahrende und Händler haben dem Bischof von Chur berichtet, dass Kaiser Otto gen Süden marschiert. In diesem Augenblick führt er ein riesiges Heer nach Konstanz.«

Wolfger bekreuzigte sich und stöhnte: »Der Herr steh uns bei. Friedrich hat nur ein paar Männer und Otto kommt gleich mit einem ganzen Heer. Er wird uns vernichtend schlagen!«

»Der Bote aus Chur hat mir versichert, dass der Bischof dreihundert Mann in Waffen für Friedrich bereithält.«

Wolfger schnaufte abfällig: »Was sind schon dreihundert Mann?«

»Die Schar, mit der Roger der Normanne Sizilien erobert hat, war auch nicht größer. Wir dürfen nicht verzagen und müssen auf Gott vertrauen.«

Anselm klang selbst nicht besonders überzeugt. Er blickte Agnes ernst an und murmelte unglücklich: »Mechthild ist auf dem Weg nach Konstanz. Sie läuft mitten in ihr Unglück.«

Ehe sie etwas Tröstendes erwidern konnte, hatte er sich abgewandt.

Agnes beobachtete, wie er den schmalen Weg hinunterlief und sich dabei hektisch durchs Haar fuhr. Wenn er in Friedrichs Hütte war, würde es in alle Richtungen abstehen.

Wolfger legte seinen Arm um sie und flüsterte: »Ein Gutes hat die Sache. Du bist vorerst sicher. Friedrich wird keinen Gedanken an seinen Falknerjungen verschwenden. Er hat jetzt ganz andere Sorgen.«

Agnes fühlte sich kein bisschen erleichtert. Ottos Heer marschierte auf Konstanz zu. Friedrich würde nicht einmal einen Fuß in die Stadt setzen.

Sie würden alle mit ihm untergehen.

6. KAPITEL

In Konstanz wird König Friedrich unvermutet gerettet und im Bodensee versinkt eine Muschel

September 1212, auf der Stadtmauer von Konstanz

Mechthild lehnte sich vor und spähte nach unten. Die Stadtmauer von Konstanz kam ihr Schwindel erregend hoch vor. Sie klammerte sich an den Rand des Gemäuers und kniff die Augen zusammen. Obwohl es ein erstaunlich klarer Morgen war und alles wie ausgeschnitten wirkte, konnte sie die Reiter nur undeutlich erkennen.

Die herannahenden, winzig kleinen Figuren bildeten in der Entfernung ein wirres Durcheinander aus Farben und Formen. Dort näherte sich Friedrich mit seinem Gefolge. Doch es gelang ihr weder Anselms blonden Kopf noch Agnes weiße Falknerkappe zwischen ihnen auszumachen.

Enttäuscht richtete sie sich wieder auf und blickte sich nach Brian um.

Brian war seit einiger Zeit darin vertieft, Steinchen über die Mauer zu rollen. Er wirkte sehr konzentriert, als gelte es, etwas unsagbar Wichtiges zu erledigen. Die kleinen Gesteinsbrocken machten ein traurig klingendes Geräusch, sobald sie auf der anderen Seite der Mauer aufschlugen. Neben Brian stand Walther und starrte in den klaren Himmel. Er seufzte schwer und beklagte sich bei niemandem im Besonderen: »Ich habe diesen Thronstreit so satt. Zuerst Welfenkönig gegen Stauferkönig, dann des Staufers Neffe gegen den Welfenkaiser – das alles geht schon viel zu lange und muss endlich ein Ende nehmen.«

Wenn Walther mit etwas haderte, schien es immer, als klage er die ganze Welt an.
Mechthild hatte in diesem Augenblick ganz andere Sorgen. Sie versuchte Brian daran zu hindern, auf die Mauer zu klettern, indem sie ihn streng ansah und bedeutungsvoll den Kopf schüttelte. Brian verzog das Gesicht, gab den Versuch zu balancieren auf und kratzte stattdessen mit einem spitzen Stein an der Mauer entlang. Es gab ein Geräusch, als würde die Mauer schmerzgepeinigt aufjammern. Brian grinste zufrieden.
Walther beobachtete den Jungen mit trübsinniger Miene und ließ die Schultern hängen. Mechthild sah zu ihm herüber und sagte viel bedeutungsvoller, als sie vorgehabt hatte: »Der Thronstreit ist noch lange nicht zu Ende. Otto befindet sich mit einem großen Heer am anderen Ufer des Sees und es hat den Anschein, als hätte Friedrich ebenfalls eine ganze Menge kampfbereiter Soldaten dabei.«
Sie stützte die Ellenbogen auf und blickte zu der Gruppe hinüber, die sich nun in schusssicherer Entfernung vor dem Stadttor aufgestellt hatte. Aus der kleinen Schar, die in Messina aufgebrochen war, war eine beachtlich große Gruppe geworden. Friedrich hatte scheinbar überall reichlich Unterstützung erhalten. Vor dem tiefblauen Himmel leuchteten die Farben der Bewaffneten des Churer Bischofs und des Abts von Sankt Gallen. Der Morgen war wolkenlos und schon weit fortgeschritten. Die Sonne stand bereits ziemlich hoch, doch niemand dachte daran, in die Stadt zurückzukehren. Die Bürger von Konstanz standen abwartend auf der Mauer und starrten schweigend auf die Ankömmlinge hinunter. Sie alle würden hier ausharren, bis sie wussten, ob Friedrich in die Stadt eingelassen werden würde oder nicht. Manchmal schweifte ihr Blick fragend zu den beiden Türmen des Stadttores hinüber. Auf einem von ihnen stand Bischof Konradin von Konstanz schon eine ganze Weile kerzengerade und rührte sich nicht. Es schien, als wäre er tief in Gedanken versunken.
Mechthild hätte zu gern gewusst, was in ihm vorging. Vielleicht bewegten ihn ähnliche Gedanken wie den dicken kleinen Sänger neben ihr. Sie hatte Walther von der Vogelweide am frühen Morgen an der Rheinbrücke getroffen. Der Sänger war aus Überlingen gekommen und hatte Ottos Küchengefolge begleitet. Otto war sich anscheinend

völlig sicher, heute in der Stadt willkommen zu sein, sonst hätte er nicht seine Köche vorgeschickt. Mechthild und Brian hatten staunend zugesehen, wie Kisten und Körbe mit den Zutaten für Ottos festliches Mahl über die Brücke gekommen waren. Die dickleibigen Köche hatten Säcke mit Gewürzen an den Gürteln getragen. Die Männer des Mundschenks hatten die Weinfässer auf den Wagen nicht aus den Augen gelassen und die Helfer des Truchsess hatten funkelnde Tranchiermesser und lange Bratenspieße dabeigehabt. Die beiden Männer hatten ihre Kapuzen so tief in ihr Gesicht gezogen, als gelte es, ein geheimes Mahl für den Kaiser zu bereiten, von dem niemand das Rezept erfahren durfte. Mechthild hatte diese Aufmachung übertrieben gefunden und gerade den Kopf über so viel Angeberei geschüttelt, als Walther sie entdeckt hatte.

Er hatte sie freudig begrüßt und Brian hatte vertraulich seine Hand genommen. Während sie Ottos Küchengefolge zum Münsterhügel hinauf gefolgt waren, hatte Walther damit begonnen, ein Lied für Ottos Einzug in die Stadt zu dichten. Wenig später hatten sie beobachtet, wie Ottos Dienerschaft den Münsterplatz in einen Festsaal unter freiem Himmel verwandelt hatte. Es wurden lange Tischreihen aufgestellt, Gestelle mit Spießen zum Schmoren von Wildbret errichtet und die Fenster rund um den Münsterplatz mit Blumengirlanden geschmückt. Doch dann war Walther mitten in einem Reim über Ottos Herrlichkeit von dem Boten der Stadtwache unterbrochen worden, der im Laufschritt an den Tischen vorbei zum Münster gehastet war und dabei ununterbrochen gebrüllt hatte: »Der Staufer kommt von Süden herauf. Der Staufer kommt aus dem Süden heran. Er kommt wirklich!«

Der Bischof war aus dem Münster gestürzt und der Platz hatte sich schnell geleert. Alle waren zur Stadtmauer hinuntergelaufen und warteten nun gespannt, was geschehen würde.

Würde Bischof Konradin von seinem Turm aus das Zeichen geben, dass man das Stadttor für Friedrich und sein Gefolge öffnen solle? Wie konnte er das, wenn Ottos Köche bereits in der Stadt waren? Konstanz konnte nicht zwei Kaiser gleichzeitig feierlich empfangen.

In diesem Augenblick erklärte Walther leise: »Es ist wirklich erstaunlich, doch ich denke, in Konstanz wird sich das Schicksal des Reiches entscheiden. Wenn Konradin das Stadttor öffnen lässt, eröffnet er Friedrich einen Weg in den Norden. Otto wird nicht wagen, die Stadt zu belagern. Es würde wochenlang dauern und unterdessen würden immer mehr seiner Anhänger abfallen. Otto wird sich zurückziehen müssen. Vielleicht sollte ich sogleich damit beginnen, eine Begrüßungshymne für den jungen Friedrich zu ersinnen? Ich habe gehört, er soll ein einnehmendes Wesen haben und sehr gut aussehend sein.«

Brian hatte sich ein paar Schritte entfernt vor eine Schießscharte gekniet. Er tat so, als spanne er einen Bogen, zielte nach unten und schoss einen unsichtbaren Pfeil ab. Mechthild trat hastig zu ihm und zog ihn von der kleinen Öffnung zurück: »Hör auf damit. Unten steht dein Vater und du machst nichts als Dummheiten. Komm weg da.«

Brian drehte sich um und zielte auf die Wachsoldaten, die unten am Turm mit gekreuzten Lanzen bereitstanden, dabei murmelte er enttäuscht: »Warum geht es nicht los? Warum stürmen sie nicht die Stadt? Sie haben doch genug bewaffnete Männer dabei.«

»Sie wollen verhandeln und das ist sehr klug von ihnen.«

Walther beachtete sie nicht, stattdessen begann er zu summen. Schließlich räusperte er sich und sang: »Apuliens König, Vogt von Rom, möcht' Euch erbarmen ...«

Mechthild runzelte verärgert die Stirn: »Ihr wechselt so schnell den Herrn? Ihr könnt am Morgen den einen Kaiser mit schönen Worten umschmeicheln und bereits gegen Mittag seinem Widersacher huldigen? Nennt Ihr das ein ehrenvolles und ritterliches Verhalten?«

Walther sah beleidigt aus und rümpfte die Nase.

»Ich habe es nie so genannt. Ich singe gegen Lohn und der fällt bei dem geizigen Otto überaus gering aus. Ich habe gehört, dass der junge Friedrich recht großzügig sein soll. Ehrenvolle und ritterliche Männer gibt es nur in der Dichtung und in den Heldenliedern. Erst vor kurzem habe ich einen Ritter aus Ottos Gefolge getroffen, der ohne Ehrverlust und große Worte zu Friedrich gewechselt ist. Dabei entstammt dieser Gottfried von der Heide einer alten welfentreuen Familie. Nun erledigt er eifrig Botengänge für den jungen Staufer.«

»Ihr habt Ritter Gottfried getroffen?«

Das war allerdings erstaunlich. Seit der stürmischen Nacht, als er verwundet an ihre Tür geklopft hatte, hatte Mechthild nicht mehr an ihn gedacht. Sie hatte angenommen, dass er sich irgendwo in Norditalien aufhielt und Botengänge für die Kanzlei in Palermo machte.
Walther räusperte sich wichtigtuerisch.
»Meine Wenigkeit traf ihn vor zwei Monaten in Nordhausen, bei den Feierlichkeiten anlässlich des Vollzugs der Ehe von Otto mit der jungen Beatrix. Denn eine geschlossene Ehe ist noch lange keine vollzogene. Viele Fürsten hatten sich dort versammelt und gratulierten. Selbst Friedrich hat seiner Cousine Beatrix Glückwünsche übermittelt und Ottos ehemaliger Bote Gottfried überbrachte sie. Niemand schien sich darüber zu wundern. Mal dient man dem einen, dann dem anderen Herrn. So geht es eben zu in der Welt!«
»Und was habt Ihr in Thüringen getrieben?«
»Ich war natürlich gekommen, um das freudige Ereignis zu besingen. Allerdings war es wenig freudig, denn Otto ist anschließend aufgebrochen, um die thüringische Feste Weißensee zu belagern und seine junge Braut war zwei Wochen später tot. Das arme Ding war zu kränklich und schwach, um den gewichtigen Otto in ihrem Bett zu ertragen. Manche vermuten, sie sei vergiftet worden. Niemand wird es je erfahren. Es ist eine traurige Geschichte. Viel zu traurig, um besungen zu werden. Wer würde mich auch dafür entlohnen?«
Beatrix ist tot, dachte Mechthild betroffen und fühlte sich schuldig, dass es ihr nicht gelungen war, Johanna zu überreden, nach Braunschweig zu reisen. Die Nachricht vom Tod der vierzehnjährigen Beatrix würde ihr sicher großen Kummer bereiten. Mechthild seufzte und sagte mehr zu sich selbst: »Johanna wird sehr traurig sein, wenn sie es erfährt.«
Obwohl sie leise gesprochen hatte, hatte Walther sie verstanden. Er kratzte sich am Kopf und schnaufte: »Ritter Gottfried wird es ihr schon einfühlsam beibringen, denn er hat mich nach den passenden Worten gefragt und ich war sehr hilfsbereit. Er ist mit einem Sack voll gefühlvoller Phrasen nach Sizilien unterwegs und hat auch um überzeugende Wendungen gebeten, die ein störrisches Herz anrühren. Es ist anscheinend nicht der erste Heiratsantrag, den er ihr macht.«

Gottfried war nach Sizilien unterwegs, um Johanna einen Heiratsantrag zu machen? Sollte er doch. Er würde keinen Erfolg damit haben. Mechthild legte den Kopf in den Nacken und erklärte dem wolkenlosen Himmel: »Sie wird seinen Antrag nicht annehmen.«
»Die Sonne Sizilien hat schon vieles vollbracht, was bei uns im Norden unmöglich schien.«
»Sie wird niemals einwilligen, ihn zu heiraten. Dafür ist sie viel zu klug, außerdem hat sie genug an ihrer kleinen Tochter. Was braucht sie einen wie Ritter Gottfried?«
Mechthild war sich ganz sicher. Sie dachte daran, wie Johanna sie am Hafen beim Abschied umarmt hatte. Auch wenn sie aufgeregt wegen Lucias Vision gewesen war, so hatte sie doch stark und sicher gewirkt. Johanna gehörte nach Sizilien und ihr Herz würde immer nur Konrad gehören.
Walther nickte, kreuzte die Arme vor der Brust und wippte zufrieden auf seinen Fußballen. Dabei erklärte er in einem fröhlichen Singsang: »So wird der Ritter es immer und immer wieder versuchen. Noch als zahnloser Greis wird er, auf seinen Krückstock gestützt, angehumpelt kommen. Das ist anrührend. Am winterlichen Kamin werden die Hofdamen sein Leid beklagen. Solche Lieder sind sehr unterhaltsam: Was soll ich dir sagen mehr, als dass dir niemand holder ist als ich? Davon mein Herz ist schwer …«
Er unterbrach sich, als es auf der Mauer unruhig wurde. Köpfe streckten sich vor und Hufschläge waren zu hören. Mechthild beugte sich über den Rand der Mauer und blickte nach unten.
Ein Reiter hatte sich aus der Gruppe um Friedrich gelöst und war herangeritten gekommen. Sein Pferd stand unruhig inmitten der aufgewirbelten Staubwolken und warf den Kopf hin und her. Der Reiter trug ein Bischofsgewand und hielt ein Pergament in die Höhe, mit der anderen Hand versuchte er, sein nervöses Pferd zu beruhigen. Als der Staub sich gelegt hatte, erkannte Mechthild den Mann. Es war Bischof Berard, Friedrichs engster Vertrauter, der nun mit lauter Stimme anhob, etwas zu verkünden.
Er richtete den Blick auf den Turm, wo der Bischof von Konstanz stand. Die Menschen auf der Mauer waren ganz still. Walther hörte auf, auf den Fußballen zu wippen, und Brian senkte seinen un-

sichtbaren Bogen und machte große Augen. Mechthild hielt den Atem an.
Auf einmal kam aus dem Mund des Bischofs ein Schwall lateinischer, unglaublich wichtig und bedeutend klingender Worte. Die bedeutungsvollen Worte wurden in den Himmel geschleudert, prallten an der Mauer ab und ließen das Pferd tänzeln. Ihr Kaufmannslatein reichte gerade aus, um zu begreifen, dass Bischof Berard Ottos Exkommunikation durch den Papst verlas. Es wimmelte darin nur so von Anklagen gegen den Kirchenfeind Otto. Bibelworte reihten sich aneinander, mit denen Innozenz seinen Zorn über Otto kundtat. Es reut uns, den Menschen geschaffen zu haben, brüllte Berard zum Turm hinauf. Seine Heiligkeit ließ alle Welt wissen, dass er sich in Otto getäuscht hatte und es bitter bereute: Das Schwert, das wir selbst geschmiedet, schlägt uns schwere Wunden. Berard richtete den Blick wie zum Gebet nach oben und schloss mit den Worten: »Nil medium est! Fiat voluntas tua!«
»Es gibt keinen Mittelweg. Dein Wille geschehe«, übersetzte Mechthild leise und wartete gespannt, was der Bischof von Konstanz antworten würde. Alle Blicke hatten sich der aufrechten Gestalt in dem Bischofsmantel zugewandt. Konradin stand einen Moment unschlüssig schwankend auf der Plattform des Wachturmes, dann war er plötzlich hinter der Umrandung verschwunden. Zitternde Hände erschienen und richteten sich flehend in den Himmel. Ein Raunen zog ungläubig über die Mauer hinweg. Der Reiter unten starrte verblüfft zum Turm hinauf.
»Er ist niedergekniet. Seht seine erhobenen Hände. Er betet und fragt den Herrn um Rat«, erklärte Walther und fügte amüsiert hinzu: »Ich möchte nicht in seiner Haut stecken. Wer soll ihm auch bei einer so delikaten Angelegenheit raten?«
Mechthild konnte es plötzlich nicht mehr aushalten. Das bedrückte Schweigen, die erwartungsvollen Menschen und der zögerliche Bischof, das alles schien nur aufzuhalten. Anselm stand da unten. Agnes brauchte vielleicht ihre Hilfe. Friedrich war der von Innozenz bevorzugte Kaiser. Der Bannspruch ließ keinen Zweifel daran. Was gab es da zu überlegen?
»Ich werde auf den Turm steigen und mit Konradin reden.«

Mechthild wickelte sich in ihren Mantel und schickte sich an, die Stufen herunterzuklettern. Walthers Gesicht schwebte über ihr und er fragte entgeistert: »Was wollt Ihr tun? Seid Ihr völlig von Sinnen?«
Sie stieg unbeeindruckt weiter die Stufen hinab und rief zu ihm hoch: »Passt auf Brian auf und guckt nicht so entsetzt. Ich weiß, was ich tue.«
Eigentlich wusste sie es nicht so genau. Als sie die letzte Stufe erreicht hatte und hinuntersprang, hatte sie nur eine vage Vorstellung davon, was sie auf dem Turm wollte. Sie wusste nur, dass sie der Ungewissheit endlich ein Ende machen wollte. Konradin musste das Tor einfach öffnen. Wenn Otto vor Friedrich in Konstanz war, würde er Friedrich und sein Gefolge wieder zurück über die Alpen jagen. Er würde wieder Anhänger gewinnen, Kräfte sammeln und stärker werden. Sie wollte keinen starken Otto. Lange genug hatte sie seine Launen ertragen. Er hatte Anselm gedemütigt und ihn gebannt. Er hatte seine Finger nach Brians unschuldiger Kinderseele ausgestreckt. Sie hatte wirklich genug von diesem Kaiser.
Entschlossen rannte sie auf die Wachsoldaten zu, die sich vor dem Eingang zum Turm postiert hatten. Sie kreuzten sofort die Lanzen und brüllten ihr entgegen: »Haltet an. Kein Mann darf zum Bischof vorgelassen werden. So lautet der Befehl.«
Mechthild kam vor ihnen zum Stehen, stützte angriffslustig ihre Hände in die Hüften und fragte herausfordernd: »Bin ich etwa ein Mann?«
Die Wachsoldaten waren offensichtlich verwirrt. Mechthild lächelte süßlich und flötete: »Ich bin eine Frau und deshalb gilt der Befehl für mich nicht.«
Ehe die überrumpelten Männer etwas erwidern konnten, hatte sie die Lanzen zur Seite geschoben und war an ihnen vorbei zum offenen Eingang des Turms gelaufen. Sie tauchte in das dunkle Gemäuer ein, erreichte die Treppe und nahm immer zwei Stufen auf einmal. Die schmale Treppe wand sich den Turm hinauf und die Luft wurde stickig. Mechthild konnte hören, dass die Soldaten dicht hinter ihr waren. Sie keuchten in ihrem Rücken. Ihre schweren Kettenhemden hinderten sie beim Laufen. Doch auf der Plattform des Turms wurde sie gepackt und starke Hände umklammerten ihre Arme. Sie wurde

zurückgerissen und stieß einen Protestschrei aus. Der mit erhobenen Händen im Licht kniende Bischof blickte auf und einer der Soldaten brüllte: »Verzeiht, ehrwürdiger Vater. Diese Furie hat uns unten überlistet. Seid unbesorgt, wir schaffen sie unverzüglich fort.«

Der Bischof sah einen Augenblick verblüfft aus, dann lächelte er mild und erhob sich mit den Worten: »Sie muss das Zeichen sein, um das ich gebeten habe. Manchmal antwortet Gott uns auf den seltsamsten Wegen. Lasst sie los.«

Mechthilds Arme wurden losgelassen. Sie blinzelte überrascht und stolperte nach vorn. Bischof Konradin sah aus der Nähe viel jünger aus. Er musste wie Bischof Berard in den Dreißigern sein und hatte ein freundliches rundes Gesicht. Er gab den Soldaten ein Zeichen und sie entfernten sich rasch. Mechthild war nun mit ihm allein. Keiner sagte ein Wort. Es war so still, dass sie meinte, die vielen Menschen auf der Mauer atmen zu hören. Alle Blicke waren auf sie gerichtet. Konradin hatte Gott um ein Zeichen gebeten und nahm an, dass sie dieses Zeichen war. Was sollte sie ihm sagen? Welche Worte waren die richtigen? Wie überzeugte man einen Mann, dessen Stadt von Ottos Heer bedroht war? Es war leicht, gegen Otto zu sein, wenn der weit weg war. Doch Otto war in Überlingen und hatte bereits seine Köche geschickt. Mechthild fühlte, wie ihre Hände zu zittern begannen. Ihr Mund fühlte sich ganz trocken an und sie musste schlucken. Konradin machte eine segnende Geste und sie sank vor ihm in die Knie. Sie küsste ehrfürchtig den dargebotenen Bischofsring und hört ihn fragen: »Nun, meine Tochter?«

Sie blickte in sein freundliches Gesicht und plötzlich erinnerte er sie an einen Kaufmann, der nicht wusste, in welche Ware er investieren sollte. Das hier war auch nicht schwieriger, als einem zögerlichen Handelsherrn zu einem guten Geschäft zu raten. Das hatte sie als erfolgreiche Kaufmannsfrau viele Jahre getan. Damit kannte sie sich aus. Sie musste ihm nur erklären, dass Otto wie eine verdorbene Schiffsladung war, die sich unaufhaltsam näherte und die ganze Stadt verderben würde. Sie schluckte noch einmal und holte tief Luft.

»Ehrwürdiger Vater, ich kann Euch nur raten, was die Vernunft offensichtlich erscheinen lässt. Seine Heiligkeit bekräftigt immer wieder ihren Bannspruch gegen Otto. Innozenz bevorzugt seinen

Schützling Friedrich als Kaiser des Heiligen Römischen Reiches. Er lässt keinen Zweifel an seiner Wahl, Ihr habt Bischof Berard gehört.« Sie hielt inne und überlegte, was sie noch anführen könnte. Sie dachte daran, was sie von Anselm wusste, und fuhr fort: »Viele mächtige deutsche Fürsten sind bereits von Otto abgefallen. Sie fürchten eine Herrschaftsform nach englischem Vorbild und lehnen die allgemeine Kopfsteuer ab. Otto wird jede Unterstützung im Reich verlieren, wenn er weiter darauf beharrt, alles nach englischem Vorbild umzugestalten. Außerdem begünstigt er die norddeutschen Ministerialen und bevorzugt Ratgeber aus England. So macht er sich viele Feinde, und das nicht nur im deutschen Reich ...«

Sie hob die Arme, machte eine Bewegung, als bezöge sie die ganze Welt ein, und rief mit eindringlicher Stimme: »Auch im restlichen Abendland wendet sich alles gegen ihn. Es gibt sichere Hinweise dafür, dass Frankreichs König bereits ein Heer aufstellt, um gegen Otto zu ziehen. König Philipp von Frankreich wird Friedrich unterstützen, ja sogar für ihn in die Schlacht ziehen.«

Der Bischof von Konstanz schien leicht die Augenbrauen nach oben zu ziehen. Mechthild war sich nicht sicher, was das zu bedeuten hatte. Sie senkte die Arme wieder und ergänzte unsicher: »Selbst Gott scheint sich von Otto abgewandt zu haben, denn er hat dessen junge Gemahlin zu sich geholt. Nach dem Tod der staufischen Prinzessin werden sich nun die schwäbischen Reichsministerialen endgültig von Otto abwenden.«

Konradin machte eine unwirsche Handbewegung und knurrte ungeduldig: »Das weiß ich alles. All diese Dinge höre ich seit Tagen von meinen Ratgebern. Seit bekannt wurde, dass Friedrich es über die Alpen geschafft hat, raten sie mir bei seiner Ankunft die Rheinbrücke zu befestigen und ihm die Tore zu öffnen. Doch wie kann ich sicher sein, dass ich so nicht das Verderben ins Reich lasse?«

Mechthild schwieg betreten. All ihre schönen Argumente waren ganz sinnlos gewesen. Natürlich kannte er das alles. Was konnte sie noch sagen? Was würde eine gute Geschäftsfrau tun? Sie würde schwärmen, wie vorzüglich der Stoff sie beim Tanze geschmückt hatte, statt langatmig dessen Verarbeitung zu erklären. Genau das würde sie auch tun. Doch bevor sie etwas sagen konnte, seufzte der Bischof: »Der

junge Staufer ist im Reich ein Unbekannter. Niemand kann hier beurteilen, ob er ein guter Kaiser wäre.«
»Ich kann das! Ich bin im Königreich Sizilien gewesen. In Palermo habe ich ganz in der Nähe des Normannenpalastes gewohnt. Ich war viele Male am königlichen Hof und habe für die Damen Laute gespielt und gesungen. Mein Sohn ist mit dem Falknerjungen des Königs befreundet und mein Mann dient Bischof Berard als Notar. Ich konnte König Friedrich bei vielen Gelegenheiten beobachten und sein Wesen studieren.«
»Ihr kennt ihn? Was für ein Mensch ist er?«
Bischof Konradin musterte sie interessiert. Sie hatte seine volle Aufmerksamkeit und beeilte sich zu erklären: »Er ist noch jung. Umso erstaunlicher ist, dass er überall mühelos das Vertrauen der Menschen gewinnt. Etwas ist an ihm, ich kann es nicht erklären, doch es macht ihn zu einem ganz besonderen Menschen. Lasst ihn in Eure Stadt kommen und die Konstanzer werden ihn lieben. Ihr werden sehen, keiner kann seinem Charme und seiner Jugend widerstehen, dabei ist er auch noch überaus klug, gebildet und gut aussehend. Er ist unerschrocken, belesen und benutzt seinen Verstand, um die Dinge gewissenhaft zu prüfen. Seid versichert, er wird ein gerechter und guter Herrscher sein. Unser Reich braucht einen wie ihn. Es werden neue Zeiten anbrechen, wunderbare Zeiten, Zeiten des Friedens und des Wohlstandes!«
Erschöpft hielt sie inne. Eine Truhe mit Samtstoffen hätte sie nicht besser anpreisen können. Konradin war beeindruckt. Er stand einen Moment da und sagte nichts. Gerade als sie dachte, er würde einen Einwand haben, schloss er die Augen und murmelte: »Fiat voluntas tua.«
Genau wie Bischof Berard rief er den Herrn an, bevor er die Augen wieder öffnete, an den Rand der Plattform trat und den wartenden Wachleuten zurief: »Öffnet das Tor.«
Mechthild musste den Drang unterdrücken, die Arme hochzureißen und zu jubeln. Sie hatte es geschafft. Sie hatte den Bischof von Konstanz dazu gebracht, für Friedrich das Stadttor zu öffnen. Sie hatte Friedrich gerettet, genau wie es Lucia vorausgesagt hatte. Konradin würde die Rheinbrücke befestigen und Otto würde sich zurückziehen müssen.

Sie lehnte sich über die Umrandung des Turms und blickte nach unten. Bischof Konradin war bereits die Treppe hinuntergeeilt und schien im Tor auf die Ankömmlinge zu warten. Friedrich kam als Erster herangaloppiert, ohne auf die Zurufe seiner Leute, die ihn anscheinend vor einer Falle warnen wollten, zu achten. Es war keine Falle und als er es begriffen hatte, streckte er wie ein siegreicher Feldherr die geballte Faust in die Höhe und lachte begeistert. Sein Gefolge kam langsam herangeritten und als Friedrich im Tor verschwunden war, konnte Mechthild auf die Helme der Bewaffneten aus Chur und die Speerspitzen der Reiter aus Sankt Gallen blicken. Wo war Anselm? Sie konnte ihn zuerst nirgends entdecken. Endlich sah sie ihn. Er ritt ganz hinten zwischen den anderen Notaren. Daneben ritt der große Mann mit der Narbe, den Johanna Wolfger den Späher genannt hatte. Agnes saß hinter ihm im Sattel. Was hatte das zu bedeuten? Mechthild wollte keinen Augenblick länger auf dem Turm stehen. Sie wandte sich um und rannte die Treppe hinunter. Unten fiel ihr Brian um den Hals und rief: »Wir haben gewonnen und es wurde kein einziger Pfeil abgeschossen. Da ist Vater! Es wird ihm gefallen.« Brian winkte aufgeregt und stellte sich auf die Zehenspitzen.
Walther reckte sich ebenfalls, dabei schüttelte er entgeistert den Kopf und erklärte: »Unser junger Eroberer hat dem Bischof nur einen kurzen Dank zugerufen und ist zum Münster hinaufgestürmt. So ein junger Hitzkopf.«
Er lachte ungläubig, als wüsste er nicht, was er davon halten sollte. Anselm löste sich aus der Gruppe der Reiter und führte sein Pferd zum Tor. Agnes rutschte hinter dem großen Mann aus dem Sattel und lief Mechthild entgegen. Während Anselm Brian zu sich aufs Pferd zog und Mechthild zublinzelte, umarmte Agnes sie. Mechthild hörte verwundert, wie sie ihr ins Ohr flüsterte: »Das ist Wolfger. Er weiß alles. Ihr müsst ihm helfen, damit er mich auf seine Burg nach Ulm entführen kann. Ich will seine Frau werden.«
Mechthild glaubte zuerst, dass sie sich verhört hatte. Es klang wie aus einem romantischen Lied und nicht wie das richtige Leben. Doch Agnes nahm den Kopf zurück und strahlte sie so glücklich an, dass sie ihr einfach glauben musste. Agnes liebte diesen Wolfger? Das war ein beunruhigender Gedanke. Ganz sicher würde es Ärger geben,

wenn Agnes sich verliebt hatte. Und ausgerechnet in den großen tollpatschigen Schwaben mit der hässlichen Narbe. Was konnte Agnes bloß an dem finden? Auf dem ganzen Weg zum Münsterplatz grübelte Mechthild darüber nach. Es blieb ihr ein Rätsel.

September 1212, auf dem Münsterplatz in Konstanz

Seit sie die Alpen hinter sich gelassen hatten, war Agnes immer in Wolfgers Nähe gewesen. Sie hatte es geschafft, bis Chur hinter ihm im Sattel zu sitzen, und in Sankt Gallen hatte er sie heimlich hinter den Ställen geküsst. Im Gewimmel am Stadttor von Konstanz hatte sie ihn schließlich aus den Augen verloren. Nach ihrer spontanen Begrüßung hatte Mechthild einfach ihre Hand genommen und sie mit sich gezogen.
Kurz darauf stand Agnes mit klopfendem Herzen auf dem Münsterplatz und hielt nach Wolfger Ausschau. Friedrichs Gefolge näherte sich unendlich langsam. Die Pferde wurden immer wieder von den vielen singenden und klatschenden Menschen aufgehalten. Gerade hatten sie die Straße erreicht, die zum Münster hinaufführte, und Agnes konnte die Helme der Soldaten aus Chur über der Menge blitzen sehen. Irgendwo dazwischen ritt Wolfger.
Was hätte sie dafür gegeben, an seiner Seite zu sein!
Stattdessen wurde sie mit den lärmenden Menschen über den Münsterplatz geschoben. Jeder wollte den Mann bewundern, dem es gelungen war, Otto zuvorzukommen. Sie hatten einen Stuhl mit hoher Lehne in der Mitte bereitgestellt und den Boden ringsherum mit Tüchern bedeckt. Mit Mühe gelang es Mechthild, ihnen in der Nähe des thronartigen Stuhls einen freien Platz zu ergattern. Verwundert blickte Agnes sich um. Konstanz war mit einem ganz besonderen Glanz umgeben. Sogar das Sonnenlicht schien strahlender zu sein als an gewöhnlichen Tagen. Es spiegelte sich funkelnd in den Glasfenstern des Münsters und ließ die mächtigen Türme wie zuverlässige Wächter erscheinen. Rings um den Platz standen erwartungsvolle Menschen in den Fenstern. Sie riefen Friedrichs Namen und schwenkten Blumengirlanden.

Einige Blütenblätter lösten sich und schwebten auf lange Tischreihen herab, die mit Kränzen geschmückt waren. Kinder hüpften aufgeregt um die Tische herum und Köche rannten mit dampfenden Schüsseln hin und her. Dazwischen drehten sich lange Spieße über lodernden Feuern. Unablässig tropfte Fett von saftigen Stücken, von denen Qualm in den blauen Himmel emporstieg. Agnes fragte sich, wie das möglich war. Bis eben hatte es noch so ausgesehen, als würden ihnen die Stadttore verschlossen bleiben, und nun war das Festessen fast fertig. So als wären sie seit Tagen erwartet worden. Mechthild versuchte sich durch den Lärm hindurch verständlich zu machen. Hatte sie eben: »Das sind Ottos Köche« gesagt? Der Lärm war so gewaltig, dass sie Mechthilds Worte kaum verstehen konnte. Agnes hob die Stimme und rief, so laut sie konnte: »Was tun denn Ottos Köche hier?«

»Er hat sie vorausgeschickt. Nun wird Friedrich das zarte Hähnchen verspeisen.«

Sie wies auf einen Mann in einem bunten Mantel. Er stand nur wenige Schritte von ihnen entfernt am Tisch und war dabei, einen Truthahn mit einem langen Messer zu zerlegen. Sein Gesicht lag im Schatten einer weiten Kapuze verborgen. Mechthild beugte sich vor und brüllte: »Seht Ihr den da drüben?«

Agnes blickte zu den sich drehenden Spießen hinüber, wo ein ähnlich gekleideter Mann stand. Mechthild schnaubte laut: »Wofür halten die sich? Für die Zauberer des guten Geschmacks? Also wirklich, in Ottos Gefolge gibt es einen Haufen Angeber.«

Unruhig wedelte sie mit den Händen herum. Die sonst so selbstsichere Dame wirkte etwas aufgelöst. Rote Flecken hatten sich auf ihren Wangen gebildet, sie biss ständig auf ihrer Unterlippe herum und ihre Schapel war verrutscht. Sie schwieg einen Moment, dann brüllte sie Agnes erneut ins Ohr: »Übrigens, ehe ich es vergesse. Ich muss Euch noch vor dem Kerl mit der Narbe warnen.«

Meinte sie etwa Wolfger? Irritiert runzelte Agnes die Stirn. Mechthild nahm sie ein Stück zur Seite und erklärte beschwörend: »Die Helden in den Liedern entsprechen keineswegs den Männern aus dem wirklichen Leben.«

Als sie Agnes' fragenden Blick bemerkte, fügte sie hinzu: »Meine Tante Herrad hat mich immer vor den galanten Männern gewarnt. Ihre dunkle Seite liegt im Verborgenen, aber sie wird früher oder später hervorbrechen. Je zärtlicher und verwundbarer sie scheinen, desto gefährlicher sind sie uns.«

Sie konnte doch nicht den sanften und rücksichtsvollen Wolfger meinen? Wollte Mechthild damit sagen, dass sie ihr nicht helfen würde, mit ihm zu fliehen? Hielt sie Wolfger für gefährlich?

Agnes kam nicht dazu, zu fragen.

In diesem Augenblick wichen die Menschen zurück und bildeten eine schmale Gasse. Friedrich gelang es, sich aus der Gruppe seines Gefolges zu lösen. Er gab seinem Pferd die Sporen und sprengte an der Menge vorbei über den Platz. Neben dem vorbereiteten Stuhl sprang er vom Pferd und überließ es einem hilfsbereit herantretenden Mann aus der Menge. Dem für ihn aufgestellten Thronsitz warf er nur einen spöttischen Blick zu. Lässig schwang er sich auf den Tisch, der dem Stuhl am nächsten stand. Er saß auf der Tischplatte, schaukelte mit den Beinen und sah sich neugierig um.

Die Menge wich noch weiter zurück und ehrfürchtiges Gemurmel setzte ein. Alle Blicke waren auf den jungen Mann auf dem Tisch gerichtet. Mechthild wisperte etwas Unverständliches. Es klang ehrlich verblüfft. Agnes wagte nicht sich zu rühren. Sie standen so nah, dass sie die Schmutzstreifen auf seiner Wange ganz deutlich erkennen konnten, seine roten Locken kringelten sich feucht im Nacken. Agnes dachte, sie müsste nur die Hand ausstrecken und könnte ihn berühren. Er war ein vertrauter Anblick, viele Male hatte sie ihn während ihrer Reise so gesehen. Wie gewöhnlich trug er schlichte Reisekleidung aus einfachem Tuch und festes Schuhwerk, an dem Erdbrocken hingen. Genauso sahen Wolfgers Schuhe auch aus. Agnes war so versunken gewesen, dass sie Wolfger ganz vergessen hatte. Beim Anblick der schmutzigen Schuhe fiel er ihr wieder ein. Sie blickte rasch auf und ließ die Augen über die Köpfe wandern. Sie entdeckte ihn zwischen den Helmen der Soldaten und winkte ihm schüchtern zu. Er winkte nicht zurück, denn er war zwischen den Bewaffneten aus Chur und Sankt Gallen eingekeilt. Sie waren ebenfalls von ihren Pferden gesprungen und hatten einen schützenden Halbkreis um den Tisch gebildet. Manche hielten kurze Schwerter und andere ihre Bögen bereit. Mütter hatten ihre Kinder auf den Arm genommen

und Ottos Dienerschaft schien in der Bewegung erstarrt zu sein. Sie hatten die dampfenden Schüsseln abgestellt und aufgehört, die Spieße zu drehen.
Friedrich schaukelte gut gelaunt mit den Beinen und kratzte sich hinter dem Ohr. Er benahm sich so unbekümmert, als wäre er auf einer Beizjagd, und rief: »Mein Dank an die brave Leute von Konstanz für dieses Willkommen. Schon mein Großvater Barbarossa hatte in dieser Stadt viele gute Hoftage und mein Vater Heinrich hat euch einen Schutzbrief erstellt und euch von allen bischöflichen Steuern befreit!«
Die Menge brach in Jubel aus.
»Hoch den Staufern!«
»Es lebe Barbarossa!«
»Huldigt Kaiser Heinrichs Sohn!«
Friedrich deutete eine Verbeugung an und lachte. Er gewinnt sie ohne Mühe, dachte Agnes erstaunt. Er erinnert die Bürger von Konstanz daran, dass sie seiner Familie zu Dank verpflichtet waren. Er tat so, als wäre er einer von ihnen, ein guter Bekannter auf der Durchreise. Auf einmal war sie stolz darauf, dass sie ihm hatte dienen dürfen. Sie hatte seinen Falken gerettet und er hatte sie dafür belohnt. Und nun wollte sie ihm einfach davonlaufen? Das war unmöglich.
Sie musste unbedingt mit Wolfger sprechen. Agnes überlegte, ob sie Friedrich ins Vertrauen ziehen sollten und ob er es verstehen würde.
Während sie noch grübelte, nahm sie aus den Augenwinkeln eine leichte Bewegung wahr. Im selben Augenblick schob sich eine Wolke vor die Sonne. Es ist doch ein wolkenloser Himmel, dachte Agnes verstört. Genauso sonderbar fühlte sie sich, wenn sie eine Erscheinung hatte. Bevor die Engel zu ihr sprachen und die Heiligen erschienen, erklang eine liebliche Musik und Licht brach durch die Wolken. Diesmal war es genau umgekehrt. Ein eisiger Wind schien über den Platz zu fegen und ein drohender Schatten schien alles zu verdunkeln. Eine böse Vorahnung brachte sie zum Frösteln. Ganz langsam wandte sie sich um.
Der Mann mit der Truthahnplatte hatte sich die Kapuze vom Kopf gestrichen.
Agnes erkannte ihn sofort. Sie hätte ihren Bruder überall erkannt. Dann verwarf sie den Gedanken wieder. Dieser Mann konnte un-

möglich Stephan sein. Zwar hatte er das Gesicht ihres Bruders, doch es war viel zu blass, fast durchsichtig. Er wirkte fremd und unwirklich. Das da war nicht Stephan. Es war sein Trugbild. Dort stand der Teufel selbst, etwas Finsteres und Lauerndes umgab ihn. Sie zwinkerte, doch die Vision löste sich nicht auf.

Friedrich hatte wieder angefangen zu sprechen, doch sie hörte nicht zu. Während alle Blicke auf Friedrich gerichtet waren, starrte sie den Mann mit Stephans Gesicht an. Er schien zu spüren, dass jemand ihn beobachtete, und blickte zur Seite. Erkennen spiegelte sich in seinem Gesicht. Seine Lippen formten das Wort Agnes. Er presste den Zeigefinger vor den Mund und gebot ihr zu schweigen. Seine Augen machten sie zur Verbündeten.

Agnes konnte sich nicht rühren. Sie konnte nur denken: Das kann nicht sein. Das glaube ich nicht. Der Mann, der unmöglich Stephan sein konnte, heftete seine Augen auf Friedrichs Rücken. Er hatte sie auf einen Punkt zwischen den Schulterblättern gerichtet. Dabei umklammerte er den Griff des Messers in seiner Hand so fest, dass die Knöchel weiß hervortraten. Noch steckte das Messer zwischen den Flügeln des Truthahns. Gleich wird er es herausziehen, dachte Agnes benommen. Sie fühlte sich seltsam unbeteiligt, so als wäre sie weit weg, und stünde nicht wenige Schritte entfernt in der Menge. Auf einmal erkannte sie, dass seine Augen voller Rachsucht waren. Er hatte sie zu wütenden Schlitzen zusammengekniffen und sein Mund bildete eine schmale Linie. Genauso hatte Stephan ausgesehen, wenn er von Friedrich gesprochen hatte.

Stephan – das da war ihr Bruder Stephan und er wollte Friedrich töten.

Die Erkenntnis traf sie wie ein Schock. Er war wirklich und kein Trugbild und keine Vision. Ihre Gedanken überschlugen sich. Er war mit Ottos Dienerschaft gekommen. Er hatte sich unter dem bunten Mantel eines Höflings verborgen.

Vater im Himmel, vergib ihm. Lass nicht zu, dass er zum Mörder wird. Sie musste etwas tun. Warum konnte sie sich nicht bewegen? Warum griff niemand ein? Gleich ist er bei Friedrich und stößt ihm das Messer in den Rücken. Er muss es nur noch aus dem Braten ziehen.

Es ist ganz leicht. Als es wirklich passierte, konnte Agnes sich immer noch nicht rühren. Sie hörte ihren Bruder aufkeuchen und sah, wie die vor Fett glänzende Klinge Stück für Stück aus dem Truthahn herausgezogen wurde. Es geschah lautlos, dennoch hatten einige der Umstehenden begriffen, was er vorhatte. Nur der Tisch befand sich zwischen dem Opfer und der tödlichen Klinge. Jemand stieß einen Warnschrei aus und augenblicklich versteifte sich Friedrichs Rücken.

Stephan richtete sich auf und holte zum Wurf aus.

Da geschah etwas mit Agnes. Ein Ruck ging durch ihren Körper und sie konnte plötzlich rennen. Von der Seite aus der Menge heraus schlitterte sie der Klinge entgegen. Sie schrammte mit Wucht an der Tischkante entlang, stieß sich an der Hüfte und streckte ihre Hände nach dem erhobenen Arm aus. Mit aller Kraft krallte sie ihre Finger in die Armbeuge.

»Neeein!«

Hatte wirklich sie geschrien? Ihre Stimme hatte schrill und verzerrt geklungen. Stephans Augen weiteten sich erschrocken und seine Hand öffnete sich. Das Messer fiel.

Es fiel erstaunlich langsam und bedächtig. Mit einem vorwurfsvollen Ton schlug es auf der Tischplatte auf. Es drehte sich anklagend um sich selbst und kam zitternd zum Erliegen. Stephan sah einen Moment ungläubig aus, dann riss er sich los und stieß Agnes von sich. Sein Mantel war ihm von der Schulter gerutscht und Agnes stolperte rückwärts über das Knäuel am Boden. Ehe sie sich wieder auffangen konnte, war er über den Tisch gesprungen und in der Menge verschwunden.

»Fermatelo!«

Vor Aufregung musste Friedrich sein Deutsch vergessen haben. Agnes war erleichtert, dass er unversehrt war. Er stand neben dem Tisch und jemand reichte ihm das Messer. Er wischte das Fett ab und seine Augen fuhren suchend über die Menge. Die Umstehenden nahmen endlich seinen Ruf auf: »Haltet ihn!«

»Fermatelo!«

Bischof Berard hatte gerufen und wies ebenso wie Mechthild in die Richtung, in die Stephan geflohen war. Anselm versuchte, Brian da-

ran zu hindern, loszulaufen. Während Wolfger in die Menge hineinrannte, rief er dem Anführer aus Chur zu: »Er ist zum See hinuntergelaufen. Er will über das Wasser entkommen.«
»So macht doch Platz!«
Wütend drängten sich die Soldaten vor und nahmen die Verfolgung auf.
Friedrich steckte das Messer in seinen Gürtel und rief: »Komm, Agilo, den schnappen wir uns!«
Ohne nachzudenken, stolperte sie hinter ihm her. Zornige Rufe und erregte Stimmen begleiteten sie die Gasse hinunter. Agnes bekam kaum Luft. Mechthild keuchte hinter ihr: »Dein Bruder. Das war doch dein Bruder!«
Agnes blickte sich um. Anselm und Brian schienen zurückgeblieben zu sein. Nur Bischof Berard konnte mit ihnen Schritt halten. Auf seinem Gesicht lag ein grimmiger Ausdruck. Sie hoffte, dass er Mechthild nicht verstanden hatte. Friedrich rannte unbeirrt weiter. Er blickte nach vorn und schien nichts um sich herum wahrzunehmen. Der Hügel lag hinter ihnen. Mit jedem Schritt kam der See näher. Er weitete sich zu einer spiegelglatten Fläche aus Licht. Sie schienen mitten hineinzulaufen. Die Bäume am Ufer ließen ihre Äste herabhängen und Blätter streiften im Laufen ihr Gesicht. Agnes blickte sich um. Wo war Stephan? War er wirklich zum Fähranleger gelaufen? Die Sonne blendete und ein kühler Wind blies vom See herauf. Mechthild stand keuchend neben ihr und schnaufte: »Wo ist er?«
Der Anleger schien menschenleer zu sein, doch ihm gegenüber gab es einen kleinen Steg mit Fischerbooten. Auf ihm standen die Soldaten aus Chur. Sie bildeten eine lange Reihe und hielten ihre gespannten Bögen in den Händen. Ihr Anführer stand neben einem Haufen Fischernetze und brüllte einen Warnruf über das Wasser. Dort entfernte sich ein kleines Boot mit gleichmäßigen Ruderschlägen.
Stephan, dachte Agnes erschrocken. Er würde versuchen, das andere Ufer zu erreichen und sich zu Kaiser Otto durchzuschlagen. Er wirkte klein und verloren und war ganz in Schwarz gekleidet. Erst jetzt bemerkte sie, dass er die Kleidung eines jungen Adeligen trug. Das gelbe Wappen mit dem Doppelkreuz auf seiner Brust hatte der Mantel verborgen. Als er die Ruder losließ und aufstand, war es gut

auf seiner Brust zu erkennen. Er schien Friedrich am Ufer bemerkt zu haben. Vielleicht hatte der Anführer aus Chur ihm zugerufen, dass es sinnlos sei zu fliehen. Unzählige Pfeile waren schussbereit und mehrere Männer standen bereit, in die Boote zu steigen. Unter ihnen war auch Wolfger, doch als er sie am Ufer entdeckte, kam er den Steg hinuntergelaufen und brüllte: »Noch nicht schießen! Wartet noch!«
»Avanti!«, rief Berard ungeduldig und blickte sich auffordernd um. Friedrich trat einen Schritt vor und blickte über das Wasser. Er hatte die Augen nachdenklich zusammengekniffen, als überlege er, was nun zu tun sei.
Stephan stand breitbeinig im schwankenden Boot und blickte herausfordernd zu ihnen hinüber. Der Wind ließ sein schwarzes Haar flattern und zerrte an dem schwarzen Stoff seines Gewandes. Agnes konnte seinen Gesichtsausdruck nicht erkennen, doch sie war sich sicher, dass er wild und trotzig war. Er würde lieber sterben, als sich Friedrich ergeben.
Friedrich wandte sich zu dem Anführer aus Chur um und hob zustimmend den Arm.
Nein, wollte Agnes schreien, tu es nicht. Er ist mein Bruder. Sie spürte, wie Tränen in ihre Augen schossen und Mechthild ihr eine Hand auf die Schulter legte.
Der Anführer bellte einen kurzen Befehl. Die Pfeile stiegen fast gleichzeitig in die Luft, als hätte sie ein einziger Mann abgeschossen. Eine schwarze tödliche Wand beschrieb einen Bogen und zerschnitt zischend den blauen Himmel. Stephan stand regungslos da.
Als die ersten Pfeile neben ihm ins Wasser fielen, legte er den Kopf in den Nacken. Mehrere Geschosse gingen über seinen Kopf hinweg, andere bohrten sich krachend in die Bootsplanken. Das Boot trieb, mit Pfeilen gespickt, im Wasser. Ein weiterer Befehl und die Soldaten legten erneut an. Diesmal trafen sie sofort. Ein Knäuel aus Pfeilen schlug mit einer solchen Wucht in Stephans Brust, dass seine Arme in die Luft flogen. Für einen Moment stand er mit ausgebreiteten Armen da, dann stürzte er rückwärts über den Bootsrand ins Wasser.
Agnes hörte es klatschen, sah das Wasser aufspritzen und bemerkte, wie die Wellen das Boot umspülten. Hände kamen aus dem Wasser

und griffen hilflos in die Luft. Er kann nicht schwimmen, dachte sie und wollte rufen: Er wird ertrinken. So helft ihm doch!
Sie versuchte zu schreien, doch sie konnte keinen Ton hervorbringen. Sie machte einen Schritt nach vorn und Mechthild verstärkte den Druck auf ihrer Schulter. Kurz sahen sie ein bleiches Gesicht mit einem aufgerissenen Mund aus den Wellen auftauchen und wieder untergehen. Die Zeit stand still. Stephan kämpfte im Wasser, strampelte und schlug um sich, bis es plötzlich aufhörte. Der See zog ihn hinunter und schlug über ihm zusammen. Ein paar Wellen kräuselten sich zum Ufer hin, dann war die Oberfläche ruhig. Niemand rührte sich, bis Wolfger entsetzt keuchte: »Dio mio!«
Mit einer wütenden Bewegung zog er sich das Gewand über den Kopf. Bischof Berard wollte ihn aufhalten, doch er war schon beim Steg. Während er an den Soldaten vorbeilief, zog er sich die Schuhe aus und stürzte sich ins Wasser. Atemlos beobachtete Agnes, wie er unter dem Boot durchtauchte und auf der anderen Seite wieder hochkam. Er hielt den mit Pfeilen durchbohrten Körper umklammert und versuchte ihn ins Boot zu wuchten. Zwei Soldaten sprangen ins Wasser und kamen ihm zu Hilfe. Gemeinsam hievten sie ihn ins Boot.
Agnes schüttelte Mechthilds Hand ab und rannte den Steg hinunter. Als sie das Ende der Holzplanken erreicht hatte, warteten dort bereits Soldaten und streckten die Hände nach dem leblosen Körper aus. Sie zogen ihn auf die Planken und halfen Wolfger aus dem Wasser. Ohne abzuwarten, was Wolfger tun würde, hockte sich Agnes neben ihren Bruder und umfasste sein bleiches, nasses Gesicht mit beiden Händen. Mechthild war plötzlich neben ihr und presste vorsichtig ihre Fingerspitzen auf seinen Brustkorb. Ein Schwall Wasser kam aus seinem Mund und die Pfeile in seiner Brust zitterten, als würde er atmen.
»Er ist tot«, sagte eine Stimme und sie blickte auf. Friedrich betrachtete neugierig den Mann, der ihm ein Messer in den Rücken hatte stoßen wollen. Agnes schien es, als ob ein zufriedenes Lächeln in seinen Mundwinkeln spielte. Hastig senkte sie den Kopf.
Sie bemerkte die Tropfen an Stephans Wimpern und sah das Wasser seinen Nacken hinunterlaufen. Jemand muss ihm die Augen schlie-

ßen, die entsetzlich leeren Augen, dachte sie besorgt, jemand muss die Pfeile entfernen. Mechthild kam anscheinend derselbe Gedanke. Sie streckte unschlüssig die Hand aus, um einen der Pfeile herauszuziehen. Doch dann ließ sie davon ab und schloss stattdessen behutsam seine Lider. Agnes beobachtete sie und fühlte sich wie betäubt. Regungslos saß sie da, als sich Friedrich neben sie hockte.
Er musterte prüfend das durchlöcherte Wappen. Gleich wird er ihn erkennen, dachte Agnes und wartete darauf, dass er Stephans Namen aussprechen würde. Die Soldaten standen in einiger Entfernung und sahen zu ihnen herüber. Wolfger strich sich die nassen Haare aus der Stirn und schnäuzte sich in die Hand. Er schien keine Ahnung zu haben, was vor sich ging.
Endlich sagte Friedrich: »Ich kenne diesen Mann! Er ist Sizilianer und einer meiner eigenen Barone. Verfluchtes Verräterpack! Der Teufel soll holen sie.«
Agnes hatte das Gefühl, als würden seine Worte ihr ins Herz schneiden. Er sprach von ihrem Bruder, ihrem toten Bruder und dennoch sprach er die Wahrheit. Ihr Bruder war ein Verräter und nur deshalb war er ertrunken. Mit der Brust voller Pfeile hatte ihn der See in die Tiefe gezogen. Hinab in die Hölle, die ewige Verdammnis, wo es keine Vergebung gab. Er war ohne Sterbesakramente und letzten Segen fortgegangen. Es war zu schrecklich, um es zu ertragen. Sie schlug ihre Hände vor das Gesicht und schluchzte auf.
Sie hörte, wie Friedrich sich räusperte und verlegen murmelte: »Nicht weinen, Agilo. Du warst sehr tapfer. Du hast dich vor sein Messer geworfen und mir das Leben gerettet.«
Sie blinzelte unsicher durch ihre Finger hindurch. Wovon sprach er? Hinter ihnen begannen die Männer unruhig zu werden. Friedrich wandte sich um und rief ihnen zu: »Mein tapferer Falknerjunge hat mir das Leben gerettet. Zum Dank wird er von mir die Schwertleite empfangen. Er wird meine Cavaliere.«
Sie sollte sein Ritter werden und die Schwertleite empfangen? Das war unmöglich. Agnes nahm die Hände herunter und wollte einwenden, dass sie eine Frau sei und nicht Ritter werden könne. Außerdem war sie die Schwester eines Verräters. Doch sie kam nicht dazu, denn Wolfger kam ihr zuvor: »Herr, Euer Falknerjunge …«

Friedrich machte eine Handbewegung, die ihn zum Schweigen brachte, und rief: »Hebt ihn an. Wir werden seine Leichnam auf Münsterplatz aufbahren. Ich muss wissen, ob einer meiner Männer das Wappen erkennt. Vielleicht ist er der Sohn von Amufusus de Roto oder von Celano.«

Er wirkte zufrieden mit sich und seiner Entscheidung, als er aufstand und den Steg hinunterlief, wo Bischof Berard auf ihn wartete.

Wolfger half den Soldaten, den leblosen Körper anzuheben, überließ es ihnen jedoch, Stephan zum Münsterplatz zu tragen. Stattdessen blickte er ihnen nach und fragte nachdenklich: »Er kam mir irgendwie bekannt vor. Ich habe diesen Mann schon einmal gesehen, nur kann ich mich nicht mehr erinnern wo. Dabei habe ich ein gutes Gedächtnis für Gesichter. Wer war dieser Mann nur?«

Agnes sah zu, wie die Männer ihren Bruder über den Steg trugen. Sie hatten ihn an den Armen und den Fußgelenken gepackt und sein Kopf schlenkerte bei jedem ihrer Schritte hin und her. Sie holte tief Luft, sagte jedoch nichts. Wie sollte sie dem ahnungslosen Wolfger erklären, dass sie selbst in den Verrat verwickelt war, ohne ihn zu verlieren? Er würde sich voller Abscheu von ihr abwenden, wenn er die Wahrheit erführe. Sie konnte ihm nicht sagen, wie es wirklich gewesen war. Sie war so in Gedanken, dass sie Mechthild ganz vergessen hatte. Als die Dame sie am Arm packte, zuckte sie erschrocken zusammen.

Mechthild zog sie hoch und erklärte in einem Ton, der keine Widerrede duldete: »Wir werden ihnen folgen. Ich will sehen, ob sich jemand findet, der Stephan von Borras erkennt. Ich hoffe doch sehr, dass Anselm den Mund halten wird.«

Sie stieß Agnes vor sich her und ignorierte Wolfger, der neben ihnen herlief und verwundert ausrief: »Stephan von Borras? Aber du bist eine von Borras! Agnes, was hat das zu bedeuten?«

Agnes hörte, wie aufgeregt er klang, und beschleunigte ihre Schritte. Wieso hatte Mechthild sie verraten? Warum konnte sie nicht den Mund halten? Zwischen ihr und Wolfger sollte alles so bleiben, wie es war. Er sollte sie für das unschuldige Mädchen halten, das sie vor dem Verrat gewesen war. Anscheinend war Mechthild anderer Ansicht. Sie wandte sich zu Wolfger und erklärte ihm: »Dieser Mann war ihr Bruder. Wo Ihr es nun wisst, werdet Ihr sicher von Euren Heiratsplänen Abstand nehmen. Ihr Männer seid alle gleich. Ihr wollt ein unbeflecktes Kätzchen, das sich anschmiegt, und keine Wildkatze mit scharfen Krallen. Agnes ist eine Frau, die im Kampf ums Überleben einige Kratzer davongetragen hat. Wollt Ihr so eine Frau? Wollt Ihr sie immer noch?«

Mechthild trieb Agnes zur Eile an, indem sie ihr einen Ellenbogen in die Seite stieß, und bedachte Wolfger mit einem scharfen Blick. Agnes wagte kaum, ihn anzusehen. Sie wusste auch so, dass er blass geworden war und nach Worten rang. Ehe er etwas sagen konnte, duckte sich Mechthild unter einem herabhängenden Ast hindurch, der Agnes unsanft im Gesicht traf, und fuhr fort: »Sicher nicht, wenn Ihr die ganze Wahrheit kennt.«

»Nein, nicht«, versuchte Agnes zu protestieren. Mechthild ließ sich jedoch nicht aufhalten.

Sie stürmte wütend den Hügel zum Münster hinauf und zischte Wolfger an: »So – sie hat Euch also gesagt, dass sie Agnes von Borras ist? Leider hat sie versäumt, Euch zu erzählen, dass sie von ihrem Bruder und einer Bande von Verrätern dazu gezwungen wurde, Anschläge auf den König von Sizilien zu verüben. Der Graf von Schweinspeunt und Acerra hatte damit gedroht, ihre Mutter ermorden zu lassen. Sie konnte es nur verhindern, wenn sie ihm gehorchte. Deshalb hat sie sich als Falknerjunge ausgegeben, genau wie der Schweinegraf es verlangt hat.«

Agnes wollte ihm erklären, dass teuflische Stimmen sie verfolgt hatten und dass sie machtlos gegen sie gewesen sei. Doch Mechthild schob sie weiter vor sich her durch die Gasse. Dabei war es ihr offensichtlich völlig egal, dass Wolfger hinter ihnen herstolperte. Er versuchte, sich im Gehen die Schuhe anzuziehen, rutschte mit seinen nassen Füßen auf dem Pflaster aus und stammelte: »Aber … die, die Heirat in Catania. Deswegen ist sie doch ein … ein Falknerjunge geworden und fortgelaufen!«

Agnes blieb abrupt stehen und rief aus: »Das mit der Heirat stimmt auch. Alles stimmt!«

Mechthild drängte sie weiter, doch Wolfger hatte sie jetzt eingeholt und keuchte: »Was willst du damit sagen?«

Sie hatten den Münsterplatz erreicht. Agnes sagte kleinlaut: »Wie durch ein Wunder konnten die Anschläge nichts ausrichten. Der König blieb unversehrt und gewann mehr und mehr meine uneingeschränkte Bewunderung. Während mein Bruder mit den Verrätern zu Otto überlief und mich vergaß, wurde ich Friedrichs treue Anhängerin. Ich würde mein Leben für ihn geben.«
Mechthild drängelte sich an einer Gruppe zerlumpter Gestalten vorbei, die ebenfalls zum Münsterplatz wollten. Sie hob den Blick und erklärte den beiden aufragenden Türmen des Münsters: »Sie warf sich vor das Messer und hat ihn gerettet. Das hat sie vor Gott und den Menschen reingewaschen. Es muss genügen.«
Sie bedachte Wolfger mit einem durchdringenden Blick und fragte lauernd: »Wird es auch Wolfger dem Späher genügen?«
Wolfger antwortete nicht. Sein Schweigen war Agnes Antwort genug. Es würde nicht genügen und es war auch nicht mehr wichtig. Nichts war mehr von Bedeutung. Ihr Bruder war tot und wurde wie ein Stück Vieh über den Platz geschleppt. Sie beobachtete traurig, wie die Soldaten ihn durch die Menge zerrten. Immer wieder stieß sein Kopf irgendwo gegen und seine Haare schleiften über den Boden. Sie hoben ihn an und warfen ihn auf einen der Tische.
Die Menschen wichen entsetzt zurück.
Mechthild bahnte sich einen Weg dorthin und Agnes folgte ihr widerstrebend. Als sie in der Nähe des Tisches standen, drängelte sich Brian zu ihnen durch und wenig später folgte Anselm. Alle betrachteten den Toten mit ehrfurchtsvollem Schweigen. Sie standen so nah, dass Agnes meinte, das feuchte Leder von Stephans Stiefeln riechen zu können. Jemand umfasste vorsichtig ihre Hand. Sie blickte erschrocken auf und Wolfger drückte tröstend ihre Finger. Er wirkte sehr blass und sah besorgt zu Friedrich und seinem Gefolge hinüber. Friedrich stand mit einem prächtig gekleideten Mann neben dem Leichnam. Mechthild beugte sich vor und wisperte: »Das ist Konradin, der Bischof der Stadt. Ich habe mich schon gefragt, wo er gesteckt hat.«
Der Mann, auf den sie gewiesen hatte, beugte sich vor. Er betrachtete die Pfeile, die über dem gelben Wappen aus der Brust ragten, und richtete sich wieder auf.

»Wer kennt diesen Mann? Er wollte einen feigen und hinterhältigen Anschlag auf das Leben unseres von Gott auserwählten Kaisers verüben und erhielt seine gerechte …«
Ein Aufschrei ließ alle Köpfe herumfahren. Ein Mann mit einer Kapuze vor dem Gesicht drängte sich durch die Menge, warf sich über den Leichnam und brüllte: »Mein Sohn!«
Er zerrte an den Pfeilenden und schüttelte den schlaffen Körper, als wolle er ihn wecken. Dabei rief er mit einer unmenschlich klingenden Stimme: »Ihr Mörder! Ihr habt ihn umgebracht.«
Mit einem Aufheulen warf er den Kopf zurück und seine Kapuze rutschte ihm in den Nacken. Sein grauer runder Hinterkopf fuhr zu Friedrich herum und mit vor Wut verzerrter Stimme brüllte er: »Du Sohn eines Metzgers und einer Hure. Ich spieße dich wie ein Ferkelchen auf. Hört ihr, was ich sage?«
Er zog einen Bratenspieß unter seinem Mantel hervor, wandte sich der Menge zu und blickte Agnes direkt ins Gesicht.
»Vater!«
Es war nur ein Flüstern gewesen, doch kam es ihr so vor, als hätte sie laut gerufen. Sie starrte ihn an und konnte nicht glauben, was sie sah. Er war niemand anderes als ihr Vater Guido. Es gab nicht den geringsten Zweifel. Sein Haar war grau geworden und er hatte tiefe Falten um den Mund, aber sonst sah er genauso aus wie früher, wie vor seinem Tod.
Wie vor seinem Tod, dachte Agnes verstört. Er konnte nicht dort stehen, er war doch im Kerker verbrannt. Sie hatten im Dom in Catania eine Totenmesse für ihn lesen lassen. Ihre Mutter hatte über seinem Tod den Verstand verloren. Er schien sie auch erkannt zu haben, denn seine Augen weiteten sich. Er strauchelte, ließ den Spieß fallen und kam auf sie zugewankt. Gleich würde er ihren Namen sagen. Ihr toter Vater würde zu ihr sprechen.
Agnes, würde er sagen – Agnes!
Sie wollte es nicht hören. Sie presste die Hände vor die Ohren. Ihr Kopf füllte sich mit einer undurchdringlichen dunklen Wolke. Sie wurde immer dichter und dichter und verschluckte alle Geräusche. Agnes hörte alles wie aus weiter Ferne. Ihr Kinn sackte herunter und die Knie knickten unter ihr weg. Im Fallen spürte sie noch, dass je-

mand sie auffing. Wolfger, konnte sie noch denken, dann hüllte die schwarze Wolke sie ein.
Als sie wieder zu sich kam, hörte sie leises Geflüster. Sie lag auf einer weichen Unterlage und hörte Brian wispern: »Vater, sie wacht auf.«
Das Wort Vater berührte sie unangenehm und schlagartig fiel ihr ein, was geschehen war. Sie hatte ihren Vater auf dem Münsterplatz gesehen. Guido von Borras war von den Toten auferstanden. Er hatte sie angesehen und war auf sie zugekommen, dabei hatte er ihren Namen auf den Lippen gehabt. Mit einem entsetzten Keuchen riss sie die Augen auf und richtete sich auf. Sofort war Wolfger bei ihr und stützte sie. Sie lag auf einem großen Bett in einer düsteren Kammer. Es gab nur ein kleines Fenster, durch das ein Lichtstrahl genau auf Mechthilds blondes Haar fiel. Mechthild hatte einen dampfenden Becher in der Hand und setzte sich damit auf die Bettkante. Auffordernd hielt sie den Becher an Agnes' Lippen.
»Da, trinkt. Es ist ein Kräutertee aus Melisse und Kamille. Er wird Euch beruhigen. Die Wirtin hat ihn eben gebracht. Er wurde frisch aufgegossen.«
»Wo bin ich?«
»Ihr seid in einem Gasthaus. Sobald Ihr zu Kräften kommt, werden wir Euch zum Bischofspalast bringen, wo Friedrich mit seinem Gefolge weilt.«
Während Agnes vorsichtig trank, konnte sie aus den Augenwinkeln Anselm sehen, der in der Kammer auf und ab lief. Brian folgte ihm wie ein kleiner Hund und hatte genau wie sein Vater die Hände hinter dem Rücken verschränkt und das Kinn vorgestreckt. Beide schienen sehr besorgt. Agnes nahm noch einige Schlucke. Der heiße Sud rann ihre Kehle hinunter. Er wärmte ihren Bauch und vertrieb die letzten Reste der dunklen Wolke aus ihrem Kopf. Als Mechthild den Becher fortnahm, kam Agnes das Erlebnis vor dem Münster bereits ganz unwirklich vor. Hatte sie wahrhaftig ihren toten Vater gesehen? Am liebsten hätte sie alles vergessen, es als bösen Traum abgetan und sich in Wolfgers starke Hände sinken lassen, die immer noch von hinten ihren Rücken stützten. Sie konnte seinen warmen Atem an ihrem Hals spüren. Es fühlte sich beruhigend wirklich an.
Anselm war vor ihr stehen geblieben und sein fragender Blick schien

sie zu durchbohren. Er kam einen Schritt näher und senkte die Stimme, als befürchte er, man könnte sie belauschen: »Der Mann mit dem Spieß hat Stephan erkannt. Er hat ihn seinen Sohn genannt.«
Brian schlug seine flache Hand an die Stirn, als wäre ihm soeben etwas Wichtiges aufgefallen, und rief: »Wenn sie Stephans Schwester ist, dann ist der Mann, den sie in den Kerker des Bischofspalastes geworfen haben, ihr Vater.«
Mechthild machte: »Scht«, und schüttelte den Kopf, als wolle sie ihn daran hindern weiterzusprechen. Brian beachtete seine Mutter nicht. Er blickte Agnes unverwandt an und flüsterte mit belegter Stimme: »Sie werden ihn hinrichten. Noch in dieser Nacht, noch vor Sonnenaufgang wird er durch das Schwert sterben. Das ist doch schrecklich, nicht?«
Mechthild zischte verärgert: »Sei doch still. Sie versteht gar nicht, wovon du sprichst.«
Agnes hatte ihn sehr gut verstanden. Sie blickte zu Anselm auf, der seinem Sohn mahnend eine Hand auf die Schulter gelegt hatte, und fragte: »Ist das wahr? Hat Friedrich das befohlen?«
Anselm seufzte und fragte zurück: »Ist er wirklich Euer Vater? Ist er Guido von Borras?«
Obwohl sich etwas in ihr immer noch dagegen sträubte, erklärte sie niedergeschlagen: »Ich bin ganz sicher. Er ist mein Vater.«
Anselm nickte, als hätte er keine andere Antwort erwartet.
»Während Eurer Ohnmacht hat Friedrich in ihm den Mann erkannt, den er einst als Verräter verhaften ließ.«
Mechthild balancierte den Becher auf ihren Knien und ergänzte: »Anscheinend ist Euer Vater nicht, wie alle angenommen haben, bei einem Kerkerbrand umgekommen. Stattdessen konnte er entkommen und eine neue Verschwörung anzetteln.«
Agnes nickte und dachte an das leere Grab, in das ihre Mutter einen Strauß Frühlingsblumen geworfen hatte. Alle hatten geglaubt, seine sterblichen Überreste wären im Feuer verbrannt. Als sie sich daran erinnerte, wie ihre Mutter weinend neben dem leeren Grab zusammengebrochen war, stiegen ihr die Tränen in die Augen. Ihr Vater lebte und hatte sie alle glauben lassen, er sei tot. Vor Kummer hatte ihre arme Mutter den Verstand verloren. Wie hatte er ihr das antun

können? Agnes begann leise zu weinen. Sie weinte um ihre Mutter, ihren toten Bruder mit den Pfeilen in der Brust und um ihren Vater, der sie so betrogen hatte. Die Tränen rannen über ihre Wangen und ihre Schultern zuckten, während sie hervorstieß: »Ich will ihn noch einmal sehen, bevor sie ihn …«
Sie konnte es nicht über die Lippen bringen. Hinrichten, als Verräter hinrichten, ergänzte sie in Gedanken. Er würde sterben, genau wie Stephan. Sie war ganz allein auf der Welt. Alle hatten sie ausgenutzt und betrogen. Wie hatte er so etwas tun können? Er war ein liebevoller Vater gewesen, der sie seinen Liebling genannt und durch die Luft gewirbelt hatte. Er hatte ihr die schöne Eidechsenspange gekauft und die Jacobsmuschel aus Santiago de Compostela mitgebracht. Wie konnte er ein Verschwörer sein, ein Betrüger, ein Lügner? Er war doch ihr gütiger Vater, der keine Gewalt anwenden wollte, der keinen vor Gott gesalbten König töten würde, der nur sein Zeichen unter ein Pergament gesetzt hatte. Niemals hätte er … oder doch?
Er war ihr eine Erklärung schuldig. Sie musste unbedingt mit ihm sprechen. Als sie den Versuch machte, ihren Satz zu beenden, begann sie am ganzen Körper zu zittern. Alle blickten sie mitleidig an.
Das brachte sie noch mehr zum Weinen.
Wolfger hielt sie, wiegte sie wie ein kleines Kind und flüsterte: »Ich werde dich zu ihm bringen. Ich werde mit dem Wachhabenden im Kerker sprechen. Wenn wir ihm genügend Geld bieten, müssen wir nicht einmal sagen, wer du bist. Niemand wird es je erfahren.«
Anselm sah skeptisch aus.
»Woher wollt Ihr das Geld nehmen? Was wollt Ihr sagen, wer sie ist?«
Mechthild warf ein: »Wir müssen warten, bis die Dämmerung hereinbricht. Sie kann so lange hier bleiben. Ich bringe sie dann zum Bischofspalast. Wir werden einen Korb mitnehmen und Brian wird uns begleiten, das ist unauffälliger.«
Agnes schüttelte den Kopf. Sie wischte sich mit dem Ärmel über die nassen Wangen und schniefte: »Nein, ich werde allein gehen. Ich werde warten, bis die Nacht anbricht und mich als seine junge Mätresse ausgeben, die heimlich von ihm Abschied nehmen will.«
Sie zog an den Lederbändern ihres Leinenbeutels, der unter dem Kaninchenfell verborgen war, und holte die kleine Spange hervor. Die

grünen Steine glitzerten auf ihrer Handfläche, während sie entschied: »Ich werde der Wache meine Eidechsenspange geben, damit sie mich hineinlassen. Wolfger kann vor dem Palast auf mich warten, aber ich muss diesen Gang allein machen.«
Agnes wandte sich zu Wolfger um und blickte alle der Reihe nach herausfordernd an.
Niemand wagte es, ihr zu widersprechen.

September 1212, im Palast des Bischofs von Konstanz

Agnes wickelte sich in Mechthilds Mantel und blickte unschlüssig zur Wache hinüber. Sie stand schon eine ganze Weile im Innenhof des Bischofspalastes. Die Nacht war weit fortgeschritten und es wurde immer kälter. Sie konnte sich nicht entschließen, den Platz zu überqueren und den Wachhabenden anzusprechen. Es war viel schwieriger, als sie gedacht hatte.
Dagegen war es ein Kinderspiel gewesen, unbemerkt in den Innenhof zu gelangen. Wolfger hatte sie begleitet und sie so selbstverständlich durch das Tor geführt, als würden sie jede Nacht hierher kommen.
Nun stand er im hell erleuchteten Torbogen und gab ihr durch Handzeichen zu verstehen, dass er bleiben würde. Seine Hände tanzten weiß im Licht der Fackeln. Sie malten Kreise durch die Luft und deuteten an, dass er warten würde, bis sie wiederkäme. Sie nickte dankbar in seine Richtung und er machte eine auffordernde Geste: Geh endlich! Sie blieb jedoch, wo sie war.
Einen Moment brauchte sie noch. Sie hatte das Gefühl, dass sie noch nicht so weit war.
Sie schloss die Augen und flehte die heilige Agatha von Catania an, ihr beizustehen. Gleich würde sie ihrem totgeglaubten Vater gegenübertreten. Ihr Herzschlag beschleunigte sich bei dem Gedanken und etwas in ihrer Brust zog sich schmerzhaft zusammen. Sie würde erfahren, was vor drei Jahren geschehen war. Insgeheim hoffte sie herauszufinden, was für ein Mann Guido von Borras wirklich war. Doch zuvor musste sie zu ihm gelangen.

Sie öffnete die Augen wieder und versuchte, sich den wiegenden Gang einer selbstbewussten Frau in Erinnerung zu rufen. Sie musste sich daran erinnern, wie sich eine Frau bewegte, wie sie redete und lachte. Vor allem, wie eine erfahrene Frau einen Mann ansah, von dem sie etwas wollte. Wenn er merkte, wie wichtig es ihr war, in den Kerker zu gelangen, würde er misstrauisch werden. Niemand durfte erfahren, dass sie in Wahrheit die Tochter des gefangenen Verräters war. Falls es herauskäme, würde sie verhört und zum Bischof geschleppt werden. Eine Mätresse war amüsant, eine Tochter verdächtig. Für eine Tochter käme die Bestechung teurer und sie hatte nur die Eidechsenspange.
Agnes hielt die kleine Spange in ihrer geballten Faust und holte tief Luft. Seid hochnäsig und charmant zugleich, hatte Mechthild geraten, während sie ihr ein Gebände um den Kopf gebunden und ihr kurzes Haar darunter versteckt hatte. Geduldig hatte Agnes stillgehalten und Mechthild hatte ihre Wangen gefärbt und ihre Lippen angemalt.
Die Farbe juckte unangenehm und das Gebände spannte unter dem Kinn. Sie versuchte, nicht darauf zu achten, und setzte sich zaghaft in Bewegung. Geht grade, Kopf hoch und stolziert, hörte sie Mechthild murren. Doch das war in Mechthilds viel zu langem Mantel unmöglich.
Agnes stolperte über den Platz und hatte die Augen fest auf den Wachmann gerichtet. Er lehnte an der Tür und blickte gelangweilt in den sternenlosen Nachthimmel. Neben ihm steckte eine kleine Fackel und die Tür zum Kerker stand offen, sodass die steile Treppe zu sehen war, die zum Kerker hinunterführte. Als sie ihn fast erreicht hatte, bemerkte er sie. Verärgert hob er die Augenbrauen und knurrte: »Was willst du?«
Agnes hätte am liebsten wieder umgedreht und wäre davongelaufen. Mit Mühe rang sie sich ein Lächeln ab und flötete genau so, wie Mechthild es ihr vorgemacht hatte: »Wenn du mir einen Gefallen tust, soll es dein Schaden nicht sein.«
Der Wachmann runzelte seine breite Stirn und musterte sie interessiert. Ehe er auf unzüchtige Gedanken kommen konnte, hielt sie die Faust direkt vor sein Gesicht und flüsterte mit der verführerischen

Mechthild-Stimme: »Das hier bekommst du, wenn du mich zu dem Gefangenen lässt, den sie heute gebracht haben.«
Sie öffnete langsam ihre Hand. Die Eidechse funkelte im Fackellicht und der grüne Stein glitzerte. Der Mann bekam große Augen und zog scharf die Luft ein. Nach einem kurzen Zögern und einem Blick in den Innenhof zischelte er: »Gut, aber nur ganz kurz.«
Auffordernd hielt er seine Hand auf und Agnes ließ die Spange hineinfallen. Nachdem er sich noch einmal nach allen Seiten umgesehen hatte, nahm er die Fackel aus der Halterung. Durch eine leichte Bewegung seines Kopfes forderte er sie auf voranzugehen.
Agnes raffte den Mantel und stieg vor ihm die Treppe hinunter. Sie hatte sich oft vorgestellt, wie es in Friedrichs Kerker gebrannt hatte. In ihrer Vorstellung hatte ihr Vater in dem weitläufigen Gemäuer um sein Leben gekämpft und Funken waren durch die langen Gänge gewirbelt. Dieser Kerker war ganz anders. Er war viel kleiner, finsterer und roch furchtbar streng. Sie hielt sich die Nase zu und zog den Kopf ein, um nicht gegen die niedrige Decke zu stoßen. Geduckt und durch den Mund atmend, folgte sie dem Wachmann zu einer Art Verschlag, der in die Mauer geschlagen worden war. Er war vergittert und bot gerade Platz für einen liegenden Mann. Sie war sich erst nicht sicher, ob wirklich jemand im Stroh lag. Der Wachmann steckte die Fackel in einen Ring an der Wand, schob Agnes zum Gitter und erklärte barsch: »Ich warte oben. Mach es kurz. Ich will keinen Ärger kriegen, Kleine.«
Erst als seine Schritte verklungen waren, wagte sie, sich vor das Gitter zu hocken und hineinzuspähen. Dort lag jemand. Als sie gerade beschlossen hatte, dass es unmöglich ihr Vater sein konnte, erhob sich die Gestalt und rutschte auf Knien zum Gitter hinüber. Finger krallten sich um die Eisenstäbe und dunkle Augen starrten sie an. Es waren die Augen ihres Vaters, die erst misstrauisch blickten und kurz darauf aufleuchteten.
»Agnes, mein Kind. Du bist es wirklich, Gott sei gepriesen.«
Sie sagte nichts und sein schmutziges Gesicht kam so nah an das Gitter, wie es nur möglich war. In seinem Haar hing Stroh und seine Lippen waren geschwollen und blutig, als hätte ihn jemand geschlagen. Er trug nicht mehr den bunten Mantel eines Höflings, sondern

die nun verschmutzte Kleidung eines Adligen. Das gelbe Wappen auf seiner Brust war ihm in Fetzen heruntergerissen worden. Bei seinem Anblick war Agnes froh, dass sie auf dem Münsterplatz ohnmächtig geworden war. Sie mussten alle über ihn hergefallen und ihn brutal überwältigt haben. Er schien ihre Gedanken zu erraten, denn sein Gesicht verzog sich und er erklärte: »Unser Plan ist gescheitert. Mein Sohn ist tot und Friedrich lebt. Er gewährt mir einen ehrenvollen Tod, wie es sich für einen Edelmann geziemt. Noch vor Sonnenaufgang werde ich durch das Schwert sterben.«

Klang es bedauernd? Bedauerte er, was er getan hatte? Agnes wagte nicht, ihn zu fragen.

Er seufzte, löste die Finger von den Eisenstäben und wandte sich ab. Sein Gesicht lag nun im Schatten und Agnes konnte seine Gesichtszüge nicht erkennen. Sie hatte so viele Fragen und wusste nicht, was sie zuerst fragen sollte. Hatte er Stephans Tod nicht verhindern können? Steckte Otto hinter dem Anschlag? Sie hatte nicht viel Zeit. Gleich würde der Wachmann zurück sein.

Plötzlich fiel ihr wieder ein, was sie auf dem Münsterplatz empfunden hatte. Die Kapuze war heruntergerutscht und er hatte sich umgeblickt. Sie erinnerte sich an ihr ungläubiges Entsetzen und rief: »Wir dachten, du wärst tot. Alle haben gedacht, du bist bei dem Kerkerbrand ums Leben gekommen. Wir haben sogar eine Totenmesse für dich lesen lassen!«

Er wandte sich noch weiter von ihr ab. Sein Gesicht lag völlig im Dunkeln. Als er zu sprechen begann, konnte sie ihn kaum verstehen: »Graf Diepold von Acerra hat den Brand legen lassen. Er hat es getan, um mich aus dem Kerker zu befreien. Er selbst holte mich raus. Auf seinen eigenen Armen hat er mich durch die Flammen getragen, als ich im Rauch das Bewusstsein verlor. Ich stand tief in seiner Schuld und musste tun, was er verlangte.«

»Du musstest uns täuschen, weil Graf Diepold es verlangt hat?«

»Mehr noch. Er wollte mich und die meinen für seine Pläne.«

Sie blinzelte verwirrt. Was war in jenem Sommer geschehen?

Er hob die Stimme und erklärte ruhig: »Ich begleitete ihn nach Santiago de Compostela, wo er den Segen des heiligen Jacobs und die Unterstützung der Templer gewinnen wollte. Er hat sogar eine Zeit lang selbst mit dem Gedanken gespielt, in ihren Orden einzutreten. Die Templer haben es jedoch abgelehnt, gegen den König von Sizilien vorzugehen. Nur ein paar Abtrünnige, die sich mit dem Orden überworfen hatten, haben sich uns angeschlossen. Unter ihnen waren auch die Männer, die Stephan und dich im Kloster San Juan de la Peña abgefangen haben. Als ich erfuhr, dass meine Kinder zur Pilgerfahrt aufgebrochen waren, war ich sehr aufgebracht. Wie ist Stephan nur darauf gekommen, Friedrichs Bedingung zur Reinwaschung unseres Namens zu erfüllen? Er wusste doch, dass es nicht in meinem Sinne gewesen wäre.«

»Wir sind aufgebrochen, weil mir der heilige Jacob im Traum erschienen ist.«

»Weil der heilige Jacob dir im Traum erschienen ist? O nein. Du wurdest getäuscht. Es war der Teufel, der dich und deinen Bruder in Graf Diepolds Hände gespielt hat. Eure Pilgerfahrt kam ihm sehr gelegen. Diepold wollte nicht nur Stephan, sondern auch dich für seine Zwecke benutzen und ich konnte es nicht verhindern. Zudem bestand er darauf, dass Stephan auf etwas schwor, was unserer Familie heilig war. Diepold war so angetan von der Muschel, dass er sie zum Zeichen seiner Verschwörung machte. Ich hatte sie in jenem Frühjahr an mich genommen. Hätte ich sie bloß im Falknerhäuschen gelassen!«

»Du warst das?«

»Ich wollte sie in Catania für dich mit einem silbernen Anhänger versehen lassen. Es sollte eine Überraschung werden. Da konnte ich noch nicht wissen, was geschehen würde. Wie konnte ich auch ahnen, dass Diepold mich zu einem namenlosen Mann machen würde? Ein für tot erklärter Mann ist namenlos. Seine Männer wussten anfangs nicht, wer ich war. Sie nannten mich nur den edel gesinnten Grafen, dabei ist es geblieben.«

Agnes hatte das Gefühl, als würde in ihrem Kopf ein Vorhang zerreißen.

»Du? Du bist der edel gesinnte Graf? Und ich habe die ganze Zeit angenommen, Graf Diepold würde von seinen Männern so genannt.«

Sie zögerte. Plötzlich ergab alles einen Sinn. Ungläubig fuhr sie sich über die Augen, als müsse sie einen Schleier fortziehen und flüsterte: »Dann war der Brief, den ich für Stephan schreiben musste, an dich.

Er hat sich als treuer Sohn bezeichnet und ich vermutete, es wäre nur eine Huldigung, eine Phrase.«
Sie dachte einen Augenblick nach und stieß verblüfft hervor: »Und du warst auch in Santiago de Compostela! Dich hat Brian mit Graf Diepold in der Hospizkapelle streiten hören. Jetzt verstehe ich auch, wieso Stephan in jener Nacht so verstört gewirkt hat. Er war gerade seinem totgeglaubten Vater begegnet.«
Ihr Vater kam wieder zum Gitter heran. Während er mit beiden Händen die Stäbe umklammerte, wurde sein Gesicht vom Licht der Fackel erhellt.
»Ja, ich gab mich Stephan in dieser Nacht zu erkennen. In der Kapelle im Hospiz hat er in meiner Anwesenheit dem Grafen den Schwur auf die Muschel geleistet. Nicht am Hochaltar der Basilika, wie es vorgesehen war. Einiges kam anders als geplant. Es war auch geplant, dass ich im Hintergrund bleiben sollte, aber Stephan sträubte sich plötzlich, auf die Pilgermuschel zu schwören. So musste ich ihn dazu bringen, Diepold den Schwur zu leisten. Bei meinem Anblick war er so verstört, dass er alles geschworen hätte.«
Bei seinen Worten war Agnes ein Stück zurückgewichen. Er war mit dem Bösen im Bunde gewesen und hatte Stephan schwören lassen. Sie erinnerte sich plötzlich an die Worte der Templer im nächtlichen Kreuzgang: Sie ist genau die richtige Mischung, wie der edel gesinnte Graf gesagt hat. Sie hatten von ihrem Vater gesprochen. Er hatte ihnen verraten, dass sie mit Vögeln sprechen konnte. Nur er konnte davon wissen. Ihr eigener Vater hatte sie für die Anschläge auf den König vorgeschlagen!
Aufgebracht und zornig betrachtete sie sein ausgezehrtes Gesicht, dessen Wangen in dem gelblichen Licht hohl und eingefallen wirkten. Ein schlechter Geschmack war in ihrem Mund, der Geschmack von Verrat und Betrug. Bitter stieß sie hervor: »Du hast ihnen deine eigene Tochter vorgeschlagen. Du hast ihnen gesagt, dass ich gut mit Greifvögeln umgehen kann. Du hast ihnen verraten, dass ich die Liebe des Königs zur Beizjagd teile.«
»Agnes …«
»Du wirst dich gefreut haben, als es so leicht war. Stephan musste mir nur mit einem Gatten aus Catania drohen, schon schnitt ich mir

selbst das Haar ab und verwandelte mich in einen Falknerjungen. Wie dumm ich war!«

»Dir mit einer Heirat zu drohen war Stephans Einfall. Wir waren überrascht, als sein Brief uns erreichte.«

»Stephan wusste da schon von den Anschlägen. Wie konnte er nur zulassen, dass seine Schwester dafür benutzt wurde? Wie konnte er hinnehmen, dass Graf Diepold unsere Mutter als Hexe anklagen würde? Er hat mir gesagt, dass das passieren würde, wenn ich nicht gehorche.«

Das Gesicht ihres Vaters wirkte gequält und seine Finger fuhren hektisch an den Stäben auf und ab: »Das wäre niemals geschehen. Stephan musste das behaupten, damit du …«

»Damit ich den König von Sizilien an seine Verräter ausliefere? Damit ich meine Seele verliere, weil ich mich versündige? Die Heiligen hatten sich von mir abgewandt und ich wurde von dunklen Stimmen verfolgt. Wie konntest du das zulassen, Vater?«

Er löste die Finger von den Stäben, streckte ihr seine Hände durch das Gitter entgegen und rief: »Diepold hat mich aus dem Kerker befreit und mich für tot erklären lassen. Damit war ich ein Nichts, ein Namenloser. Ich war ihm ausgeliefert.«

Agnes fühlte, wie sich ihre Augen mit Tränen füllten. Sie rutschte auf den Knien nach hinten, weit weg von den bittenden Händen. Mit tränenerstickter Stimme flüsterte sie: »Du bist schuld an Stephans Tod. Hatte Graf Diepold dir das auch befohlen oder war es Kaiser Otto?«

Ihr Vater murmelte: »Der Kaiser hat nichts von dem Anschlag gewusst, auch seine Köche waren ahnungslos. Es sollte Diepolds Geschenk für ihn sein.«

»Diepolds Geschenk? Mein Bruder ist tot, weil Graf Diepold sich bei Otto einschmeicheln wollte?«

Er zog die Hände zurück und ließ sie müde in den Schoß sinken.

»Stephan war mehr als bereit für Otto zu sterben. Er wusste, worauf er sich einließ. Seit er gemeinsam mit mir Otto vor Pisa aufgesucht hatte, war er davon besessen, ihm zu dienen. Graf Diepold hatte Stephan und mich gebeten, mit Kaiser Otto zu verhandeln. Das war sehr klug. Nach der Begegnung war Stephan von Otto fasziniert. In

jener Nacht ist die Pilgermuschel aus unserem Reisezelt gestohlen worden. Das machte jedoch keinen Unterschied. Es war keine Pilgermuschel mehr nötig, um Stephan an seinen Schwur zu binden.«
Agnes wischte sich über die Augen und wisperte tonlos: »Und währenddessen war ich die ganze Zeit als Falknerjunge an Friedrichs Hof. Kümmerte dich nicht, was aus mir wurde?«
»Wir hatten einen Verbindungsmann zu dir. Er war einer der abgefallenen Templer, der sich uns in Spanien angeschlossen hatte. Als er verschwand, nahmen wir an, dass er seinen Auftrag für beendet hielt und untergetaucht war. Das konnte nur bedeuten, dass du die Falknerjungenkleider abgelegt hattest und nach Hause zurückgekehrt warst. Als ich dich in diesen Kleidern auf dem Münsterplatz sah, traute ich meinen Augen nicht. Erst als ich Zeit hatte nachzudenken, begriff ich meinen Irrtum. Ich bedaure ihn sehr.«
Agnes dachte daran, wie der bärtige Templer in Messina von einem herabstürzenden Balken erschlagen worden war. Der Verbindungsmann war nicht untergetaucht, sondern tot. Sie machte sich nicht die Mühe, es richtig zu stellen. Es würde nichts ändern.
Er räusperte sich und schob behutsam eine Hand durch das Gitter. Tränen schienen in seinen Augen zu glitzern. Seine Finger zitterten, als er ihr die Hand entgegenstreckte und bat: »Verzeih mir, Agnes.«
In dem Augenblick polterte es und der Wachsoldat kam die Treppe herunter. Noch bevor er den vergitterten Verschlag erreicht hatte, begann er zu rufen: »Deine Zeit ist um, Kleine. Die Stunde naht. Friedrichs Männer werden bald kommen.«
Als sie sich nicht von der Stelle rührte, beugte er sich zu ihr herunter und packte ihren Arm. Während er an ihrem Arm zog, rief er ungeduldig: »Wenn es eine Angelegenheit des Bischofs wäre, könnte ich ein Wort für dich einlegen, aber mein Herr überließ ihn dem König von Sizilien und seinem Schiedsspruch. Die Soldaten aus dem Süden könnten Gefallen an dir finden, Mädchen! Vor ihnen kann ich dich nicht beschützen – auch nicht für eine silberne Spange. Du musst hier verschwinden.«
Ihr Vater beachtete ihn nicht und streckte ihr weiter auffordernd die Hand entgegen. Vergib mir, reich mir deine Hand, lass mich nicht so sterben, baten seine Augen.

Als sie von dem Wachmann fortgezogen wurde, presste ihr Vater seine Stirn gegen die Gitterstäbe und brüllte: »Sag deiner Mutter, dass ich sie geliebt habe. Sag ihr, dass ich immer in meinen Gedanken bei ihr war. Ich bin an ihrem Kummer zugrunde gegangen. Ihr Leid hat mich jeden Tag hundertfach getötet. Heute Nacht fürchte ich den Tod nicht. Ich bin längst tot. Ohne meine Caterina ist das Leben für mich wertlos.«
Bei seinen Worten versuchte Agnes vergebens, sich aus dem Griff des Wachmannes zu winden. Sie streckte ihre Finger nach den Gitterstäben aus, doch sie konnte die Hand ihres Vaters nicht erreichen. Der Soldat zog sie von dem Verschlag fort und drängte sie zur Treppe hinüber. Sie blickte sich um und bevor der Mann die Fackel aus dem Ring nahm, konnte sie noch einen Blick auf ihren Vater werfen. Es schien ihr, als würde er bedauernd lächeln.
Der Anblick verfolgte sie, als der Wachmann sie die Treppe hinaufführte.
Oben lag die sternenlose Nacht wie ein dunkler Teppich über dem Innenhof. Der Wachmann lehnte sich neben der Tür gegen die Wand und fragte: »Der verurteilte Edelmann liebte deine Mutter? War sie von hier? Bist du sein Bastard?«
Sie sagte nichts. Suchend blickte sie sich um. Er lachte leise und wies zum Torbogen: »Suchst du den Kerl, der dich hergebracht hat? Den haben ein paar Männer aus Friedrichs Gefolge entdeckt, während du unten warst. Sie schienen betrunken zu sein und obwohl er sich mit Händen und Füßen dagegen gesträubt hat, haben sie ihn in ihre Mitte genommen, wahrscheinlich ins nächste Wirtshaus. Versuchs mal im Fischersruh drüben. Es liegt gleich um die Ecke.«
Wolfger war fort? Wen hatte er getroffen? Sie hatte gar nicht gewusst, dass er Freunde in Friedrichs Gefolge hatte. Immerhin hatte der Wachmann ihn nicht aufgehalten und befragt.
»Möge der Herr dir deine Freundlichkeit vergelten«, murmelte sie dankbar.
»Mir reichen die Münzen, zu denen ich deine hübsche Spange machen werde, vollauf. Wie viele werde ich dafür bekommen? Vielleicht zehn oder elf, wenn ich die grünen Steine herauslöse und für drei oder vier … noch dazu gezählt …«

Sie überließ ihn seinen Überlegungen. Noch während sie über den Innenhof lief, konnte sie ihn laut rechnen hören. Im Torbogen blieb sie unschlüssig stehen. Sie drückte sich in den Schatten und blickte in den dunklen Innenhof zurück. Genau gegenüber befand sich das Hauptportal mit der breiten Treppe davor. Der Eingang zum Kerker lag nur wenige Schritte davon entfernt. Der Wachmann hatte wieder den Kopf in den Nacken gelegt und starrte in den Nachthimmel. Ihr fiel ein, was er gesagt hatte. Friedrich selbst und nicht der Bischof der Stadt hat die Hinrichtung angeordnet. Friedrich hatte über das Schicksal des Verräters entschieden. Es erschreckte sie, dass sie es gewesen war, die Friedrich vor Stephans Messer bewahrt hatte. Sie hatte ihm das Leben gerettet und nun nahm er das Leben ihres Vaters. Sie dachte an den dunklen Verschlag, die Hand zwischen den Gitterstäben und die verzweifelten Worte. Ihr Vater bereute den Kummer, den er ihrer Mutter bereitet hatte. Er würde seine geliebte Caterina nie wieder sehen, sie niemals um Vergebung bitten können. Ihr nie erklären können, wie er in Friedrichs Kerker gestorben war, als er seinen Namen verlor und zum edel gesinnten Grafen geworden war. Heute Nacht würde er erneut sterben. Der Gedanke stimmte sie traurig. Sie hatte ihren Vater gerade wieder gefunden und nun sollte sie ihn schon wieder verlieren.

Plötzlich kam ihr ein Einfall. Er war so ungeheuerlich, dass ihr schwindelte.

Agnes presste sich mit dem Rücken an die gewölbte Wand und zwang sich, ruhig zu atmen. Sie würde zu Friedrich gehen, jetzt sofort. Als sein Falknerjunge würde sie ohne Mühe vorgelassen werden. Er würde sie anhören, denn er hörte sie immer an. Bis jetzt war es um die Greifvögel gegangen, um ihre Atzung oder um eine bevorstehende Jagd, doch diesmal würde es um Guido von Borras gehen. Sie würde ihm erklären, wie es zu dem Anschlag auf dem Münsterplatz gekommen war. Sie würde Diepolds Geschenk für Otto erwähnen. Sie würde erklären, dass der Graf und sein Sohn zu dem Anschlag gezwungen worden waren. Außerdem musste Friedrich erfahren, was wirklich beim Kerkerbrand geschehen war. Wenn sie überzeugend war, würde er den Grafen von Borras begnadigen oder zumindest seine Hinrichtung aufschieben.

Es war noch nicht alles verloren. Es bestand noch Hoffnung.
Sie würde ihren Vater retten.
Ihr Herz begann heftig zu klopfen. Man musste klug vorgehen und durfte keinen Fehler machen. Sie nahm an, dass sich Friedrich im Bischofspalast befand. Es war ganz leicht, sie musste sich nur in einen Jungen zurückverwandeln und seine Gemächer finden.
Verstohlen blickte sie sich um und löste mit einer raschen Bewegung ihre Mantelspange. Sie streifte Mechthilds Mantel ab und ließ ihn zu Boden gleiten. Anschließend löste sie ihr Gebände und wickelte es vorsichtig ab. Als sie die langen Bänder zwischen den Fingern hielt, fuhr sie sich mit ihren Enden immer wieder über die Wangen. Sie befeuchtete ihre Lippen und rieb das Leinen darüber, bis es wehtat. Als sie sicher war, dass von Mechthilds Farbe höchstens noch ein kleiner Rest übrig war, rollte sie die Bänder zu einem festen Ballen und bückte sich nach dem Mantel. Sie verbarg den Leinenballen zwischen seinen Falten und klemmte sich das Bündel unter den Arm. Prüfend blickte sie an sich herab. Zum Glück war keine Zeit gewesen, Mechthilds lange Kleider ändern zu lassen. Sie trug das Kaninchenfell mit den goldenen Spangen, das Gewand mit den bestickten Ärmeln darunter und ihre Beinlinge. Die junge Dame aus dem Kerker des Bischofs hatte sich wieder in Friedrichs Falknerjungen verwandelt.
Ein paar Mal schüttelte sie noch ihr Haar, dann kam sie aus dem Schatten hervor.
Dem Wachmann vor dem Kerker warf sie einen angstvollen Blick zu. Da er immer noch in die Luft starrte, konnte sie den Innenhof gemächlich überqueren und langsam zu der Treppe hinüberschlendern.
Zwei steinerne Löwen bewachten die Treppe zum Portal. Die Löwen ließen sie die Stufen emporsteigen, ohne sich zu rühren. Doch oben stand ein junger Wachsoldat, der ihr zurief: »Was hast du hier zu suchen, Junge?«
»Ich bin König Friedrichs Falknerjunge und muss ihn unbedingt sprechen. Wo befinden sich seine Gemächer? Es betrifft seinen Lieblingsfalken.«
Der junge Soldat musterte ihre vornehme Kleidung. Als er die goldenen Spangen bemerkte, nickte er und erklärte: »Den Gang hinunter. Du kannst sein Gemach gar nicht verfehlen. Folge nur den vielen

Lampen, die heute Nacht zu Ehren des hohen Gastes brennen. Es ist die Flügeltür mit dem Adlerwappen.«
Sie lief einen Gang entlang, den eine Reihe hoher schmaler Säulen schmückte. Auf den hell und dunkel gemusterten Fliesen knirschte der Schmutz unter ihren Schuhen. An jeder Säule hing eine brennende Öllampe. Gegenüber lagen schmale Fensteröffnungen, die kühle Nachtluft hereinließen. Als sie an einem Dutzend Lampen vorbeigelaufen war, stand sie vor zwei Türflügeln. Über dem Türsturz hing das erwähnte Holzwappen mit dem Adler. Dahinter mussten sich Friedrichs Gemächer befinden.
Niemand war zu sehen. Agnes klopfte zaghaft an die Tür und als nichts geschah, versuchte sie es noch einmal. Gerade als sie beschlossen hatte, mit aller Kraft gegen die Tür zu schlagen, öffnete sich ein Flügel einen Spaltbreit und ein verschlafen wirkender Kämmerer steckte seinen Kopf hindurch. Agnes hatte ihn noch nie zuvor gesehen und nahm an, dass er zum Gefolge des Bischofs gehörte.
»Was?«, blaffte er und starrte sie aus müden, verquollenen Augen an.
»Ich bin Friedrichs Falknerjunge und muss ihn sprechen!«
»Der hohe Herr schläft und will nicht gestört werden.«
Ehe sie etwas erwidern konnte, schlug der Türflügel wieder zu. Sie überlegte, ob sie gegen die Tür hämmern sollte. Sie legte das Kleiderbündel auf den Boden, schob es mit der Fußspitze zur Wand und ballte die erhobenen Fäuste. In dem Augenblick ging der Türflügel wieder auf und der Kämmerer knurrte: »Wenn du nicht gleich verschwindest, sperre ich dich in die Rüstkammer. Niemand darf zum König. Verschwinde, Söhnchen!«
Der Türflügel klappte wieder zu und Agnes ließ die Fäuste sinken. Die Rüstkammer. Er hatte es so betont, als würde dort niemand lebend wieder herauskommen. Entmutigt kauerte sie sich auf ihr Bündel neben der Tür und ließ den Kopf hängen. Auf einmal war sie schrecklich müde. Erschöpft lehnte sie sich gegen die Wand. Sie würde einfach hier bleiben. Irgendwann würde der Kämmerer herauskommen und sie könnte hineinschlüpfen. Außerdem würden sie Friedrich holen, wenn die Stunde der Hinrichtung nahte. Ja, sie holen ihn ganz sicher, wiederholte sie träge und gähnte. Es war das Beste, hier sitzen zu bleiben. Die Lichter der Öllampen wurden zu einer

unruhig tanzenden Reihe und verschwammen vor ihren Augen. Der Gang dehnte sich endlos und die Säulen neigten sich ihr entgegen. Sie schloss die Augen und dachte an den Mann im Kerker. Sie hatte ihm verziehen. Er war ihr Vater, trotz allem. Sie dachte noch, dass sie es Friedrich unbedingt sagen musste, dann war sie eingeschlafen.

Agnes glitt in einen tiefen und bleiernen Schlaf hinüber. Ihre Gedanken lösten sich von den Ereignissen des Tages. Ihr Fühlen richtete sich auf einen Ort, an dem es keine erschlagenen Templer, keinen Grafen Diepold und keine Anschläge aus dem Hinterhalt gab. Alle Worte, die im Kerker gesprochen worden waren, rückten in weite Ferne. Sie verloren ihre Bedeutung. Die Hand an den Gitterstäben, der Zahlen murmelnde Wachmann und die Schatten im Torbogen wirbelten durcheinander, verblassten und tauchten in erlösendes Vergessen ein.
Agnes bemerkte nicht, wie der Wachmann aus dem Kerker und der Anführer aus Chur an die Flügeltür klopften. Während der verschlafene Kämmerer die Tür öffnete und erregt mit den Soldaten flüsterte, schlief sie auf ihrem Kleiderbündel. Sie erwachte auch nicht, als der Kämmerer mit den Männern den Gang hinuntereilte. Irgendwann gegen Morgen kam ein alter Knecht angeschlurft, der die Öllampen löschte. Seine gebückte Gestalt glitt unbemerkt an den Fenstern vorbei. Ein wächsernes, fahles Morgenlicht fiel auf die Fliesen. Die Lider zuckten im Schlaf, doch kein Laut drang zu ihr durch, als sich der Knecht wieder entfernte.
Agnes erwachte erst, als jemand sie antippte. Es war nur das sachte Tippen einer Fingerspitze gewesen. Trotzdem erstarrte sie vor Schreck. Als sie die Augen aufschlug, sah sie einen Finger über ihrem Handrücken schweben. Er war klein, hatte die Form einer Wurst und war mit einem schmutzigen Lederstreifen umwickelt. Irgendwo hatte sie solche umwickelten Finger schon einmal gesehen. Wo war das nur? Ihr Blick wanderte hinauf und traf auf fröhlich blitzende Augen. Es war ein ziemlich breites, dickliches Gesicht. Schwarze Locken kräuselten sich über der Stirn. Das Gesicht kam ihr irgendwie bekannt vor. Wo hatte sie diesen kleinen, gut gelaunten Mann schon einmal gesehen? Sie entzog ihm ihre Hand und richtete sich an der Wand auf. Sie hatte auf dem Mantelbündel geschlafen und ihr Na-

cken fühlte sich steif an. Vorsichtig bewegte sie ihren Kopf und beobachtete dabei den Fremden.
Er trug die gestreifte Kleidung eines Fahrenden und hatte sich eine Laute über den Rücken gebunden. Sobald er ihren fragenden Blick bemerkte, zog er die Laute schwungvoll vom Rücken. Die bunten Bänder flatterten vor ihre Füße und als das Instrument auf den Boden traf, gab es einen hohlen Ton von sich.
»Dieses verwöhnte Ding jammert und jault, wenn es nicht für ein gekröntes Haupt aufspielen darf. Es gehört Walther von der Vogelweide, der sich an diesem Morgen aufgemacht hat, um dem jungen Friedrich von Sizilien seine Dienste anzubieten. Ich tu das nur, damit dieses undankbare Ding endlich Ruhe gibt. Es beschwert sich, dass jeder Ton an den Rohling Otto verschwendet sei. Für Euch dagegen will es gerne klingen.«
Er ging in die Hocke, stellte ein Bein auf und legte die Laute zum Spielen bereit. Schmunzelnd zupfte er an einer Saite und erklärte: »Es hat eine Schwäche für schöne junge Damen. Allerdings fragt es sich, was aus der Grafentochter geworden ist. Als wir sie in Spanien mit ihrem Bruder trafen, war sie ein anständig gekleidetes Mädchen von hoher Geburt, das bei jeder Gelegenheit die Heiligen bemühte und die Vögel anlockte. – Und seht sie Euch nun an!«
Er kniff seine runden Augen zusammen und schüttelte den Kopf: »Ich stimme mit meinem Instrument überein. Solche Kleidung schickt sich nicht für eine Dame. Kleiden Euch auch die goldenen Schulterspangen vorzüglich, so war doch die Spange mit der grünäugigen Eidechse viel anständiger.«
Die Eidechsenspange! Ihr fiel wieder ein, woher sie ihn kannte. Sie hatten den deutschen Sänger in Puente la Reina getroffen. Er hatte ihr geholfen, die verlorene Eidechsenspange zu finden. Anschließend hatte er erklärt, dass er umkehren würde. Der Pilgerweg war ihm zu mühevoll und gefährlich. Seitdem hatte sie nicht mehr an ihn gedacht. Er zwinkerte ihr zu und flüsterte: »Ich hoffe, das Schmuckstück befindet sich noch in Eurem Besitz. Immerhin hat es mich einige Mühe gekostet, es zu finden.«
Sie konnte ihm unmöglich erklären, wo sich das Schmuckstück in diesem Augenblick befand. Anscheinend erwartete er keine Antwort,

stattdessen beugte er sich über seine Laute und stimmte eine kleine Melodie an. Die Töne wurden den Gang hinuntergetragen, wirbelten über die gemusterten Fliesen und tanzten aus den Fenstern hinaus. Es dauerte nicht lange, da öffnete sich eine der Flügeltüren. Ein verschlafen wirkender Friedrich steckte seinen Kopf heraus. Er hatte sich notdürftig in seinen Reisemantel gewickelt, seine ungekämmten Locken standen ihm wirr vom Kopf ab und seine nackten Füße schauten unter dem Mantelsaum hervor. Empört rief er: »Was das soll bedeuten?«

Walther zupfte noch zwei hohe Töne. Schließlich nahm er die Laute herunter, richtete sich auf und erklärte unbekümmert: »Wenn Ihr der neue Kaiser der Deutschen seid, Herr, so will ich Euch gerne dienen. Ihr müsst ein aufgeweckter junger Mann mit Sinn für Humor sein, wenn Ihr ein Mädchen in Jungenkleidern an Eurem Hof duldet. Das gefällt mir!«

Friedrichs Blick wanderte zu Agnes. Sie sah angstvoll zu ihm auf und wagte kaum zu atmen. Hoffentlich war er zu verärgert über die Störung, um den hingeworfenen Worten große Beachtung zu schenken. Friedrich zog ungeduldig seine Brauen zusammen und schnaufte: »Das ist Agilo, mein Falknerjunge. Und wer seid Ihr? Parlate!«

»Ich will Euch meine Dienste anbieten. Ich bin Walther von der Vogelweide, ein im deutschen Reich viel gerühmter Sänger. Für Euch ist mein Einfluss auf die deutschen Fürsten von großem Wert. Mit meinen Liedern kann ich die Mächtigen herabstürzen lassen oder emporheben. Ich weiß eine Menge. Eines weiß ich mit Sicherheit: Das da ist kein Junge, sondern eine junge Frau. Ich traf sie in den Kleidern einer sizilianischen Grafentochter auf dem Pilgerweg nach Santiago de Compostela. Ich glaube, ihr Bruder erwähnte, sie wären aus Catania. Er nannte mir seinen Namen. Wie hieß er noch? Von … von Borras! Ha, mein Gedächtnis trügt mich nicht, ich bin ganz sicher, er nannte diesen Namen.«

Friedrich wirkte plötzlich hellwach und flüsterte mehr an sich selbst als an den Sänger gerichtet: »Sie ist seine Schwester? Die Schwester des Verräters, den meine Männer am See erwischten?«

Er schloss die Tür, indem er sich mit dem Rücken dagegenlehnte, kreuzte die Arme vor der Brust und starrte Agnes an. Sie konnte sei-

nen Blick nicht deuten und kauerte sich an der Wand zusammen, als könne sie sich unsichtbar machen. Er ließ sie nicht aus den Augen. Sie kannte diesen Blick gut. So sah er immer aus, wenn er über etwas angestrengt nachdachte. Etwas, was ihm sehr wichtig war und sorgsame Überlegung erforderte. Etwas, was man hin und her wenden und von allen Seiten betrachten musste. Es schien eine Ewigkeit zu dauern. Agnes wollte nur noch sterben. Er würde sie mit Schimpf und Schande fortjagen. Er würde sie dem Bischof von Konstanz übergeben. Alle würden es erfahren. Sie hatte ihre Unschuld verloren und schwer gesündigt. Sie war eine ehrlose Frau in Männerkleidung. Welche der Märtyrerinnen würde jetzt noch für sie eintreten? Die Heiligen auf ihrem Gürtel würden sich mit schamroten Gesichtern von ihr abwenden. Von wem konnte sie jetzt noch Rettung erhoffen?
Friedrich runzelte die Stirn und ging in die Hocke. Als er sich auf gleicher Höhe mit ihr befand und ihr direkt in die Augen sehen konnte, erklärte er in einem Ton, der keinen Widerspruch duldete: »Du bist kein Falknerjunge. Du bist die Tochter des Grafen von Borras! Niemand darf den König auf diese Weise täuschen!«
»Nein, Herr«, hauchte Agnes und umklammerte ihre zitternden Knie.
»Warum du getan so?«
»Weil, weil … weil ich nicht anders konnte! Weil mein Vater und mein Bruder unter den Einfluss des Grafen von Schweinspeunt und Acerra gerieten. Weil Graf Diepold meinen Vater aus dem brennenden Kerker befreite und er in dessen Schuld stand. Weil sie mich zwangen, Euch zu täuschen. Doch ich konnte nicht zulassen, dass Euch jemand Schaden zufügte. Und obwohl mich finstere Stimmen und dunkle Mächte dazu treiben wollten, vereitelte ich die Anschläge Diepolds auf Euer Leben. So war mein eigenes Leben in der brennenden Hütte in Gefahr statt das Eure. Das Gift, das für Euch bestimmt war, trieb einen anderen Mann in den Tod. Ich war der Anlass, wieso das Messer meines Bruders sein Ziel verfehlte. Meinem Vater war ich keine gehorsame Tochter, stattdessen war ich meinem König treu. Ihr seid ein guter und gerechter König. Ich würde alles tun, um einen hinterhältigen Anschlag auf Euch zu verhindern.«
Das war eine lange Rede und atemlos hielt sie inne und überlegte, was sie noch anführen könnte. Doch es war alles gesagt. Friedrich lä-

chelte plötzlich, lehnte sich vor und sagte anerkennend: »Gut gesprochen. Wie alt bist du und wie ist dein Name?«

»Achtzehn, Herr. Ich heiße Agnes.«

»So sind wir fast gleich alt. Du bist ein guter Falknerjunge, Agnes. Wenn jemand so gut mit die Greifvögeln arbeitet, dann ist es nicht wichtig, ob er eine Frau oder ein Mann ist. Du kannst trotzdem nicht bleiben. Keiner soll wissen, wie ich getäuscht wurde. Ich werde einen neuen Falknerjunge suchen. Er wird nicht so gut mit den Falken umgehen wie mein Agilo. Wer hat dir das beigebracht, wer war dein Lehrer?«

»Mein Vater, Herr. Der Mann, der sich wegen Verrats im Kerker des Bischofs befindet.«

Als sie den Kerker erwähnte, kam Agnes zu sich. Es war ja bereits Morgen! Die Öllampen brannten nicht mehr und Sonnenlicht fiel durch die schmalen Fenster. War das Urteil bereits vollstreckt worden? Friedrichs trauriger Gesichtsausdruck ließ es vermuten. Er beugte sich noch ein Stück weiter vor, legte tröstend eine Hand auf ihren Arm und flüsterte: »Mi dispiace, Agnes, mi dispiace.«

Verstört fragte sie: »Was? Was tut Euch Leid, Herr?«

»Dein Vater starb heute Nacht durch meinen Befehl. Es musste geschehen, schnell und lautlos, denn es sollte nicht bekannt werden, wie leicht ich in einen Hinterhalt geraten kann. Nach dem Tod des Grafen kamen meine Soldati und fragten, wo sie ihn verscharren sollen. Ich sagte, neben seinem Sohn vor der Stadtmauer. Der Kämmerer des Bischof zeigte ihnen wo.«

Agnes schloss bei seinen Worten die Augen und vergrub ihr Gesicht zwischen den Fingern. Es war zu spät. Guido von Borras war als Verräter hingerichtet worden. Sie konnte nicht mehr für ihn bitten. Als sie geschlafen hatte, war die Schwertklinge in seinen Leib gestoßen worden und hatte sein Leben ausgelöscht. Sein Leichnam wurde in diesem Augenblick in ungeweihte Erde geworfen, wie die leblose Hülle eines Verbrechers. Ihre Augen brannten, doch es kamen keine Tränen. Sie hatte in den letzten Tagen schon zu viel geweint. Sie horchte in sich hinein und fühlte keinen Schmerz. Beschämt presste sie die Hände noch fester auf ihr Gesicht. Warum konnte sie nichts empfinden? Friedrich drückte Anteil nehmend ihren Arm. Walthers

Laute gab einen klagenden Ton von sich. Der Wind fuhr durchs Fenster und streichelte über ihre Hände. Plötzlich verstand sie. Sie konnte nicht um ihren Vater trauern, da sie es längst getan hatte. Sie hatte bereits vor über drei Jahren von ihm Abschied genommen. Nun konnte sie es nicht noch einmal tun.
Friedrich nahm seine Hand fort und seufzte.
»Es tut mir Leid. Ich habe nichts von Graf Diepold gewusst, ebenso wenig von Graf Guidos tapferer Tochter. Ich habe dir Schwertleite versprochen für deinen Mut. Eine Frau kann ich nicht zu meinem Cavaliere machen. Aber ich kann dich zur Herrin über den Besitz der von Borras machen. Was ist mit deiner Mutter?«
Sie nahm die Hände herunter und flüsterte: »Sie ist in ein Kloster gegangen.«
»So werde ich dich zur Erbin machen und zu einer guten Partie für meine Ritter.«
»Olala«, sagte Walther, doch es klang traurig.
Als sie aufblickte, saß er vor ihr und stützte sich nachdenklich auf sein Instrument. Anscheinend verstand er, dass ihr das Erbe wenig bedeutete. Das Landgut bei Catania schien weit weg zu sein. Es würde dort nie mehr so sein wie früher. Ihre unbeschwerten Kindertage waren vorüber. Sie würde dort nie wieder mit ihrer Mutter im Kräutergarten singen. Ohne ihren Vater und Stephan würde es nicht dasselbe sein.
Friedrich wandte sich um und sprach Walther an: »Kümmert Euch um sie, guter Mann. Ich muss mich ankleiden und mit dem Bischof über meinen weiteren Weg ins deutsche Reich sprechen. Ich werde später darüber befinden, ob Ihr mein Sänger sein sollt. Zuvor bringt Ihr Agnes zu den Falken des Bischofs neben den Küchentrakt. Sie werden ein tröstlicher Anblick sein.«
Friedrich sprang auf, öffnete den Türflügel und verschwand in seinem Gemach. Obwohl er es nicht mehr hören konnte, nickte Walther ernst und flüsterte: »Ja, Herr, das will ich tun.«
Agnes beobachtete, wie er umständlich die Laute auf seinem Rücken befestigte. Sie hatte nicht gedacht, dass dieser Mann so niedergeschlagen wirken konnte. Mit hängenden Schultern schlich er den Gang hinunter. Hastig erhob sie sich, bückte sich nach dem Kleider-

bündel und folgte ihm. Sie beschleunigte ihre Schritte und rief ihm nach: »Während die Falken des Bischofs atzen, werde ich ein Gebet für meinen Vater sprechen. Das hätte ihm gefallen.«

September 1212, am Ufer des Bodensees

In der folgenden Nacht befand sich Agnes mit Mechthild am Ufer des Bodensees. Sie standen unter den Bäumen mit den herabhängenden Zweigen, die Agnes am Tag zuvor am Gesicht vorbeigestrichen waren. Von ihnen verborgen, warteten sie auf das Fährschiff. Keine von ihnen sprach. Ihr Atem ging rasch, da sie den ganzen Weg gelaufen waren. Irgendwo unten auf dem Steg balancierte Brian an den Fischerbooten vorbei. Dort hatte sich gestern noch Stephans Leichnam befunden. Agnes versuchte nicht hinzuschauen und blickte in die andere Richtung, doch die Erinnerung an ihren im Wasser um sein Leben kämpfenden Bruder war noch zu lebendig. Keiner sollte so sterben. Nie wieder hatte sie hierher zurückkehren wollen. Doch es handelte sich um einen Befehl des Königs. Friedrich selbst hatte es bestimmt.

Ihr müsst fort, hatte Anselm ihr an diesem Nachmittag bei den Falken des Bischofs zugeflüstert. Sie hatte dem Falkner des Bischofs gerade erklärt, dass sich nur der weibliche Habicht für die Hasenbeize eignen würde. Wie sie sich vorgenommen hatte, hatte sie ein Gebet für ihren Vater gesprochen, sobald Walther sie bei den Falken zurückgelassen hatte. Später war der Falkner des Bischofs mit der Atzung gekommen. Sie hatte sich mit dem alten Mann unterhalten und ihm ausführlich von der erfolgreichen Hasenbeize ihres Vaters erzählt. Als Anselm plötzlich aufgetaucht war, war es ihr vorgekommen, als holte er sie in die grausame Wirklichkeit zurück, in der es nicht von Bedeutung war, ob sich eine junge Frau mit der Hasenbeize auskannte. Sein ernster Gesichtsausdruck hatte sie beunruhigt und auch seine Worte hatten geklungen, als handele es sich um etwas, was er nur ungern ausrichtete.

Der König lässt Euch heimlich fortbringen, hatte Anselm ihr ins Ohr gewispert. Als er ihren fragenden Blick gesehen hatte, hatte er erklärt,

dass sie mit dem Fährschiff über den See geschafft werden sollte, und zwar noch in dieser Nacht. Sie solle beim Einsetzen der Dämmerung vor den Palast kommen, denn Mechthild würde dort auf sie warten. Er selbst würde sie nicht begleiten, alles solle unbemerkt geschehen und niemand solle das plötzliche Verschwinden des Falknerjungen bemerken. Dann war Anselm wieder davongeeilt, als hätte er noch eine Menge wichtiger Dinge zu erledigen.
Agnes hatte den Rest des Tages darüber gegrübelt, was das zu bedeuten hatte. Wurde sie vom Hof des Königs verbannt? Hatte Friedrich es sich anders überlegt und wollte er sie nun doch bestrafen? War sein Mitleid am Morgen nur eine Laune des Augenblicks gewesen? Bereute er bereits, dass er ihr das Erbe derer von Borras versprochen hatte? Sollte sie als Tochter eines Verräters in den hohen Norden verbannt werden? Wollte er das Gut bei Catania lieber einem seiner Ritter überlassen als einer von Borras? Die Fragen hatten auf ihren Lippen gelegen, als sie bei Anbruch der Nacht vor den Palast getreten war und Mechthild dort vorgefunden hatte.
Doch sie war nicht dazu gekommen, ihre Fragen zu stellen.
Mechthild hatte Brian zu sich gerufen und Agnes zugezischt, dass sie sich unauffällig benehmen solle. Ohne ein weiteres Wort waren sie zum See hinuntergelaufen. Die schattigen Häuser von Konstanz waren wie Nebelgeister vorübergezogen. Der Weg vor ihr hatte sich unheilvoll verengt und dann wieder geweitet, als wäre er ein lebendiges Wesen. Die Dämmerung war überraschend schnell hereingebrochen. Als sie den See erreicht hatten, war seine Oberfläche bereits eine flimmernde schwarze Fläche. Der Nebel wurde immer dichter.
Agnes versuchte, in den Dunstschleiern über dem Anleger etwas zu erkennen.
Dichte Nebelschwaden hingen über dem Wasser, in dem sich der Mond in matt spiegelnden Silberstreifen verlor. Es war immer noch kein Fährschiff zu sehen. Ungeduldig stieß sie hervor: »Warum kommt es denn nicht? Wenn ich schon in den kalten Norden verbannt werden soll, dann soll es wenigstens schnell geschehen.«
Die ganze Zeit hatte Mechthild Brian auf dem Steg im Auge behalten, nun wandte sie sich abrupt um und fragte: »Verbannt? Wovon redet Ihr?«

»Friedrich will mich doch heimlich fortschicken.«

»Nein, davon kann keine Rede sein. Hat Anselm Euch denn nichts erzählt? Ah, schaut, dort kommt das Boot. Die beiden schwachen hellen Punkte. Sie sind im Nebel kaum zu erkennen.«

Agnes sah es nun auch. Ein Boot näherte sich. Es war viel kleiner als ein richtiges Fährschiff. Die hellen Punkte schienen zwei Laternen vorn am Bug zu sein. Ihr goldfarbenes Licht wirkte im Dunst seltsam unwirklich.

Neben ihr lachte Mechthild leise: »Bestrafen? Das kommt darauf an, wie man es betrachtet. Ich hatte allerdings nicht den Eindruck, dass es eine Strafe wäre.«

Brian stand plötzlich am Ufer und warf Steine in den See. Es klatschte unheilvoll. Mechthild beobachtete ihn mit einem geheimnisvollen Lächeln. Agnes rief zornig: »Sagt mir endlich, was Friedrich bestimmt hat. Warum sind wir hier?«

Das beleuchtete Boot hatte den Anleger der Fährschiffe erreicht. Statt einer Antwort verließ Mechthild ihr Versteck unter den Bäumen und ging zum See hinunter. Agnes beeilte sich, ihr zu folgen, da bemerkte sie im schwachen Licht der Laternen eine Gestalt. Sie schien zu winken.

Wer war das? Agnes runzelte die Stirn. Sie wurde offensichtlich erwartet. Während sie zum Anleger lief, versuchte sie den Mann zu erkennen. Er streckte auffordernd seinen Arm aus. Anscheinend wollte er ihr ins Boot helfen.

Kurz bevor sie das kleine Boot erreicht hatten, blieb Mechthild plötzlich stehen und flüsterte: »Noch könnt Ihr zurück, das heißt – wenn Ihr Wolfger den Späher nicht wollt.«

Das war Wolfger? Agnes blieb ebenfalls stehen und starrte ungläubig zu der Gestalt hinüber. »Aber, was tut er denn hier?«

Mechthild beobachtete, wie Brian zum Boot lief und den Ankömmling begrüßte. Nachdenklich sagte sie: »Dieser Späherwolfger mit der Narbennase zeigte mehr Mut und Entschlossenheit, als ich erwartet hätte. Er war heute bei Friedrich und hat um Eure Hand angehalten. Sie wurde ihm gewährt, einschließlich Namen und Besitz derer von Borras.«

»Er hat was gemacht?«

Agnes war verblüfft. Das hatte sie nicht zu hoffen gewagt. Als er auf dem Münsterplatz ihre Hand gedrückt hatte, hatte sie zwar gewusst, dass er ihr verziehen hatte, doch sie hatte nicht erwartet, dass er sie noch zur Frau haben wollte. Immerhin hatte sie ihm am Pass nicht die ganze Wahrheit gesagt. Er nimmt es mir nicht übel, er hält mich nicht für eine Lügnerin, dachte sie glücklich. Er wollte sie, er liebte sie und hatte mit Friedrich gesprochen. Ihr wurde ganz leicht ums Herz und sie wollte nichts lieber als ihm entgegeneilen. Doch Mechthild hielt sie am Ärmel zurück: »Ich sollte Euch warnen. Euer Wolfger zeigte sich nicht besonders erfreut über den Besitz auf Sizilien. Im Gegenteil, er bestand darauf, Euch nach Ulm mitzunehmen. Ein Leben in Ulm kommt vielleicht einer Verbannung sehr nah.«

Agnes schüttelte Mechthilds Hand ab und fragte misstrauisch: »Woher wollt Ihr wissen, dass er nicht auf Sizilien leben will?«

»Na, von Anselm. Er ist schließlich dabei gewesen, als Wolfger mit Friedrich über Euch sprach. Anselm erzählte mir, Friedrich wäre froh gewesen, Euch auf diese Weise los zu sein. Allerdings bestand er darauf, dass Wolfger sich heute auf der anderen Seite des Sees erkundigte, ob es nur Gerüchte seien oder ob Otto wirklich auf dem Rückmarsch sei. Und es sieht ganz so aus.«

Es sah wirklich so aus. Die Gestalt auf dem Boot machte ihnen Handzeichen. Die Geste machte deutlich, dass sie sich beeilen sollten. Jetzt konnte Agnes noch eine weitere Gestalt erkennen, die sich hinten am Ruder befand, auch sie schien ungeduldig zu warten.

Agnes ließ Mechthild stehen und rannte los.

Mechthild folgte ihr und rief: »So wartet doch.«

Brian stand neben dem Boot und befestigte gerade ein Seil am Anleger. Der Mann vorn im Boot rief ihm einen Dank zu. Seine Stimme klang vertraut. Es war Wolfgers Stimme.

Er war es wirklich. Agnes stand nur da und konnte kein Wort herausbringen. Sie war wie verzaubert. Das Licht der Laternen hüllte ihn in einen goldenen Glanz und ließ die Narbe auf seinem Nasenrücken größer erscheinen. Fordernd streckte er die Hand aus und rief: »Komm. Drüben ist alles ruhig. Kaiser Otto ist nach Breisach geflohen.«

Mechthild stellte sich neben ihren Sohn und schnaufte: »Pah, dort wird er nicht willkommen sein. Jetzt, wo Friedrich da ist, wird es bald keinen Kaiser Otto mehr geben.«

Brian zupfte an Mechthilds Ärmel und rief aufgeregt: »Hast du gehört, Mutter? Otto ist fort. Wir müssen es schnell Vater sagen.«
Mechthild erwiderte etwas. Agnes hörte gar nicht hin. Wolfger war gekommen und würde sie mitnehmen. Es war nicht wichtig, wo sie zusammen leben würden. Erst einmal würde er ihr Ulm zeigen. Sie würden am Altar der Kapelle zum Heiligen Kreuz getraut werden, von der sie so oft geträumt hatte. Es würde keine Verbannung von Friedrichs Hof sein, nicht wenn Wolfger bei ihr war. Irgendwann würden sie gemeinsam nach Sizilien zurückkehren. Erwartungsvoll strahlte sie ihn an, streckte die Hand aus und wollte sich von ihm aufs Boot helfen lassen. Doch er ergriff weder ihre Hand noch erwiderte er ihr Lächeln. Stattdessen sah er aus, als wäre ihm gerade etwas eingefallen. Sie ließ die Hand unschlüssig wieder sinken. Wolfger blickte zu Mechthild hinüber und erklärte feierlich: »Habt Dank für alles, edle Dame. Ihr habt viel für uns getan und Anselm ebenso. Kommt sobald wie möglich nach Ulm und seid dort unsere Gäste.«
»Dafür wird keine Zeit sein. Wir bleiben vorerst bei Friedrichs Gefolge. Es gibt noch so viel zu tun. Der zukünftige Kaiser muss ein Bündnis mit dem französischen König schließen. Er muss die deutschen Fürsten überzeugen und die Herzen der Menschen gewinnen. Letzteres wird ihm nicht schwer fallen.«
Agnes versuchte ihren Gesichtsausdruck zu deuten und fragte leise: »Und Ihr? Werdet Ihr Euren Mann begleiten oder nach Braunschweig zurückkehren?«
»Die große Politik ruft. Wie könnte ich da widerstehen?«
Mechthild lachte so unbekümmert, als hätte sie sich längst damit abgefunden, dass ihr Mann immer und überall mitmischte. Agnes beneidete sie nicht. Sie hatte genug von dem aufregenden Leben an der Seite der Mächtigen. Sie dachte daran, wie die große Politik in ihr Leben eingegriffen hatte, und tastete unauffällig nach ihrem Gürtel. Dort hing noch die Muschel, die ihr Vater einst aus Santiago de Compostela mitgebracht hatte. Intrigen, Verrat und Gier hatten die schöne Muschel entweiht und verwandelt. Die Politik machtgieriger Männer hatte ihren Vater ins Verderben gestürzt und die Muschel für ihre Zwecke benutzt. Seitdem war seine Muschel nur noch ein sperri-

ges Ding in einem Leinenbeutel, das bei jedem Schritt unangenehm klapperte. Sie würde es nicht länger mit sich herumtragen.
Agnes griff entschlossen unter das Kaninchenfell und öffnete den Beutel. Rasch zog sie die Muschel hervor und hielt sie in den Lichtkegel der Laternen. Brian keuchte überrascht auf. Anscheinend hatte er die Muschel erkannt, die er aus dem Zelt vor Pisa gestohlen und später seiner Mutter geschenkt hatte. Das war lange her, dachte Agnes und betrachtete die Muschel unschlüssig. Es war Zeit, sich von der Vergangenheit zu trennen. Warum sollte sie etwas nach Ulm mitnehmen, das durch Verrat befleckt und durch Lüge entweiht worden war? Die sonnengleichen Strahlen waren zum Feuer umgedeutet worden, das Sizilien verzehren sollte. Sizilien war nicht zerstört worden. Es würde unter Friedrichs Schutz stehen, wenn er Kaiser war. Graf Diepold hatte verloren. Agnes drehte grimmig die Muschel zwischen ihren Fingern. Die anderen sahen ihr verwundert zu. Es wurde windiger und das Boot tanzte auf den Wellen. Es schien Agnes, als würde sie jemand auffordern, die Muschel endlich loszulassen. Sie trat einen Schritt zur Seite und stellte sich so dicht wie möglich an den Rand. Bevor sie es sich anders überlegen konnte, riss sie die Hand mit der Muschel hoch, holte weit aus und rief dem Wasser zu: »Da, nimm die entweihte Muschel des heiligen Jacob zurück!«
Sie schleuderte die Muschel mit so viel Kraft von sich, dass sie fast nach vorn gefallen wäre. Nur mit Mühe konnte sie sich im letzten Moment abfangen. Sie ruderte mit den Armen und versuchte, das Gleichgewicht wieder zu finden, dabei sah sie, wie die schimmernde Schale durch die Luft segelte. Sie zerteilte die perlmutternen Lichter und fahlen Spiegelungen auf dem Wasser. Als sie auf der Oberfläche auftraf, lichtete sich der Nebel und es schien plötzlich heller zu werden. Nach einem leisen Aufplatschen war es still. Agnes schloss die Augen und stellte sich vor, wie die Muschel immer tiefer versank. Sie schwebte leicht und tänzelnd zum Grund, wirbelte Sand auf und brachte Algen zum Schlingern. Langsam senkte sich der Sand über die schön gemusterten Furchen der Schale. Der Sand löschte das Feuer, das den Brand entfachen sollte. Stephans Schwur wurde unter Sandkörnern und Algen begraben. Sie verhüllten sowohl die bösen Worte des Grafen von Acerra als auch die guten Strahlen von

Bruder Sonne. Der See hatte die Muschel angenommen. Es war vorbei.
Erleichtert atmete Agnes auf. Sie öffnete die Augen und trat vom Rand zurück. Als sie sich umblickte, schien sich niemand darüber zu wundern, was sie getan hatte. Nur Mechthild schniefte verdächtig und Brian flüsterte peinlich berührt: »Mutter, nicht!«
Mechthild wischte sich über die Augen und flüsterte mit belegter Stimme: »Gut gemacht! Vergesst, was gewesen ist. Fangt in Ulm ein neues Leben an. Wenn es sein muss, auch mit Wolfger dem Späher. Er ist immer noch besser als die Hälfte von seinesgleichen. Und denkt daran, Dame Johanna nach Palermo zu schreiben. Sie wird sich um Eure Mutter kümmern und sie ganz bestimmt im Kloster aufsuchen. Gott schütze Euch, Dame Agnes.«
Agnes bekreuzigte sich und ergänzte: »Und er leite Eure Füße auf sicheren Wegen.«
Mechthild würde Schutz brauchen, wenn sie Friedrich bei seinem Zug durchs deutsche Reich begleiten wollte. Er hatte nicht viele Soldaten und vielleicht würde es Widerstand geben. Trotzdem zweifelte Agnes nicht daran, dass es ein Siegeszug werden würde. Sie strich Brian zum Abschied über den Kopf und griff nach Wolfgers Hand. Als er ihr ins Boot half, schwankte es bedenklich. Brian löste das Seil. Wolfger fing es auf und rief etwas nach vorn, woraufhin die Ruder ins Wasser klatschten und sich das Boot langsam in Bewegung setzte. Agnes beeilte sich, neben Wolfger Platz zu nehmen. Er legte seinen Arm um ihre Schulter und zog sie an sich. Sie lehnte ihren Kopf an seinen Nacken. Müde betrachtete sie die dunkle Silhouette von Konstanz. Ihre Augen glitten über die schwarzen Türme der Stadt. Irgendwo zwischen den nächtlichen Schatten lag der Palast des Bischofs. Dort befand sich der zukünftige Kaiser des Heiligen Römischen Reiches. Wahrscheinlich konnte er nicht schlafen. Agnes stellte sich vor, wie er wach lag und über die Falknerei grübelte. Sie lächelte gedankenverloren und murmelte: »Beim Näglein des Heiligen Kreuzes zu Ulm, Friedrich wird niemals wieder einen Falknerjungen finden wie mich.«
Wolfger lachte, dann erklärte er ernst: »Die Umgebung der Burg meines Vetters ist für die Falkenjagd wie geschaffen. Du kannst so viele Falken halten, wie du möchtest.«

Einen würde sie ganz gewiss Tassilo nennen und vielleicht war ja auch ein Zahir darunter.
Sie entfernten sich immer weiter. Ein frischer Wind war aufgekommen. Der Nebel begann sich deutlich zu lichten und silbriges Mondlicht schob sich durch die Dunstschleier. Agnes blickte zum Ufer zurück. Mechthild wurde kleiner und kleiner. Sie hatte einen Arm um Brian gelegt. Der Wind zerrte an ihrem Kleid, als würde er sie umwehen wollen. Doch Mechthild ließ sich nicht so einfach umwehen. Sie stand ganz aufrecht und blickte unverwandt über das dunkle Wasser.

Nachwort

Für den Konflikt zwischen Welfen und Staufern brachte jener Septembertag 1212 eine entscheidende Wende. Nach Friedrichs Einzug in Konstanz begann sein Siegeszug und Ottos Niedergang. Schließlich starb Otto 1218 unbeachtet und vergessen auf der Harzburg und Friedrich wurde 1220 zum Kaiser gekrönt. Acht Jahre zuvor hatte der Befehl, die Rheinbrücken befestigen zu lassen, für Friedrich den Weg nach Schwaben und somit ins deutsche Reich ermöglicht. Rückblickend scheint es, als wäre innerhalb weniger Stunden die Entscheidung über die Kaiserkrone gefallen. Auch die Zeitgenossen haben anscheinend so empfunden. Der Chronist Wilhelm der Bretone beschreibt die Ereignisse um Friedrichs Ankunft und weist darauf hin, dass man sagt, Friedrich hätte nie das deutsche Reich betreten, wenn er nur drei Stunden später gekommen wäre. Kaiser Otto schien fest damit gerechnet zu haben, vor seinem Kontrahenten in Konstanz einzutreffen. So erwähnt der Chronist, dass Ottos Diener und Köche bereits in der Stadt waren und Speisen für ihn vorbereiteten. Man kann davon ausgehen, dass sich Friedrich später die für Otto vorbereiteten Speisen schmecken ließ – vermutlich ohne dabei von einem Attentäter aus Sizilien bedroht zu werden.

Allerdings hatte er zu diesem Zeitpunkt schon eine Menge Ärger mit Aufständischen und Verrätern hinter sich. Bereits im Frühjahr 1209 hatte der vierzehnjährige Friedrich einen Aufstand von Baronen aus der Gegend um Catania niedergeschlagen und die Beteiligten zu demütiger Unterwerfung gezwungen. Wahrscheinlich gab es keinen Mann namens Guido von Borras unter ihnen. Tatsache ist, dass Friedrich immer wieder mit einem Hinterhalt rechnen musste. Sogar während seiner Hochzeitsfeier gab es eine Verschwörung der Inselbarone, die von ihm erfolgreich niedergeschlagen wurde. Um es nicht

unübersichtlich zu machen, habe ich diese Auseinandersetzung nicht berücksichtigt. Stattdessen habe ich die aufständischen Barone auf dem Festland in den Vordergrund gerückt. Nach Ottos Krönung zum Kaiser hofften sie auf die Stärkung ihrer Position. Zu ihnen zählte auch der deutschstämmige Diepold Graf von Schweinspeunt und Acerra, der auf dem sizilianischen Festland das Gebiet zwischen Neapel und Salerno beherrschte. Er hatte schon früher versucht, Einfluss auf die Politik in Palermo zu nehmen, und war kein unbeschriebenes Blatt mehr. Sicher ist, dass Graf Diepold im November 1209 einen namentlich nicht genannten Boten nach Pisa schickte, um mit Kaiser Otto zu verhandeln. Ob der Graf zuvor in Santiago de Compostela gewesen war und dort eine Verschwörung gegen Friedrich angezettelt hat, ist nicht belegt, aber bei einem machthungrigen Mann wie ihm durchaus denkbar. Auch nach Ottos Rückzug konnte Diepold sich noch lange in Italien behaupten.
Nach 1212 gelang es Otto nicht mehr, Friedrich zurückzudrängen. Der junge und charismatische Friedrich schaffte sich Anhänger, indem er großzügig Privilegien verteilte, Adlige mit Burgen und Klöster mit Ländereien bedachte. Ohne dass es zu nennenswerten Kampfhandlungen kam, fielen ihm Städte, Pfalzen und Burgen zu. Der nach Breisach gezogene Otto wurde dagegen aus der Stadt gejagt. Der Chronist Burchard von Ursberg vermutet, dass die Bürger »kühner« aufgrund umgehender Gerüchte geworden waren und Otto ihnen deshalb nur mit knapper Mühe entkommen konnte. Die Nachricht über Friedrichs Ankunft hatte sich schon verbreitet. Während Otto nach Norden floh, zog Friedrich ungehindert in Basel ein, wo ihm ein rauschender Empfang bereitet wurde. Nach einem kurzen Aufenthalt in Hagenau traf er bei Vaucouleurs den französischen Thronfolger, der einen Pakt mit ihm schloss und 20 000 Mark Silber überreichte. Natürlich verschenkte Friedrich das Geld sofort an die deutschen Fürsten und vergrößerte so seine Anhängerschaft.
Friedrichs Großzügigkeit stand im Kontrast zu Ottos viel beklagtem Geiz. Wegen seiner Knauserigkeit bezeichnete Walther von der Vogelweide ihn als »schlimmen Mann« und wechselte vermutlich 1213 in Friedrichs Dienst. Als der Sänger kurz darauf endlich das lang ersehnte Lehen erhielt, brachte er seine Freude überschwänglich in einem

Lied zum Ausdruck: »Ich hab mein Lehen, alle Welt! Ich hab mein Lehen! Nun fürcht' ich nimmermehr den Winter an den Zehen.« Doch auch andere Chronisten loben Friedrichs Freigebigkeit, die nach den Vorstellungen der Zeit zu den wesentlichen Eigenschaften eines guten Königs gehörte.

Nachdem der Süden von ihm abgefallen war, musste sich Otto immer weiter in den Norden zurückziehen. Eine Entscheidung brachte schließlich 1214 die Schlacht bei Bouvines. Allerdings fand die militärische Auseinandersetzung nicht mehr zwischen Otto und Friedrich statt. Der Thronstreit zwischen Welfen und Staufern war endgültig zu einer europäischen Angelegenheit geworden, bei der der Krieg zwischen England und Frankreich in den Vordergrund rückte. Als Verbündeter und Neffe des englischen Königs Johann Ohneland kämpfte Otto mit seinem Heer nun gegen die Soldaten des französischen Königs. Die offene Feldschlacht beschreibt der französische Historiker Georges Duby ausführlich in seinem Buch: »Der Sonntag von Bouvines, 27. Juli 1214«. Duby erklärt, dass der Sieg der Franzosen ein Triumph war, der Cäsar ebenso zur Ehre gereicht hätte wie dem Kaiser Karl der Heldenlieder. Nach der Schlacht ließ der französische König den von Otto auf dem Schlachtfeld zurückgelassenen zerbrochenen Reichsadler reparieren und an Friedrich schicken. Die Symbolik des Geschehens war für die Zeitgenossen offensichtlich, zudem wurden Siege und Niederlagen als Gottesurteil verstanden.

Kaiser Friedrich II. starb 1250 in Apulien. Während seiner langen Herrschaft unternahm er einen Kreuzzug ins Heilige Land und krönte sich selbst zum König von Jerusalem. Er wurde verehrt und bewundert, angefeindet und als Kirchenfeind exkommuniziert. Über Friedrich II. ist in den vergangenen Jahrhunderten viel geschrieben worden. Während die Historiographie bis zum 19. Jahrhundert ihn vor allem als modernen, neuzeitliche Vorstellungen vorwegnehmenden Herrscher betrachtete, rückte im 20. Jahrhundert seine Persönlichkeit in den Vordergrund. Friedrich Nietzsche nannte Friedrich II. einen »große(n) Freigeist« und »das Genie unter den deutschen Kaisern«. Heute wird diese Sicht relativiert und darauf hingewiesen, dass Friedrich II. vor allem auf die Herausforderungen reagierte, die seine sich wandelnde Umwelt an ihn stellte. Dazu gehörten die fortschreitende Verschriftlichung der Gesellschaft, die Systematisierung des Rechts und die Wiederentdeckung des römischen Rechts. Diese außergewöhnlichen Herausforderungen schafften auch einen außergewöhnlichen Herrscher. Friedrichs Herrscherpersönlichkeit wird sich im Laufe der Jahre entwickelt haben. Allerdings hat ihn seine Kindheit und Jugend im weltoffenen Sizilien, wo die unterschiedlichsten Kulturen und Traditionen aufeinander trafen, optimal auf diese neuen Herausforderungen vorbereitet.

Es ist umstritten, wann Friedrich Deutsch gelernt hat und wie gut er bei seiner Ankunft in Konstanz die deutsche Sprache beherrschte. Es ist nicht überliefert, ob die süddeutschen Fürsten einen Späher vorausgeschickt haben, der mit ihm Deutsch sprach. Doch es wird den Fürsten, die mit der Herrschaft des Welfen Otto haderten, immer bewusst gewesen sein, dass es noch einen Staufer auf Sizilien gab, der einen Anspruch auf den Kaisertitel hatte. Da scheint es nicht unwahrscheinlich, dass sie schon früh einen Mann wie Wolfger nach Sizilien entsendeten. Bei Wolfgers Brief an seinen Vetter handelt es sich um das Schreiben eines unbekannten Verfassers, das ich ihm in den Mund bzw. in die Feder gelegt habe. Außerdem habe ich den Namen dieses Vetters abgekürzt. Der vollständige Name des Gesandten, der Friedrich im Auftrag der Fürsten ins deutsche Reich holte, lautete Anselm von Justingen. Ich wollte jedoch Verwechslungen mit Mechthilds Anselm vermeiden. Genauso verhält es sich mit dem Bischof von Konstanz und Johannas Mann: Aus Bischof Konrad wurde Bischof Konradin.

Es steht nirgends verzeichnet, ob Franziskus von Assisi den Sonnengesang schon vor seiner endgültigen Niederschrift auf den Hügeln von Assisi gesungen hat. Wenn, dann wurde er dabei sicher nicht von einem kleinen Mädchen mit einer Muschel belästigt. Aus heutiger Sicht überrascht es, dass Franziskus nicht mit Kaiser Otto zusammentraf. Obwohl dieser mit seinem Gefolge durch Assisi gekommen sein soll, kam es zu keiner belegten Begegnung. Um das Leben des heiligen Franziskus ranken sich viele Legenden. So soll er sich auch auf dem Pilgerweg nach Santiago de Compostela befunden und dort Wunder gewirkt haben.

Das Grab des heiligen Jacobus war im Hochmittelalter neben der Grabeskirche in Jerusalem und dem Apostelgrab in Rom ein beliebtes Wallfahrtsziel. Es entstanden an den einzelnen Stationen nach Santiago de Compostela unzählige Herbergen und Hospize. Der aus dem zwölften Jahrhundert stammende Pilgerführer »Liber Santi Jacobi« berichtet, dass die Jacobsmuscheln auf dem Vorplatz der Basilika von Händlern verkauft wurden, die dafür eine Genehmigung des Erzbischofs brauchten. Die Muschel galt als Beweis der vollzogenen Wallfahrt und bot gleichzeitig rechtlichen Schutz. Sie wurde erst ab dem vierzehnten Jahrhundert am Hut getragen, zuvor befestigte man sie an der Pilgertasche. Es war durchaus üblich, dass Pilger mehrmals eine Wallfahrt unternahmen, und dies geschah nicht selten, weil ihnen der heilige Jacob im Traum erschienen war. Es ist also keineswegs unwahrscheinlich, dass Agnes aus diesem Grund aufbricht. Ihre Begeisterung für die Märtyrerinnen ist ebenfalls in dieser Zeit weit verbreitet.
Die Vorstellung von einer als Mann verkleideten Frau gehört allerdings eher in die frühe Neuzeit. Rollentausch und Verkleidung werden den Zuschauer eines Shakespeare Stückes nicht so schockiert haben, wie den Menschen des Hochmittelalters. Die Vorstellung, dass dadurch die von Gott gewollte Ordnung verhöhnt wurde, führte zu drastischen Strafen.

Agnes befindet sich jedoch bei König Friedrich, einer außergewöhnlichen Herrscherpersönlichkeit in einer sich wandelnden Zeit. Statt Überliefertes unbesehen zu glauben, überprüfte er es selbst an der Natur, die er gewissenhaft studierte. So erforschte er bei der Falkenjagd das Wesen der Vögel und fasste die Jagd als ernsthafte Wissenschaft auf. Ein reich bebildertes und von ihm verfasstes Falkenbuch bezeugt dies. Das Original ist verschollen und es existiert nur noch eine Kopie, die sein Sohn Manfred anfertigen ließ. Auch wenn man nur einen Nachdruck der Bilder des Werkes »Über die Kunst mit Falken zu jagen« und die Übersetzung von Carl A. Willemsen zur Verfügung hat, ist man beeindruckt. Um die besondere Beziehung zwischen Mensch und Greifvogel nachzuvollziehen, habe ich mit einem Falkner und einer jungen Falknerin gesprochen und mir einen modernen

Leitfaden für die Falknerprüfung besorgt. Außerdem habe ich mit meiner Tochter das Federspieltraining beobachtet und sie hat einen Falken aus der Hand gefüttert. Als sie so begeistert war, dass sie danach fragte, warum wir uns keinen Falken anschaffen würden, habe ich diese Art der Feldforschung abgebrochen. Die Faszination meiner Tochter machte es mir leicht, mir Agnes auf Sizilien vorzustellen, die als kleines Mädchen von ihrem Vater an die Falknerei herangeführt wurde.

Frauen haben im Hochmittelalter die Beizjagd scheinbar mit größtem Vergnügen betrieben, so lassen zumindest die vielen Abbildungen von Frauen mit einem Falken vermuten. Die Falkenjagd war in der Minne eine beliebte Metapher und findet sich auf Bildteppichen und Minnebeuteln. Wie den Falken an der Langfessel, so hat die Dame auch ihren Liebsten in ihrer Gewalt. Sie ist zugleich Jägerin und Beute, zu der er immer wieder zurückkehrt. Das Abrichten der Tiere kostet sehr viel Geduld und Mühe, die man auch für eine dauerhafte Liebesbeziehung aufbringen muss. Agnes wird das sicherlich wissen. In Ulm darf sie wieder Frau sein und sich nach Herzenslust der Falknerei hingeben. Es könnte allerdings passieren, dass sie darüber manchmal ihren Wolfger etwas vernachlässigt.